COLLECTION « BEST-SELLERS »

DU MÊME AUTEUR

chez le même éditeur

Dans la gorge du dragon, 2002
Le Tueur du lac de Pierre, 2003

ELIOT PATTISON

L'ŒIL DU TIBET

roman

Traduit de l'anglais (États-Unis)
par Freddy Michalski

ROBERT LAFFONT

Titre original : BONE MOUNTAIN

ISBN 2-221-09932-X
(édition originale : ISBN 0-312-27760-1 St. Martin's Minotaur, New York)

À ma mère

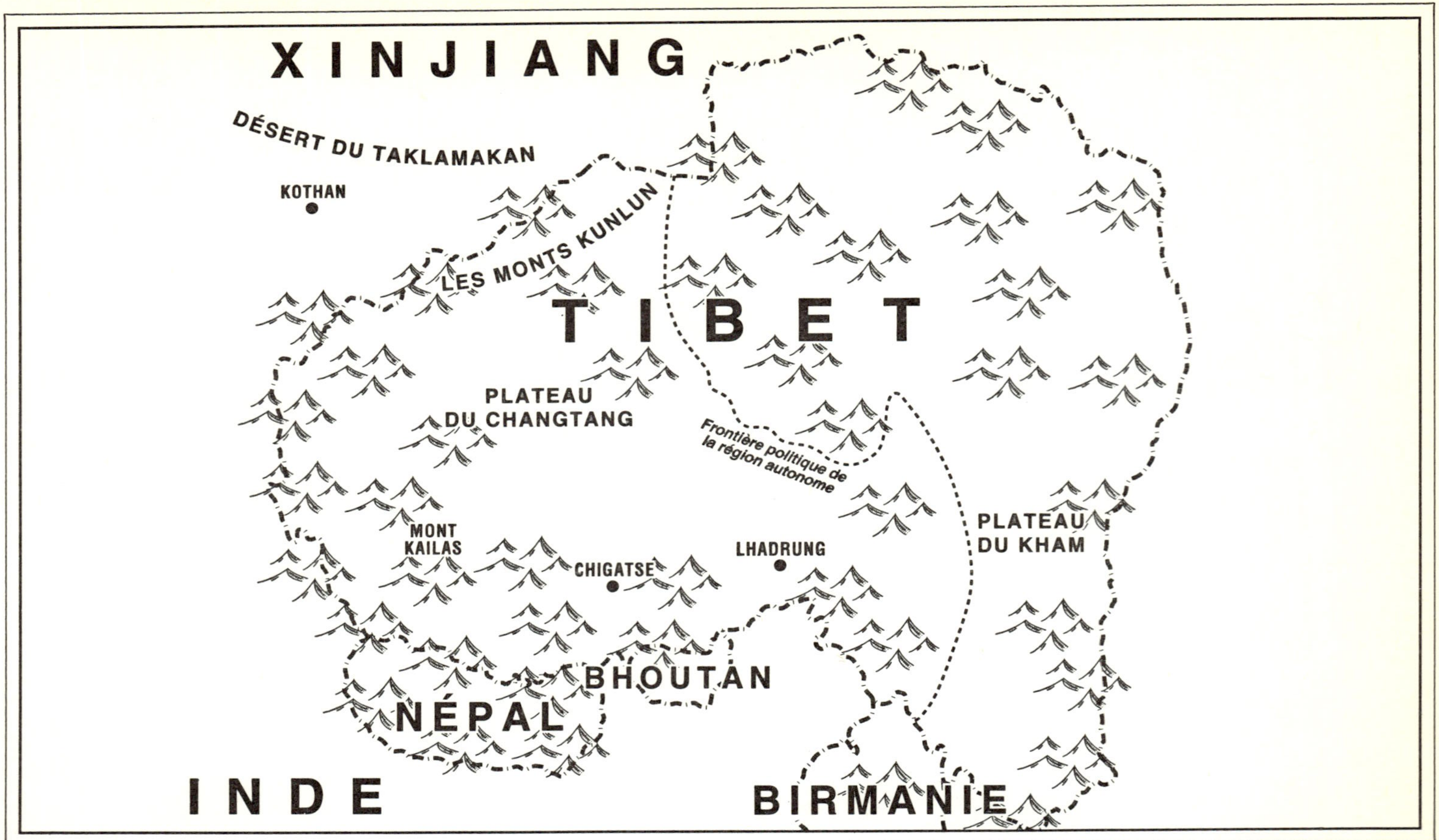
XINJIANG
DÉSERT DU TAKLAMAKAN
KOTHAN
LES MONTS KUNLUN
TIBET
PLATEAU
DU CHANGTANG
Frontière politique de
la région autonome
PLATEAU
DU KHAM
MONT
KAILAS
CHIGATSE
LHADRUNG
BHOUTAN
NÉPAL
INDE
BIRMANIE

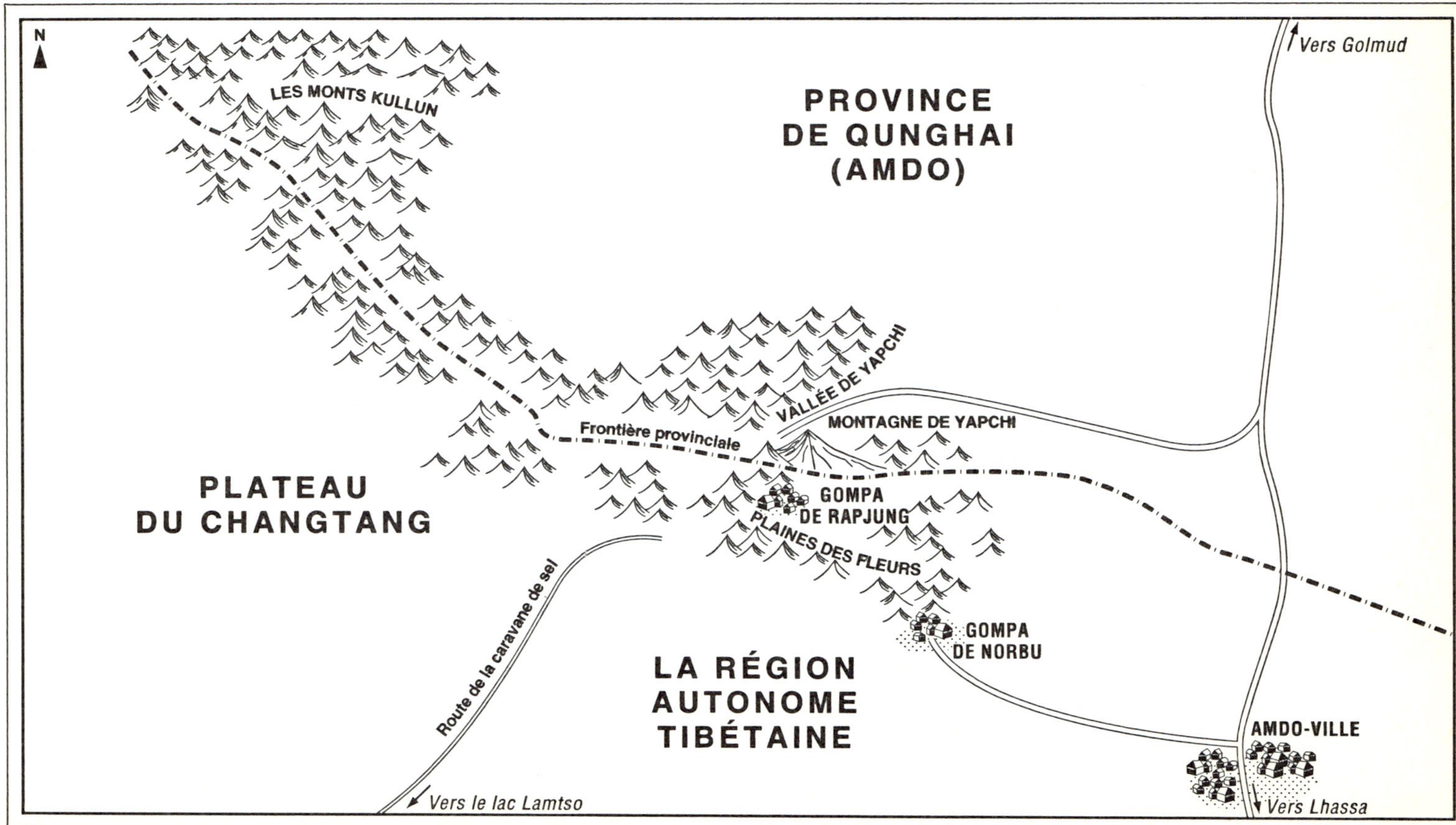
N
LES MONTS KULLUN
Vers Golmud
PROVINCE
DE QUNGHAI
(AMDO)
VALLÉE DE YAPCHI
MONTAGNE DE YAPCHI
Frontière provinciale
PLATEAU
DU CHANGTANG
GOMPA
DE RAPJUNG
PLAINES DES FLEURS
GOMPA
DE NORBU
Route de la caravane de sel
LA RÉGION
AUTONOME
TIBÉTAINE
AMDO-VILLE
Vers le lac Lamtso
Vers Lhassa

Première partie

SEL

1.

— Tamise le sable, et tu trouveras les graines de l'univers.

Dans la nuit, la voix qui parvint aux oreilles de Shan Tao Yun ressemblait à un souffle de vent sur les herbes.

— Laisse-les retrouver leur terre originelle, et ensuite plante-les, ajouta le lama, tandis que Shan laissait filer son regard du sable blanc au creux de sa paume jusqu'à la brillante demi-lune.

Gendun évoquait en ces termes la terre d'origine de Shan, la couche où son âme avait grandi, le lieu de ses commencements. Mais, en une nuit comme celle-ci, Shan était incapable de se débarrasser du sentiment que sa véritable terre d'origine était le Tibet. Ce vaste territoire reculé était le lieu des commencements du monde, là où la planète et l'humanité avec elle n'avaient jamais cessé de se mettre en forme, là où les montagnes les plus vertigineuses, les vents les plus forts et les âmes les plus éprouvées avaient toujours évolué de conserve.

À quelques mètres de lui, au bord de la rivière, Lokesh, son vieil ami, qui avait jadis partagé avec lui sa cellule pénitentiaire, psalmodiait paisiblement, les grains de son chapelet entrelacés entre ses doigts. Son mantra se distinguait à peine du bruissement des eaux.

Shan inspira les senteurs piquantes des branches de genévrier qu'ils avaient ramassées pour le feu en bordure du torrent et suivit des yeux un météore de basse altitude dont la trajectoire recoupait un miroitement de lumière dans le ciel, unique indice de la présence des montagnes encapuchonnées de neiges éternelles à l'horizon. Il avait l'impression qu'il toucherait la lune juste en tendant le bras. Si la Terre disposait d'un lieu et d'une saison où se forgent les âmes, c'était sûrement au Tibet, ici et maintenant, sous le clair de lune, en ces étendues sauvages d'altitude, par une nuit de printemps encore glacée.

Détaché de lui-même comme d'une entité séparée, Shan vit Gendun lui ouvrir doucement les doigts et lui soulever la main en offrande à la lune. Puis il l'abaissa lentement en retournant le poignet afin d'en vider le sable dans le petit pot d'argile qu'ils avaient emporté de leur ermitage, à moins de vingt kilomètres de là.

— *Lha gyal go*, murmura Shopo, le gardien de l'ermitage, d'une voix brisée par l'émotion. Que les dieux soient victorieux.

Ils étaient arrivés au bord de la rivière au crépuscule. Durant deux heures les lamas et Lokesh avaient parlementé avec les *nagas*, les divinités des eaux, puis Gendun avait décidé que Shan pouvait enfin commencer à ramasser le sable blanc si précieux.

— *Lha gyal go*, retentit en écho une voix à mi-pente derrière eux.

Un des quatre *dropkas* – les bergers tibétains qui les avaient escortés jusqu'à la rivière et qui, à présent, montaient la garde – surveillait d'un air inquiet le paysage qui allait s'obscurcissant : Gendun et Shopo étaient des moines hors la loi engagés dans un rituel hors la loi, et les patrouilles faisaient preuve ces temps derniers d'une grande agressivité.

Inconsciemment, Shan avait replongé la main dans l'eau. Il la ressortit pleine de ce même sable blanc. Au clair de lune, les yeux de Lokesh, ronds comme des billes, brillaient d'une lueur vive, tandis que lentement, répétant les gestes que Gendun lui avait enseignés, Shan lavait le sable à la lumière de l'astre opalescent avant de le vider dans le pot.

Le visage du vieux lama, au grain aussi lisse qu'un galet de torrent, se plissa en ridules quand il sourit.

— Chacun de ces grains est l'essence d'une montagne, dit Gendun en voyant la main de Shan replonger une fois encore dans le courant. C'est tout ce qui reste quand la montagne s'est dépouillée de ses écales.

Shan avait entendu ces paroles une douzaine de fois déjà ces deux derniers mois : depuis qu'ils s'aventuraient dans la nuit en quête de sables, en des lieux connus seulement de Shopo et des bergers. Tour à tour, les pics imposants qui barraient l'horizon se trouveraient réduits à l'état de grains, expliqua Gendun, et il en serait ainsi pour les montagnes, les continents et les planètes. Tout prendrait fin ainsi que tout avait commencé, sous la forme de ces grains minuscules, et le genre humain dans sa plus grande gloire ne saurait jamais égaler la puissance réfléchie par une seule de ces infimes particules.

Les paroles de Gendun étaient une manière d'enseigner la non-permanence, mais elles étaient aussi une marque de respect à l'égard des nagas dont ils empruntaient le sable.

Les oreilles de Shan bourdonnèrent comme quelque grondement de tambour au lointain, et la lune lui parut se rapprocher un peu plus alors qu'il ramassait une nouvelle poignée de sable. Sa main se tendait vers le pot d'argile lorsqu'elle s'immobilisa à mi-course : un cri de panique déchirait le silence de la nuit immobile.

— *Mik tada !* Attention ! Fuyez ! s'écria une des sentinelles dropkas sur l'escarpement en surplomb. Le feu ! Éteignez le feu !

Shan entendit un bruit de pas précipités sur les gravillons de la pente : deux silhouettes d'hommes se détachaient sur fond de lune, et il comprit aussitôt que ce n'étaient pas ses oreilles qui bourdonnaient. Un hélicoptère arrivait, volant bas et vite, tactique favorite de la Sécurité publique quand elle opérait une descente dans les campements tibétains.

Une des sentinelles, un bonnet de laine noire sur la tête, se précipita au bord de l'eau, en tirant vainement Lokesh par l'épaule, avant de passer à Shan et de l'empoigner par le col.

— Vous avez le devoir de ravauder la divinité ! cria-t-il. Nous devons fuir !

Shan finit par se redresser, un frisson lui glaçant le dos, avec, dans son champ de vision, d'abord l'hélicoptère, puis les lamas impassibles qui se contentaient de sourire et de poursuivre leur hommage à la rivière. Gendun et Shopo avaient accoutumé de risquer la prison pour de simples actes de vénération. Shan et les dropkas ressentaient douloureusement la pression accrue exercée par la Sécurité publique, en revanche Gendun ne s'était jamais préoccupé que d'un seul et unique mystère : faire grandir des âmes fortes.

— Si c'est la Sécurité publique, des soldats vont débarquer sur la crête et nous encercler ! gémit la sentinelle en chassant du pied les brindilles qui se consumaient. Ils auront des mitraillettes et des appareils pour voir la nuit.

Surpris, Shan étudia l'individu en bonnet de laine noire avec circonspection : apparemment, le bonhomme en savait plus qu'un simple berger sur l'armement et la tactique des Chinois. Il constata soudain avec surprise qu'il ne l'avait encore jamais vu : l'homme ne faisait pas partie de leur escorte.

— Il y a des nagas, là, fit remarquer Gendun d'une voix paisible, un doigt sur les lèvres, en montrant les eaux mouvantes.

— Une fois que vous serez arrêté, le sable ne servira plus à rien, déclara Shan, une main sur l'épaule de son professeur.

— Il y a des nagas, là, répéta le lama.

— Ce n'est que du sable, intervint l'inconnu.

Il fouillait le ciel d'un air tourmenté, cherchant à apercevoir l'hélicoptère. Lui savait que la Sécurité publique avait des manières bien à elle d'enseigner la non-permanence.

Gendun se retourna vers la rivière et Lokesh se posta vivement au côté de l'inconnu, en l'éloignant du lama.

— Nous créons une merveille avec ce sable, murmura le vieux Tibétain dont la barbe presque blanche miroitait au clair de lune.

Il posa les mains sur les épaules du jeune Tibétain pour s'assurer qu'il lui prêtait attention.

— Lorsque nous aurons terminé, confia-t-il solennellement, le monde s'en trouvera changé.

L'homme au bonnet noir alluma une lanterne électrique et éclaira la figure du vieil homme, doutant d'avoir bien entendu. Le grondement de l'hélicoptère se rapprochait. Il éteignit sa lampe et se plaqua au sol. L'appareil passa au-dessus de leurs têtes, frôla la crête et disparut – il volait trop vite pour avoir pu déployer des troupes.

L'homme au bonnet ralluma sa lanterne et, marmonnant entre ses dents, jeta un regard accusateur aux autres sentinelles. Rassemblées derrière Lokesh, elles arboraient un air piteux et effrayé, presque gêné. Il éclaira chaque visage tour à tour avant d'arriver à Shan, dont il détailla les traits d'un air soucieux.

— Vous êtes censés aller rendre un objet sacré à son propriétaire, dit-il à Lokesh d'une voix chargée d'impatience.

— C'est bien ce que nous faisons, confirma le vieil homme.

Lokesh désigna les deux lamas qui poursuivaient leur conversation au-dessus des eaux sombres et rapides.

— Nous nous préparons pour le voyage.

— Vous préparer ? ricana l'homme. C'est ça que vous faites depuis deux mois ? Vous ne vous préparez pas, vous prenez racine ! Vous serez notre ruine !

Shan l'obligea à baisser sa lanterne.

— Ceux qui ont apporté l'objet étaient d'accord sur le fait que c'était aux lamas de décider de la manière dont ils le retourneraient.

Il venait de comprendre que, tout comme ceux qui avaient apporté l'objet sacré à l'ermitage de Shopo, l'inconnu était un *purba*, un membre de la résistance secrète tibétaine.

— Vous voulez dire que Drakte était d'accord ! objecta le Tibétain.

— Mais Drakte fait bien partie des vôtres, non ?

Il y avait presque un an que Lokesh et Shan connaissaient Drakte, venu apporter son aide aux prisonniers du camp de travaux forcés où ils purgeaient leur peine. Deux mois auparavant, Drakte les avait interceptés pour les conduire à l'ermitage caché de Shopo.

— Nous partirons lorsque les lamas et Drakte seront prêts, poursuivit Shan. C'est lui qui doit nous montrer la route. Patientons quelques jours, tout au plus.

— Nous ne disposons pas de ces quelques jours ! protesta le purba. Et ne vous attendez pas à voir Drakte. Il ne respecte ni ses engagements ni ses rendez-vous.

— Il a disparu ?

Tout à coup, Shan remarqua une bosse sous la veste du purba, au niveau de la taille. Il se tourna vers Gendun : si jamais les lamas se rendaient compte que cet homme portait une arme, ils lui demanderaient toutes affaires cessantes de partir.

— Il n'était pas à l'endroit du rendez-vous prévu.

— Et c'est vous qui êtes venu à sa place ? demanda Shan.

— Non. J'espérais le trouver à l'ermitage. J'avais des informations à lui transmettre. Et je lui ai apporté une chose qu'il m'avait demandé de lui procurer, parce que les lamas en auraient besoin. Il a ajouté que si nous n'étions pas d'accord pour la récupérer il irait en personne, jusqu'en Inde s'il le fallait.

Le purba fit glisser de son épaule un long sac dont il sortit un tube en bambou de quarante centimètres de long, que Lokesh accepta aussitôt comme un trésor.

— De quelles informations voulez-vous parler ? demanda Shan.

Avant de répondre, l'homme au bonnet désigna un des bergers, puis pointa le bras vers le sommet de la colline, d'où les sentinelles surveillaient la route.

— Un homme a été tué. Un représentant officiel de l'autorité, dans la ville d'Amdo. – Il se référait à la colonie la plus proche, éloignée de presque deux cents kilomètres. – La Sécurité publique va organiser des rafles dans les collines et emprisonner des gens. Au cours des interrogatoires, elle ne manquera pas d'apprendre l'existence de l'ermitage.

Il se tourna vers les lamas d'un air agacé.

— Ce que vous faites, c'est peut-être sacré à vos yeux, mais pour la Sécurité publique, il s'agit d'un crime contre l'État.

Il fit un pas vers Gendun comme s'il voulait à nouveau l'entraîner de force, mais un berger en gilet de fourrure s'avança, une main levée en signe d'avertissement.

Le purba serra et desserra les mains en un geste mécanique, comme s'il s'apprêtait à se lancer dans une bagarre à poings nus.

— Avez-vous la moindre idée du danger que vous nous faites courir ? s'exclama-t-il. Personne ne nous avait prévenus que vous iriez vous balader dans les montagnes. Vous pourriez finir en prison, tous ! Et pour quoi ? Vous ne pouvez pas combattre les Chinois avec du sable et des prières.

Lokesh lâcha un son rauque que Shan reconnut : un rire.

— Je connais les prisons chinoises, déclara le vieux Tibétain. Parfois le sable et les prières sont les seuls moyens.

Le purba fixa Shan avec amertume.

— C'est vous, le célèbre Chinois qui règle les problèmes des Tibétains ? Vous savez ce qu'il en est, mais vous les laissez faire quand même.

Shan ne répondit pas immédiatement. Il se contenta de regarder Gendun et Shopo.

— Si ces lamas me demandaient de sauter dans cette rivière avec des poches bourrées de pierres, finit-il par dire d'une voix égale, je les remercierais et je sauterais.

— *Lha gyal lo*, murmura le berger en gilet de fourrure, comme pour encourager Shan à poursuivre.

Lokesh posa la main sur le bras du guerrier tibétain.

— Il est parfois difficile pour un être aussi jeune que vous de comprendre ces choses. Vous devriez revenir avec nous jusqu'à l'ermitage. Vous verriez par vous-même.

— Au contraire de Drakte, moi, j'obéis aux ordres, répliqua sèchement le jeune homme. Mon devoir m'appelle ailleurs. On a besoin de moi.

— En ce cas, regardez bien, suggéra Lokesh.

Levant le tube de bambou qu'il tenait à la main, il en dégagea un morceau de tissu roulé, qu'il déploya. Shan reconnut un antique *thangka*, ces rectangles de toile peinte illustrés des icônes du bouddhisme tibétain.

Lorsque la lumière de la lanterne illumina la peinture, le jeune purba fit la grimace et recula d'un pas. Une des sentinelles dropkas lâcha un gémissement. Ils avaient devant les yeux l'image d'un féroce démon. Sa tête de taureau s'ornait d'une guirlande de crânes humains, il était entouré de glaives, de lances et de flèches, et tenait à la main une tasse de sang. Les peaux en lambeaux de ses victimes gisaient à ses pieds.

Lokesh examina l'image avec un grand sourire satisfait, avant de faire signe au purba d'approcher.

— Regardez avec attention, dit-il en indiquant la tête de l'icône terrifiante. Voici ce que nous faisons. Et c'est ainsi que nous gagnons sans violence. C'est ainsi que l'objet sera rendu à son destinataire et que la divinité sera ravaudée. Parce que c'est ceci qu'il est en train de devenir.

— Qui ça ? demanda le purba d'une voix furieuse dans laquelle perçait la confusion.

L'espace d'un instant, sous la lumière chiche, la surprise se peignit sur les traits de Lokesh, comme si la réponse allait de soi. Puis la main du vieux Tibétain passa du démon aux crânes à Shan.

— Mais notre ami. Notre Shan.

Le sort implicite contenu dans ces paroles réduisit le purba et les dropkas au silence. Comme un seul homme, ils dévisagèrent Shan avec gêne. Celui-ci chercha sur la figure de son vieil ami une explication à ses paroles. Lokesh se contenta de lui adresser un grand sourire plein d'espoir, comme s'il venait de lui offrir un merveilleux cadeau.

Soudain, un nouveau cri désespéré déchira la nuit. La sentinelle en poste au sommet de la crête dévalait la pente à grandes enjambées précipitées.

— Une patrouille ! Les nœuds ! Les soldats du bureau de la Sécurité publique !

Le purba et Shan bondirent : à huit cents mètres de là, un transporteur de troupes se dirigeait lentement vers leur position.

— L'hélicoptère nous a repérés, dit le purba. Le mois dernier, les nœuds se sont servis de lunettes infrarouges pour dénicher un vieil ermite qui ne sortait que la nuit pour prier.

Shan frissonna de la tête aux pieds quand il perçut la détermination féroce dans la voix du jeune guerrier.

Au bord de la rivière, trois des dropkas s'étaient rassemblés autour des lamas, face à l'ennemi, comme s'ils se préparaient, armés de leurs seuls bâtons, à un engagement avec les nœuds. Le quatrième, l'homme au gilet de fourrure, s'était posté à l'écart et fixait les eaux noires. Lorsque le purba s'avança d'un pas décidé vers les lamas, le berger en gilet pivota sur place et le jeta au sol, pour rompre le combat immédiatement. Dans sa main, il tenait un gros automatique.

— Espèce d'imbécile ! cracha le guerrier. Il faut absolument les emmener ! Nous ne sommes pas de force à combattre les nœuds.

La honte envahit le visage du berger quand il vit le pistolet qu'il tenait d'une main malhabile, les doigts autour de la crosse, sans toucher la détente.

— Tu le vois, celui-là, déclara-t-il avec un hochement de tête à l'adresse de Gendun, qui continuait à communier avec la rivière. Ma mère habite dans une tente près de l'ermitage. Elle l'appelle le Pur Lama. Et tu sais pourquoi ? Pas simplement parce qu'il n'a jamais été enregistré auprès des salopards du bureau des Affaires religieuses, mais parce qu'il a prononcé ses vœux il y a plus de cinquante ans. Avant l'invasion. Avant que les Chinois n'occupent notre terre et ne la changent à jamais. Il n'est jamais parti en exil, il n'a jamais été capturé. Ses paroles ne sont pas contaminées, dit ma mère, parce qu'elles coulent d'une source que les Chinois n'ont jamais découverte.

L'homme s'exprimait lentement, émerveillé, ayant apparemment oublié la patrouille de nœuds. À côté de lui, deux des autres bergers s'agenouillèrent au bord du torrent et se mirent à ramasser des galets.

— J'ai besoin de mon arme, grommela le purba, toujours étalé de tout son long sur le sol.

Il avait peur. Parfois, les Tibétains traditionnels haïssaient les purbas autant que les Chinois.

— Il faut absolument qu'on les fasse partir d'ici.

Le berger secoua la tête et annonça d'une voix creuse :

— Je n'ai rien fait de ma vie. Les Chinois n'ont pas voulu me laisser aller à l'école. Ils n'ont pas voulu me laisser voyager. Ils n'ont pas voulu que je trouve un travail. Je suis comme un arbre rabougri qui ne pourra jamais grandir, et celui-là, le Pur Lama des eaux, il est pareil à l'arbre gigantesque qui surplombe tous les autres, le survivant d'une forêt où tout a été arasé.

Il sourit en se tournant vers Gendun, puis revint sur le purba, le visage plus dur.

— Voici la manière de protéger de tels hommes.

Et il balança l'arme dans les eaux noires de la rivière.

Ses deux compagnons bergers quittèrent la rive pour venir se poster à son côté, en sortant des lance-pierres de leurs poches.

— D'autres nous ont appris comment faire. Nous allons casser leurs phares et l'air sifflera de nos pierres. Si nous avons de la chance, ils ne nous verront pas. Les soldats chinois ont la trouille, la nuit, parce qu'on leur a raconté des histoires de démons.

Il jeta un coup d'œil au thangka, toujours dans la main de Lokesh, et s'adressa à Shan.

— Les lamas doivent remplir le pot de terre, ensuite, tu les ramèneras. Mon frère connaît le chemin, dit-il au purba en montrant le dernier berger. Si nous n'arrêtons pas la patrouille, tu es celui qui sais le mieux la manière d'esquiver les soldats.

Quand il leva son lance-pierres, sa main tremblait.

— Ravaudez la divinité, murmura-t-il d'une voix rauque à Shan, avant de s'évanouir dans les ombres avec ses compagnons.

Shan aida le purba à se remettre debout. Le jeune homme essaya de percer les ténèbres, là où les bergers avaient disparu. Sur son visage furieux se lisait un mélange d'incompréhension et de respect.

— Ce fameux objet, cet objet sacré, finit-il par grommeler d'une voix blanche, j'ai entendu dire qu'il ne s'agissait que d'un morceau de pierre.

Les événements de la nuit hantèrent Shan pendant tout le trajet de retour jusqu'à l'ermitage, et continuèrent à le tourmenter tandis qu'il se tournait et se retournait sur sa paillasse, dans l'impossibilité de trouver le sommeil. L'aube pointait lorsqu'il entra dans la chapelle de l'ermitage – le *lhakang* –, pour s'y asseoir, jambes croisées, face à l'autel. Devant son bouddha en bois fissuré, flanqué de lampes à beurre, était posé un morceau de pierre aux bords déchiquetés. Il mesurait quinze centimètres de long, l'avant était légèrement incurvé, et, en son centre, on distinguait les traces à peine perceptibles d'un œil qu'on y avait peint autrefois. Un morceau de pierre, pas plus. Cependant, pour cette petite chose, les dropkas avaient risqué leur vie la nuit précédente. Pour cette petite chose, Lokesh avait prédit que Shan deviendrait un démon. C'était pour elle que les purbas craignaient tant que ses amis et lui ne s'attardent trop à l'ermitage, pour elle qu'ils s'étaient donné tant de mal et avaient conduit Shan jusque-là.

Lokesh et lui s'en revenaient paisiblement d'un pèlerinage au mont Kailas, dans le sud-ouest du Tibet. Ils suivaient des pistes éloignées de tout et, de temps à autre, se risquaient à emprunter des camions vers le centre du pays. Une nuit, le véhicule dans lequel ils voyageaient avait dû stopper brutalement devant un obstacle : une charrette à cheval en travers de la route. Plusieurs hommes avaient jailli des rochers environnants et s'étaient dirigés au pas de course non vers la cabine du chauffeur, mais droit sur le plateau de chargement. Là, ils s'étaient refermés en étau sur Shan et Lokesh avant même que les deux hommes aient sauté à terre. Shan avait immédiatement reconnu Drakte, le grand Tibétain au corps maigre, dont le front était barré d'une double cicatrice en boucle, trace d'un coup reçu par une brigade antiémeute dont les nœuds avaient enveloppé leur matraque de fil de fer barbelé.

— Nous vous cherchions, avait maugréé un Drakte de mauvaise humeur, en les examinant tous les deux, à croire qu'il leur reprochait de l'avoir délibérément évité.

— Nous avions un pèlerinage à accomplir, avait répliqué Lokesh, plein d'entrain. Nous rentrons chez nous, à Lhadrung.

— Non, vous ne rentrez pas.

Le purba avait échangé quelques brèves paroles avec le chauffeur, auquel il avait tendu un *khata*, un foulard de prières. L'homme s'était empressé de reprendre sa route et Drakte leur avait demandé de grimper dans un camion plus petit qui venait de sortir d'entre les rochers.

Trois jours durant, ils avaient roulé au nord-ouest de Lhassa, dans les montagnes aux contours déchiquetés et les vallées, longeant les abords de Shigatse sur des routes qui n'étaient guère que des pistes à gibier pleines d'ornières, puis ils avaient pris plein nord. Traversant des villages désolés, ils avaient rejoint le plateau du *changtang*, ces vastes terres sauvages au centre nord du Tibet, pour finalement obliquer à l'est, une fois atteinte la ville minière de Doba.

Lorsqu'ils s'installaient autour du feu de camp, à la tombée de la nuit, Drakte parlait de son bien-aimé changtang, mais jamais il ne disait le moindre mot des raisons qui l'avaient conduit à les intercepter, Lokesh et lui, ni de l'endroit où on les conduisait. Le quatrième jour, ils avaient retrouvé dans un canyon des cavaliers dropkas qui tenaient deux montures prêtes.

— Faites cela pour nous, avait déclaré Drakte à Shan au moment de leur séparation. L'heure venue, je monterai vous chercher.

Les traits du purba s'étaient voilés d'émotion, comme au départ d'un ami.

Deux jours encore ils avaient chevauché, sans que jamais les dropkas n'évoquent leur destination, jusqu'à ce qu'ils passent finalement une arête d'altitude balayée par les vents. Dans le vallon en contrebas, ils avaient aperçu un ensemble de bâtiments en piteux état. Trois des plus grandes bâtisses avaient été réparées comme un patchwork, à l'aide de tôles, de contreplaqué et de carton, le tout maintenu vaille que vaille au sol de terre durcie et aux murs de moellons des constructions d'origine. À l'intérieur du bâtiment trapu en pierre qui abritait le lhakang, Shan avait découvert Gendun.

En compagnie d'un lama entre deux âges et d'une nonne, son professeur était assis devant l'autel, face à l'œil aux bords déchiquetés. Il lisait de longues bandes étroites de texte, les *peche*, ces pages non reliées des livres d'enseignement traditionnel. Gendun, que Shan avait vu pour la dernière fois quatre mois auparavant, à des centaines de kilomètres de là, à l'ouest, dans les monts Kunlun, l'avait salué d'un sourire serein et avait proposé d'un signe aux deux hommes de s'installer dans l'espace libre à son côté, comme s'il les attendait. Ce n'est que deux bonnes heures plus tard, alors que se préparait le repas – orge grillé et thé au beurre –, que Gendun avait enfin présenté ses compagnons, Shopo et Nyma, une femme trapue d'une trentaine d'années.

Nyma les avait aussitôt salués, pleine d'excitation.

— Nous attendons depuis si longtemps ! s'était-elle exclamée, et vous voilà enfin. Après toutes ces années...

— Des années ? s'était étonné Shan, en examinant le visage tanné et les solides épaules de la jeune femme : n'était sa robe, il l'aurait prise pour un berger. Les purbas ne nous ont trouvés que la semaine dernière.

La nonne avait éclaté de rire en montrant le lhakang.

— Il y a des décennies, il a été perdu – volé –, et sorti du Tibet comme trophée.

— L'œil ? avait interrogé Shan. Cette pierre déchiquetée ?

Nyma avait acquiescé d'un hochement de tête enthousiaste, se redressant un instant, en appui sur les orteils, pour retomber aussi vite, comme incapable de contenir ses émotions.

— Cet œil provient de la divinité gardienne de notre vallée. Il est revenu au Tibet il y a seulement cinq ans, et il n'a recouvré sa liberté que depuis quelques semaines. Il a fini par sortir de Lhassa, expliqua-t-elle, comme si la pierre avait séjourné en prison. Nous savions que la divinité devait retrouver son œil, nous savions depuis toujours qu'il lui reviendrait. Mais personne ne trouvait la manière de le récupérer. Et maintenant vous êtes là. Vous êtes venu.

Elle poursuivit, d'une voix sinistre, tel un mauvais présage :

— Ce que notre divinité verra alors... Et ce qu'elle fera...

Après le repas, ce premier soir, Shopo avait expliqué que trois mois auparavant, avant même que la nouvelle de la récupération de la pierre disparue ne se propage, un oracle de la vallée de Yapchi – celle que veillait la divinité gardienne et où l'œil avait sa vraie place – avait proclamé que seul un Chinois vertueux, un Chinois au cœur pur, serait à même de rapporter la pièce manquante à l'endroit qui était le sien. Gendun se rendait à Lhadrung quand il avait eu vent de cette information. Il avait aussitôt rebroussé chemin pour retrouver ceux qui débattaient des paroles de l'oracle. Il avait immédiatement su qui était le Chinois en question.

Shan n'avait pas pressé les Tibétains de s'expliquer plus avant. Il fallait laisser au récit de la pierre le temps de se dévider, à son propre rythme, à sa manière. Il avait appris depuis bien longtemps déjà que souvent il n'existait pas de mots pour les choses les plus importantes aux yeux des Tibétains. Car même s'ils parvenaient à trouver les bonnes paroles, ils les énonçaient avec la plus grande circonspection. Pour Gendun comme pour Lokesh, les mots étaient traîtres et imparfaits, à peine capables d'établir un lien ténu entre les êtres. Les deux hommes ne livreraient rien sur l'œil proprement dit, mais enseigneraient à Shan la façon dont il lui faudrait le percevoir, la manière dont il devrait l'inscrire, en lui trouvant sa juste place, dans sa conscience toute nouvelle.

Néanmoins, après de si longues semaines en la compagnie de l'œil, Shan aurait cru pouvoir le comprendre mieux. Cet œil de pierre semblait lui faire la nique et ravivait la douleur en cette part de son être qui refusait de mourir, celle de l'ancien Shan, l'enquêteur, celui qui ne savait que poser des questions, encore et toujours. Pour quelle raison les Tibétains étaient-ils prêts à mourir pour cette pierre ?

Au-dehors retentirent des voix excitées. Shan se précipita : la femme dropka entre deux âges, celle qui gardait l'ermitage en compagnie de son frère, se tenait sur la vire en surplomb. Elle pointait le bras vers les bâtisses sur le versant opposé. Plusieurs dropkas, qui avaient monté leur tente à deux cents mètres de là, répondirent à son appel. Shan partit au pas de course vers l'arrière du bâtiment où il aperçut, à son grand soulagement, une silhouette familière en longue robe brune.

Nyma avait quitté l'ermitage la semaine précédente en quête du sable spécial, de couleur vermillon, qu'on ne trouvait que dans le lit d'une source près d'un glacier d'altitude. Elle descendait la piste en remuant les hanches. Elle dansait, comprit Shan, parce qu'elle devait se croire à l'abri des regards. Le cœur joyeux, elle revenait avec le dernier sable dont ils avaient besoin.

Dix minutes plus tard, assise en compagnie des habitants de l'ermitage qui faisaient cercle autour de la poche de sable qu'elle avait rapportée du glacier, Nyma souriait encore, toute à sa joie.

— Le ruisseau était gelé, dit-elle, expliquant pourquoi elle était restée absente plus longtemps que prévu. Alors je me suis assise et j'ai attendu.

Lentement, cérémonieusement, elle s'aida des deux mains pour ôter le chapeau rond qui cachait ses tresses épinglées sur le dessus du crâne, le posa sur le sol, et croisa les mains dans son giron.

— Le deuxième jour, un vent chaud s'est mis à souffler, et la glace a commencé à fondre. Le troisième, j'ai regardé de tous mes yeux un trou qui s'ouvrait dans la glace, juste assez grand pour que j'y glisse la main.

Lokesh affichait son grand rictus de guingois, restes d'une mâchoire brisée par la botte d'un nœud des années auparavant. Gendun, tout sourire, hochait solennellement la tête, comme pour confirmer que oui, ce soir serait le grand soir, oui, car, en dépit des tourments qui balayaient le Tibet, dans leur petit avant-poste éloigné tout était en harmonie avec l'univers. Dans sa robe bordeaux dépenaillée, Shopo, qui s'occupait de l'ermitage illégal depuis qu'on l'avait chassé de son monastère, vingt ans auparavant, fit remarquer avec sérénité :

— Tout est devenu d'une absolue justesse.

La contribution de Nyma était l'offrande parfaite pour parachever leur ouvrage, une offrande d'autant plus chargée de pouvoir qu'elle s'accompagnait de respect et de vénération à l'égard de la montagne. Nyma n'avait pas pris le sable vermillon : elle avait attendu que la glace fonde, elle avait attendu que la montagne lui en fasse le cadeau.

Shopo leva la poche et en versa solennellement le contenu dans un pot en terre. Il levait le pot vers le ciel lorsqu'un homme de haute taille, l'air défait, le visage mince et étroit, apparut au coin de la bâtisse la plus proche, chargé d'un lourd sac de cuir. Tenzin. Il se trouvait à l'ermitage lorsque Shan et Lokesh étaient arrivés et charriait les bouses de yack, ramassées dans la journée, qui leur serviraient de combustible. Tenzin fixa le pot en terre d'un air buté en posant une main sur son *gau*, l'amulette à prières en argent suspendue à son cou, puis, sur un hochement de tête, poursuivit son chemin vers la hutte où il stockait les bouses.

— *Lha gyal lo !* s'exclama Shopo à l'adresse des cieux d'une voix enjouée. Que les dieux soient victorieux !

Il se leva de sa couverture, le pot niché au creux de ses mains en coupe, et l'emporta dans le bâtiment en pierre qui abritait une demi-douzaine de cellules de méditation ainsi que le lhakang – la chapelle – de l'ermitage. Shan et ses compagnons le suivirent. Saluant silencieusement le bouddha sur l'autel, Shopo posa le pot sur une planche en cèdre, là où s'alignaient déjà une dizaine de pots identiques, et plusieurs *chakpas,* ces longs entonnoirs effilés en bronze servant à déposer les sables grain à grain. Puis il se retourna vers le cercle multicolore de deux mètres de diamètre qui couvrait le centre du sol en pierre, le visage exprimant une vénération respectueuse.

On appelait ce mandala le Vajrabhairava, la Terreur au Diamant. C'était l'une des formes les plus rares des mandalas complexes peints au sable qui faisaient, depuis des siècles, partie intégrante du rituel bouddhiste. La première fois qu'il avait entendu Gendun expliquer que la divinité qu'ils invoquaient était l'une des plus féroces de toutes les divinités tibétaines, Shan avait été effrayé. Il regardait à présent de tous ses yeux tandis que la dropka s'immobilisait en grimaçant devant l'antique thangka de la Terreur au Diamant que Lokesh avait suspendu dans la chapelle. D'aucuns auraient pu croire que ses amis et lui avaient emprunté la voie des démons et de la destruction, mais Shan savait aujourd'hui que ces images, d'une sévérité absolue, étaient utilisées par les lamas comme autant de symboles de vérités plus élevées, et il y reconnaissait non pas la violence, mais l'espoir. La Terreur au Diamant était la forme que la sagesse empruntait pour défier le Seigneur de la Mort lorsque celui-ci se mettait en quête d'humains n'ayant pas encore atteint à l'illumination.

Au début, chaque jour, Shan et Nyma avaient écouté des heures durant Gendun dépeindre oralement le mandala complexe, le décrivant de mémoire centimètre par centimètre. Puis, un mois plus tôt, Shopo et Gendun avaient dessiné au sol des lignes de craie aux arabesques élaborées : les fondations de la roue à venir. Il s'était écoulé trente années depuis que Gendun avait aidé à la création de ce mandala si particulier que lui avait enseigné un lama, âgé à l'époque de près de quatre-vingt-dix ans, néanmoins, il se souvenait à la perfection de ses multiples symboles. Chacun était constitué de grains de sable que l'on versait presque un par un à l'aide des minces entonnoirs appelés chakpas. Chacune des images, chacune des couleurs, était en soi un symbole, et chaque symbole s'accompagnait d'un enseignement.

Le palais symbolique qui occupait le centre de la salle se divisait en quatre secteurs aux motifs complexes : le quart est, de couleur blanche, contenait la roue du dharma ; le sud, jaune, les joyaux d'exaucement des vœux ; l'ouest, rouge, le lotus de la pureté ; et le nord, vert, un glaive flamboyant.

Après un quart d'heure, le cœur plus léger devant le spectacle des Tibétains en joie, Shan se glissa au-dehors. Il rejoignit un cercle de terre, dans un affleurement rocheux au-dessus des bâtiments, où il avait passé de nombreuses heures en méditation au cours des semaines précédentes. Gendun aurait certainement désiré le voir contempler la leçon des sables en ce dernier jour, mais il s'était soudain senti trop plein de vie, trop content de savoir qu'après l'ordalie qu'avait été son existence jusque-là il avait, finalement, trouvé une place en ce monde.

Tandis qu'il suivait la course des nuages, laissant son contentement repousser la peur qui l'avait envahi face à la pierre déchiquetée, une inquiétude inhabituelle le gagna : cette nuit, au lieu d'emplir le chakpa pour Gendun pendant que le lama peindrait le mandala, ce serait Gendun qui lui emplirait son chakpa, afin de lui permettre de créer les images de montagnes et de nuages qui s'inscriraient en périmètre du cercle de sable.

Des heures durant, les lamas lui avaient enseigné la bonne position et des mains, et de l'esprit, pour déposer les grains, jusqu'à ce qu'il perçoive intimement, au plus profond de son être, qu'il offrait une prière de sable bien plus qu'il ne tenait en main un instrument à fabriquer un objet d'art. Ensuite, ensemble, ils avaient pratiqué le motif tout en courbes que Shan devait créer avec le sable blanc sur le périmètre du grand cercle.

— Suis la courbe que fait une alouette en vol, avait expliqué Gendun.

Il se référait aux longs et gracieux piqués qu'exécutait l'oiseau entre deux battements d'ailes, et s'était émerveillé devant l'étrange mélange d'excitation et de tristesse qui était apparu sur le visage de son élève.

— Ce n'est rien, avait murmuré Shan, après s'être laissé flotter un bref instant sur une vague de souvenirs.

Son père s'était pratiquement servi de ces mêmes paroles, prononcées pratiquement de cette même voix, en évoquant les oiseaux, les saules pleureurs et le vent tandis qu'il dessinait dans les airs, de son pinceau, des motifs et des signes pour enseigner à son fils la manière de créer ses premiers idéogrammes chinois.

Shan prit soudainement conscience d'une présence humaine auprès de lui. Il abandonna sa contemplation des nuages et tourna les yeux vers le visage serein de Gendun.

— Nous aurons des montagnes à escalader, fit remarquer le lama.

Il s'était installé au côté de Shan dans la position du lotus, comme si un sortilège venait de le déposer là, droit sorti d'une cellule de méditation. Les paroles de Gendun étaient sa manière, toute personnelle, de demander à Shan s'il était prêt non pas à exécuter ses motifs de sable blanc, mais à entamer le périple à venir – raison pour laquelle ils avaient entrepris l'exécution du mandala. Tout comme d'autres auraient méthodiquement rassemblé des vivres et étudié des cartes afin de se préparer à un voyage difficile, les lamas avaient, tout aussi méthodiquement, donné des forces à Shan, Lokesh et Nyma en leur offrant des images de la Terreur au Diamant. Ou peut-être – à cette pensée Shan se sentit glacé –, ainsi que Lokesh l'avait fait remarquer, le préparaient-ils à exécuter le travail de la Terreur au Diamant.

— Je suis prêt pour les montagnes, Rinpoché, dit Shan, se servant du terme consacré lorsqu'on s'adressait à un professeur vénéré.

Les yeux de Gendun scintillèrent lorsqu'il étudia les traits de son élève : plus souvent qu'à leur tour, les deux hommes n'avaient pas besoin de mots pour communiquer.

— Il faudra garder l'œil bien ouvert, ajouta le vieux lama, et pas seulement sur les bouses de yack.

— Je croyais que Tenzin resterait ici, Rinpoché, s'étonna Shan.

Tenzin n'avait pas prononcé un mot depuis qu'il l'avait rencontré, deux mois auparavant, mais Shan avait reconnu la nature triste d'un homme brisé, tout autant que sa manière de lui signifier de se tenir à l'écart. Encore un évadé du goulag, un de ces fugitifs qui essayait de reprendre vie, de découvrir l'étincelle encore vivante en lui après que d'autres eurent essayé de l'éteindre pendant tant d'années.

— Il va vers le nord. Quelqu'un est décédé.

Ce qui restait du sourire de Shan disparut.

— Non, s'empressa d'ajouter Gendun. Pas de cette façon-là.

Il sous-entendait ainsi qu'il ne s'agissait pas d'un de ces mystères violents que l'ancien Shan avait eu l'obsession de résoudre.

— Rien à voir avec la pierre ni avec aucun d'entre nous. Il va simplement vers le nord, et je me fais du souci pour lui.

Tenzin mangeait habituellement avec eux et partageait leurs corvées, cependant il s'était délibérément tenu à l'écart de Shan, lui refusant toute occasion de mieux le connaître. En dépit des semaines passées ensemble, Tenzin représentait toujours la même énigme. Au début, Shan avait pris son attitude étrangement aristocratique, même quand il portait son sac de bouses, pour du dédain. Plus d'une fois, il s'était demandé si Gendun ou Shopo ne lui avaient pas donné une pénitence en punition – il arrivait que ce genre d'individu commette des violences au cours de leur évasion. Gendun ne le condamnerait peut-être pas pour avoir tué un geôlier, mais il s'inquiéterait des dégâts qu'un tel acte serait susceptible d'infliger à sa divinité intérieure. Le grand Tibétain silencieux partait tous les matins à l'aube et revenait au crépuscule, son sac en cuir chargé de bouses de yack séchées, une bien maigre récolte pour une journée de dur labeur. Néanmoins, même avec un simple et unique sac, il était parvenu à remplir une des petites huttes jusqu'au plafond de combustible pour l'ermitage.

— Je l'aiderai si je vois comment, Rinpoché.

Gendun acquiesça.

— Je crains parfois qu'il n'aille au-delà de toute vision.

Le lama ne se référait pas au fait que Tenzin pût échapper à leurs yeux, mais aux dangers engendrés par la méditation profonde : on perdait alors toute conscience de son environnement immédiat alors même qu'on se déplaçait dans un paysage plein de traîtrises. Il arrivait que les moines se brisent les jambes ou le cou quand ils voyageaient seuls dans les montagnes.

Shan examina son professeur. Gendun savait sur l'homme mélancolique des choses que lui ignorait ou au moins avait-il perçu quelque chose dont Shan n'avait pas conscience. Tenzin n'avait jamais apporté son aide à la confection du mandala, mais il avait surveillé sa création avec la fascination d'un enfant, servant le thé à Gendun et Shopo et regarnissant toutes les lampes lorsque les dropkas apportaient des outres de beurre. Shan ne l'avait jamais vu méditer, il ne l'avait jamais vu manifester le moindre intérêt pour ce que les Tibétains appellent le Bouddha à l'intérieur de lui, mais il avait vu cet unique sac de bouses que Tenzin rapportait quotidiennement. Le genre de sac qui pouvait se remplir en deux ou trois heures. Tenzin passait-il le restant de sa journée assis sur les vires d'altitude à méditer ? Un jour, après que Shopo eut soigneusement décrit la manière de communier avec les nagas de la rivière, Tenzin était revenu avec du sable noir pour le mandala et l'avait présenté solennellement à Gendun. À une autre occasion, Shan l'avait découvert seul, au beau milieu de la nuit, comme suspendu en bordure du mandala, les yeux pleins de larmes, la main en coupe sur l'image d'un moine ermite.

— Quand la langue lui aura poussé, reprit le lama, ça ira mieux. Encore quelques mois, peut-être.

C'est en ces termes que Gendun décrivait le silence de ces hommes brisés, et c'est en ces termes qu'il avait évoqué le silence ténébreux de Shan au cours des semaines qui avaient suivi sa sortie du goulag. Lorsque l'homme retrouverait finalement l'étincelle qui avait été Tenzin avant son emprisonnement, avant les tortures du goulag, le feu de son esprit gagnerait sa langue, et il serait alors prêt à parler au monde. Peut-être était-ce la raison pour laquelle Gendun lui demandait de veiller sur Tenzin, parce que, avant de rencontrer les lamas, Shan, lui aussi, avait été réduit à une masse confuse de fragments muets.

Tamise le sable et tu y trouveras les graines de l'univers. Quatre heures plus tard, ces paroles résonnaient dans l'esprit de Shan, assis auprès du mandala, le pot de sable blanc posé à ses pieds. Le soleil s'était couché, et leur dernière nuit de travail sur le mandala avait commencé. Un doigt frôla son bras, léger comme une plume.

— C'est l'heure, dit Gendun en sortant d'une manche de sa robe rouge un chakpa qu'il tendit à Shan.

Ce dernier hésita. Du couloir obscur qui conduisait à la chapelle lui parvenait le gémissement du vent qui jouait contre les pierres en ruine de l'ermitage, créant ainsi une atmosphère irréelle que ponctuait le mantra murmuré par Lokesh, installé derrière eux au côté de Tenzin. Il leva lentement la main pour accepter l'étroit chakpa rempli de sable blanc que lui offrait Gendun. Le lama lui en tendit alors un second, vide celui-là, qui servirait à tapoter le premier pour en faire glisser les grains.

Shan laissa dériver son attention vers le petit autel de bois, puis vers l'œil déchiqueté, avant de revenir sur Gendun. Un bref instant, il se sentit coupable. L'œil était bien là, son regard ne les quittait pas. Cependant, une part de la discipline que Gendun avait imposée consistait à ne pas penser à l'œil mystérieux, mais plutôt à se laisser immerger dans le mandala. Depuis leur premier jour à l'ermitage, personne n'avait prononcé le moindre mot sur l'œil, Lokesh excepté : une nuit, il avait chuchoté à l'oreille de Shan, sans plus de précision, que celui-ci n'avait rien à craindre, car, partout, l'endroit où Gendun et la pierre se trouveraient deviendrait sanctuaire. Lokesh semblait convaincu que le périple à venir était un pèlerinage – des hommes saints retournant une pierre sainte au lieu qui était le sien – et que le monde s'écarterait pour offrir un passage paisible aux pèlerins.

Nyma terminait un motif de flammes en périphérie du cercle extérieur. Shan se pencha à son tour et entama le tracé d'un nuage à l'aide d'une minuscule ligne blanche. Il abaissa d'abord le chakpa plein de sable, puis le second, avant de vite les relever. Ses mains tremblaient. Il rassembla un instant ses esprits, la conscience en éveil, en contemplant le centre du grand cercle où régnaient sagesse et compassion. Ses mains retrouvèrent leur maîtrise, et il commença à tapoter le chakpa de sable, libérant un fil blanc à l'entour du bord externe du mandala. Le tapotement des deux entonnoirs de bronze se changea en un bruit étouffé rappelant celui d'une minuscule clochette, et ce son devint partie prenante du rituel nocturne, chaque tintement annonçant le semis de quelques nouvelles graines dans le petit univers que les lamas avaient créé.

Shan termina son image et hocha la tête à l'adresse de Nyma. La jeune nonne allait poursuivre le motif en appliquant du sable vermillon qui prendrait la forme d'un arbre. Il s'écarta du cercle, en veillant à ne pas brouiller les délicates images de sable, et découvrit un inconnu, accroupi à côté de Lokesh, qui discutait âprement avec le vieux Tibétain. L'homme était coiffé d'un bonnet en fourrure couvert de taches et vêtu d'un *chuba*, le lourd manteau en peau de mouton qui avait la faveur des nomades habitant ces territoires désolés. Cependant il n'appartenait pas au campement de dropkas situé au-dessus de l'ermitage.

L'étranger écarquilla les yeux quand Shan se mit debout et il pointa sur lui un doigt accusateur. Son chuba s'entrouvrit, laissant apparaître un long couteau passé à sa ceinture. Lokesh, marquant son rosaire par deux doigts serrés, se redressa à son tour et, de sa main libre, abaissa le bras de l'étranger.

— Vous êtes cinglé, marmonna l'inconnu.

Il se dégagea et son bonnet en fourrure glissa au sol, révélant un crâne totalement chauve. Ce n'était pas un berger, comprit Shan en détaillant les traits lourds et osseux, le chef complètement lisse, les longues et minces moustaches. L'inconnu était un Golok, originaire des terres de l'extrême Nord-Est, l'ethnie peut-être la plus sauvage du Tibet.

— C'est un Chinois ! aboya le Golok.

Shan lança un regard gêné au mandala, mais Nyma et les lamas ne prêtaient aucune attention à l'inconnu.

— C'est Shan, contra Lokesh, qui tenait toujours l'homme par le bras. C'est lui, pas un autre.

L'intrus dévisagea Shan attentivement et sa colère disparut, pour se changer en mépris.

— C'est lui qui doit ravauder la divinité ? Mais c'est un criminel ! On raconte qu'il est dur comme l'acier. Tous les autres Chinois le haïssent.

— Non, pas un criminel, objecta Lokesh avec un regard d'excuses à son ami. Un prisonnier. Quatre ans de *lao gai*.

Les lao gai étaient les goulags du Tibet, les camps de travaux forcés dirigés par Pékin. Jusqu'à l'année précédente, Shan et Lokesh purgeaient tous deux leur peine dans la 404e brigade de Construction du Peuple, l'un des plus célèbres camps d'esclaves de la Chine.

Le Golok examina la veste rapiécée de Shan, ses brodequins de travail plus qu'usagés et l'extrémité en lambeaux de la ceinture en plastique qui sortait d'un passant de sa ceinture.

— Il ressemble à un boutiquier. Un boutiquier qui aurait fait faillite, ajouta-t-il avec un rictus de dédain avant de passer les autres occupants de la pièce en revue, toujours aussi peu convaincu. Ces gens sont censés être des purbas, des guerriers. Jamais vous n'y arriverez. Vous n'avez pas idée. Vous pourriez mourir de mille façons. Des hommes plus valeureux que vous ont essayé, et ils sont morts.

Shan ne baissa pas les yeux. Si le Golok, qui n'avait rien de commun avec les purbas, était au courant de leur secret, alors combien d'autres savaient qu'ils devaient rendre à la divinité son œil déchiqueté ? Pourquoi semblait-il en savoir plus que lui-même ? Il n'appartenait pas à l'ermitage, alors pourquoi les dropkas qui montaient la garde près des bâtiments l'avaient-ils laissé entrer ?

— Oui, je sais, soupira Lokesh, qui avait déjà entendu cette même chanson par le passé.

Il prit le Golok par la main et le tira vers le mandala.

— Il vous faut étudier le cercle sacré, conseilla-t-il.

Il prononça ces paroles du ton conciliant d'un guérisseur conseillant patiemment son malade. Le Golok devait être l'un de ces Tibétains furieux, au cœur empli d'amertume, que les anciens, chez les éleveurs, avaient amené à l'ermitage pour qu'il fût témoin de l'exécution du mandala, afin de le laisser réfléchir au pouvoir que la compassion était à même d'exercer sur la haine et la peur.

Le Golok inclina étrangement la tête vers la roue de la divinité, comme s'il apercevait les lamas et le cercle de sable pour la toute première fois. Il fronça les sourcils, tomba à genoux et, un bref instant, avec une certaine réticence, inclina le front jusqu'au sol, en signe d'hommage. Il se redressa et lâcha un marmonnement surpris quand son regard se posa sur l'autel. Quittant aussitôt le mandala, il s'accroupit en face de l'œil déchiqueté. Apparemment, il s'intéressait bien plus au morceau de pierre qu'aux lamas ou au mandala.

Shan en avait connu, des Goloks, au cours de ses années de pénitencier. Non, il ne les avait pas connus : ces hommes avaient refusé de lui adresser la parole, se contentant de le fixer en silence d'un air malfaisant, celui qu'ils réservaient d'ordinaire à leurs ennemis. Beaucoup parmi les Tibétains les évitaient, car les tribus goloks étaient connues depuis des siècles pour leur banditisme et leurs brigandages. Les Goloks auraient sûrement tenté de tuer Shan s'il n'avait été sous la protection des moines qui partageaient son baraquement du lao gai. Ils avaient attaqué deux prisonniers chinois ; on avait retrouvé le premier, le cerveau transpercé d'un coup de tournevis, le second, châtré à l'aide d'une cuillère affûtée. Au cours de ses premiers jours dans ce camp d'esclaves, Shan aurait accueilli la mort comme une bénédiction. Mais le Shan d'alors était un autre homme, une incarnation différente – le Shan de Pékin entré au goulag ne souhaitait qu'être libéré de la peur et de la douleur, devenues ses compagnes quotidiennes après des semaines d'interrogatoire par la Sécurité publique.

Gendun se tourna vers Shan : Nyma avait terminé son arbre sur la roue de sable. Shan revint au côté du lama et accepta le chakpa qu'on avait regarni en sable blanc. Il ferma un instant les yeux, puis se pencha en avant et se mit en devoir de tapoter l'entonnoir de bronze, dessinant cette fois trois montagnes aux lignes incurvées. Il travaillait en silence, tandis que Nyma et les deux lamas contemplaient la roue presque terminée. Le vent gémissait sur le toit et faisait vaciller les flammes des lampes à beurre. Le mantra de Lokesh se dévidait inlassablement, en flux et reflux, telles les rafales du vent. Shan concentrait son être tout entier sur le chakpa et les grains de sable qui s'en écoulaient, pareils à des filets de lumière vive ou à de la neige fraîche, toute blanche, aussi blanche que les divinités qui habitaient les nuages.

Finalement, ayant terminé ses montagnes, Shan s'éloigna du cercle et alla s'asseoir auprès de Lokesh et de Tenzin. Shopo leva un chakpa de sable bleu pour peindre un moine assis sur les montagnes de Shan.

Dans le fond de la salle, le Golok s'agitait, incapable de rester en place, un instant penché en avant, fixant l'œil déchiqueté, l'instant suivant avec Shan en ligne de mire. Shan devinait les idées qui lui passaient par la tête. Car depuis des semaines il se posait la même question : pourquoi lui ?

— Parce que vous connaissez les manières des démons qui désirent empêcher la divinité de recouvrer la vue, lui avait déclaré Nyma quand il l'avait interrogée.

Le cœur triste, il dut admettre qu'il connaissait effectivement bien les manières du gouvernement chinois.

— C'est votre récompense, avait-elle ajouté. Les personnes comme vous rétablissent l'équilibre détruit par la violence. Vous l'avez fait par le passé. Vous retrouvez ce qui a été perdu.

Un matin, alors qu'ils se partageaient la corvée d'eau, Shan avait suggéré à la nonne que les habitants du cru devaient certainement savoir quelle était la juste place de l'œil. Non, lui avait répondu Nyma, de ses grands yeux ronds et tristes. Une fois rendue aveugle, la divinité s'était retirée dans les profondeurs des montagnes. La vallée de Yapchi, où elle résidait depuis des siècles, mesurait plus de trois kilomètres de long sur près de deux de large, et était entourée sur trois côtés de crêtes imposantes, dont les versants recelaient fractures, fissures et cavernes. La divinité pouvait attendre, cachée n'importe où.

À quatre reprises encore Shan reprit le chakpa de sable blanc, à quatre reprises encore il ajouta des images de nuages et de montagnes, puis il observa les autres qui travaillaient à leur tour sur la roue. Le temps s'écoula sans mesure. En silence, Tenzin ralluma des bâtonnets d'encens. Un bref instant, des grêlons frappèrent le toit de tôle. Lokesh n'en poursuivit pas moins son mantra, sans faillir, sans jamais s'interrompre, jusqu'à ce que sa voix ne soit plus qu'une tonalité du vent. Le Golok s'était installé, jambes croisées, devant l'autel, la tête toujours en mouvement, se tordant et se retournant comme pour voir l'œil un peu mieux chaque fois.

Shan refusa de se laisser déranger par l'étrange comportement de cet homme. Une chaleur inattendue l'envahit et il essaya de se rappeler la dernière fois qu'il avait éprouvé une telle sensation de plénitude. En toute logique, ce devait être avant ses années d'emprisonnement au lao gai, avant qu'il eût atteint au grade d'inspecteur général du ministère de l'Économie, avant qu'il épouse un membre important du Parti et se mette à travailler pour ceux qui dirigeaient le gouvernement de Pékin. Cette nuit était importante, une sorte d'initiation, une nuit de découverte. Une nuit, dirait Lokesh, où, tous, ils vivaient au plus près de leur divinité intérieure. Une nuit au cours de laquelle Shan pouvait penser en toute confiance que, de tous les lieux de l'univers, c'était celui où il était appelé à se trouver. Ici, parmi les lamas capables d'oublier qu'un million de Tibétains avaient été tués par ses compatriotes chinois, d'oublier que les monastères si chers à leur cœur avaient été écrasés sous la botte de Pékin, oublier qu'ils vivaient encore – après cinquante années – dans un pays occupé, oublier toutes ces souffrances, parce que, ici, dans cet ermitage solitaire, isolé et battu par les vents, quelques âmes respectueuses bataillaient pour terminer un mandala dédié à la compassion et à la sagesse. En ce moment, alors qu'ils commençaient le dernier tour de peinture à l'aide du chakpa, ils venaient d'entamer l'heure parfaite de cette nuit parfaite.

Shan releva la tête et, devant le regard de Gendun, son visage s'étira en un large sourire. Peut-être avait-il cherché à découvrir trop de sens caché dans cette étrange quête qui était la leur afin de rapporter l'œil à sa vraie place. Peut-être était-ce là ce dont il était question : perpétuer de tels moments, les garder en vie, protéger les lamas et leurs traditions, préserver les graines. Tout à coup, il ne put rien imaginer de plus important en ce bas monde que de rendre son œil à la divinité.

Gendun tordit le cou et tourna une oreille vers le mur extérieur. Le vent avait gagné en intensité. Plus vif, plus aigu, il résonnait en longues plaintes aux tonalités creuses, aux étranges sonorités métalliques. Shan perçut un mouvement soudain et abandonna sa contemplation. Le Golok s'était redressé à croupetons et surveillait la porte d'un œil circonspect. Retentit une nouvelle longue plainte creuse, plus grave, suivie par un bruit de pas précipités dans le couloir.

Le berger et sa sœur qui veillaient sur le lhakang alternaient les tours de garde, un dans l'ermitage, l'autre sur l'arête rocheuse, avec, pour seule arme, un antique *dungchen* – ce long cor télescopique en usage dans les temples – tout cabossé. Ce n'était pas le vent qu'ils venaient d'entendre, mais le son du dungchen qui cornait pour les avertir. Le Golok se leva et sortit, la main sur le pommeau de son long couteau. À son tour, Shan s'avança d'un pas prudent vers la porte. Lokesh interrompit son mantra et inclina la tête comme pour mieux écouter, puis, après un regard las, continua ses prières, à un rythme un peu plus rapide. Le cor résonna à nouveau, plus pressant, mais les lamas ne parurent pas avoir entendu. Les nœuds pouvaient venir, armés de leurs mitraillettes. Ils pouvaient arriver avec leurs lourdes matraques et les aiguillons à bétail électriques qui leur servaient à maîtriser les populaces tibétaines. Ils pouvaient apporter menottes et entraves, direction un pénitencier lao gai, où Gendun et Shopo, en tant que moines sans licence du gouvernement, seraient assurés de rester au moins cinq ans. Mais personne n'allait voler aux lamas leur moment de joie : le mandala était presque terminé.

Le Golok réapparut, le souffle court, et agrippa Shopo par l'épaule, essayant de l'obliger à se lever. Mais le lama semblait avoir pris racine dans les dalles de pierre de la chapelle et resta inébranlable. Grommelant d'un ton furieux, le Golok tenta sa chance avec Gendun, en vain. Shan fit un autre pas vers la porte, prêtant l'oreille, essayant de discerner dans la nuit l'éventuel barattage métallique d'un hélicoptère, voire le martèlement de bottes des nœuds. Lui ne serait pas arrêté comme moine pratiquant dans l'illégalité : il serait traité en évadé du lao gai, car il ne devait sa libération du pénitencier de Lhadrung qu'à la bonne grâce du commandant de la garnison locale. Il suffirait aux nœuds de vérifier le numéro du tatouage qu'il portait à l'avant-bras pour constater que Pékin l'avait effectivement condamné à une peine de lao gai, sans jamais approuver sa remise en liberté.

Le dungchen cessa de corner. Le Golok, inquiet, jura, les traits pleins d'effroi et de confusion, la main serrant toujours le pommeau de son couteau. Shan alla se rasseoir auprès de Lokesh, jambes croisées, en s'obligeant à contempler la peinture de sable. Les lamas continuaient leur ouvrage, et, très vite, viendrait le tour de Shan avec son sable blanc.

Tout à coup, le berger qui gardait le couloir réapparut, haletant, mais satisfait. Le Golok se calma et se dirigea vers l'ombre près du mur, la main sur son couteau. La femme trapue qui avait pris son poste de garde sur la crête entra à son tour. Quelques instants plus tard, un homme mince de haute taille se glissait dans la salle, s'agrippant à l'huisserie de la porte avant de s'appuyer contre le mur. Les mâchoires crispées en un curieux rictus, il regarda alentour. Shan reconnut les ravines de chair en lambeaux sur le front, les boursouflures en arc des tissus cicatriciels au-dessus des sourcils. Drakte. Le purba qui avait remis Lokesh et Shan entre les mains des dropkas, en leur promettant de revenir. Drakte, qui avait disparu. Mais c'était un Drakte pâle et émacié qu'il avait devant lui, privé de la lueur fière et dure qui brillait habituellement dans son regard.

— C'est lui. Il arrive, débita péniblement Drakte d'une voix rauque. Le temps manque.

Le jeune Tibétain semblait recru de fatigue. Il pressa la main droite contre son abdomen et s'avança vers le cercle au sol, tournant la tête en tous sens comme s'il cherchait quelqu'un. Il fouilla la pénombre où Tenzin était reclus et s'immobilisa un instant, avant de s'arrêter sur Shan, le souffle court.

— Prenez l'œil ! Prenez l'œil et fuyez !

Nyma soupira et, continuant son travail au chakpa, esquissa les contours d'une montagne au sable bleu. Gendun, la tête légèrement de guingois, plissait les yeux devant le nouveau venu, comme si un élément de la personne du purba échappait à son entendement.

Lokesh s'avança, mais Drakte leva la paume, bras tendu, en signifiant au vieil homme de ne pas approcher.

— Il se fiche de qui doit mourir, gémit-il. Il veut retrouver la pierre. Il tue la chose qu'il est. Il tue la prière. Je l'ai vu tuer. On ne peut pas l'arrêter. Fuyez, courez, c'est tout. Courez, c'est tout, répéta-t-il, les mots sortant de ses lèvres en un sanglot. Tout ce que vous pouvez faire, c'est courir. Sauvez l'œil. Sauvez-vous.

Il jeta à Shan un regard suppliant et ajouta, comme s'il était en dette avec lui :

— Je suis désolé.

Shan, glacé jusqu'à la moelle, ne sachant trop que faire, se porta vers la bordure du cercle sacré. Il tendait le bras pour inviter Drakte à s'asseoir devant un bol de thé et à apaiser ses craintes, quand la dropka gardienne des lieux tomba à genoux face à la porte, la tête collée au sol. Le Golok geignit et se précipita derrière le cercle. Nyma releva les yeux et laissa échapper un cri étouffé, oubliant son chakpa dont le sable bleu se mit à couler sur le mandala.

Une créature grotesque emplissait toute l'embrasure de la porte de son énorme carcasse. Les yeux féroces, elle poignardait le purba d'un regard noir. Un homme, songea Shan, ou quelqu'un qui l'avait été. À force d'entendre des récits tibétains sur les vieux démons, il s'était tellement familiarisé avec les efforts des lamas pour donner forme aux démons divinisés que, l'espace d'un instant, il ne fut pas certain de savoir si la chose qu'il avait devant les yeux était bien réelle. Le frère de la gardienne invoqua à haute voix le nom béni de Tara, protectrice des croyants, et se laissa tomber au sol.

L'intrus avait une tête énorme, humaine néanmoins, les traits bestiaux, les joues noircies, la chevelure graissée nouée en chignon serré au sommet du crâne. Ses épaules étaient plus larges que l'huisserie de la porte, et il dut se tordre de profil et se plier en deux pour entrer dans la salle. L'un de ses bras, ressortant d'une robe marron sans manches, était enveloppé au-dessus du coude d'un cordage rouge. Il tenait à la main un long bâton, presque aussi épais que le bras de Shan, dont l'extrémité, plus haute que son épaule, se terminait par un nœud de bois gros comme le poing.

Shopo se leva et tendit la main, paume en avant, pour accueillir l'intrus. Mais avant qu'il ait pu ouvrir la bouche, l'inconnu fouetta violemment l'air de son bâton en vociférant à l'adresse de Drakte, qu'il toucha au ventre. Il parlait vite, avec une force telle que sa voix noyait le bruit du vent. Les dropkas se collèrent les mains sur les oreilles : selon les enseignements de certaines anciennes écoles du bouddhisme tibétain, il existait des mystiques malfaisants dont les paroles de pouvoir étaient capables de réduire en esclavage ceux qui les écoutaient.

Mais l'intrus énorme au visage noir ne parut prêter aucune attention aux dropkas et aux lamas. Il continua à crier à l'encontre de Drakte de sa voix de basse démoniaque, le poignardant de sa trique et le frappant au ventre, aux bras, aux cuisses. Il vociférait en tibétain, mais ses mots étaient inintelligibles. Peut-être était-ce du tibétain ancien ou l'un des nombreux dialectes des régions éloignées. Shan ne comprit qu'un nom : Yamantaka. Le Seigneur des Morts.

Le visage de Drakte se vida du peu de sang qui lui restait, et sa colère céda vite la place à l'effroi. La main sur la poitrine, il recula pour tenter de se mettre hors de portée du bâton. En entendant le haut-le-cœur de Nyma, Shan vit que le jeune purba marchait sur leur fragile mandala, et il chercha désespérément une arme pour voler à son secours. Mais Drakte, les lèvres tremblantes, les yeux rivés au démon, avait commencé à réciter le mantra mani invoquant le Bouddha de la Compassion.

Aussi brutalement qu'il avait commencé, l'intrus se tut. Fixant sur sa victime un regard malveillant, il secouait sa trique de bois à petites secousses, ponctuant ainsi le mantra, qui se transforma bientôt en un sourd gémissement. Le jeune purba vacilla sur place, comme soufflé par une rafale de vent féroce, et tendit la main pour qu'on vînt à sa rescousse. Mais il tremblait trop et son bras retomba bien vite. Shopo gémit : le mandala de sable changeait devant leurs yeux et ses couleurs se mélangeaient, un nuage sombre obscurcissait les motifs complexes et imbriqués comme si une force malfaisante en avait pris possession.

Paralysé par cette vision, incapable de saisir immédiatement le sens des événements, Shan finit par comprendre, la douleur au cœur : du sang. Un sang rouge et sombre coulait en filet de la jambe droite du pantalon de Drakte, s'étalait en flaque à ses pieds et venait recouvrir leur précieux mandala.

Shan hésita, fit un pas, puis un autre, et tendit le bras pour aider le jeune purba. Celui-ci tourna vers lui des yeux vides, l'air égaré, avant de s'effondrer à genoux, à bout de forces, puis de basculer tête en avant, sa mâchoire s'écrasant contre les dalles de pierre avec un bruit à soulever le cœur.

Shan se retourna vers la porte. Le démon avait disparu.

— Cela ne sert plus à rien, sanglota bruyamment la dropka. C'en est fini de nous.

Les larmes coulaient sur son visage. Le grand cercle de sable auquel ils avaient œuvré deux mois durant était contaminé. Les divinités allaient abandonner la peinture sacrée, et peut-être les abandonneraient-elles eux aussi.

Lokesh se précipita vers Drakte et lui prit la tête au creux de ses bras. Le visage défait, le vieux Tibétain, à voix basse et rapide, entama aussitôt une autre sorte de prière : lui aussi avait reconnu ce que Shan avait perçu dans les yeux vitreux qui ne voyaient plus rien. Drakte était mort.

2.

— La luminosité et la vacuité sont la nature fondamentale de ton esprit, entonna doucement Gendun en s'asseyant à côté du corps du jeune Tibétain. Au-delà de la naissance et de la mort elles demeurent, comme une vaste étendue de lumière.

Il avait entamé la récitation du rituel des Bardos à l'instant où il avait vu le visage de Drakte, offrant d'une voix paisible les antiques paroles tandis que les deux dropkas allongeaient le corps sur le sol. Il n'y avait pas de temps à perdre. En cet instant, Drakte devait éprouver la sensation d'une grande chute et d'une rafale de vent, accompagnées d'éclairs de couleurs brillantes. Il n'avait pas été préparé à la perte de son corps terrestre et se trouvait dans un état de profonde confusion.

— Rinpoché, dit Nyma à Gendun d'une voix morte, le mandala pour...

Gendun s'interrompit un instant, laissant couler son regard sur le mandala détruit, l'œil déchiqueté, puis sur Tenzin agenouillé auprès de Drakte et finalement sur la dépouille du jeune purba.

— C'est ici que le Bouddha de la Compassion nous a conduits, déclara-t-il, et il poursuivit le rituel : Tu quitteras ce corps de chair et de sang et tu sauras que tu es en paix.

Guidés par Lokesh et Tenzin, les dropkas glissèrent le corps sur une couverture et l'emportèrent dans la hutte voisine, accompagnés par Gendun, qui marchait à côté du cadavre en récitant le rituel mortuaire. Nyma alluma quelques lampes à beurre et ils placèrent la dépouille dans la posture traditionnelle : assise, appuyée contre le mur. Shan s'installa un moment en compagnie du lama, le cœur battant la chamade, essayant désespérément de comprendre ce qui s'était passé. Puis il se leva et alla à la porte. Le Golok et les deux bergers arpentaient d'un pas nerveux le périmètre des bâtiments, et la femme dropka donnait l'alarme au campement adjacent. À l'intérieur de la pièce, sous cette faible lumière, Gendun et Drakte semblaient engagés dans une paisible conversation.

Dans le lhakang, Shopo entama une seconde cérémonie autour du mandala en présence de Nyma et de Lokesh, assis de part et d'autre du cercle. Le vieux lama s'adressa aux images invoquées dans la peinture de sable, l'une après l'autre, en offrant à voix basse à chacune une prière qui sonnait comme une excuse. Shan resta en leur compagnie presque une demi-heure. Puis la peur l'emporta à nouveau. Il sortit et alla jusqu'à la porte de la hutte où Gendun continuait à parler de Drakte. Il fixa le mort de tous ses yeux, se rappelant leur première rencontre dans la vallée de Lhadrung, alors qu'il rassemblait des vivres pour les familles des prisonniers. Plusieurs années durant, Drakte avait porté la robe de moine avant d'être exclu de son *gompa*, son monastère, lorsque le bureau des Affaires religieuses de Pékin avait strictement limité le nombre de moines autorisés à exercer leur sacerdoce. En d'autres temps, Drakte aurait passé sa vie en robe, apprenant et enseignant les voies de la compassion. Mais ceux qui dirigeaient leur monde avaient refusé au jeune moine le droit de résider dans un gompa et de partager la sagesse des lamas.

Shan s'était trompé : il avait eu tort de croire qu'ils pouvaient être en sécurité dans leur ermitage caché, tort de s'être laissé emporter dans les profondeurs du rituel du mandala alors que le danger se tapissait, tout proche. Peut-être avait-il même commis une erreur en acceptant de se concentrer jusqu'à l'obsession sur le mandala et l'espoir qu'il incarnait. Souvent, il avait entendu les lamas discuter avec des hommes comme Drakte : en leur parlant de la compassion, ils essayaient de les convaincre d'en faire l'arme de leur lutte. Ce à quoi la plupart répondaient que s'ils tentaient de défendre leur cause avec la seule compassion, au bout du compte, tous les compatissants seraient morts.

Shan erra sans but précis, dans un brouillard, et finalement rejoignit son lieu de méditation près des rochers. Un nuage passa devant la lune. L'abominable scène dont il avait été témoin ne cessait de se jouer en son for intérieur : le sang du jeune purba suintant goutte à goutte sur le mandala ; Drakte, les yeux rivés à lui, impuissant. Le cœur agité, il contempla l'horizon faiblement éclairé, avant d'oser s'aventurer à nouveau vers la hutte mortuaire. Il songea un instant à y pénétrer, mais la porte était fermée. Derrière les murs, deux voix récitaient les Bardos. Gendun n'était plus seul, un inconnu l'avait rejoint, car Nyma, Lokesh et Shopo se trouvaient toujours dans le lhakang. La seconde voix répondait en un écho en mineur à la litanie douce et aguerrie du lama – une voix d'homme, de professeur, de toute évidence familiarisée avec les formes d'enseignement traditionnelles. Shan savait par Shopo que des lamas venaient de temps à autre à l'ermitage pour y méditer en secret. Ou alors un dropka du campement connaissait la prière. Il battit en retraite. L'idée d'interrompre la cérémonie lui était insupportable. Il avait déjà le sentiment d'avoir rendu la vie difficile à Drakte et ne voulait pas rendre sa mort plus difficile encore.

À l'aube, Shan demanda à la femme dropka de le conduire à l'escarpement rocheux pour lui montrer l'endroit où elle avait aperçu Drakte la nuit précédente. Il la suivit en silence dans la lumière grise, remontant le sentier en lacet serré qui reliait l'ermitage au monde extérieur. Arrivée à la crête, la dropka, paraissant craindre une embuscade, se colla au sol et avança précautionneusement pour inspecter la vallée qui s'étirait en contrebas. Elle se redressa et fit signe à Shan de la rejoindre sans l'attendre pour autant, trottinant le long de l'arête sur deux cents mètres, jusqu'au point culminant où se dressait un cairn. Lorsqu'il la rattrapa, elle s'affairait à y ajouter de nouvelles pierres. La base couverte d'une épaisse couche de lichens vert-de-gris, le cairn était là depuis longtemps. Au cours des semaines précédentes, sous la garde des dropkas, les bergers y avaient ajouté chaque jour plusieurs pierres, bâtissant ainsi une pyramide haute de deux mètres susceptible d'attirer l'attention des divinités. La femme ramassait à gestes fiévreux ses cailloux, les traits tirés par l'inquiétude. Les dropkas n'avaient pas le droit de porter d'armes à l'ermitage, mais ils pouvaient toujours ajouter des pierres au cairn.

Shan s'approcha et souleva un gros bloc qu'il posa au sommet de l'édifice. Un sourire triste barra le visage de vieux cuir de la femme, qui repoussa en arrière le bandeau rouge tressé autour de son front avant de ramasser en silence un nouveau fragment de roche.

— Je ne peux pas m'empêcher de penser que c'est moi, la cause de tout, finit-elle par murmurer, en contemplant la vallée d'un air hanté. C'est peut-être ce que j'ai fait qui a conduit jusqu'à nous la chose qui l'a tué. J'ai soufflé dans le dungchen quand j'ai vu arriver Drakte, avant même de l'avoir reconnu. C'est peut-être lui qui a attiré la chose, ajouta-t-elle en montrant son cor posé sur un carré de toile près du cairn.

— Non, objecta Shan, avec une conviction factice. La chose en voulait déjà à Drakte, elle en voulait à l'œil de pierre. Drakte venait nous avertir.

Mais il venait également pour les aider à entamer leur long périple en compagnie de l'œil. Les dernières paroles du jeune Tibétain le hantaient encore, autant que l'image de son sang qui dégouttait sur le mandala. S'excusait-il d'un acte qu'il aurait commis ? Ou parce que le voyage serait désormais impossible ? Pour les deux raisons, peut-être, parce qu'il avait lâché sur eux le démon.

— Et il en est mort, reprit la femme, en s'étreignant la poitrine avec une grimace de douleur, comme si quelque chose s'était déchiré en elle. Drakte, je le connaissais. Il est né dans ce comté, dans une famille de bergers qui vivent à une journée de marche d'ici. Sa mère était très fière quand il est devenu moine. Il a aidé à reconstruire cet ermitage, il y a des années. Il faisait tout son possible pour apporter son aide aux familles dont des membres étaient emprisonnés. Il a même réussi à me transmettre des messages de mon fils, enfermé près de Lhassa pour avoir donné refuge à un moine il y a bien longtemps.

Elle toucha le bandeau de tissu rouge tressé qui lui ceignait le front.

— Il m'a apporté ça de la part de mon garçon. Le tissu vient de la robe d'un moine décédé.

Elle contempla la longue vallée délavée par les premières lueurs du soleil levant.

— Pourtant la chose ne nous a fait aucun mal, poursuivit-elle, essayant de comprendre. Elle s'est contentée de le tuer, et elle est repartie. Elle aurait pu prendre l'œil, mais elle n'en a rien fait. Drakte a dit qu'elle tuerait pour avoir l'œil. Mais c'est lui qui a été tué.

Elle sonda le visage de Shan, en quête d'une explication.

— Elle doit être tapie dans les montagnes, elle va revenir. Maintenant qu'elle sait. Ce soir. Cette nuit. Est-ce qu'elle ne tue qu'à la nuit ?

Shan se contenta de secouer la tête d'un air triste en tendant le bras vers l'embouchure de la vallée.

— Comment avez-vous pu voir Drakte dans le noir ? Vous avez dit que vous avez sonné du cor quand vous l'avez aperçu. Est-ce qu'il était seul ?

— La lune était presque à sa moitié. J'ai bien souvent veillé nos troupeaux par des nuits comme celle-là, armée de mon lance-pierres contre les loups et les lions des neiges. Sous une telle lumière, et sans nuages, je suis capable de voir très loin. J'ai aperçu un homme qui s'approchait. Avant qu'il atteigne le fond de la vallée, je le distinguais clairement quand il franchissait les névés. Il était seul. Mais, d'abord, il y a eu les aboiements des chiens.

— Les chiens ?

Elle indiqua un large ensemble d'affleurements rocheux à près de deux kilomètres de distance.

— Tout en bas de la vallée. Des chiens ont aboyé là où la vallée s'incurve, à un endroit où je n'avais pas entendu de chiens depuis des semaines. J'ai d'abord cru qu'il s'agissait de Tenzin.

— Tenzin ? s'étonna Shan.

— Il sort parfois la nuit. Il y a deux soirs de ça, et aussi une fois la semaine dernière. Je crois qu'il part prier au clair de lune. Certaines prières qui ne se récitent qu'en pleine nuit, et aussi des choses qu'il vaut mieux ne dire qu'à la lune.

Avec un regard interrogateur à Shan, elle secoua la tête et revint à sa contemplation de la vallée.

— Jamais je n'aurais cru que ça pouvait être Drakte. Sinon, je n'aurais pas sonné du dungchen. Il avait l'habitude de s'arrêter en chemin et de parler aux chiens qu'il croisait sur sa route, et les bêtes n'auraient pas aboyé comme ça. En plus, je connaissais sa silhouette et sa démarche. Il avançait toujours droit comme un I, fièrement, une vraie démarche de guerrier. Cette nuit, il avait un comportement très étrange : il trottinait sous la lune, sans se cacher, en pleine lumière, mais il s'est arrêté plusieurs fois en arrivant aux rochers, comme s'il craignait une embuscade et essayait de se mettre à l'abri.

— Ou pour voir si quelqu'un était sur ses traces.

Shan avait toujours en mémoire l'image de Drakte entrant dans la salle, suivi, quelques instants plus tard, par l'intrus. Devant l'apparition de l'énorme inconnu armé de son gros bâton, le jeune purba avait été complètement pris au dépourvu : il pensait ne pas être suivi. Son étrange attitude, ses arrêts successifs à l'abri des rochers devaient s'expliquer par une autre raison.

— Quand il est apparu en haut de la crête, qu'a-t-il dit ?

— Je l'ai reconnu tout de suite, et je l'ai salué d'un geste. Il n'a rien dit, il s'est contenté de pointer le bras vers l'ermitage. Je suis descendue avec lui, parce que j'avais fait sonner le cor et que je ne voulais pas alarmer les autres, je ne voulais pas qu'ils se croient en...

Les mots s'étranglèrent dans sa gorge. Elle était descendue de son promontoire pour les rassurer. Mais le danger était venu malgré tout, alors qu'elle avait quitté son poste de garde.

— Cette chose, ce démon, il était très puissant, à nous montrer ainsi la pointe de sa lance, chuchota-t-elle.

— Une pointe de lance ? Mais il n'avait pas de lance.

— Bien sûr, vous ne l'avez pas vue, ni vous, ni personne. Mais Drakte a été poignardé. Le démon nous a fait apparaître sa lance sous la forme d'un bâton de bois.

La dropka regarda par-dessus son épaule. Shan se retourna : un sac en toile en bandoulière, Shopo franchissait la crête en direction du fond de la vallée.

— Que Bouddha soit béni, gémit la femme d'une voix pleine de chagrin. Les sables, expliqua-t-elle en touchant le gau qu'elle portait au cou. Il doit rendre les sables aux nagas, aux divinités des eaux.

— Mais en plein jour, il peut facilement être repéré par les patrouilles, s'inquiéta Shan. Il pourrait se faire arrêter. Il ne peut pas attendre ?

Il avança d'un pas, hésitant à courir à la rencontre du lama et à l'arrêter.

La dropka se tourna vers lui, puis son regard empli de désespoir se perdit dans le lointain, vers les montagnes à l'opposé de la vallée, comme pour en appeler aux divinités : pourquoi lui imposaient-elles ce fardeau, ce Chinois qui ne comprenait rien ?

Elle hocha la tête.

— Tout ce sang. Et juste au moment où ils finissaient, après des semaines de prières. Au moins le mandala n'a pas reçu sa consécration finale, ajouta-t-elle, le cœur lourd, comme si une catastrophe plus grande encore avait été évitée de justesse.

Elle suivit la silhouette solitaire qui descendait dans la vallée déserte, secouant toujours la tête.

— Une fois qu'ils en auraient eu terminé, Shopo serait parti remercier les nagas. Il leur aurait appris quelle belle et magnifique chose était née du cadeau qu'elles leur avaient fait. Il leur aurait expliqué que, grâce à leurs sables, ils avaient commencé à ravauder une divinité. Songez un peu à ce qu'il devra leur annoncer maintenant, chuchota-t-elle, une larme coulant sur sa joue.

Shan suivit des yeux la silhouette du lama qui s'amenuisait dans le lointain, avant de demander :

— S'il y avait des chiens, ça signifie peut-être que des bergers se sont installés à l'embouchure de la vallée la nuit dernière. On pourrait peut-être les retrouver et les interroger. Il faut que je reste avec Gendun, mais nous devons savoir ce qui s'est passé cette nuit.

La femme avait recommencé à empiler des pierres sans paraître l'avoir entendu. Il l'abandonna à son désespoir et contempla un instant l'immense paysage désolé avant d'entamer sa descente vers l'ermitage. Au-delà de la première barre de montagnes basses qui fermait l'extrémité de la vallée se dressait une autre chaîne rocheuse, plus élevée. Sur fond d'air miroitant, ses pics couverts de neige étaient illuminés par un éblouissant soleil matinal. C'était l'image exacte de ce que Shan ressentait. Il avait beau essayer, escalader les reliefs les plus abrupts, chaque fois qu'il atteignait à une nouvelle hauteur, à une nouvelle compréhension, une nouvelle montagne se dressait devant lui, un autre obstacle s'offrait à ses yeux, un autre mystère bloquait son cheminement. Un jour, Lokesh avait décrit cela comme le fardeau d'être Shan.

— Ce que nous considérons comme des virages inévitables sur le chemin de notre existence, toi, tu le vois comme des énigmes et tu dois t'arrêter pour les comprendre.

Il avait ajouté, d'un ton curieux :

— C'est ta façon bien à toi d'apprendre.

Mais apprendre impliquait qu'on allait de l'avant avec, en soi, un nouveau savoir. Cependant, son chemin à lui semblait inlassablement lui répéter combien il en savait peu.

Un mouvement attira l'attention de Shan sur le fond de la vallée. Une silhouette noire marchait à une vitesse inouïe le long de la piste – tellement rapidement qu'il se sentit à nouveau tenaillé par la peur. Était-ce la créature surnaturelle qui avait rattrapé Drakte dans le lhakang ? Il s'accroupit dans les herbes et observa avec effroi Shopo, qui, au loin, s'arrêtait à son tour. Devant le cairn, la dropka se mit à geindre bruyamment et agrippa sa corne. Les vieux Tibétains racontaient des histoires de coureurs mystiques appelés *lunggompas* et capables de franchir des centaines de kilomètres en une seule journée grâce à une force surhumaine et à un entraînement leur permettant d'ignorer la fatigue.

La silhouette s'arrêta un instant devant Shopo et reprit sa course à cette même allure incroyable. Elle remonta la pente vers l'escarpement rocheux où se tenait Shan et se dirigea vers l'ermitage. La dropka abaissa son dungchen. Le coureur à pied n'avait voulu aucun mal au lama chargé de son sac de sable, il ne l'avait défié en rien, aussi Shan s'assit-il sur un rocher en bordure de la piste et attendit-il. Arrivé à une cinquantaine de mètres de lui, l'inconnu, en survêtement noir à capuchon, ralentit, s'approcha lentement et s'assit à son tour, jambes croisées. Il sortit une bouteille d'eau de sa ceinture sous le survêtement, but une gorgée et rabattit son capuchon.

C'était une jeune Tibétaine au visage mince éclairé par de grands yeux noirs intenses.

— Vous devez être le Chinois, déclara-t-elle d'une voix sévère.

Elle respirait profondément, sans haleter, malgré une ascension aussi difficile. Elle étudia Shan un moment puis, plaçant les mains derrière la tête, libéra deux tresses qu'elle portait épinglées tout contre les oreilles et les replaça correctement, comme si, soudain, elle se souciait de son apparence.

— Je cherche Drakte, dit-elle.

— Vous êtes une purba, suggéra Shan.

— Je suis enseignante.

— Il n'y a pas d'enfants par ici, fit tranquillement remarquer Shan.

Elle le dévisagea bien en face, d'un air glacé plein de défi.

— Les Chinois m'ont dit : va à l'université pour être professeur, deviens un modèle pour la jeunesse tibétaine. Alors je suis allée à l'université. Ils ont dit : cours sur la piste pour que nous ayons un coureur de fond digne de représenter la Chine en compétition. Ce que j'ai fait. J'ai gagné des médailles à Pékin et je suis retournée dans mon district d'origine pour devenir cette citoyenne modèle.

Elle s'adressait à lui d'une voix forte, le raillant.

— Mais après une année d'enseignement, ils ont dit : plus de classes en tibétain. Parle uniquement en chinois aux enfants, n'utilise que des livres chinois. Et j'ai répondu non, je continuerai à parler aux enfants tibétains dans leur langue maternelle. C'est ce que fait un citoyen tibétain modèle.

Elle leva sa bouteille et but une longue gorgée.

— Un jour je suis arrivée dans mon école et un professeur chinois avait pris ma classe. Ils avaient vidé mon bureau, ils avaient même raflé toutes mes médailles.

Elle laissa filer le regard vers l'ermitage puis revint sur Shan.

— Mais ils ne m'ont pas pris mes jambes.

— Et donc, aujourd'hui, vous courez pour les purbas.

— Je peux aller là où les chevaux et les camions ne parviennent pas.

— Une lunggompa purba.

Elle haussa les épaules d'un air irrité et fit la moue, lui signifiant ainsi sans ambiguïté que sa finesse d'esprit ne l'impressionnait guère.

— Est-ce qu'on vous a suivie ? demanda Shan en la voyant observer la pente qu'elle venait de gravir.

— Il faut que je voie Drakte.

— Il est...

La langue de Shan se fit lourde soudain et il se tourna vers les bâtiments au fond du vallon.

Sans attendre plus longtemps, la jeune femme se remit debout d'un bond, la bouteille toujours à la main, et descendit la pente abrupte à longues enjambées d'antilope.

Shan la retrouva dans la hutte mortuaire. Elle s'appuyait au mur, le visage exsangue, les mains serrées sur son ventre devant la dépouille de Drakte. À ses pieds, la bouteille déversait lentement son contenu sur le sol. Lokesh et Tenzin, assis à côté du corps, un bol d'eau et un linge à la main, lavaient respectueusement les membres du cadavre. Le frère de la gardienne dropka allumait des bâtonnets d'encens. Gendun était dans l'ombre et poursuivait, les yeux clos, à mi-voix, le rituel des Bardos.

Shan ramassa la bouteille.

— Aviez-vous un message à lui transmettre ? chuchota-t-il.

La jeune femme ne répondit pas. Elle s'approcha du corps de Drakte, s'agenouilla et tendit lentement les doigts vers son visage, dans l'intention de lui caresser la joue, s'arrêtant avant de toucher sa peau. Elle demanda d'une voix brisée :

— Qui ? Qui a vu ce qui s'est passé ? Qui a fait ça ?

Son regard fusa vers Shan : tout le monde savait qui assassinait les purbas.

— Nous l'avons tous vu se faire tuer, intervint le dropka en frissonnant de la tête aux pieds. Une malédiction a été lancée sur sa tête et son sang s'est mis à couler.

— Personne ne l'a vu se faire tuer, contesta Shan. Personne. Nous l'avons vu mourir, c'est tout. Un intrus a fait son apparition et l'a frappé au ventre à coups de bâton. Mais pas assez violemment pour qu'il saigne de cette façon.

Il rendit à la jeune femme son regard glacé, jusqu'à ce qu'elle lève la main pour essuyer une larme.

— Notre sentinelle, sur la crête, a expliqué que Drakte se comportait de manière étrange, ajouta-t-il d'une voix plus douce. Il s'est souvent arrêté au fond de la vallée. Je pense qu'il était déjà blessé.

Il s'approcha à son tour de la dépouille, s'agenouilla auprès de Lokesh et de Tenzin, et souleva un pan de la chemise ensanglantée. Il avait été trop choqué la nuit précédente pour examiner le corps de près. Mais à présent il lui fallait comprendre. Il exposa le côté droit de l'abdomen. Une profonde plaie de dix centimètres béait encore, entourée de sang coagulé qui avait coulé sur la hanche. Il se rappela qu'en aidant à placer Drakte sur la couverture il avait senti le ventre anormalement dur. Une hémorragie interne.

— Il a été poignardé ! gémit la jeune femme.

— Pas la nuit dernière, dit Shan, en montrant plusieurs fils sortant des lèvres de la plaie qu'on avait grossièrement recousue. Cette blessure remonte à plus loin, et elle a sectionné des organes vitaux.

Les points de suture improvisés avaient lâché, sans doute lorsque l'intrus avait frappé Drakte de sa trique.

La jeune femme poussa un cri déchirant – mi-gémissement, mi-hurlement – avant de le ravaler en se mordant le doigt.

— L'année dernière, commença-t-elle d'une voix tremblante, Drakte s'est entaillé le bras alors que nous escaladions des rochers au-dessus d'une base de l'armée.

Elle releva la manche gauche de Drakte et montra une cicatrice de quinze centimètres sur l'avant-bras.

— Il a ri quand j'ai dit : va voir un docteur. Il a prétendu que c'était trop difficile de trouver un bon docteur tibétain. Et qu'il arrivait des choses bizarres aux Tibétains dans les hôpitaux chinois. Et il s'est recousu lui-même. Sans analgésique. Rien qu'une grosse aiguille et quelques poils de yack qu'il avait empruntés à un dropka qui réparait sa tente.

Shan se rappela l'état de faiblesse de Drakte à son arrivée, la façon dont il s'était appuyé contre le mur pour ne pas s'effondrer, ses pas chancelants quand il s'était avancé vers le centre de la pièce. La dropka de garde avait déclaré qu'il s'arrêtait près des affleurements rocheux comme s'il surveillait ses arrières. Il ne surveillait rien, il récupérait, attendant que la douleur s'apaise, rassemblant ses forces pour atteindre l'ermitage. Il se croyait suffisamment à l'abri de son agresseur pour avoir pris le temps, quelques heures auparavant, de suturer sa plaie.

La jeune coureuse se colla au plus près de la tête de Drakte, comme pour lui chuchoter quelque chose à l'oreille. Quand elle se releva, de nouvelles larmes coulaient sur ses joues, et Shan se souvint de la manière dont elle avait dégagé ses tresses sur la crête.

Ils restèrent assis en silence, tandis que Lokesh épongeait délicatement le sang qui avait coulé de la blessure avant de replacer la chemise. Tenzin, qui l'aidait, le bol d'eau à la main, s'immobilisa soudain, souffle coupé et mains tremblantes. Il reposa le récipient sur le sol pour examiner le cadavre une nouvelle fois puis se rencogna contre le mur, les traits tordus par le chagrin. Les yeux de la jeune femme se voilèrent. Elle leva la main et suivit d'un doigt la longue cicatrice incurvée qui barrait le front de Drakte, mit la paume en coupe sur sa joue et redessina une fois encore la cicatrice. Son geste était chargé d'intimité ; c'était un signe d'affection que Drakte devait encore reconnaître.

— Tu l'aurais été, ce lama que tu voulais être, murmura-t-elle, la main tendrement posée sur sa joue. Tu aurais vécu jusqu'à cent ans en suivant comme un juste les voies de la vérité. Qui seront les anciens désormais, à l'âge où, toi, tu aurais dû être vieux ?

Sa main retomba, ses yeux étaient mouillés de larmes, mais sa voix était ferme et maîtrisée quand elle demanda au dropka :

— Qu'est-ce que vous avez voulu dire par : il a été maudit ?

— Un démon est venu et il a prononcé des paroles de pouvoir, intervint une voix dans le dos de Shan : le Golok était sur le seuil de la hutte. Et nous savons pourquoi, ajouta-t-il en défiant Lokesh et Gendun du regard. Parce que ce démon ne veut pas qu'un autre Chinois emporte la pierre.

Lokesh, l'air aussi perplexe que Shan, haussa les épaules et se tourna vers le Golok en fronçant les sourcils.

— Ce n'est pas un démon, déclara-t-il. C'est un *dobdob*. Si c'était un démon, il serait revenu pour vous, parce que vous parlez devant un mort avec un tel manque de respect.

Cela ne ressemblait guère au vieux Tibétain d'exprimer des reproches aussi directs. Le Golok répondit par une grimace exagérée avant de quitter la hutte.

Ils finirent la toilette du mort de leur mieux, allumèrent d'autres lampes à beurre et sortirent à leur tour. Shan s'attarda à la porte : il devait absolument parler à Gendun et s'assurer que le lama serait prêt à fuir en leur compagnie le cas échéant. Mais Gendun poursuivait les Bardos, tout entier concentré sur une des flammes qui brillaient auprès de Drakte.

Gendun avait passé pratiquement toute son existence dans un ermitage caché, taillé au cœur de la montagne. Le premier Chinois qu'il eût jamais rencontré avait été Shan, l'année précédente. La première fois qu'il avait quitté son ermitage ne remontait qu'à quatre mois. Il avait un jour tristement confié à Shan qu'il ne parvenait pas à s'habituer à une chose dans le monde extérieur : le nombre d'humains bons et dignes qui mouraient sans avoir préparé leur âme, comme s'ils n'avaient pas pris au sérieux le cadeau de leur incarnation terrestre.

En sortant de la hutte, Shan fut soulagé de voir le Golok préparer un cheval gris pour la route. Le garde dropka était accroupi auprès d'un petit feu entre deux des bâtiments, à l'abri du vent, et barattait un mélange de thé et de beurre en jetant des regards angoissés vers la crête où sa sœur empilait toujours des pierres. Lokesh, Shan et la coureuse purba s'accroupirent à son côté quand il leur offrit à chacun un bol de thé.

— Je ne comprends pas, dit Shan à Lokesh. Tu sais qui était

l'intrus de la nuit dernière ? Un dobdob. Je n'ai encore jamais entendu ce mot.

— Je n'ai pas dit qui c'était, mais ce que c'était. Un policier monastique. Un dobdob veille au maintien de la vertu, au respect envers les lamas. Quand j'étais enfant, il y en avait dans tous les grands gompas. La première fois que j'en ai vu un, moi aussi j'ai cru qu'il s'agissait d'un démon, avec ses joues noircies à la cendre et ses monstrueuses épaules. Il leur arrivait parfois de glisser une planche spéciale sous leur robe pour les faire paraître plus larges que celles du commun des mortels. Cette première fois, je me suis caché derrière mon père, jusqu'à ce que le dobdob reparte. Je n'en avais pas revu depuis au moins quarante ans.

Parce qu'il avait appartenu jadis au gouvernement du dalaï-lama, Lokesh avait passé presque la moitié de son existence dans un camp de travaux forcés.

— Ils faisaient régner l'ordre dans les rangs lors des grandes assemblées. Ils faisaient respecter les règles de l'abbé du gompa. Ils aidaient les moines à rester fidèles à leurs vœux à l'aide de leurs grands bâtons et de leurs fouets en queue de yack. Si un novice chuchotait, un coup de trique lui fermait la bouche bien vite, ajouta-t-il en levant le poing pour l'abaisser d'un coup violent.

— Mais ici, dit la purba. La nuit dernière ? C'est impossible. Ils n'existent plus.

— Le spectre d'un dobdob, dit le dropka avec respect, impressionné. Il est apparu, il a puni Drakte et s'est évaporé, de la même manière que les esprits la nuit. Il ne veut pas de nous ici. La prochaine fois que les purbas voudront des guetteurs ici, ils devront demander à d'autres, conclut-il d'une voix ténébreuse.

— Ce n'est pas un spectre qui lui a tranché l'abdomen, objecta Shan. Ce n'est pas un spectre qui l'a attaqué et l'a poursuivi dans les montagnes.

— Drakte est venu nous avertir, il a dit qu'il l'avait vu tuer, murmura le berger. Nous avons vu celui dont il parlait, et quelques minutes plus tard Drakte n'était plus.

La jeune coureuse se plongea dans son bol de thé.

— C'est Drakte qui avait eu l'idée des coureurs de montagne, déclara-t-elle, comme si elle lui devait cet éloge. Il s'est arrangé pour que j'en entraîne d'autres. Il avait fait de la prison pour avoir conduit une manifestation à Lhassa le jour de l'anniversaire du dalaï-lama. Je l'ai rencontré ce jour-là, j'ai chanté des chansons avec lui, et j'étais là quand les soldats se sont emparés de lui et l'ont emmené. Je lui ai rendu visite en prison, et j'étais présente le jour de sa libération. Le premier mois, il n'a fait qu'une chose : il a cherché de la nourriture pour la distribuer aux familles de chacun de ses compagnons de cellule. Que va-t-il advenir de lui ? demanda-t-elle en relevant la tête de son bol, les yeux mouillés de larmes.

— Nous ferons ce qu'il faut, affirma le dropka en posant une main sur son épaule pour la réconforter. Il existe un *durtro* au sommet d'une montagne qui surplombe le lac sacré. Quand l'heure sera venue, c'est là que nous le conduirons.

Un durtro : un site funéraire en plein ciel, un charnier où les *ragyapas*, les briseurs de corps, allaient découper sa dépouille en morceaux pour l'offrir aux vautours. Trois jours après le décès, une fois son cadavre proprement bénit, les restes de Drakte seraient transportés jusqu'au durtro et sectionnés en segments afin qu'il pût retourner au cercle de la vie. Même ses os allaient être écrasés et réduits en pâte afin de servir de nourriture aux oiseaux.

— Ne laissez pas les Chinois le prendre, supplia la purba d'un ton d'urgence. Faites en sorte qu'ils ne sachent pas.

Le dropka acquiesça gravement.

La coureuse s'inclina vers Shan et détourna vite les yeux en croisant son regard.

— Je m'appelle Somo, murmura-t-elle.

C'était sa manière de lui présenter ses excuses, comprit-il, de lui montrer qu'en dépit de l'opinion qu'elle avait des autres Chinois elle lui donnait un gage de confiance en lui offrant son nom, parce que Drakte l'avait fait avant elle.

— On m'appelle Shan.

Elle le salua d'un hochement de tête.

— J'ai entendu parler de vous alors que vous étiez encore au pénitencier.

— Est-ce que vous étiez à Lhadrung avec Drakte ?

Elle fit signe que non.

— J'étais habituellement à Lhassa. Il passait beaucoup de temps là-bas, et dans les territoires plus au nord, là où il était né.

— Quand êtes-vous allée à Lhassa pour la dernière fois avec lui ?

— Il y a presque trois mois, répondit-elle avec circonspection.

Plus de deux mois s'étaient écoulés depuis que l'œil avait été remis à l'ermitage, après avoir été dérobé quelques semaines auparavant à Lhassa.

— Drakte m'a raconté que vous aviez aidé les vieux lamas au pénitencier. Vous avez fait libérer un vieil homme qui avait travaillé pour le quatorzième gouvernement.

Lokesh lâcha un de ses rires enroués et jeta un coup d'œil amusé à Shan.

— C'était vous ? demanda Somo à Lokesh d'un ton incrédule.

— J'allais y mourir, dans cette prison, répondit un Lokesh tout sourire en hochant la tête, mais Xiao Shan m'a trouvé une autre voie.

Xiao Shan. Le Petit Shan en chinois. Lokesh usait parfois de ce terme d'affection utilisé dans l'ancienne Chine par les personnes âgées à l'adresse d'un plus jeune, exactement comme le faisaient ses oncles quand il était petit.

— J'étais déjà mort, déclara Shan en plongeant le nez dans son bol de thé. Ils m'ont ramené à la vie,

Il se tourna vers la hutte mortuaire où Gendun continuait de veiller Drakte. Le rituel des Bardos devait se réciter vingt-quatre heures durant après la mort. Dans leur pénitencier lao gai, quand un prisonnier décédait, les lamas les plus anciens prenaient tour à tour des postes de quatre heures, même pendant qu'ils travaillaient en équipe à casser des cailloux, pour psalmodier de mémoire les paroles sacrées. Cette charge revenait toujours aux plus anciens, parce que les plus jeunes, ayant vu leur éducation raccourcie brutalement par les Chinois, ne connaissaient pas l'intégralité des textes.

— Il n'y a personne d'autre, expliqua Lokesh comme s'il lisait dans l'esprit de Shan. Je ne connais que la première heure du rituel. Nous n'avons pas de texte de référence.

— J'ai entendu quelqu'un la nuit dernière, indiqua Shan. Nous ne pouvons pas nous permettre d'attendre un jour entier.

— Il n'y a personne d'autre, répéta Lokesh.

Shan se tourna vers la hutte, perplexe. C'était vrai. Il n'avait vu personne d'autre. Avait-il, un peu plus tôt, entendu quelque écho étrange de la voix de Gendun, ou Drakte avait-il tenté de se joindre au vieux lama ?

— Mais vous ne pouvez pas rester ! protesta Somo. Drakte essayait de nous prévenir que – elle jeta un coup d'œil à Shan – c'est trop dangereux. C'est bien ce qu'il vous a dit la nuit dernière, non ?

Lokesh se leva et entra dans le petit lhakang, Shan sur ses talons. Nyma priait à voix basse devant l'autel. On aurait cru qu'elle se disputait avec l'œil de pierre, repoussé tout au bord de l'autel vers une petite boîte en bois posée par terre juste sous lui, ouverte et doublée de feutre. En voyant Shan, son visage s'illumina et elle se leva pour se poster à côté de l'autel, pleine d'espoir. Shan ne réagissant pas, elle lui indiqua la boîte.

— Vous craignez de le toucher ? interrogea-t-il.

— Oui, répondit la nonne de bonne grâce. Je l'ai poussé avec un chakpa jusqu'au bord.

Lokesh soupira et se plia en deux pour ramasser le coffret. Shan y déposa le morceau de pierre déchiqueté, Lokesh en replia le feutre et referma le couvercle.

— Nous avons le temps, dit Shan. Rinpoché n'en aura pas terminé avant la fin de la soirée.

Lokesh sortit en silence, la boîte contre lui. Près de la porte, le Golok resserrait la sangle de son cheval de montagne, trapu et court sur pattes. Il repartait, et Shan n'avait toujours pas compris les raisons de sa venue. Cependant, à sa grande consternation, le Golok s'approcha d'un deuxième cheval marron, ouvrit une fonte de selle et tendit la main vers Lokesh. Tenzin et l'un des bergers apparurent au coin de la hutte la plus éloignée, menant d'autres chevaux par la bride.

— Nous aurions dû partir à l'aube, déclara le Golok en agitant la main avec impatience pour que Lokesh lui remette le coffret en bois. Vous n'avez donc pas écouté ? Le tueur est là, dehors, il vient pour la pierre, c'est ce qu'a dit le purba. Et vous, vous attendez, comme des vieilles femmes.

Shan adressa à Lokesh une supplique muette en voyant le Golok placer la boîte dans la fonte.

— Je ne comprends pas grand-chose à ce qui se passe, lui avoua son vieil ami en haussant les épaules de désespoir. Mais je comprends que nous devons partir.

— Et Gendun ! protesta Shan. Il doit nous accompagner.

Lokesh hocha la tête avec tristesse.

— Il doit rester auprès de Drakte. Il se rendra au durtro, ensuite, si les divinités le permettent, il nous rejoindra.

D'une des fontes de selle il sortit un objet qu'il tendit à Shan. Un chapeau en feutre à large bord. Le chapeau de voyage de Shan.

— Moi aussi, je reste avec Drakte, annonça Somo, d'un étrange ton de défi. Je ferai en sorte que votre lama soit en sécurité. Les bergers du campement au-dessus de nous sont en train de ramasser des tas de bouses de yack et de les disposer tout autour de l'ermitage. Cette nuit, nous serons entourés de flammes.

Le dropka tendait les rênes du cheval marron à Shan quand le Golok abandonna sa propre monture et, bras fièrement croisés sur la poitrine, leur jeta un regard sans aménité comme s'ils avaient oublié quelque chose.

— Je devais être payé, lança-t-il. Un guide, ça se paie. Le garçon qui est mort, il avait dit que je serais payé. Et jusqu'ici, je n'ai pas reçu un fen.

Shan se sentit sombrer. Le Golok avait fini par expliquer la raison de sa présence à l'ermitage.

— Je n'ai rien, répliqua Nyma avec inquiétude. Drakte n'avait rien non plus, hormis un vieux livre de comptes et un lance-pierres de berger.

Ils avaient retrouvé ce livre tout dépenaillé dans une poche qu'il portait à la ceinture, marqué de signes qui représentaient apparemment des entrées comptables.

— Ça signifie que ce sont les gens à l'autre bout, quand vous serez arrivé à destination, qui...

— Je l'avais prévenu, pourtant, ce Drakte, l'interrompit le Golok. Je n'affronte pas les patrouilles s'il n'y a pas un petit bénef à la clé.

Somo glissa la main dans sa poche de ceinture et en sortit un objet enveloppé de feutre qu'elle tendit à contrecœur au Golok.

— Tenez.

Elle libéra le tissu et ils virent apparaître un fin bracelet en argent serti de lapis-lazuli.

— Drakte me l'a offert le mois dernier. Il n'aurait pas voulu que votre voyage s'arrête. Voilà pourquoi...

Elle se retourna vers la hutte mortuaire sans terminer sa phrase.

— Difficile de convertir ça en liquide sans aller dans une foutue ville, se plaignit le Golok en examinant le bracelet d'un air renfrogné avant de le fourrer dans sa poche. Pas question que je retourne dans une ville avant bien longtemps.

La coureuse purba glissa à nouveau la main dans sa poche ventrale et en sortit un couteau de poche compliqué, avec de nombreuses lames et une cuillère repliée sur un côté.

— Moi, j'avais ça pour Drakte, dit-elle d'un filet de voix en tendant le couteau au bonhomme.

Le Golok s'en saisit et prit les rênes de son cheval presque en même temps.

— Nous ne connaissons même pas votre nom, se hasarda Shan sans trop de conviction.

Un nouvel objet venait d'apparaître dans la paume de Somo : une petite turquoise qu'elle commença à pétrir entre ses doigts. Un autre cadeau de Drakte, songea Shan, un objet dont elle ne voulait pas se séparer.

— Dremu. Ma mère m'a appelé Dremu, répondit le Golok

d'un ton rogue, comme s'il avait reçu différents noms au cours de son existence.

Shan et Lokesh échangèrent un regard inquiet. *Dremu* était le nom des gros ours bruns qui autrefois arpentaient librement les chaînes montagneuses tibétaines. Chassé jusqu'à extinction presque complète par les Chinois, l'ours brun était, dans le folklore tibétain, le symbole de celui qui se fait du mal tout seul parce qu'il en veut toujours trop, à l'excès. Il avait pour habitude de mettre en pièces les terriers des marmottes afin d'en dégager les animaux hibernant encore et de jeter ses proies derrière lui jusqu'à ce que le terrier soit totalement démoli. Plus souvent qu'à leur tour, les marmottes reprenaient leurs esprits et s'enfuyaient pendant que l'ours poursuivait son carnage – il finissait par se retrouver plus affamé et plus furieux que jamais. Parfois les Tibétains se servaient de ce terme pour désigner les Chinois.

Menant leurs chevaux par la bride, Tenzin et Nyma ouvrirent le chemin sur la piste. Shan remplit un bol de thé et entra dans la hutte où Gendun était assis avec le mort. Il resta un moment immobile et silencieux, jusqu'à ce que le lama lève les yeux et accuse sa présence d'un hochement de tête. Le lama psalmodia une minute encore, puis se releva et s'éloigna de la dépouille.

Il accepta le bol de thé et but longuement avant de parler, tourné vers le corps.

— Ce n'est pas de l'angoisse qu'il a éprouvée à la fin.

Jamais Shan n'avait entendu de voix comme celle de Gendun. Un murmure sortait d'entre ses lèvres, mais les mots résonnaient aussi clairement et puissamment qu'une cloche.

— Ce n'était que de la tristesse de devoir ainsi abandonner des choses importantes sans avoir pu les achever. Il lui est très difficile de lâcher prise.

Les Tibétains croyaient qu'il existait, après la mort, une période, durant parfois plusieurs jours, au cours de laquelle l'esprit était plongé dans une confusion totale et refusait de voir s'éteindre son incarnation, au point qu'il pouvait batailler pour ranimer le corps perdu, afin de terminer une tâche inachevée.

— Rinpoché, dit Shan en fixant le corps de Drakte, l'œil de pierre est sur un cheval, dans les fontes d'une selle. Mais je ne peux pas me passer de vous.

— Drakte apprendra à laisser son corps derrière lui, mon ami. Et toi aussi, tu devras faire pareil.

— Drakte a perdu la vie. Cette chose, le dobdob, pourrait revenir.

Shan se plongea dans la contemplation de la flammèche

d'une des lampes à beurre, envahi par une sensation de désolation absolue. Quelques heures auparavant, il avait décidé qu'il n'était rien de plus important que de rapporter la pierre à sa juste place : tout comme les Tibétains, il en était arrivé à la considérer comme une graine qu'il fallait semer afin de garder vivantes sagesse et compassion. Cependant tout avait changé quand Drakte était arrivé au lhakang. Gendun et Lokesh résisteraient et expliqueraient à Shan qu'il niait sa propre divinité intérieure, mais lui savait qu'il devait résoudre le mystère de la mort de Drakte. Car, pour important que fût le retour de l'œil de pierre, il existait une chose pour laquelle il irait jusqu'à sacrifier sa divinité intérieure : assurer envers et contre tout la sécurité des deux vieux Tibétains.

— Et une vallée a perdu sa divinité, répliqua son professeur.

Gendun laissa les mots flotter, suspendus dans l'espace un instant, jusqu'à ce que le regard de Shan revienne plonger dans le sien.

— Ce sera ton épreuve la plus grande. Regarde de l'avant. Regarde vers l'intérieur. Pas derrière toi. Tu dois cesser d'être le chercheur que tu as été et devenir le chercheur que tu veux être.

Ç'avait été l'un de leurs grands sujets de conversation. Le plus grand handicap spirituel de Shan était son obsession pour ce que Gendun appelait les petits mystères fugaces et sans importance du monde de la surface, alors qu'il aurait dû fouiller et sonder les mystères de son âme.

— Tu dois cesser d'être chercheur de faits pour devenir chercheur de vérité, poursuivit Gendun. C'est ainsi que se ravaudent les divinités.

— Rinpoché, après le durtro, n'essayez pas de nous retrouver, déclara brusquement Shan.

Quand Gendun se tourna vers lui, Shan sentit ses joues s'empourprer. Ses mots ressemblaient à un marchandage exigeant du vieux lama qu'il reconnaisse au moins le danger qu'il avait toujours voulu ignorer.

— Vous devez retourner à Yerpa, insista-t-il, se référant à l'ermitage secret, à l'intérieur de la montagne au-dessus de Lahdrung, où Gendun était le premier professeur d'une poignée de moines. Je vous en prie.

Gendun montra ses pieds d'un signe de tête : les semelles de ses vieux brodequins de travail avaient cédé et il avait les orteils à l'air.

— Mes chaussures sont fatiguées, expliqua-t-il.

Puis il poursuivit d'une voix paisible, tourné vers le mort :

— Je dois d'abord rendre la part terrestre de Drakte à la terre. Puisse le Bouddha de la Compassion veiller sur toi.

Une unique feuille brune et sèche fut soufflée dans la pièce par une bourrasque. Ils l'observèrent de conserve tandis que le vent la remportait au-dehors, loin des bâtiments, pour la soulever dans les airs, jusqu'à ce qu'elle disparaisse à leur vue. Ils contemplèrent l'endroit où elle s'était posée, puis, comme si cette petite feuille avait été un signal, Gendun se tourna de nouveau vers Drakte. Il jeta à Shan un bref regard où se lisaient à la fois souci et espoir.

— Prends garde à l'air et à la poussière, recommanda-t-il d'un ton définitif, avant de se rasseoir et de reprendre les litanies des Bardos.

« Prends garde à l'air et à la poussière. » Une des formules d'adieux favorites de Gendun, sa manière de signifier qu'il ne fallait prêter attention qu'à l'essence de ce qu'on rencontrait en chemin.

Quelque chose obligea Shan à se retourner alors qu'il rejoignait la porte. Gendun s'interrompit et, lentement, son regard plongea dans celui de son élève. Un silence d'une qualité exquise s'installa entre les deux hommes, et Shan dut lutter pour résister à l'impulsion pressante qui le poussait à s'asseoir au côté de Gendun et à ne plus bouger jusqu'à la fin des Bardos.

— La divinité que tu trouveras, Shan, sera celle que tu emporteras avec toi, dit paisiblement le vieux lama, en ponctuant ses paroles d'un regard intense avant de se détourner.

En sortant, Shan sentit les poils de ses bras se dresser tels des poils de brosse. Il resta un moment parfaitement immobile à contempler ses mains qui tremblaient. Lentement, s'emmêlant les pieds chaussés de lourds brodequins, il avança vers son cheval, ignorant les gestes impatients du Golok qui lui intimait de monter en selle. Il se saisit des rênes et se retourna vers Somo, debout dans l'embrasure de la porte du lhakang.

— Vous ne nous avez pas révélé la teneur du message que vous deviez transmettre à Drakte.

— C'était un message purba, répondit la jeune femme d'un air tracassé.

— Il concernait l'œil de pierre, sinon, vous ne seriez pas venue jusqu'ici.

— Les lamas. Le gouvernement fouille les montagnes à la recherche de lamas non enregistrés.

— Cela, nous le savions déjà.

Elle se retourna vers la hutte mortuaire, puis avança d'un pas hésitant jusqu'à Shan.

— Très bien. Nous ne pensions pas que Drakte était au courant. Il fallait le prévenir avant qu'il vous accompagne dans cette vallée. Une unité du quartier général de Lhassa est en train de faire route vers le nord. C'était ça, mon message. Une petite unité, ajouta-t-elle en se mordant la lèvre. Un peloton, c'est ce que je devais dire à Drakte.

— Je suis désolé, déclara Shan, la gorge soudain sèche. Je ne comprends pas.

— Je crains que cela ne signifie que vous deviez vous dépêcher. Ce Golok doit connaître des pistes secrètes.

Devant la perplexité de Shan, elle tourna un instant la tête vers Nyma.

— Personne ne vous a donc parlé de la bataille qui s'est engagée pour la possession de l'œil de pierre ? Vous n'êtes pas les seuls à vous en croire les légitimes propriétaires. C'est à elle qu'il a été dérobé à Lhassa. Et ses soldats veulent le récupérer.

— De qui s'agit-il ? demanda Shan, le cœur dans les talons.

Somo se mordit à nouveau la lèvre, avant de répondre, lentement, d'une voix glacée :

— De la 54e brigade de Combat des Montagnes de l'Armée populaire de libération.

3.

Ils n'avaient pas pris vers le nord, comme s'y attendait Shan, mais vers l'ouest. Ils escaladèrent la haute chaîne de montagnes qui délimitait le côté opposé de la vallée, avant de descendre vers le massif de sommets enneigés auquel elle s'appuyait. Une fois sur la crête, Dromu partit au trot en éclaireur. Shan tira sur les rênes de sa monture et se retourna vers l'ermitage et la vire où la dropka avait empilé des pierres pour protéger les lamas. Gendun avait vécu à l'abri de son propre ermitage caché au-dessus de Lhadrung jusqu'au jour où Shan avait découvert sa montagne secrète. N'eût été Shan, jamais peut-être Gendun n'aurait été exposé au monde extérieur.

— Quand nous avons rejoint l'ermitage, avant d'entamer le mandala, j'ai discuté avec Shopo, lui dit Lokesh, venu le rejoindre.

Le vieux Tibétain avait ce talent troublant de lire ses émotions à livre ouvert.

— Ils ne connaissaient pas Gendun. Il est arrivé, tout simplement, et il est resté assis dans le lhakang pendant des heures, à contempler l'œil de pierre. Ensuite il a bu du thé avec Shopo et lui a dit qu'il connaissait l'œil, maintenant, et savait qui allait le remettre à sa juste place, avec la même certitude que s'il l'avait lu dans un livre de prophéties. Shopo lui a répondu qu'il ne partageait pas sa certitude, mais Gendun ne s'est jamais laissé fléchir. Il savait que ce devait être toi. Il a ajouté que non seulement tu avais le cœur pur, mais que ton cœur était tellement grand que c'en était un fardeau.

Un cœur tellement énorme que la douleur qui le transperça envahit tout son être. Si le tueur cherchait à récupérer l'œil de pierre, il n'aurait d'autre choix que de le dérober aux lamas. Accompagner la relique dans son long voyage était la seule et unique manière de découvrir l'identité du tueur. Shan ne pouvait protéger les lamas qu'en les quittant.

Il lança un regard contrit à son vieil ami, qui lui sourit en retour. Puis, pareil à un oncle malicieux, Lokesh se pencha sur sa selle et rabattit le chapeau de Shan sur son front, avant de s'en repartir au petit trot vers un buisson de fleurs sauvages. C'est ainsi qu'il voyageait, jamais en ligne droite, toujours de fleur en fleur, de rocher en rocher, s'arrêtant pour examiner les formes que prenait la nature pour éveiller sa curiosité. Shan se retourna vers Dremu. Celui-ci avançait tellement vite qu'on aurait cru qu'il les fuyait. Cet homme ne lui inspirait pas confiance. D'après le Golok, Drakte l'avait engagé pour cette mission. Il était au courant pour l'œil, mais personne ne savait rien de lui, Drakte excepté – sauf qu'il n'était plus de ce monde. Le jeune purba connaissait le Golok, mais où l'avait-il rencontré ? En quelles circonstances ? La seule réponse logique à la question semblait être la prison.

Trois heures plus tard, Dremu les attendait au sommet de l'escarpement au bas de la seconde chaîne montagneuse. Ils empruntèrent un sentier de chèvres dont le lacet se perdait parfois dans les névés. Au-devant d'eux, l'air miroitait de lumière, et c'est en approchant de la crête que Shan en comprit la raison.

— *Lha gyal lo !* s'écria Lokesh avec une allégresse de gamin. Lamtso !

Arrivé à la hauteur de Shan, il lui indiqua la vaste étendue turquoise qui dominait le paysage en contrebas.

Shan contempla le lac pareil à un long joyau enchâssé dans les montagnes. Lamtso était l'un des lacs sacrés du Tibet. Ses eaux étaient réputées pour être la demeure de divinités nagas importantes, ses rives, un des pâturages choisis pour les troupeaux des dropkas.

D'un sac sanglé à son cheval, le Golok sortit une grande bouteille en plastique, pleine de *chang* à la couleur ambrée – la bière d'orge tibétaine. Il ne l'ouvrit pas mais passa en revue les visages de ses compagnons.

— Nous dormons là cette nuit, annonça-t-il en montrant les eaux du geste. Si nous avançons assez vite, ajouta-t-il avec un regard peu amène à Lokesh.

Il s'interrompit et plissa les yeux vers l'horizon derrière eux. Shan inspecta à son tour la vallée qu'ils venaient de quitter. Une petite troupe de cavaliers les poursuivait. Non, ils ne les poursuivaient pas, comprit-il en les voyant s'arrêter à leur tour et se déployer.

— Ce sont des dropkas, précisa Dremu. Ils se font du souci pour toi, Chinois. Ils croient qu'ils protègent tes arrières, mais ils n'ont pas idée des problèmes qui peuvent s'ensuivre. Tu vaux combien de Tibétains, camarade ? demanda-t-il d'un ton amer, avant de lancer son cheval au galop dans une courbe de la piste.

Ils le rattrapèrent un quart d'heure plus tard. Il attendait devant un énorme affleurement rocheux, une jambe passée autour de l'encolure de son cheval, sa bouteille à moitié vide. Nyma et Tenzin continuèrent à avancer, mais il leva la main pour les dissuader.

— Je ne ferais pas ça si j'étais vous.

— Je crois qu'à partir d'ici on peut trouver le lac tout seuls, répliqua Nyma, agacée.

Dremu leur signala un petit nuage de poussière sur la piste grossière qui courait au milieu des basses collines menant au lac. Shan sortit sa vieille paire de jumelles toutes cabossées du sac polochon noué à sa selle. Il fit sa mise au point sur le nuage et soupira, avant de tendre les jumelles à la nonne.

— L'armée ! s'exclama Nyma, la gorge serrée.

— Un seul camion, grogna Dremu. Pas plus de cinq ou dix soldats.

Encore distant de plus de trois kilomètres, le véhicule se rapprochait, filant droit sur le lac. Lorsqu'il s'immobilisa, la nonne poussa un cri et se cassa en deux comme pour se cacher derrière l'encolure de son cheval.

— J'ai vu briller quelque chose ! s'exclama-t-elle. Je crois qu'ils fouillent les montagnes à la jumelle.

— C'est ce que font les soldats, rétorqua le Golok sans douceur. Ça pourrait signifier des tas de trucs. Peut-être qu'ils escortent un inspecteur des naissances – il faisait allusion à ces bureaucrates haïs qui appliquaient les quotas de naissance chinois. Ou ils sont de sortie pour tirer des bouquetins.

Il jeta un regard entendu à Shan avant de lui prendre les jumelles.

— Ou alors ils cherchent quelque chose qu'on leur a volé. D'après la peinture gris camouflage, ça pourrait être des troupes de combat de montagne. Je préférerais encore affronter ces foutus nœuds, jura-t-il dans ses moustaches.

Lokesh traînait sur la piste : il avait arrêté sa monture pour inspecter un motif de lichens sur un rocher. Depuis leur pèlerinage, le vieil ami de Shan cherchait inlassablement des symboles du Bouddha nés spontanément des œuvres de la nature – des éléments qui avaient pris la forme d'un objet sacré du culte bouddhique. À plus d'une reprise, il avait abandonné un vêtement ou de la nourriture pour faire de la place dans son sac à une pierre dont le lichen avait dessiné les contours d'un emblème sacré, ou à un os blanchi par le temps ressemblant à une offrande rituelle.

Le Golok pointa sa bouteille vers une zone d'ombre sous un affleurement rocheux, à cent mètres. Nyma poussa un soupir de soulagement et guida sa monture vers l'ouverture.

À la surface de cette planète, il ne devait guère se trouver de terre offrant plus de grottes naturelles que le Tibet. Shan était sûr, en tout cas, qu'il n'existait pas de pays dont les cavernes faisaient partie aussi intégrante de l'histoire de ses habitants : cavernes-ermitages, cavernes-sanctuaires, voire gompas entiers bâtis autour d'une caverne. Des siècles auparavant, il se racontait que, dans les cavernes disséminées par tout le Tibet, Guru Rinpoché, le plus révéré des anciens lamas enseignants, avait déposé des objets sacrés et laissé ses écrits. Encore aujourd'hui, les Tibétains continuaient à veiller sur les grottes oubliées susceptibles de renfermer des trésors sacrés du Guru. Il se racontait également que nombre de divinités protectrices veillant vallées et montagnes choisissaient d'y installer leur demeure.

Celle où ils venaient de se réfugier était large, basse de plafond à son embouchure et se rétrécissant vite en un petit tunnel. Leurs chevaux semblèrent comprendre ce que l'on attendait d'eux. Dès que leurs cavaliers eurent mis pied à terre, les bêtes se hâtèrent vers le fond. Lokesh arriva à son tour et aida Tenzin à desseller, en réconfortant les chevaux de la voix tandis que le Golok et Nyma s'installaient sur les rochers de chaque côté de l'entrée. Dremu leva sa bouteille et but à grandes goulées bruyantes, sans rien proposer à quiconque.

— Vous saviez que c'était l'armée qui avait l'œil de pierre, dit Shan à Nyma et à Dremu. Vous le saviez tous les deux.

— Je vous avais prévenu, ricana le Golok.

Un rictus exposa ses dents jaunes tachées de marron. Mais, en réalité, la seule chose qu'il eût dite à Shan était qu'il pouvait mourir de mille manières.

— Pour quelle raison l'armée s'intéresserait-elle à un antique œil de pierre ? demanda-t-il à Nyma.

— La plupart des gens qui vivent dans le nord du changtang sont au courant, pour l'armée et l'œil de pierre.

— Pas moi. Et je suis certain que Gendun n'en savait rien lui non plus.

— C'est arrivé il y a longtemps. À la suite d'une invasion, lui expliqua Nyma à contrecœur.

— La pierre a été volée il y a cinquante ans et emportée comme une sorte de trophée ? interrogea Shan, faisant allusion à l'arrivée de l'Armée populaire de libération au Tibet en 1950.

— Pas cette invasion-là, soupira Nyma.

Shan sentit un mouvement derrière lui. Lokesh s'était avancé et se tenait à son côté.

— Ça s'est passé quand une armée chinoise est arrivée pour chasser le Treizième du Tibet. L'année de la Femelle du Lièvre d'Eau, précisa Nyma.

Au début du siècle, les troupes impériales étaient entrées dans Lhassa au cours d'une tentative pour chasser le Treizième dalaï-lama. Elles avaient laissé derrière elles un andain sanglant dans tout l'est et le nord du Tibet.

— Il s'est passé des choses abominables, poursuivit la nonne d'une voix frêle. Sous les ordres d'un général, un certain Feng, les soldats chinois ont rasé les gompas et enterré les moines vivants, par centaines. Feng le Boucher, c'est ainsi qu'on l'a surnommé. Après plusieurs années, l'armée tibétaine a finalement réussi à organiser une défense et a repoussé Feng et ses troupes. Il y a eu une bataille terrible au pont de Turquoise à Lhassa, là où la division de combat Lujun a dû battre en retraite sous les coups des soldats tibétains. Les Lujun étaient l'élite de l'armée chinoise. Humiliés, les soldats voulaient se venger. Mais les généraux leur ont ordonné de rentrer au pays : leur impératrice douairière venait de mourir et des troupes supplémentaires étaient requises par Pékin pour maintenir l'ordre. Les Chinois sont repartis en empruntant l'ancienne route du Nord – la Changlam – et ils ont démoli tous les gompas sur leur route, tuant les moines et les nonnes.

Nyma s'attarda sur un nuage noir qui venait d'apparaître à l'horizon.

— Les soldats se trouvaient sur la Changlam, à trois cents kilomètres au nord de Lhassa, quand ils ont appris que la maison de l'officier supérieur responsable de la défaite des Lujun à Lhassa était située dans un village à peine à trente kilomètres à l'ouest. Ils ont fait marche jusque-là et ont découvert que les villageois soignaient des soldats blessés. Ils ont mis leurs canons en batterie et ouvert le feu. Le village a été complètement détruit. Il n'est resté qu'une seule maison.

La nonne se leva, fixant avec encore plus d'intensité le nuage noir qui approchait rapidement. Soudain, elle se plia en deux et se précipita en bordure de la masse rocheuse où se trouvait leur caverne. Le Golok rota en direction de la nonne, avant de lever sa bouteille en guise de salut.

— Le camion n'a pas bougé, dit Nyma à son retour dans la caverne. C'est plutôt bon signe, non ?

Voyant que personne ne réagissait, elle reprit son récit.

— La divinité Yapchi demeurait dans la vallée où était bâti ce village. Depuis des siècles, cette divinité vivait sous la forme d'une statue, un miracle de la nature, un rocher qui avait la forme d'un bouddha assis. Dans les temps anciens on lui avait peint deux yeux, de manière qu'elle pût mieux voir le monde et rappeler aux habitants de la vallée qu'elle veillait.

— Et les soldats ont emporté la statue ? demanda Shan.

— Pas exactement, répondit Nyma avec mélancolie. Une fois le pilonnage terminé, tous les soldats tibétains, trop faibles pour s'enfuir, étaient morts. Les villageois survivants, une cinquantaine, essentiellement des femmes, des enfants et des vieillards, ont couru vers la divinité au centre de la vallée. L'officier commandant les Lujun leur a crié de se rendre. S'ils acceptaient d'être leurs porteurs, de charrier tout l'équipement de ses troupes jusqu'à la frontière chinoise, il les laisserait vivre. Devant leur refus, il a envoyé dix de ses hommes armés de sabres. Les soldats ont massacré les gens comme des chèvres à l'abattoir, ils les ont taillés en pièces, en riant, comme si c'était une partie de plaisir. Pas un membre de la famille de l'officier tibétain n'a survécu.

Elle se retourna et scruta les ténèbres du fond de la caverne, paraissant craindre d'être observée depuis les profondeurs de la montagne.

— Seuls ont survécu les rares habitants qui étaient absents à ce moment-là. Une caravane était partie du village pour se rendre au lac sacré. Et une petite fille gardait les moutons sur les pentes des collines : elle a assisté à tout le massacre. Les soldats l'ont attrapée alors qu'elle essayait de rejoindre sa maison. L'officier l'a obligée à regarder pendant qu'il fracassait la divinité à coups de marteau. Puis il a pris le seul morceau de la statue qu'on pouvait encore reconnaître : son œil droit, le *chenyi*. L'officier a déclaré que l'œil avait été le témoin de la vengeance des Lujun et qu'il l'offrirait à son général en guise de trophée.

— Et votre peuple a perpétué l'histoire, dit Lokesh par-dessus l'épaule de Shan.

— Cette petite fille, c'était ma grand-mère. Elle a aidé à mettre les corps en terre. Notre peuple ne donne pas ses morts aux oiseaux. Nous les rendons à la terre. Elle a aidé à les placer dans une énorme tombe. Quand j'étais jeune, elle venait s'asseoir près de la fosse commune et elle me récitait les noms de tous ceux qui y étaient enterrés.

Le Golok levait sa bouteille quand il entendit les paroles de Nyma. Il la reposa et fixa la nonne.

— Les salauds, murmura-t-il, comme pour la réconforter, avant de ranger sa bouteille.

— Ensuite, la pierre chenyi a été suivie à la trace. Les gens veillaient. Pendant plusieurs décennies, elle a été conservée dans un musée de Pékin. Un homme de Yapchi a obtenu de ses lamas des charmes spéciaux et il est allé jusqu'à la capitale pour récupérer l'œil. Mais les Chinois l'ont fusillé comme espion. L'œil a disparu après l'arrivée des communistes. Et nous avons découvert que des sections de Lujun avaient été reconstituées au sein de l'Armée populaire de libération.

— La 54e brigade de combat des Montagnes, suggéra Shan.

Nyma acquiesça.

— Une fois qu'elles ont été affectées au Tibet, elles ont été surveillées de près. Un autre homme du village est allé parler à l'armée, mais il a été arrêté et envoyé dans un camp lao gai, où il est mort. Une secrétaire a vu la pierre chenyi sur le bureau du colonel de la brigade à Lhassa, et elle a fait passer le mot. Quelques mois plus tard, une lettre signée par tous nos villageois a été adressée à Lhassa, demandant que la pierre leur soit restituée. Avec pour seul résultat que le conseil de la commune a réexpédié la lettre en exigeant des impôts supplémentaires. Finalement, l'année dernière, au cours de la célébration du 1er Août à Lhassa, le colonel a fait attacher l'œil à la tourelle d'un tank lors du défilé.

Le 1er Août était le jour réservé à la célébration de l'Armée populaire de libération.

— Les soldats riaient, ils le montraient du doigt en défiant les Tibétains. Quelqu'un en a pris une photographie et nous l'a envoyée.

— Les purbas, dit Shan sans espérer de réponse. C'est Drakte qui a volé d'œil.

— Ce n'était pas lui, je crois, objecta Nyma. Mais je n'en suis pas sûre. Les purbas savent à quel point il peut être dangereux de partager des secrets. Nous ne voulons pas savoir. On peut être capturé. Et les Chinois se servent de drogues pour délier les langues.

— Mais vous étiez vous-même à Lhassa, et c'est vous qui avez rapporté la pierre chenyi à l'ermitage.

Nyma secoua la tête.

— Je travaillais dans notre vallée. Un jour, notre oracle a parlé. Il a prédit qu'un Chinois rapporterait l'œil. J'ai cru qu'il voulait dire que l'armée allait nous le rendre. Plus tard, quand je suis allée en parler aux purbas, j'ai appris que l'œil avait déjà été repris à ceux qui nous l'avaient volé.

« Notre oracle. » La nonne s'exprimait comme si chaque communauté disposait encore de son oracle personnel. Pourtant, jusqu'à son arrivée à l'ermitage, Shan ne se rappelait pas avoir entendu un Tibétain évoquer un oracle encore en activité. Même Lokesh, qui se raccrochait de façon si rigoureuse aux traditions, en parlait comme s'ils appartenaient à un lointain passé.

La nonne tourna un regard interrogateur vers le nuage noir, arrivé pratiquement au-dessus de leurs têtes. Dremu lui aussi resta un instant à le surveiller d'un œil soupçonneux et inquiet, avant de battre en retraite vers le fond de la caverne.

— J'ai parlé de la prédiction de l'oracle, et Drakte est passé me voir. Il m'a posé des tas de questions, sur l'œil et sur le village. Ensuite, des gens sont venus pour me conduire à l'ermitage.

Tenzin s'était avancé à son tour pour examiner l'étrange nuage.

— Pourquoi les purbas s'intéressaient-ils tant au retour de l'œil de pierre à sa place ? interrogea Shan.

Nyma haussa les épaules et fronça les sourcils : ces choses-là se prononçaient rarement à haute voix.

— Les purbas veulent la justice. C'est la chose juste à faire.

On entendit un grondement – non pas le tonnerre, mais un grand souffle d'air mugissant qu'accompagna une soudaine obscurité. La grêle se mit à tomber, d'abord en petits grêlons, suivis bien vite par des boules de glace de près de deux centimètres de diamètre. Paraissant comprendre le secret d'une tempête de grêle, Nyma hochait la tête en contemplant le ciel. Lokesh, lui, s'était tourné vers le tunnel qui s'enfonçait dans la montagne : c'est peut-être là que résidait la divinité du lieu.

Au Tibet, les tempêtes de grêle peuvent éclater avec une violence telle, et des grêlons tellement énormes, qu'elles détruisent les récoltes en l'espace de quelques secondes, ou même tuent. Ces morts-là, les Tibétains les traitaient avec un respect tout particulier, car la victime avait pu être rappelée par une divinité céleste dans un but bien précis. Shan étendit la main. La grêle lui piqua la peau, mais il garda le bras tendu, paume vers le ciel, pour récupérer les grêlons.

Nyma essayait de faire rentrer Tenzin à l'abri de la caverne. Le grand Tibétain avait ôté sa veste et était sorti au-dehors, ployant le dos sous la tempête, où il se laissait fouetter par les pierres de glace. Une brutale rafale de grêlons cingla le visage de Shan et lui mordit les joues. Il laissa tomber les boulettes qu'il avait dans la main et battit en retraite. Il était parfois bien difficile de ne pas croire aux divinités de la terre.

Tenzin, en revanche, se dégagea quand la nonne voulut se saisir de lui et marcha à la rencontre de la tempête. Il tomba à genoux au sol, la tête rentrée dans les genoux, comme pour inviter les divinités à le punir. Lui aussi semblait trouver un sens à cette tempête, d'une tout autre manière que Nyma, cependant. Ou alors le secret qu'il décelait devait le concerner personnellement.

Nyma tirait Tenzin par l'épaule. Shan se précipita, agrippa l'autre épaule et ensemble ils traînèrent le grand Tibétain à l'abri. Ce dernier ne parut pas remarquer les mains qui l'avaient saisi, mais, quand il releva la tête, on aurait cru un animal sauvage pris par surprise. Sous sa chemise déchirée à plusieurs endroits, sa peau se marquait de minuscules marques rouges, là où les grêlons l'avaient entaillée.

Nyma enveloppait les épaules de Tenzin de son chuba quand Dremu, la gorge nouée, lâcha un cri d'effroi en pointant le bras vers la tempête. Une plainte qui n'était pas de ce monde roulait au long de la pente, et une forme spectrale émergea de la grisaille, une silhouette sur un petit cheval noir. Le cavalier était plié en deux sur la selle de son cheval lancé au galop qui essayait en vain d'échapper à la grêle. C'étaient les cris de la bête qu'ils avaient entendus, sa souffrance sous le martèlement des grêlons frappant sa chair. Nyma frissonna de la tête aux pieds et courut se réfugier dans les profondeurs de la caverne, bientôt suivie par les autres. Shan, la peur au ventre, avança d'un pas : au milieu d'un pareil déchaînement, l'animal, avec son cavalier telle une chiffe molle sur sa selle, pouvait à tout instant dégringoler d'une vire. Il enfonça son chapeau sur son front et plongea dans la tempête. L'animal hennit plus fort en le voyant, puis ralentit devant la main tendue. L'instant d'après, empoignant la bride, Shan courait se mettre à couvert en tirant le cheval en souffrance et son cavalier.

C'était une cavalière, le visage méconnaissable, zébré de marques et de coupures sanguinolentes, barbouillé par la pluie et le sang qui coulait des blessures. Elle n'avait pas perdu conscience, mais son regard farouche ne cillait pas, à l'image des yeux de l'animal, qui allait et venait parmi les autres montures, les flancs agités de grands frissons, refusant qu'on le touche.

La femme finit par remarquer la présence de Shan et elle verrouilla sa main autour de son bras.

— Je les ai trouvés, les bergers dont vous aviez parlé.

Shan reconnut la voix lasse, ainsi que le bout de tissu tressé qu'elle portait en bandeau. C'était la dropka, la sentinelle sur la crête qui s'était estimée responsable d'avoir laissé le dobdob arriver jusqu'à Drakte. D'un geste tendre, Lokesh essuya le sang sur ses joues.

— Ils ont eu une peur terrible. Ils n'étaient que deux, un vieil homme et une vieille femme, avec un petit troupeau et des chiens. Ils n'ont jamais vu Drakte, mais un vieux lama qui se trouvait avec eux pour la nuit a été attaqué.

Les larmes se mêlaient à présent au sang qui continuait à couler de son visage. Elle s'obligea à sourire à Lokesh, qui lui essuyait la joue, avant de poursuivre :

— Les nœuds le veulent, ce lama. Ils le pourchassent, disent les bergers.

— Quel lama ? demanda Shan, soudain inquiet, en se penchant sur elle.

Elle ne parlait pas de Gendun ni de Shopo, puisque les deux hommes se trouvaient à l'ermitage la nuit précédente. La dropka secoua la tête.

— Je ne sais pas. Ce que racontaient ces vieux n'avait ni queue ni tête, tellement ils étaient effrayés. Ils n'osaient pas parler de lui. Un lama fantôme, c'est ainsi qu'ils l'ont appelé. Ils ont précisé que parfois les fantômes sont bien réels. Ils en étaient tout retournés. Le lama a disparu avant l'aube. Le vieil homme a dit que les nœuds avaient dû s'emparer de lui. Mais la vieille n'était pas d'accord, parce que les fantômes disparaissent toujours quand le soleil se lève.

Le vent souffla plus fort, sifflant et gémissant à l'entour du promontoire rocheux. La femme fixait la paume de sa main, là où une goutte rouge était tombée. Shan releva la tête, surpris, cherchant d'où elle pouvait venir, lorsque la dropka leva un doigt tremblant et lui frôla la joue. Elle retira sa main pleine de sang.

— Vous êtes blessé, murmura-t-elle.

— Ce ne sont que des grêlons.

Le regard de la femme s'éclaircit, et elle se saisit du chiffon dont Lokesh lui essuyait le visage pour essuyer à son tour celui de Shan.

— Je n'ai rien compris. Mais vous aviez besoin de savoir. Il fallait que je vous retrouve, à cause du danger que ça pouvait représenter pour l'œil, dit-elle en serrant plus fort le bras de Shan. Ce sont les nœuds qui ont blessé Drakte, je suis sûre qu'il se serait battu contre des nœuds pour protéger un lama.

Elle pivota vers son cheval en indiquant la grossière selle en bois.

— Et ça. Je voulais que ce soit vous qui l'ayez. Nous ne pouvions pas le garder parce que les nœuds risquent de venir et peut-être que cette chose dans la nuit...

Elle déglutit, la gorge sèche, et détourna la tête, incapable de parler du dobdob. Le sac accroché à la selle était celui de Drakte et contenait le lance-pierres et le livre comptable.

La tempête cessa aussi brutalement qu'elle avait commencé. Le ciel s'éclaircit et les rayons du soleil explosèrent à la surface du paysage dénudé. Cependant les paroles de la femme restaient suspendues au-dessus d'eux, comme présageant une tempête à venir, pis que la première.

Nyma se tourna vers Dremu pour le prier d'ouvrir la marche. Sous le regard de la nonne, le Golok contourna les rochers, les jumelles à la main, un semblant de sourire aux lèvres.

— Des soldats à genoux sur le capot, signala-t-il. Peut-être que leur pare-brise a explosé. Ils vont probablement laisser tomber pour la journée.

— Partez, les supplia la dropka, les joues encore zébrées de filets sanglants. Je veillerai sur Shopo et sur le Pur Lama des Eaux.

Tenzin vida un petit tas de bouses de yack près d'elle et l'enflamma, puis tous montèrent en selle et reprirent la route. Shan, le dernier à partir, lança à la femme en guise d'adieu :

— Dites à ces cavaliers qui nous suivent de retourner sur leurs pas. Dites-leur de protéger les lamas.

En rejoignant les autres, il vit que le camion rebroussait chemin plein sud.

— Est-ce que c'était la 54e brigade des Montagnes ?

Nyma fixait le sol en se mordant la lèvre inférieure. Dremu grogna sans offrir de réponse en tournant autour d'eux comme au manège. Il inspecta leurs arrières avant d'amorcer la descente. Shan, en fin de colonne, contraignit sa monture à progresser d'un pas lent afin de rester derrière Lokesh. Devant eux se trouvait l'armée ; mais derrière eux ils laissaient les nœuds et le dobdob furieux.

Une heure plus tard, ils franchissaient le sommet de la dernière colline. La vaste étendue turquoise apparut à leurs yeux, pour la première fois sans obstacle. Long de près de quarante kilomètres, le lac paraissait vivant, ses eaux frissonnant sous le vent et le soleil. Nyma leur indiqua au loin quelques taches sur l'horizon, des formes basses éparpillées le long du rivage : les lourdes yourtes en fourrure de yack des clans dropkas. Les troupeaux de moutons étaient montés à leurs riches pâturages de printemps.

Ils franchirent des pâtures aux herbes épaisses, entrecoupées par une multitude de ruisselets nés de la fonte des neiges en altitude. Arrivés au lac, ils mirent pied à terre non loin d'un imposant troupeau d'oies flottant au large, pareil à un vaste radeau noir et blanc. Les Tibétains disaient que ces volatiles, dont les coiffes de plumes blanches luisaient au soleil, avaient la tête barrée. Le vent changea de direction et rabattit sur eux leur caquètement.

Lokesh bondit, bras écartés, et courut vers le lac en riant tel un gamin. Il avança jusqu'aux genoux dans les eaux froides, le visage illuminé par un immense sourire.

— Aw ! Aw ! Aw ! C'est le cri que lançait ma mère aux oies quand j'étais enfant. C'est un signe de bonne fortune, disait-elle, de voir un si grand nombre d'oies réunies sur un lac ou un étang. Cela signifie que les esprits de l'air sont en harmonie avec les esprits des eaux.

Sa mère. Lokesh ne parlait pratiquement jamais de sa mère, qui occupait une place spéciale et sacrée dans son cœur, exactement comme son propre père dans le cœur de Shan. La mère de Lokesh était décédée en 1940, l'année de l'arrivée du jeune Quatorzième dalaï-lama à Lhassa, une année de grandes fêtes pour marquer et affirmer le retour des manières d'antan. Sa mère avait mené une existence parfaite, avait un jour dit Lokesh, et elle était morte au parfait moment, car ensuite s'étaient abattues les décennies de ténèbres et de destruction.

Le vieux Tibétain se pencha et s'aspergea la figure, puis encouragea Shan à le rejoindre. Ce dernier hésita un instant avant de marcher vers son ami.

— Aw ! Aw ! Aw ! cria-t-il à son tour en levant les bras au ciel.

— *Lha gyal lo !* chantonna Lokesh en riant de bon cœur.

Après s'être lavé la figure, Shan prit de l'eau glacée dans le creux de la main pour en avaler une gorgée.

— Non, le prévint Lokesh en lui touchant le bras. Trop salée. Bois dans les petits torrents.

Shan trempa le doigt et goûta. En effet, comme beaucoup de lacs de l'est du changtang, Lamtso ne disposait pas d'échappée naturelle et concentrait les sels et autres minéraux que les eaux de pluie délavaient depuis les collines et les montagnes environnantes.

Assis sur un gros rocher rond, le Golok buvait son chang. Nyma et Tenzin ramassaient des pierres pour bâtir un cairn destiné à remercier les nagas avant de poursuivre leur chemin.

— Un départ sous de très bons auspices, répétait la nonne tout en travaillant.

Le Tibétain silencieux qu'elle veillait comme une mère

depuis la tempête de grêle déployait une énergie fantastique à bâtir le cairn. Soucieuse, elle sortit de son balluchon un rosaire de rechange, qu'elle lui tendit.

Devant les grains du *mala*, Tenzin parut vouloir parler. Sa mâchoire s'ouvrit et se ferma comme pour libérer une voix prisonnière. Depuis la mort de Drakte, il était plus distant que jamais, complètement refermé sur lui-même et ses étranges angoisses. Shan connaissaient des survivants du goulag qui continuaient à exister ainsi. Un événement déclenchait l'ouverture d'une porte intérieure, quelque cauchemar de leurs années d'incarcération se ranimait soudain, et ils étaient obligés de le revivre. Nyma pressa les grains de rosaire au creux de la paume de Tenzin, puis elle le conduisit à son cheval tandis que Dremu s'éloignait au trot.

Ils suivaient la piste en bordure du lac depuis vingt minutes quand Dremu mit pied à terre au sommet d'une colline et étudia l'autre versant d'un air soucieux.

Shan le rejoignit. Un véhicule était arrêté en contrebas, un minibus, lourd et compact, de couleur blanche, qui servait parfois de moyen de transport entre les villes tibétaines. Il arrivait du sud-est et venait de s'engager sur la piste grossière parallèle au rivage. Devant le véhicule, deux hommes étaient assis sur un gros rocher plat, le premier vêtu d'une robe de moine couleur bordeaux, le second en costume, chemise blanche et cravate. Trois autres individus en robe de moine bataillaient pour dégager la roue arrière gauche embourbée.

— Vaudrait mieux faire le tour, prévint Dremu.

Mais Shan avait déjà engagé sa monture dans la descente.

Les deux hommes sur leur rocher le regardèrent approcher d'un œil indifférent. Avec son chapeau à large bord et sa veste dépenaillée, il ressemblait à un dropka de plus. L'individu encravaté était un Chinois han dégarni, ses rares cheveux fins longs sur les côtés et coiffés en arrière. Les petits yeux noirs qui ponctuaient son large visage bien en chair luisaient autant que ses chaussures cirées miroir. Une cigarette pendouillait à ses lèvres. En revanche, son voisin tibétain arborait une belle chevelure épaisse soigneusement taillée, et sa robe, frangée de fils dorés, était unique en son genre. Détail invraisemblable : un monogramme était dessiné sur le sein gauche. Les deux hommes avaient posé entre eux une bouteille de boisson à l'orange et un sachet en plastique plein de graines de tournesol.

Le Han souffla dans la direction de Shan un long panache de fumée comme pour lui signifier de repartir. Shan le salua d'un signe de tête hésitant, passa à côté de lui et ralentit pour lire les grands caractères chinois et tibétains peints sur les flancs du minibus. *Nouvelles Convictions pour le Nouveau Siècle*, était-il écrit, au-dessus d'une ligne rédigée en plus petit, variante d'un slogan familier : *Bâtissez la Prospérité en Brisant les Chaînes de la Féodalité.*

Lokesh et Nyma suivaient, mais Dremu et Tenzin avaient battu en retraite et on ne voyait plus que le sommet de leurs crânes au-dessus de la crête de la colline. Nyma s'approcha à son tour du rocher avec un regard inquiet vers les hauteurs. Shan découvrit une petite légende marquée au pochoir sur la portière du conducteur : bureau des Affaires religieuses.

— Les hurleurs ! chuchota Nyma d'un ton angoissé.

C'est le nom que les purbas donnaient aux membres du bureau, parce qu'ils hurlaient plus qu'ils ne parlaient en s'adressant aux Tibétains. Au début, ils avaient hurlé pendant les séances de *tamzing* – les sessions de critique publique –, l'un des outils préférés du Parti, jadis, pour corriger les déviations politiques des citoyens. Maintenant que les séances de tamzing n'avaient plus la même cote dans les cercles dirigeants, les hurleurs continuaient à hurler, de manière plus subtile, aux cours des prêches fervents qu'ils offraient aux Tibétains sur les péchés socialistes du bouddhisme traditionnel.

La gorge sèche, Shan se retourna vers le Han à cravate. Voilà les hommes qui attribuaient, et révoquaient, les licences des nonnes et des moines ; c'étaient eux qui donnaient l'onction aux gompas, à la mesure de la correction politique de ses résidents ; eux qui, d'un trait de plume, ouvraient et fermaient les monastères ; eux qui daignaient concéder le droit de pratiquer la spiritualité comme des seigneurs accordent à leurs courtisans des faveurs politiques.

Nyma enfonça plus profondément son chapeau sur sa tête et se rapprocha de Shan. Le chuba qu'elle avait revêtu cachait son semblant de robe de nonne.

Les trois moines bataillaient pour dégager la roue embourbée, avec, pour seuls outils, une truelle et une longue manivelle de cric. Les deux premiers, maculés de boue, étaient à genoux à côté du minibus, tandis que le troisième, grand et solide, les bras épais et les mains larges d'un travailleur de force, transportait des pierres depuis le flanc de colline jusqu'à la roue enfoncée dans la terre molle.

— On a croisé des moutons sur la route, expliqua le moine aux épaules de déménageur en laissant tomber ses pierres près du véhicule.

Les deux autres, plus jeunes, ne pipaient mot tout en lui lançant des regards incisifs comme pour lui signifier de se taire.

— Ils n'ont pas voulu attendre, alors ils ont quitté la piste pour les contourner. Une fois leur minibus embourbé, je ne sais pas ce qui les a rendus le plus furieux : se retrouver coincés ou voir les moutons s'arrêter et les contempler comme des animaux en cage.

Nyma lâcha un petit gloussement amusé et, aussi vite, l'air inquiet, jeta un rapide coup d'œil vers les deux individus sur leur rocher.

— Si vous creusez autour de la roue, vous ne faites que déplacer le problème. Ce qu'il faut, c'est fournir à la roue une base solide à laquelle elle pourra s'accrocher, suggéra Lokesh aux deux jeunes moines maculés de boue.

Il hocha la tête d'un air approbateur en direction du tas de pierres accumulé par le troisième moine, qu'il suivit vers la colline pour en rapporter d'autres.

Lorsque Shan se joignit à eux, le moine expliqua qu'ils constituaient une unité d'enseignement mobile. Ils apportaient aux populations locales des informations sur les programmes gouvernementaux.

— Avec comptage des champs d'orge, ajouta-t-il bizarrement.

Quoi de plus bizarre, en effet, dans un pays d'éleveurs et de bergers ? Le premier champ d'orge se trouvait au moins à quatre-vingts kilomètres.

— Mais vous venez d'un gompa, remarqua Shan.

— Khang-nyi. La Seconde Maison. Le seul gompa à cent quatre-vingts kilomètres à la ronde.

Robe à franges et Costard-cravate étaient toujours assis sur leur rocher plat. Le vent s'était arrêté de souffler et un nuage de fumée de cigarette flottait au-dessus de leurs têtes. Le grand moine les observa comme s'il ignorait les raisons réelles de leur présence en ces lieux, puis se pencha pour ramasser une nouvelle pierre.

— Quel genre de programmes gouvernementaux ?

— Bâtissez la Prospérité en Brisant les Chaînes de la Féodalité, psalmodia le moine sans grande assurance, du ton neutre et monocorde d'un mantra, tentant apparemment de rectifier une mauvaise première impression.

Dix minutes plus tard, le véhicule était dégagé. Les deux hommes sur leur rocher s'étirèrent paresseusement puis se dirigèrent vers l'avant du minibus. Nyma et Lokesh s'empressèrent de remonter la colline. Le moine élégant dans sa belle robe à franges sortit plusieurs brochures du véhicule, et en tendit une à Shan.

— Es-tu venu comprendre, camarade ? interrogea-t-il de but en blanc.

Ses yeux brillaient comme deux braises au-dessus d'un nez crochu qui le faisait ressembler à un faucon. Son compagnon se rapprocha et se contenta sèchement d'indiquer, en silence, les mots en couverture de la brochure : *Prospérité sereine.*

Shan se rappela avoir été arrêté, des années auparavant, dans une rue de Pékin, par une jeune femme convaincue, en chemisier d'un blanc étincelant, qui lui avait tendu une brochure en lui demandant : « Est-ce que tu crois ? » En quelque sorte, l'équipe des Affaires religieuses était elle aussi constituée de missionnaires prêchant la bonne parole de l'agence sans foi, ni dieu, ni loi qui régissait les divinités du Tibet.

« Prospérité sereine. » Les mots résonnaient à l'esprit de Shan comme une méchante plaisanterie aux dépens des Tibétains, quand il sentit peser sur lui le regard du hurleur en chef à la chemise blanche.

— C'est une terre d'éleveurs et de bergers, fit remarquer ce dernier. Ceux qu'on appelle les dropkas.

Apparemment il venait de reconnaître en Shan un compatriote han et ses yeux noirs en boutons de bottine ne cessaient de fureter en tous sens, balayant la colline, comme si leur propriétaire ne pouvait plus tourner la tête.

Les jambes de Shan se crispèrent. Au fond de son être, il craignait de voir le hurleur se détendre tel un serpent et le frapper sans prévenir.

L'air de rien, le moine élégant s'étonna, d'une voix d'orateur, lisse et raffinée :

— Vos compagnons se cachent de nous. Tellement timides qu'on croirait des chiots : ils s'enfuient quand ils voient arriver un véhicule. Il faut que ces gens comprennent, ajouta-t-il en enrôlant de fait Shan dans sa cause : ils ont besoin de notre aide. Je suis leur abbé. Khodrak Rinpoché.

Il tendit les brochures qui restaient à un Shan complètement abasourdi : c'était bien la première fois qu'il entendait un moine se présenter sous le titre de Rinpoché, professeur vénéré.

— Ils ont besoin de notre protection, insista Khodrak. Êtes-vous instructeur scolaire ?

Il arrivait que le gouvernement envoie auprès des nomades des instructeurs han, qui arpentaient ces vastes pâturages à dos de cheval.

— Ils ne comprennent pas ce qui est en jeu, poursuivit-il sans attendre de réponse. Le bureau des Affaires religieuses est la clé de leur prospérité. Il est dangereux de mal interpréter les événements.

Le Han en chemise blanche avait l'air inquiet, pressé, presque furieux, l'abbé semblait vouloir s'engager dans une sorte de dialectique politique, et tous deux donnaient l'impression de souhaiter prendre Shan pour confident. Dans leur univers, un Chinois han ne se déplaçait pas de son propre gré en compagnie de Tibétains sur les terres perdues du changtang. Conclusion : Shan ne pouvait se trouver là qu'au service du gouvernement.

— Les nouvelles ne vont pas très vite, à une telle distance de la grande route, se hasarda Shan.

Les deux hommes échangèrent un regard perplexe.

— Le directeur Tuan a subi une perte effroyable, dit Khondrak en indiquant son compagnon d'un signe de tête. Son adjoint, un dénommé Chao, a été assassiné dans la ville d'Amdo. Nous devons tous travailler la main dans la main pour prévenir une réaction disproportionnée.

— Un directeur adjoint des Affaires religieuses a été assassiné ? demanda lentement Shan, glacé d'effroi.

À la rivière aux sables, le purba avait dit qu'un représentant officiel de l'autorité avait été tué, sans préciser qu'il s'agissait d'un hurleur. Il ne pouvait y avoir pis : la loi martiale risquait de s'abattre sur tout un district. Les Affaires religieuses étaient l'enfant chéri de Pékin, son véhicule politique le plus important au Tibet.

— Tué dans une écurie près de son bureau, précisa gravement Khodrak. Le directeur adjoint Chao est un martyr de notre noble cause. Vous devez ouvrir l'œil. Il va se passer des choses importantes.

Un hurleur en position d'autorité venait d'être assassiné et voilà que son supérieur et l'abbé se contentaient de distribuer des brochures de propagande ! Shan avait la langue figée tel un os desséché quand il montra les brochures qu'il tenait à la main.

— Je vais faire ce que je peux.

Le moine costaud s'attarda un instant à l'arrière du véhicule, essuyant d'une touffe d'herbe la boue qui maculait son front tandis que les autres remontaient à bord. Shan lui proposa le chiffon qu'il gardait dans sa poche arrière en guise de mouchoir. L'homme refusa poliment d'un signe de tête reconnaissant, et se pencha plus près.

— Faites bien attention à leurs paroles, murmura-t-il en aparté. L'abbé cherche un homme avec un poisson.

Shan comprenait de moins en moins.

— Vous voulez parler du tueur ? Un homme du lac ? Un pêcheur ?

Ça n'avait aucun sens : les Tibétains de la région ne mangeaient pratiquement jamais de poisson. Et jamais ils n'iraient pêcher dans un lac sacré.

— Prévenez les dropkas, prévenez mon peuple, souffla le moine d'un ton d'urgence.

Il se hâta de rejoindre ses compagnons dans le minibus et sa portière n'était pas encore complètement refermée que le directeur Tuan écrasait l'accélérateur. Le véhicule s'éloigna en grondant et disparut sur la piste qui longeait le lac.

Le moine avait-il suggéré qu'un homme avec un poisson était directement lié au meurtre ? Les enquêtes criminelles revenaient non pas aux Affaires religieuses mais à la Sécurité publique. Et les nœuds pourchassaient un vieux lama. Pensaient-ils que le lama était le meurtrier ?

Shan tendit une des brochures à Lokesh quand ils parvinrent au sommet de la colline. À l'intérieur, une photographie du président du Parti communiste, grossièrement superposée à une vue du Potola de Lhassa, au-dessus de quelques lignes de texte en tout petits caractères. Dremu tendit la main et l'attrapa pour la glisser dans sa poche sans même l'ouvrir.

— Pour démarrer le feu. Les hurleurs ont toujours un excellent papier pour faire une flambée.

Avant de la replier dans sa poche, Shan parcourut rapidement la brochure. C'était un texte polémique sur les désavantages économiques qu'il y avait à consacrer des ressources aux reconstructions religieuses, accompagné de graphiques minuscules. La brochure était intitulée : *Prospérité sereine.* Avec, en sous-titre, le thème officiel de la campagne : *la Sérénité religieuse Doit se Bâtir sur la Sérénité économique.* Un sempiternel sujet de plainte des officiers politiques était que les Tibétains minaient l'économie en reversant une part disproportionnée de leurs maigres revenus à la reconstruction des gompas. Là où lesdites contributions n'excédaient pas deux pour cent des revenus, entendait démontrer un des graphiques, s'ensuivait rapidement la prospérité.

Le minibus avait disparu, mais résonnaient encore aux oreilles de Shan les paroles de l'étrange abbé en robe frangée d'or : es-tu venu comprendre ? Le troisième moine avait apparemment voulu l'avertir d'un danger : contrairement aux apparences, Tuan et Khodrak recherchaient un homme avec un poisson. Or, au cours de toutes ses années au Tibet, des poissons, Shan n'en avait même jamais vu.

Au milieu de l'après-midi, les cinq cavaliers, passant la crête d'un petit tertre, virent s'étaler devant eux une longue plaine mollement vallonnée d'un blanc éclatant qui miroitait au soleil, à cause du sel qui encroûtait sa surface. En son centre se dressait un campement où des nomades s'affairaient autour de quatre tentes blanches et trois noires. Dremu leur intima d'attendre et s'avança seul. Un homme en chapeau rond sortit d'une tente blanche et, avec une bordée d'injures, ramassa des pierres et les lança sur le Golok. Dremu fit demi-tour et revint vers eux au trot.

— C'est ici, déclara-t-il d'un air satisfait, en faisant signe à Shan de se diriger vers les yourtes.

C'était un campement de récolteurs de sel, expliqua Lokesh, tout excité. Ils mirent pied à terre au milieu d'une troupe de gamins qui se précipitèrent comme des flèches au milieu des chevaux avant d'aider Tenzin à desserrer les sangles des selles. Shan défit sa sacoche et abandonna sa monture à une fillette au visage mangé par un grand sourire et aux joues barbouillées de crème *doja* rouge – une des défenses des dropkas contre le soleil des hautes altitudes. Il avançait d'un pas hésitant quand se glissa jusqu'à ses narines l'odeur douceâtre et sucrée du beurre de yack qu'on barattait.

Plusieurs hommes et femmes travaillaient en bordure du lac. Certains, armés de courts pilons en bois, brisaient la croûte de sel en morceaux grossiers, qu'ils tiraient ensuite en tas grâce à des râteaux improvisés. D'autres entassaient le sel dans des poches tissées de couleurs vives, attachées par paires à l'aide de gros cordages. Pareilles à des fontes de selle, songea Shan en remarquant une femme qui cousait les pochettes, mais trop petites pour un cheval.

L'homme au chapeau rond qui avait injurié Dremu était posté devant l'abattant d'une tente blanche au centre du campement, avec, à son côté, un énorme mastiff blanc et marron. Il leur fit signe d'avancer vers le feu qui brûlait doucement dans un cercle de pierres à ses pieds. Un homme âgé et grisonnant à l'allure sévère sous son chuba dépenaillé était installé par terre à l'entrée d'une tente, un lourd gourdin sur les genoux. Une femme dropka en tablier à motif d'arc-en-ciel éclatant, assise à côté d'un yack solitaire attaché à un pieu, maniait la poignée du pilon qui ressortait du col d'un long cylindre en bois – un *dongma*, la baratte utilisée par les Tibétains pour mélanger thé, beurre et sel, et ainsi préparer la boisson traditionnelle du pays. Sa chevelure était nouée en une multitude de tresses, terminées chacune par une perle, le style de coiffure que les femmes pieuses chérissaient depuis des siècles : cent huit tresses au total, pour les cent huit grains du rosaire tibétain. Elle les salua d'un signe de tête de pure forme, sans leur accorder plus d'attention. Le petit village improvisé était en réalité une série de campements distincts, aux foyers et aux tentes séparés, regroupés là pour la récolte du sel.

L'homme devant la tente blanche, le regard brillant d'espoir, détaillait chacun des nouveaux arrivants des pieds à la tête à mesure qu'ils approchaient. Il ôta son chapeau, révélant une tignasse de cheveux noirs. Une tache de naissance en forme de U inversé à l'oblique apparut au-dessus d'un collier de petites turquoises auquel était attaché un gros gau en argent. Son visage s'éclaira soudain d'un énorme sourire.

— Nyma ! s'exclama-t-il en voyant la nonne se précipiter vers lui. Que Bouddha soit béni, c'était donc vrai !

Il la serra dans ses bras un long moment, puis Nyma lui présenta Shan, qu'il examina fièrement en silence, le dos bien droit, très calme soudain. Shan ôta son chapeau à son tour et affronta sans ciller le regard du bonhomme.

— C'est donc vous, le Chinois vertueux, remarqua le dropka d'un ton sceptique.

Il leva la main brusquement et saisit le menton de Shan entre deux doigts calleux, l'obligeant à pivoter la tête de droite et de gauche comme s'il prenait sa mesure.

— Juste un Chinois auquel on a demandé son aide, répliqua un Shan impassible – il avait une longue habitude des sarcasmes et des railleries pratiqués par les Tibétains.

— Je m'attendais à quelqu'un de plus grand, répondit l'homme, le front plissé, apparemment déçu, et Shan se surprit presque à sourire.

— Autrefois, il se tenait plus droit, expliqua Lokesh du même ton sec et sans aménité, mais on l'a obligé à construire des routes lao gai.

L'homme salua Lokesh solennellement, d'un signe de tête, avant de signaler l'arrivée de la petite troupe à grands cris, les mains en porte-voix, à une équipe de saliniers.

— On m'appelle Lhandro, dit-il, cette fois en souriant. Nous autres, de la vallée de Yapchi, ajouta-t-il en embrassant du geste le groupe qui s'approchait, vous souhaitons la bienvenue.

— Yapchi ? s'étonna Shan, avec un regard vers la fonte de selle contenant la pierre chenyi. Mais c'est à deux cents kilomètres au nord !

Lhandro se contenta de sourire, laissant Nyma poursuivre les présentations. On leur offrit un dongma de thé frais. Les tentes étaient toutes des yourtes traditionnelles, mais seules les plus grandes, noires et lourdes, en feutre de yack, étaient utilisées par les dropkas qui vivaient dans les plaines l'année durant. Les tentes blanches en toile étaient utilisées par les Tibétains sédentaires qui partaient monter à l'occasion un camp dans les montagnes ou les hautes plaines. Lhandro et ses compagnons n'étaient pas des éleveurs. C'étaient des *rongpas,* des fermiers qui cultivaient les terres de la vallée de Yapchi.

On servit des bols de thé écumant à la ronde et Lhandro montra la plaine encroûtée de blanc.

— Notre peuple vient ici depuis des siècles. Des hommes du gouvernement nous ont donné de petites boîtes de sel chinois avec des images de pandas sur le couvercle, et ils ont dit que nous étions des esclaves de la féodalité parce que nous venions ici. Mais le sel chinois vous rend faible. Nous avons répondu que nous aimions le goût du sel de Lamtso.

Il s'accroupit à côté de Nyma et lui parla à voix basse. Apparemment, il n'était pas porteur de bonnes nouvelles. En plein désarroi, la jeune nonne lâcha quelques mots rapides comme une prière et se prit la tête entre les mains. Elle s'adressa à son tour à Lhandro sur un ton sinistre. Le visage du rongpa s'affaissa et il tourna vers Shan un regard angoissé. Nyma venait de lui expliquer les circonstances de la mort de Drakte et de lui transmettre l'étrange avertissement du purba. Finalement, Nyma se mit à bavarder avec les hommes de son village, et Lhandro se recula vers le feu, le visage fermé, rongé par l'inquiétude.

La nonne parlait suffisamment fort pour que Shan cueillît des bribes de la conversation. Elle relatait leur rencontre avec le minibus blanc. Un des hommes partit en trombe, apparemment pour transmettre le message aux autres. Des hurleurs pourraient débarquer. Plusieurs saliniers interrompirent leur ouvrage et se précipitèrent sous leur maison en toile : les dropkas conservaient parfois sur leurs autels des objets que les hurleurs désapprouvaient. Une femme courut jusqu'à l'homme au gourdin qui paraissait monter la garde. Celui-ci rentra dans sa tente un bref instant, puis réapparut pour se planter debout, sa trique au côté, telle une sentinelle.

Une adolescente coiffée de deux tresses, les yeux presque aussi rouges que ses joues barbouillées de doja, un petit sac fermé par une ficelle à la main, s'approcha du feu dans son cercle de pierre. Elle claudiquait, sa jambe gauche semblait se tordre sous le genou. Après un échange de grands sourires, elle enlaça Nyma à pleins bras. Quand les deux femmes se séparèrent, la jeune fille laissa tomber son sac auprès du feu et l'ouvrit. Tenzin s'approcha à son tour et en sonda le contenu d'un air approbateur. De la bouse pour le feu. Le Tibétain en prit un fragment d'un air de connaisseur, comme pour bien s'assurer qu'il s'agissait de bouse de yack, le meilleur de tous les combustibles utilisés sur les hauts plateaux. Au contraire des excréments de mouton ou de chèvre, il était inutile de l'attiser constamment à l'aide d'un soufflet. Tenzin vida le sac et leva silencieusement le sien, qu'il avait emporté, accroché à sa selle, comme un trésor des plus convoités, avant de s'éloigner vers les pâturages. Shan le suivit des yeux. Cet homme au port aristocratique lui était toujours une énigme : la collecte de bouse de yack paraissait être la seule et unique raison de son existence, à croire qu'il avait décidé que son seul rôle désormais devait se limiter à entretenir les feux des autres.

Le regard de la jeune fille aux tresses et aux joues rouges pesait sur Shan. Elle finit par se détourner d'un air timide et s'approcha en boitant d'un homme au bonnet de renard en lambeaux qui creusait le sol à cinquante mètres du campement. Plusieurs tas de terre l'entouraient.

— Je croyais que le sel ne se récoltait qu'en surface ! s'étonna Shan, perplexe.

Dès que la fille fut arrivée à côté de lui, l'homme lui tendit un objet et elle fit demi-tour, très excitée, en courant de sa démarche cassée et irrégulière vers la tente où le vieux berger montait la garde.

— *Tonde*, dit Lhandro, en montrant à Shan une vieille femme assise sur une colline au-dessus du campement.

Il se référait aux objets sacrés que les Tibétains récupéraient parfois dans la terre : des pointes de flèche, des éclats de verre ou de poterie, des pièces sculptées en forme d'objets rituels. Un jour, un prisonnier du camp de Shan avait découvert une boucle en bronze corrodée : il avait soutenu qu'elle avait appartenu à Guru Rinpoché, l'antique professeur, et lui avait bâti un autel à l'aide de morceaux de carton.

— Les hommes saints viennent ici depuis des milliers d'années. Cette vieille dropka a trouvé un morceau de turquoise sculpté en forme de fleur de lotus et elle dit qu'il a un grand pouvoir. Hier, elle a annoncé qu'un avion chinois était arrivé et qu'elle avait utilisé le tonde pour le faire fuir. Mais elle est presque complètement aveugle à cause de sa cataracte, précisa-t-il avec un haussement d'épaules.

Après un temps de silence, Lhandro poursuivit, avec un signe de tête vers la jeune fille qui boitait :

— Notre Anya l'a vue qui levait le poing vers le ciel. Ce n'était en fait qu'une oie égarée qui avait perdu son troupeau. Et la vieille jure maintenant que si les soldats s'approchent de trop près elle leur déversera une nouvelle averse de grêle sur la tête.

La patrouille de l'armée qu'ils avaient vue se trouvait pourtant bien loin de leur campement, songea Shan. Néanmoins, les habitants du changtang semblaient posséder en secret des manières bien à eux de connaître les choses.

— Ne sous-estimez pas les tonde, intervint une voix dans leur dos.

La femme au tablier arc-en-ciel passait près de leur tente, chargée d'un seau de cuir.

— Certains ne sont que de jolies pierres, mais d'autres... – elle se rapprocha et étudia Shan un instant –, on raconte que c'est un tonde entre les mains d'un moine qui a détruit la montagne chinoise.

— Détruit une montagne ? demanda Shan.

— Tout à fait dans le Sud, près du Bhutan, acquiesça la femme. Une montagne de l'armée. Leurs esclaves l'avaient creusée, et des soldats y avaient installé leurs machines.

La femme voulait parler d'une de ces énormes installations militaires que les prisonniers des goulags étaient souvent obligés de construire pour l'Armée populaire de libération, creusant de vastes réseaux de galeries et de tunnels au cœur des montagnes, surtout le long de la frontière sud. Certaines étaient devenues de véritables casernes pour des divisions entières, d'autres des dépôts d'équipement militaire, d'autres encore des postes de commandement et d'écoute sophistiqués.

— Cette montagne, ils l'avaient remplie d'ordinateurs, de radios, de commandants de l'armée. Mais ils ignoraient que, parmi les prisonniers, un vieux moine possédait un tonde ayant appartenu à la divinité de cette montagne. Il a pu parler à la divinité et lui a expliqué ce qui était arrivé. Quand la divinité a fini par comprendre, la montagne a riposté.

Shan attendit la suite, mais la femme n'ajouta plus rien.

— Il y a eu une sorte de glissement de terrain, précisa Lhandro avec un regard gêné vers cette dernière. Les journaux n'en ont pas parlé, mais les gens en ont discuté un peu partout. Les tunnels se sont effondrés, les machines ont été détruites. Des soldats sont restés prisonniers des éboulements et ont été tués, ainsi que de nombreux travailleurs tibétains. L'armée a effectué des rafles et interrogé les gens. Mais des experts sont venus de Pékin et ils ont dit que la montagne avait été mal choisie. Les montagnes de l'Himalaya sont instables, ont-ils déclaré, et il y a eu un glissement de terrain.

— Ils avaient mal choisi leur montagne, répéta la femme en hochant la tête d'un air entendu.

— Qu'est-ce qu'ils espèrent, grommela Lokesh, alors qu'ils ont des soldats qui les combattent ?

Shan se tourna vers son vieil ami. Lokesh s'était étrangement mépris sur le sens à donner à une brigade de combat de montagne ; il avait pris l'expression à la lettre. Shan se préparait à lui expliquer son erreur quand il se rendit compte que Lokesh ne se trompait peut-être pas tant que ça. Certains prétendaient que l'ultime campagne de Pékin au Tibet, la bataille finale, était un combat contre la nature, à cause de toutes les montagnes éventrées, de la déforestation des pentes boisées, des vallées réduites à l'état de déserts par les mines à ciel ouvert.

Shan insista auprès de Lhandro et de la femme en tablier pour obtenir de plus amples informations. Il leur demanda s'ils avaient entendu parler de mesures de répression de la part de l'armée ou de la Sécurité publique entre Lamtso et Lhassa. Lhandro haussa les épaules.

— Rien qui sorte de l'habitude. La campagne Prospérité sereine. Avec les hurleurs qui débarquent plus souvent qu'à leur tour dans tous les districts. Des mots, encore des mots, pour répéter toujours la même chose. C'est leur façon de déguiser la vérité.

La campagne n'était qu'une initiative politique de plus visant à éroder l'influence des bouddhistes.

La femme, cependant, se rendait parfois à la ville d'Amdo, la colonie la plus proche vaguement digne de ce nom, pour y vendre sa laine, et elle y lisait les journaux. Un célèbre abbé était en fuite vers le sud, avec la Sécurité publique et les hurleurs à ses trousses. Une chasse à l'homme avait été déclenchée pour retrouver deux terroristes : le premier, un membre du Culte du dalaï, venait d'au-delà de la frontière indienne ; le second était un général purba, un célèbre chef de la résistance tibétaine surnommé le Tigre, qu'on avait repéré dans la région. Les gens étaient prévenus : ils seraient emprisonnés s'ils apportaient leur aide aux deux hommes. Des héros de l'armée et des travailleurs modèles se rassemblaient à Lhassa pour la plus grande parade de 1er Mai qu'on ait vue depuis des années.

Shan écouta avec attention la femme, qui semblait vouloir partager sa réserve inépuisable de renseignements et de rumeurs. Mais jamais elle ne mentionna un œil en pierre volé ou un tueur de purbas.

— A-t-on parlé du meurtre d'un représentant officiel des Affaires religieuses ? s'enquit-il.

À sa question, on n'entendit plus un bruit à la ronde. Des visages angoissés se tournèrent vers lui.

— Il s'appelait Chao. Il venait de la ville d'Amdo.

— J'ai entendu parler de Chao, dit Nyma d'un air grave en sortant de la tente de Lhandro. Les hurleurs d'Amdo viennent parfois chez nous, jusqu'à Yapchi. Il était le seul à ne pas examiner les autels privés quand il venait en visite, il n'exigeait jamais qu'on lui montre le contenu de nos gaus. Il est né au Tibet, mais il avait pris un nom chinois.

C'était une pratique que les Chinois encourageaient chez les jeunes Tibétains.

— Le moine vous a parlé du meurtre ? demanda Shan.

Après leur rencontre avec le minibus, Nyma avait été anormalement silencieuse, sans rien partager de l'enthousiasme juvénile de Lokesh à l'idée de voir d'autres troupeaux d'oies.

— Brièvement, répondit-elle, les yeux baissés. Chao a été poignardé dans le dos. Ça s'est passé dans un garage, une ancienne écurie, en bordure de la ville, il y a juste deux nuits.

Shan la fixa en silence.

— C'est important ? interrogea-t-elle.

— Il y a deux nuits, Drakte a probablement été attaqué. Il a été blessé bien avant de nous rejoindre, et sa blessure l'a tué.

Les yeux mouillés de larmes, Nyma se détourna un instant pour contempler le lac.

— Ça, vous n'en savez rien, objecta-t-elle.

— Exact, reconnut Shan.

Mais il était pratiquement sûr de ne pas se tromper : il avait vu beaucoup de blessures par lame au cours de son incarnation pékinoise.

— Drakte ? Drakte ? lâcha une voix féminine derrière eux.

C'était la femme au tablier arc-en-ciel, les mains serrées contre sa bouche.

— Notre Drakte ! s'écria-t-elle.

Les autres dropkas se rapprochèrent lorsqu'elle leur apprit la nouvelle, désespérée. Shan répondit patiemment à leurs questions sur la mort du purba, avant de les interroger à son tour.

— Il se trouvait encore ici, pas plus tard que la semaine dernière, expliqua la femme. Il bavardait avec nous, il nous posait des questions, il jouait avec les enfants. Un après-midi, il a emmené les gamins et ils ont bâti un nouveau cairn sur une colline.

Elle se tourna vers un haut monticule herbeux couronné par

une petite tour de pierres, puis se laissa tomber doucement sur un gros rocher auprès du feu.

— Quelles questions a-t-il posées ? demanda Shan en s'accroupissant auprès d'elle. Quelles questions Drakte a-t-il posées ?

— Le nombre de moutons et de chèvres que nous avions, récita-t-elle d'une voix morte. Qui possédait des yacks, et qui possédait des chèvres. Où se trouvaient les champs d'orge les plus proches. Combien de foin nous coupions pour l'hiver.

De l'orge. L'abbé et le directeur des Affaires religieuses comptabilisaient eux aussi les champs d'orge. Ils les décomptaient dans les pâturages du changtang, là où il n'en poussait pas un brin. Shan se précipita vers sa couverture, qu'il déroula. À l'intérieur, il trouva le sac que lui avait apporté la femme dropka dans la tempête. Ils feuilletèrent le livre de comptes de Drakte jusqu'à une page parmi les dernières intitulée Lamtso Gar – le Campement de Lamtso – datée de la semaine précédente. Une colonne intitulée orge était marquée néant, à côté d'autres colonnes pour les moutons, les yacks et les chèvres.

— C'est ici, dans ce campement, que nous habitons la majeure partie de l'année, précisa la femme au tablier. Tous les autres sont en visite, ils viennent seulement pour le sel.

Elle pointa les colonnes avec une fierté non déguisée. Un yack, dix-huit moutons, cinq chèvres correspondaient à la référence Lamtso Gar. Et deux chiens.

Que l'abbé et un hurleur en position d'autorité collectent de tels renseignements n'avait aucun sens, mais que Drakte l'eût fait lui aussi était encore moins explicable. Et il ne s'était pas contenté de ramasser ces données, il les avait certifiées. Au bas de la page se trouvaient des signatures et, sous les signatures, une note qu'il avait ajoutée ultérieurement, soupçonna Shan. L'année dernière, avait écrit Drakte, une fillette de deux ans était morte de faim ici.

Shan feuilleta les quelques pages restantes et indiqua des entrées sans signatures, uniquement marquées de croix et de cercles.

— Même ceux qui ne savaient pas lire devaient signer, expliqua la femme. Il a insisté pour que chaque famille soit inscrite, chaque foyer. Et il leur disait des choses méchantes jusqu'à ce qu'ils acceptent d'apposer leur marque, ajouta-t-elle à voix basse, ne comprenant visiblement pas.

— Des choses méchantes ?

La femme baissa la tête, gênée.

— Il était fatigué, et il avait des problèmes. C'était un bon garçon.

— Quelles choses ?

La femme riva les yeux au sol, frissonnante, les bras croisés sur la poitrine, et chuchota d'une voix si basse que Shan dut se pencher pour entendre :

— Il disait : signez, sinon vos enfants grandiront pour vous haïr.

Tout à coup on entendit un juron sonore. Dremu hurlait contre une femme entre deux âges qui lui lançait des galets en encourageant les enfants à l'imiter. Il tourna les talons en levant le poing d'un air menaçant, et revint vers le feu à grandes enjambées. Arrivé au cercle de pierres, il vit Lhandro, et se plaça derrière Shan. Lhandro, le rongpa à la voix douce, avait lui aussi jeté des pierres au Golok.

— Cet homme n'est pas le bienvenu chez nous, déclara Lhandro avec raideur. C'est un Golok.

— À moi, vous me faites pourtant bon accueil..., commença Shan, perplexe.

Pourquoi Lhandro accueillait-il à bras ouverts un Chinois, mais pas un Tibétain ?

— Je ne parle pas de tous les Goloks, expliqua Lhandro d'une voix lourde de menace. Mais le clan de cet homme, c'étaient tous des bandits. Un jour ils ont agressé de nombreux campements et villages entre ici et les chaînes montagneuses de l'Amdo, ce que les Goloks appellent leur territoire. Ils ont attaqué beaucoup de clans innocents, volé plein de troupeaux et de sacs d'orge.

— Ces bandits-là sont morts depuis longtemps, marmonna Dremu. Capturés par la Sécurité publique et exécutés.

— Est-ce que cet homme-là est toujours un bandit ? demanda Lhandro à Shan.

Dremu lâcha un rire qui ressemblait à un grognement, comme pour dire : si seulement il pouvait l'avoir aussi belle !

— Vous n'avez pas besoin de cet homme, poursuivit Lhandro, devant l'absence de réponse de Shan. Vous venez à Yapchi avec nous.

— Mais les purbas ont déjà tout arrangé, intervint Nyma. Ils voulaient quelqu'un qui connaisse les montagnes, les cachettes, les endroits que fouillent les patrouilles. Nous, nous n'avons pas l'habitude des nœuds. C'est Drakte qui avait tout mis sur pied.

— Je ne comprends pas, dit Shan, car leur voyage était censé rester secret. Qui d'autre va dans la vallée de Yapchi ?

— Nous vous attendions, répondit Lhandro en montrant la tente blanche où les hommes avaient commencé à recoudre un tas de sacs pleins de sel. Ils sont de mon village et sont venus pour le camp de sel. Nous sommes cinq de Yapchi, avec quarante moutons. Nous partons à l'aube.

Comme pour apaiser les doutes de Shan, le rongpa sortit une carte en lambeaux de sa poche et, la dépliant, lui montra le lac, un grand ovale bleu en bordure du changtang. Puis il remonta plein est le long du rivage et ensuite plein nord à travers les montagnes jusque dans l'Amdo, cette partie du Tibet que Pékin appelait la province de Qinghai. La carte était d'une richesse de détail surprenante : elle portait même un secteur large de quatre-vingts kilomètres hachuré en rouge le long du rivage opposé du Lamtso. Le haut de la carte était marqué d'une légende en gros caractères. *Nei Lou.* Classé, ou secret d'État.

Shan releva les yeux sur Lhandro, qui croisa son regard sans ciller avec un air de défi, avant de lui indiquer les hachures rouges. La légende qui les illustrait signalait Zone de risques toxiques.

— Une base de l'armée ?

— Non, soupira Lhandro. Pis. Dans cette région, il existe des lieux où l'on a testé des armes spéciales. Des choses qui déclenchent des maladies, ou qui tuent tout ce qui vit avec des produits chimiques. Certains racontent qu'on les a aussi utilisées sur les troupeaux d'animaux sauvages. D'autres, sur les bandes de nomades qui refusaient de se faire enregistrer. Mais personne ne va dans les zones marquées en rouge, pas même l'armée. Il arrive parfois que l'on trouve des trucs par terre, des conteneurs métalliques, ou un troupeau de moutons morts sans raison apparente, alors l'armée vient et elle déclare la zone interdite. Elle place des pancartes, parfois même des clôtures.

— Cette caravane de sel, vous l'avez mise sur pied avec les purbas ?

Lhandro sourit.

— Chaque printemps, mon village envoie une caravane à Lamtso. Les purbas l'ont appris. Ils ont dit que ce serait le meilleur moyen pour que vous passiez inaperçus, vous et la pierre.

Sur ces mots, il rejoignit ses compagnons occupés à coudre les sacs de sel.

Nyma se promenait parmi les tentes, parlant avec celui-ci ou celle-là d'une voix douce pleine de respect, replaçant des drapeaux à prières suspendus à une ficelle tendue entre deux piquets de tente. Elle s'assit au côté de la vieille dropka à la cataracte et commença à lui réciter son rosaire. Dremu ouvrait l'œil : les gens refusaient de le saluer ou lui jetaient des regards peu amènes. Il jura et s'avança vers son cheval. Shan présuma qu'il allait le bouchonner quand Dremu sauta sur sa selle et quitta le campement au galop pour disparaître dans les collines. L'homme avait déjà été payé. Nul doute qu'ils ne le reverraient plus.

En déambulant au milieu des tentes en compagnie de Lokesh, Shan cherchait un homme avec un poisson, ou un signe quelconque qui expliquerait les paroles énigmatiques du moine. Ils s'attardèrent auprès d'un feu où une femme faisait frire de la pâte sucrée pour les enfants dropkas, jusqu'à ce que Lokesh décide de se joindre à la fouille de tonde.

Son vieil ami cherchait sans cesse ces petits trésors, et, pareil en cela à de nombreux dropkas âgés qu'ils avaient rencontrés, il essayait d'en garder à tout moment neuf sur lui, un nombre réputé porter chance.

Shan contourna le campement dans l'intention de passer derrière la tente gardée par le vieillard au gourdin.

Tenzin était planté au bord du rivage, contemplant le lac d'un œil désespéré, son nouveau rosaire pendouillant à ses doigts. Shan s'approcha et s'assit sur un gros rocher. La douleur qu'avait affichée le Tibétain muet la nuit de la mort de Drakte semblait avoir réapparu.

— Au pénitencier, dit Shan après un long silence, il y avait dans ma baraque un homme qui se trouvait là parce qu'il avait frappé un officier de la Sécurité publique. Il avait l'esprit tellement troublé qu'il pouvait à peine parler, et tout le monde craignait qu'il ne mît fin à ses jours. Finalement les lamas sont parvenus à le faire parler du fardeau qu'il portait au cœur de son être. Il avoua avoir tué un Chinois qu'il avait surpris en train de voler des moutons. Le Chinois avait battu son épouse jusqu'à l'inconscience et l'avait menacé d'une arme à feu. Personne, pas même son épouse, ne savait que les deux hommes s'étaient battus et que le Chinois avait été tué. Il avait caché le cadavre et c'est ensuite qu'il avait frappé l'officier des nœuds, quand celui-ci avait refusé de prendre dans sa voiture son épouse blessée.

Pour seul signe d'avoir entendu, Tenzin baissa les yeux vers le sol, près des pieds de Shan.

— Un lama lui a offert un galet en l'obligeant à se concentrer dessus, poursuivit Shan en ramassant une grosse pierre. Il a conseillé à l'homme de projeter sa culpabilité au creux de la roche. Ensuite, il lui a recommandé de jeter le galet dans la rivière. Et l'homme a été guéri.

Tenzin contempla la pierre dans les mains de Shan de ses yeux mouillés, près d'éclater en sanglots. Puis il fit quelques pas, souleva un morceau de roc de près de trente centimètres de diamètre et jeta sa pierre dans l'eau, avant de se retourner face à

Shan. Devant son expression, Shan détourna la tête, secoué. Qu'est-ce qui avait pu créer une telle charge d'angoisse chez cet homme ? Un souvenir essayait de se frayer un chemin dans sa mémoire. La femme dropka avait déclaré que Tenzin était absent la nuit qui avait précédé la mort de Drakte. La nuit où Chao avait été assassiné. Shan se plongea dans la contemplation des ronds dans l'eau, là où la grosse pierre était tombée. Pour un meurtre, un seul galet avait suffi.

Shan laissa Tenzin et revint vers la yourte. Le vieux berger plissa les paupières en le voyant approcher, et leva son gourdin d'un geste menaçant.

— La jeune fille vous a apporté un tonde ? s'enquit Shan d'une voix hésitante.

— Pas moi. Allez-vous-en. Ici, c'est la tente de ma famille. Les gens dorment.

— Et vous montez la garde même quand ils dorment ?

Du coin de l'œil, Shan distingua plusieurs silhouettes approcher en toute hâte.

— Il y a du thé frais ! s'écria la femme au tablier arc-en-ciel.

Elle était à une centaine de mètres de Shan et lui faisait signe de la rejoindre près de son feu. Au lieu d'obéir il plaça une main sur le gourdin pour parer un coup éventuel et entra dans la yourte.

Une vieille édentée, seule occupante de la tente, gémit à son apparition.

— Non ! cria-t-elle en abaissant le moulin à prières qu'elle faisait tourner. Un Chinois !

Shan perçut des mouvements dans son dos. Il se crispa, s'attendant à être traîné dehors, jusqu'à ce qu'une voix douce s'élève de la pénombre au fond de la tente.

— C'est un ami des lamas, dit une femme, et l'homme derrière Shan baissa son gourdin levé, prêt à frapper.

— Nyma ? demanda Shan en s'avançant dans l'ombre, là où deux couvertures en feutre avaient été tirées pour créer des chambres à l'intérieur de la yourte.

Une main apparut entre les couvertures, en écarta une, et Shan se plia en deux pour pénétrer dans le petit espace sombre et étriqué.

Nyma, assise à la chiche lumière d'une unique lampe à beurre posée à côté d'une paillasse, tenait la main d'une femme d'une trentaine d'années au visage emperlé de sueur, qui respirait avec difficulté. Elle esquissa un sourire au travers d'un masque de douleur.

— Lokesh, dit Shan. Il a étudié avec des lamas guérisseurs.

— Elle est tombée d'une vire il y a trois jours, en fuyant une patrouille la nuit. Je crois qu'elle a des côtes cassées, expliqua Nyma.

— Alors il lui faut un docteur, insista Shan.

Le long de la paillasse, il aperçut une clochette encroûtée de saleté et plusieurs grains de rosaire sales.

— Pas de docteur ! s'écria la vieille.

— Des éleveurs venant de l'est sont arrivés à cheval ici la semaine dernière et ils ont prévenu tout le monde de se méfier des nouveaux docteurs, de cacher les malades, et de ne parler de docteurs tibétains à aucun Chinois. Je ne sais pas pourquoi, ajouta Nyma en haussant les sourcils, comme pour exprimer sa frustration. Personne ne sait pourquoi, d'ailleurs.

— Mais vous ne pouvez pas cacher une femme blessée aussi gravement. Et si elle avait une hémorragie ? Un hôpital...

— Ces docteurs-là, nous n'en avons pas besoin. Ce ne sont pas de vrais docteurs, rétorqua la vieille, qui se pencha pour placer les doigts de la blessée autour de la petite clochette.

— Lokesh connaît les thés qui guérissent, soupira Shan.

Il sortit à grandes enjambées, laissant là la vieille et quatre hommes au visage sinistre.

Il trouva son vieil ami près d'un tas de terre fraîchement remuée et lui expliqua la situation. Lokesh se hâta en direction de sa tente. Shan se dirigea vers une colline herbeuse à huit cents mètres de là. Dix minutes plus tard, il avait rejoint le cairn que Drakte avait monté en compagnie des enfants. Il tourna autour de la colonne de pierres plusieurs fois de suite, et finit par s'asseoir. Drakte était pressé, il prenait ses toutes dernières dispositions concernant la pierre chenyi, mais il avait passé du temps à bâtir un cairn pour les divinités du lieu. Et il avait l'intention de retourner au camp de sel en compagnie de Shan et de la pierre.

Shan se remit debout pour examiner de plus près la large pierre plate qui couvrait le sommet. Il la souleva et la déposa au sol. Les creux qui séparaient les pierres entassées étaient tellement sombres qu'il faillit rater un morceau de tissu marron coincé à l'intérieur. Il tira, et une petite bourse en feutre sortit de l'ombre du cairn. À l'intérieur, il découvrit un mala, un rosaire constitué d'exquises perles d'ivoire sculptées en forme de têtes d'animaux, une pièce d'antiquité qui n'aurait pas déparé un musée. Pourquoi Drakte avait-il voulu le cacher ? Cet objet était-il trop dangereux pour qu'il le porte sur lui la semaine précédant ses visites au campement ? Ou bien désirait-il qu'on vienne le récupérer ? Shan empocha la bourse.

— C'est ainsi que les Chinois aident les divinités ? interrogea une voix neutre dans son dos.

Dremu était sur son cheval gris, dix mètres en contrebas sur la pente, à l'opposé du campement. Il n'avait pas l'air surpris, seule brillait sur ses traits une lueur d'amusement sinistre. Il souleva une jambe et la posa sur l'encolure de sa monture.

Shan replaça la pierre plate au sommet du cairn.

— Je voudrais savoir une chose. Où avez-vous rencontré Drakte ? Où vous a-t-il engagé ?

— Dans une ville.

— À Lhassa ?

— Lhassa, lui confirma Dremu à voix basse, en le surveillant de ses yeux mi-clos. Là-bas, j'ai appris des choses que même les purbas ignoraient.

— Quel genre de choses ?

— Dans ce pays, on peut mourir quand on raconte trop de secrets.

— Ou quand on les garde pour soi, rétorqua aussi sec Shan, en se demandant si le Golok avait vu le précieux rosaire. Pourquoi ? Pourquoi Drakte vous a-t-il choisi pour l'aider ? Vous n'êtes pas purba. Et vous n'êtes pas le bienvenu parmi les gens de Yapchi.

Un rictus apparut sur les lèvres de Dremu, comme s'il prenait plaisir aux paroles de Shan. Il lissa sa moustache d'un doigt, l'autre main sur son couteau. Les deux hommes s'étudièrent. Shan se porta en avant et se laissa tomber à genoux près d'un gros roc, qu'il releva sur la tranche en montrant le cairn à Dremu. Le Golok fronça les sourcils, mit pied à terre et l'aida à transporter la pierre au sommet du cairn. Shan récita un mantra au Bouddha de la Compassion et le Golok baissa la tête d'un air déconfit, à croire que Shan venait de se gagner là une protection inattendue. Puis, d'un pas martial, il marcha jusqu'à sa monture et s'éloigna. Shan laissait filer sous ses doigts les grains du mala dans sa poche quand il se rappela que Drakte n'avait rien pour payer Dremu. Le rosaire était-il destiné au Golok ?

À son retour au campement, il retrouva Lokesh près de la terre excavée.

— Elle dort, dit le vieux Tibétain. Je leur ai donné la recette d'un thé spécial, contre la douleur. J'irai la revoir un peu plus tard.

— Est-ce qu'ils t'ont expliqué pourquoi, tout d'un coup, ils ne voulaient plus voir de médecin ?

Tous les Tibétains avaient entendu parler de docteurs chinois exécutant des actes de chirurgie non désirés, habituellement des stérilisations, sur leurs malades tibétains. On racontait même que des Tibétains décédaient mystérieusement quand ils étaient soignés par les Chinois. Mais la peur de cette jeune femme était bien plus concrète : des cavaliers étaient venus au campement pour les avertir de se méfier des médecins.

— Ils ont peur, déclara Lokesh en secouant la tête. Dans ce district, les hurleurs sont impitoyables.

Ils travaillèrent de conserve quelques minutes, Shan creusant lui aussi en se servant d'une pierre plate en guise de pelle.

— Je t'ai entendu discuter avec Lhandro et cette femme à propos de la mort de Drakte, dit soudain Lokesh. Et aussi de ce Chao.

Shan comprit que son vieil ami ne cherchait pas à savoir : il était simplement frustré de ne pas comprendre.

— Nous savons travailler au milieu des tempêtes, reprit Lokesh d'une voix douce.

La phrase remontait à l'époque où ils purgeaient leur peine au camp de travaux forcés, lorsque les lamas exhortaient les prisonniers à ignorer la souffrance, ainsi que tout ce qui pouvait les distraire d'eux-mêmes, pour se concentrer uniquement sur leur divinité intérieure.

— Toi comme moi, objecta Shan, la bouche sèche, nous avons vu des moines mourir en prison parce qu'ils avaient justement décidé de ne se concentrer que sur leur divinité intérieure.

La réaction de Lokesh se limita à un froncement de sourcils.

— Et si le tueur de Drakte était à nos trousses ? demanda Shan. Comment faire pour l'éviter ? Comment pourrons-nous rejoindre cette vallée avec la pierre chenyi si nous ne comprenons pas le tueur ?

— En faisant appel à nos divinités. Quand il y a une divinité à ravauder, il n'est rien de plus important. Tout ce travail que nous avons accompli à l'ermitage, c'était comme un vœu. Je suis lié. Et si cette pierre veut un morceau de ma propre divinité pour l'aider à guérir de ses plaies, je le lui offrirai avec plaisir.

Les paroles du vieux Tibétain résonnèrent aux oreilles de Shan comme un défi. Habituellement, Lokesh soutenait toujours la quête de vérité de Shan, quelle que soit sa forme, cependant, cette fois, la situation était différente. Il n'existait pas de règles pour aider les divinités à panser leurs plaies, néanmoins Lokesh savait intimement qu'il n'y avait pas de commune mesure entre comprendre un tueur et comprendre une divinité : les deux choses étaient contradictoires. Shan lui concéda ce point en courbant la tête, avant de murmurer solennellement lui aussi :

— Je suis lié. Je sais travailler au milieu des tempêtes.

Ils continuèrent leur activité jusqu'à ce que Lokesh pousse un cri de triomphe en extrayant une petite pierre grise.

— Elle est parfaite ! s'exclama-t-il avec satisfaction en la tendant à son ami.

Shan avait déjà eu l'occasion de voir cette forme dans la roche. Une vraie rareté.

— Un fossile. Un trilobite qui vivait quand ces terres étaient encore sous l'eau, il y a des millions d'années.

— Un puissant tonde, soupira patiemment Lokesh, comme si Shan avait raté l'essentiel. Parce qu'il a fallu l'action combinée des divinités de l'eau et de la terre pour le fabriquer.

Une demi-heure plus tard, ils retournaient vers le lac quand Lokesh s'arrêta, la main en coupe autour de son oreille.

— Une chanson monte de la terre.

Il avait la ferme conviction que les objets inanimés pouvaient reprendre vie quand ils étaient habités par une divinité. Il examina le paysage et pointa le doigt vers un petit tertre. Ils s'y dirigeaient, s'arrêtant de temps à autre pour prêter l'oreille, lorsque Lhandro, trottant jusqu'à eux, leur cria d'arrêter.

— Laissez-la tranquille. Elle a besoin de ce moment.

Devant leurs expressions perplexes, Lhandro leur fit signe d'avancer, un doigt sur les lèvres, et les arrêta quand ils aperçurent une toute jeune fille assise dans un creux d'herbe de l'autre côté de la colline. Anya, la petite infirme aux tresses et aux joues rouges. Elle tenait un agneau sur ses genoux. La langue de l'animal pendait, et il respirait avec difficulté.

— Anya est orpheline, comme l'agneau, expliqua Lhandro. La mère de l'agneau a été tuée il y a quelques jours par des chiens sauvages. Il n'y avait pas de brebis en période d'allaitement. Anya a essayé de lui faire boire du lait de chèvre, mais l'agneau a refusé. Il sera mort avant la nuit tombée. Parfois, les divinités s'expriment par la bouche de cette jeune fille.

Ils prêtèrent l'oreille dans le silence. L'adolescente chantait pour l'agneau d'une voix ténue, tel un murmure porté par le vent. Shan ne comprenait pas les paroles de la chanson, mais elles résonnaient à ses oreilles comme des sons d'une grande beauté, irréels et apaisants, tellement naturels qu'on aurait cru entendre le chagrin de la brebis devant son petit agonisant.

Lokesh inclina la tête vers Anya et ferma les yeux. D'autres écoutaient également. Assis dans l'herbe au sommet du tertre qui leur faisait face, Tenzin contemplait la jeune fille avec tristesse. À son côté, un gros mastiff avait l'air aussi désespéré que lui. Le regard de Shan passa d'Anya au ciel au-dessus de leurs têtes. Quand il se retourna vers Lokesh, une larme coulait sur sa joue, et le vieux Tibétain hocha la tête d'un air entendu comme pour lui signifier : oui, c'est bien une divinité qui chante, après tout.

— Quand j'étais jeune, ma mère chantait de la même manière, dit Nyma dans le dos de Shan. Elle sortait de la tente et allait s'asseoir sur une corniche. La première fois que je l'ai entendue, j'ai cru qu'elle pleurait. Mais elle m'a répondu que non. Elle essayait simplement de faire revenir la divinité de Yapchi, pour lui dire qu'elle ne resterait pas éternellement aveugle. À sa mort, elle m'a appris qu'elle priait la divinité pour se faire pardonner, parce qu'elle lui avait menti : la divinité allait devoir s'habituer à rester aveugle.

— Mais les choses seront différentes désormais, dit Lhandro. Il faudra bien qu'ils comprennent ce qu'on est en train de faire à la terre.

— Qui ça, ils ? demanda Shan.

— Tous ces gens qui ne savent plus entendre les divinités de la terre.

— Je ne sais pas ce...

— Notre vallée, poursuivit Lhandro, les yeux perdus vers les montagnes au nord. Elle est pleine de Chinois et d'étrangers qui veulent voler le sang de notre terre.

— Le sang ?

Shan se tourna vers Nyma en quête d'une explication.

— Le sang de la terre, répéta Lhandro.

— Le pétrole, expliqua la nonne à mi-voix, les yeux baissés, comme si ses propres paroles l'effrayaient ou qu'elle se sentait gênée de n'en avoir rien révélé à Shan. Ils ont détruit la résidence de notre divinité et maintenant ils font des forages dans notre sol. Ils prétendent qu'ils ne vont pas tarder à découvrir du pétrole, et toute notre vallée sera détruite.

Elle lui lança un regard suppliant.

— Mais maintenant, Shan, vous êtes là. Vous êtes venu, dit-elle avec espoir, un peu rassérénée. Vous et la divinité de Yapchi allez nous rendre notre terre. Vous allez les obliger à partir.

4.

Au Tibet, la croûte terrestre est deux fois plus épaisse que partout ailleurs sur la planète. Shan avait entendu cette affirmation à deux reprises dans sa vie. La première, de la bouche d'un professeur, à Pékin, qui avait insisté sur le fait que, les plaques tectoniques s'étant empilées les unes sur les autres, la terre y était sans cesse en mouvement ascendant, créant ainsi de nombreux séismes imprévisibles et dangereux. Il l'avait également entendue chez un vieux lama du pénitencier, qui lui avait expliqué que le pouvoir des divinités de la terre était plus concentré au Tibet que partout ailleurs à la surface de cette planète : les racines qui reliaient la terre à ses habitants couraient bien plus profond, et le pays s'exprimait ainsi de manière beaucoup plus puissante.

À leur départ, le lendemain matin, Shan se rappela les paroles du lama, car la terre s'exprimait en effet de manière puissante. Au nord, une brève mais violente bourrasque filait sur les pics, les enveloppant un instant sous le nuage blanc de ses tourbillons de neige, l'instant suivant se scindant pour laisser apparaître le soleil, qui illuminait alors un carré de pente herbeuse. Au sud, les nuages couraient au-dessus d'une autre chaîne de crêtes, délavant les aiguilles d'andains ombrés qui changeaient tellement vite que les montagnes paraissaient se mouvoir d'elles-mêmes. Entre ces deux extrémités, l'air au-dessus du grand lac était clair et mordant sous un ciel de cobalt. Pendant la nuit, les oies s'étaient rapprochées du rivage, non loin du camp de sel. Lokesh s'était avancé au plus près et leur avait parlé, ou peut-être parlait-il à sa mère tout en leur faisant ses adieux. La nuit précédente, le vieil ami de Shan avait décidé de ne pas dormir. La lune s'était levée au-dessus des eaux sacrées, et, se sentant plus proche de sa mère qu'il ne l'avait été depuis des années, il avait déclaré qu'il désirait garder cette sensation aussi longtemps que possible. C'était grâce aux oies, avait-il expliqué, et il voulait rester en leur compagnie jusqu'au jour.

Shan décida lui aussi de s'offrir une veille, au sommet d'une colline, espérant retrouver ainsi un de ces rares moments où il se sentait proche de son père : avec, dans les narines, un parfum de gingembre et, dans les oreilles, le grand rire de gorge rauque résonnant dans quelque couloir vide de sa mémoire. Mais au bout d'une heure il abandonna, comprenant que son père ne s'approcherait jamais parce que la vision de la mort de Drakte était encore trop fraîche à sa conscience.

Il trouva Nyma, elle aussi émue par le clair de lune, assise sur un rocher blanc que venaient lécher les vaguelettes du lac. Craignant de la déranger, il se préparait à s'éloigner quand elle parla d'une voix vide :

— Autrefois, le village recevait des visiteurs des gompas plusieurs fois l'an. Aujourd'hui, plus personne ne vient. Plus de moines. Plus de nonnes. Peut-être est-ce tout ce qu'il y a à savoir. Peut-être nous sommes-nous égarés tellement loin qu'aucune divinité ne s'intéresse plus à nous.

— Ils vous ont, vous, dit Shan maladroitement, sans même être sûr qu'elle s'adressait à lui.

Elle se retourna et il vit, pour la première fois, la longue chevelure descendant jusqu'à la taille qu'elle venait de libérer et peignait distraitement de ses doigts.

— Une vraie nonne, vous voulez dire. Mais je ne suis pas une vraie nonne.

— Je crois que vous êtes une vraie nonne, objecta-t-il, plus blessé qu'elle par ce qu'il venait d'entendre.

— Ce n'est pas vrai. Le couvent où je recevais ma formation a été fermé et toutes les vraies nonnes ont été renvoyées. Je n'avais nulle part où aller, sauf dans mon village.

Levant le visage vers les cieux, c'est à la lune qu'elle fit ses aveux.

— Lorsque je vais dans les villes, je m'habille comme une pauvre fermière. Je n'ai pas le courage de porter une robe. Je ne me coupe même plus les cheveux comme une nonne. Lhandro dit que ce serait trop dangereux si les hurleurs débarquaient.

— Et en quoi seriez-vous utile à Yapchi derrière les barreaux ?

Nyma serait jetée en prison si on la ramassait dans une rue arborant une robe de nonne interdite. Elle ne répondit pas. Ou refusait de l'entendre. Une oie solitaire cacarda.

— Je me souviens, murmura Shan, perdu dans les miroitements de la lune à la surface des eaux, d'une personne qui est restée assise des jours durant à attendre que la glace veuille bien fondre, uniquement pour rapporter un peu de sable. Cette femme-là était une nonne.

— Je jouais à la nonne. Je peux aussi jouer à la bergère, ou à la fermière.

— Pourquoi vous montrez-vous si dure à votre égard ? chuchota-t-il, saisi par une impuissance soudaine.

Des Nyma, il en existait des milliers de par le Tibet. Des hommes et des femmes qui avaient aspiré à devenir moines ou nonnes, et auxquels on avait refusé ce droit. Certains s'étaient contentés d'abandonner, se résignant au fait que cette vie-là devrait attendre une prochaine incarnation. D'autres continuaient à se battre, essayant d'apprendre à être moines ou nonnes sans véritables professeurs pour les guider et sans modèles à suivre. Il nous faut porter notre gompa sur nos épaules, avait-il un jour entendu Gendun dire à un ancien moine désespéré.

— C'est un mensonge, ce que nous vous avons fait, lâcha tout à coup Nyma. Une nonne qui comprend les voies de la compassion aurait agi différemment. Vous ne saviez rien des soldats et de la pierre chenyi. Nous ne vous avons rien révélé des Chinois et des Américains qui procèdent à des forages à Yapchi. À l'ermitage, j'aurais pu vous mettre au courant, pour le pétrole, mais je n'en ai rien fait, parce que je craignais de vous faire fuir. Et maintenant nous sommes suivis à la trace par un tueur et ce cinglé de Golok surveille l'œil de pierre. J'éprouve de la culpabilité pour tout ce que nous vous avons fait subir. Et de la peur. Quand Drakte a dit que le démon tue la prière, il ne se trompait pas. J'ai été incapable de prier, de prier vraiment du fond de mon être, depuis que cette chose est entrée dans la chapelle. Toute la journée, j'ai eu cette peur au ventre. Des événements terribles vont se produire, je le sens. Vous devez penser que nous vous avons trahi. Vous devez penser que nous sommes stupides, téméraires, que nous agissons sans réfléchir. En laissant les paroles de l'oracle nous conduire là où nous en sommes.

— Je serais venu, répondit Shan. Même si vous m'aviez tout révélé en détail, je n'aurais pas compris, mais je serais venu quand même. Si les lamas me demandaient d'aller dans la lune, j'attacherais une centaine d'oies les unes aux autres et je tenterais le coup.

Sous le clair de lune, le sourire de Nyma lui rappela celui d'une antique statue du bouddha en ivoire.

— Avez-vous toujours de la famille à Yapchi ? lui demanda-t-il, car elle n'avait jamais évoqué ses liens avec le village.

— Il m'arrive d'appeler Lhandro mon oncle, mais il n'est que mon cousin. Je n'ai plus de famille proche. Lui n'a plus que ses parents. Il devait se marier voilà bien des années, mais la femme qui lui était destinée a été envoyée en rééducation et elle n'est jamais revenue. La maison de ma mère se trouve toujours à Yapchi. J'ai un foyer.

Un foyer. Un instant, la honte envahit Shan : il éprouvait de l'envie à l'égard des villageois de Yapchi, en dépit de tous leurs problèmes. Ils avaient un foyer, des liens s'étaient tissés entre eux, et leurs racines s'ancraient dans la terre. Lui n'avait personne, hormis Lokesh et Gendun, et un fils qui l'avait renié et devait le croire mort.

À son réveil, Lhandro, Nyma et Anya, en compagnie de deux hommes râblés de la vallée de Yapchi, disposaient par paires les petites poches de sel sur une couverture. Lhandro en décompta quarante. Anya amena un mouton sur le dos duquel Nyma, les joues passées à la crème doja rouge, disposa les pochettes, nouant les cordons lâches sous le ventre de l'animal de sorte que chaque bête donnait l'impression de porter une selle tissée. Les hommes de Yapchi travaillaient vite : certains amenaient les bêtes, une à la fois, d'autres attendaient leur tour avec leurs pochettes bourrées de sel. Une fois tous les moutons chargés, à l'exception d'un bélier solide et court sur pattes, Nyma appela Shan auprès du mâle et ouvrit une des poches à sel, la seule qui restait vide. Lhandro apparut à son tour avec un seau en cuir plein de sel, et la nonne montra la fonte de selle que Shan avait rapportée de l'ermitage et qu'il tenait à la main. Shan hésita, puis il ouvrit la fonte et la tendit à Nyma. Celle-ci secoua la tête, comme effrayée par son contenu, en indiquant la pochette dans laquelle Lhandro versait une poignée de sel. Shan sortit de sa fonte la boîte en bois de cèdre et la plaça dans la poche, surpris par une étrange prémonition en la voyant se recouvrir de sel. Lhandro prit ensuite une longue aiguille et cousit le sac, tissé d'un motif multicolore avec, en son centre, un cercle rouge entouré de blanc. Pareil à un œil gardien en colère.

La pochette à l'œil rouge chargée sur le bélier, Lhandro examina la piste sud, que Shan et ses amis avaient empruntée la veille. Une silhouette de coureur solitaire apparut sur la crête de la colline et salua Lhandro du bras : un homme de Yapchi rencontré le jour précédent rentrait, l'air épuisé, une vieille pétoire à chargement par le canon à la main. Il avait veillé sur leur sécurité en gardant la piste la nuit.

Les autres habitants du camp de sel se rassemblèrent près de la piste nord, assistant, le visage solennel, à la formation de la caravane de moutons chargés de leurs sacs. Lhandro eut un signe de la tête à l'adresse d'Anya, qui ouvrait la colonne. La jeune fille ajusta son chuba sur ses épaules, siffla les chiens et avança de sa démarche claudicante, en chantant une de ses chansons de l'au-delà. Moutons et chiens lui emboîtèrent le pas, comme sous le charme d'un sortilège.

— *Lha gyal lo !* s'exclama une des femmes près des tentes de dropkas.

Son cri fut repris par tous les autres, au grand plaisir de Lokesh, qui leur renvoya la bonne parole en écho. La caravane quitta le campement et ses ramasseurs de sel, Tenzin et les hommes de Yapchi menant les chevaux chargés de matériel.

Lhandro et Shan marchaient de conserve et le fermier expliqua que, de mémoire d'homme, Yapchi avait toujours envoyé des caravanes de sel au lac, depuis très longtemps, bien avant que Bouddha et la voie du dharma arrivent au Tibet. Plus de douze siècles. La majeure partie de la matinée, Lhandro fit à Shan le récit des caravanes de jadis, se remémorant des noms, des événements vieux de cinquante, cent, voire cinq cents ans, exactement comme s'ils venaient de se produire. Un jour, un fermier de Yapchi du nom de Saga avait découvert un prêtre occidental agonisant, un jésuite. Comme il n'y avait pas d'arbres près du lac, une semaine durant il avait sculpté pour lui la croix de son dieu dans un rocher du rivage. Une autre fois, des maladies affreuses s'étaient abattues pendant l'hiver, et le village entier était descendu se baigner dans le lac et ses eaux qui guérissaient. À une autre occasion, un yack sauvage, blanc comme neige, avait accompagné une caravane jusqu'au village et s'était installé sur une montagne au-dessus de Yapchi. Pendant les vingt années suivantes, il était réapparu le jour anniversaire du Bouddha.

Ces récits résonnèrent toute la matinée au plus profond de la conscience de Shan. À mesure que défilaient les kilomètres de pâturages vides, il avait le sentiment de se trouver hors du temps, les dangers maintenant derrière eux. Ils menèrent les moutons le long du rivage et s'engagèrent dans une longue vallée herbeuse qui remontait vers un col au-dessus de la première barrière de montagnes. Qu'est-ce qui avait changé ? se demanda-t-il. Les Tibétains lui avaient enseigné bien des façons de regarder le monde. L'une d'elles consistait à percevoir l'étrange manière dont la plupart des humains envisageaient le progrès, ou même cette chose qu'on appelait civilisation. Son être avait bien plus évolué au cours de ses quatre années d'esclavage au pénitencier que pendant trois décennies à Pékin. Dans son incarnation précédente, il avait accumulé les maigres biens devenus l'aune à laquelle la plupart des individus mesuraient le progrès d'une vie. Aujourd'hui, il marchait à côté de moutons transportant le sel vers Yapchi, sous un ciel de cobalt bordé de sommets encapuchonnés de neige, en compagnie de Tibétains sereins et joyeux, avec, pour seuls biens terrestres, ce que contenait son petit sac-polochon fermé d'une ficelle, et, dans le cœur, le sentiment d'avoir peut-être atteint au pinacle de la civilisation.

Les choses avaient-elles réellement changé depuis les toutes premières caravanes ? Les bergers s'aventuraient toujours à pied dans ce paysage dur et rocailleux, ils continuaient à briser le sel à l'aide de pilons en bois, ils dormaient sous des tentes fabriquées à partir de poil de yack, et ils empaquetaient leur sel dans des pochettes tissées avec la laine prise sur ces mêmes animaux, en se réjouissant toujours du goût sucré du lait que leur donnaient les bêtes pâturant parmi les fleurs de printemps. Rien n'avait changé.

Ou tout avait changé, songea-t-il avec tristesse en voyant le petit bélier costaud et court sur pattes chargé de son sac peint d'un œil rouge. Car, cette fois-ci, un mouton transportait l'œil d'une divinité, volé par ceux qui avaient massacré le village auquel il appartenait. Et un tueur cherchait à s'emparer de la pierre chenyi. Un tueur et un peloton de troupes aguerries au combat de montagne. Et d'autres, peut-être. Plus Shan revoyait en esprit les derniers moments de Drakte, plus il se demandait si le jeune purba ne venait pas les avertir d'un autre danger que le dobdob. S'il avait su que le dobdob avait l'intention de leur faire du mal, ou s'il s'était agi d'un soldat ou d'un nœud, Drakte se serait jeté sur l'intrus pour défendre les lamas. Mais quand le dobdob était entré, il s'était contenté de rester planté sans bouger, figé, aussi ahuri que les autres.

Shan s'arrêta et attendit Lokesh, qui marchait en queue de caravane.

— Quand tu revois l'image de ce dobdob, demanda-t-il, est-ce un véritable dobdob que tu vois ou un homme qui se serait déguisé ?

Shan savait par expérience qu'un tueur pouvait endosser un très vieux costume de démon pour intimider ses victimes et les plonger dans la confusion [1].

1. Voir *Dans la gorge du dragon*, du même auteur.

Lokesh se tourna vers un genévrier au sommet d'une colline voisine, le seul arbre visible dans tout le paysage.

— Je le vois. Je le vois quand j'essaie de m'endormir la nuit. Je le vois quand je me réveille le matin, dit-il d'une voix pesante. Ce n'était pas une imitation. C'était vraiment un homme de la police des moines.

— Mais tu n'en avais pas vu depuis des années.

— Moi, je n'en ai pas vu. Et personne d'autre, je crois. Enfin, pratiquement personne.

— Pour un dobdob, les Affaires religieuses seraient l'ennemi.

La coïncidence le troublait : Drakte et le dénommé Chao avaient certainement été attaqués la même nuit.

— Pour un hurleur, ce serait le dobdob l'ennemi, corrigea Lokesh.

Il s'écarta, comme pour décourager toute nouvelle question. Un moine, disait Lokesh, un vrai moine, ne perçoit pas les Affaires religieuses comme un ennemi : à ses yeux, ses membres ne sont simplement pas arrivés à une conscience suffisante.

Un véritable dobdob recevrait ses ordres d'un lama ou d'un ancien parmi les moines. Drakte s'était-il attiré le courroux d'un lama ?

Shan entrevit une silhouette en robe qui marchait à l'écart, sur un flanc de la caravane, les yeux au sol, comme si elle s'égarait, sans la moindre conscience de la caravane qui avançait. Constatant que Lhandro suivait lui aussi Nyma des yeux d'un air inquiet, il le rejoignit.

— Quand elle s'est trouvée avec vous, commença Lhandro, est-ce qu'elle avait toujours....

Il cherchait ses mots, et finit par tourner vers Shan un visage interrogateur.

— Elle voulait s'enfuir en Inde l'an dernier et y trouver un couvent. Je l'ai convaincue de ne pas partir. Mais je pense aujourd'hui que j'ai eu tort.

— Elle a toujours été d'un grand secours, dit Shan, sans trop savoir ce que Lhandro attendait de lui.

— Elle n'avait que quinze ans quand le gouvernement a fermé son couvent. Elle y était entrée deux ans auparavant. Peu de temps après, sa mère est morte. Elle n'avait aucun espoir de retrouver un couvent, alors elle a quitté la robe et s'est occupée des moutons du village. Mais un jour, trois ans plus tard, elle a découvert Anya gisant sur un rocher, qui tremblait de la tête aux pieds en récitant d'antiques écritures qu'aucun d'entre nous n'avait jamais entendues. Nyma s'en est trouvée très perturbée. Bien plus qu'Anya. Elle a déclaré que le tissu de notre divinité était en train de se défaire et elle a revêtu sa robe de nonne. Anya et elle ont bâti une petite chapelle dans un canyon derrière le village et elles y restaient toutes les deux, à méditer, pendant des heures, parfois des jours. Elle me demande toujours : comment une nonne agirait-elle dans cette situation ? Qu'est-ce qu'une nonne ferait pour cela ? Comment ça se passait quand les moines venaient dans la vallée ?

Il soupira. Anya appela Nyma, et la nonne se dirigea vers la tête de la colonne.

— Mais il s'est écoulé tellement d'années depuis que les moines sont venus chez nous pour la dernière fois. Alors mon père lui a conseillé un jour : inutile de te tracasser pour l'étude du Bouddha de la Compassion. Contente-toi d'étudier la Nyma de la Compassion.

Un sourire forcé se dessina sur ses lèvres, cependant, son visage était toujours aussi inquiet quand il inspecta les arrières de la colonne.

Les autres villageois, eux, ne semblaient guère se soucier d'un tueur ou du danger que représentait la pierre chenyi. À mesure que le jour avançait, leur moral remonta au beau fixe, et ils entamèrent les chants que, depuis des siècles, entonnaient les porteurs de sel, les enseignant à Shan et à Lokesh. Au cours de la pause du déjeuner, autour d'un plat de *tsampa* froid, Lhandro et Nyma leur décrivirent la belle vallée dans laquelle ils vivaient. Sur de longs kilomètres, Shan se laissa porter par la joie simple de ces compagnons. À la nuit tombée, bien après le passage du premier col, après qu'ils eurent monté le camp sous le dévers d'un énorme affleurement rocheux où les villageois avaient, à l'aller, entassé des bouses de yack, Lokesh s'assit face au sud. Il égrena son rosaire, plissant les yeux comme à la recherche de quelque chose au-delà des montagnes. Le lever du soleil allait marquer le troisième jour, et Drakte arriverait au charnier pour ses funérailles de plein ciel. À cette heure, Gendun, Shopo et Somo avaient peut-être déjà quitté l'ermitage, emportant la dépouille du purba tué au fil des vallées et des crêtes, aidés par les dropkas.

Shan s'installa lui aussi face au sud, à côté de Lokesh, et forma un mudra, disposant ses doigts de la manière traditionnelle afin d'invoquer un symbole ou un enseignement rituels. Il ferma les doigts de chaque main, pouce dressé, et plaça la main droite au-dessus du pouce gauche. On appelait ce mudra la Bannière de la Victoire ; il invoquait le triomphe de la compassion sur l'ignorance et la mort. Alors qu'il était assis là, à contempler son mudra, puis les montagnes lointaines où Gendun voyageait avec les restes de Drakte, la houle douloureuse née du meurtre du jeune purba l'envahit. Non seulement parce que Drakte avait été brave, résolu et désintéressé, et que sa disparition était une grande perte pour eux tous, mais également parce que la confusion qui régnait dans l'esprit de Shan devant cette mort semblait croître. Et elle était accompagnée d'une peur de plus en plus forte pour ses compagnons de voyage. Gendun aurait dit que la conscience claire de Shan était déformée par l'émotion, car il n'y a pas de raison à la mort, simplement un temps et une heure. Il était écrit que cette incarnation particulière de Drakte prît fin à cette heure particulière. Selon Gendun, dans une mort comme celle-là il n'existait ni cause ni effet, dans la mesure où l'ordre du monde n'était jamais aussi bien réglé que Shan semblait l'imaginer. Cependant, même les Tibétains acceptaient le fait que toutes choses dans l'univers étaient liées : une pierre jetée dans un lac créait des vaguelettes qui modifiaient, d'une manière des plus subtiles, les contours du monde. Il s'était passé à Lhassa une chose qui était plus qu'un simple vol, et ses conséquences rattrapaient ceux qui détenaient la pierre chenyi.

Les moutons se préparaient pour le sommeil de la nuit. Malgré le danger, malgré l'urgence associée à l'œil de pierre, de tous les itinéraires possibles, ceux qui avaient la charge de conduire Shan et Lokesh jusqu'à cette lointaine vallée avaient choisi le plus lent.

— Tu pourrais simplement dire non.

Les mots arrivèrent aux oreilles de Shan de façon si inattendue, presque brutale, qu'il pivota sur place, craignant que quelqu'un ne se soit faufilé en rampant jusqu'à lui. C'était Lokesh qui avait parlé.

— Dis-leur non, soupira son vieil ami, et retourne au durtro. Tu pourras rentrer à Lhadrung en compagnie de Gendun. Ne continue pas plus loin si tu as le moindre doute. Ne continue pas plus loin si tu n'es capable de penser qu'aux tueurs. Il n'y aurait aucun déshonneur à faire demi-tour. Je continuerai avec le sel. De toute façon, je vais vers le nord.

Après un long silence, Shan se rendit compte que ses doigts avaient formé un nouveau mudra, mains serrées, doigts entrecroisés, les deux majeurs dressés, pressés l'un contre l'autre comme un petit clocher. Le Diamant de l'Esprit était son nom, et on l'utilisait pour focaliser sa concentration. Au début, il crut que son vieil ami cherchait une nouvelle fois à l'aider à se concentrer sur sa responsabilité à l'égard de la divinité brisée, lorsqu'il vit la lueur d'espoir sur les traits du vieux Tibétain.

— Tu vas de toute façon vers le nord ?

Lokesh opina solennellement du chef.

— La nuit dernière, les oies m'ont aidé à trouver ma mère. Je lui ai parlé de la tristesse de la terre, je lui ai expliqué que les gens avaient perdu la voie de la compassion et que nous rapportions la pierre chenyi à sa vraie place. Elle m'a répondu que nous accomplissions cela pour toutes les divinités brisées de la terre. Ensuite, il me faudrait trouver le vrai cœur de ceux qui nous ont opprimés, a-t-elle ajouté, et l'éclairer de la lumière de la compassion.

Shan sonda les traits de son ami, essayant de comprendre.

— J'aurais dû y penser depuis bien longtemps, poursuivit Lokesh d'un ton émerveillé. C'est ce cœur-là qui a pris ma mère. Mais cet homme est fait de chair et de sang, lui aussi a un cœur, comme tous les hommes. Lui aussi a une divinité brisée.

— Je ne comprends pas.

— Je vais à Pékin, annonça Lokesh, les yeux brillants. Je vais prendre vers le nord, comme un pèlerin, pour me gagner du mérite. Et ma destination sera la maison de celui qu'ils appellent le Président, dans la capitale.

La première réaction de Shan fut de rire, mais, devant la détermination du vieux Tibétain, un grand frisson glacé monta en lui. Il serra la mâchoire et fixa son mudra.

— Tu ne peux pas.

— J'ai les jambes solides. Je prends vers le nord pendant peut-être deux mois et ensuite plein est pour trois ou quatre mois supplémentaires.

— On ne t'autorisera jamais à faire une chose pareille. Tu pourrais ne pas en revenir, gémit Shan.

— Je dois y aller seul, mon ami, dit Lokesh lorsque Shan proposa de l'accompagner. C'est une chose qui concerne ma propre divinité, pas la tienne. Et la Chine est trop dangereuse pour toi.

— Mais on ne te laissera jamais l'approcher, même à un kilomètre !

Un instant, le souffle lui manqua. Son oncle tibétain voulait s'offrir en sacrifice à ceux mêmes qui avaient tué son père et ses oncles de sang.

Lokesh posa une main dans le dos de Shan, comme s'il voulait, par ce geste, percevoir le fond de son cœur.

— Je ne te dis pas cela pour t'effrayer. J'ai promis à ma mère que j'irais parler au Président, pour qu'il comprenne la vraie vérité de ce qui se passe ici. Je voulais que tu le saches, pour le jour où il faudra nous séparer.

Il pointa le doigt vers une oie solitaire qui s'envolait en direction du soleil couchant. Shan suivit l'oie des yeux, jusqu'à ce que Nyma les appelle pour le repas.

Au campement, Lhandro sortit une vessie de yoghourt frais, cadeau des dropkas du lac, et une peau pleine de crème qui, après avoir été ballottée une journée durant dans une fonte de selle, s'était transformée en beurre doux et épais. Le rongpa roula le beurre et le tsampa en boulettes qu'il mangea d'un cœur allègre en les accompagnant de bols de thé. Tandis que les autres disposaient les lourdes couvertures de feutre sur le sol de la tente, Shan emporta la sienne au-dehors et s'allongea, les yeux vers le ciel, luttant contre les ténèbres qui envahissaient son être. Certains Tibétains étaient convaincus que les âmes en lutte devaient passer par de nombreux niveaux d'enfer avant de se libérer. Dans son enfer privé, lui voyait les tourments et les souffrances menacer ceux qui étaient proches de son cœur, mais il était incapable de les repousser.

Il se réveilla en sursaut, sans avoir eu conscience de s'être endormi. La gorge nouée, il comprit qu'un météore était passé au-dessus de leurs têtes, sans qu'il se rappelle l'avoir vu. Ces derniers mois, ce n'était pas la première fois qu'il faisait une expérience similaire. Il avait parlé à Lokesh d'un incident semblable pendant leur pèlerinage, et son vieil ami avait paru y voir une belle raison de se réjouir en lui annonçant que c'était le signe d'une conscience nouvelle.

— Si ta conscience lucide en a fait l'expérience de l'intérieur, ton météore n'est-il pas aussi réel que si tes yeux l'avaient vu au-dehors ? lui avait-il dit.

Mais sur le moment, comme en cet instant, l'expérience en question l'avait profondément agacé. S'accrocher à la réalité était déjà suffisamment difficile dans son monde, sans que ses amis tibétains tentent de lui enseigner qu'elle pouvait lui parvenir sous bien des formes différentes.

À présent complètement éveillé, il resta allongé et contempla le lever de la lune au-dessus des montagnes. Peu à peu, il parvint à repousser la douleur qui obscurcissait sa perception de la mort de Drakte. Il se repassa la scène au ralenti, encore et encore, en quête d'un indice, d'une signification cachée. Il revit Drakte relever le menton et plisser le front devant l'apparition du dobdob. Le jeune purba portait un couteau à la ceinture, cependant, sa main droite n'avait pas cherché l'arme : elle s'était portée à son amulette à prières. Ce n'était pas la réaction d'un guerrier prêt à défendre ceux qu'il avait fait le vœu de protéger. Son autre main s'affairait ailleurs. Shan se repassa la scène, à satiété. La main gauche de Drakte était occupée à repousser son sac. Elle cachait la musette qui contenait le lance-pierres et le livre comptable recelant les maigres informations concernant les dropkas.

Shan prit conscience d'un étrange flux et reflux dans la douce brise, un son grave, qui montait et retombait, tel un geignement. Il s'assit sur sa couverture. Non, ce n'était pas un geignement. Une litanie. Non. Une chanson.

Lentement, à pas de velours, il se dirigea vers l'origine du son, derrière une petite butte. Une forme sombre bloquait le passage. Il savait que Lhandro avait posté un garde. Il se figea sur place en apercevant le mastiff. L'animal se contenta de relever la tête et se tourna vers un rocher, trois mètres plus bas sur la pente, comme s'il voulait y diriger l'attention de Shan.

Anya était assise sur une saillie et fixait une étoile à l'horizon. Le bruit que Shan entendait, plus fort maintenant, sortait d'entre ses lèvres, mais il était incapable d'en définir la nature.

Ce n'était pas vraiment une chanson, plutôt un son semblable à ceux qu'émettaient les vieux lamas quand ils se servaient de la voix pour leur méditation. Un son qui montait d'un mantra mais devenait, au moins pour une oreille non exercée, une résonance en communication non pas uniquement avec le système auditif mais avec tous les autres sens. Un drapé de sons tout en plis qui ne pouvait tout bonnement pas provenir d'une langue et de cordes vocales.

Il avait interrogé Lokesh à ce propos le jour où ils avaient découvert un ermite qui lâchait ce même bruit déchirant, à voix basse, sur une vire d'altitude. Lokesh avait haussé les épaules et déclaré avec assurance, comme si la réponse allait de soi :

— C'est ce que tu obtiens quand tu dépèces les mots de leur chair. C'est juste la manière dont un esprit se fait entendre quand il ne communique pas avec les humains.

Shan s'assit auprès de l'adolescente et admira les étoiles. Si elle ne communiquait pas avec les humains, qui essayait-elle de joindre ?

Finalement, la voix d'Anya mourut d'elle-même et ils restèrent tous les deux silencieux.

— Nous avons un long chemin à faire, finit-elle par déclarer.

Même s'il se sentait étrangement proche de cette jeune fille, c'était la première fois qu'elle lui adressait la parole.

— Il y a presque deux cents kilomètres jusqu'à Yapchi, fit-il doucement remarquer.

— Non, ce n'est pas ça, dit lentement l'adolescente, du ton patient d'une enseignante. Si vous et moi devons redonner à l'œil sa juste vision, alors il y aura bien des ombres à explorer d'abord, et bien des nœuds à dénouer.

Shan pesa les paroles qu'il venait d'entendre, avant de demander :

— Vous et moi ?

— Quand il m'a parlé pour la première fois, et qu'il me l'a annoncé, je n'ai pas compris. Mais je le crois désormais.

— Je suis désolé, dit Shan, le ventre noué par un frisson glacé. Qui vous a parlé, et de quoi ?

— Je me trouvais dans un champ d'orge et je retournais la terre avec une houe la première fois qu'il m'a trouvée. Quand Nyma m'a découverte, je tremblais sur le sol. Ça ne m'était arrivé que quatre fois avant. Ils disent que quand je serai plus vieille il faudra peut-être qu'on me garde dans un couvent de nonnes, s'ils parviennent à en trouver un. Ils ont dit aussi que dans l'ancien temps j'aurais été envoyée dans un couvent dès la première fois.

Shan sonda le visage de la jeune fille, essayant de reconstituer les pièces du puzzle qu'elle venait de lui offrir. Il se rappela les mots de Lhandro : on avait retrouvé Anya gisant sur un rocher, en train de réciter d'étranges écritures. Et, avant cela, au lac. Les divinités parlaient par sa voix, avait précisé Lhandro.

— L'oracle, murmura-t-il. Vous êtes l'oracle.

Elle rit, avant d'expliquer d'une voix patiente :

— Pas l'oracle ! Certains me donnent ce nom-là, mais un oracle n'a pas forme humaine. Les divinités des oracles se servent simplement de certains humains comme véhicules.

À ces mots, la tristesse envahit Shan. Peut-être à cause du léger sentiment d'impuissance qu'il entendait dans la voix d'Anya. Il se rappelait certains récits de moines sur les médiums qui, autrefois, résidaient dans les grands gompas près de Lhassa. C'étaient des créatures nerveuses et inquiètes, souvent frêles, qui ne vivaient pas bien vieilles : lorsque l'oracle s'emparait d'elles, elles souffraient de convulsions et de spasmes abominables, pareils à des attaques, qui pouvaient durer des jours entiers et exigeaient de leur organisme un terrible tribut.

Anya contempla les étoiles et se tourna brusquement vers lui.

— Et si la vallée était en quelque sorte verrouillée et que l'œil était la clé du verrou ? Et si nous l'ouvrions sans comprendre pourquoi elle avait été verrouillée ?

Les mots jaillissaient de sa bouche avec un débit précipité, comme si elle avait longuement réfléchi à la manière de lui présenter les choses.

— Tout ce que je sais, répondit Shan après un long silence, c'est que lorsque j'entame un long voyage, mon esprit est souvent rongé par le doute quant à la destination et à ce qui se passera après le millième pas, ou le dix millième. Alors j'essaie de ne me préoccuper que du pas suivant, et ensuite du suivant, de sorte que, finalement, le dix millième ne soit qu'un pas de plus. Lorsque nous en serons là, nous comprendrons l'œil beaucoup mieux.

Il fut surpris en entendant ses propres paroles. Il parlait comme les Tibétains, comme si la pierre chenyi était vivante.

Anya hocha la tête avec vigueur, à croire que c'était exactement la réponse qu'elle attendait. Derrière elle, le chien se redressa, et elle se releva, comme à un signal de la bête, avant de plonger avec elle dans les ténèbres.

Shan la regarda s'éloigner, ignorant s'il avait compris leur conversation. En fait, plus il en apprenait sur les gens de la vallée de Yapchi, moins il savait. Ils étaient restés si longtemps coupés du monde qu'une spiritualité sauvage et circonspecte paraissait s'être emparée d'eux. Mais, au fond de son cœur, il devinait qu'ils n'étaient guère différents de bien des Tibétains croisés en chemin, chacun à sa manière constitué de couches multiples de mystères et de perceptions. Le pays lui-même était une tapisserie si vaste, si riche d'individus et de croyances, que le terme « bouddhisme » était une bien maigre étiquette pour les manières si complexes dont les Tibétains envisageaient leur monde.

Un grondement sourd monta du paysage obscur. Shan fouilla la nuit claire à la recherche d'éclairs, mais n'en vit aucun. Il aperçut cependant quatre lueurs rouges qui prenaient leur essor vers le ciel. Des chasseurs chinois en patrouille à haute altitude. Un lourd chagrin grandit en lui, qui l'accompagna bien longtemps après que les chasseurs eurent disparu à l'horizon.

Le lendemain, la caravane avançait depuis deux heures lorsque Shan, qui menait un cheval de bât, perçut un mouvement sur la pente à cent mètres au-dessus d'eux. Il scruta l'horizon, et finit par distinguer un homme sur son cheval à l'ombre d'un gros rocher.

Lhandro, sur les talons de Shan, siffla sèchement, signifiant à la caravane de s'arrêter.

— Foutu Golok, marmonna-t-il.

La silhouette sur la pente s'avança en pleine lumière. Il s'agissait bien de Dremu. Le Golok passa la caravane à la revue de détail puis fit signe à Shan d'approcher.

— N'y allez pas, le prévint Lhandro. Il a peut-être des amis cachés dans les rochers. Un homme comme ça, ça reste toujours un bandit, ça ne peut pas s'en empêcher.

Shan ignora son conseil et trottina jusqu'au Golok, en surveillant néanmoins les rochers avoisinants.

— Je ne m'attendais pas à vous revoir ! s'écria-t-il.

— J'ai été payé, pas vrai ? Payé pour vous mener jusqu'à Yapchi. Pas pour boire le thé avec des gens de cette espèce. Je vais là où l'œil va, déclara-t-il d'une voix farouche.

— Ce sont pourtant de braves gens.

— Il y a quelque chose, quelqu'un..., dit alors Dremu, le front soucieux.

Il ajouta à voix basse, comme s'il ne voulait pas que les rongpas l'entendent :

— Je ne sais pas quoi faire de cette femme...

Faisant tourner bride à sa monture, il se dirigea derrière le rocher, sur une sente à gibier qui conduisait au sommet de l'escarpement. Lokesh grimpait la pente, et Shan rattrapa Dremu juste au-delà de la crête. Le Golok était agenouillé à côté d'un genévrier rabougri qui poussait à l'ombre d'un gros rocher.

Une petite femme frêle était appuyée contre la roche. Âgée d'une cinquantaine d'années, elle s'était enveloppée dans un châle de laine grise abîmé sur lequel pendaient plusieurs colliers de corail et de turquoise. Deux petites mains endurcies par le travail sortaient de son chuba reprisé de partout, l'une tenant un mala – un rosaire –, l'autre un foulard à prières. Au sol, à côté d'elle, posé sur un morceau d'étoffe, se trouvait un moulin à prières en cuivre.

Shan se pencha vers elle.

— *Ku su depo yinbay* ? demanda-t-il. Comment ça va ?

— *La yin, la yin,* répondit-elle avec un faible sourire. Je vais bien.

Elle n'allait pas bien du tout. Ses yeux étaient jaunâtres, et la main qui tenait le foulard à prières était pressée contre son flanc, comme si elle tentait d'apaiser une douleur abdominale en y appuyant le *khata*. Elle porta un regard farouche vers le lointain, essayant ainsi, par un simple effort de sa volonté, de l'obliger à partir.

— Elle était assise là quand je suis passé à cheval, dit Dremu. C'est tout juste si elle m'a remarqué. Elle s'est contentée de regarder là-bas, en bas, ajouta-t-il en montrant la piste venant du sud qui remontait du côté opposé de l'escarpement.

— Comme si elle attendait quelqu'un.

Le paysage était inhospitalier, la région déserte et loin de tout. Il pouvait s'écouler des semaines avant qu'un humain ne pénètre dans la petite vallée suspendue que la femme ne quittait pas des yeux. Lokesh apparut derrière Shan, le visage crispé par l'inquiétude, la main tendue vers la tête de la blessée. Il lui souleva la main qui tenait le rosaire et plaça trois doigts écartés sur la face interne du poignet. Un jour, Lokesh s'était lamenté sur son peu de connaissance des soins et de la guérison malgré les années passées auprès des lamas guérisseurs, mais Gendun avait répondu que l'aspect le plus important de la guérison était les qualités morales du guérisseur. À cet égard, Lokesh était un expert.

Après avoir pris le pouls aux deux poignets, Lokesh se redressa et posa les doigts sur la joue de la blessée.

— Nous devons vous redonner des forces, murmura-t-il gentiment.

La femme le dévisagea fixement, un long moment, comme si elle cherchait à le reconnaître, puis elle lui offrit un petit sourire sans conviction. De sa main serrant toujours son mala, elle toucha le moulin à prières.

— Venez avec nous, dit Lokesh. Vous serez très bien.

— Êtes-vous vraiment un des anciens ? demanda-t-elle, les yeux toujours rivés à lui.

Lokesh frotta le chaume de barbe blanche sur son menton et consulta Shan du regard.

— Nous avons des chevaux, répondit-il. Vous pourriez voyager à cheval.

La femme plaça une main en visière sur son front et poursuivit son examen. Elle offrit un nouveau sourire douloureux au vieux Tibétain, et se retourna vers la piste. Elle attendait apparemment un guérisseur, mais Lokesh n'était pas celui qu'il lui fallait.

— Depuis combien de temps êtes-vous ici ? interrogea Shan.

— Deux jours, je crois.

— Pouvez-vous marcher ?

— Bien sûr, rétorqua-t-elle d'un air agacé, avant de se plier en deux sous une quinte de toux. Je suis bien montée jusqu'ici, non ? ajouta-t-elle d'une voix rauque, sa quinte apaisée.

— Vous devriez vous protéger du soleil, soupira Shan. Qu'est-il arrivé à votre chapeau ?

— Il s'est envolé sous une rafale de vent.

Certains Tibétains croyaient dur comme fer au vieux précepte qui voulait qu'en récupérant un chapeau soufflé par le vent, on attirait sur soi la malchance.

Shan ôta le chapeau marron à large bord qu'il portait depuis trois mois et le posa sur la tête de la femme, en l'enfonçant bien sur le front. La femme leva la main et en toucha le rebord, comme si elle voulait l'enlever.

— C'est un moine qui me l'a donné, expliqua Shan, près de la montagne sacrée, le mont Kailas. Parce que je donnais l'impression d'avoir froid. Je n'ai plus froid aujourd'hui.

La femme cligna de ses yeux jaunes en signe de remerciement, et laissa retomber la main sur ses cuisses.

Shan la laissa en compagnie de Lokesh et passa à côté de Dremu, qui surveillait les environs d'un air inquiet. Il descendit jusqu'à la caravane et emporta un sac de tsampa et une bouteille d'eau. À son retour, personne n'avait bougé, hormis Lokesh, qui avait sorti son propre rosaire et psalmodiait un mantra.

— Qui doit venir ici ? interrogea Shan en coinçant la nourriture et l'eau entre la femme et le roc. Qui attendez-vous ?

— Celui qui comprend tout, répondit-elle d'une voix sereine toute nouvelle, les yeux fixés sur la piste.

Shan toucha Lokesh à l'épaule. Le vieil homme se leva à contrecœur, fouilla dans sa poche et plaça le fossile dans le giron de la femme.

— Il s'agit d'un tonde très puissant. Il vient de Lamtso.

Elle ne parut pas l'entendre, pas plus qu'elle n'accusa réception de son geste, le regard toujours rivé à la piste tandis qu'ils redescendaient.

— C'est bien ça, dit Dremu. Celui qui sait tout. Oncle Yama, c'est lui qu'elle attend, c'est lui qui sait.

Le Golok voulait parler du Seigneur de la Mort, Yamankata.

— Cette eau et cette nourriture, c'est du gâchis, rouspéta-t-il. C'est sa manière à elle de mettre un terme à tout ça. Bon sang, avec tous les léopards et les loups qui rôdent dans ces collines, on n'aura même pas besoin de l'apporter aux découpeurs de chair !

Il monta en selle et s'éloigna vers le nord au petit trot, en gardant ses distances avec la caravane.

L'image de cette femme à bout de forces laissée seule sur le flanc de la montagne hanta Shan la majeure partie de la journée, alors qu'ils remontaient le chemin en lacet serré menant au col de la deuxième chaîne montagneuse – il leur en restait deux autres à franchir pour parvenir à la vallée de Yapchi. La femme attendait quelqu'un arrivant du sud, par la piste difficile et rarement empruntée le long de la ligne de crête. Mais ceux qui risquaient de venir du sud ne seraient pas des guérisseurs.

Ils s'arrêtèrent pour le déjeuner. Lhandro en profita pour sortir sa carte, qu'il étala sur une pierre plate. Du doigt, il suivit l'itinéraire qu'ils emprunteraient sur plus de cent kilomètres, la distance qui les séparait encore de Yapchi. Ce n'était pas le chemin le plus direct, seulement un sentier perdu, à l'écart de la grand-route nord-sud et des vallées de basse altitude en bordure du changtang où vivaient quelques fermiers. Ils perdraient deux ou trois jours par rapport à la route traditionnelle des caravanes de sel, expliqua Lhandro, mais ils seraient à l'abri des indiscrets. À plusieurs reprises, Shan avait surpris Lhandro et Nyma qui discutaient, tournés vers le sud. Lhandro repliait sa carte lorsque Shan aperçut sur une corniche une silhouette solitaire, tournée elle aussi plein sud. Lokesh plaisantait parfois sur le fait que Tenzin devait mal supporter de laisser toutes ces bouses de yack sur leur chemin. Cependant, le visage du Tibétain muet était crispé par l'inquiétude, et Shan se souvint de l'angoisse qu'il avait manifesté à la mort de Drakte.

Tenzin descendait de la vire quand Shan l'arrêta en posant la main sur son bras.

— Drakte vous a-t-il aidé à vous évader de prison ?

Tenzin, l'air contrarié, essaya de se dégager. Shan maintint sa prise. Tenzin se détendit et acquiesça de la tête, avant de s'éloigner.

Une heure plus tard, à un virage de la piste, ils tombèrent sur Dremu au beau milieu du chemin, une jambe passée sur l'encolure de son cheval, occupé à couper paresseusement une pomme en petits morceaux à l'aide du couteau à lames multiples que lui avait donné Somo, la coureuse purba.

— Le col est bloqué ! s'écria de loin le Golok, comme s'il voulait garder ses distances. Une avalanche.

— Peu probable ! cria à son tour Lhandro. Le col était dégagé à l'aller. Il y a des vivres. Du foin pour les moutons. Il n'y a pas d'herbe dans les montagnes.

Dremu désigna le col, à des kilomètres de là.

— La fonte de printemps. La passe est sous six mètres de neige.

On en apercevait le contour, mais l'ombre des nuages bas en masquait les détails. Shan tendit ses jumelles à Lhandro. Celui-ci étudia l'autre piste, celle qui contournait les plus hauts pics par l'est. Il n'avait aucune confiance dans le Golok et cherchait la présence d'éventuels visiteurs indésirables. Au bout d'un moment, il se tourna vers Dremu d'un air soupçonneux, puis fit signe à la caravane de poursuivre sa route au nord.

Dremu, toujours au bord du chemin, regarda défiler la

colonne, puis il tourna bride et repartit au galop vers le sommet d'une petite colline qui surplombait la jonction avec la piste de l'est. Il mit pied à terre et, avec force démonstrations, étendit sa couverture sur l'herbe avant de s'y allonger paresseusement.

Une heure plus tard, le soleil apparut au-dessus des montagnes, chassant les nuages. Lhandro examina une fois encore la chaîne de montagnes qu'ils devaient franchir. Il prit tout son temps, faisant sans cesse le point d'un bout à l'autre de la passe avant de rendre les jumelles à Shan en lui montrant le passage entre deux aiguilles. Le col n'existait plus. Un mur blanc brillant sur lequel s'empilaient de grands séracs déchiquetés avait pris sa place. C'était bien une avalanche.

— Le salopard, grommela Lhandro, à croire que Dremu était responsable, avant d'ordonner à la caravane de rebrousser chemin.

— C'est là que vous êtes passés pour aller au lac ? interrogea Shan en examinant le col flanqué de parois verticales vertigineuses.

— Des provisions sont cachées là-haut.

— Elles ont été apportées là par d'autres que vous ?

Le rongpa ne répondit pas.

— Des purbas ? proposa Shan.

— Il aimait beaucoup escalader les hautes terres, déclara finalement Lhandro. Il a dit qu'il ferait venir un ami et qu'ils grimperaient ensemble.

— Drakte ? Drakte était là ?

— Il a ajouté que tout cela était secret, que c'était dangereux de parler de lui ou de ce qu'il faisait. Mais il n'est plus en danger là où il est. À Yapchi, il y a deux mois, il a déclaré que les lamas préparaient le retour de l'œil et qu'il devait trouver un itinéraire sûr pour l'emporter vers le nord, un itinéraire que personne ne soupçonnerait. Nous nous sommes mis d'accord sur la caravane de sel, et Nyma est partie avec lui.

Drakte était venu là. Face au paysage qu'il avait sous les yeux, Shan eut le sentiment de retracer en sens inverse les derniers jours de Drakte.

— Est-ce qu'il vous a accompagnés ?

— Non. Mais il est venu trois fois dans notre village. La première, juste après que la pierre a été récupérée à Lhassa, après que Nyma lui a transmis les paroles de l'oracle. Ensuite, il y a deux mois de ça, et à nouveau le mois dernier, quand il m'a interrogé en détail sur la caravane de sel. C'est là qu'il m'a donné la carte pour qu'on repère les endroits où il laisserait le ravitaillement, ce qui permettait d'éviter les lieux habités. Il a dit que vous viendriez à cheval. Et que nous pourrions garder les chevaux.

Les chevaux étaient un cadeau précieux, et bien rares étaient les fermiers et les éleveurs qui pouvaient s'offrir ce luxe.

— Au lac, le berger a parlé d'un général purba pourchassé par les nœuds. Le Tigre. Est-ce que lui aussi vous a apporté son aide ? Il est impliqué dans cette affaire ?

Ce qui expliquerait beaucoup de choses. Peut-être n'était-ce finalement pas à eux qu'en voulaient l'armée et les nœuds. Les soldats seraient pareils à une meute affamée s'ils étaient sur les traces d'un grand chef de la résistance tibétaine.

— Je ne sais pas. Peut-être. Un soir, Drakte a retrouvé quelqu'un dans les rochers qui surplombent notre village. Je l'ai suivi, pour veiller sur lui. Mais Drakte n'a pas voulu que je m'approche de trop près. J'ai alors entendu une voix comme jamais encore de ma vie. Profonde et grave, presque un grognement. Comme quelqu'un qui rugirait en murmurant. Drakte n'a pas voulu m'expliquer de qui il s'agissait, mais j'ai appris par la suite que le Tigre avait eu les cordes vocales démolies par le coup de matraque d'un nœud.

Ils reprirent la piste est et retrouvèrent Dremu, assis sur sa couverture. Sans les saluer ni même les narguer, celui-ci se contenta de replier son carré de feutre et de le nouer à sa selle pour repartir au petit trot vers l'est, en éclaireur de la caravane.

Au milieu de l'après-midi apparut un groupe de maisons, d'enclos à animaux et de champs minables : un petit village rongpa au bout de la piste que la caravane allait suivre sur plusieurs kilomètres pour atteindre le prochain col vers le nord. Les hommes comme les animaux accélérèrent le pas à l'idée d'un repas chaud et peut-être d'un abri contre le vent glacé qui avait commencé à souffler sans désemparer.

Le village était abandonné. Devant deux maisons, des tables portaient encore des bols de thé froid et de tsampa. Deux couvertures avaient été étendues sur la piste empierrée, jonchées de coquilles de noix vides. Un feu se consumait doucement près de la porte d'une bâtisse décrépite, alimenté par des excréments de mouton qui fumaient à côté d'un soufflet grossier. Un grand mastiff attaché à un poteau aboya, non contre les inconnus qui débarquaient dans son village, mais à l'opposé de la piste, vers l'est.

Lhandro, inquiet, arrêta la caravane, puis lui commanda de repartir sur ses pas et de s'abriter derrière un tertre qu'ils venaient de longer, le temps qu'il inspecte le village vide avec Shan. Devant la première maison, Lhandro s'arrêta et cria en guise de salut. La porte était ouverte. Il entra. Personne ne répondit à son appel. Il s'enfonça dans la pénombre pour réapparaître quelques instants plus tard, une expression sinistre sur le visage, fixant un carré de baguettes suspendu à l'huisserie. Des fils de couleur s'étiraient sur le cadre qui tournoyait dans le courant d'air : un piège à esprits, destiné à capturer les esprits malfaisants qui s'approchaient trop près de la maison.

— Personne, dit-il en inspectant les maisons restantes puis les collines environnantes. Pas même ce foutu Dremu.

À croire que là encore il rendait le Golok responsable du village déserté. C'était bien le genre des bandits : emmener les habitants jusqu'à ce qu'ils paient une rançon.

Il pivota sur place, en position accroupie, se préparant à l'attaque, en entendant un bruit de pas derrière lui. Lokesh apparut entre deux maisons, Nyma sur les talons. Le vieux Tibétain passa à côté d'eux en silence, la tête inclinée, curieux.

— Ce ne sont pas des bandits ! Vous ne reconnaissez donc rien ! s'exclama la jeune nonne. C'est ce que font parfois les nœuds. S'ils soupçonnent quelqu'un d'activité subversive, ils se contentent de rafler tous les voisins pour les interroger. Ils les gardent sous les verrous en laissant leurs animaux crever de faim et leur récolte pourrir sur pied. Au bout du compte, il y a toujours quelqu'un qui se souvient de quelque chose pour incriminer, à tort ou à raison, le suspect.

Ils reprirent tous les quatre la piste qui quittait le village, avançant dans l'ombre chaque fois qu'ils le pouvaient, suivant le chemin de terre qui contournait un énorme affleurement rocheux. Là, ils découvrirent un quatre-quatre rouge, vide lui aussi, sur le bas-côté. Peu de Tibétains étaient à même de s'offrir ce genre de véhicule, que conduisaient habituellement les représentants de l'autorité officielle. Soudain, un hurlement retentit. Shan hésita, incertain de sa provenance, quand il vit Lokesh trottiner vers une faille large de soixante centimètres dans l'escarpement rocheux en bordure de route. Il se dépêcha de le rejoindre, Nyma et Lhandro sur les talons, alors qu'un nouveau cri tranchait l'air.

La faille ouvrait sur une cuvette herbeuse naturelle dont les flancs se rejoignaient au pied de la falaise de pierre : ils avaient retrouvé les habitants du village. Les cris qu'ils avaient entendus étaient des cris de plaisir. Il y avait là une cinquantaine de personnes, assises sur les versants de la clairière ou debout en bordure du grand cercle d'herbe. Quelqu'un poussa un cri de surprise, un autre éclata de rire. La population du village assistait au spectacle d'un homme monté sur un énorme yack furieux, une main en l'air, l'autre agrippant une sangle de cuir passée sous le ventre de l'animal qui ruait des quatre fers et se tordait en tous sens. La bête releva la tête en poussant un mugissement sonore qui fit fuir les enfants derrière les rangs des spectateurs. La bête était magnifique, elle n'était pas bien éloignée des *drong*, les yacks sauvages qui arpentaient encore les terres du Tibet.

Shan ne s'attarda guère sur l'animal. Pour étonné qu'il fût par la vision de ce yack en furie, il l'était plus encore par son cavalier. L'homme était mince et grand, avec des cheveux couleur paille qui retombaient sur ses oreilles. Le cavalier semblait s'entretenir avec sa monture, car, chaque fois que l'animal beuglait, il lâchait d'étranges syllabes : « Ya ! Ya ! » ; puis : « Yi ha ! Yo ! »

— Écoutez-le. Cet homme doit beaucoup souffrir ! s'exclama Lhandro avec angoisse, comme s'il s'agissait là d'une forme de torture. Qui pourrait obliger un *goserpa* à faire une chose pareille ?

— Goserpa, répéta deux fois Nyma, bouche bée.

Le mot signifiait tête jaune, un des termes que les Tibétains utilisaient pour les Occidentaux. Pour la plupart des habitants de la région, le fait de rencontrer un Occidental était aussi rare que de croiser un spécimen de cette race de yacks pratiquement disparue.

Soudain le cavalier fut éjecté de sa monture furieuse. Ses jambes volèrent devant lui, comme s'il s'asseyait en l'air. Mais sa main resta accrochée à la sangle, et il retomba sur le yack tel un cavalier sur sa selle. Trois hommes solides aux larges épaules se tenaient devant la foule amassée, des cordes à la main, l'air inquiets, cherchant un moyen de maîtriser éventuellement l'animal. Un Tibétain au teint pâle, de petite taille, en costume de ville sombre, chemise blanche et cravate, courait régulièrement se réfugier à petits pas précipités derrière un gros rocher à côté de lui. Puis il revenait lentement contempler l'étranger d'un œil terrorisé, en levant timidement la main à intervalles réguliers pour attirer son attention.

Dans un effort brutal tout en puissance, le yack creusa les reins et éjecta son cavalier. Celui-ci dessina une grande courbe dans les airs, battant frénétiquement des bras et des jambes comme s'il espérait une fois encore retomber sur sa monture. Sous l'œil de la foule soudain silencieuse, il vola dans l'espace au-dessus de la cuvette et retomba au sol avec un grand cri de douleur. Il resta à plat dos, sans donner signe de vie, pendant que les trois hommes fondaient sur la bête avec leurs cordes. Le petit homme en complet veston sortit une paire de lunettes de sa poche et s'avança prudemment pour ramasser une casquette tombée au sol.

Shan se porta en avant, hésitant, quand Lokesh passa à côté de lui comme une flèche.

Les mains serrées sur son ventre, la poitrine haletante, l'Occidental était pris de convulsions. Le petit Tibétain en costume couina d'une voix furieuse – en chinois, pas en tibétain –, à l'adresse des trois hommes avec les cordes :

— La Sécurité publique sera informée ! Bande d'imbéciles ! Il va falloir que les gens de Lhassa viennent ! Et vous verrez alors ce qui se passe quand un étranger...

Il s'interrompit et observa l'homme au sol de tous ses yeux. Tout comme Lokesh, qui s'arrêta lui aussi, le visage radieux. L'Occidental riait à gorge déployée.

— Oui-iiii ! Oh, bon sang, oui ! s'exclama-t-il en anglais, dressant les mains au ciel en signe de célébration.

Il se rassit, riant si fort qu'il remit une main sur son ventre.

Le plus costaud des trois Tibétains armés de cordes, homme trapu auquel il manquait trois dents de devant, s'approcha à pas circonspects et aida l'Occidental à se redresser. Celui-ci lui donna immédiatement l'accolade puis, se tournant vers ses deux compagnons qui tenaient le yack entravé par le cou, le grand blond repoussa ses longs cheveux en arrière et sourit à la foule.

Les villageois riaient maintenant, certains pointant un doigt moqueur sur le petit Tibétain en complet, le visage renfrogné, les bras écartés, qui contemplait l'Occidental d'un air déçu, comme s'il regrettait qu'il ne se soit pas rompu le cou. S'attardant sur Shan, le blond pencha la tête de côté avec curiosité, puis il dégagea une nouvelle mèche de cheveux sur son front et se tourna vers le Tibétain en costume cravate. Il plissa le front, comme pour lui signifier quelque chose, avant d'examiner le yack, le visage radieux. Bizarrement, l'animal le dévisagea en retour, ses larges yeux bruns pleins d'énergie sauvage luisant d'une lueur interrogative. L'homme s'approcha de la bête et soudainement, avant que le yack ait pu réagir, il l'embrassa sur le museau. Le village explosa en exclamations d'allégresse. Le Tibétain en costume baissa piteusement la tête en se couvrant la figure d'une main.

— Combien ça coûterait, une de ces bêtes ? demanda le blond aux trois hommes, dans un tibétain parfait.

D'abord indécis, ceux-ci se mirent très vite à discuter entre eux.

— Mille RMB, annonça solennellement le grand.

La somme, de l'ordre de cent dollars, représentait plus que ce que gagnaient beaucoup des villageois en une année.

Au grand étonnement des trois hommes, l'inconnu sortit un

portefeuille de sa poche et décompta le prix demandé. Il regarda les villageois et s'approcha d'une jeune femme. D'une voix forte qui porta jusqu'au dernier des spectateurs, il offrit de lui acheter un des deux rubans rouges qui nouaient ses tresses. Elle rougit, avant de hocher la tête d'un air excité. Il lui remplit la paume de la main de pièces de monnaie et accepta le ruban avec un petit salut de la tête avant d'aller l'attacher à une boucle de la crinière du yack. Avec l'aisance de celui qui a l'habitude de travailler avec les animaux, il défit les cordes qui entravaient le cou du yack avant de lui claquer le flanc. L'animal partit tel un boulet de canon, fendant la foule encore sous le choc pour remonter la pente au galop. Il ne s'arrêta pas avant d'avoir atteint le sommet de la première crête et contempla avec défi les villageois, qui manifestèrent alors leur joie à grands cris. Non seulement l'Occidental avait accordé à l'animal sa liberté, mais le ruban qu'il avait noué signifiait que la bête était rançonnée : elle portait une marque de protection pour honorer les divinités. Le rançonnement était d'ordinaire réservé aux animaux destinés à être abattus, et le ruban leur épargnait le poignard du boucher, leur assurant de fait une longue vie. L'animal rançonné n'avait plus à travailler et il ne pouvait plus être utilisé par les hommes sans offenser les dieux.

La moitié des villageois se rassemblèrent, tout excités, autour des trois hommes qui n'en croyaient toujours pas leur aubaine d'avoir reçu une telle quantité d'argent. Les autres coururent auprès de l'Occidental, certains uniquement pour le toucher, d'autres pour le remercier de son acte d'hommage, d'autres encore pour vanter ses talents de cavalier. Quelques-uns, restés en arrière, égrenaient leurs chapelets, abasourdis, impressionnés.

Finalement l'homme s'avança doucement vers Shan.

— Si vous êtes blessé, lui dit ce dernier, nous pourrions vous examiner.

L'homme se contenta de sourire, examinant d'abord Shan, puis Lokesh avec la même curiosité amusée, la tête inclinée. Finalement il se tourna vers le yack, qui les observait toujours depuis la crête.

— Avec un animal comme celui-là, je pourrais devenir riche en Oklahoma, fit-il remarquer dans son tibétain parfait, ses grands yeux bleus pétillant de plaisir.

— Je ne comprends pas ce que vous faisiez, dit Shan.

L'homme sourit à nouveau et passa en revue Nyma, Lokesh et Lhandro, complètement ébahis, qu'il salua d'un signe de tête.

— C'est cette question de la non-permanence, déclara-t-il.

Et, répétant Winslow, ainsi que leur nom à chacun, à voix

haute, il leur prit tour à tour la main droite, qu'il couvrit de sa main gauche, sans la secouer, se contentant d'une délicate pression.

— Pourquoi vouliez-vous chevaucher cet animal ? insista Shan.

Winslow glissa les doigts dans sa chevelure et répondit à l'adresse de Lokesh :

— Je vous l'ai dit, c'est exactement comme votre rituel *chod*, sauf que les cow-boys font ça en montant des taureaux.

Shan le dévisagea avec stupéfaction. Chod était un des rituels dont il avait souvent discuté avec Gendun. Il avait lieu habituellement en fin de formation chez un novice : le moine devait rester assis des heures durant, la nuit, seul, auprès des ossements d'un site funéraire à ciel ouvert, afin de contempler de visu la fragilité de l'existence humaine. Il s'agissait d'une épreuve brutale, dont certains ressortaient en balbutiant des mots sans queue ni tête.

— Cow-boys ? demanda Nyma.

Winslow avait utilisé le mot américain, dont il n'existait pas d'équivalent en tibétain.

— C'est quoi, des cow-boys ?

— Ça pourrait se résumer à des chevauchées dans la montagne, à rechercher les vaches égarées en chantant des chansons, expliqua Winslow avec un grand sourire.

Nyma hocha la tête, lentement d'abord, puis de plus en plus fort, comme si elle comprenait parfaitement ce qu'étaient les cow-boys. Shan se rendit compte que Winslow avait répondu à sa question en décrivant une sorte de pèlerinage.

Une petite fille apparut entre Lokesh et Lhandro. Elle tendit un ruban bleu à l'Américain. Winslow s'accroupit à côté d'elle et lui posa une main sur l'épaule.

— Le yack n'avait besoin que d'un seul ruban, dit-il gentiment.

Il défit le bouton qui fermait la pochette de sa chemise et en sortit une photographie, imprimée sur papier épais, de la taille d'une demi-carte postale. Il tendit la photo de ses deux mains réunies, comme un cadeau. La fillette l'accepta, les yeux comme des soucoupes. Elle poussa un cri et tourna les talons, incapable de contenir sa joie. Ceux qui se trouvaient tout près d'elle se rapprochèrent et crièrent à leur tour. Ils avaient l'air aussi excités que lorsque l'Américain avait libéré le yack.

La photographie était celle du dalaï-lama. Au cours des années passées, les Tibétains avaient connu la prison pour la simple possession d'un tel objet. Ces photos étaient officiellement interdites et les autorités continuaient à s'en saisir. Au cours des campagnes de répression qui balayaient périodiquement le pays, on s'en servait comme pièces à conviction de non-fiabilité politique. Mais les Tibétains chérissaient ces clichés, et Shan en avait vu beaucoup sur les autels portables dans les tentes des dropkas.

Il examina l'étrange Américain qui soulevait la fillette en l'air, laquelle se mit à appeler sa mère d'une voix tout exaltée. Par le passé, Shan en avait rencontré, de ces étrangers, hommes et femmes, qui voyageaient au Tibet en quête d'aventure ou d'illumination. Lokesh les appelait les errants. Shan se tenait à bonne distance d'eux, car ils disposaient rarement de papiers en règle et attiraient sur eux l'attention de la Sécurité publique ou de l'armée. Le vrai danger ne concernait pas l'étranger : s'il était arrêté par la police, on l'expulsait, tout simplement. Mais ceux qui se trouvaient en sa compagnie seraient emprisonnés et interrogés, car le fait de parler à des étrangers était la preuve de dangereuses tendances.

La fillette montra la faille dans la roche qui conduisait à la route en terre, paraissant indiquer que sa mère était partie par là, puis elle gigota pour que Winslow la repose. L'Américain sourit en la voyant disparaître.

— Vous n'êtes pas du village, dit-il à Lhandro sur le ton de la conversation la plus banale, puis, encore une fois, il se tourna, tout sourire, vers le yack toujours posté sur la crête.

Shan perçut un mouvement sur les hauteurs du versant opposé. Un homme sur un cheval gris. Le cavalier ressemblait à Dremu et semblait leur adresser des signes.

— Nous sommes venus avec une caravane, répondit Lhandro.

À ces mots, l'Américain se tourna brutalement vers le rongpa.

— Vous arrivez du nord ? De l'ouest ? Par la route ? Vous êtes tous venus ensemble ?

Lhandro acquiesça et Winslow sortit aussitôt une carte de sa poche revolver.

— Montrez-moi, lança-t-il d'un ton pressant. Dites-moi qui vous avez vu, et où vous vous trouviez exactement. Il faut que je sache...

Un cri d'effroi fendit les airs. La fillette sortit tel un diable de la faille entre les rochers, en pleurs et appelant sa mère. Elle tenait à la main un morceau de papier déchiré où l'on ne voyait plus que le sourire et le menton d'un homme. Quelqu'un avait arraché la partie supérieure de la photographie vénérée. Shan releva la tête vers Dremu, qui avait mis pied à terre. Avec effroi, il comprit alors que le Golok ne les saluait pas du geste, mais essayait à tout prix de les prévenir de s'enfuir au plus vite.

Nyma se précipita vers la faille dans les rochers, Lhandro sur les talons. Lokesh tira Shan par la manche.

— Va, le pressa le vieux Tibétain en le poussant vers Dremu. Va rejoindre le Golok.

Les gens couraient en tous sens sur les pentes. Shan se retourna. Lokesh avait disparu. Sans réfléchir plus avant, il se rua vers la faille et la route.

Il sortit en pleine lumière, sous le soleil, et faillit trébucher sur Lhandro, qui gisait dans la poussière en gémissant, se tenant le crâne à deux mains, Nyma agenouillée au-dessus de lui. Du sang coulait entre ses doigts. Lokesh n'était pas loin, les bras maintenus écartés par deux grands Chinois en uniforme vert de l'Armée populaire de libération. Une douzaine d'autres militaires étaient déployés en tenaille face à l'ouverture dans la paroi rocheuse, prêts à prendre au piège le premier venu. Deux camions gris de transport de troupes étaient garés sur la route, leur portière avant décorée d'un léopard des neiges à l'air féroce. Derrière les véhicules, assis sur une chaise pliante, un officier, une cigarette mollement pendue à ses lèvres, assistait d'un air satisfait au remplissage de sa nasse. Il se mit à écrire tout naturellement sur un bloc-notes tenu en équilibre sur un genou, aussi bienheureux qu'un marqueur tenant le décompte des buts lors d'une rencontre sportive.

Quelqu'un agrippa brutalement la main de Shan : on l'attachait à Lokesh, son poignet gauche au poignet droit de son ami. Pas avec des menottes, mais à l'aide d'un fil de fer entortillé serré de sorte que le moindre mouvement devenait douloureux.

Ils étaient à nouveau prisonniers.

Deuxième partie

CENDRES

5.

Plus d'une vingtaine de villageois avaient été alignés contre la falaise. Tous affichaient un air de défaite, les mains le long des flancs, en attendant que deux soldats aient fini de vérifier leurs papiers. À voir leurs expressions, ils n'en étaient pas à leur premier contrôle. Certains réfrénaient leur colère, d'autres leur crainte. Tous masquaient leur indignation d'être traités en étrangers sur leur propre terre.

Trois mois auparavant, lors d'une vérification d'identité, Shan avait entendu un garçon tibétain s'écrier à l'adresse d'un nœud :

— Et toi, où sont tes papiers ?

Le nœud lui avait passé les menottes, et, en l'espace d'une heure, le gamin s'était retrouvé en route pour la prison, bon pour une année derrière les barreaux.

Les villageois réagissaient lentement quand on leur demandait de sortir leurs papiers. Ils ne surveillaient pas le sergent qui aboyait ses ordres, mais un soldat derrière lui, armé d'un fusil semi-automatique, un AK-47, canon vers le sol, la main sur le pontet. Lorsque la Sécurité publique ou l'armée débarquaient, tout était possible. Le plus souvent, les Tibétains justifiant d'une identité en règle étaient relâchés. Mais si la mission de la patrouille ne se limitait pas à rechercher les individus en situation illégale, même ceux qui présentaient des papiers en règle pouvaient se retrouver incarcérés. En période de grand calme, certains responsables de la loi et de l'ordre avaient la réputation de rafler des Tibétains innocents et de les placer sous les verrous jusqu'à ce qu'ils offrent d'eux-mêmes un motif d'accusation.

— Tout le monde est coupable de quelque chose, avait un

jour dit à Shan un officier spécialisé dans les interrogatoires. Simplement, nous n'avons pas le temps d'enquêter sur tous.

Nyma aida Lhandro à s'asseoir. Le sang coulait à la tempe du fermier tibétain, là où on l'avait frappé, probablement d'un coup de crosse. La nonne l'enserra entre ses bras, telle une mère protégeant son enfant, et tourna vers Shan ses yeux mouillés de larmes. Elle aussi savait ce dont ces patrouilles étaient capables. Les villageois pourraient s'en sortir sans grand dommage, mais elle qui n'était pas une vraie religieuse, parce qu'elle portait une robe de nonne sans licence du bureau des Affaires religieuses, pourrait se voir condamnée à une peine d'emprisonnement

— Ce yack, il a couru comme une vraie antilope, dit paisiblement Lokesh en s'adressant au ciel.

Le soldat le plus proche grogna et leva son fusil, signifiant au vieux Tibétain de se taire.

Shan observa son vieil ami. Au moins avaient-ils pu voir l'Américain avec le yack, voilà ce que Lokesh voulait faire comprendre à Shan. C'était un jeu auquel se livraient les prisonniers et qu'ils avaient tous deux pratiqué pendant leurs années de goulag. Fixe une image en esprit, laisse-la envahir ta conscience et bloquer ainsi la douleur, la faim, la peur. Un souvenir lui revint en mémoire. Ils rentraient en camion à leur casernement de prisonniers depuis le site de construction d'une route où plusieurs moines s'étaient évanouis, à bout de forces, avant d'être battus et traînés au sol par les gardes. Ces hommes avaient été trop faibles pour accomplir leur tâche parce que leur petit déjeuner et leur repas de midi s'étaient limités à un maigre gruau d'épis de maïs concassés et d'eau. Soudain, l'un des moines passés à tabac avait dit :

— Aujourd'hui, j'ai vu un flocon de neige se poser sur un papillon.

Il s'était gagné un coup de matraque sur le crâne pour avoir rompu le silence. Mais, à leur arrivée au pénitencier, tous les hommes dans le camion souriaient sereinement, l'esprit plein de l'image du papillon.

On les emmènerait d'abord dans un camp de l'armée, estima Shan, puis on le séparerait de Lokesh. Le seul crime du vieil homme était de n'avoir pas de papiers l'autorisant à voyager hors de Lhadrung, où il avait été libéré de prison. Une fois que les militaires s'attaqueraient à Shan, cependant, il ne leur faudrait pas longtemps pour découvrir le tatouage qu'il portait à l'avant-bras et qu'ils vérifieraient aussitôt sur les ordinateurs de la Sécurité publique. Ils traiteraient Shan en évadé du camp de travail, et, pour ces hommes-là, un évadé était comme de la chair fraîche pour des chiens affamés. Shan lutta contre la tentation de se retourner vers les collines derrière le village, où un autre fugitif, qui n'avait plus sa langue, se cachait.

L'officier sur sa chaise jeta sa cigarette au sol, se leva, et s'avança vers l'équipe chargée de la vérification des papiers. D'un ton brusque, il ordonna aux soldats de cesser, puis inspecta la file de villageois qui s'allongeait. Il se pavana tel un coq sur ses ergots, l'air impérieux, s'arrêta pour allumer une nouvelle cigarette à l'aide d'un élégant briquet en or, et tapota sur l'épaule de plusieurs villageois dans la file. De l'index, il leur commanda de partir. Une femme entre deux âges à quelques mètres de lui pointa soudain le doigt vers Shan et ses trois compagnons.

— Ceux-là ne sont pas de notre village, cria-t-elle, rappelez-vous ça, nous ne les avons jamais vus. Nous ne les avons jamais aidés !

Shan soupira. Il n'en voulait pas à cette femme. Nul doute qu'elle avait déjà vu des brigades de sécurité par le passé : elle avait dû apprendre des Chinois que la meilleure façon de se protéger, elle et sa famille, était de détourner l'attention des autorités sur d'autres. Il se sentit simplement désolé pour ce qu'elle allait éprouver plus tard, en son for intérieur, en affrontant les regards de ses voisins.

L'officier s'arrêta et le regarda fixement. Il ôta la cigarette de sa bouche et souffla un nuage de fumée dans sa direction avant de se retourner vers la file de Tibétains en attente. En une minute, il renvoya femmes, enfants, ainsi que les hommes les plus jeunes. Tous ceux qui restaient avaient au moins trente ans. L'officier passa la file en revue une fois encore et libéra deux hommes supplémentaires. Plus âgés mais pas très grands ; mesurant moins d'un mètre soixante, ils étaient les plus petits de la troupe.

À un claquement de doigts de leur supérieur, les deux soldats qui vérifiaient les identités se remirent au travail, inspectant de près les papiers des six hommes restants, la voix plus forte, le geste plus rude. L'officier faisait les cent pas, impatient qu'ils en aient fini, termina sa cigarette en trois longues bouffées, et en alluma une autre au mégot de la précédente. Ils en étaient au cinquième de la colonne quand il perdit tout intérêt et se dirigea vers les deux rangs de soldats encore de garde devant les rochers. Il ne s'agissait pas d'une patrouille, comprit Shan, mais de ce que les purbas appelaient une équipe d'enlèvement. Ils cherchaient quelqu'un en particulier.

— Elle a déclaré que vous n'étiez pas d'ici, fit lentement

remarquer l'officier d'une voix aigrelette en soufflant sa fumée à la figure de Shan.

Comme Lokesh à ses côtés, Shan gardait les yeux au sol. Il se sentait étrangement loin de la scène qui se déroulait devant lui, exactement comme s'il en était le témoin à distance. Une part de son être ne doutait pas qu'il retournerait un jour au goulag. Le yack avait couru comme une antilope. Il songea à l'errant américain en espérant qu'il s'était échappé. La tâche qu'on lui avait confiée était impossible, et il avait été stupide de croire qu'il pouvait les aider à sauver leur vallée. Peut-être que dans une centaine d'années les Tibétains finiraient par trouver un Chinois réellement vertueux.

Le sergent tenait un objet qu'il désirait montrer à l'officier : la moitié arrachée de la photo du dalaï-lama. Il la retourna quand son supérieur daigna lui accorder son attention. C'était un des rituels obligés des soldats devant une de ces photographies, un parmi les milliers qui étaient devenus chez les militaires comme chez les nœuds une seconde nature. Parfois, au dos d'une de ces photos, était imprimé le drapeau tibétain ; dans ces cas-là l'arrestation, ou pis, était garantie. Celle-ci était vierge.

— Je suis le colonel Lin, de la 54e brigade de Combat des Montagnes, annonça tout à coup l'officier.

Il s'exprimait lentement, jouissant par avance des événements à venir. Il inspecta une fois encore le groupe des villageois avant de se tourner vers Shan et ses compagnons.

— Je poserai les questions. Vous donnerez les réponses.

Shan examina le visage du colonel, dur et noué comme un poing serré. La 54e brigade de Combat des Montagnes avait fini par les rattraper. Il lutta contre la tentation de revoir le village. Un membre de la caravane avait certainement assisté à la scène, et ils devaient tous s'être enfuis dans la montagne à l'heure qu'il était. Nyma contemplait la terre à ses pieds, le visage blanc comme un linge. Lokesh, lui, admirait le ciel. Lhandro gisait au sol, le visage dégoulinant de sang, et lançait à l'officier un regard brûlant de colère où se mêlaient la peur et le mépris. Il avait devant lui la division Lujun, les soldats qui avaient massacré ses ancêtres.

Le colonel Lin se saisit brusquement d'une matraque à la ceinture du soldat le plus proche. Il marcha sur Shan, concentré sur la petite flaque de sang qui avait coulé sous le corps de Lhandro. En silence, il plaça la matraque sous son menton et l'obligea à relever la tête. Leurs regards se croisèrent.

— Han, observa-t-il à mi-voix, comme s'il lâchait un juron.

Ils avaient tous deux le même âge. Lin était plus petit, les yeux brillant d'un reflet métallique. L'officier hésita un instant, incapable de savoir si Shan le défiait ou non, fronça les sourcils, laissa retomber la matraque, et fit signe au sergent d'approcher quand il décida de s'intéresser à Lokesh, qu'il soumit à un examen attentif. Shan remarqua à peine la présence du sergent qui lui fouillait les poches. Il surveillait l'extrémité de la matraque, les muscles des jambes tendus, prêt à bondir et à prendre le coup si Lin s'avisait de frapper son vieil ami. Mais le colonel se saisit de la main libre de Lokesh et la retourna pour en examiner la paume.

— Rien, cracha le sergent.

— Vous n'avez pas de papiers ? demanda doucement le colonel en examinant Shan d'un œil glacial.

— Rien qu'une brochure pour m'enseigner la sérénité.

La réponse ne parut pas déplaire à Lin, dont le visage se plissa sous un filet de sourire mince comme une lame. Il indiqua au sergent le bloc-notes posé sur la chaise.

— Vous allez me donner votre nom.

Shan baissa à nouveau les yeux sur la flaque de sang. Lin abandonna la main de Lokesh et présenta sa propre main au vieux Tibétain, paume ouverte.

— Avez-vous des papiers, camarade ?

Que cherchait donc Lin dans la paume de Lokesh ? Certainement pas une pierre. Il s'intéressait à un individu bien précis, quelqu'un qui aurait quoi dans la paume ? Les cals d'un évadé d'un camp de travail ? Ou pas de cals du tout ? Des cicatrices ? Fallait-il en conclure qu'il connaissait le voleur de l'œil de pierre ?

Au lieu de présenter ses papiers prouvant qu'il relevait du comté de Lhadrung, Lokesh lui offrit son sourire de guingois. Ce qui parut amuser Lin, qui revint un instant sur Shan, puis sur la barbe grisonnante ombrant les mâchoires du vieux Tibétain, comme s'il était grand connaisseur en matière de mâchoires fracturées. Les yeux dans les yeux de Lokesh, il lui souleva le bras et en releva la manche. Quinze centimètres au-dessus du poignet, sur la face interne du bras, apparut une ligne de chiffres tatoués.

— Lao gai, annonça-t-il d'un air satisfait, avant de crier le numéro au sergent, debout à côté de lui, le bloc-notes à la main. Nous lui avons demandé son nom.

De toute évidence, il s'était exprimé à l'intention de Shan. Il soupira, souleva le chapeau que portait Lokesh, le tendit délicatement au soldat le plus proche, et s'attarda longuement sur le sommet du crâne du vieil homme en se tapotant la paume de sa matraque.

— Je m'appelle Shan, dit Shan sans perdre de vue la matraque.

— Un Han qui voyage en compagnie d'un criminel tibétain, déclara le colonel, paraissant lire un acte d'accusation.

Lokesh leva la tête vers le ciel, où une ligne d'oiseaux volant très bas approchait du village : une douzaine d'oies à tête barrée, se dirigeant certainement vers Lamtso.

Le colonel tordit le cou à son tour. Devant les volatiles, son regard s'illumina d'une envie aussi soudaine qu'impérieuse. Il lâcha un ordre bref qui claqua tel un coup de fouet. Un soldat partit au pas de course vers le premier camion, ouvrit la portière décorée d'un léopard des neiges féroce en plein élan, et sortit un lourd fusil, une carabine semi-automatique. Lin se saisit de l'arme, attendit un instant que la ligne de volatiles s'approche à cinquante mètres, et tira une demi-douzaine de balles. Nyma hurla. Lokesh geignit, n'en croyant pas ses yeux. Deux grosses oies tombèrent au sol, une troisième bascula dans les airs et toucha presque terre en continuant à voler. Plusieurs militaires acclamèrent leur colonel, et l'un d'eux se précipita pour récupérer les volatiles tués. Lin rendit la carabine au soldat et revint sur ses prisonniers, le visage toujours de glace.

Lhandro était à genoux et le sang coulait sur sa joue. Nyma l'aidait à se remettre debout quand le soldat à côté d'elle la tira en arrière et la gifla violemment parce qu'elle résistait. La nonne recula sous le choc puis revint, prête à riposter. Le soldat la frappa à nouveau et lui agrippa son collier, qu'il tordit sous sa poigne comme un garrot. Le collier céda et le grand gau qui y était suspendu lui tomba dans la main. Il jeta à peine un coup d'œil à l'amulette, qu'il fracassa contre la paroi rocheuse. Nyma gémit et faillit bondir pour récupérer sa petite boîte à prières, mais elle resta figée : elle ne pouvait se permettre d'attirer l'attention sur son gau. Elle avait un jour montré à Shan le trésor qu'il renfermait, au-dessus de sa prière : une photo du dalaï-lama, avec, au dos, le drapeau tibétain.

Lhandro se redressa péniblement, glissa une main tremblante dans sa poche de chemise et en sortit ses papiers. Lin les prit avant même que le sergent se soit avancé.

— Yapchi, lut-il, tout à coup très intéressé. Yapchi, répéta-t-il d'une voix entendue.

Un éclair de colère embrasa son regard avant de céder la place à une satisfaction non déguisée. Un murmure courut parmi les soldats, dont plusieurs levèrent leur arme, prêts à frapper Lhandro.

— Tu es à plus de quatre-vingts kilomètres de tes champs, fermier. Ainsi, vous êtes tous de Yapchi ? grommela-t-il, les poings serrés, les jointures toutes blanches, en se tournant vers Nyma, Shan et Lokesh. Pourquoi êtes-vous ici ? Pourquoi si loin de chez vous ?

Il retroussa les lèvres sur des dents jaunies par le tabac et resta immobile, jouissant du moment, les paupières en berne. Pour l'avoir vu chez maints représentants de l'autorité, Shan reconnut cette cruauté banale, patiente, sous le masque d'un visage lisse et rêveur.

— Il est encore trop tôt pour récolter l'orge, expliqua faiblement Lhandro.

Lin fit un signe au sergent, qui trottina jusqu'à la cabine du premier camion et en revint, d'un pas martial, tenant à deux mains un objet métallique long de trente centimètres.

— Vous êtes allés à Lhassa ? interrogea le colonel en empoignant le bras de Lhandro. Où sont vos sacs ? Vos bagages ? Je veux les voir !

Le sergent claqua des talons et tendit l'objet à Lin. Le ventre de Shan se noua : c'était l'objet préféré de la Sécurité publique, directement importé d'Amérique – un aiguillon à bétail électrique.

Nyma avait elle aussi reconnu l'objet et se plaça devant Lhandro en gémissant. Quelque chose clochait : c'étaient les nœuds, rarement l'armée, qui se servaient de cet instrument – un instrument habituellement réservé aux cellules d'interrogatoire, tout à fait inattendu sur cette route déserte en bordure du changtang. Le colonel était apparemment prêt à tout pour obtenir des renseignements.

Avec un regard amusé à Nyma, le colonel se saisit de l'aiguillon que tenait le soldat quand une voix de stentor résonna depuis les rochers.

— Yo, général, Votre Majesté ! Mes amis et moi partagions un paisible pique-nique. Mais personne n'avait invité les boys-scouts !

L'Américain venait d'apparaître dans la faille de la paroi rocheuse. Il s'était exprimé en mandarin, un semblant de sourire aux lèvres, mais ses yeux étaient froids et fixaient le colonel.

Celui-ci retroussa les babines en un rictus silencieux et s'approcha de l'intrus. Winslow portait un sac à dos en nylon vert, et une bouteille d'eau à laquelle il but une gorgée d'un air indifférent sans se soucier des soldats qui s'étaient refermés en tenaille autour de lui.

— Vous venez de commettre une grave erreur, grommela le colonel en faisant disparaître sous sa tunique les papiers de Lhandro.

— Quelqu'un a effectivement commis une grave erreur, concéda l'Américain, en anglais cette fois, en glissant la main dans une poche de son sac à dos.

Le soldat le plus proche de lui leva son fusil. Winslow sortit une grosse carotte, l'aligna sur le soldat comme s'il le prenait pour cible, puis la porta à sa bouche et en sectionna bruyamment un morceau d'un coup de dents. Plusieurs des villageois libérés, qui observaient la scène depuis l'arrière des camions, éclatèrent de rire.

— Vous n'avez pas idée, reprit Lin d'une voix glacée.

À un signe de leur colonel, deux soldats bondirent de part et d'autre de l'Américain en lui épinglant les bras dans le dos. Le sac et la bouteille tombèrent par terre. La carotte prit son envol et atterrit aux pieds de Shan.

Apparemment, Winslow semblait indifférent au traitement brutal qu'on lui infligeait.

— Pas vraiment, admit-il en mandarin, avec un grand sourire aux deux soldats qui lui tenaient toujours les bras et le collèrent contre la paroi rocheuse.

Le sergent fourra la main dans la pochette de chemise de l'Américain et en sortit une liasse de papiers, accompagnée d'une demi-douzaine de photos du dalaï-lama qu'il laissa tomber avec un air de dégoût avant de les aplatir de son brodequin, sous le regard attristé de l'Américain.

— Vous savez, soupira ce dernier à l'adresse de Lin, on raconte que cet homme est la réincarnation du Bouddha de la Compassion.

L'Américain se raillait ouvertement du colonel, dont le regard s'attarda délibérément sur l'aiguillon à bétail qu'il tenait. Sur son ordre muet, les soldats traînèrent Winslow jusqu'au premier camion.

Lin jura entre ses dents et, toujours armé de son aiguillon, se retourna vers Lhandro. L'Américain n'avait été qu'une distraction passagère. On entendit un bruit de ferraille à l'arrière du second camion : un soldat jetait à terre des entraves de jambes avec chaînes.

Lin gifla violemment Lhandro d'un revers de sa main.

— Réponds à ma question ! gronda-t-il, toutes dents dehors, avant de le frapper à nouveau.

Le fermier gémit faiblement et vacilla sur ses genoux. Lin contempla sa main ensanglantée. Un claquement métallique ponctua le bref silence qui s'ensuivit : un soldat venait de refermer les entraves aux chevilles de Lhandro.

Le nœud de glace qui empoignait le ventre de Shan se resserra douloureusement. Tout ce qui venait de se passer – les atermoiements de Lhandro, l'apparition de l'Américain et son attitude irrespectueuse, et finalement la tache de sang sur sa main – avaient attisé la furie du colonel. D'un geste presque imperceptible, Lin défit le rabat de l'étui de son petit automatique.

— Vous allez rédiger des dépositions, aboya-t-il. Jusqu'au moindre détail. Comment vous êtes arrivés ici, pourquoi vous voyagez si loin de chez vous, qui vous avez rencontré en chemin, où vous avez passé les trois derniers mois.

Le soldat qui avait apporté les entraves tenait un rouleau d'adhésif gris solide. Shan savait qu'ils s'en serviraient pour leur fermer la bouche pendant qu'ils écriraient.

— Vous les rédigerez séparément, et si vos dépositions ne correspondent pas parfaitement vous serez accusés de conspiration visant à faire obstacle à l'administration de la justice du peuple.

— Bon Dieu, colonel, mais vous n'êtes pas la Sécurité publique ! s'exclama Winslow avec désinvolture, suffisamment fort pour que tout le monde l'entende. Vous appartenez a cette foutue armée, c'est tout.

Jamais encore Shan n'avait rencontré individu plus stupide : oser ainsi se gausser ouvertement d'un gradé de l'APL ! Un des soldats tordit le bras de Winslow dans son dos, et l'Américain grimaça sous la douleur. Voyant que le soldat insistait, il s'obligea néanmoins à sourire.

Jaillit alors des rochers le petit Tibétain en costume cravate. Il contempla l'Américain d'un air abasourdi, puis le colonel, bouche ouverte, mais pas un mot ne sortit de sa gorge. Ses épaules s'affaissèrent et il fixa la casquette noire qu'il tenait à la main. Il s'avança jusqu'à l'Américain et la lui posa sur la tête sous les regards ahuris de tout le monde, Winslow excepté, qui éclata d'un rire tonitruant.

La seconde suivante, le sergent lâcha un cri d'alarme et se précipita au côté de Lin en lui présentant les documents pris sur Winslow. N'en croyant pas ses yeux, le colonel balança violemment les papiers au sol avec une expression de dégoût. Il aboya une série d'ordres à une vitesse telle que Shan ne les comprit pas. On relâcha Winslow. Le soldat qui tenait le chapeau de Lokesh lança le couvre-chef à la figure du vieux Tibétain et suivit les autres membres de la troupe dans le camion. Le sergent libéra les entraves de Lhandro et jeta les chaînes ainsi que la chaise de Lin à l'arrière du véhicule.

Le colonel monta à bord du premier camion, sans quitter un instant Lokesh et Lhandro de ses yeux pleins de fureur. Les deux véhicules s'engagèrent à pleine vitesse sur la route. Shan ôta le fil de fer qui attachait son poignet, puis il ramassa la carotte et les papiers tombés au sol. Il examina le passeport de l'Américain et releva la tête : Shane Winslow était diplomate.

— Ce n'est pourtant qu'un bout de papier, déclara Nyma, ahurie, en voyant l'Américain et le petit Tibétain repartir au pas de gymnastique vers leur camion.

Winslow n'avait pas ouvert la bouche après le départ des militaires, se contentant d'adresser un grand sourire à Shan et à ses compagnons avant de signifier à son escorte, toujours aussi inquiète, de rejoindre leur véhicule. Les deux hommes semblaient aussi pressés de partir que Lhandro, qui avait envoyé Nyma prévenir au pas de course la caravane de revenir sur la route.

— Mais il contient de puissantes paroles, suggéra Lokesh d'une petite voix.

On avait enseigné au vieux Tibétain qu'il existait des personnes capables de rédiger des mots secrets spéciaux permettant de libérer des forces très puissantes sur ceux qui les lisaient. En un sens, Lokesh avait raison. Il ne pouvait concevoir qu'un document présenté par un étranger pût amener un homme comme le colonel Lin à faire volte-face aussi vite. C'était pourtant ce qui s'était produit : Lin était parti sans les inquiéter. Il aurait certainement, avec le plus grand plaisir et sans hésiter, aidé à l'expulsion d'un étranger fauteur de troubles et placé en détention des citoyens en situation délicate. Mais ce qu'il réservait à Shan et à ses compagnons devait se passer de témoin, surtout si ce dernier représentait officiellement un gouvernement étranger. Et c'était bien ce qu'affirmaient les papiers de Winslow : il était l'incarnation du gouvernement des États-Unis à des centaines de kilomètres à la ronde.

Mais cela n'expliquait pas pour autant pourquoi l'Américain était si pressé de partir. S'il ne craignait guère, apparemment, d'affronter l'impitoyable colonel, il paraissait peu désireux de voir Lin signaler sa présence dans les montagnes à d'autres autorités. À ses propres supérieurs de l'ambassade, très certainement, songea Shan. Sinon, pour quelle étrange raison un diplomate des États-Unis se trouverait-il en un lieu aussi improbable, dans un coin reculé des espaces sauvages du changtang ?

Winslow jeta son sac à dos à l'arrière de son camion au milieu d'une troupe de villageois emplis de gratitude – certains allant même jusqu'à le toucher en signe de bonne fortune. Le Tibétain inquiet en costume de ville démarra. L'Américain ouvrit sa portière et, sortant de son sac une liasse de photographies du dalaï-lama, tendit la première à la petite fille qui avait vu la sienne déchirée par les soldats. Il en distribua une douzaine d'autres aux villageois impatients. Quelles que soient ses fonctions, les devoirs de sa charge n'incluaient pas la distribution de photographies de contrebande du chef tibétain exilé...

Winslow s'apprêtait à monter dans son camion quand les premiers moutons de la caravane apparurent, trottinant en compagnie d'Anya et de Tenzin sur le chemin de terre qui courait au milieu du village. L'Américain s'immobilisa et se tourna vers Shan. Il hésita, prit une carte posée sur le tableau de bord et courut le rejoindre. Shan se rappela que, avant leur rencontre avec les militaires, l'Américain désirait des renseignements sur leur itinéraire dans les montagnes.

Winslow maintint la carte repliée sur le territoire au nord de Lhassa jusqu'à la province de Qinghai. Il glissa le doigt le long de la frontière de la province.

— Vous êtes venus de l'ouest ? Vous pouvez me montrer ? Vous étiez proches des monts Kunlun ?

Les Kunlun étaient le nom de la vaste chaîne de montagnes qui divisait le Tibet depuis les terres musulmanes jusqu'au nord du pays.

— Vous avez pris quel itinéraire ? Quelle piste ?

— Le sud, nous sommes venus du sud, déclara spontanément Nyma, postée derrière Shan.

Winslow hocha la tête, s'arrachant un instant à sa carte pour contempler les moutons.

— Ces sacs, s'étonna-t-il. C'est du sel ? J'ai entendu raconter que les caravanes de jadis... par le ciel, c'est ça, non, c'est bien ça ? s'exclama-t-il soudain avec envie. Ça signifie un des grands bassins de collecte des eaux ? Les lacs ? Exact ?

— Lamtso, confirma Nyma avec enthousiasme.

Winslow hocha lentement la tête et laissa courir son doigt dans l'espace qui séparait le village du lac de Lamtso.

— Vous recherchez quelqu'un ? interrogea Shan.

— Une Américaine, confirma Winslow. Disparue depuis plusieurs semaines. Présumée morte.

— Nous n'avons pas croisé d'Américains, intervint Lhandro.

Puis, en pressant le bras de Shan en guise d'avertissement, il se dépêcha d'ajouter :

— Nous vous remercions de votre aide. Nous ouvrirons l'œil.

— Vous vous dirigez vers le nord, insista l'Américain, mais vous avez pris plein est.

— Merci, répéta Lhandro en faisant signe à Shan de le suivre.

Winslow sourit, leva les mains en signe de reddition et monta dans le quatre-quatre rouge. Le petit Tibétain inquiet emprunta bien vite la piste, s'éloignant du village vers la grand-route du nord qui les ramènerait à Lhassa.

Shan suivait le véhicule des yeux quand un animal le frôla. Le bélier au sac marqué d'un cercle rouge le regardait de ses grands yeux effrayés.

Toutes les créatures de la caravane, hommes comme bêtes, depuis Tenzin le silencieux et la petite Anya jusqu'aux moutons et aux chiens, semblaient partager le même sentiment d'urgence. Tous avançaient vite, moitié marche, moitié trot, sans s'arrêter ni pour boire ni pour manger. Au bout d'une heure, Lhandro fit halte et déchargea une des montures de bât pour redistribuer sa cargaison parmi les quatre autres chevaux, tout en surveillant la route. Le front soucieux, il donna le cheval à un homme de Yapchi, qui partit en éclaireur. Dremu n'était pas réapparu depuis leur rencontre avec les militaires.

Après une quinzaine de kilomètres leur restaient deux heures de jour. Lhandro poussait son monde sur la piste du nord, jusqu'à une grande courbe qui masquait ce qui les attendait au-delà. Tandis que leurs compagnons se reposaient, Shan et Lhandro inspectèrent le sentier défoncé et abrupt qui menait vers le nord, à la recherche de soldats éventuels.

Le colonel Lin, auquel l'œil avait été dérobé, connaissait désormais l'existence d'une troupe de voyageurs en provenance de Yapchi. Il savait que Lokesh sortait d'un camp lao gai. Il ne devait pas être du genre à baisser les bras, et ses soldats étaient entraînés à placer des chausse-trappes en terrain montagneux. Ils étaient parfaitement capables de se rendre invisibles aux éclaireurs ou de leur faire croire que la voie était dégagée.

— Le colonel ne connaît pas le chemin que nous empruntons, déclara Shan. Et il n'est pas au courant pour les moutons.

Au fil des heures, voûté sous le lourd fardeau des craintes qui l'assaillaient, Lhandro ressemblait de moins en moins à l'homme énergique qu'il était. Le colonel lui avait confisqué ses papiers et savait qu'il était originaire de Yapchi. En sentant les entraves à ses pieds, l'espace de quelques terribles minutes, Lhandro avait été convaincu qu'il passerait le restant de son existence dans une prison chinoise, perdant tout. Tout particulièrement la pierre chenyi.

— Je n'étais pas obligé de faire venir Anya avec cette caravane, déclara-t-il. Il aurait dû n'y avoir que moi et quelques hommes âgés. Et nous n'aurions pas dû mêler Nyma à cette affaire. Elle veut tellement être nonne, juste ça... Elle a besoin d'être nonne... Ce qu'elle fait là n'est pas le travail d'une nonne. Certains parmi nous donneraient volontiers...

— D'une certaine façon, intervint Shan, je ne pense pas qu'Anya ou Nyma vous auraient laissé leur refuser cette occasion.

Lhandro lui sourit timidement, puis, sur un coup de sifflet, remonta la piste à longues enjambées décidées. Au début seuls les chiens lui emboîtèrent le pas, cependant il ne cria pas, ne se retourna pas, ne fit pas signe aux autres de le suivre. Le plus grand des mastiffs s'arrêta quand Lhandro eut parcouru une centaine de mètres et aboya une fois. Les moutons redressèrent leur tête lasse et avancèrent. Anya se leva et tendit le bras à Lokesh. Ils marchèrent à côté du troupeau, la main dans la main. Anya entama un de ses chants si particuliers. Lentement, geignant et gémissant, les autres membres de la caravane se remirent debout.

Au bout de deux kilomètres, Lhandro montra la piste à Shan. À deux cents mètres devant eux, leur éclaireur avait mis pied à terre et leur faisait face, paumes ouvertes au niveau de la taille, comme s'il ne comprenait plus rien. Lhandro et Shan le rattrapèrent au pas de gymnastique.

À leur approche, l'éclaireur disparut derrière un gros affleurement rocheux. Ils s'approchèrent doucement et aperçurent un homme de dos, vêtu d'un anorak de nylon rouge écarlate et coiffé d'une casquette noire, assis devant un petit cadre métallique qui sifflait et crachotait en brûlant d'une petite flamme bleue. Leur éclaireur était accroupi à son côté et buvait dans un quart métallique fumant.

— Je n'ai que deux gobelets dans ma cuisine, dit Winslow en se retournant pour donner un quart à Shan. Vous êtes les bienvenus pour partager ma maigre pitance. Pas de beurre. Pas de sel. Rien que du bon thé vert chinois.

Shan accepta le gobelet, savourant un instant l'arôme des feuilles vertes. Voyant que les autres ne le quittaient pas des yeux, il tendit le gobelet à Lhandro d'un geste timide. Il cligna des paupières, et quelque chose se brouilla en lui : il revit sa mère surveillant patiemment les feuilles vertes infusant dans une théière en porcelaine fumante. La théière était décorée d'un motif de barque sur une rivière parmi des saules pleureurs. Ces temps derniers, après les traitements que lui avaient fait subir les nœuds – électricité et produits chimiques combinés –, sa mémoire lui jouait des tours. Ses premières années se dissimulaient au bout d'un long couloir obscur, dont les portes, parfois, rarement, s'entrouvraient par le plus grand des hasards, à cause d'un événement fortuit. Pas un événement, en réalité, mais une odeur, une sensation, la simple inflexion d'une voix.

— Ça n'a pas été très difficile, reprit Winslow. Vous êtes allés vers le nord à partir du lac, et vous avez obliqué à l'est, vers la route. Si vous aviez voulu vous diriger plein est dès le départ, vous auriez quitté le lac par l'est. Donc vous avez été bloqués d'une façon inattendue. Je pense que le col que vous vouliez franchir a été comblé par une avalanche de neige ou un glissement de terrain. Vous avez emprunté cette route uniquement pour rejoindre le prochain col, conclut-il en montrant les hautes crêtes d'altitude au nord. Tout là-bas. On les appelle les montagnes Tangula, c'est un éperon des Kunlun.

— Je ne comprends pas, dit Shan.

Winslow eut un large sourire.

— Mon gouvernement vous paiera un défraiement pour le transport si vous le désirez. Je viens avec vous.

Lhandro fixa l'Américain d'un œil impassible, puis demanda tranquillement à l'éclaireur de faire avancer la caravane.

— Vous ne savez pas où nous allons, fit remarquer Shan.

— Bien sûr que si. Plein nord. Tout à fait ma direction.

— Pour retrouver l'Américaine disparue.

— On dit qu'elle est morte, mais...

Shan se tourna vers Lhandro, qui haussa d'abord les épaules puis déclara, après un long silence :

— Cet homme nous a sauvés des griffes du colonel.

— Grâce à un morceau de papier. Pourrais-je le revoir ?

L'Américain le dévisagea froidement et sortit le passeport de sa poche de poitrine fermée par une fermeture à glissière. Shan étudia le document. Benjamin Shane Winslow, et une adresse en Oklahoma. Plus d'une vingtaine de tampons de la République populaire de Chine couvraient les pages, et bien plus encore pour des pays d'Amérique du Sud et d'Afrique.

Winslow reprit à Lhandro le quart vide, qu'il remplit à la théière posée sur son minuscule fourneau.

— Et comment sauriez-vous identifier un faux passeport diplomatique, *tangzhou* ?

Tangzhou. Camarade. Une manière pour l'Américain de taquiner Shan, ou peut-être une habitude face à tous les Chinois qu'il croisait sur sa route.

— J'ai rencontré plusieurs diplomates au cours de mon existence, monsieur Winslow, répondit Shan en lui rendant son passeport. Mais jamais comme vous, et de très loin. Et je m'appelle Shan, pas camarade.

Winslow fit tout un cinéma en fouillant son sac.

— Nom de Dieu ! J'ai oublié mes souliers vernis noirs et mon nœud papillon, déclara-t-il d'un air faussement désespéré.

— Peut-être accepteriez-vous de partager le contenu de ce sac avec nous, qu'en pensez-vous ?

— Vous voulez mes slips sales ? Avec le plus grand plaisir. Mais allez-y doucement avec l'amidon, s'il vous plaît.

Tout à coup il ajouta, le visage fermé :

— J'ai encaissé assez de conneries de la part des Chinois pour aujourd'hui. Et vous n'avez même pas d'uniforme.

— C'est bien vous qui prétendez travailler pour un gouvernement, non ?

La caravane de moutons apparut et défila comme à la parade, avec, en queue de peloton, Lokesh, Nyma et Anya, qui s'arrêtèrent devant l'Américain d'un air hésitant. La tension était palpable.

— Vous aviez un chauffeur et une voiture. Où sont-ils ? interrogea Shan.

— Je les ai renvoyés à Lhassa. Le bonhomme ne me plaisait pas. Lorsque l'ambassade demande des chauffeurs au gouvernement chinois, vous pouvez être sûrs que ces mecs travaillent pour la Sécurité publique.

Winslow avait raison. Avec pour conséquence immédiate le fait que les nœuds allaient vite être mis au courant de l'affrontement qui avait eu lieu au village et apprendre l'existence de la caravane.

— Cet homme nous a sauvés, murmura Nyma à Shan. Vous êtes bien placé pour savoir ce que cela aurait signifié si le colonel nous avait emmenés avec lui.

Aux paroles de la nonne, Winslow observa Shan avec un regain d'intérêt.

— Je me suis contenté de lui demander ce qu'il transportait dans son sac, rétorqua Shan paisiblement.

— Il est américain, dit Lokesh.

— Il travaille pour le gouvernement américain. Et le gouvernement américain entretient des relations diplomatiques avec la Chine, pas avec les Tibétains.

Winslow parut peiné par les propos de Shan mais n'en réfuta rien. Il leva les paumes à hauteur d'épaules, sortit un appareil photo de prix et une paire de jumelles compacte, et retourna son sac à dos, dont il répandit le contenu par terre. Shan s'accroupit : un grand sachet de raisins secs ; un sweat-shirt gris roulé en boule ; une boîte de biscuits sucrés ; un cylindre métallique identique à celui qui alimentait son réchaud ; deux paires de sous-vêtements et deux paires de chaussettes nouées ensemble ; une demi-douzaine de tablettes de chocolat ; une bouteille d'eau d'un litre ; un guide touristique du Tibet, en anglais, presque en lambeaux ; une minuscule trousse de première urgence. Et un petit émetteur-récepteur noir.

Shan indiqua la radio.

— Vous pouvez appeler votre chauffeur avec cet appareil ?

— Le chauffeur, ou le bureau auquel il est affecté. C'est comme ça que j'ai eu la radio.

— Vous avez déclaré que le chauffeur travaillait pour les nœuds.

Winslow fit la grimace. Nyma et Lhandro étaient venus se placer derrière Shan : ils avaient peur de la petite boîte noire.

— C'est ma bouée de survie, cette radio, pour l'amour du ciel ! protesta l'Américain en levant les bras. Vous croyez que mes intentions ne sont pas claires, que je vais essayer de voler les animaux de votre caravane ? Bon sang de bonsoir, tous autant que vous êtes, vous êtes en situation illégale ! C'est pour ça que vous aviez tellement peur du colonel Lin. Vous n'avez pas de papiers ou alors...

Il se tourna vers les animaux qui remontaient la piste sur le versant.

— ... vous transportez des marchandises illégales.

Leur silence fut une réponse éloquente. Le vent gémit à l'entour des rochers, accompagné par les sifflements du réchaud qui continuait à crachoter. Au loin, on entendit des moutons bêler.

L'Américain plongea son regard dans ses mains d'un air peiné.

— La femme qui a disparu s'appelle Melissa Larkin, expliqua-t-il. Tout le monde semble avoir renoncé à la rechercher. Elle est donnée pour perdue. Vous seriez surpris par le nombre d'Américains qui trouvent la mort au Tibet. Pour les touristes, c'est une destination qui n'est pas bon marché, un lieu qui demande du temps pour être visité, ce qui signifie que la majorité d'entre eux sont déjà âgés. Ensuite, il y a les laissés-pour-compte du système qui ne comprennent pas qu'il puisse y avoir des bandits dans des endroits reculés ou des maladies qu'ils n'attraperaient jamais au pays, ou encore que l'altitude peut les tuer en une nuit. Vous pouvez mourir pour des raisons qui jamais ne vous tueraient aux États-Unis, simplement parce que les centres médicaux sont loin de tout. Et c'est l'ambassade qui doit rapatrier les corps pour les funérailles.

— Mais les autorités chinoises vous aident quand il s'agit de récupérer les dépouilles de ressortissants étrangers, non ? fit remarquer Shan.

Winslow se pencha pour tourner un bouton du réchaud. Le sifflement s'arrêta.

— Melissa Larkin n'avait rien à voir avec ces gens-là. Trente-cinq ans. Une scientifique. Géologue et sismologue. Elle a travaillé en mer du Nord, en Alaska, en Patagonie. Elle est parfaitement capable de se débrouiller seule.

— Elle travaillait au Tibet ?

— Dans la vieille ville d'Amdo toute l'année dernière, acquiesça Winslow. Dans la province de Qinghai sud, juste à la frontière avec la RAT.

Il parlait de la Région autonome du Tibet, appellation fallacieuse concoctée par Pékin pour désigner les anciennes provinces du Tibet central.

— Une avalanche de neige. Un glissement de terrain. Des bandits, dit Shan. Elle avait beau être indépendante, cela ne signifie pas qu'elle était à l'abri de la malchance.

— Absolument. C'est ce qu'ils soutiennent tous. Il a fallu que je discute pied à pied avec mon patron pour être autorisé à partir à sa recherche, poursuivit Winslow avec une étrange note de défi dans la voix. Je dispose de deux semaines, ensuite, je pars pour une conférence à Shanghai.

Shan et Lhandro échangèrent un regard triste, et Shan sut qu'ils partageaient la même idée. Ils avaient grandi dans un monde où les disparitions étaient monnaie courante, presque quotidiennes, et il n'existait guère de famille qui n'ait connu la douleur de perdre un être cher. Les gens partaient dans les montagnes et ne revenaient jamais. On les traînait en prison sans avertissement, sans informer quiconque, et, à leur retour, ils s'apercevaient que tous ceux qu'ils avaient connus avaient disparu. Shan lui-même avait disparu, même si son ex-épouse ou son fils ne devaient guère s'en soucier, préférant le présumer décédé. Tous ses compagnons fixaient l'Américain : Winslow vivait dans un univers complètement différent.

La caravane remontait à présent un sentier en lacet serré sur le haut du versant.

— Je ne connais pas ces montagnes, supplia Winslow. J'ai besoin d'un itinéraire d'accès, pour ne pas perdre de temps à trouver la bonne piste.

Personne ne dit mot. L'Américain soupira en tendant la radio. Les Tibétains reculèrent comme un seul homme. Shan la garda un instant en main, puis il la posa sur un gros roc plat, sous l'œil inquiet de l'Américain. Il ramassa une grosse pierre, la leva au-dessus de sa tête, et, accompagné par une exclamation de Nyma, fracassa l'appareil. Il abattit la pierre plusieurs fois de suite, jusqu'à ce que le boîtier explose en morceaux. Des fragments de circuit et de câblage tombèrent par terre.

— Bon Dieu, grogna l'Américain, vous auriez pu vous contenter d'enlever les piles.

L'ignorant, Shan jeta les débris dans une fissure entre les rochers.

— Il y a une chose que je ne comprends pas, finit-il par dire à l'Américain. Pourquoi ce col-ci précisément ? Cette femme pourrait se trouver n'importe où dans les montagnes.

Winslow fixait le trou dans lequel avaient disparu les débris de sa radio. Il secoua la tête et se tourna vers Shan.

— J'ai passé quatre jours à fouiller les environs de son camp de base vers le nord, et je n'ai rien trouvé. La compagnie de Melissa Larkin a envoyé des équipes sur le terrain pour essayer de retrouver son corps. J'ai pensé commencer au sud et remonter. Sans raison particulière. Aujourd'hui, après ma rencontre avec le yack, je me suis arrêté pour étudier la carte avec mon chauffeur, non loin d'ici, sur la route.

Il hésita un moment à poursuivre, en repoussant sa chevelure en arrière.

— Un gros oiseau, comme un coq de bruyère, avec du blanc dans le plumage, a atterri sur un gros rocher pendant que j'étais sur ma carte, et il ne m'a pas quitté des yeux. Je me suis approché de lui, il a continué à me fixer, puis il s'est envolé vers un autre rocher, plus haut sur la piste. Comme si quelque chose m'attendait, ajouta-t-il d'un ton penaud.

Lokesh hocha la tête avec solennité. Shan contempla cet homme étrange : Winslow n'avait pas fait mention du colonel Lin, seulement de sa rencontre avec le yack.

— Un oiseau, murmura Nyma.

— Où se trouve exactement ce camp de base ? demanda Shan. À quelle distance vers le nord ?

— Dans une des vallées où ils font des forages. Il y a une montagne appelée Geladaintong, où se trouve la source du Yangtseu-kiang. Le camp se trouve à trente kilomètres à l'ouest, au cœur des chaînes d'une autre montagne énorme. Dans la vallée de Yapchi.

Lhandro lâcha une exclamation de surprise. Lokesh se remit à hocher la tête, comme si tout cela était parfaitement logique.

Shan se repassa le film des événements au village. L'Américain était sorti des rochers pour affronter Lin après que le colonel et Lhandro eurent cité le nom de Yapchi. Il ne les avait donc pas entendus parler de la vallée lointaine.

— Le chantier pétrolier de Yapchi.

— Oui. C'est là qu'elle travaille.

Shan poussa un soupir en passant en revue les visages de ses amis qui le regardaient avec espoir. Il était dorénavant impossible d'exclure l'Américain : les Tibétains affirmeraient qu'il était prédestiné à voyager en leur compagnie. Il s'agenouilla et aida Winslow à remballer ses affaires dans le sac à dos.

Cette nuit-là, ils campèrent sous le col dans un champ de gros rochers ronds balayé par de perpétuelles bourrasques, au point qu'ils durent bâtir un muret de protection en guise de pare-vent. L'Américain proposa son réchaud pour faire la cuisine, mais Nyma se contenta de pointer le doigt vers une silhouette qui escaladait la pente au-dessus de leurs têtes : Tenzin, apparemment toujours incapable de terminer une journée sans ramasser des bouses de yack.

— Il a dû faire une chose vraiment méchante, avait fait remarquer Lhandro la première fois qu'il avait vu Tenzin chargé de son sac.

Le rongpa avait lui aussi deviné que c'était, pour Tenzin, une manière de faire pénitence. Shan se rappela l'étrange comportement du grand Tibétain au cours de la tempête de grêle, puis au lac. Drakte l'avait libéré de prison et il se rendait dans le Nord parce que quelqu'un était mort.

Winslow, l'air perplexe, s'attarda sur la silhouette solitaire penchée vers le sol.

— Je ne pense pas qu'un cow-boy pourrait être cow-boy, murmura-t-il pour lui-même en anglais, s'il devait ramasser des bouses de vache tous les soirs.

— Ça vous garde au plus près de la terre, lui expliqua Shan dans la même langue.

— Vous parlez bien l'américain, s'étonna l'Américain.

— Mon père m'a enseigné l'anglais avant sa mort.

Winslow se tut, pressentant que toute une histoire se cachait derrière ces mots et ne voulant pas être indiscret.

— Je ne vois pas mon oiseau, dit-il en tibétain, cette fois, en examinant les hauteurs. Je n'ai jamais cru aux signes, jusqu'à ce que je vienne au Tibet. Les deux premiers voyages, pas de problème. J'ai pris l'avion pour récupérer à l'aéroport le cercueil d'un ancien gouverneur qui avait eu une crise cardiaque en escaladant les marches du Potola. La deuxième fois, je suis allé à Lhassa pour ramener le corps d'un alpiniste qui était mort du mal des montagnes à haute altitude. Mais, la troisième fois, je me trouvais sur la route conduisant à Shigatse et j'ai commandé au chauffeur de s'arrêter pour un moine qui faisait du stop.

Il s'interrompit en voyant les autres se rapprocher du feu, tout ouïe.

— Une heure plus tard, je lui ai dit à nouveau de s'arrêter. Je suis sorti de la voiture sans savoir pourquoi et j'ai regardé une haute colline. Ce n'était pas à proprement parler une montagne, mais elle était haute et raide, couverte de pierres et de bruyère. Il fallait que je l'escalade. Je ne sais toujours pas pourquoi, j'étais comme dans un rêve. Par la suite, j'ai pensé que c'était à cause des médicaments que je prenais. J'ai commencé à marcher. Il m'a fallu presque une heure pour arriver au sommet.

— Et qu'y avait-il au sommet ? demanda Nyma.

— Rien. Absolument rien. Excepté un vieux morceau de tissu coincé sous une pierre. Un vieux carré de soie avec une inscription en tibétain. À l'époque, je ne savais pas qu'il s'agissait d'un cheval du vent, un drapeau de prières. Je l'ai libéré et il s'est mis à battre sous les bourrasques. Puis j'ai ramassé une pierre, une petite pierre rouge, et je l'ai balancée tout en bas de la pente sans comprendre pourquoi j'agissais ainsi. Simplement, j'ai été frappé par le fait que cette pierre-là n'était pas à sa place, et qu'il fallait la jeter. À mon retour dans la voiture, j'ai tout raconté aux deux Tibétains. Le moine a hoché la tête avec une expression pleine de sagesse et il a déclaré que, de toute évidence, c'était exactement la chose à faire, et il m'a remercié d'être venu au Tibet pour cela.

Les Tibétains autour du feu secouèrent la tête d'un air entendu.

Nyma remplit son bol de thé, avant de rouler trois boulettes de beurre qu'elle posa en bordure du bol. Shan avait vu des dropkas réserver ainsi des morceaux de nourriture pour les divinités.

— Je suis désolé, conclut l'Américain. Ça n'a ni queue ni tête.

Nyma et Lhandro ne l'écoutaient plus. Lhandro pointait le doigt vers le versant, à trente, quarante mètres d'eux, où une forme grise s'était posée sur un rocher : un gros oiseau, qui semblait surveiller leur camp.

— Ce n'est pas possible, marmonna Winslow.

Il fixa le volatile avant de détourner les yeux, pesant le pour et le contre, incapable de décider si l'oiseau était venu le guider ou le hanter.

Tenzin émergea entre les rochers non loin du volatile, son sac sur l'épaule. Une seconde silhouette, menant un cheval par la bride, apparut et lui tendit une bouse de yack. Ils n'avaient pas revu le Golok depuis leur rencontre avec l'armée.

— Il est avec vous ? interrogea l'Américain. Je l'ai vu sur les hauteurs au-dessus du village.

Lhandro chercha l'aide de Shan du regard.

— Il fait partie de la caravane, expliqua Shan.

Il cherchait ses mots pour expliquer la présence du Golok quand Anya s'approcha des flammes en se faufilant entre Winslow et Shan. L'Américain partagea sa chope avec la jeune fille, qui but à grandes gorgées.

— J'ai cru comprendre que vous transportiez du sel, déclara Winslow au bout de quelques minutes. Et j'ai aussi cru comprendre que certains parmi vous n'avaient pas de papiers. Mais – il s'adressa directement à Shan – j'ignore toujours ce que vous, vous faites ici.

— Les Chinois l'ont obligé à quitter la Chine, lâcha Anya. Et aujourd'hui – elle montra les montagnes – c'est ici qu'est sa place. Ici qu'il doit être.

— Ils l'ont obligé ?

— Il porte un tatouage, murmura Nyma en se penchant vers Winslow.

— Seigneur Jésus, marmonna ce dernier. Le lao gai.

Apparemment l'Américain en connaissait un brin sur le Tibet, ou, à tout le moins, sur le rôle de la Chine au Tibet.

— Combien de temps ?

— Quatre ans. Pas si mal.

— Pas si mal ? Seigneur Jésus ! Vous êtes resté en esclavage dans un camp de travail pendant quatre ans ?

Shan se tourna vers Lokesh, qui surveillait d'un air émerveillé l'apparition des étoiles au-dessus des pics montagneux.

— Pas aussi mal que trente.

Winslow se tourna à son tour vers le vieux Tibétain grisonnant, et ouvrit la bouche pour parler, mais il n'en sortit guère plus qu'un gémissement. Shan reconnaissait chez l'Américain cette expression ébahie, impressionnée, incertaine, qui avait été la sienne à son arrivée au Tibet. Winslow n'était pas un simple touriste en visite, il n'abordait pas ce pays en inconnu. Cette terre le tirait vers elle, elle commençait à le changer en profondeur, de ces mêmes façons mystérieuses qu'elle avait changé Shan. Et personne, ni Anya, ni les lamas, et certainement pas Shan, ne pouvait prédire celui que Winslow serait quand le Tibet en aurait terminé avec lui.

Le lendemain matin, les fermiers de Yapchi offrirent à l'Américain un cheval pour grimper la pente raide qui menait au col, mais Winslow refusa. Il prit place derrière Shan, presque en queue de colonne, et mena un des chevaux de bât par la bride quand ils durent traverser une épaisse bourrasque de neige une demi-heure durant, avant d'en ressortir sous un soleil éclatant à leur arrivée au col.

Personne ne parla quand ils s'engagèrent dans ce dangereux passage. Un énorme mur de neige et de glace, haut de presque dix mètres, rendu instable par les vents de printemps, se dressait à l'oblique sur leur gauche, masquant la piste de l'ombre de son dévers. Une falaise quasi verticale de schistes en plaques culminait sur leur droite. Au milieu de l'étroite piste d'altitude courait une eau glacée née de la fonte, transformant le passage en marécage boueux.

Une fois le col franchi, l'Américain s'arrêta et contempla la paroi de neige traîtresse près de s'effondrer à tout moment.

— Il arrive que les géologues utilisent des explosifs, fit remarquer Shan. Et déclenchent des avalanches.

— En particulier ceux qui cherchent du pétrole, confirma Winslow d'un air solennel. Il doit exister au moins un millier d'endroits comme celui-ci où elle a pu trouver la mort accidentellement.

Shan se retourna sur le paysage dénudé qu'ils laissaient derrière eux : on pouvait effectivement y mourir en un millier d'endroits. Et il existait un millier d'endroits où pouvaient se cacher le dobdob ou les troupes de Lin.

— Pourquoi était-elle seule ? Les géologues ont besoin du soutien d'une équipe. De personnes pour ramasser et transporter les échantillons. Pour prendre des mesures. Pour surveiller.

Il entendait par là que, si un scientifique étranger se promenait dans les montagnes, la Sécurité publique ne manquerait pas d'être intéressée.

— Des équipes de quatre ou cinq personnes, acquiesça Winslow. Elle a emmené deux assistants tibétains sur un versant à huit kilomètres du campement et les a envoyés ramasser des pierres sur une corniche qu'elle avait repérée aux jumelles. Elle leur a dit de la retrouver sur une autre vire trois heures plus tard. Elle n'y est jamais venue. Ils ont appelé un hélicoptère de la compagnie le lendemain. Ils ont même utilisé des chiens pour la retrouver. Rien.

Winslow contempla la longue plaine d'altitude sur laquelle ouvrait le col. Tout à coup, il pointa le bras : un cavalier se dirigeait au galop dans leur direction, en soulevant derrière lui un long panache de poussière. Lhandro, en tête de colonne, leva la main pour stopper la caravane, puis sauta sur un rocher afin de mieux distinguer le cavalier. C'était Dremu, et il était effrayé. Il arriva sur Shan en secouant la tête d'un air incrédule et lâcha, hors d'haleine :

— Il est là-bas. Ça doit encore être ce démon.

Il tendit la main pour aider Shan à monter en croupe. Lhandro, de son côté, détachait les sacs du premier cheval de bât.

Ils n'avaient pas fait deux kilomètres que leur monture s'immobilisa si brusquement que Shan faillit en être éjecté. Un corps gisait sur la piste. Un homme en robe rouge.

Shan et Dremu mirent pied à terre. Le Golok tourna le dos au blessé et prit la garde, son long couteau à la main. Shan s'agenouilla. Le moine gisait sur le ventre, étendu de tout son long, un bras étiré vers le sud. Une jambe était repliée sous lui, comme s'il était en train de ramper quand il avait perdu connaissance. Ses cheveux courts étaient couverts de sang coagulé. De sa bouche ouverte presque collée à la terre s'écoulait un filet de sang frais.

6.

Shan retourna le moine sur le dos. L'homme respirait à peine. Au travers d'une longue déchirure sur le côté de sa robe, il aperçut une grande meurtrissure d'un vert noirâtre sur les côtes. Un autre hématome couvrait pratiquement tout l'avant-bras. Les bras et les mains portaient de longues entailles desquelles coulaient de minces filets de sang séché. L'homme avait été sauvagement battu, voire fouetté, mais il n'avait pas été blessé par lame ou par balle.

Shan ôtait son manteau pour l'étendre sur le moine quand arriva un deuxième cheval, monté par Lhandro et Lokesh.

— Un homme saint ! s'écria Lhandro, la gorge nouée.

Lokesh s'agenouilla près du blessé roué de coups et lui souleva la main gauche, disposant trois doigts le long de la face interne du poignet pour lui prendre le pouls avant de lui toucher le cou.

— Son organisme a subi un terrible choc, déclara le vieux Tibétain au bout de quelques minutes. Il a été férocement battu. Mais il est jeune. Son sang est fort.

— Qui est-ce ? demanda Lhandro avec angoisse. Qu'est-ce qu'un moine peut bien faire par ici ?

Shan souleva la main droite du blessé. Par endroits, sa peau était barbouillée de noir, ainsi que le bas de sa robe. Il toucha une des taches et se frotta le bout des doigts. De la suie. Pourtant il n'y avait nulle trace de feu. Et l'homme était seul. Pas d'autres moines. Pas de minibus des Affaires religieuses, aucun véhicule d'aucune sorte, pas même un cheval. Le moine se trouvait peut-être là en retraite, ou alors il accomplissait un pèlerinage en solitaire.

Lokesh sortit une bouteille d'eau et lava doucement le sang coagulé sur le visage du blessé qu'il réconfortait à voix douce en lui murmurant qu'il se trouvait avec des amis. Ensuite il entama un mantra au Bouddha de la Compassion. Lhandro, de son côté, commença à dégager un cercle de terre nue et à rassembler des pierres pour accomplir ce que Shan avait toujours vu les bergers et les rongpas réaliser quand quelqu'un était blessé : allumer un feu et préparer du thé au beurre.

Shan s'agenouillait au côté du moine quand celui-ci ouvrit les paupières et dégagea sa main, que Lokesh tenait toujours.

— Il va vous falloir des armes. Il vous faut des armes pour arrêter cette chose ! gémit-il.

Les yeux comme des billes, il lorgna sur Lokesh sans trop savoir si c'était un homme ou une chose, puis retomba dans l'inconscience.

La caravane arriva quelques instants plus tard. Les villageois de Yapchi se précipitèrent avec des murmures excités, les traits distordus par un mélange de confusion et de crainte. Aucun moine n'était entré dans leur vallée depuis de nombreuses années, avait dit Lhandro. Tenzin prit le sac de bouses sur un des chevaux de bât et aida Lhandro à allumer un feu. L'Américain sortit le sweat-shirt de son sac à dos et en fit un oreiller qu'il glissa sous la nuque du blessé, puis il donna sa trousse de première urgence à Lokesh, qui sélectionna quelques carrés de gaze stérile pour nettoyer les blessures les plus importantes.

Du haut d'un rocher, Shan inspecta le haut plateau à la jumelle. Les terres étaient étonnamment fertiles, couvertes d'un tapis de plantes de printemps dont beaucoup lui étaient inconnues. Il examina attentivement le terrain sans y déceler trace de vie, puis se tourna vers le nord-ouest d'où le moine semblait être venu. Brièvement, il crut voir au loin un filet de fumée, qui disparut.

— Quelle sorte de salopard ferait une chose pareille ? demanda Winslow en pointant sa jumelle dans la même direction. Un moine inoffensif.

— J'ai cru voir de la fumée, dit Shan.

— De la fumée ?

— Le moine a de la suie sur les mains et sur sa robe.

Lhandro ayant décidé de faire halte avant l'heure prévue pour vérifier le harnachement des moutons et préparer un tsampa chaud, les villageois sortirent poêles, bouilloires et théières. De leur côté, Shan et Winslow se dirigèrent vers les deux chevaux de bât qui paissaient tranquillement au milieu de la végétation de printemps.

— Si le moine ne recouvre pas ses forces, nous resterons ici pour la nuit, déclara le rongpa tandis que Shan et l'Américain emmenaient les deux montures. Mais si nous ne sommes plus là à votre retour, montez jusqu'au bouquet de genévriers sur l'autre flanc, ajouta-t-il en indiquant la haute crête qui fermait le côté nord-est de la plaine, à une quinzaine de kilomètres. Sur l'autre versant se trouve un gompa en ruine. On peut s'y abriter facilement.

Shan et Winslow trottinèrent côte à côte sur ce terrain difficile, s'arrêtant pour suivre un mouvement sur le flanc de l'escarpement qu'ils avaient franchi ce même matin. Il s'agissait d'une famille de chèvres. Ils redémarraient quand Winslow leva la main. Un bruit de sabots au galop les fit se retourner : Dremu fonçait sur eux.

— Vous devez rester à proximité, grogna Dremu d'un ton querelleur à Shan en arrêtant brusquement sa monture.

— À proximité de quoi ? s'enquit Winslow.

Le Golok fronça les sourcils.

— Vous cherchez le feu ?

— Vous avez vu un feu ? demanda Shan.

— Non, mais je l'ai senti. C'est pas de la bouse de yack qui a brûlé. Et pas du bois non plus.

Il repartit au trot vers le secteur nord-ouest du plateau.

Un quart d'heure plus tard, Shan et Winslow mettaient pied à terre derrière Dremu, arrêté en bordure d'une cuvette naturelle d'une quinzaine de mètres de large signalée par un cairn vert de mousses et de lichens. La cuvette détonnait dans ce paysage : elle était couverte d'un tapis uniforme de plantes gris-vert, de vingt-cinq centimètres de haut, que Shan n'avait vues nulle part dans la plaine. Cependant, une moitié en était noircie, complètement calcinée. Une odeur piquante, à la fois douceâtre et âcre, emplissait l'air.

— La foudre ? interrogea Winslow.

— Un feu de camp, précisa Dremu.

Il montra un monticule sombre, long de deux mètres, sur le flanc opposé de la cuvette, tout près de la terre calcinée, à quelques pas du cairn.

Ils s'y dirigèrent, au pas, ralentissant à mesure qu'ils s'en approchaient en surveillant d'un œil prudent le versant en surplomb. Shan avait l'étrange sensation d'être surveillé, cependant, il ne vit rien, pas le moindre signe, hormis une famille de lièvres des rochers qui filaient à toute vitesse.

Les trois hommes s'arrêtèrent à quelques pas du monticule surmonté d'une toile en nylon noir, avec, tout à côté, un gilet en nylon jaune et un bonnet de laine rouge noirci par la chaleur des flammes. Winslow et Shan échangèrent un regard sinistre. Le monticule avait la forme d'une tombe.

Dremu jeta un galet sur le nylon, sans résultat. Puis il pivota sur place et inspecta le versant avec attention, la main serrée sur la garde de son long couteau.

À contrecœur, Shan mit pied à terre et souleva un coin de la toile noire. C'était une sorte de sac, de forme allongée, volumineux mais très léger. Il en souleva une extrémité et poussa un soupir de soulagement. Il n'y avait pas de corps, uniquement le sac, gonflé comme une couette.

— Un sac de couchage, dit Winslow.

Il se pencha et ramassa le gilet jaune. Le vêtement était assez grand pour Shan et il avait l'air neuf. Sous le gilet, en tas, à la tête du sac, se trouvait un jean avec une étiquette américaine. Dans une petite poche en nylon, ils découvrirent une boussole de métal noir ornée d'une croix rouge et une douzaine de barres de protéines à haute énergie, marquées en anglais et en chinois.

Shan désigna la cuvette calcinée.

— Il n'y a pas de feu de camp.

Pas de rond de pierres, pas de cercle de terre dégagé, pas de roches plates empilées pour la cuisson. Ce n'était pas un feu de camp échappé à tout contrôle qui avait déclenché l'incendie.

— Et si un éclair avait frappé, ajouta-t-il, il resterait une marque, une ravine dans la terre, un signe quelconque d'une explosion de chaleur violente.

Winslow confirma lentement de la tête : on avait délibérément enflammé les broussailles.

— Pour incendier toute la foutue plaine, vous croyez ? Pour tenir quelqu'un à distance, ou faire peur à des poursuivants ? Mais l'air ne circule pas bien dans une cuvette. Les flammes n'ont pas pu monter et elles se sont consumées toutes seules.

Shan cassa la tige d'une plante gris-vert dans un carré de verdure en bordure de cuvette. Il la porta à ses narines et y retrouva l'odeur qui flottait dans l'air. Il rangea la brindille dans sa poche tandis que Winslow examinait le sac et le gilet.

— Du matériel de prix, remarqua-t-il. Et toutes les étiquettes sont en américain, pas seulement le jean.

— Votre géologue ?

— C'est ce que je suis en train de penser.

Winslow fouilla les poches du jean et du gilet. Le gilet lui livra une carte officielle de la région, et le jean un briquet en plastique, un moignon de crayon, un sifflet métallique et son cordon – un instrument que les équipes de terrain utilisaient encore quand il n'y avait pas de radios disponibles. L'Américain fourra le gilet, le jean et le bonnet roussi dans le sac de couchage, puis il roula le tout en un balluchon serré qu'il attacha à sa selle.

Ils remontèrent avec leurs montures à mi-pente, le long d'une sente qui s'infléchissait en arc de cercle sur la crête jusqu'à un labyrinthe de gros rochers impraticable pour les chevaux. Dremu sortit de courtes longueurs de corde et entrava les bêtes, qu'il laissa paître dans l'herbe rare. Puis il leur montra un sentier de chèvres qu'il allait inspecter en éclaireur pendant que, de leur côté, ils exploreraient le champ de rocs.

Ils fouillèrent pendant une demi-heure, en pure perte, puis escaladèrent un des gros rochers pour balayer la longue plaine de leurs jumelles. Au milieu de ce paysage vert mollement vallonné, ils distinguèrent une ligne de couleur un peu floue. La caravane repartait vers le nord-est, comme Lhandro l'avait suggéré, vers un bouquet d'arbres de l'autre côté de la plaine.

— Parfois, au Tibet, annonça Winslow, quand tout est vraiment paisible et silencieux comme ici, j'entends des choses. Un gémissement ou un tremblement. Mais plus fort. Mon grand-père aurait assuré que ce sont les géants qui parlent dans la montagne.

Shan ne répondit rien, il inspectait le paysage : d'abord la plaine, une nouvelle fois, ensuite les versants alentour, avec toujours cette sensation étrange qu'il était sous surveillance.

— Vous n'avez pas confiance en moi, n'est-ce pas, Shan ? finit par soupirer l'Américain après un long silence.

— Je ne pense pas que vous soyez ce que vous prétendez être.

— Appelez l'ambassade. Appelez Washington. Je vous prêterai mon passeport pour que vous puissiez le vérifier.

— Je connais un peu la manière dont ça se passe quand on travaille pour le gouvernement. On fait carrière aux Affaires étrangères. Et vous devez être à mi-chemin de la vôtre.

— Exact.

— Et c'est vous qu'on envoie pour récupérer les corps des Américains décédés ? Au mieux, c'est le boulot d'un tout jeune diplomate qui débute dans le métier.

Winslow resta muet.

— Quant à la recherche de la femme disparue, c'est une chose qui concerne les services de police. En toute logique, votre gouvernement demanderait aux autorités de Pékin de la retrouver. Vous prétendez être venu retrouver le corps de cette femme, mais de corps, il n'y en a pas.

Winslow contempla la plaine en silence avant de déclarer d'une voix sourde :

— On pourrait dire, je crois, que j'ai été réincarné dans une forme de vie inférieure selon les critères des Affaires étrangères.

Il ramassa un galet et le fit passer d'une main dans l'autre, avant de se tourner vers Shan, le front barré d'un pli soucieux.

— Il y a deux ans, j'étais attaché commercial adjoint à Pékin, j'étais fiancé et je devais me marier avec une employée du service des Affaires étrangères, une attachée culturelle en poste à Pékin elle aussi. J'avais toujours été un étudiant brillant, je collectionnais les langues étrangères comme d'autres collectionnent les pièces de monnaie. Et j'étais destiné à un avancement rapide parce que j'étais le seul à parler les principales langues de la Chine. Je disposais d'un appartement hors des murs de l'ambassade.

« J'avais une femme de ménage chinoise. Plus de soixante ans, et absolument délicieuse. Exactement comme la tendre grand-mère que je n'avais jamais eue. Ma fiancée et moi avons commencé à aller chez elle, nous emmenions sa famille en pique-nique hors de la ville, nous visitions les tombes ming et le palais d'Été. Quand nous lui apportions de la nourriture, elle y touchait à peine, en nous demandant poliment si elle pouvait la garder pour plus tard. Nous avons fini par découvrir qu'elle la donnait aux orphelins d'une école dirigée par un de ces groupes religieux que le gouvernement hait tant. L'école n'était plus subventionnée parce que le groupe en question avait manifesté publiquement pour la liberté de culte. Les enfants survivaient avec deux bols de riz par jour. Un matin, elle n'est pas venue travailler. J'ai découvert qu'elle avait été arrêtée, en même temps que tous les enseignants de l'école. Il m'a fallu une semaine pour retrouver sa trace. Elle était en prison. Elle avait été battue et on lui avait éclaté la rate pour la contraindre à abjurer ses croyances religieuses.

La douleur se lisait sur ses traits quand il se tourna vers Shan.

— Je n'ai jamais eu beaucoup de religion, personnellement, mais, comme disait ma fiancée, chacun a le droit de trouver son dieu personnel et de l'adorer à sa manière.

Shan hocha la tête. Finalement, les Tibétains ne souhaitaient pas autre chose.

— J'ai fait jouer mes influences de diplomate et je me suis rendu au ministère de la Justice pour obtenir sa libération. Le ministre en a informé mon ambassadeur, et l'ambassadeur a arraché mes galons et brisé mon épée.

— Je vous demande pardon ?

— Il a tout fait sauf me virer, parce que je n'avais aucune autorité pour mener une telle enquête, et parce que les États-Unis ne veulent pas intervenir dans la manière dont la Chine traite ses citoyens. L'ambassadeur m'a averti que j'allais passer le restant de ma carrière à nettoyer les toilettes de l'ambassade. Ma fiancée et moi avons donc décidé de démissionner. Elle est retournée au pays et a obtenu un poste d'enseignante dans une université du Colorado. Pendant mes congés, je l'ai rejointe, nous nous sommes mariés et nous avons acheté une maison. Deux mois plus tard, je suis reparti aux États-Unis pour un entretien dans cette même université.

— Mais vous n'avez pas démissionné, fit remarquer Shan.

— Non, confirma Winslow, le cœur lourd.

Il regarda longuement la plaine avant de poursuivre :

— Je suis arrivé aux États-Unis en plein hiver, au beau milieu d'une méchante tempête de neige. La maison était dans la montagne. Ma femme avait pris la voiture pour venir me chercher à l'aéroport, elle a dérapé sur la grand-route et elle est tombée dans la rivière. Il a fallu deux jours pour retrouver son corps. La morgue m'a appelé pour me demander si je savais qu'elle était enceinte de deux mois.

Il suivit le vol d'un faucon dans le ciel.

— Je n'en savais rien, mais j'étais passé à la maison. Elle avait acheté tout un trousseau d'affaires de bébé qu'elle avait garni d'une multitude de ballons, pour me faire la surprise.

Winslow ne ressemblait plus à l'homme bouillonnant d'énergie qui avait chevauché le yack la veille.

— Je n'avais nulle part où aller, plus de racines nulle part, plus de famille, plus rien. Alors je suis revenu. Je me suis porté volontaire pour tous les boulots merdiques dont personne ne voulait. Rien que pour fuir. Je récupérais les corps pour les rapatrier au pays. Je nettoyais par terre après le passage des caniches de l'ambassadeur.

Shan sentit un grand vide l'emplir. D'une certaine façon, les paroles de l'Américain lui rappelaient son père : celui-ci lui avait été arraché par les gardes rouges après avoir été démis de son poste de professeur – qui était toute sa vie – parce qu'il enseignait l'histoire occidentale et avait des amis en Europe et aux États-Unis.

— Ils n'auraient pas dû arrêter cette vieille femme parce qu'elle aidait des orphelins, murmura Winslow d'une voix devenue rauque.

— Que lui est-il arrivé ?

— Elle est morte. Elle est morte dans cette prison et ils ont adressé à sa famille la facture de son incinération.

Le visage de l'Américain s'était creusé comme un masque. Les ennuis de Winslow avaient commencé quand il s'était engagé au service du gouvernement à Pékin. Tout ce qui arrivait dans l'existence était lié, avait coutume de dire Lokesh.

— Mais vous êtes quand même venu ici sans corps à rapatrier.

— J'ai menti à mon patron, avoua Winslow avec un sourire mélancolique. La compagnie pétrolière avait adressé à l'ambassade un exemplaire du dossier de Larkin quand elle a disparu. Nous avons pensé que le corps finirait par réapparaître un jour. J'ai lu son dossier. Le même âge que mon épouse. Brillante et promise à un grand avenir, selon le chef du personnel. Fiancée à un géologue de la compagnie, emporté par une avalanche dans les Andes, quatre ans auparavant. À la suite de quoi elle avait demandé les affectations les plus lointaines.

— Et donc vous vous êtes senti... – Shan cherchait ses mots – Lokesh dirait que vous suiviez tous les deux des chemins de conscience similaires.

Le sourire triste de Winslow réapparut.

— Je leur ai raconté que j'avais reçu un coup de fil : on avait repéré son cadavre dans les montagnes. Ce n'était qu'un petit mensonge, en vérité. De toutes les manières, c'est moi qu'on aurait envoyé.

Le vent faisait ployer la végétation de printemps sur toute l'étendue du plateau. Shan soupira et se releva.

— Moi aussi, je l'ai entendu, ce bruit, lorsque la terre parle et geint. Un lama m'a expliqué un jour que ça se produisait de temps à autre, quand la terre elle-même perçoit sa non-permanence. Alors elle se contente de gémir.

Étrangement, Shan se rappela son geste quand il tamisait entre ses doigts le sable blanc. Il éprouva un désir intense et pénétrant d'être aux côtés de Gendun, en tout cas, de le savoir sain et sauf.

Comme à un signal, la terre se mit à gronder. Le tremblement du tonnerre leur arriva en trois vagues successives depuis le fond de l'horizon. Il paraissait descendre de l'énorme massif aux sommets encapuchonnés de neige à l'extrémité de la vallée, la montagne qui les séparait de la vallée de Yapchi. Pourtant, il n'y avait pas un nuage dans le ciel.

Le grondement s'atténuait doucement quand retentit un cri perçant, accompagné par un torrent de paroles en tibétain. Quatre-vingts mètres plus bas, sur un éperon rocheux surplombant la plaine, Dremu, son couteau levé au-dessus de sa tête, brandissait son arme vers le bout de la vallée comme pour répondre à l'étrange grognement de la terre.

Il était trop loin pour que Shan pût distinguer ses paroles, mais on ne pouvait se tromper sur sa colère. D'abord colère, puis crainte, et finalement ce qui devait être du désespoir. Shan se laissa glisser au bas de la saillie et commença à descendre.

Dremu était accroupi et jetait des pierres vers les montagnes du Nord. Il pivota à leur approche, avant de se retourner d'un air penaud vers les chevaux.

— Nous pouvons remonter en selle. Lhandro emmène le moine blessé près du ruisseau en bordure des arbres, dit-il en balançant un galet vers quelques boîtes de conserve à l'ombre du rocher. J'ai trouvé ça en haut du versant, près d'un campement. Avec des tas d'empreintes de chaussures. Des chaussures de prix. Rien d'autre. Ça remonte à une semaine.

Il y avait trois boîtes vides : pêches, porc en conserve et maïs. Pas de la nourriture tibétaine. Les étiquettes sur la boîte de porc étaient rédigées en anglais, celle des pêches en chinois. Un emballage de barre de protéines comme celles qu'ils avaient découvertes plus bas était fourré dans une des conserves vides.

— À quelle distance sommes-nous de la vallée de Yapchi ? demanda Shan.

— Peut-être vingt-cinq kilomètres, répondit Dremu.

— Pour quelle raison les Américains s'éloigneraient-ils à ce point de leur chantier de forage ? s'interrogea Shan à haute voix en surveillant la ligne de crêtes qui délimitait l'extrémité nord de la plaine. Qu'est-ce qui se trouve au-delà ? De l'autre côté ?

— Rien. Une rivière. Des ravins abrupts. Des lieux où ne passent que les chèvres.

— Pourquoi étiez-vous tellement en colère ? Est-ce à cause de ce bruit ?

Hormis le fait que les purbas lui avaient demandé son aide, il ignorait toujours tout de cet homme amer, près d'exploser à tout moment.

— Vous ne comprendriez pas, avoua le Golok après un long silence.

— Je crois que c'est ce bruit qui vous a mis en colère. Ce grondement qui ressemblait à un coup de tonnerre.

— Du tonnerre ? Vous croyez que c'était un coup de tonnerre ? Sans même un nuage dans le ciel ? C'était cette foutue montagne, la montagne de Yapchi.

Le Golok se redressa et leva son long couteau au ciel, poignardant l'air vers les pics enneigés.

— C'est la pire des toutes les foutues montagnes de cette terre. Il n'y en a aucune qui lui ressemble. Certains racontent qu'il y a des trésors cachés dessous, moi je suis sûr qu'elle est juste pleine de démons.

On aurait cru un guerrier se préparant à la bataille, songea Shan. Mais cette montagne, et la vallée derrière elle, était leur destination, c'est là que résidait la divinité chenyi.

— Vous en parlez comme d'un être vivant, constata Winslow, mal à l'aise.

Dremu fit la grimace et roula des yeux à l'adresse de Shan, comme pour le prier de lui épargner les commentaires de ces étrangers qui ignoraient tout des divinités des montagnes.

— L'homme avec lequel vous avez passé un marché est mort, déclara Shan au dos du Golok qui redescendait la piste. Vous avez été payé. Ce n'est plus très loin, à présent. Lhandro et Nyma peuvent me conduire le restant du chemin.

Lentement, le Golok se retourna avec une expression furieuse qui céda vite la place à une étrange mélancolie.

— J'ai peu de choses de valeur, poursuivit Shan, en luttant contre la tentation de toucher le rosaire en ivoire qu'il avait en poche. Ces vieilles jumelles sont tout ce que je possède qui vaille quelque chose. Vous pouvez les prendre, et poursuivre votre route. Ne vous préoccupez plus de nous. Mais avant, expliquez-moi : pourquoi étiez-vous en colère contre cette montagne ?

Dremu revint vers le bord de la vire sur laquelle ils se tenaient, face à la montagne qui dominait le nord.

— J'y ai passé un mois avec mon père, autrefois. Après ce qu'ils ont fait dans la vallée de Yapchi, les soldats Lujun ont traversé les terres de ma famille. En ce temps-là, les Goloks étaient craints. Les Chinois savaient qu'ils devaient leur témoigner du respect, sinon, ils perdraient des hommes. Et donc, comme tous les autres, leur respect, ils l'ont payé en espèces sonnantes et trébuchantes avant de continuer leur route. Ils avaient l'ordre de rentrer au pays au plus vite.

— Ils ont payé un tribut, suggéra Shan.

— Un péage, une taxe de passage, que tout le monde versait, confirma Dremu d'un signe de tête. En échange de quoi ils avaient l'assurance que les Goloks ne leur tireraient pas dessus du haut des gorges, et qu'ils veilleraient à ce que personne ne les attaque. C'était notre petit commerce. Mais mon peuple ignorait ce que les Chinois avaient commis à Yapchi. Une semaine plus tard, quand nous avons appris le massacre, la honte est tombée sur ma famille. Jamais nous n'aurions accepté cet or si nous avions su. Alors mon grand-père est parti sur son cheval pour rejoindre les soldats, récupérer l'œil ou rendre la pièce d'or qu'il avait acceptée des Chinois. Et retrouver son honneur, ajouta-t-il avec un air de défi, en fixant Shan d'un regard peu amène, les doigts sur une petite bourse en cuir accrochée à côté de son gau à prières.

— C'était un geste très brave, déclara Shan solennellement.

— Ils l'ont tué. Le général en personne l'a abattu. Des Tibétains qui travaillaient aux écuries ont tout vu. Il lui a tiré une balle dans la tête et a éclaté de rire. Ils ont engagé un dropka pour nous ramener son corps. Ils avaient cousu la pièce d'or dans sa poche. Des mois plus tard, des moines sont venus et ont ordonné à ma famille de se rendre à Yapchi, de présenter ses excuses aux survivants et de les aider à reconstruire leurs maisons. Il y a même eu des Goloks qui ont haï ma famille après ce qui était arrivé. J'ai entendu des histoires sur les vieux moines qui venaient à Yapchi en été, et sur les Goloks malades qui allaient s'y faire soigner. Mais les soins ont pris fin, tant les gens de là-bas haïssaient les Goloks. Et bien sûr, après ça, nous sommes redevenus bandits, conclut-il en chassant une pierre dans le vide d'un coup de pied.

« Les soldats de Lujun ont détruit ma famille. Mes oncles ont rejoint les rangs des bandits, ou bien ils ont disparu dans les villes. Un été, mon père m'a emmené sur cette montagne, à la recherche d'un moine, n'importe lequel, qui aurait pu aider notre famille à sortir de la noirceur qui l'avait ensevelie. Or à cette époque il n'y avait plus de moines nulle part. Alors mon père a médité, des jours et des jours, en essayant de toucher le cœur de la divinité de Yapchi. Mais il est revenu encore plus triste. La montagne le punissait. Il est mort peu après, et ma mère est partie travailler en ville, à récurer les sols des Chinois. Moi, j'avais quatorze ans et mon propre cheval, conclut-il, expliquant ainsi pourquoi il était resté.

Les trois hommes se laissèrent bercer par les rafales de vent frais, mêlées d'un parfum de fleurs des plus vagues, pareil à des bouffées d'encens soufflées sur la plaine. Les Tibétains se servaient d'encens pour attirer les divinités. Peut-être était-ce simplement quelque chose dans l'air qui avait poussé Winslow puis Dremu à évoquer leurs tragédies respectives. Shan était convaincu que les fermiers de Yapchi ignoraient tout de l'histoire du Golok – et il n'avait pas la moindre idée de la manière dont ils réagiraient s'ils étaient mis au courant. Il soupçonnait aussi Winslow de n'avoir pas souvent partagé le récit de sa vie, pas même avec d'autres Américains.

— Vous avez parlé d'un œil. Qu'est-ce que vous vouliez dire ? demanda Winslow. Et c'est qui, les Lujun ?

Le Golok lui montra Shan, qui fit la grimace. Celui-ci narra l'histoire de l'œil et de la vallée, avec le sentiment diffus que plus il se rapprochait de Yapchi, moins il comprenait l'œil et son importance.

À son récit, Winslow fut envahi par la tristesse. Il dévisagea ses deux compagnons tour à tour, en donnant un instant l'impression de vouloir parler, comme si une question lui brûlait les lèvres, pourtant il se contenta de tourner les talons et descendit lentement la pente vers l'endroit où ils avaient laissé les chevaux.

— Comment les purbas vous ont-ils trouvé ? demanda Shan à Dremu tout en emboîtant le pas à l'Américain. Ils vous ont choisi, pas simplement comme guide, mais parce que vous étiez au courant pour l'œil.

— Me trouver ? C'est moi qui les ai trouvés. Je n'étais pas le seul à savoir que la 54e avait l'œil en sa possession, mais c'est moi qui ai découvert où il était. J'ai retrouvé le Tibétain que les soldats payaient pour nettoyer leurs foutues toilettes. Parfois, il me prêtait sa carte d'identité. J'ai découvert l'œil sur le bureau du colonel. Ce salopard de Lin. J'ai mis un plan sur pied, très soigneusement, mais un soir des purbas m'ont rattrapé devant le quartier général de l'armée et m'ont demandé ce que je faisais là. Lorsque je leur ai dit que j'allais voler la pierre chenyi, ils ont éclaté de rire et ils m'ont enfermé pendant deux jours. Drakte a débarqué et il a dit : Non, ne la vole pas si tu veux vraiment faire mal aux Chinois. Explique-nous simplement comment entrer dans le bureau de Lin et ensuite tu retrouveras l'œil dans cet ermitage et tu l'aideras à regagner Yapchi. Il a ajouté que je serais payé pour ce que les Goloks ont toujours su faire le mieux : monter la garde dans les montagnes et éviter les troupes. Les purbas ne voulaient pas de moi à Lhassa. Parce qu'ils disposaient de quelqu'un sur place pour dérober la pierre.

Comme si elle prêtait l'oreille à son récit, la montagne de Yapchi répondit par un nouveau grondement sinistre. Tel un mauvais présage.

7.

Ils progressaient à un trot rapide dans la plaine, leurs montures impatientes de rejoindre la caravane. Peut-être, songea Shan, ne se sentaient-elles pas à l'aise dans cette vaste étendue plate, peut-être éprouvaient-elles la même sensation diffuse que lui, ce sentiment d'une présence vague, un air étrangement lourd et chargé. Il ne trouvait pas les mots pour exprimer ce qu'il ressentait. Ce n'était pas de la peur, même si Dremu se dressait fréquemment sur ses étriers pour inspecter ses arrières. Par moments, Shan éprouvait un sentiment d'allégresse en chevauchant en ces lieux sauvages. Les hautes crêtes conféraient à la plaine, limitée sur trois côtés, un parfum de secret dans l'atmosphère d'un monde encore intact et complètement à part.

À l'approche de la caravane, il ralentit sa monture et mit pied à terre, laissant Dremu et Winslow rattraper les autres tandis qu'il s'installait en queue de colonne. Il observa la file d'individus et de bêtes qui s'étirait sur cette plaine balayée par les vents, et comprit qu'au cours des moments les plus paisibles de ces derniers jours leur voyage lui était apparu comme une sorte de pèlerinage, rassemblant les êtres les plus étranges. La jeune fille qui parlait aux divinités. Nyma, la nonne illégale aux convictions hésitantes. Les rongpas, qui croyaient qu'un morceau de pierre éclatée allait les protéger des Chinois. Dremu, le guerrier au cœur amer, qui cherchait le moyen de restaurer la dignité de sa famille. Peut-être étaient-ils tous plus fugitifs que pèlerins. Tenzin l'évadé. L'Américain, fuyant une existence et une carrière de déceptions. Voire les villageois de Yapchi maintenant que le colonel Lin avait vu les visages de Lhandro et de Nyma et confisqué les papiers de leur chef.

La caravane s'engageait dans le bouquet d'arbres lorsque Nyma et Anya, en bout de colonne, s'arrêtèrent pour étudier un motif de formes rocheuses visible sur le versant au-delà des arbres. Elles trottinèrent jusque-là. Lhandro attendit que les chevaux et les moutons se rassemblent autour du ruisseau qui arrosait la clairière, puis signala à Shan et à Winslow de le rejoindre sur le sentier de l'autre côté du bouquet d'arbres. Shan chercha Lokesh : son vieil ami aidait les villageois à détacher les sacs de sel. Il suivit les deux hommes dans les arbres.

Shan avait vu de nombreux gompas en ruine, démolis au départ par l'armée, puis ensuite par les gardes rouges. Les militaires et les enfants de Mao avaient détruit la quasi-totalité des six mille monastères et couvents du Tibet, n'en laissant qu'une poignée. Néanmoins, en sortant du bosquet, il se rendit compte que jamais – mis à part les énormes ensembles monastiques près de Lhassa et de Shigatse, symboles les plus évidents du Tibet traditionnel –, au grand jamais, il n'avait encore vu une annihilation aussi totale. Par le passé devaient se dresser là une douzaine de vastes bâtiments, s'étageant vers les pentes et s'étalant sur le fond de la vallée jusqu'au bord du ruisseau. Il n'en restait rien, rien que quelques débris de fondations et, laissés à l'abandon, en tas, les restes démolis de murs de pierre. Une ligne de roches formait un périmètre, le long des vestiges d'un imposant mur d'enceinte dont ne subsistait plus qu'un angle, un semblant de colonne de trois mètres de haut qui surplombait le champ de ruines.

— Quelqu'un a l'intention de construire quelque chose ? demanda Winslow à côté de lui.

Shan ne comprit pas sa question jusqu'à ce qu'il remarque, parmi les anciennes fondations, des rectangles définis par de petites pierres très précisément disposées. Pour l'œil d'un observateur indifférent, ce qu'il avait devant lui ressemblait moins à un gompa détruit qu'à un projet de construction pour un nouveau monastère.

— J'avais oublié à quoi ça ressemblait. Je n'étais qu'un gamin la dernière fois que je suis venu ici, murmura Lhandro en s'approchant.

Le chef de village suivit à pas lents ce qui restait du mur d'enceinte, comme s'il craignait d'enjamber la ligne de pierres.

— L'armée est arrivée avec de gros canons, conduite par les enfants de Mao.

Les « enfants de Mao ». Un autre des euphémismes pour les

gardes rouges, ces jeunes fanatiques lâchés par Mao Tsé-toung pendant la révolution culturelle. Les gardes rouges avaient détruit bibliothèques, universités et hôpitaux, ainsi que tous les établissements qu'ils identifiaient aux quatre « anciens » méprisables – anciennes cultures, anciennes coutumes, anciennes idées, anciennes habitudes. Il leur était arrivé de commander des unités entières de soldats de l'armée pour leurs campagnes de nettoyage politique.

— Nous pensions tous qu'il devait y avoir des soldats rebelles cachés dans les montagnes. Même les moines sont sortis pour monter sur les murs d'enceinte, curieux de savoir jusqu'où les canons allaient porter. Mais les soldats ont tourné les affûts vers le gompa. Ils n'ont pas prévenu les moines. Ils ont envoyé leurs obus. D'autres ont mis des mitrailleuses en batterie et commencé à tirer. Exactement comme à la guerre, sauf que personne ne ripostait. Certains des anciens bâtiments avaient des caves, des salles de temple souterraines creusées dans le roc. Après deux jours entiers de pilonnage, les militaires chinois ont estimé qu'il ne devait plus y avoir de survivants dans les caves. Ils ont réquisitionné tous ceux qu'ils ont pu trouver à des kilomètres à la ronde pour les mettre au travail. Hommes, femmes, enfants.

— Même les moines ? interrogea l'Américain.

— Les moines ? répéta Lhandro en regardant Winslow d'un air plein de mélancolie. Ce jour-là, quand ils ont commencé à tirer leurs obus, a été le dernier où j'ai vu des moines avant bien des années. Dans cette région, lorsque les Chinois ont détruit les gompas, ils n'ont jamais laissé aux moines la moindre chance de s'enfuir. Ici, un grand nombre d'entre eux avaient rejoint le lhakang principal, où ils ont prié jusqu'à la fin. Certains étaient descendus dans les mausolées, au sous-sol. J'ai fait partie du premier groupe d'ouvriers qu'on a envoyés là-bas. En réalité nous n'étions que des esclaves, des esclaves de l'armée.

Il contempla les ruines, le teint hâve.

— Il ne restait plus de corps entiers, seulement des parties éparses. Ils nous ont obligés à mettre tous les morceaux, tout ce qui restait des cadavres, dans deux grands trous, les vestiges des mausolées souterrains. Puis nous avons dû les recouvrir. Il n'y avait pas de machines. Nous disposions de pelles et de houes. Nous avons enterré les moines. Ensuite, six mois durant, nous avons brûlé tous les bois de charpente et charrié les pierres.

— Les pierres ?

— Celles qui avaient servi à bâtir le gompa. Nous les avons pratiquement toutes entassées dans les camions. Pour que le gompa ne puisse pas être reconstruit. Ce monastère avait plus de cinq siècles, et les anciens livres racontaient qu'il avait fallu cinquante ans pour le bâtir. Des feux ont brûlé des jours durant, alimentés par les peintures, les autels, les livres. Tout ce qui n'était pas métal ou roche a été calciné. Des pierres, il y en avait des tonnes. Une partie a été concassée pour les routes chinoises. Une autre expédiée dans une base de l'armée à quatre-vingts kilomètres d'ici. On nous y a envoyés ensuite pour y bâtir des casernements destinés aux envahisseurs chinois. Ce qui a pris six mois supplémentaires. En ce temps-là, nous étions tous les esclaves des Chinois.

Il parlait de cette voix désincarnée et lointaine avec laquelle les Tibétains décrivaient habituellement les tragédies de l'occupation chinoise. Lhandro était forcé de prendre ses distances avec ces événements, sinon, il n'aurait pu les évoquer.

— Lorsque nous en avons eu terminé ici, il a fallu qu'on ratisse tout le terrain, ajouta-t-il dans un murmure. Ils nous ont contraints à répandre du sel sur le sol, pour que même une fleur n'y repousse jamais.

— Seigneur, lâcha Winslow les dents serrées, le visage crispé par la douleur, les yeux rivés à une dépression circulaire de terre noircie à une dizaine de mètres : le cratère laissé par un obus. On dirait que ça vient de se passer.

Pas tout à fait. De nouvelles pierres avaient été apportées, ou extraites du sol, et disposées de manière à délimiter les anciennes fondations. Et quatre petits bâtiments avaient été remontés au milieu des ruines. Trois d'entre eux se trouvaient tout au bout de l'ancien gompa, à plus de trois cents mètres. Apparemment, leur construction avait été laborieuse. Shan ne put voir le quatrième qu'en s'approchant de ce qui restait du vieux mur d'enceinte : une petite bâtisse trapue de pierre et de stuc se limitant pour l'instant à deux nouveaux murs perpendiculaires en appui contre le seul angle qui subsistait de l'ancien monastère. Devant sa porte était assis un jeune garçon qui jouait avec des galets. En voyant Shan apparaître, le gamin resta bouche bée et fila comme une flèche vers les bâtiments restaurés.

Au même instant, Lhandro toucha le bras de Shan : Lokesh contemplait les ruines, penché en avant, les mains serrées sur son ventre, comme s'il venait de recevoir un coup de pied. Le vieux Tibétain titubait, examinant les arbres, puis le versant au-dessus de lui, les traits tirés par l'angoisse. Il refit face au champ de ruines et, d'abord lentement, comme un aveugle, puis plus vite, trottina vers le milieu, un sanglot dans la voix.

Il courait d'une drôle de manière, ralentissant fréquemment, regardant autour de lui, tournant à droite, à gauche, se remettant à courir, s'arrêtant, s'accroupissant pour ramasser une poignée de sable, contemplant d'un air désespéré les grains qui coulaient doucement entre ses doigts, avant de baisser la main jusqu'à ce qu'elle touche terre. À plusieurs des endroits où Lokesh avait changé de direction, Shan remarqua une étroite ligne de pierres qui délimitait les anciennes fondations. Mais, la plupart du temps, le vieux Tibétain avait viré à des emplacements où la terre était nue. Pourtant, il semblait y percevoir quelque chose, distinguer les bâtiments qui s'étaient jadis dressés là et qu'il contournait l'un après l'autre.

Son ami s'immobilisa soudain, tout près du versant, presque à la moitié du champ de ruines, et tomba au sol, jambes croisées. Shan s'avançait dans sa direction quand une silhouette apparut devant la bâtisse la plus éloignée et se dirigea vers lui, le jeune garçon à ses côtés.

— Le gardien, déclara Lhandro avec soulagement. Il nous aidera. Il aidera le moine.

Le rongpa alla au-devant du nouvel arrivant et ils se hâtèrent vers le moine blessé, allongé sur une couverture près du ruisseau.

Shan déambula dans les ruines, sans but précis, suivit une longue ligne de pierres et s'arrêta près du centre de l'ancien gompa, à côté de deux monticules de forme allongée. Chacun d'eux était surmonté d'un cairn et encerclé de pierres portant des inscriptions en tibétain, certaines gravées, d'autres peintes : *om mani padme hum*. Le mantra au Bouddha de la Compassion. On les appelait les *pierres mani*. Entre les deux monticules se dressait un carré en moellons et mortier – deux mètres cinquante de côté, un mètre de haut. On était en train de bâtir un *chorten*, un mausolée à sept étages surplombé d'un dôme en capuchon et d'une flèche, qui servait souvent à indiquer l'emplacement de reliques sacrées. Combien y avait-il eu de moines dans cet immense gompa ? Trois cents. Peut-être même cinq cents.

Vacillant, Shan s'assit face aux monticules. Sa main droite s'était posée d'elle-même sur son genou, la paume et les doigts écartés vers le sol formant un mudra. La terre à témoin ; le mudra qui demandait à la terre de porter témoignage.

Lokesh n'avait pas bougé. Shan le rejoignit. Les mains de son vieil ami dessinaient elles aussi un mudra, pouces et index se touchant pour former un cercle, le reste des doigts de chaque main étirés vers l'extérieur. C'était le *dharmachakra*, le mudra de la roue qui tourne, qu'utilisaient les enseignants pour invoquer l'union de la sagesse et de l'action, but de l'apprentissage bouddhiste.

Au bout de quelques minutes, la voix brisée par l'émotion, Lokesh murmura :

— Je ne savais pas. Personne n'a nommé l'endroit où nous nous rendions. Il s'agit du gompa de Rapjung. Cette plaine est un lieu saint. On l'appelle Metoktang, la plaine des Fleurs.

— Tu es déjà venu ici ?

— Je ne l'ai pas reconnu. Qui aurait pu le reconnaître après ce qu'ils ont fait ? Je venais toujours par une piste qui montait du sud, pas de l'ouest comme aujourd'hui. Il y avait tant de bâtiments, des bâtiments magnifiques. Et les versants des montagnes étaient couverts d'arbres en ce temps-là, de beaux arbres toujours verts et des rhododendrons. J'avais entendu dire que les Chinois avaient pris les forêts. Mais je ne savais pas que c'était comme ça. Il ne reste plus une brindille, excepté ce petit bouquet de genévriers.

— Tu venais ici officiellement, pour le gouvernement ?

— Bien avant ça. Rapjung était célèbre pour ses lamas guérisseurs. Pas simplement des médecins, mais des savants en médecine, les premiers à avoir trouvé la pleine conscience dans le Bouddha avant de dédier leur existence à la compréhension des liens existant entre la santé des hommes et le monde naturel qui les entourait. Cette plaine a un grand pouvoir spirituel. Les étudiants venaient de tout le Tibet, et même du Népal et de l'Inde, pour tout apprendre sur les herbes et la manière de préparer les mélanges. Il y avait un lama dont le seul enseignement était l'heure des mélanges.

Shan se souvint de cette étrange sensation qu'il avait éprouvée en traversant la plaine.

— L'heure des mélanges ? interrogea-t-il.

Lokesh hocha la tête avec gravité.

— Il y a des périodes de l'année pendant lesquelles certains médicaments ne doivent jamais être mélangés à d'autres, des moments de la journée réservés à certaines mixtures pour leur conférer leur efficacité maximale, et même certains endroits où il est préférable d'accomplir ces mélanges.

Il contempla la terre nue à ses pieds.

— On trouvait ici des plantes médicinales spéciales, sur les terres du gompa comme dans la plaine et sur les montagnes alentour, des plantes qui ne poussaient nulle part ailleurs.

Son regard hanté balaya le sinistre champ de ruines. Sa bouche s'ouvrit et se ferma à plusieurs reprises, mais aucun son n'en sortit, et ses yeux s'embuèrent de larmes. Les Chinois avaient empoisonné la terre au sel.

— L'été, c'était un lieu de joie, poursuivit-il avec un désespoir intense. Les lamas nous emmenaient dans la plaine. Nous montions les tentes de manière à pouvoir cueillir les plantes et les étudier, et il nous arrivait d'en ramasser des sacs entiers pour les envoyer aux préparateurs de médecines. Les lamas chantaient des airs spéciaux pour invoquer les pouvoirs guérisseurs des plantes et de la nourriture qu'ils mangeaient. Lorsque je suis venu ici, il y avait une douzaine de lamas plus que centenaires. J'ai demandé à l'un d'entre eux s'il avait vécu aussi longtemps grâce aux herbes qu'on trouvait ici. Il est devenu très solennel et il a répondu : Non, ce ne sont pas les herbes, ce sont les chants, parce qu'ils lui permettaient de garder le lien avec les divinités qui habitaient cette terre. Les lamas connaissaient des chants que l'on pouvait déclamer toute une journée sans jamais répéter un seul vers.

Des chants d'enseignement : Lokesh évoquait les récitations spéciales de textes anciens, mémorisés par les lamas, et parfois psalmodiés avec accompagnement de cornes, de cymbales et de tambours.

— Ces chants sont perdus, tu sais, gémit le vieux Tibétain. Certains sont perdus à jamais. Disparus.

Les chants étaient perdus parce que les lamas avaient été tués avant de pouvoir les enseigner à la génération suivante.

— Pourquoi ici ? demanda Shan au bout d'un moment. Tu es venu à cet endroit précis.

Lokesh leva sur lui ses yeux pleins de tristesse.

— Un lama du nom de Chigu vivait ici. Cent cinq ans la dernière fois que je l'ai vu. Il avait été abbé pendant de nombreuses années, mais il avait abandonné ses fonctions à l'âge de soixante-quinze ans pour consacrer son temps à la méditation et à la préparation des médecines. Il y avait ici une petite cour, avec des glycines – Lokesh indiqua les bâtiments reconstruits –, où il enseignait le séchage et le hachage des herbes et des racines. On utilisait de grands tranchoirs, et il arrivait que des étudiants y perdent des doigts.

Lokesh s'interrompit une nouvelle fois, emporté par un flot de souvenirs.

— Chaque été, nous nous rendions tous les deux dans la plaine, sans personne, en empruntant les sentes à gibier, pendant toute une semaine. Nous ramassions des herbes, nous priions et, la nuit, nous contemplions les cieux. Il existait des endroits en altitude, sur de hauts rochers plats, où nous nous asseyions, où l'on ne voyait plus la terre, seulement le ciel. Nous appelions cela s'asseoir dans le ciel. Il m'a enseigné des choses que son propre professeur lui avait apprises. Son professeur avait cent quinze ans quand il est mort, en 1903, l'année du Lièvre d'Eau. Chigu Rinpoché m'a confié de sa bouche des choses que son professeur lui avait confiées de sa bouche, des expériences qu'il avait vécues sous le huitième dalaï-lama.

L'émerveillement envahit les traits de Lokesh. Le huitième dalaï-lama était décédé au XVIIIe siècle.

— S'asseoir la nuit, au milieu de la nature vierge, et être relié aux années du Huitième par la chaîne de deux langues m'a laissé pour toujours une brûlure au fond de l'âme. C'est ici que je vivais, dit-il en contemplant le carré de terre nue devant lui. C'est ici que se trouvaient les salles où je le rejoignais à mon arrivée, chaque été.

Son émotion était telle que les derniers mots s'étranglèrent dans sa gorge.

Ils restèrent assis un long moment en silence, à écouter le vent. Shan laissa sa conscience flotter, faisant l'expérience du lieu saint, songeant plus d'une fois qu'il avait entendu ce son grave, qui vous pinçait l'échine, d'un mantra psalmodié par des moines réunis en assemblée. Il ferma les yeux et imagina l'odeur de genévrier parfumé brûlant dans un *samkang*, un de ces braseros de cérémonie qu'on aurait trouvés semés un peu partout dans ce vaste gompa. Puis il prit conscience qu'il était seul et s'éveilla complètement pour voir Lokesh se diriger lentement vers les trois bâtisses restaurées.

Il le rattrapa cinq minutes plus tard, debout à l'intérieur de la petite cour formée par les bâtiments, le visage barré par son sourire de guingois. Un samkang d'un mètre vingt de haut, à quatre pieds, rempli de genévrier fumant, était posé sur le côté ouvert de la courette. Sous l'avant-toit de la bâtisse centrale était installé un moulin à prières de la taille d'une barrique fabriqué à partir de cuivre et d'argent. Une fillette tibétaine, tout juste âgée de six ans, les joues barbouillées de crème rouge doja, le visage solennel, le faisait tourner. La bâtisse disposait d'une porte aux bois assemblés d'une main experte et peinte d'un émail ocre sombre. Lokesh la poussa d'une main hésitante. Shan le suivit dans une petite salle de réunion, un *dhakang*, où s'alignaient le long des murs des pierres plates et lisses, et qui contenait trois thangkas, des peintures sur tissu illustrant de scènes de la vie du révérend professeur Guru Rinpoché. L'une d'elles avait été déchirée et grossièrement recousue. Une autre était tellement passée qu'on n'en distinguait presque plus rien.

Shan songea aux terres dénudées entourant les ruines. Aussi petits que soient les bâtiments, leur érection constituait une tâche titanesque. Chaque planche, chaque pierre-drapeau, chaque clou avait dû être convoyé depuis l'extérieur, depuis le monde d'en bas, probablement d'une des villes sur la grand-route du Nord, si ce n'est plus loin.

Ils explorèrent les deux bâtiments adjacents : l'un d'eux était un mausolée *gonkang* destiné à une divinité protectrice, l'autre, un petit lhakang, une chapelle. La même attention que pour le dhakang avait été apportée aux menus détails des deux constructions. Dans la chapelle, un autel de rondins refendus supportait une statue en bronze de vingt centimètres de haut du Bouddha de la Compassion, avec ses sept bols d'offrandes traditionnels, tous différents, tous en bois sculpté, sauf un, en porcelaine ébréchée. Au fond du gonkang se trouvait une statue à moitié terminée de Tara, la divinité protectrice, une main posée sur une fleur de lotus. On voyait au sol des copeaux de bois et, sur un banc voisin, un maillet et des ciseaux à bois. Shan pensa à l'homme qu'on était allé chercher à leur arrivée. Le gardien.

À leur sortie du bâtiment ils découvrirent un nouveau visiteur. Tenzin était debout au milieu des panaches blancs du samkang où se consumait le genévrier, les yeux fermés, comme s'il essayait de se laver à la fumée purificatrice. Il ouvrit les yeux et s'avança vers la petite fille, qui commençait à montrer des signes de fatigue. D'un geste tendre de la main, il lui proposa de prendre le relais, et se mit à pousser à son tour, inlassablement, tandis que la petite se retirait en le remerciant d'un signe de tête, sans laisser perdre le moindre tour au moulin. Shan et Lokesh étaient passés près d'une maison reculée dans l'ouest du Tibet où un vieil homme et son épouse tournaient un moulin à prières similaire, sauvé des ruines d'un gompa, sans jamais s'arrêter, vingt-quatre heures sur vingt-quatre, se relayant toutes les quatre heures. Ils faisaient cela depuis dix ans, parce que, avaient-ils expliqué solennellement, lorsqu'ils l'auraient tourné pendant vingt ans, les divinités seraient tellement contentes qu'elles feraient revenir le dalaï-lama au Tibet.

Lokesh toucha le bras de Shan et lui signifia de s'éloigner afin de ne pas déranger Tenzin. Ils laissèrent là le grand Tibétain qui tournait son moulin avec un délicat sourire à l'adresse de la fillette assise contre le mur du lhakang.

Les moutons de la caravane s'étaient allongés avec un air satisfait le long des berges du ruisseau qui traversait le bouquet de genévriers, surveillés par les mastiffs et Anya, assise au côté de Winslow endormi dans l'herbe grasse. Les villageois de Yapchi s'étaient regroupés devant la porte ouverte de la maisonnette bâtie contre le mur d'enceinte, des bols de thé à la main. Au grand soulagement de Shan, le moine était assis, le dos bien droit, sur une paillasse à l'intérieur de la pièce, un bol entre les doigts. Nyma lavait ses blessures à côté du gardien, dos à la porte, qui parlait à voix douce et basse.

Shan sortit sans faire de bruit et tourna au coin de la maison. Lhandro était installé sur un banc grossièrement équarri et étudiait sa carte. Shan s'approchait de lui quand Nyma arriva au pas de course.

— C'était lui ! s'écria-t-elle. Le dobdob ! Il dit qu'il était en pleine méditation quand un homme énorme est apparu, un fou habillé en démon, avec les joues toutes noires. Il s'est mis à le frapper sans raison avec son grand gourdin, et il a jeté du feu sur lui.

Lhandro appela un des hommes de Yapchi, qui fila vers un cheval et partit au galop. Même ici, dans cette contrée sauvage, cette plaine des Fleurs si loin de tout, il fallait continuer à veiller sur la pierre chenyi.

— Comment sait-il ? demanda Lhandro. Ce démon suit l'œil comme s'il était capable de lui parler.

Il ne le suivait pas, songea Shan. Le dobdob les avait précédés depuis l'ermitage jusqu'à la plaine des Fleurs, comme s'il avait su par avance quel itinéraire ils allaient emprunter. Était-ce lui qui avait déclenché l'avalanche et bloqué le col pour être sûr qu'ils feraient le détour par la plaine ? Avait-il attaqué le moine et essayé d'incendier la plaine pour tenter de les arrêter, ou de les ralentir ? Ou avait-il attendu et éprouvé le besoin d'assouvir son appétit en attaquant un autre homme saint ?

— Lokesh a expliqué qu'un dobdob a pour charge de faire appliquer la vertu, reprit Nyma. Mais celui-ci attaque les vertueux. On croirait le contraire d'un dobdob, ou un dobdob malfaisant pris de folie.

Elle soupira devant le silence des deux hommes.

— En tout cas, il va s'en sortir. Il a le regard clair. Il a faim. Il s'appelle Padme. Il nous a dit où se trouvait son gompa.

Lhandro avança sa carte et elle indiqua un point marqué *Norbu* au bout de la route qui partait plein est depuis la grand-route nord-sud. Lhandro laissa courir le doigt depuis le gompa jusqu'à un point, quelques kilomètres en dessous sur le plan, puis suivit une piste plein est le long du haut versant au-dessus d'eux, qui s'infléchissait au nord dans la province de Qinghai, vers la vallée de Yapchi.

— Nous avons entendu parler de ce gompa de Norbu, expliqua-t-il, l'un de ceux qui ont été autorisés à rouvrir il y a cinq ans. Mon père veut que j'y aille un hiver pour en rapporter des bénédictions. Ça nous ferait un détour d'à peine quinze kilomètres.

Cinq d'entre nous le ramèneront là-bas demain – quatre pour porter la couverture, et un en relais. Nous ne pouvons pas laisser un moine dans ce désert sauvage, si loin de tout, ajouta-t-il d'une voix suppliante en jetant à Shan un coup d'œil incertain.

— C'est vrai, nous ne pouvons pas, confirma celui-ci.

Tenzin n'était pas ressorti des bâtiments reconstruits où il tournait le moulin à prières. Pour la première fois, le grand Tibétain silencieux n'était pas parti, son sac à bouses à l'épaule, dès leur arrivée au camp.

— Emmenez-le, dit Shan. Et laissez-moi rejoindre la vallée de Yapchi seul. En compagnie de Lokesh.

— Impossible ! protesta Lhandro. La pierre chenyi... la caravane. Nous avons pour mission de vous escorter.

— J'ai peur de ce qui pourrait nous attendre... Le colonel. Ses commandos de montagne. Ils connaissent l'endroit d'où vient l'œil et ils doivent savoir que c'est là qu'il retourne.

— C'est chez nous, rétorqua Lhandro, le regard déterminé. J'habite une maison bâtie par ma famille il y a des générations. Je ne laisserai pas des soldats m'empêcher de la rejoindre.

— Vous devez comprendre une chose, insista Shan avec le plus grand sérieux. Le fait de remettre l'œil à sa place risque de faire à votre peuple plus de mal que de bien.

— Non. De tous les chemins possibles, celui-là est exclu. Nous devons rapporter la pierre, à n'importe quel prix, même si cela implique d'affronter l'armée, ou le dobdob. Nous nous reposerons demain, ensuite...

Lhandro fut interrompu par l'apparition d'une femme tibétaine en tunique rouge en lambeaux, sanglée d'une ceinture en poil de yack, avec plusieurs lourds colliers de turquoise et de corail autour du cou. Elle jeta à Shan un regard inquiet.

— Vous devriez aller vous occuper de ces moutons, dit-elle d'une voix basse et tendue.

Lhandro observa son troupeau : ses moutons dormaient paisiblement sur les berges du ruisseau, à cent mètres de là.

La femme se retourna vers un feu attisé par le soufflet que maniaient deux jeunes enfants. Elle devait vivre ici, songea Shan, c'était certainement l'épouse du gardien.

— Je m'occuperai des moutons avec vous, dit-elle à Shan. Nous devrions y aller. Pas vous ! s'écria-t-elle en se tordant les mains, quand Lhandro fit un pas en avant.

Shan se leva à son tour, sans saisir ce qu'elle voulait lui faire comprendre.

— C'est de moi que vous voulez parler ?

— Non, gémit-elle, quand le gardien apparut au coin de la maison.

C'était un gaillard solide, un peu plus grand que Shan, coiffé d'un chapeau marron à large bord et d'un de ces gilets en fourrure qui avaient la faveur des dropkas. Il se figea sur place, horrifié et furieux à la vue de Shan, avant de se ruer sur lui comme un taureau. Il le bouscula violemment en le plaquant contre le mur avec une telle férocité que Shan en eut le souffle coupé.

— Personne ne t'a demandé de venir, Chinois ! cracha-t-il avec une fureur glacée. Tu n'es pas le bienvenu.

Shan se releva, les genoux flageolants, en essayant de reprendre sa respiration. Une nouvelle fois, l'homme le plaqua avec force contre le mur. Shan fut pris de vertige et vit la femme qui fuyait vers le feu. Il entendit un bruit de sabots et perçut des mouvements dans les arbres.

Lhandro posa la main sur le bras de l'homme, mais le gardien se dégagea aussitôt en frappant le rongpa d'un coup de coude. Son chapeau tomba par terre, et Shan, stupéfait, se rendit compte que l'homme était chinois.

— Emporte avec toi tes façons d'assassin et pars ! lâcha ce dernier. Il n'y a pas de place pour les blasphémateurs.

Il s'avançait, le poing levé, quand un cavalier jaillit de sa selle dans un nuage de poussière et lui bondit sur le dos. Dremu. Le Golok passa le bras autour du cou du gardien en le tirant en arrière et, d'une torsion, l'obligea à mettre un genou au sol.

La femme hurla. Le gardien sortit un ciseau à bois de sa ceinture et, toujours un genou au sol, frappa dans la direction de Dremu. Le Golok esquiva d'un bond et s'accroupit, les mains battant l'air, se préparant à lui sauter dessus à nouveau, avant de sortir son grand couteau. Apparurent Nyma puis Anya, criant à gorge déployée.

— Ce n'est pas la manière, père, déclara un jeune garçon d'une voix patiente.

Le gamin qui était parti chercher le gardien au pas de course à leur arrivée sur le champ de ruines répéta ses paroles. Sa mère le poussa en avant – c'était, de toute évidence, la seule façon de stopper l'agresseur de Shan.

La main qui tenait le ciseau à bois se fit toute molle, comme si le Chinois avait soudain oublié la présence de Dremu. Il lança un regard venimeux à Shan, puis se tourna vers le jeune garçon. Une voix calme s'éleva dans leur dos.

— Ces deux hommes m'ont trouvé alors que j'étais blessé dans la plaine.

Le moine apparut au coin de la maison, soutenu par Lokesh.

Le gardien sembla s'affaisser sur place. Il regarda le moine, la femme puis l'enfant, et croisa les bras autour de ses tibias en laissant tomber le ciseau au sol. Il baissa la tête au creux des genoux avant de relever les yeux sur Shan, l'air renfrogné, plein de ressentiment, puis sur Lhandro.

— Vous auriez dû m'avertir qu'un Chinois allait venir, lança-t-il, d'un ton plus chagriné que menaçant.

Le garçon s'approcha avec précaution et tendit le bras pour aider son père à se remettre debout. Un instant, l'homme parut très vieux, les jambes vacillantes, mais son regard s'enflamma à nouveau quand il récupéra son ciseau à bois, et il jeta à Shan un coup d'œil torve.

— Il n'est pas de ceux..., commença Lhandro, cherchant ses mots. Il est comme toi, Gang.

L'homme ricana pour signifier qu'il était seul en son genre, mais son fils lui prit la main et il se détendit. Baissant la tête, il laissa l'enfant le tirer vers les mausolées reconstruits.

Shan alla jusqu'au banc d'un pas flageolant et s'assit. Gang. Le nom signifiait acier, un nom donné, plus de quatre décennies auparavant, par les membres de ce que son père aurait appelé le culte de Mao, pendant une des campagnes fanatiques destinées à encourager la production d'acier.

— Mon époux n'est pas..., intervint la femme, au bord des larmes, la voix crispée. Gang n'est pas comme ça, ajouta-t-elle en se tournant vers l'étrange fou furieux. C'est mon époux qui a construit ces mausolées. Ça lui a demandé presque dix ans.

Lhandro apparut pour aider le moine blessé à rentrer dans la maison.

— Gang a de mauvais souvenirs dans la tête, confirma le fermier d'un ton d'excuse à l'adresse de Shan. Je suis désolé. Il y a des années que je ne l'avais pas vu. J'avais oublié.

De mauvais souvenirs. Encore un cliché de cette langue étrange mise en place par ceux qui avaient vécu à l'ombre de Pékin, une manière d'expliquer les tourments endurés par les hommes pris dans le tourbillon de terreur sanglante qui avait failli annihiler leur monde.

Gang le gardien avait de mauvais souvenirs. Mais de quoi ? Jamais Shan n'avait entendu les Tibétains parler de Chinois ayant de mauvais souvenirs dans la tête.

— J'ai lu des rapports sur une rumeur qui court dans les montagnes, à propos d'un Chinois qui construit des temples, déclara faiblement le moine, de la voix policée de celui qui a fait des études. Mais ici – il se tourna vers le gardien, qui parvenait aux bâtisses reconstruites à l'autre bout du champ de ruines –, ajouta-t-il en secouant la tête, un sourire narquois aux lèvres, nous n'avons jamais cru que cela pût être vrai. Il ne vient jamais personne en ce lieu. Les vents sont tellement glacés. Nous pensions qu'il n'y avait que des ruines dans ce désert sauvage.

Il appuya la main contre le mur, pris de vertige, et Nyma l'aida à s'étendre sur sa paillasse.

La femme de Gang s'assit lourdement sur le banc à côté de Shan.

— Il est arrivé avec l'Armée populaire de libération, il était encore adolescent, en 1964.

Elle expliqua avec tristesse que Gang était jeune caporal de l'armée. Après avoir accompli son temps de service, il avait accepté des terres attribuées par l'armée et s'était gagné un bonus en épousant une Tibétaine.

— C'était ma sœur. Ils se sont installés près de la route du Nord qui mène à Amdo. Ils ont eu un fils et ils étaient très heureux. Gang est devenu bouddhiste. Son fils est tombé très malade, un lama médecin du gompa de Rapjung est arrivé et lui a sauvé la vie. Par la suite, chaque fois qu'il le pouvait, Gang allait aider les lamas dans leurs plantations d'herbes médicinales, une semaine ou deux au printemps pour préparer la terre et une semaine en automne pour aider à la récolte et au séchage.

« C'est alors que les enfants sont arrivés après avoir détruit Rapjung. Les gardes rouges. Ma sœur avait peur pour notre père et elle est partie avec son fils pour aider sa famille à fuir dans les montagnes. Mais les gardes rouges les ont rattrapés. Ils les ont jugés sur place et ont condamné ma famille parce qu'elle appartenait à la classe des oppresseurs propriétaires terriens. Les juges ont prononcé la sentence. Ils ont obligé mon neveu à l'exécuter.

Shan avait la tête si lourde qu'il la tenait entre ses mains, les coudes sur les genoux, luttant contre la nausée qui étranglait sa gorge. Les gardes rouges avaient forcé le jeune garçon à exécuter sa mère et son grand-père.

— Après ça, ils ont emmené le petit.

Ceux qui survivaient aux indésirables politiques, quand ils n'étaient pas mis à mort sur-le-champ, se voyaient expédiés vers des écoles spécialisées dans l'endoctrinement politique, de manière à les fondre dans le prolétariat chinois.

— Nous ne l'avons jamais revu.

— On raconte que Gang est devenu fou, poursuivit Lhandro, qu'il s'est mis à monter des embuscades et à éliminer les gardes rouges. Mais ce n'est peut-être qu'une rumeur. Toujours est-il que les gardes rouges ont commencé à avoir peur de s'aventurer dans les montagnes et, peu à peu, ils se sont retirés de la région. La sœur de la femme est revenue – il regarda l'épouse de Gang avec tristesse – et elle a été affectée au collectif agricole qui avait la charge des terres de la famille. Gang est redescendu des montagnes au bout de quelques années et c'est là qu'il a travaillé. Ils sont devenus mari et femme. Quand le collectif a été dissous, ils sont venus ici pour être seuls. Et aussi parce que Gang se sentait toujours en dette à l'égard des guérisseurs qui avaient vécu là. J'avais oublié Gang, ajouta-t-il, s'excusant à nouveau, et son problème avec les Chinois. Nous n'avons jamais...

Il ne termina pas sa phrase.

— Avant lui, dit Nyma à sa place, les gens de Yapchi n'avaient jamais eu d'ami chinois.

Le lendemain matin, Padme était tout guilleret et d'humeur bavarde, assez affamé pour manger deux bols de tsampa.

— Vous m'avez sauvé la vie, répéta-t-il plusieurs fois à Shan et à Lhandro.

Il était assis près du feu, une couverture sur les épaules pour se protéger du vent glacial, scrutant de temps à autre les ruines du gompa, prenant des notes dans un calepin qu'il gardait dans sa bourse de ceinture, ou contemplant le troupeau de moutons qui paissait près du ruisseau.

— Mais je ne comprends pas pourquoi vous avez amené votre troupeau jusqu'ici, dit-il à Lhandro, en s'attardant un instant sur Winslow qui marchait sur la berge.

— Nous nous dirigions vers le nord quand nous vous avons trouvé. Vous ne pouviez pas voyager, alors nous avons cherché un abri et de l'eau.

— Cette jeune fille qui vous accompagne a dit que les sacs que vous transportiez contenaient du sel, poursuivit Padme, les yeux toujours rivés sur l'Américain.

— Du sel de Lamtso, confirma le rongpa.

— Ça remonte à bien loin, cette tradition, dit Padme sur un ton étrange, comme un reproche. Le sel pourrait être contaminé si vous le sortez directement de terre.

Lhandro l'examina d'un air perplexe, avec une pointe d'inquiétude, même, en se demandant si, au cours de toutes ces années passées sans moines, les habitants de Yapchi n'avaient pas oublié une chose importante.

— C'est de l'excellent sel, déclara-t-il.

Le moine haussa les épaules et accepta un nouveau bol de thé des mains de la femme de Gang.

— Mais il existe des règles relatives au sel. C'est un monopole gouvernemental. Je détesterais vous voir accusés de...

Il ne termina pas sa phrase.

— Cependant, si cette caravane n'avait pas existé, reprit-il, il aurait pu s'écouler des heures avant qu'on me retrouve.

— Pour quelle raison vous trouviez-vous dans la plaine ? demanda Shan. Vous attendiez quelqu'un ?

Padme expliqua que, en compagnie d'un groupe de moines de Norbu, il lui arrivait de partir sur les terres environnant leur gompa à la recherche d'objets religieux. Ils n'étaient encore jamais venus dans cette plaine et avaient décidé de se séparer pour l'explorer. Padme s'était dirigé vers le cairn de pierres au bout de la plaine et il venait d'arriver quand il avait été attaqué par le géant au gourdin.

— Avez-vous vu qui a laissé cela ? intervint une voix grave en mandarin.

Winslow apparut devant eux, tenant le gilet jaune abandonné par l'Américaine.

— Avez-vous vu une Américaine ?

— Non, répondit lentement Padme. Je l'ai vu, ce gilet. Il était par terre, près du cairn.

— Prenez-le, proposa Winslow. Autant qu'il serve à quelqu'un.

Padme tendit une main hésitante, laissa retomber sa couverture et enfila le gilet.

— Cet étranger ramassait-il aussi le sel avec vous ? demanda-t-il à Lhandro en tibétain.

— Je suis là juste pour prendre un bon bol d'air, persifla sèchement l'Américain dans la même langue.

Le moine le dévisagea, interdit, les yeux comme des soucoupes.

— Un Américain qui parle le tibétain ? s'exclama-t-il.

Il se retourna, plus curieux que jamais, vers Shan et Lhandro, comme si la nouvelle jetait un nouvel éclairage sur le groupe d'hommes qu'il avait devant lui.

Ils resteraient dans le champ de ruines jusqu'au lendemain, annonça Lhandro, et les hommes de Yapchi en profiteraient pour inspecter les environs. La caravane poursuivrait sa route vers le nord pendant que quelques hommes ramèneraient Padme en lieu sûr, à son gompa. Le moine le remercia et conduisit les villageois de Yapchi à l'abri du vent, où il s'assit pour les guider dans leur récitation de mantras au Bouddha de la Compassion.

Les cavaliers de Yapchi partirent un quart d'heure plus tard, chacun dans une direction différente. Nyma alla jusqu'à la porte de la maison, s'adressa à quelqu'un qui se trouvait à l'intérieur et se pencha pour relacer ses chaussures. La femme de Gang sortit et pointa le doigt vers une silhouette sur le chemin de terre érodé qui longeait l'ancien mur d'enceinte du gompa. Tenzin avançait à pas lents, le regard perdu vers l'extrémité du champ de ruines.

— Un *kora*, s'écria Lokesh.

Un chemin pour les pèlerins. Nombreux étaient les anciens mausolées et gompas à offrir ce genre de chemin circulaire, sur lequel tournaient les pèlerins pour se gagner du mérite et rendre hommage à ceux qui résidaient là, ou y avaient résidé.

— Vous allez au-delà du mur nord, jusqu'à une ancienne caverne d'ermite, expliqua la femme de Gang, ensuite vous remontez en passant près du mausolée *drup-chu*.

Il s'agissait d'un mausolée bâti près d'un ruisseau dont les eaux, pour les anciens Tibétains, étaient des eaux d'accomplissement censées accorder bénédiction et santé à ceux qui la buvaient. Lokesh resserra ses lacets lui aussi, en regardant Shan avec espoir. Shan sourit et alla prendre une bouteille d'eau dans le tas de couvertures posées près du mur, là où les membres de la caravane avaient dormi. Sauf le Golok, qui, fidèle à son habitude, avait choisi d'aller passer la nuit à proximité, en solitaire, dans un endroit caché.

À son retour, il vit Lokesh qui observait sans comprendre Lhandro, Nyma et Anya. Les trois habitants de Yapchi avançaient sur le sentier kora, mais vers l'est, vers la droite, dans le sens opposé des aiguilles d'une montre. Shan entendit dans son dos un soupir désapprobateur : Padme s'appuyait au chambranle de la porte et contemplait le trio.

— Pourquoi ne savions-nous pas cela ? se demanda Shan avant de se rendre compte qu'il avait posé la question à haute voix.

Lokesh sourit avec satisfaction.

— Des voies et des sentiers, il en existe beaucoup.

Des voies vers l'illumination, entendait-il. Les bouddhistes tibétains traditionnels, quel que fût l'ordre au sein duquel ils pratiquaient leur foi, marchaient toujours dans le sens des aiguilles d'une montre sur un circuit kora. Cela faisait partie et de la tradition, et du respect qu'il fallait afficher.

Mais il existait au Tibet une autre foi, plus ancienne que le bouddhisme, fondée sur l'animisme. La foi *bon*, bien qu'elle s'inscrive dans le bouddhisme et suive la plupart de ses enseignements, entretenait des pratiques distinctes, dont l'une était de tourner sur un circuit kora dans le sens inverse des aiguilles d'une montre.

— Nous aurions dû le deviner, dit Shan en répondant à sa propre question.

Cela pouvait expliquer beaucoup de choses, en particulier les raisons pour lesquelles les fermiers de Yapchi se raccrochaient avec tant de ferveur à leur œil de pierre et à la divinité de leur terre, pourquoi ils se désespéraient depuis quatre générations sur sa destinée.

Shan et Lokesh entamèrent le circuit eux aussi, et le vieux Tibétain commença à psalmodier un de ses versets de pèlerin. Quelques minutes plus tard, ils entendirent un bruit de pas rapides : Winslow. Il montra sa bouteille d'eau maintenant vide et lança, avec un large sourire :

— J'ai besoin d'accomplissement. Bon sang, qu'est-ce que j'ai besoin d'accomplissement !

Deux heures plus tard, ils avaient accompli les trois quarts du circuit. Ils s'étaient arrêtés devant le mausolée drup-chu, sur le versant au-dessus du gompa. Winslow remplit sa bouteille après que chacun se fut agenouillé pour boire de longues gorgées à la minuscule source d'eau sacrée. Shan et Lokesh avaient passé bien des heures devant de telles sources au cours de leurs voyages, satisfaisant ainsi la quête inlassable de Lokesh.

Le vieux Tibétain cherchait à comprendre la raison particulière qui faisait de chaque source une source spéciale. En outre, comme il avait à cœur de le faire remarquer, le simple fait de comprendre ces raisons en révélerait long sur l'histoire du Tibet. Il avait la conviction, partagée par nombre de Tibétains, que la terre n'était pas sacrée simplement parce que des bouddhistes fervents l'habitaient depuis des siècles. La terre les attirait vers ces sources-là. Chacune d'elles avait sa propre histoire à raconter, une histoire qui ne concernait pas uniquement les bouddhistes fervents qui l'avaient identifiée, des siècles auparavant, mais aussi les anciens qui les avaient précédés. Devant une source, dans le Tibet central, entourée de pierres écrasées et de graviers, Lokesh avait décidé que, des milliers d'années auparavant, au temps où les divinités de l'air voyageaient sous la forme de géants, ceux-ci avaient favorisé cette source particulière. Les pierres écrasées s'expliquaient par leurs fréquentes visites.

Ils se reposaient devant la source tandis que Winslow inspectait la plaine des Fleurs aux jumelles.

— Avez-vous une idée de la raison pour laquelle des géologues seraient partis explorer la plaine des Fleurs ? interrogea Shan.

Winslow, sans baisser ses jumelles, se contenta de secouer la tête.

— La concession pétrolifère s'arrête à la frontière du Qinghai, à près de dix kilomètres au nord, finit-il par dire en se retournant vers Shan.

Dremu avait trouvé des boîtes de conserve américaines à l'autre bout de la plaine, encore plus éloignées de la concession.

— Pourquoi aurait-elle laissé un gilet et un sac de couchage ?

— Je ne sais pas, répondit l'Américain. Peut-être que la chose qui a agressé Padme est tombée sur elle aussi. Peut-être qu'elle n'est pas sûre de savoir qui détient l'œil de pierre, alors elle attaque tous ceux qu'elle croise sur les pistes du Nord.

Il rangea ses jumelles et s'agenouilla devant la source, en y plongeant sa main en coupe. Il examina l'eau dans sa paume, qu'il leva pour la retourner au-dessus de sa tête. Les yeux fermés, il laissa l'eau couler. Lorsqu'il les rouvrit, Shan perçut l'émotion violente qui l'avait saisi. Du désespoir, ou une profonde tristesse.

— Il y avait une lettre pour sa mère dans le dossier de la compagnie, dit soudain Winslow, comme si l'eau venait de libérer sa mémoire. Son directeur me l'a montrée, il ne l'avait pas postée parce qu'il craignait que ce ne soit trop douloureux. Il m'a dit que la compagnie lui avait donné l'ordre de l'ouvrir, au cas où Melissa aurait eu des tendances suicidaires. La mère et la fille discutaient beaucoup, dans leurs lettres.

Paraissant s'adresser à un élément qui s'y cachait, il contemplait le filet d'eau sacrée de la source.

— Melissa y écrivait qu'elle aurait voulu rester au Tibet pour toujours. Que, même si les Chinois refusaient de l'admettre, la province de Qinghai était réellement le Tibet, et que les montagnards lui enseignaient quantité de choses. Elle adorait le Tibet et détestait ce que sa compagnie faisait subir à la terre. Les Tibétains lui avaient expliqué que, pour maintenir la force de vie, il était extrêmement important de relier les êtres à la terre. Pour eux, le monde était divisé entre ceux dont les existences avaient été coupées de cette force de vie et ceux qui vivaient proches de la terre. Ces derniers avaient le devoir sacré de protéger la force de vie. Et elle, elle travaillait pour une compagnie pétrolière...

Ce paradoxe devait troubler profondément Winslow, à en croire la douleur répandue sur ses traits.

— À la fin de sa lettre, elle disait que, d'après certains Tibétains, les géologues étaient des moines d'un genre très particulier qui étudiaient les divinités de la terre.

Il se retourna vers le filet d'eau qui sortait de la terre, semblant confusément espérer qu'un esprit en jaillisse et lui explique.

— Elle ajoutait que ses amis tibétains voulaient l'emmener visiter des terres cachées. Que voulait-elle dire par là ? demanda-t-il à Lokesh.

— Un *bayal*. Une terre cachée. Certaines personnes croient qu'il existe des portails secrets ouvrant sur des terres spéciales, pareilles au paradis, où les divinités vont et viennent en toute liberté.

Certaines personnes. Tels les adeptes du culte *bon* qui vivaient à Yapchi. Lokesh soupira, se redressa et marcha vers un petit tas de rochers à trois mètres de la source. Shan s'attendait à le voir ajouter une pierre, au contraire, Lokesh dégagea les rochers jusqu'à un carré de granit massif, de soixante centimètres de côté. Puis il déclara d'un ton révérencieux :

— Autrefois, il y avait ici un chorten. Un mausolée bâti sur une relique : l'os du pied d'un vieil ermite qui avait traversé tout le Tibet pour récolter des herbes, il y a plus de cinq siècles.

Il fixa le carré de pierre et la croûte de lichens qui le reliait à la terre.

— Les Tibétains qui ont fait ça, reprit-il, faisant allusion à ceux qu'on avait forcés à détruire le gompa, n'ont pas déplacé cette base. Ils n'ont pas déplacé la relique. Nous nous asseyions parfois ici pour des leçons, et les lamas nous expliquaient comment la source était reliée au centre de la terre. Ils lavaient les herbes dans cette eau et en expédiaient des cruches pleines à tous les guérisseurs du Tibet. Je me rappelle être resté assis à cet endroit des heures durant pendant que Chigu Rinpoché nous enseignait que le pouvoir des plantes venait du pouvoir de la terre, et que leur pouvoir de guérison venait de la manière dont elles rattachaient les humains à la terre.

Winslow s'approcha de la dalle de granit et s'agenouilla respectueusement au côté de Lokesh, les yeux émerveillés.

— J'ai lu quelque chose à ce sujet. Les docteurs tibétains disaient qu'ils sauraient guérir n'importe quoi si seulement ils savaient comment l'animal humain avait évolué, comment suivre à la trace le corps humain jusqu'au lieu premier où il était sorti de la boue. Parce que tout ce dont nous sommes faits est venu de la terre.

Son regard, quand il se tourna vers Shan, brûlait d'une ferveur étrange.

— C'est une manière différente d'exprimer la même chose, non ?

Il posa les doigts près des lichens, sans les toucher, craignant de commettre un sacrilège. Timidement, il aida Lokesh à remettre les rochers en place, non en tas, mais en carré, comme la base d'un chorten.

Ils avaient posé la première couche de pierres quand Lokesh s'arrêta et ramassa une petite pousse en bordure de la dalle de granit. Il l'examina d'un air perplexe.

— Guru Rinpoché disait que toute la fonction d'un guérisseur consistait à déplacer le pouvoir de la terre au cœur de la force de vie d'un humain.

Winslow l'observa longuement, puis il ramassa une pierre et continua son ouvrage tandis que Shan allait en chercher d'autres sur le versant.

— Nous apprenions la manière de déterrer les racines, reprit Lokesh, avec tout le respect nécessaire, ici, devant cette source. Nous apprenions à repousser le sol végétal de côté, tout doucement, en prenant soin de ne pas brusquer la terre, en laissant toujours à la plante suffisamment de matière pour pouvoir repousser. Chigu Rinpoché disait que nous apprenions des choses sur nous-mêmes en creusant le sol. Il disait que nous devions creuser la terre pour retrouver la terre qu'il y avait à l'intérieur de nous.

Lokesh prit un peu de matière végétale dans une main et la laissa glisser au creux de son autre paume.

— C'est un mantra d'enseignement qu'il utilisait. À l'intérieur de la terre, pour la terre à l'intérieur.

Une fois leur ouvrage terminé, Lokesh donna un coup de coude à Shan en lui montrant le sommet de la crête au-dessus des ruines.

— Il y a des gens là-haut.

Shan ne vit rien, hormis un gros oiseau noir qui tournoyait haut dans le ciel en profitant d'un courant ascendant. Winslow leva les yeux à son tour avec un air sceptique avant de balayer la crête de ses jumelles.

— Vous les voyez ? interrogea Shan d'un ton prudent.

Les sens de son vieil ami, comme ses émotions, étaient toujours en équilibre instable. Lokesh avait peut-être perçu le souvenir, vieux de dizaines d'années, d'individus sur ces pentes, ou simplement l'arrière-train d'une antilope qui s'enfuyait. À maintes reprises, Shan avait suivi Lokesh quand celui-ci avait senti la présence d'un esprit ; finalement, il s'était retrouvé assis sur un rocher à contempler la pierre où, Lokesh en était convaincu, la créature s'était réfugiée.

Le vieux Tibétain frotta sa barbe grisonnante, jeta un regard penaud à Shan et reprit sa marche. Shan lui emboîta le pas en silence, sachant que, le circuit terminé, ils reviendraient escalader le versant.

Une heure plus tard, après leur retour au camp et un repas de boulettes de tsampa froid, ils se trouvaient quasiment au sommet de la pente et firent une pause sur un rocher plat qui dominait la longue plaine. Winslow, qui avait refusé la suggestion de Shan de rester au camp, indiqua deux nuages de poussière aux confins sud et ouest de la plaine.

— Les éclaireurs de Yapchi.

— Le temple de Tara, la chapelle de Maitreya, le temple de Samvara, récita soudain Lokesh.

Il pointait le doigt sur des emplacements vides au milieu des ruines, parlant de ce qu'il avait vu, ou de ce qu'il voyait peut-être encore.

— Le *chom*, poursuivit-il, se référant à la cour réservée aux débats, le jardin d'herbes intérieur, le jardin du nord, le *khantsang* du nord, et le *barkhang* – respectivement la salle de réunion et la salle d'imprimerie.

Il resta un instant le doigt suspendu en l'air.

— Tous ces drapeaux de prières dans les arbres, murmura-t-il d'une voix lointaine. On croirait un festival.

Shan se retourna vers les ruines. Il n'y avait pas le moindre drapeau de prières, hormis un mince fil tendu près des mausolées de Gang ; pas plus qu'il n'y avait d'arbres, à l'exception du petit bouquet de genévriers à l'extérieur de l'ancien gompa. Lokesh était dans un autre temps, dans un autre lieu. Shan n'éprouvait aucune gêne pour son ami, ni ne craignait pour sa santé mentale. Aujourd'hui, il ressentait simplement un léger sentiment d'envie à l'égard du vieux Tibétain.

En mettant les mains dans ses poches, il sentit sous ses doigts la brindille qu'il avait cueillie dans la cuvette calcinée. Il la tendit à Lokesh. Celui-ci la porta à ses narines, les mains en coupe, en fermant les yeux.

— Merci.

— C'est une plante qui guérit ? demanda Shan.

— Ce n'est pas le bon moment pour la cueillir, acquiesça Lokesh, les yeux toujours fermés, mais elle provient d'une plante saine. Chigu et moi allions parfois en ramasser dans la plaine. On l'appelle pied d'oiseau, à cause de la disposition de ses branches.

Shan revit l'endroit où il avait cueilli la brindille, tel que l'Américain et lui l'avaient découvert. La plante ne poussait qu'à l'abri de la cuvette. Peut-être le dobdob n'avait-il pas voulu incendier toute la plaine. Peut-être avait-il simplement voulu brûler les plantes médicinales. Mais pour quelle raison ? Shan se rappela le camp de sel, où les bergers gardaient la femme blessée cachée aux regards des guérisseurs. Ainsi que la femme sur la piste, qui avait rejeté l'offre de Lokesh de la soigner.

Au sommet de la pente ils découvrirent une vaste prairie vallonnée, large de huit cents mètres et longue d'au moins trois kilomètres vers l'est et l'ouest. Au-dessus d'eux, à quelques kilomètres, se dressait l'énorme masse de la montagne de Yapchi, montant la garde sur la plaine des Fleurs au sud et sur la vallée de Yapchi au nord.

Winslow et Shan s'étaient écartés afin de laisser Lokesh partir en tête dans le labyrinthe de sentes qui s'entrecroisaient sur la prairie. Mais le vieil homme avait haussé les épaules et s'était reculé, en faisant signe à Shan d'ouvrir la marche. C'était une petite danse étrange qu'ils avaient souvent pratiquée au cours de leurs pérégrinations. Peu importait celui qui marchait en tête, soutenait Lokesh, ils trouveraient toujours ce qu'il était écrit qu'ils trouveraient, et arriveraient au bout du compte à l'endroit où il était écrit qu'ils arriveraient.

Shan éprouva une allégresse inattendue en s'engageant dans la prairie vallonnée. Un vent froid soufflait sans discontinuer, mais ce n'était pas désagréable. De petites fleurs roses poussaient au ras de la terre. De l'autre bout de la prairie leur parvinrent les trilles d'une alouette.

Ils progressaient lentement, et Shan choisissait au hasard de nouvelles sentes à gibier à chaque croisement, jusqu'à ce qu'ils atteignent une corniche peu élevée qui bordait une vaste pâture en creux, protégée au nord par une falaise rocheuse. La cuvette, large de trois cents mètres, était envahie d'une variété de plante qui rappelait la bruyère, et d'alouettes – bien plus d'alouettes qu'il n'en avait jamais vues en un seul lieu – qui voletaient parmi la végétation. Shan conduisait ses amis dans une faille de la corniche quand il entendit un chuchotement. Une main sortit de l'ombre pour lui attraper le bras.

Il se dégagea avec un frisson, imaginant que le dobdob les avait retrouvés.

— Baissez-vous, murmura une femme.

Shan se plia en deux et aperçut cinq Tibétains – trois bergers entre deux âges, une femme un peu plus jeune et un garçon – réfugiés dans l'ombre du surplomb de la corniche.

— S'ils vous voient, ils vont fuir, expliqua la femme.

Elle ne paraissait pas surprise devant ces trois inconnus, sa seule préoccupation étant qu'ils risquaient de faire fuir l'objet de toute leur attention : des *drongs* sauvages, sans doute, ou peut-être quelques rares spécimens de moutons bleus qui vivaient dans la montagne.

Les Tibétains étaient vêtus de lourds chubas reprisés de partout à l'aide de pièces de cuir et de carrés de tissu rouge. Deux hommes portaient des bonnets de fourrure sales, le troisième la coiffure d'hiver réservée aux soldats, une casquette en duvet, verte, avec oreillettes. La femme serrait un grand gau argent et turquoise d'une main, et de l'autre le bras du garçon, qui contemplait la prairie avec de grands yeux pleins d'espoir.

Même l'apparition du grand Américain maigre ne suffit pas à les distraire bien longtemps. Ils l'observèrent d'un œil perplexe quelques secondes ; le jeune garçon tira la femme par l'épaule pour être sûr qu'elle avait bien vu le goserpa. Mais quand Lokesh et Winslow s'installèrent à côté des dropkas, comme si eux aussi étaient venus voir la créature que les Tibétains attendaient, le jeune garçon reporta toute son attention sur la prairie.

Shan s'assit à côté de Winslow, le dos au rocher, masqué par l'ombre. Personne ne parut le remarquer. Plus que de l'espoir ou de l'attente, les visages portaient la marque d'une profonde excitation spirituelle. Le vent chuintait à l'entour des rochers, les alouettes appelaient de leurs trilles les nuages qui filaient haut dans le ciel d'azur. Deux des dropkas entamèrent des mantras à voix basse en égrenant leurs chapelets. Tout à coup, le jeune garçon pointa le bras vers l'extrémité de la prairie, près de la falaise rocheuse.

Shan ne vit rien alors que les dropkas poussaient d'imperceptibles gloussements de joie. Les deux hommes accélérèrent le rythme de leur mantra, rejoints par Lokesh. Finalement, il perçut un mouvement dans l'ombre de la falaise, une grande forme massive assise ou couchée. À une telle distance, il était incapable de distinguer s'il s'agissait d'un yack, d'un grand mouton, ou d'un ours. Puis une seconde silhouette, humaine, en robe rouge, émergea des ombres. La première forme se dressa sur ses pattes arrière. L'homme apparaissait flou, mais il avançait à petits pas, en s'appuyant sur un grand bâton. Il n'était plus très jeune, apparemment. Shan eut le sentiment étrange qu'il devait appartenir à des temps reculés.

Lokesh avait interrompu son mantra et son visage affichait la même excitation que celui du gamin. Des larmes coulaient sur ses joues.

— Maintenant, je reconnais cet endroit, murmura-t-il d'une voix très calme. Nous venions ici l'été et nous restions parfois une semaine entière. Chigu Rinpoché disaient que les alouettes chantaient les herbes en ce lieu.

Chanter les herbes. Shan eut la vision d'alouettes offrant des berceuses à de jeunes plantes.

— C'est vrai, approuva une voix d'enfant.

C'était la femme qui venait de parler de cette voix de fillette, une larme glissant sur sa joue.

— C'est bien vrai, n'est-ce pas ? demanda-t-elle à Lokesh. Souviens-toi de ceci, ajouta-t-elle au jeune garçon d'un ton solennel en le serrant contre elle. Souviens-toi qu'il était dit que ceci est un des lieux où ils venaient au temps jadis, et qu'aujourd'hui tu en as vu un arriver.

Parfois, lui avait raconté son père, on peut vivre quatre-vingts ou quatre-vingt-dix ans, et pourtant n'entrevoir que brièvement, une ou deux fois dans son existence, la vraie réalité de la vie, les choses qui sont à la fois l'essence de la planète et de l'humanité. Il arrive qu'on meure sans jamais avoir vu une seule chose vraie. Cependant, avait-il assuré à Shan, tu pourras toujours trouver les choses vraies, il suffit que tu saches où tu dois regarder.

Ce qu'ils avaient devant les yeux, en cet instant, était une de ces choses vraies. Un lama guérisseur des temps anciens ramassait des herbes, un lama guérisseur qui n'aurait pas dû exister, dans un champ oublié depuis un demi-siècle, se dressant tel un spectre pour confirmer qu'il y avait bien eu là des hommes sages et joyeux qui ramassaient des plantes de manière à pouvoir transmettre la magie de la terre à ses habitants.

Ils ne perdaient pas une miette de ce spectacle rare, et le bruit des mantras se confondait avec le sourd bruissement du vent sur les rochers. La silhouette basse et courbée restée dans les ombres ne bougeait pas, montant la garde contre le monde extérieur. Le lama guérisseur avançait sans but précis au milieu des plantes en fleurs, se penchant un instant, se relevant l'instant suivant, une tige à la main, pour contempler le ciel, paraissant consulter les divinités de l'air sur sa trouvaille.

Tout à coup, avec un geignement sourd, comme s'il faisait un effort surhumain pour se contenir, le jeune garçon bondit, les bras vers le ciel.

— *Lha gyal lo ! Lha gyal lo !* s'écria-t-il dans une explosion d'allégresse, à deux reprises, avant que sa mère ne le tire en arrière en le bâillonnant de la main.

Mais son cri avait porté loin, se répercutant en échos contre la face de la falaise rocheuse. Le lama accompagné de la forme massive plongea vers le refuge des ombres. Le vieil homme s'immobilisa brièvement, scrutant les rochers où ils étaient cachés. Puis, tel un cerf en lisière de forêt, il se fondit dans le lointain et disparut.

Ils attendirent un quart d'heure que le lama fantôme réapparaisse, en échangeant des regards incertains, comme si aucun d'eux n'était absolument sûr de ce qu'il avait vu. Puis les bergers se levèrent et s'éloignèrent lentement en file indienne le long des sentes à gibier qui descendaient vers le sud du large plateau rocheux.

Ce n'était pas possible, ne cessait de se répéter Shan sur le chemin qui les ramenait à Rapjung. Les lamas guérisseurs étaient tous morts. Les soldats avaient nettoyé les collines environnantes des années auparavant. Avec toutes les patrouilles, toutes les campagnes de pacification, il paraissait impossible que quiconque eût pu survivre. Lokesh n'offrit aucune suggestion, aucune théorie pour expliquer comment, après des décennies, un des anciens lamas pouvait réapparaître dans les collines. Il se contentait d'emboîter le pas à Shan, perdu dans une étrange rêverie, ou peut-être dans ses souvenirs de Rapjung tel qu'il avait existé un demi-siècle auparavant. Plusieurs mètres derrière Shan suivait Winslow, silencieux lui aussi, encore abasourdi.

Encore et encore, Shan se repassa la succession des événements. Le fait important n'était pas qu'un lama eût survécu dans ces montagnes après tant d'années ; les dropkas étaient venus là à cause d'un événement tout nouveau, parce qu'ils avaient entendu parler d'un miracle. Quelqu'un d'autre avait vu un lama fantôme, se souvint-il soudain. Les bergers près de l'ermitage la nuit où Drakte était mort. Un des vieux lamas était arrivé, il était revenu. Venant d'où ? Pourquoi ? Et pourquoi maintenant, alors que l'œil était en route pour Yapchi, alors que Drakte avait été tué et que l'armée fouillait la région, alors qu'un dobdob, protecteur de la foi, attaquait les bouddhistes fervents, alors qu'une Américaine était portée disparue ?

Shan n'avait pas de réponses. Il n'avait que des pressentiments. Il ne savait pas grand-chose, mais ce qu'il savait suffisait à l'effrayer.

Personne ne leur demanda où ils étaient passés à leur retour au campement. Plusieurs villageois avaient accompli le tour du kora et médité à la caverne de l'ermite ou au mausolée drup-chu.

Les hommes de Yapchi partirent s'occuper des moutons et Nyma vint retrouver Shan.

— C'est encore arrivé, dit la nonne. Pauvre petite. Elle est tombée sur la piste et s'est mise à trembler de la tête aux pieds, en frappant le sol des mains et des pieds.

— Anya ? demanda Shan, se rappelant avoir vu la jeune fille allongée sous une couverture près du feu.

— Il ne s'est rien passé. Pas de paroles. Parfois, c'est comme ça. Je l'ai dit à ce moine, en pensant qu'il allait l'aider. Mais il a paru furieux quand il m'a entendue. Je crois que sa tête lui fait encore mal après son agression.

Padme était assis contre les ruines du mur, à l'écart des autres, et il écrivait dans un petit calepin.

Ils mangèrent en silence et burent du thé sous le soleil couchant, le reste de la troupe en contemplation silencieuse après la journée passée sur le kora.

Lokesh attendit d'avoir étendu sa couverture à côté de Shan pour lui parler.

— C'est un bon signe, un signe merveilleux, qu'un lama guérisseur apparaisse dans une prairie d'herbes, dit-il, sans trop de conviction, comme s'il n'était pas très sûr de savoir si l'homme qu'il avait vu était de chair et de sang. Et aussi un moine sur la plaine des Fleurs. Le dobdob ne nous fera pas de mal. Les choses vont aller mieux, tu verras.

Mais aux premières heures du matin Shan fut réveillé par un hurlement. Il se redressa tandis que Lokesh gémissait. Les flammes dévoraient les mausolées restaurés de Rapjung.

8.

Les bois secs et cassants de l'élégant petit lhakang craquaient et crachotaient, aussi brûlants qu'un haut-fourneau, explosant d'étincelles qui s'élevaient en spirales dans le ciel de nuit. Personne ne pouvait s'approcher des flammes, ni même de la salle de réunion voisine, pour empêcher l'incendie de se propager. L'épouse de Gang retenait son gardien de mari, le visage ruisselant de larmes, tandis que le petit garçon tenait le poignet gauche de son père. La paume n'était plus que plaie, le dos de la main brûlé, la peau rouge et noir. Une figurine maculée de suie gisait à ses pieds : il avait sauvé le petit bouddha de l'autel.

Le ruisseau courait à deux cents mètres de là, et ils ne disposaient que de deux petits seaux en cuir et des marmites de la maison pour transporter l'eau. Pendant un quart d'heure, hommes et femmes firent des allers et retours en courant, puis Lhandro leva le bras et posa son seau vide par terre. Ils ne pouvaient plus que contempler le désastre : l'incendie qui avait détruit le lhakang se propageait à présent à la salle de réunion et à la petite chapelle consacrée à la divinité.

— Un samkang géant, gémit Nyma.

Chose incroyable, Gang, après des années d'efforts, avait monté les bâtiments en bois de genévrier et de cèdre, ces bois odorants qui se consumaient dans les samkangs pour attirer les divinités.

La nonne poussa soudain un cri et courut de l'autre côté du lhakang, Shan sur les talons. Winslow était plié en deux, haletant, les mains sur les genoux, près d'un gros bloc de bois. Tenzin était assis au sol non loin, le visage barbouillé de suie. Une rafale de vent attisa les flammes et Shan vit le bloc plus clairement : les deux hommes avaient sauvé la statue à moitié terminée de la divinité protectrice. Un peu plus loin, dans les ombres, la petite fille de Gang fixait de ses grands yeux vides un objet entre ses jambes : le moulin à prières. Les mains qu'elle tenait écartées de chaque côté n'avaient plus de peau, la chair était à vif aux endroits où elle avait saisi le métal surchauffé. Nyma eut un haut-le-cœur et se pencha vers elle, demandant qu'on apporte le dernier seau d'eau pour laver les affreuses blessures.

Shan trouva Lokesh, le dos tourné aux flammes, une profonde douleur sur les traits, qui suivait les gerbes d'étincelles volant dans la nuit. Il ne sut trouver les mots en s'approchant de son vieil ami. L'accident était impossible. Il n'y avait eu aucun feu de camp près des bâtiments restaurés, et jamais Gang n'aurait laissé son petit samkang continuer à brûler ses copeaux de bois précieux sans surveillance.

— C'est quelqu'un de l'extérieur, dit Shan à mi-voix. Le dobdob a déjà tenté d'incendier la plaine. Ç'a dû être...

Quelque chose craqua sur le côté de sa tête, et il se retrouva à genoux, clignant des paupières, la vue brouillée. Un objet pointu lui toucha l'épaule avant que Lokesh crie et se jette sur lui pour le protéger.

— Oppresseur ! lança une voix furieuse, et une pierre rebondit sur la jambe de Lokesh. Tyran ! Un Chinois arrive et la ruine s'ensuit !

On se battait derrière eux. Shan, à genoux au sol, se contorsionna pour voir Lhandro et Nyma qui tiraient Gang en arrière. Sa main blessée se tendait vers Shan telle une serre d'animal, tandis que son épouse lui rabaissait l'autre pour l'obliger à lâcher la pierre qu'elle tenait. Elle s'avança alors vers Shan d'un pas timide, les joues maculées de larmes et de suie, les mots se bousculant dans sa bouche.

— Vous devez comprendre. Toutes ces années. Depuis notre premier-né. L'hiver, à attendre la neige pour pouvoir traîner le bois depuis les montagnes. L'été, couvert de sciure. Travaillant même au clair de lune, même les jours de fête. Sans prendre le temps de jouer avec ses enfants.

Un mur s'effondra, faisant voler des éclats de poutres fumantes Un morceau de bois calciné atterrit à ses pieds, et elle s'agenouilla, l'examinant comme si elle éprouvait le besoin de comprendre où était la place de ce fragment dans le lhakang.

— Parfois, il était obligé de fabriquer ses propres outils.

Elle ramassa le morceau de cèdre pour le frapper contre le sol et l'éteindre. Quelques instants plus tard, elle l'emporta jusqu'à une rangée de pierres et le posa délicatement sur le sol. Elle en trouva un autre, long de soixante centimètres, le débarrassa de ses braises et le plaça en silence à côté du précédent. Tenzin apparut, portant un autre fragment qu'il posa lui aussi à côté de ceux qu'elle avait alignés. Un tas de bois de récupération. Le premier pas vers la reconstruction.

Ils passèrent le restant de la nuit et la majeure partie de la matinée à fouiller les décombres des bâtiments de Gang, ramassant les restes de bois, récupérant dans les cendres les clous et les morceaux de métal tordus par les flammes.

Gang était allongé sur une paillasse qu'on avait spécialement sortie pour lui. D'un œil morose, il contemplait de temps à autre les ruines fumantes, marmonnant un instant ce qui était peut-être une prière, l'instant suivant jetant à Shan un regard noir, en lui balançant galets et jurons chaque fois qu'il s'approchait. La seule personne à pouvoir le calmer était son fils. Assis à côté de son père, il serrait sa main valide plus fort chaque fois que la colère et l'émotion remontaient.

— C'est tellement loin de tout, dit Winslow en réunissant des clous dans une marmite. Tellement vide. Ça ne peut être que celui qui a attaqué Padme. Celui qui a incendié la prairie.

— Un éclair aurait pu frapper le toit, leur rappela Lhandro. Parfois, c'est ainsi que les divinités parlent.

Il prononça ces mots à l'intention de Gang, lui suggérant ainsi que les divinités avaient peut-être perçu que la reconstruction des mausolées devait autant à la haine qu'à la foi.

Tard dans la matinée, ils reprirent la route pour le gompa de Norbu, la résidence de Padme, au moment où on menait Gang et sa petite fille jusqu'au ruisseau afin de laver leurs mains brûlées. Le gardien suivit d'un œil vitreux la file des moutons qui se constituait au départ de la berge. Les caravaniers, il ne les avait pas invités, il ne leur avait même pas souhaité la bienvenue, et les voilà qui s'en repartaient en laissant derrière eux dix années de travail réduites à néant.

— Nous allons prier pour vous, dit Nyma à l'épouse de Gang avant d'emboîter le pas à Shan.

Au bout de sept kilomètres, ils arrivèrent au croisement avec la piste nord, celle que la caravane emprunterait pour franchir la montagne de Yapchi et rejoindre la vallée. Il fallait compter encore une quinzaine de kilomètres plein sud-est jusqu'à Norbu, et ils s'étaient mis d'accord : les moutons allaient poursuivre leur route en compagnie des autres villageois sur la piste nord tandis que Lhandro, Shan, Lokesh, Tenzin et Nyma se chargeaient de la litière pour transporter le moine jusqu'à son gompa. Ils allaient devoir rester un moment à Norbu, avait insisté Padme, au moins assez longtemps pour recevoir les remerciements et les bénédictions de son monastère.

— Je remonte plus haut, avait déclaré Winslow tandis que les deux groupes se séparaient.

Shan le dévisagea d'un œil perplexe. Winslow menait un des chevaux de Lhandro quand il vit Dremu qui attendait sur la pente en surplomb. L'Américain et lui allaient remonter vers les hauteurs, dans les montagnes, pour essayer de retrouver Melissa Larkin. Le Golok avait du mal à tenir sa monture et fixait Shan d'un air soucieux : le fait que la colonne se sépare en deux groupes semblait le tracasser. Lorsque le dernier mouton eut emprunté la piste nord, il trottina jusqu'à lui.

— Il peut marcher, dit-il avec force, à portée de voix de Padme. N'y allez pas. Laissez-le rentrer à pied.

— Nous savons comment prendre soin des hommes saints, rétorqua sèchement Nyma.

Le moine gémit en se tenant la tête, sans donner signe d'avoir entendu.

— Demandez-lui donc de vous expliquer comment les moines se mêlent aux divinités du ciel, aboya le Golok d'un air furieux, avant de tourner bride.

L'étrange lien qui s'était tissé entre Dremu et la pierre chenyi paraissait avoir rendu le Golok méfiant et agacé par tout ce qui retardait le retour de l'œil dans sa vallée. Mais il ne tarderait pas à se rendre compte que le sac rouge restait avec la caravane. Shan et les autres ne seraient absents que quelques heures. Ensuite, il suffirait de deux jours pour rejoindre Yapchi.

Les soucis de Shan s'évanouirent bientôt, remplacés par un sentiment d'anticipation inattendu, alors qu'ils franchissaient la crête côté sud pour descendre au milieu des collines basses qui conduisaient à la vaste plaine en contrebas. Shan n'avait vu que de rares gompas dans son existence, en tout cas des gompas qui pratiquaient légalement, avec un corps enseignant et des moines étudiants au complet, et les voix sereines des lamas lui manquaient. Devant les visages de ses compagnons tibétains, il comprit que la promesse de Padme d'obtenir les bénédictions des hommes saints de Norbu était également importante à leurs yeux.

L'après-midi était déjà bien entamé lorsqu'ils atteignirent la crête du dernier long escarpement rocheux. La vision d'un ensemble de bâtiments entouré par un anneau de peupliers en pleine pousse de printemps était à couper le souffle. La plupart des bâtisses étaient apparemment en pierre et torchis, les toits de tuile grise impeccables, les murs peints de couleur crème pâle. Toutes étaient situées à l'intérieur d'une enceinte carrée de deux cents mètres de côté. Trois grands bâtiments en occupaient le centre, les murs légèrement inclinés vers l'intérieur à leur sommet, tous peints de la même couleur pâle jusqu'à mi-hauteur des fenêtres du premier étage, et bordeaux ensuite, de la teinte d'une robe de moine. À l'avant de la litière, Lhandro et Nyma poussèrent de conserve de grands cris joyeux, en encourageant Padme, à bout de forces, à contempler son gompa.

— Jamais je n'aurais cru voir tant de bâtiments réunis ! s'écria Lhandro en encourageant Nyma. Le monde est en train de changer, tu comprends.

Ils s'apprêtaient à reprendre leur marche lorsque Nyma, du sac qu'elle portait à l'épaule, sortit une longueur de tresse en poil de yack qu'elle noua autour de sa taille, transformant ainsi sa robe de nonne en simple jupe. Shan la regardait sans comprendre jusqu'à ce que Lhandro lui signifie de la tête qu'elle avait raison. Il ôta son gilet et le lui tendit alors qu'elle défaisait ses longues tresses. Le monde avait beau changer, néanmoins, même s'ils allaient entrer dans un gompa, Nyma allait retrouver l'univers des hommes, ou en tout cas son avant-poste le plus proche : là, n'importe qui pourrait lui demander sa licence d'exercice.

Au bout de huit cents mètres, à quelque distance encore du gompa, Lhandro se retourna d'un air crispé vers Lokesh. Shan se rendit compte que son ami, à l'arrière de la litière, avait levé le pied, ralentissant leur progression.

— Le gompa, rappela Lhandro au vieux Tibétain d'un ton énergique.

Lokesh lui répondit par un demi-sourire et reprit sa marche. Ses compagnons avaient pris l'habitude de ses petites manies, lorsqu'il se laissait distraire par quelque détail dans le paysage. Cependant, Shan savait que son ami possédait un talent inconnu des autres et qu'il lui avait fallu des années pour appréhender : de la même manière qu'il était incapable de contenir ses grandes explosions d'émotion, Lokesh était traversé de ce que Shan, faute d'un meilleur terme, appelait de grandes intuitions. On aurait alors cru un cheval capable de percevoir une présence humaine de l'autre côté d'une colline, ou un *pika* bondissant hors de son trou et couinant de toutes ses forces, deux minutes durant, juste avant qu'une avalanche dégringole des hauteurs de la montagne.

Trois mois auparavant, Lokesh avait arrêté Shan alors que les deux hommes s'apprêtaient à traverser une rivière gelée, ce qu'ils avaient fait à trois reprises cette journée-là. Le vieux Tibétain avait été dans l'impossibilité de répondre aux questions de Shan, il était simplement resté sur place en hennissant doucement de sa voix cassée, les yeux dans les yeux de Shan. Ils étaient restés plantés dix minutes durant avant qu'un frisson ne remonte l'échine de Shan quand il avait pris conscience que la rivière, elle aussi à sa façon, renvoyait en un écho mineur les sons de la gorge de Lokesh. Tout à coup, la glace s'était ouverte et une longue trouée était apparue en son centre, au-dessus des eaux noires et glacées qui dévalaient la pente.

Qu'éprouvait Lokesh en cet instant ? Était-ce ce que Dremu, le Golok sauvage, avait perçu lui aussi à l'embranchement des deux pistes, lorsqu'il avait suggéré d'abandonner Padme à son sort ? Shan ne quittait pas son ami des yeux alors que Padme commençait à s'agiter sur sa litière improvisée. Lokesh ne fixait plus le gompa, mais un point au-delà, un mince ruban gris qui rejoignait l'horizon, vers la grand-route du Nord, à une cinquantaine de kilomètres de là. Une route était toujours synonyme de patrouilles.

Ils étaient à quatre cents mètres du gompa quand Padme leva faiblement le bras pour leur signaler de s'arrêter.

— Je ne veux pas entrer de cette manière, dit-il bravement, d'une voix tendue.

Il se leva de sa litière, remonta la fermeture à glissière de son gilet jaune, et se mit à marcher, faiblement d'abord, en faisant visiblement des efforts, puis allongeant le pas, de plus en plus assuré sur ses jambes. Un moine grimpé sur une échelle passait au lait de chaux l'extérieur du mur d'enceinte. Il interrompit son travail de peinture en lâchant un cri enthousiaste. Quelques instants plus tard, plusieurs moines sortaient du gompa au pas de course pour se précipiter au-devant de Padme.

— Rinpoché ! Nous allions partir à votre recherche ! s'écria le premier, avant de pousser un cri d'effroi devrant les blessures au visage et sur les bras de Padme.

Les hommes en robe firent cercle autour de lui, le soutenant aux épaules pour l'escorter. Ils passèrent devant un groupe d'habitations délabrées avant de franchir les deux hauts piliers carrés qui encadraient la grille du gompa. Shan et ses amis hésitaient à avancer quand un chien marron jaillit, aboyant frénétiquement d'un ton criard. Il se précipita aux pieds de Tenzin, dont il se mit à mordre la jambe de pantalon, finissant par la déchirer. Le grand Tibétain tendit la main vers l'animal, qui le mordit. Une pierre vola dans l'air, frappant le flanc de la bête qui s'enfuit en couinant au coin du gompa.

Un des doigts de Tenzin saignait. Lhandro s'approcha avec une bouteille d'eau pour laver la plaie. Shan examina les bâtiments proches de la grille. Devant l'une des maisons de terre séchée, presque en ruine, sous un auvent grossier, un homme aux longs cheveux blancs hirsutes, la peau tannée, était plié en deux au-dessus d'une machine à coudre à pédale et cousait ce qui semblait être une robe de moine. Un autre, presque aussi âgé que le premier, la tête sous un épais bandage, somnolait, appuyé contre un tonneau en métal rouillé. Une vieille femme sous un chuba rapiécé de partout, les yeux voilés par la cataracte, était assise dans l'embrasure d'une autre maison, à peine plus qu'une hutte, et faisait tourner un moulin à prières. Aucun d'eux ne leva les yeux. Personne n'offrit de sourire victorieux pour avoir chassé l'agresseur à quatre pattes de Tenzin ou pour saluer le retour de Padme au bercail.

À l'extérieur de la grille se dressait un seul et unique bâtiment en parpaings, étroit, tout en longueur, ouvert sur l'avant, avec un toit de tôle et un sol de terre battue. Une construction familière à l'incarnation précédente de Shan, appelée hutte à journal à Pékin, et surnommée par certains « chiottes du Parti ». À l'intérieur, sur le mur du fond, une vitrine fermée de format allongé affichait un exemplaire récent du journal officiel du Parti publié à Lhassa, en chinois. Shan doutait fort qu'aucun des Tibétains pût parler, encore moins lire le chinois. Il entra prudemment et jeta un coup d'œil à la rangée de pages du journal qui se terminait par un tableau d'affichage auquel étaient punaisées des annonces locales. Il parcourut rapidement les feuillets. Un discours du Président à Pékin sur les relations avec l'étranger était reproduit dans son intégralité, sur trois pages. Une compagnie de Shanghai, dont il reconnut le nom et qui était propriété de l'Armée populaire de libération, construisait un hôtel pour touristes au pied du Potola. La production de bois de charpente dans l'est du Tibet continuait à battre tous les records. Le bien-aimé abbé du gompa de Sangchi, un des plus grands du Tibet, dont on avait prétendu qu'il avait fait défection en se réfugiant en Inde, avait été en réalité enlevé par des membres du Culte du dalaï – une des étiquettes favorites de Pékin pour désigner ceux qui résistaient à la ligne du Parti au Tibet. Un nouveau barrage hydroélectrique avait été officiellement inauguré à l'est de Lhassa. Un des chefs du Culte du dalaï, le célèbre Tigre, était soupçonné d'avoir assassiné Chao Yu, l'héroïque directeur adjoint du bureau des Affaires religieuses dans la ville d'Amdo. Shan relut l'article deux fois. Il n'existait aucune preuve concrète, il s'agissait simplement d'une déclaration de la Sécurité publique sur les antécédents de violence et de trahison du Tigre. Cette marionnette réactionnaire honnie appartenant au Culte du dalaï, soulignait un article d'accompagnement, allait bientôt se voir acculée dans ses derniers retranchements par les forces de la Sécurité publique et serait contrainte d'affronter sans délai la justice du peuple. Une école tibétaine à Qinghai avait envoyé au Président une carte de la Chine entièrement fabriquée à partir de grains de riz. Une écolière chinoise avait sauvé un agneau qui se noyait à Shigatse. Il y avait une photographie de l'agneau.

Shan s'attarda devant le dernier panneau, dont la moitié était occupée par une unique annonce du gompa de Norbu et du conseil qui administrait la municipalité. Une fête du 1er Mai allait avoir lieu à Norbu, où l'on célébrerait les progrès économiques de la municipalité en même temps que le jour de congé accordé par Pékin en l'honneur de tous les prolétaires de la planète. On attendait des citoyens qu'ils participent à cette manifestation. Un feuillet à lignes numérotées était agrafé sous cette proclamation afin que familles ou unités de travail signent de leur nom pour venir exposer les fruits de leur labeur. C'était dans dix jours. Seule une ligne avait été remplie. Lhalung Pelgyi Dorje, avait écrit un plaisantin apparemment pressé. C'était le nom d'un Tibétain qui, plus de mille ans auparavant, avait tué un roi responsable de la quasi-élimination du bouddhisme au cours de campagnes de terreur d'une atrocité telle qu'on n'en avait pas revu l'équivalent avant l'arrivée des communistes. Le héros viendrait à Norbu, disait le texte, et il apporterait un beignet rassis pour honorer le Président. Personne d'autre ne s'était inscrit pour le 1er Mai. Devant le spectacle de ces Tibétains qui semblaient épuisés installés devant la grille, Shan songea qu'une partie de la population locale était là pour faire honte au gompa tandis que les autres en avaient peur.

— Si nous partions maintenant, nous pourrions rattraper les moutons avant la nuit, suggéra Nyma.

Elle chuchotait, à croire qu'elle avait des doutes quant aux bénédictions des lamas. Mais avant que quiconque pût répondre, un moine entre deux âges, en élégante robe frangée d'or, apparut à la grille, tout sourire, les bras ouverts en signe de bienvenue, avec, sur les talons, deux moines à l'allure de novices.

Shan se figea, en jetant un regard inquiet à Nyma. Il avait reconnu le personnage au nez long et crochu. Khodrak, celui qui se faisait appeler rinpoché.

— Pardonnez-nous. dit Khodrak. Notre joie a été telle au retour de notre Padme que nous vous avons négligés.

Shan remarqua alors la petite bannière avec inscription en chinois soigneusement calligraphiée qui flottait au-dessus de la porte ornementée du bâtiment central. *Prospérité sereine,* proclamait-elle.

— Ceux qui ont sauvé notre Padme sont les bienvenus au gompa de Norbu, lança Khodrak en leur signifiant d'entrer.

Khodrak et les deux moinillons aux yeux inquiets qui l'accompagnaient les escortèrent dans la cour soigneusement ratissée, mais il devint vite évident que la restauration du monastère se limitait à des secteurs très précis. Les trois bâtiments du milieu semblaient tous de construction récente et solide, mais sur deux côtés parallèles aux murs d'enceinte s'étiraient de longues bâtisses de plain-pied composées de bois et de torchis, dont la plupart avaient connu des jours meilleurs. Elles devaient servir de dortoirs aux moines et contenir les nombreuses cellules de méditation et petites chapelles de divinités mineures communes à tous les gompas d'autrefois. Toutes offraient de petites vérandas sous avant-toit où s'accrochaient traditionnellement les rangées de moulins à prières. La première de ces bâtisses, de part et d'autre de la cour principale, avait été restaurée pour ressembler aux bâtiments plus récents en position centrale, et chacune avait sa porte barrée d'une longue planche rouge boulonnée en linteau et portant inscrit en bas relief le mantra mani en lettres dorées.

L'abbé les conduisit sous la pancarte du bâtiment bas sur leur gauche avant de s'excuser : un des novices allait leur servir de guide. Le moinillon inquiet leur indiqua les patères où ils pourraient suspendre leurs effets et expliqua que Norbu était le principal gompa de la région, avec trente-cinq moines et novices, en précisant avec fierté qu'il revendiquait l'une des meilleures notes du bureau des Affaires religieuses de tout le Tibet.

— Des notes pour quoi, exactement ? interrogea Shan.

Le novice les conduisit devant les bâtiments en dur : le premier abritait l'administration, le second, le réfectoire et les salles d'enseignement.

— De bonne conduite, répondit le jeunot avec une grimace. De sérénité, ajouta-t-il d'un ton plus sombre, avant d'accélérer le pas.

Au coin sud-est du haut mur d'enceinte se dressaient un long bâtiment en bois et une étable, tous deux en piteux état. Les deux édifices, derniers survivants d'un monastère plus ancien et sans commune mesure, paraissaient se blottir l'un contre l'autre afin de résister aux gros ensembles plus modernes qui occupaient le centre du gompa. Pelles et râteaux étaient posés en appui contre les murs de planches chevillées. Un tas de paniers délabrés, avec épaisses sangles d'épaule et cerceaux capitonnés sortant de leur col, s'empilaient contre l'étable. Shan les connaissait bien, ces paniers, pour en avoir porté un pratiquement tous les jours, pendant quatre années, le long cerceau sur le front, à charrier pierres et gravier pour la construction de routes gouvernementales. Au-delà, dans le coin du mur d'enceinte, se trouvait une charrette en bois à quatre roues et un tas de bouses de plus de trois mètres de haut. Plus haut que le tas de bouses, à l'ombre des peupliers qui poussaient à l'extérieur du gompa, se dressait un mince poteau auquel étaient fixées une longue antenne radio et une antenne satellite.

Nyma se précipita vers un énorme cylindre suspendu à un échafaudage au milieu du mur du fond : un moulin à prières superbement ouvragé. Comme elle tendait la main pour le toucher, le novice lui cria de s'en écarter, avant d'accélérer le pas le long du mur où se trouvait garée une rangée de véhicules, parmi lesquels une camionnette aux emblèmes d'ambulance. Un Han de haute taille à l'allure sévère, en uniforme bleu ciel, apparut derrière la camionnette et les scruta en détail en allumant une cigarette.

— Une équipe médicale spéciale de Lhassa, expliqua le novice de sa voix de gamin peu rassuré. Ils voyagent par tout le pays pour aider les gens. Il y a des semaines qu'ils sont partis pour cette mission, et ils visitent les villages et les campements en remontant du sud, depuis la frontière indienne.

De vrais médecins. Lokesh se tourna vers Shan. Jadis, il y avait eu une université pour les vrais médecins, dans la plaine des Fleurs.

Tenzin s'était attardé près du tas de bouses et en avait étalé des fragments secs et friables sur ses joues, avant de rabattre son chapeau sur son front.

Ils poursuivaient leur visite dans le coin sud-ouest quand une colonne d'une vingtaine de Tibétains apparut derrière une barrière de poteaux en bois tendus de cordes. Une demi-douzaine d'hommes et de femmes, des Chinois han essentiellement, s'étaient regroupés devant la porte d'un petit bâtiment et observaient avec attention les Tibétains dans la file. Les rongpas et les dropkas qui attendaient affichaient la même expression d'angoisse que le jeune moinillon. Ils n'avaient pas l'air malades. Simplement inquiets.

Un homme en gilet de fourrure appela Lhandro par son nom en lui faisant signe d'approcher, comme s'il craignait d'abandonner sa file. Cependant, quand Lhandro s'avança vers lui, le novice l'arrêta en lui touchant le bras.

— Les médecins n'aiment pas qu'on vienne se mêler de leurs affaires, dit-il avec conviction.

Shan entendit un des hommes en bleu rappeler aux Tibétains de tenir leurs papiers prêts pour l'inspection.

Le troisième des bâtiments au centre du gompa était plus long et plus bas que les deux autres, et son aspect moins propret. Des carrés d'enduit se détachaient du mur arrière. Deux poteaux rouges dans un cadre métallique, en linteau au-dessus d'une épaisse porte en bois et couverts de sculptures de la vie du Bouddha historique, donnaient l'impression d'avoir été récupérés sur un bâtiment plus ancien. Ils pénétrèrent dans un vestibule au sol de bois brut qui ouvrait sur une vaste salle bétonnée. Une demi-douzaine de moines étaient assis sur des coussins à même le sol froid et dur, face à un autel couvert d'un stratifié en plastique jaune sur lequel était posée une statue en plâtre d'un mètre vingt à l'effigie du Bouddha historique, Sakyamuni, peinte de couleurs criardes. À côté du bouddha une petite table offrait des bols d'offrandes et un cône d'encens qui se consumait.

— Notre lhakang, expliqua leur guide. La chapelle principale du gompa.

Lokesh s'installa parmi les moines. Leur escorte leva la main en signe de protestation quand Nyma s'assit à son tour, suivie par Tenzin.

— Il y a si peu de temples dans les montagnes, fit remarquer fort à propos Shan.

Le moine, apparemment mécontent, voulut dire quelque chose mais Lhandro, lui aussi, rejoignit les autres. Il se contenta de hausser les épaules en précisant :

— Faites en sorte d'être avec nous pour le repas du soir, je vous prie. Vous entendrez la cloche.

Sur ces mots, il tourna les talons et sortit de la chapelle.

Shan resta en compagnie de ses amis pendant une demi-heure, respirant les parfums d'encens. Il examina une rangée de thangkas sur le mur, peints de frais, en croisant et décroisant les jambes. Mais il ne parvenait pas à trouver la plénitude d'esprit nécessaire à la méditation et finit par sortir. Il alla marcher le long d'un mur bas en pierre laissé à l'abandon, jadis épaisse fondation d'une solide bâtisse. Il fit lentement le tour des deux autres bâtiments, notant avec satisfaction les cordes de drapeaux de prières qui les reliaient à leurs sommets, et se retrouva devant le moulin à prières dans le fond du gompa. Merveilleusement ouvragé, haut d'un mètre quatre-vingts sur presque un mètre de diamètre, il était composé de cuivre et d'argent. Il le toucha, et, à sa grande surprise, le moulin tourna librement sur son axe, effectuant presque un tour entier : on l'avait équipé de roulements à billes. Du travail d'ingénieur, pas de moine. En dessous, Shan remarqua une plaque en chinois et en tibétain. Il avait déjà vu des plaques similaires déclarant que ce moulin ou cette statue étaient offerts par une ligue de jeunesse ou des amis du gompa. Cependant, celle-ci, tout comme le moulin géant, ne ressemblait à aucune autre. Heures d'ouverture, de 8 heures à 20 heures, y lisait-on. Il l'étudiait avec attention, sans comprendre, quand il entendit un bruit dans la vieille étable près du grand tas de bouses. Il s'avança prudemment. Un gaillard costaud en robe parlait à un énorme yack noir à long poil ; le moine pelletait les bouses dans la charrette et s'adressait au yack comme à un ami.

Shan connaissait cet homme. Il se faufila dans l'ombre le long du mur et l'observa. Le moine était tellement absorbé par son ouvrage qu'il s'écoula cinq minutes avant qu'il remarque la présence de Shan dans son étable. Il le salua en s'arrêtant une seconde, interrompant sa conversation avec le yack, et poursuivit sa tâche.

— J'espère que vous ne vous êtes plus embourbés ce jour-là, dit Shan.

Le moine se retourna avec un grognement et hocha la tête à deux reprises.

— Deux fois encore, répondit-il. Ils ont annulé le programme et sont revenus ici.

— Il y a un bureau des Affaires religieuses ici ? interrogea Shan en se tournant vers le gompa désert.

— Ils sont partout, reconnut le moine d'un ton réticent en pelletant quelques bouses supplémentaires dans la charrette.

Les hurleurs, on n'en parlait pas, tout comme on ne parlait pas des nœuds ou autres démons.

— Quelqu'un a dû travailler bien dur pour stocker tout ce combustible, nota Shan.

— Quelqu'un, effectivement, admit le moine une nouvelle fois avec un regard soupçonneux, sans interrompre son ouvrage pour autant. Les fermiers du coin, les bergers. Parfois, c'est tout ce qu'ils peuvent se permettre de donner. Jadis, ils se passaient de feu chez eux pour apporter du combustible aux gompas.

— Vous aviez déclaré que vous veniez du gompa de Khang-nyi.

— Exact. La Deuxième Maison, c'est l'ancien nom de cet endroit. Il existait un grand gompa, la Première Maison, sur la haute plaine, vers le nord. Ici, c'était un relais pour les voyageurs qui se rendaient là-bas, ou pour ceux qui attendaient que les lamas descendent.

Shan trouva une pelle appuyée contre le mur de l'étable, un vieil outil tourné à la main, avec une lame de bois, et il se mit en besogne.

— J'ai fait ça dans le temps, seulement c'était mouillé, finit-il par déclarer au bout de quelques minutes.

Le moine s'arrêta, sa pelle piquée dans le tas de bouses.

— Les rizières, expliqua Shan, dans la province de Liaoning. On ne m'avait pas laissé le choix.

— On vous y a forcé ? interrogea le moine en hochant la tête avant de se remettre au travail.

— Les soldats. Ils restaient le plus souvent à l'écart à cause de l'odeur. Ils s'approchaient uniquement pour nous taper dessus à coups de canne de bambou quand nous arrêtions de travailler.

Ils poursuivirent leur corvée en silence. Leur parvint une musique, les accords mélodieux d'un opéra chinois.

— L'odeur ? finit par demander le moine après plusieurs minutes.

— Les soldats venaient de la ville.

Le moine s'interrompit, une main sur sa pelle, l'autre caressant le dos du gros yack noir.

— La bouse de yack ne sent pas mauvais, s'étonna-t-il.

— Je parle de bouse humaine. Les excréments de la nuit, qui venaient des villes.

L'homme travailla un moment, puis s'arrêta de nouveau. Il posa doucement la main sur le manche de la pelle de Shan et fit tomber l'outil.

— Je m'appelle Gyalo. Au fond du cœur, je ne suis qu'un rongpa. Ils voulaient des moines du coin de la classe des ouvriers agricoles, et ma grand-mère avait toujours désiré que je sois moine. Ils m'ont donné une licence. Aujourd'hui, ils aiment bien m'emmener voir d'autres paysans.

Il attendit avec espoir que Shan s'explique à son tour.

— Il s'agissait d'un camp agricole de redressement, alors que j'étais enfant. Ma famille y avait été envoyée parce que mon père était professeur. Une petite armée de travailleurs à bicyclette apportait le contenu des latrines de la ville dans de grandes cruches de terre fixées à des balanciers. Habituellement, on se contentait de les déverser dans les champs. Mais parfois les cruches restaient au soleil et séchaient, et donc ils les vidaient en énormes tas, ou alors ils nous obligeaient à les racler à mains nues. Ce qui me reste surtout en mémoire, c'est les jours de pluie, quand tout redevenait mouillé et puant, trop mou pour le pelleter.

— Ici, ce n'est pas du tout comme ça, déclara le moine avec le plus grand sérieux après un temps de réflexion, son visage sévère barré par un large sourire.

— Est-ce que le gompa livre ça aux villageois ?

— Le gompa se débarrasse de ses stocks, c'est tout. Passés de mode, prétendent-ils, ça leur rappelle les anciens. Et ça ne donne pas le bon exemple. Nous devons montrer aux gens ce que signifie la prospérité, termina-t-il du ton d'un officier politique.

Gyalo désigna les zones d'ombre, là où les étables s'appuyaient contre le mur d'enceinte : plusieurs grosses bonbonnes métalliques s'alignaient contre la paroi.

— Ce sont les médecins qui vous ont ramené ? demanda-t-il à Shan après quelques pelletées supplémentaires, l'air de sous-entendre que c'étaient les docteurs qui arrêtaient leurs patients.

— J'étais dans les montagnes avec mes amis, quand nous avons trouvé un moine dénommé Padme gisant dans la plaine des Fleurs. On l'avait attaqué et il avait besoin de notre aide.

Gyalo parut sur le point de lui poser une autre question, mais il se ravisa.

— Puisse le Bouddha béni veiller sur notre Padme Rinpoché, récita-t-il très vite, d'une voix convenue. Des prières ont été dites pour lui dans la chapelle.

Ce moine était seul à pelleter les bouses. Était-ce une punition ? Il n'avait pas précisé qu'il avait prié pour Padme, simplement que des prières avaient été dites à l'intention du blessé. Et pourquoi appelaient-ils tous le jeune moine Rinpoché ? On réservait habituellement ce terme aux vieux professeurs vénérés.

— Est-ce que ces docteurs viennent souvent ? demanda Shan.

— Non, répondit Gyalo, le front soucieux. Pas ceux-ci, ceux-ci sont spéciaux. Où avez-vous appris à parler si bien le tibétain ? Les seuls Chinois que j'aie connus qui le parlaient travaillaient pour le gouvernement.

— J'ai travaillé pour le gouvernement. À construire des routes. J'en ai beaucoup transporté, de ces choses, ajouta-t-il en désignant les piles de paniers.

Le moine fit la grimace et montra la clinique dans le coin opposé du gompa.

— Autrefois, cette région était pleine de lamas médecins. Célèbres pour leurs guérisons. Cela signifie que les habitants du coin ont mis du temps à changer leurs traditions, à abandonner la religion et à ouvrir les bras aux docteurs chinois. Le gouvernement veut s'assurer que les gens ne tombent pas malades.

— Vous voulez dire qu'ils ne veulent pas qu'ils soient soignés et guéris de la mauvaise façon.

Le regard que lui jeta Gyalo était lourd de signification.

— Et, donc, que ces gens qui font la queue ne sont pas malades ?

Shan avait croisé deux malades en chemin. Une qui se cachait des docteurs dans le camp de sel, l'autre qui attendait sur la piste – et avait refusé l'aide de Lokesh.

— On leur a demandé de descendre des montagnes pour se faire examiner. Pour des piqûres. Et pour des papiers.

— Des papiers ?

— Ces docteurs sont arrivés il y a deux semaines, et ils sont restés. Ils ont surtout des réunions dans les bureaux. Parfois débarque un officier des nœuds au visage grêlé de petite vérole, avec des yeux comme du riz sale. Et ils ont tous des radios, comme les soldats. Tous ceux qui portent des uniformes bleus ne sont pas médecins. Et même les vrais parmi eux délivrent de nouvelles cartes de santé, comme des cartes d'identité. Toutes les personnes convoquées doivent signaler très exactement tous les docteurs qu'ils ont consultés au cours de ces cinq dernières années, y compris les guérisseurs tibétains. Et ils doivent signer des papiers qui viennent du bureau. Quand le nœud débarque, il fait lire les gens.

— Il les fait lire ? Lire quoi ?

— N'importe quoi. Un paragraphe d'une brochure pour la campagne de Sérénité. Une ligne des fiches médicales. Au début, les gens sont venus librement. Mais maintenant la plupart ne viennent plus de leur plein gré. Les soldats débarquent en camion. Ou des hommes qui ressemblent à des soldats, habillés en blanc.

Les hurleurs portaient parfois des chemises blanches, mais les hurleurs n'étaient pas des soldats, c'étaient les officiers politiques du Tibet moderne.

— Vous croyez que des soldats de la Sécurité publique se font passer pour des hurleurs ? Ou des docteurs ?

— Le gompa de Norbu est comme un poste frontière, au bord des terres sauvages, caché aux yeux du reste du monde. Un endroit parfait pour les expérimentations.

Shan examina Gyalo avec attention.

— À votre avis, ce comté se livre à des expériences nouvelles ? Des expériences politiques ?

— L'autorité qui nous commande est le bureau des Affaires religieuses. Le conseil du comté nous ignore. Le district Norbu du bureau, voilà ce que nous sommes, un district plus vaste que le comté, qui remonte au-delà des montagnes au nord, et même jusqu'à la province de Qinghai. Dirigé par les Affaires religieuses dans la ville d'Amdo et par ceux qui siègent dans ces bureaux, dit le moine avec un signe de tête vers le premier des bâtiments à un étage.

Shan travailla en silence pendant plusieurs minutes.

— Si ces docteurs sont arrivés il y a deux semaines, dit-il, alors ils ne sont pas ici parce que le directeur adjoint a été tué.

— Ce Tuan, confirma Gyalo en grattant la tête du yack, on le connaît comme chef des Affaires religieuses. Mais il a passé vingt ans à la Sécurité publique. Il possède des références parfaites pour diriger les Affaires religieuses dans un district aussi attaché à la tradition. Toutes les personnes qu'ils veulent voir ici ne viennent pas. Certains se contentent de se cacher et d'attendre. Par le passé, j'allais aider les bergers et les fermiers quand je le pouvais. Aujourd'hui, on me donne rarement la permission de sortir sans escorte.

— Mais Padme, lui, était loin d'ici, et il était seul. À une journée de marche du gompa, sans même une bouteille d'eau.

— Padme n'a pas besoin de permission, murmura Gyalo à l'oreille du yack, assez fort pour que Shan l'entende. Et il ne va jamais bien loin.

— Mais nous l'avons trouvé. Pas de cheval. Pas de charrette. Nous avons cru que c'était un ermite.

Gyalo, un grand sourire aux lèvres, donna l'impression d'en avoir entendu une bien bonne. Il tourna le dos à Shan et ne parla plus qu'à son yack.

— Si tu étudies suffisamment, et si tu trouves la conscience juste, m'a confié un vieux lama, tu peux apprendre à voler, annonça-t-il à l'animal en battant des bras comme un oiseau.

— Est-ce que Padme cherchait l'homme au poisson ? demanda Shan, mal à l'aise.

Gyalo se pencha au-dessus de la tête de son animal.

— Peut-être celui-ci ne connaît-il ni les dropkas ni les lacs sacrés. Peut-être ne sait-il pas ce qui nage dans les eaux sacrées.

Shan s'interrogea sur la santé mentale du bonhomme. Il alla reposer la pelle contre le mur et s'apprêtait à partir quand il entendit le moine dire au yack :

— Tu ne devrais pas laisser la nonne monter à l'étage.

Gyalo dénouait une boulette des longs poils noirs de l'animal comme s'il n'avait pas prononcé une parole et que son visiteur n'était déjà plus là.

Shan repartit à pas lents vers la chapelle, mais elle était vide.

Ne laisse pas Nyma monter au premier. Il se dirigea vers le bâtiment à un étage le plus proche de la grille d'entrée, celui qui s'ornait d'une bannière. En façade, il vit des plaques de bois qu'il n'avait pas remarquées à son arrivée. Elles portaient des inscriptions en tibétain, rédigées de la belle écriture ornementée réservée aux maximes d'enseignement religieux, mais il découvrit en frissonnant qu'elles n'avaient rien de religieux. *Utilisez Bouddha pour Servir le Peuple*, proclamait l'une. *Chargez les Paroles du Bouddha de Socialisme chinois*, proclamait une autre.

Il en fit lentement le tour, examinant les deux cordages garnis de drapeaux de prières qui le reliaient au bâtiment voisin. Une ligne était constituée de drapeaux mani illustrés d'extraits du mantra au Bouddha de la Compassion. Mais il s'était trompé sur la nature de la seconde : elle était composée d'une série de drapeaux miniatures rouges avec une grosse étoile dans le coin supérieur gauche et, tout à côté, un arc de quatre étoiles. L'emblème de la République populaire de Chine. En remontant le long du mur ouest il aperçut quatre dropkas qui pénétraient dans une des bâtisses décrépites par une porte au bois desséché et fendu. Il les suivit dans un couloir de planches grossières grinçant sous les pas qui conduisait dans une toute petite chapelle, de deux mètres cinquante sur quatre. Une douzaine de Tibétains étaient assis en fidèles respectueux devant une statue en bronze du professeur Guru Rinpoché. Sur le mur, de chaque côté de la statue, étaient accrochés d'antiques thangkas de Tara aux couleurs passées. Huit au total, les huit aspects de la divinité, qui offraient protection contre huit craintes spécifiques. L'un gardait le fidèle contre les serpents et l'envie, un autre contre l'illusion et les éléphants, un autre encore le protégeait des voleurs. Au-dessus du thangka se trouvait un thangka beaucoup plus petit, lui aussi très ancien, aux couleurs presque disparues, illustrant une divinité que Shan ne reconnut pas immédiatement. Il se rendit soudain compte que ce n'était pas un thangka ancien : on l'avait simplement peint avec talent et minutie pour le faire paraître comme tel. C'était la représentation d'un lama, la main levée avec index et pouce se touchant pour former le mudra d'enseignement. C'était le Quatorzième dalaï-lama, Tenzin Gyatso, le dalaï-lama actuel.

Une demi-heure plus tard, il ressortait dans la cour en direction du bâtiment administratif, perplexe, essayant de réconcilier les prières mani au-dessus des portes latérales du gompa avec les docteurs qui se comportaient comme des nœuds, le moulin à prières géant avec ses horaires d'utilisation stricts, les peintures solennelles de divinités avec les emblèmes rouges de Pékin.

Il entra dans le hall vide, orné de deux grandes peintures modernes, des imitations stylisées de thangkas, et d'une autre bannière de la campagne de Sérénité. Sous la bannière se trouvait une note imprimée punaisée à un grand tableau d'affichage. Un graphique de notation. Les districts des Affaires religieuses seraient notés selon les progrès économiques réalisés proportionnellement aux efforts accomplis par chaque district afin de transformer les inclinations religieuses de la population en activité économique. Y était adjoint un diagramme de critères de rentabilité, avec statistiques récentes et moyennes sur les cinq dernières années et se terminant l'année précédente : nombre de moutons ; nombre d'animaux domestiques, yacks, chèvres, moutons, chevaux ; hectares d'orge ; nombre d'enfants inscrits dans les écoles autorisées ; nombre de véhicules ; production de feutre, de laine et de produits laitiers. Shan balaya rapidement la colonne détaillant les résultats des années précédentes. Ce district devait être l'un des plus pauvres du Tibet, à en juger par ces données. Ou à en juger par le livre comptable de Drakte. Drakte aurait-il amassé ces informations pour la campagne de Sérénité ?

Au bas de la note imprimée s'en trouvait une autre, rédigée d'une main soignée et entraînée. *Nous aurons la sérénité, et nous l'aurons maintenant.* Signée : Président Khodrak. À côté, un billet encore plus petit déclarait qu'on attendait de tous les moines qu'ils assistent aux festivités de la fête du Travail le 1er Mai.

Shan grimpa l'escalier rustique en bois au bout du hall. Il retrouva dans le couloir du premier l'atmosphère des bureaux du gouvernement. Une porte en haut de l'escalier ouvrait sur une salle où un moine se trouvait assis à côté d'un homme en complet d'affaires : tous deux pianotaient à toute vitesse sur des claviers d'ordinateurs sous des moniteurs affichant des idéogrammes chinois. Au-dessus de leurs têtes étaient accrochées deux photographies, la première de Mao Tsé-toung, la seconde, du Président en exercice à Pékin. Sur la table voisine étaient posés un fax et un gros téléphone à touches pour la réception de lignes multiples. Sur un mur, une carte, avec, en en-tête, les sempiternels *Nei Lou,* classé secret, en gros caractères. Sous la carte, une machine à écrire avec une lettre engagée dans le tambour. Il avait aperçu une machine à écrire dans la cabane d'un berger, alors qu'il voyageait en compagnie de Lokesh et de Drakte, et les purbas avaient été furieux. Les machines à écrire continuaient à être traitées comme des armes secrètes par les nœuds. Plus d'un dissident s'était vu condamner simplement parce qu'il en possédait une.

Shan dépassa la porte et s'arrêta devant une grande affiche au mur, uniquement en chinois, avec en titre, en gros caractères : BUREAU DES AFFAIRES RELIGIEUSES. *Qualifications exigées pour l'admission*, était-il écrit en sous-titre. Suivait une liste de dix critères. Shan serra les mâchoires et lut.

Le candidat doit avoir au moins dix-huit ans. Suivant une tradition vieille de plusieurs siècles, les familles tibétaines envoyaient leurs fils aînés à un âge bien plus jeune dans les gompas. En effet, le cycle officiel pouvait durer facilement plus de vingt ans pour ceux qui aspiraient au rang de *geshe*, le plus élevé de la formation monastique.

Le candidat doit aimer le Parti communiste. Shan lut cette phrase deux fois pour être sûr qu'il ne s'était pas mépris. Aimer le Parti...

Les parents du candidat doivent être identifiés et démontrer leur approbation.

L'unité de travail du candidat doit approuver le transfert vers l'unité du monastère. Ce qui signifiait non seulement que les gompas étaient considérés comme des unités de travail semblables à toutes les autres, mais également que les jeunes hommes devaient s'embarquer pour une vie différente, un travail différent, avant de postuler auprès des chefs politiques de leurs collectifs de travail, qui, plus souvent qu'à leur tour, devaient être des immigrants chinois.

Les autorités locales doivent donner leur consentement, ainsi que les autorités du comté. Le candidat comme ses parents devaient donc avoir un passé politique irréprochable.

Le candidat doit être originaire d'une zone géographique autorisée. Il existait encore des zones, là où la résistance tibétaine avait été la plus forte, où il était formellement interdit aux citoyens du cru de revêtir la robe.

Finalement, il lut deux brefs critères. *Approbation du Comité*, et *Approbation du bureau de la Sécurité publique.*

Shan lutta contre le goût âcre qu'il avait dans la bouche et semblait vouloir se répandre dans son ventre. Le bureau des Affaires religieuses de Pékin avait établi un numerus clausus strict quant au nombre de moines dans chaque gompa, habituellement un petite fraction de leur nombre d'origine. Des gompas où avaient jadis servi deux mille personnes pouvaient se retrouver avec cent cinquante moines autorisés par les hurleurs. Même quand un poste était libéré, il fallait parfois des années à un candidat pour satisfaire à toutes les autorisations. Par le passé, les postulants se seraient assis avec les lamas et auraient récité les écritures apprises à la maison ou ils auraient parlé de la conscience grandissante de leur Bouddha intérieur qui les appelait à revêtir la robe. Aujourd'hui, la meilleure chance de gagner une robe était de s'asseoir avec un commissaire du peuple et de lui réciter les écritures des petits livres rouges du Parti.

Un peu plus loin, sur le mur opposé, se trouvait une feuille de papier dont les caractères rédigés à la main étaient presque aussi grands que ceux de l'affiche : PLUS JAMAIS MOINE. Suivaient cinq noms avec une date remontant aux deux dernières années. Sur le mur, tellement proches que Shan en eut froid dans le dos, étaient suspendues cinq robes comportant chacune une étiquette épinglée au tissu. Au-dessus d'elles se trouvait une autre pancarte marquée *S'Est Écarté de Bouddha*, avec, en dessous, une citation : *Une fois que tu t'es écarté, Bouddha ne t'ouvrira plus les bras*, en surimpression sur la signature tarabiscotée du président Khodrak. La ligne de patères se poursuivait dans le couloir par une douzaine d'autres, toutes vides, sauf les deux dernières auxquelles s'accrochaient des bonnets en belle fourrure. Le couloir se terminait par une double porte entrouverte derrière laquelle retentissaient des bruits de voix.

Nyma, Lokesh, Lhandro et Tenzin étaient assis devant une table massive en bois sur des chaises à dos droit. Derrière la table leur faisaient face trois fauteuils plus imposants, en bois eux aussi, le dossier capitonné de soie rouge. Deux étaient occupés par Khodrak et le Chinois han aux long cheveux fins que Shan avait vu au lac : le directeur Tuan, des Affaires religieuses, qui avait obtenu ce poste grâce à sa précédente carrière à la Sécurité publique. Un élégant service à thé en porcelaine était posé sur la table, et un moine resservait les tasses des amis de Shan. Le moine disparut à sa vue et la porte s'ouvrit en grand. Il désigna à Shan une des chaises inoccupées.

— Excellent, excellent ! s'écria Khodrak. Passez donc un moment en notre compagnie, camarade Shan.

Dans son dos, un grand bâton de mendiant était appuyé contre le mur, le pommeau en métal finement ouvragé terminé par une pointe.

— Nous exprimions notre gratitude et notre plaisir à vous voir partager notre repas du soir avec toute l'assemblée.

Shan consulta ses amis du regard, mais seul Lhandro tourna la tête, avec un petit sourire contraint. Les autres contemplaient d'un œil peu convaincu les délicates tasses fumantes devant eux. Shan hésita et s'installa à côté de Nyma. Khodrak avait appris son nom. Quelles autres questions avait-il posées ?

— Ce genre d'héroïsme ne saurait passer inaperçu, il mérite une récompense. Des gens ordinaires, et même des ouvriers agricoles, qui se sacrifient pour sauver la vie d'un représentant de l'autorité religieuse... Ici, à Norbu, nous applaudissons tout particulièrement votre action.

Ce fut au tour de Shan de se plonger dans l'examen de sa tasse de thé, tant il craignait sa réaction s'il croisait le regard de Khodrak ou du directeur Tuan. Khodrak avait présumé que les Tibétains étaient tous bergers ou fermiers, et les ouvriers agricoles constituaient la classe la plus respectée dans la hiérarchie que le Parti avait créée pour sa société sans classes. Le cerveau de Shan tournait à plein régime. Des images des panneaux dans le hall lui repassaient devant les yeux, les drapeaux chinois, le solide Gyalo seul avec ses bouses de yack, le bureau extérieur qui ressemblait au centre d'opérations d'une agence gouvernementale. Il jeta un coup d'œil timide vers le fauteuil vide. Khodrak s'était donné le titre de président. Nulle part les panneaux ne précisaient qu'il était abbé, ou *kenpo* – le chef traditionnel de tout gompa tibétain. Quand Gyalo avait parlé de l'autorité dirigeante du monastère, il avait dit « ils ». Shan comprit que Norbu était un modèle de gompa moderne, dirigé non par un abbé, mais par un Comité de direction démocratique.

Un jour, au pénitencier, lors d'une tempête d'hiver qui les tenait confinés dans leurs baraquements, Shan et ses compagnons de cellule avaient écouté un jeune moine qui venait d'entamer une peine de cinq années d'emprisonnement. Il leur avait expliqué que son crime avait été de refuser de signer une déclaration par laquelle il s'engageait à être patriote et jurait de ne jamais protester contre la politique de Pékin – un serment qu'exigeaient de lui les dirigeants de son gompa. Les vieux moines du camp n'avaient pas compris. Le jeune détenu avait dû exposer plusieurs fois les raisons pour lesquelles les abbés et les lamas exigeaient ce serment, et pourquoi ils pouvaient l'expédier dans une prison chinoise pour l'avoir refusé. Patiemment, il avait expliqué qu'un nouveau corps dirigeant avait repris l'administration de son gompa, un Comité de direction démocratique. Ledit Comité jugeait les moines sur leur connaissance de la pensée politique correcte et, lors des assemblées, leur demandait de réciter, en plus de leurs sutras, des versions chinoises de l'histoire tibétaine – aux termes desquelles le Tibet avait toujours été chinois et les Tibétains descendaient d'une souche chinoise.

Le moine de service apparut au côté de Khodrak avec une liasse de minces boîtes étroites de quinze centimètres de long.

— Je vous en prie, annonça Khodrak, vous méritez une récompense pour votre action.

Il prononça ces paroles d'une voix forte et gracieuse, lentement, en homme habitué à parler en public. Le jeune moine distribua les boîtes en signifiant à chacun d'ouvrir son cadeau. Se trouvait à l'intérieur un lourd *dorje* en plastique rouge, le symbole en éclair de tonnerre utilisé lors de nombreux rituels tibétains. Le moine montra à Nyma comment en pousser une extrémité jusqu'au déclic : c'était un stylo à bille, avec une inscription en caractères chinois – *Bureau des Affaires religieuses.*

Shan releva les yeux, la gorge sèche, devant le sourire conquérant de Khodrak, qui détaillait ses invités avec un intérêt non déguisé, une main rectifiant distraitement le monogramme de sa robe. Il savait que les membres des Comités de direction démocratiques recevaient un salaire du bureau des Affaires religieuses. Il se tourna vers la fenêtre. La nuit tombait, il était trop tard pour quitter le gompa.

— Peut-être un de plus pour notre ami spécial ? dit Khodrak au moine, d'un ton de commandement.

— Oui, président Rinpoché, répondit le jeune homme, impassible.

Il tendit à Shan un étui à stylo. Son ami spécial, songea Shan. Parce qu'il était han, lui aussi. Il refusa d'une voix crispée.

— Je vous remercie. Malheureusement, je n'écris que d'une main.

Khodrak gloussa, avant d'éclater de rire, suivi par le directeur Tuan puis par le moine de service. Les amis de Shan affichaient des sourires forcés. Khodrak s'arrêta de rire aussi vite qu'il avait commencé et claqua des mains, les deux index étirés. Ce n'était pas un mudra. Il pointait simplement les doigts sur Tenzin.

— Peut-être que votre ami devrait voir un médecin. Nous avons des spécialistes, ici, venus tout droit de Lhassa.

Voir un médecin. C'était un code en usage au goulag, une menace dont se servaient les gardes pour les prisonniers récalcitrants comme lui : ils les remettaient entre les mains des nœuds, spécialistes du maniement des aiguillons électriques, des petits marteaux et des pinces à bouts ronds.

— Souffrez-vous de ce mal depuis longtemps ? interrogea Khodrak avec sollicitude, en examinant les mains de Tenzin, exactement comme le colonel Lin avait examiné celles de Lokesh.

Pour quelle raison ? Qu'avaient-elles de particulier ? Ce n'était pas, se rendit compte Shan, les mains rugueuses pleines de cals d'un rongpa ou d'un berger.

— Nous vous l'avons déjà expliqué, intervint Nyma. Tenzin a été frappé par un éclair. Il ne parle pas, mais ça n'a pas d'importance. C'est un bon travailleur.

Khodrak jeta sa serviette à côté de la tasse du Tibétain, au visage maculé par la poussière du tas de bouses.

— Vous devriez vous laver, déclara-t-il d'un ton désinvolte.

Tenzin ne releva pas la tête, affichant une indifférence étudiée, puis baissa les mains et les croisa sur ses cuisses. Elles étaient invisibles aux yeux de Khodrak, mais Shan les vit qui formaient un mudra, les petits doigts liés, les majeurs de chaque main repliés vers l'intérieur de la paume, les pointes des pouces et des index se touchant. Le Frein de l'Esprit, pointé sur Khodrak. Jaillit soudain un éclair de lumière : le jeune moine de service prenait des photos de Shan et de ses compagnons.

— Peut-être avez-vous appris que mon adjoint avait été assassiné ? dit le directeur Tuan d'une voix onctueuse.

Tenzin contempla un instant son mudra, puis releva doucement la tête vers Khodrak. Le duel de regards qui s'ensuivit fut aussi incompréhensible que sans concession. Tenzin avait disparu la nuit de l'assassinat de Chao. Néanmoins ces individus ne pouvaient le soupçonner du meurtre, sinon, ils se seraient déjà emparés de lui. Shan se rappela alors les paroles de Gyalo à son yack : Shan ne savait pas ce qui nageait dans les eaux sacrées. Khodrak recherchait peut-être un homme qui communiquait avec les divinités des eaux. Tenzin était un jour parti de l'ermitage pour obtenir des sables des nagas et un informateur avait pu le voir pendant le cérémonial à la rivière. Les hurleurs méprisaient les nagas, symboles des plus anciennes traditions du Tibet. S'ils emprisonnaient Tenzin et l'interrogeaient sur l'intérêt qu'il portait aux divinités des eaux, même s'ils devaient attendre que le Tibétain muet rédige ses aveux, ils finiraient par découvrir l'existence de l'ermitage, de Gendun et de Shopo.

— Est-ce la raison pour laquelle Padme Rinpoché se trouvait sur la haute plaine ? interrogea Shan, essayant de détourner l'attention de Tuan. Essayait-il de restaurer l'ordre public ?

Sa question lui valut un regard scrutateur de Tuan, sans une once d'émotion, et éveilla l'inquiétude de Nyma et de Lhandro : Shan suggérait que Padme n'était pas simplement engagé dans une quête religieuse. Khodrak, en revanche, ne sembla rien y voir d'extraordinaire.

— Tout le monde doit se montrer vigilant par les temps qui courent, dit le président. Quand des progrès si grands sont à portée de main, c'est alors que les réactionnaires risquent de frapper. Meurtres, enlèvements. En tout cas, cela justifie notre travail.

— Des enlèvements ? s'étonna Shan.

— Vous avez certainement entendu parler de l'abbé de Sangchi. Le bien-aimé chef d'une institution aussi importante. Un modèle de pensée juste pour tous les Tibétains. Le créateur de la campagne de Sérénité. Un autre des martyrs de notre cause.

— D'après les journaux, l'abbé de Sangchi est en route pour l'Inde.

— Nous savons maintenant que l'abbé a été enlevé par les éléments les plus radicaux de la résistance, intervint Tuan. Peut-être ceux-là mêmes qui ont assassiné le directeur adjoint Chao à moins de quatre-vingts kilomètres d'ici. Ils vont sans nul doute essayer de lui faire du mal à lui aussi.

Que voulaient-ils suggérer ? Que l'infâme Tigre se trouvait dans les parages ? Que l'abbé disparu était prisonnier du Tigre non loin de là ? Certainement pas, sinon, la région serait saturée de troupes de la Sécurité publique.

— Le dîner, annonça soudainement Khodrak, avec un sourire mielleux. Le dîner sera bientôt servi dans la salle de réunion. Prenez un moment. Jouissez de notre hospitalité.

Le président quitta la pièce, Tuan sur les talons. Prenez un moment, songea Shan en les suivant du regard. Les mots sonnaient comme une des expressions favorites de Khodrak, sa signature, en quelque sorte. Il les avait prononcés d'une voix douce, affable. Mais Shan les avait déjà entendus. C'était une expression convenue des tamzings, les sessions de critique publique où l'on enfonçait la pensée juste, au propre comme au figuré, dans le crâne et le corps des citoyens égarés. Prenez un moment, disait le responsable du tamzing pour montrer qu'il avait un bon fond. Prenez un moment pour reconsidérer vos déclarations avant que nous n'ayons recours à des moyens plus douloureux pour vous remettre dans la voie vraie du Parti.

Shan s'attarda au sommet des escaliers près du bureau, avec la tentation d'y entrer, mais le moine l'appela pour rejoindre les autres. Il descendait les marches à pas lents lorsque résonnèrent des voix dans la pièce au-delà du bureau. Cependant il ne put rien distinguer du furieux échange verbal. Il suivit les autres jusqu'à une porte à l'arrière ouvrant sur la cour entre les bâtiments et avait presque rejoint Lokesh quand une main se referma sur son bras.

— Camarade Shan, déclara une voix sévère dans son dos.

Il se retrouva face aux petits yeux noirs du directeur Tuan, qui lui montra un bureau à la porte ouverte. Shan hésita en voyant ses amis disparaître. Un nœud dans la poitrine, la gorge comme un parchemin, il entra.

Une petite table métallique était repoussée contre la fenêtre pour faire place à quatre fauteuils capitonnés disposés autour d'une table basse garnie d'un long jeté de dentelle. Tuan referma la porte derrière eux, prit place dans un des fauteuils et invita Shan à l'imiter.

— Camarade, répéta-t-il, cordialement, cette fois.

Shan s'installa tout au bord du fauteuil face à Tuan et hocha lentement la tête. Sur le jeté de table de dentelle étaient posées plusieurs piles de brochures de la campagne de Sérénité identiques à celles qu'il avait vues au lac.

Tuan tambourina sur l'accoudoir de son fauteuil en détaillant Shan, ses chaussures en lambeaux et ses vêtements rapiécés.

— Ça doit être difficile pour un homme comme vous, commença-t-il.

Nouvel acquiescement de Shan. Ils connaissaient son nom. Mais ils n'avaient pas dû avoir le temps de procéder à des recherches approfondies ; ils devaient ignorer qu'il n'était qu'un simple prisonnier, un évadé du lao gai.

Tuan sortit un paquet de cigarettes de sa poche qu'il posa sur le large accoudoir de son siège.

— Depuis combien de temps êtes-vous au Tibet ?

— Cinq ans.

— La plupart ne tiennent pas un an, commenta Tuan d'un air réjoui. Je vous salue bien bas. Ce sont les individus de votre genre qui sont les véritables héros des travailleurs. N'importe qui peut travailler dans une usine au pays. Mais vous, vous êtes ici, en première ligne de notre grand combat.

Il prit ses cigarettes et les tapota sur l'accoudoir. Shan avait rencontré par le passé des représentants officiels du bureau des Affaires religieuses. La plupart étaient mous et bureaucratiques, accomplissant leur temps de purgatoire avant d'être mutés dans un meilleur bureau en Chine de l'Est. Tuan était différent : soldat aguerri, il avait déjà une carrière derrière lui à la Sécurité publique.

— Vos amis ont déclaré que vous voyagiez vers le nord, et que vous aviez obliqué pour ramener Padme au gompa. Padme a expliqué que vous transportiez du sel.

Tuan ne l'interrogeait pas sur les nagas, ni sur Yapchi ou Lhassa. Ses questions n'avaient rien à voir avec celles du colonel Lin. En réalité, il paraissait le tester bien plus qu'il ne l'interrogeait.

— C'est une de leurs traditions, acquiesça Shan.

— Il faut payer des taxes au monopole sur le sel. Vous pourriez obtenir une récompense si vous les dénonciez. Je pourrais arranger cela, je pourrais même la faire transmettre anonymement. Ils n'ont pas besoin de savoir.

Shan s'obligea à afficher un petit sourire de conspirateur et Tuan leva la main, paume vers l'avant.

— Vous y avez pensé. Excellent.

Il porta le paquet de cigarettes à ses narines, inhala profondément, en alluma une, et la déposa avec soin dans le cendrier sur la table.

— Vous n'êtes pas responsable de ceux que vous rencontrez en voyage. Un homme comme vous a l'occasion de rencontrer toutes sortes de Tibétains.

— Mes compagnons de voyage ont amené ici un moine blessé, souligna Shan en serrant les mâchoires.

Tuan retroussa les lèvres en un filet de sourire et inhala la fumée qui s'élevait du cendrier, à croire qu'il se servait du tabac comme d'encens.

— Cette région est encore très sauvage. Des éléments criminels se cachent un peu partout dans les montagnes. Celui qui a tué le directeur adjoint Chao est parmi eux. C'est lui qui a dû attaquer Padme.

— À vous entendre, on croirait que vous savez de qui il s'agit.

— Naturellement que je sais. C'est toujours la même guerre, celle qui a débuté quand l'Armée de libération est arrivée. Elle ne s'est jamais réellement terminée, elle est simplement moins apparente.

— Vous voulez dire que vous vous souciez peu de celui qui a fait ça.

— Et eux, ils s'en soucient ? s'exclama Tuan en haussant les épaules, penché vers la fumée. Ils prennent l'un de nous, nous prenons l'un des leurs, ajouta-t-il avec un sourire glacé en se lissant les cheveux, comme s'il se désintéressait de la question. Nous serons toujours plus nombreux qu'eux.

Se désintéressait-il de l'identité du tueur parce qu'il avait déjà pris un Tibétain pour équilibrer son équation ? Parce qu'il avait blessé Drakte à mort ?

— Il y aura bientôt une audience de mise en accusation, poursuivit Tuan. Dans moins de deux semaines. D'ici là, quelqu'un comme vous, un Han au milieu de tous ces gens, sera constamment en danger. Permettez-moi de vous aider.

— Je ne les crains pas.

Ce qu'il craignait, c'était Tuan et son jeu étrange. Il allait tenir une audience sur l'assassinat de Chao dans deux semaines et désigner un coupable. À l'entendre, ce n'était qu'un élément de plus dans son programme surchargé.

— Les choses sont en train de changer dans ce district, reprit

Tuan. Un Han qui a la manière avec ces Tibétains pourrait être promis à un avenir brillant. Vous nous seriez utile. Nous allons devoir recruter quelqu'un pour superviser tous les enseignants. Il va falloir vous décider vite. La gloire est en chemin, et il y en aura suffisamment pour tout le monde.

La gloire est en chemin ? Quelle gloire ?

— Les autres enseignants ?

— Norbu est promis à un grand avenir, il dispensera un nouveau savoir. Et c'est un nouveau monde qui est promis aux habitants d'ici, expliqua Tuan.

Shan se plongea dans l'examen du rectangle de dentelle. D'habitude, il reconnaissait la langue de bois des représentants de l'autorité, mais Tuan semblait avoir élaboré un code tout à fait personnel.

— Tous ces médecins font peur, dit Shan après une longue hésitation. Vous n'avez pas besoin d'eux pour capturer le tueur.

Tuan eut un sourire appréciateur.

— Ils ont des ordres de Lhassa. La sécurité nationale est en jeu. Un vieux chef du Culte en provenance de l'Inde s'est infiltré au Tibet.

— Nous sommes à plus de six cents kilomètres de l'Inde.

— Il leur offre en tout cas l'occasion d'une belle chasse.

— Mais pourquoi des docteurs ? En quoi le fait de semer la confusion chez les habitants du pays peut-il aider à retrouver ce clandestin ?

— Sécurité nationale, répéta Tuan.

Il consulta sa montre et se leva. Il mit la main à la poche et en sortit une carte de visite, qu'il tendit à Shan.

— Je connais des choses. Quand nous aurons gagné, après le 1er Mai, appelez-moi.

Il balança les cigarettes sur les genoux de Shan et quitta la pièce sans se retourner.

Shan le suivit longuement des yeux. « Je connais des choses. » Les mots n'étaient probablement que du langage vide de bureaucrate arrogant. Mais ils lui remirent en mémoire l'horrible nuit à l'ermitage. *Il se fiche de qui doit mourir,* avait murmuré Drakte, à son dernier souffle. *Il tue la chose qu'il est. Il tue la prière.* Tuan était le responsable officiel des questions religieuses, et il tuait la religion.

Shan laissa tomber les cigarettes sur l'accoudoir du fauteuil et sortit retrouver ses amis qui attendaient en compagnie du jeune moine sous les drapeaux battant au vent.

— De quoi s'agissait-il ? demanda nerveusement Nyma.

— Je ne sais pas. Il voulait m'offrir des cigarettes.

Le moine les conduisit dans le bâtiment adjacent, où une vingtaine de ses collègues attendaient devant deux longues tables en planches. Certains saluèrent les visiteurs d'un air contraint et crispé, d'autres détournèrent les yeux. Gyalo n'était pas de la fête. Un vieux moine, le plus âgé de l'assemblée, se leva et récita le texte d'ouverture de l'un des premiers enseignements, ce que les Tibétains appelaient le sutra du Cœur. Ses paroles, ou peut-être sa voix profonde qui résonnait fort, apaisèrent les autres. Mais Shan restait noué, inquiet, incapable de se décontracter. Il lutta contre la tentation d'agripper Lokesh et de fuir. Il ne comprenait rien à son entrevue avec le directeur Tuan. Tuan et Khodrak allaient gagner quelque chose, et la gloire s'ensuivrait...

Finalement, Khodrak, tenant son bâton de mendiant tel un sceptre, fit son entrée, suivi par Tuan. Tous deux étaient coiffés de bonnets en fourrure de renard. Ils s'assirent à une table plus petite placée en bout, et, quelques instants plus tard, apparaissaient deux moinillons chargés d'une énorme marmite de *thugpa*, la soupe de nouilles aux légumes. Ils servirent avant de distribuer des bols de riz blanc fumant. Tous mangèrent rapidement, sans quasiment parler, les moines nerveux coulant sans cesse des regards vers les visiteurs comme aux deux hommes aux places d'honneur. Le repas terminé, on offrit du thé vert chinois, et Khodrak se leva pour expliquer comment le camarade Shan et ses compagnons avaient sauvé la vie de Padme. Camarade Shan. Khodrak avait transformé le sauvetage de Padme en parabole politique, le Han altruiste volant au secours d'un Tibétain en danger.

Quand ils en eurent terminé, toujours sous la conduite d'un moine, ils récupérèrent d'abord leurs affaires, puis se dirigèrent vers le quartier des invités du gompa, une pièce-dortoir avec huit lits dans un des bâtiments de plain-pied. Leur guide et gardien indiqua à Nyma une pièce similaire de l'autre côté du couloir.

— Nous avons vu une vieille étable, dit Shan. Nous préférerions dormir là-bas.

Seul Lokesh hocha brièvement la tête, comme pour confirmer.

— Ils ont dit ici, protesta le moine. Les lits seront plus confortables.

— Pas pour nous, objecta fermement Shan. Nos vieux os sont habitués à dormir sur le sol.

Avec un soupir contrarié, le moine tourna les talons et les mena jusqu'à l'étable abandonnée. Dans l'ombre épaisse derrière la charrette qu'il avait aidé à remplir, Shan sentit plus qu'il ne vit la présence du gros yack qui les observait.

Le moine dégagea la lourde traverse en bois qui barrait la porte et tendit à Shan une lanterne à bougie. Ils pénétrèrent dans une petite pièce qui sentait le renfermé, avec une demi-douzaine de box, au sol à moitié recouvert de paille. Au-dessus des box s'étendait un demi-grenier bas, où l'on stockait le foin autrefois, avec une porte basse pour le chargement.

Lokesh et Shan rassemblaient déjà de la paille fraîche pour les litières lorsque le moine leur souhaita bonne nuit et referma la porte. Quelques minutes plus tard, Shan écoutait la lente respiration relâchée de son vieil ami, et il le rejoignit bien vite dans le sommeil.

Il se réveilla juste avant l'aube, requinqué par cette bonne nuit, surpris d'avoir si bien dormi. Il se débarrassa des brins de paille sur ses vêtements et se préparait à sortir quand il crut entendre un gros camion. Il poussa la porte. Rien. Elle ne bougea pas. Le camion s'était arrêté et le sol résonna de bruits de lourds brodequins. Il colla un œil à une étroite fissure dans la porte et vit une des camionnettes médicales, toutes lumières allumées comme pour une urgence. Retentit un coup de sifflet, suivi d'un ordre. Shan ne parvenait pas à distinguer les visages dans la lumière chiche, mais il sentit son cœur dans les talons en apercevant une file de chemises blanches.

Lhandro apparut derrière lui et essaya à son tour d'ouvrir, en vain. Ils poussèrent de conserve. La porte ne bougea pas d'un pouce. On avait rabaissé le madrier. Ils étaient prisonniers, et les gardes entouraient l'étable.

9.

Shan pressa les autres de se réveiller, en leur murmurant qu'ils étaient prisonniers. Nyma, le visage crispé par la peur, se précipita et poussa la porte, en pure perte. Lokesh s'assit sur sa paillasse et offrit un mantra à Tara, protectrice des fidèles, sous les aboiements des ordres qu'on entendait dans la cour.

Lhandro colla son oreille au mur tandis que Nyma, à l'aide d'une pointe de fourche, tentait d'élargir une fente dans le bois sec pour mieux y voir.

— Cette ambulance. Peut-être que les médecins voulaient simplement... Ils ont emmené Tenzin ! s'écria-t-elle, perdue soudain, en se précipitant dans le fond de l'étable, là où le grand Tibétain avait dormi.

Ils fouillèrent les lieux. Pas de Tenzin, pas la moindre trace de son départ. Shan et Lhandro inspectèrent le moindre recoin : pas de planches branlantes, pas d'autre porte, pas d'échelle pour accéder au grenier et à la petite porte donnant sur l'extérieur.

— C'est juste un..., chuchota Nyma d'un ton lugubre.

Un quoi ? songea Shan. Un ramasseur de bouses ? Personne parmi eux ne savait exactement qui était Tenzin. Un fugitif, comme tant d'autres. Parfois, si l'on ne voulait pas se laisser emporter par ce que Pékin faisait subir au Tibet, la seule solution était d'être fugitif, sans cesse en mouvement, toujours à garder ses distances, loin des foules et des habitations. Shan se remémora l'étrange conversation muette de la veille entre Khodrak et Tenzin. Tuan et Khodrak disposaient-ils d'informations sur cet homme, ou était-ce simplement l'instinct de Tuan, affûté par vingt années au service de la Sécurité publique, qui avait parlé ? Tenzin était coupable de quelque chose, et, aux termes des critères politiques qui les régissaient, ces deux hommes seraient récompensés s'ils s'emparaient de lui.

On entendit soudain un raclement, le bruit d'un madrier qu'on sortait de ses attaches métalliques, et la porte s'ouvrit sous un flot de lumière si brutale que Shan et ses amis levèrent la main en visière devant leurs yeux.

Le directeur Tuan fit son entrée, suivi par un Han entre deux âges en uniforme bleu ciel. L'homme portait un stéthoscope autour du cou et une petite radio dans une poche de sa tunique. Tuan les passa tous en revue d'un bref coup d'œil, puis il s'avança dans l'ombre au fond de l'étable tandis que le médecin se plantait à la porte, avec un plaisir non déguisé. Deux hommes plus jeunes à l'allure d'assistants, eux aussi en uniforme bleu, attendaient non loin. L'un d'eux tenait une civière repliée. Shan entendit, sans les voir, les bruits de lourds brodequins : apparemment, des soldats faisaient les cent pas près de l'ambulance. Claqua un ordre brutal, mais on n'apercevait toujours pas de soldats, uniquement des hommes en chemise blanche à épaulettes ou en tenue bleue.

Un petit homme aux épaules de déménageur apparut sur le seuil de l'étable, telle une image gravée sur fond de ciel brillant. Shan reconnut les bottes avant de voir l'uniforme gris. Un grand frisson glissa le long de son échine quand il aperçut le visage : celui-ci paraissait avoir été assemblé à partir de tôle ondulée. Le nœud avait peut-être la trentaine, mais il affichait déjà cette attitude froide et mécanique qui lui collerait probablement à la peau jusqu'en fin de carrière – ce rictus méprisant et glacé que Shan avait si souvent croisé au goulag. Il s'agissait d'un officier de la Sécurité publique, celui dont Gyalo lui avait parlé, avec sa figure rongée de petite vérole et des yeux tels deux grains de riz sale.

Le nœud examina Shan et ses compagnons d'un œil courroucé avant de grogner à l'adresse de Tuan. De la colère, peut-être, ou le feulement satisfait de certains prédateurs devant une proie longuement espérée. Le docteur se tourna vers l'officier avec impatience, l'air frustré et agacé, en levant quatre doigts en l'air. Quatre prisonniers, alors qu'il aurait dû y en avoir cinq, paraissait-il signifier. Bizarrement, il avait baissé l'auriculaire et dressait trois doigts et le pouce. L'officier lui répondit par un grognement d'animal en levant le poing.

Ce qui se passait au gompa de Norbu sortait de l'ordinaire. Le monastère était entre les mains de commissaires politiques, Shan et ses amis venaient d'être capturés, néanmoins l'important était ailleurs : les représentants officiels des Affaires religieuses se comportaient comme des soldats de la Sécurité publique, et eux se retrouvaient prisonniers d'un hurleur, en présence d'un seul et unique officier des nœuds.

Les hurleurs cherchaient à s'emparer de Tenzin, peut-être à cause de ses pratiques avec les nagas ; de son côté, la Sécurité publique le convoitait, pour un autre motif. S'ajoutait à cela une autre hypothèse qui effrayait tellement Shan qu'il n'en avait pas touché mot à ses compagnons : les nœuds voulaient désespérément mettre la main sur un homme à la voix cassée – le célèbre Tigre aux cordes vocales démolies si caractéristiques. Leur officier obligeait les gens à lire à haute voix. Et la seule manière de cacher cette voix sans pareille était de rester muet. Les rouages du cerveau de Shan tournaient à plein régime. Tenzin avait quitté l'ermitage la nuit où Chao avait été tué. Pour le gouvernement, le chef purba était l'assassin présumé. Tenzin connaissait les purbas. Leur voyage n'était-il qu'un stratagème élaboré par les purbas pour protéger le Tigre ?

Shan ferma les yeux, essayant de se calmer. Il recula et se plaça devant Lokesh. Leur route prenait fin – ou prenait fin une fois de plus – ici, dans cette étable sombre qui sentait le renfermé, devant leurs bourreaux qui attendaient de les voir trembler ou résister pour les frapper. Si Tuan et les nœuds pensaient qu'ils avaient aidé ou caché le Tigre, il n'y aurait pas de pitié. Une étrange sensation envahit Shan, comme s'il flottait à distance de lui-même, une sensation qu'il reconnut pour l'avoir vue sur les traits des prisonniers devant le peloton d'exécution. Lorsque les officiers politiques s'opposaient à une exécution publique, les bourreaux du petit matin alignaient leurs victimes contre un mur, à l'aube, avant le réveil du voisinage. C'était ainsi qu'ils traiteraient le Tigre quand ils le rattraperaient. Et peut-être aussi tous ceux qui lui avaient donné refuge. Néanmoins, ils n'oseraient pas procéder ainsi dans un monastère. Quel monastère ? songea Shan. Le gompa de Khodrak n'était pas au service du Bouddha, plutôt au service des hurleurs. Avec les seringues dont disposaient les médecins, le silence serait préservé. En outre, une injection était parfois plus efficace qu'une balle.

Tout le monde s'était tourné vers lui, et il comprit qu'il avait lâché un cri d'effroi. Il pivota lentement vers Lokesh, dont les yeux baissés contemplaient le vide. Peut-être pourrait-il pousser son ami dans les ombres de l'étable et charger l'officier, ou bien distraire les arrivants pour permettre au vieux Tibétain de s'enfuir dans les montagnes.

Shan perçut un mouvement près de Lokesh. Tuan revint à la

lumière et coula vers Shan un regard plein d'espoir, comme s'il espérait l'entendre parler. Puis une ombre passa devant la porte et une autre silhouette fit son entrée. Khodrak, son bâton à la main, et, derrière lui, Padme, en robe propre, le bras en écharpe. Un éclair furieux fusa dans le regard du président du gompa. Non pas à l'adresse de Shan, mais à celle du docteur et de l'officier des nœuds. Personne ne bougea. Le nœud comme le docteur semblaient ne plus rien y comprendre.

Padme se tenait droit comme un cierge, sans douleur apparente. Il avait le bras en écharpe, alors qu'il ne s'en était jamais plaint jusque-là. Sa robe était immaculée, frangée elle aussi d'un mince passepoil de fils dorés, pareille à celle de Khodrak et des autres membres du Comité. Shan se rappela le troisième fauteuil vide à la table du Comité : c'était celui où siégeait Padme, auquel on donnait le titre de Rinpoché.

— Certains des anciens sont capables de se transformer en fumée et de disparaître, précisa Padme avec un filet de sourire à l'officier des nœuds, qui sortit d'un pas martial avec un air buté.

Khodrak soupira et examina le grenier à foin et sa petite porte. Un homme de bonne taille, mince et solide, aurait pu se faufiler par là. D'une main il poussa le bras de Tuan, qui réagit avec une grimace avant de céder et de sortir lui aussi, suivi par le docteur.

— Il y a une erreur, président Rinpoché, déclara Padme en regardant Shan. Ces gens sont nos amis. Nos héros. Nous ne pouvons permettre qu'il leur soit fait du mal.

Shan ne comprenait plus : la Sécurité publique et les Affaires religieuses étaient sur le point de lâcher les chiens, pourtant, Khodrak et Padme les avaient obligés à battre en retraite.

— Où est-il ? s'écria Nyma. Vous avez Tenzin. Pourquoi ? Vous ne pouvez pas...

Son regard allait et venait de Padme à Khodrak puis à Shan ; les mots s'étranglèrent dans sa gorge.

— Prenez un moment, déclara Khodrak en montrant le sol comme s'il n'avait rien entendu.

Padme souleva sa robe et s'installa par terre en sortant son rosaire. Il fit signe à Nyma de le rejoindre, et, quelques instants plus tard, tous, sauf Khodrak, étaient assis en cercle. Padme entama le mantra mani, encourageant les autres de la main à l'accompagner dans sa litanie, sous le regard du président qui tournait autour du cercle, en tapotant le sol de son bâton tel un vieux mendiant.

La cérémonie était étrange, et dérangeante. Padme cessa de chantonner mais continua à agiter la main, dirigeant la troupe comme un chœur de fidèles, Nyma et Lhandro psalmodiant maladroitement sous les regards gênés de Lokesh et de Shan. Deux minutes plus tard, Khodrak s'arrêta. Padme se releva en brossant sa robe tandis que le mantra s'éteignait de lui-même.

— Retrouverons-nous leur ami ? demanda Khodrak à Padme.

— Nous retrouverons leur ami, répondit aussitôt celui-ci.

Sa réponse semblait faire partie intégrante de la cérémonie. Khodrak tourna les talons et sortit, le bâton à l'épaule.

Padme s'inclina alors vers Lhandro.

— Il n'existe pas de mots pour exprimer ma honte. Une erreur a été commise. C'est un vieil appentis, on ne l'utilise que pour le stockage. Quelqu'un a pu replacer la barre de fermeture par erreur, rien de plus. Les membres de l'équipe médicale font trop de zèle. Ils sont formés à réagir dans des conditions extrêmes, pour contenir les maladies.

Il attendit que l'ambulance s'éloigne pour reprendre :

— Les cuisines vous donneront de la nourriture à emporter. J'y veillerai personnellement.

En leur faisant signe de le suivre, il sortit à la lumière.

Tuan était posté devant un quatre-quatre blanc à côté d'une demi-douzaine d'hommes en chemise blanche au visage buriné. N'étaient leurs chemises, Shan les aurait pris pour une escouade de la Sécurité publique – un groupe de démolition, ainsi que les appelaient les purbas, de ceux qu'on gardait en réserve pour les menaces politiques particulièrement obstinées, terme qui, pour les responsables de la Sécurité publique du Tibet, était synonyme de purbas et autres bouddhistes fauteurs de troubles.

Les gardes s'attardèrent longuement sur le défilé formé par Shan et ses amis. Certains se tournèrent vers Tuan, qui scrutait Shan d'un œil plus calculateur que lourd de reproches. Shan croisa son regard et Tuan hocha la tête d'un air plein de sous-entendus. Il va falloir vous décider vite, lui avait-il dit dans le bureau. Une audience de mise en accusation se préparait.

— L'époque prête à la confusion, déclara Padme alors qu'ils approchaient de la grille.

Lhandro tenait à la main un paquet de chaussons *momo* et de pommes. À leur sortie du gompa, Lokesh lança d'une voix timide :

— Puisse le Bouddha de la Compassion vous protéger.

— Exactement, répondit un Padme étrangement désinvolte avec une inclination de la tête. Vous aussi

Puis, redressant le torse, il sourit aux Tibétains dépenaillés installés devant les bâtisses à l'extérieur du gompa et ajouta d'une voix plus forte :

— Puisse le Bouddha de la Compassion vous protéger.

Ils marchèrent une heure sans échanger une parole, menés par Lhandro qui avançait d'un pas si rapide que Nyma était obligée de trottiner pour garder le rythme. Une fois le gompa hors de vue derrière les collines, ils s'arrêtèrent près d'un torrent.

— Qui est Tuan ? lâcha tout de go Lhandro à voix basse et inquiète. Pourquoi ont-ils... ? Qu'est-ce qu'ils ont fait à ce pauvre Tenzin ? Lui qui n'a jamais fait de mal à quiconque.

Il s'exprimait comme si la question lui brûlait la langue depuis qu'il avait franchi la grille et craignait qu'on ne surprît ses paroles.

— Le meurtre de Chao, répondit lentement Nyma. Devant un meurtre comme celui-là, tout le monde a un comportement étrange. Ils ont dû penser que Tenzin pouvait les renseigner. Ils se sont trompés de personne. Les imbéciles. Tout ce temps, il est resté avec nous devant le mandala.

Shan, qui buvait au torrent, releva la tête, sans savoir que répliquer. Tenzin n'était pas resté tout le temps devant le mandala. Et quand Drakte était entré dans le lhakang, quelques instants avant de mourir, c'était bien Tenzin qu'il avait en premier cherché du regard.

Lokesh avait remonté ses manches presque jusqu'aux épaules et se frottait vigoureusement les avant-bras avec le sable blanc déposé sur le lit du ruisseau. Lhandro ne tarda pas l'imiter. Lokesh se frotta ensuite le visage. Shan et Nyma se défirent à leur tour de leurs manteaux. Si les mots leur manquaient pour expliquer ce qui s'était passé dans l'étrange gompa, tous éprouvaient le besoin de se purifier. Nyma garda un instant un peu de sable dans sa paume et se tourna vers Shan : ils en avaient déjà vu de semblable, ils l'avaient vu être sanctifié par les lamas avant de finir lavé par le sang.

Lokesh alluma un bâtonnet d'encens et s'assit.

— Nous n'avons pas le temps ! protesta Nyma, mais elle finit par se joindre à Lhandro et à Shan qui, croisant les jambes, se plongèrent dans la contemplation des minces volutes de fumée.

Ils devaient recouvrer leur calme, se ragaillardir face aux forces confuses et effrayantes qui semblaient s'opposer à eux.

Le bâtonnet consumé, Lhandro se leva et plongea la main dans son sac. Il en sortit le petit bout de tissu qu'il utilisait parfois en guise de serviette et l'étendit à plat sur une roche avant d'y poser le stylo dorje en plastique rouge.

— Ce n'est pas une chose vraie, annonça-t-il.

Il s'avança, le carré de tissu tendu entre les mains. Shan se dépêcha d'y déposer son propre stylo. Lhandro faisait référence au plastique dont les dorje étaient faits. Shan avait connu d'autres Tibétains qui réagissaient de manière identique face à tout objet en plastique. Cette matière n'était ni du bois ni du tissu, pas de la pierre, ni de l'os, ni de la terre, et ils ne lui faisaient pas confiance ; il aurait pu s'agir d'un des mauvais tours des Chinois. Ces objets n'étaient que des ombres, lui avait un jour expliqué un berger, on le devinait rien qu'en les touchant. Il avait connu un dropka qui conservait dans un sac en cuir tous les articles en plastique reçus ou trouvés au bord des chemins, qu'il abandonnait ensuite en petits tas chaque fois qu'il se rendait dans une ville. L'homme n'était pas sûr de comprendre ce qu'étaient ces objets, mais il savait qu'ils appartenaient au monde d'en bas – expression souvent utilisée par les dropkas pour désigner les villes.

Une heure plus tard, ils s'arrêtèrent brutalement quand Lhandro, sur le point de leur faire passer une crête, leva la main.

— Il est avec eux, annonça-t-il avec lassitude. Il va falloir attendre.

Une charrette chargée avançait avec lenteur, tirée par un yack noir solide. Un homme costaud en robe de moine accompagnait l'animal en agitant les mains comme s'il était en pleine conversation avec lui et disputait un argument.

— Il est tellement lent, dit Nyma. Nous allons perdre la moitié de la journée à attendre.

— Je ne crains pas l'homme qui parle avec son yack ! s'écria Lokesh en poursuivant son chemin sur le sentier de descente.

Un quart d'heure plus tard, ils purent constater que la cargaison de la charrette était des bouses de yack. L'animal s'arrêta et tourna sa tête massive dans leur direction.

— Ça en fait du chemin, pour se débarrasser de tout ce combustible, fit remarquer Shan.

— Personne n'a expliqué jusqu'où il fallait aller pour s'en débarrasser, rétorqua Gyalo en observant Shan et ses amis, ainsi que la piste derrière eux.

Shan présenta les autres. Lokesh offrit au moine un peu de nourriture du gompa. L'homme mangea deux chaussons *momo*, avant d'offrir une pomme au yack.

— Où allez-vous ? interrogea Shan.

Le moine embrassa le ciel du geste.

— La journée est belle pour la montagne. Jampa me fera savoir quand nous serons arrivés.

Jampa. Un des noms du Bouddha de l'Avenir.

Gyalo avalait une longue gorgée d'eau à la bouteille de

Lokesh quand Shan contourna sa charrette. La vieille pelle en bois dont il s'était servi était posée sur le dessus. Il la retourna et vit qu'elle masquait un creux dans le tas.

— Personne ne nous suit, dit-il doucement.

— Qu'est-ce qu'il y a ? cria Gyalo, la main en coupe autour de l'oreille.

— Rien. Je parlais à notre ami.

Nyma, le souffle coupé, vit une main émerger du tas de bouses séchées. Shan s'en saisit et aida la silhouette qui se dressait dans la charrette.

— Tenzin ! s'exclama Lhandro.

Le grand muet se leva et adressa un sourire inquiet à ses amis avant de descendre.

— Où étiez-vous..., lâcha Nyma en courant le serrer dans ses bras. Comment avez-vous... ? Comment pouviez-vous savoir... ? Pourquoi ont-ils... ?

Elle maintenait Tenzin à bout de bras, les questions fusaient de sa bouche et l'expression désemparée du grand Tibétain les appelait à l'aide. La nonne, avec un sourire, comprit son désarroi et se moqua d'elle-même pour oser demander des explications à un muet. De la manche de sa robe, elle se mit en devoir d'essuyer le visage de Tenzin.

— Je dormais avec Jampa sous la lune, expliqua Gyalo en caressant son yack aux longs poils. Je pensais que si je me réveillais dans la nuit j'allais tout simplement partir. La nuit ne nous dérange pas. Nous parlons des étoiles. La nuit dernière, vers deux, trois heures du matin, Jampa a collé son museau dans mon oreille. Je l'ai d'abord giflé, mais il a poussé plus fort et je me suis assis. J'ai poussé un gémissement en voyant un spectre à côté de la charrette. Jampa et moi savions qu'il avait besoin d'aide, même s'il n'a pas ouvert la bouche. Nous l'avons fait monter... Tenzin ? vous avez dit. Nous avons fait monter Tenzin et nous avons filé. Il n'y avait pas âme qui vive. Une heure plus tard, la première crête franchie, un camion de soldats est arrivé de la grand-route.

— Nous allons poursuivre notre route, dit Shan au moine en se tournant vers les montagnes au nord. Merci d'avoir aidé notre ami. Presque au bout de la plaine se trouvent les ruines d'un vieux gompa. Une famille y habite. Ils ont beaucoup à faire et peu de temps pour aller ramasser de quoi se chauffer. Ce chargement leur suffirait pour de nombreuses semaines.

— Rapjung, confirma Gyalo. Je connais. L'ancienne Première Maison.

Il se tourna vers le sud, s'assurant que personne ne pouvait l'entendre.

— Norbu n'était pas seulement un poste de relais dans l'ancien temps, c'était aussi un hôpital où les gens venaient de loin pour consulter les guérisseurs qui descendaient des hautes plaines. Mais après la destruction de Rapjung, l'hôpital a été démoli et on y a élevé de nouveaux bâtiments.

Shan se rappela les anciennes fondations près de la chapelle.

— À quoi essayez-vous donc d'échapper ? reprit le moine du ton mesuré et lent d'un vieux lama en les examinant l'un après l'autre.

— Nous ne savons pas, murmura Nyma, pleine d'angoisse.

— Tout là-haut, répondit Lokesh d'une voix hésitante en montrant les pics d'altitude, il y a des oiseaux qui n'ont jamais vu le monde d'en bas. Ce mois-ci, ils sont en train de couver leurs œufs. Si tout se passe bien, les petits non plus n'auront jamais besoin de voir le reste du monde.

Le yack parut comprendre ses paroles et tordit sa tête massive vers les montagnes à la recherche des oiseaux. Gyalo suivit la direction de son regard en lui grattant le crâne, avant de se retourner avec un sourire perplexe.

— Que Bouddha vous accompagne, dit-il.

Ils atteignirent le croisement des deux pistes une heure plus tard, et Lhandro les mena sur un sentier qui montait raide, au sol baratté par les sabots des moutons. La longue plaine des Fleurs disparut derrière eux, cédant la place à de nouveaux paysages vers le nord et vers l'est. Ils mangèrent des chaussons froids, assis sur une pierre plate qui leur offrait, sur des kilomètres à la ronde, un paysage gris et brun, aux contours déchiquetés. Le sol de rochers et de graviers était parsemé de minces lignes de végétation marquant le passage des ruisselets qui étalaient leurs méandres vers l'est, en direction d'un patchwork de carrés minuscules dans le lointain : les champs d'orge aux pousses naissantes.

Lokesh pointa le doigt vers une mince chute d'eau qui tombait en cascade sur une grande paroi rocheuse à plus de trois kilomètres de distance. Il suivait le cours de la rivière étroite qu'elle alimentait quand Lhandro eut un haut-le-cœur en indiquant un point en aval, là où la rivière ressortait d'entre des rochers.

— Que Tara nous protège ! Les divinités sont vraiment en colère, gémit-il en pâlissant, les doigts serrés sur son gau.

L'eau de la rivière était rouge. Pas entièrement, mais on y voyait une longue tache écarlate. Soixante ou soixante-dix mètres de longueur, sur toute la largeur du cours d'eau, calcula rapidement Shan.

— Qu'est-ce que c'est ? demanda Nyma avec une expression craintive.

— Parfois, certaines algues donnent l'impression que l'océan est rouge.

Lokesh et Lhandro hochèrent la tête, non parce qu'ils pensaient qu'il pût s'agir d'algues, mais parce que Shan avait suggéré que l'explication pouvait être naturelle.

Ils observèrent la longue tache en silence jusqu'à ce qu'elle disparût derrière un méandre.

Lokesh leva à nouveau le doigt et dessina dans l'air le cours de la rivière depuis la cascade jusqu'à l'endroit où elle disparaissait sous terre. Puis il suivit un Lhandro effrayé qui remontait la piste au pas de gymnastique : pour le rongpa, la tache était un présage néfaste.

— Les montagnes saignent, murmura Nyma avant de suivre Lokesh.

Shan découvrit Tenzin agenouillé au bord de la pierre plate. Il avait bâti un cairn et versait de l'eau sur un carré de terre. Il remua la petite flaque et, usant de la boue comme d'une encre, écrivit sur la paroi près du cairn : *Om amtra kundali hana hana hum phat.* C'était un mantra féroce, une puissante invocation à la purification.

Tenzin fixa les mots sur la pierre puis se tourna vers les chaînes à l'est, apparemment oublieux de la présence de Shan.

— Nous avons commis une erreur en nous rendant dans ce gompa, dit doucement Shan.

Il songea un instant que Khodrak et les hurleurs en connaissaient peut-être plus sur Tenzin que lui. Il savait que le Tibétain ne répondrait pas.

— Lorsque l'âme suffoque et ne revit qu'à la dernière bouffée d'air, récita soudain Tenzin d'une voix de basse mélodieuse, elle ne sera jamais plus la même âme.

Pas un instant son regard ne quitta les pics lointains et il parla si vite que Shan crut avoir rêvé. La nouvelle langue de Tenzin lui avait poussé.

Le Tibétain se retourna alors et sonda son visage.

— Votre lama Gendun a dit qu'il est parfois possible d'être réincarné dans le même corps, au cours de la même vie. Il a ajouté que vous en saviez quelque chose. Je ne suis pas l'homme qu'ils croient rechercher.

Face à la souffrance qu'exprimait son visage, Shan essaya de comprendre les étranges paroles.

— De quoi s'agit-il ? Pour quelle raison vous recherchent-ils ? Auriez-vous tué quelqu'un ?

Mais Tenzin s'était à nouveau retiré dans le silence et fixait la rivière qui avait saigné.

— Autrefois, j'ai commis des actes pour lesquels je me déteste, ensuite j'ai commis des actes pour lesquels eux me détestent.

— À Lhassa ? Vous étiez à Lhassa ?

— L'abbé porté disparu. J'étais là-bas.

— L'abbé de Sangchi ? Vous l'avez vu s'échapper de prison ? Drakte était avec lui ?

Mais Tenzin porta les doigts à ses lèvres d'un air embarrassé, comme s'il venait de se rendre compte qu'il avait parlé, et retomba dans le silence.

Tout à coup, l'abominable nuit revint à la mémoire de Shan.

— J'étais avec vous en compagnie de Gendun et de Drakte. J'ai entendu votre voix. Vous récitiez les Bardos avec Gendun.

Tenzin se contenta de soupirer, le visage empreint de mélancolie.

En fin d'après-midi, ils aperçurent les premiers moutons qui paissaient au loin sur l'herbe rare à proximité de gros rochers, toujours chargés de leurs sacs multicolores. Une mélodie haut perchée immobilisa Lhandro. Il leva la main avant de se décontracter et de les conduire plus avant dans un virage de la piste où il s'arrêta à nouveau, un sourire aux lèvres, cette fois. Un feu de camp était visible deux cents mètres plus haut, à l'abri d'une énorme dalle rocheuse qui avait glissé de la falaise en surplomb. Trois villageois de Yapchi étaient debout autour du feu. Anya était assise, le dos à la piste, et chantait une de ses mélodies si particulières à une demi-douzaine de moutons. Les bêtes l'écoutaient d'un air subjugué, comme si elles allaient se joindre à elle à tout instant.

— Elle communique avec eux, dit Nyma, impressionnée.

Les voyageurs ne bougeaient plus, n'osant plus avancer d'un pouce – sous le même charme, songea Shan, que les moutons, qui sait ? Un des villageois les aperçut et poussa un cri. Anya se retourna et la magie fut rompue.

Les questions brûlaient les lèvres des caravaniers. Shan et Lokesh laissèrent Lhandro et Nyma leur fournir les réponses. Oui, Padme s'était bien remis et il marchait de nouveau à leur départ. Oui, il vivait dans le monastère reconstruit, le gompa de la

Seconde Maison. Oui, les moines leur avaient offert des bénédictions. Oui, il y avait même des novices qui apprenaient à devenir moines comme dans l'ancien temps. Les villageois furent satisfaits, et personne ne se proposa pour leur expliquer plus en détail le reste des événements. Lhandro s'accroupit à côté d'un tas de couvertures sur lequel on avait déposé le sac au cercle rouge qui contenait l'œil, et en caressa doucement la toile, en silence, comme si la pierre chenyi avait besoin de réconfort.

Le soleil s'était presque couché quand un chien aboya. Deux hommes se précipitèrent dans les amas de pierres au-dessus de la piste. Lhandro bondit sur un gros rocher dominant le flanc de la montagne et fit signe à Shan de le rejoindre.

Un homme et un yack remontaient le versant dans la lumière des derniers feux du couchant. L'homme portait une robe de moine.

— Vous êtes censé rentrer ce soir à Norbu, dit Shan en voyant l'homme mener le gros yack vers le feu.

— Ce gompa est un endroit très étrange, répondit Gyalo d'une voix lointaine en grattant le dos de son yack. Le Comité soutient qu'il ne peut y avoir plus de trente-cinq moines alors qu'il y a la place pour trois fois autant. Le président a interrompu un de nos cours sur les enseignements des lamas guérisseurs de Rapjung et il a démarré une classe sur l'intégration de la pensée socialiste dans les enseignements de Bouddha. Nous devons signer un papier par lequel nous nous engageons à ne pas critiquer le gouvernement et à reconnaître l'autorité absolue du bureau des Affaires religieuses. Si vous ne signez pas, vous ne pouvez plus être moine. Certains parmi les moines ont déclaré que nous avions de la chance ; dans d'autres gompas, les moines ont été obligés de signer des déclarations de renoncement au dalaï-lama, sinon, on les expédiait dans une prison chinoise.

Lhandro s'avança, le visage dévoré par l'inquiétude.

— Vous devez rejoindre votre gompa. Ils vont envoyer des hommes à votre recherche, après ce qui est arrivé à Padme.

— Tout le mois dernier, je n'ai dormi qu'une nuit sur deux. Les autres, je les ai passées près du tas de bouses à réciter mon rosaire.

Shan comprit qu'il avait traversé une crise spirituelle et essayé de prendre une importante décision.

— Lorsque je suis parti vivre à Norbu, mon oncle m'a conseillé de prêter attention aux moines qui dirigeaient le gompa, parce que les vieux lamas pouvaient être des émanations du vrai Bouddha. Mais il n'y a pas le moindre Bouddha à Norbu, il n'y a que des hommes du Comité. Ils sont payés par le gouvernement, mais Jampa et moi, nous ne pensons pas qu'on puisse devenir lama en étant payé par Pékin. Ce qui se rapprochait le plus de Bouddha, là-bas, se trouve ici, dit-il en posant les mains de chaque côté de la tête du yack.

Le regard qu'échangèrent le moine et la bête parut se charger d'une signification profonde, sous les yeux attentifs des spectateurs. Le yack les contempla un instant tour à tour, avant de souffler lourdement.

Un murmure se répandit parmi les villageois de Yapchi. Plusieurs hochèrent la tête avec solennité, à croire qu'ils connaissaient l'existence de yacks bouddhas.

— Jampa était là-bas aussi, poursuivit Gyalo sans prononcer le nom du gompa, comme s'il ne pouvait plus le supporter. Le Comité allait s'en débarrasser, dès que les bouses auraient été déménagées. Ces derniers mois, tout ce qu'il voulait, c'était partir.

Il se mit à rire en s'exclamant :

— Maintenant, ils ont toujours les bouses, mais nous, ils ne nous ont plus !

— Nous pouvons vous trouver des vêtements, dit Lhandro en se penchant vers un des baluchons de bât.

— Non, se dépêcha de répondre Gyalo, avant de poursuivre plus lentement, d'une voix sereine et convaincue : Non. Je suis moine. Je ne suis qu'un moine entre deux professeurs.

Il savait, ainsi que toutes les personnes présentes, ce que signifiaient ces mots. Il serait moine sans licence d'exercice, non enregistré, un moine illégal. Si les nœuds le trouvaient, il ne pourrait se défendre, et eux ne lui accorderaient aucune clémence. Il serait expédié au lao gai pour de nombreuses années. Et après sa libération il lui serait formellement interdit de servir dans un gompa.

— Il y a des mantras à réciter, suggéra Nyma en s'avançant, son rosaire bien en évidence entre les doigts.

Gyalo acquiesça avec grand plaisir. Lokesh s'avança à son tour, le chapelet à la main, suivi par deux villageois.

Le moine emboîta le pas à Nyma en direction d'un gros rocher plat près du feu. Il s'arrêta un instant et observa ceux qui étaient présents dans le campement.

— Je m'appelle Gyalo. Voici Jampa. Et cette autre personne, là-bas, s'appelle Chemi, ajouta-t-il en montrant le bas de la piste. Elle voulait s'asseoir un moment et contempler les nuages du ciel.

Shan vit une femme émerger de l'ombre, accompagnée par un mastiff qui remuait la queue.

— Elle se trouvait dans le gompa en ruine, elle les aidait à tamiser les cendres. Mais elle a dit qu'elle se dirigeait vers le nord, elle rentre chez elle.

La femme leur offrit un sourire timide. Nyma lui tendit un bol de thé. Chemi s'appuya contre un rocher et expliqua à Lhandro qu'elle retournait dans sa famille, au-dessus de la vallée de Yapchi. Nyma et Lhandro l'accueillirent avec chaleur : sa famille vivait dans un hameau de cinq maisons à huit kilomètres du village. Lokesh s'assit à côté de la femme et lui parla à voix basse. Tout à coup, il y eut un coup de vent, et elle posa sur sa tête le chapeau qu'elle tenait à la main.

Stupéfait, Shan n'en crut pas ses yeux. C'était son chapeau ! Cette femme était celle que Dremu avait découverte sur la piste, malade et trop faible pour tenir debout. Il s'agenouilla à côté de Lokesh.

— Ce tonde, disait la femme au vieux Tibétain, c'était vraiment un bon.

Shan se rappela le fossile que Lokesh lui avait donné, et son air désemparé quand il le lui avait placé dans la paume. Elle n'avait apparemment pas recouvré toutes ses forces, mais elle avait repris des couleurs et ses yeux brillaient.

— Que s'est-il passé ce jour-là ? demanda Shan en venant se placer à côté d'elle. Qui est venu ?

— Je vais mieux, répondit-elle avec un petit sourire.

Sa main égrenait son rosaire à sa ceinture en poil de yack et elle entama un mantra, sa manière à elle d'éluder les questions.

Ce jour-là, elle attendait quelqu'un sur cette piste, seule, malade, mais tellement confiante dans la venue de cette personne qu'elle avait résisté à leur proposition de l'aider. Un guérisseur était venu à elle dans la montagne, et Shan avait vu un guérisseur, ou son spectre, deux jours plus tard, dans ces mêmes montagnes.

Lokesh, Shan et Lhandro mangèrent au crépuscule, à l'abri d'un rocher, s'éclairant à la bougie pour étudier la carte. Encore un jour, et ils sortiraient des chaînes d'altitude pour rejoindre Yapchi le lendemain. Shan fixa la carte en silence, comme dans une transe, en songeant d'un air absent que, si seulement il savait la lire, elle pourrait peut-être lui montrer où une divinité était susceptible de résider.

Chemi s'endormit à côté du feu sous une épaisse couverture de feutre. Lokesh et Gyalo admiraient la lune. Silhouette solitaire sur fond de ciel nocturne, Tenzin récitait son rosaire en silence. Lorsque le vent s'apaisait, Lokesh et Shan se tournaient parfois vers le Tibétain muet en échangeant un regard lourd : au goulag, les moines apprenaient à réciter leur rosaire dans leurs couchettes sans violer le couvre-feu et l'interdiction de parler. Après des années dans ces baraquements, Shan avait commencé à discerner un semblant de bruit en provenance des moines. Au début, il avait pensé qu'il venait de leurs lèvres, puis le bruit avait fini par se préciser : un étrange gémissement, sourd et constant, qui allait et venait – ses oreilles s'étaient adaptées à une nouvelle gamme de fréquences que les moines utilisaient pour atteindre leurs divinités.

Un chien aboya. Lhandro fut aussitôt sur ses pieds, un lourd gourdin à la main.

— Quelqu'un arrive des hauteurs, les prévint-il, en signifiant à Shan de s'abriter derrière les rochers.

— C'est vous, Yapchi ? cria une voix crispée dans les ténèbres.

Lhandro ajouta du combustible au feu et avança vers la piste en voyant apparaître deux chevaux. Deux hommes les accompagnaient, mais tous deux montaient le cheval de tête.

— Le Golok, annonça Lhandro paisiblement, avant d'interpeller Dremu : Qu'est-ce que tu as fait à notre cheval ?

— Le cheval va bien. C'est l'Américain.

Shan s'élança pour aider un Winslow mou comme une chiffe à descendre de la selle où il chevauchait devant Dremu.

— Sa tête ne va pas bien, leur apprit le Golok. Je savais qu'il devait redescendre des hauteurs, et vite. Mais il n'arrêtait pas de monter plus haut. Il avait cru y voir quelqu'un. C'était trop haut pour lui. Il vient d'Amérique.

Le mal d'altitude. Ils étendirent Winslow sur une couverture et Dremu leur expliqua qu'en fin d'après-midi, l'Américain avait aperçu un reflet brillant, peut-être un morceau de métal ou d'équipement. Cependant, quand ils s'étaient arrêtés sur une vire pour l'examiner de plus près, Winslow s'était comporté comme un ivrogne, vacillant au point qu'il avait failli dégringoler dans le vide.

Le problème était fréquent chez les visiteurs du Tibet, et il pouvait frapper même les grimpeurs avertis. Winslow lui-même avait parlé à Shan des touristes américains qui décédaient chaque année du mal des montagnes. Une embolie, ou un œdème des poumons ou du cerveau. Habituellement, le seul traitement était de redescendre immédiatement sur un grand dénivelé.

— Des cachets, marmonna Winslow en haletant péniblement. Je les ai laissés sur le cheval de bât.

Dans le sac à dos, Shan repéra un flacon étiqueté Diamox. Il donna deux cachets à l'Américain avec un peu de thé, et, quelques minutes plus tard, Winslow ouvrait grands les yeux en levant pouce et index réunis en cercle, signe que tout allait bien.

— Désolé, dit-il, mais ça arrive. Ce n'est pas très grave. Sauf que je me trouvais au bord d'un précipice de deux cents mètres quand ça m'a pris. Ce mec – il montrait Dremu –, ce mec m'a sauvé la vie.

Sa méfiance à l'égard du Golok ne l'ayant pas quitté, Lhandro hésita, versa un bol de thé et l'offrit à Dremu, lequel tendit lentement la main d'un air indécis. Winslow sortit de son sac le petit réchaud métallique. Il appela Dremu et le lui donna.

— Je n'ai qu'une cartouche de rechange, s'excusa-t-il.

Dremu admirait le réchaud avec des yeux comme des soucoupes. Il sourit, dévisagea l'Américain solennellement, puis sourit à nouveau.

— Vous m'avez sauvé la vie, répéta l'Américain, à haute et intelligible voix, s'assurant ainsi que chacun l'entendait. Je regardais au loin quand tout à coup ça s'est mis à tourner. Je me suis retrouvé plié en deux dans le vide, et Dremu agrippait ma ceinture, en tirant comme un yack. C'est sûr qu'il m'a sauvé.

Un sentiment de contentement envahit le campement. L'Américain avait de peu échappé à une mort certaine. Chemi, une nouvelle amie, était guérie et rentrait chez elle. Gyalo, le moine brave, avait choisi de passer la première nuit de sa nouvelle existence avec eux. Shan, Lokesh, Winslow, Lhandro et Gyalo admiraient la lune, s'exclamant de temps à autre au passage d'une étoile filante.

Tout à coup résonna dans la nuit un sourd gémissement de souffrance. Winslow sortit sa torche électrique. Lhandro agrippa son gourdin. Lokesh se saisit de son rosaire. Shan se précipita. En pleurs, Nyma, penchée au-dessus d'Anya, psalmodiait un mantra, très vite.

— Elle m'a dit qu'elle s'était sentie bizarre tout l'après-midi, elle s'est arrêtée une fois au bord de la piste, en tremblant de la tête aux pieds, puis c'est passé. Elle a dit que tout allait bien, que parfois ça ne signifiait rien, qu'il n'allait peut-être pas se réveiller, que c'était comme ça, comme aujourd'hui, et il ne se produisait rien, comme s'il avait fait un mauvais rêve, ou un cauchemar, sans se réveiller complètement.

Nyma parlait de l'oracle, la divinité qui s'exprimait par la bouche de la jeune fille.

— Mais regardez-la !

Prise de convulsions, bras et jambes battant la couverture sur laquelle elle était allongée, Anya tremblait de tout son corps. Elle serrait la main de Nyma avec une telle force que ses ongles s'enfonçaient dans la chair et qu'un filet de sang coulait sur la peau.

— Seigneur ! s'exclama Winslow. Elle doit être épileptique.

C'est une attaque. On appelle ça le grand mal. Mettez-lui quelque chose dans la bouche, pour protéger la langue.

— S'il y a une chose à ne pas faire, intervint Lhandro d'une voix grave, la main levée, prêt à repousser le moindre geste de l'Américain, c'est lui bloquer la langue.

Shan tira Winslow à l'écart et essaya de lui expliquer les croyances de leurs compagnons.

— Un oracle ! s'écria Winslow, la voix pleine de colère. Nom de Dieu, c'est une petite fille ! Vous ne pouvez pas croire...

Ses mots s'étranglèrent dans sa gorge face à la demi-douzaine de Tibétains assis autour de l'adolescente, le visage grave, qui attendaient, sans agir ni mot dire malgré l'affection qu'ils lui portaient. Lhandro courut jusqu'aux bagages et revint avec un papier et un crayon.

— Seigneur tout-puissant, murmura Winslow avec frustration. Shan, vous ne pouvez pas croire...

Sa voix mourut d'elle-même. Il s'approcha de la jeune fille comme s'il pensait malgré tout pouvoir intervenir afin qu'elle ne se blesse pas. Shan connaissait les convictions des Tibétains concernant Anya. Tout ce qu'il pouvait faire, et Winslow avec lui, était de regarder.

Gyalo s'assit près de la tête d'Anya.

— Ma grand-mère aussi était visitée, dit-il d'une voix douce. Nous devrions préparer un lieu de bienvenue.

Il commença paisiblement un mantra. Les autres se joignirent à lui immédiatement. Et Shan s'aperçut que sa main serrait son gau.

— Dans mes montagnes, dit soudain Anya, dans mon cœur, dans mon sang.

C'était bien Anya qui parlait, mais une Anya lasse et distraite. Comme en un rêve. Peut-être que la jeune fille était simplement si épuisée après la longue marche sur la piste qu'elle s'était littéralement effondrée et chantait à présent une de ses mélodies des esprits dans son sommeil.

Anya cessa de trembler et se raidit avant de redevenir très calme et de s'exprimer à nouveau.

— Profond est l'œil, œil bleu brillant, les nagas le garderont d'un cœur sincère.

Shan frissonna, Winslow, le souffle coupé, recula. Ce n'était plus Anya qui parlait. La voix était sèche et cassée, une voix de vieux ou de vieille, qui sonnait creux, comme si elle leur parvenait au sortir d'un long tube.

À côté de Shan, Lhandro notait fébrilement les paroles de

l'oracle. La voix résonnait en échos dans l'esprit de Shan. L'œil. Mais l'œil n'était pas bleu.

— Pansez-les, pansez-les, pansez-les, il vous faudra la laver pour les panser ! coassa la voix. Tant de morts déjà. Et tant de morts à venir !

Un silence glacé recouvrit le campement. Lhandro, le visage livide, releva la tête.

— Quelle voix résonnera pour moi quand l'oiseau chanteur ne sera plus ? ajouta l'oracle avant de se taire.

Sur ces dernières paroles, Anya, alors même qu'elle était allongée, parut s'effondrer. Ils attendirent en silence, sans bouger, paralysés. Nyma plongea le regard dans les yeux d'Anya, paraissant y chercher son amie. Lokesh se contentait de hocher la tête, et Nyma, à genoux, se balançait d'avant en arrière. Gyalo, un bol d'eau à la main, lava le visage de l'adolescente. Lokesh reprit son mantra. Lhandro fixa les mots qu'il avait écrits, avant de tendre le papier à Shan. Shan fut incapable de lire cette écriture. Il avait cependant assisté à la scène et savait que Lhandro n'avait pas noté les dernières paroles de l'oracle : « Quelle voix résonnera pour moi quand l'oiseau chanteur ne sera plus ? »

Ils restèrent assis presque une heure, jusqu'à ce qu'Anya revînt à elle, en se frottant les yeux comme au sortir d'un profond sommeil, avant de pointer le doigt vers le ciel. Un météore lumineux traversa la voûte céleste, tellement près qu'ils l'entendirent.

— La divinité de Yapchi, celle dont vous possédez l'œil, et cet oracle, interrogea Winslow d'une toute petite voix, encore secoué par ce qu'il venait de voir, ce sont les mêmes ? Je sais qu'ils ne peuvent pas réellement être...

Sa voix mourut. Il ne peut y avoir de divinité dans la vallée, se préparait-il à dire, de la même manière que, quelques minutes auparavant, il avait affirmé qu'il ne pouvait exister d'oracle.

— Je ne sais pas, répondit Shan d'un ton hésitant. Je ne pense pas.

Les deux hommes avaient l'esprit dans une telle confusion qu'ils étaient l'un comme l'autre incapables d'exprimer leurs pensées.

Après un long moment, Shan emprunta la torche électrique de l'Américain et sortit au milieu des moutons avec le sac marqué du cercle rouge. Il trouva une pierre plate, s'assit sous une flaque de lune, sectionna les cordons et fourra la main à l'intérieur de la poche en tissu pour se saisir de la pierre chenyi. C'était la première fois qu'il la contemplait depuis le jour où elle avait été cousue dans le sac de sel à Lamtso. Il tenait l'œil devant lui et en scrutait les contours un peu flous, sans savoir pourquoi. Au moins l'œil l'aiderait-il à se concentrer, peut-être lui permettrait-il d'atteindre au fond de sa propre conscience, ainsi que Gendun le lui avait enseigné.

Un galet roula dans son dos. Une ombre bondit sur lui et un objet dur le frappa au crâne. Il tomba en avant et se laissa dériver vers l'inconscience, rapidement, avec pourtant une lenteur suffisante pour comprendre confusément, comme s'il était son propre observateur lointain avant que le néant s'empare de lui, que quelqu'un lui allongeait des coups de pied dans les côtes.

10.

L'œil de Yapchi avait disparu. Dans un brouillard douloureux, Shan plissa les yeux vers le carré de lune où il avait posé la pierre chenyi et la chercha à tâtons, d'une main, en pure perte. En appui sur un bras, il inspecta les ombres alentour, luttant contre la douleur qui lui transperçait les côtes. Il distingua un léger mouvement au loin et se remit debout d'un bond, fit un pas – et le monde se mit à tournoyer. Il tomba à genoux, puis par terre, et s'évanouit.

Il se réveilla près du feu, sur une couverture, à côté d'Anya appuyée contre le rocher, un sourire triste aux lèvres. Lokesh lui épongeait le front d'un linge ensanglanté.

— Il n'est plus là, marmonna Shan au désespoir, la gorge nouée. J'ai perdu l'œil.

— Ils sont partis voir. Nos amis cherchent, dit Lokesh en lui pressant longuement la main avec force.

Shan essaya de se lever ; le sang rugit à ses oreilles. Il ferma les paupières en essayant de lutter contre le vertige, vaguement conscient de bruits de pas, de mots prononcés à mi-voix. Il entendit des sabots et, au loin, quelqu'un qui appelait les chiens. Un instant il crut somnoler avant de se réveiller soudain, complètement lucide.

Des heures s'étaient écoulées. La lune se couchait. Il était trois heures du matin. Les villageois avaient utilisé tout le combustible disponible pour allumer une demi-douzaine de feux autour du campement. Un cavalier mettait pied à terre. Lhandro était auprès des moutons et vérifiait les harnais. Un animal solitaire, sans harnachement, se coucha à côté d'Anya : le bélier marron qui avait porté le sac au cercle rouge. La jeune fille lui caressa la tête, comme pour le réconforter, à croire que lui aussi partageait leurs inquiétudes.

Shan parvint à se redresser quand Lokesh lui apporta un bol de thé. Le vieux Tibétain secouait la tête d'un air sinistre.

— Rien, dit Lhandro quelques minutes plus tard. L'œil a disparu. La sacoche aussi. Nous avions posté une sentinelle, mais elle surveillait nos arrières un peu plus bas. Le voleur n'a pas remonté la piste. Nous avons fouillé les versants dans toutes les directions et la lune était suffisamment claire pour les jumelles. Cette chose brûle les temples et essaie de tuer les moines, conclut-il d'une voix lasse pour expliquer son impuissance.

Il avait le visage marqué, paraissant vieilli de mille ans. L'œil avait disparu. Il avait failli à son peuple. Il leva les yeux vers les hauteurs avant de s'enfoncer dans les ténèbres en trottinant.

— C'est ma faute, déclara Shan. Je l'ai sorti du camp.

Était-ce le dobdob ? Il essaya bien de se rappeler, mais il n'avait plus pour souvenir que la nuit et la douleur. Il toucha la bosse qui lui nouait le crâne, là où il avait été frappé par un objet dur. Peut-être l'extrémité du bâton du dobdob.

— Non ! protesta Nyma. Vous avez certainement évité à d'autres d'être blessés. Un voleur comme celui-là nous aurait fait violence à tous sans hésiter si vous n'aviez pas emporté l'œil à l'extérieur du campement.

Les villageois partis fouiller les environs revinrent l'un après l'autre au cours des heures qui suivirent. Certains secouaient la tête, d'autres se contentaient de hausser les épaules. Seul Dremu, le dernier cavalier de retour du versant au-dessus du campement, avait quelque chose à signaler. Une chèvre sauvage l'avait dépassé sur la piste comme si on l'avait effrayée sur les hauteurs.

— L'armée, soupira Winslow. Si c'était l'armée...

— Si ç'avait été l'armée, intervint Nyma, si ç'avait été le colonel Lin, ils ne se seraient pas préoccupés d'arriver discrètement, ils nous auraient attaqués en force, et enchaînés, comme la première fois.

Les murmures des villageois confirmaient ses paroles. Néanmoins Lin aurait aussi pu agir en douceur, en envoyant un seul de ses commandos en embuscade s'il avait su que l'Américain était avec eux.

— Si c'est l'armée qui s'est emparée de l'œil, dit Shan, alors, il est hors d'atteinte. Nous n'y pouvons plus rien. Mais si ce n'est pas le cas, alors nous pouvons peut-être le récupérer.

Lhandro secoua la tête, pesant le pour et le contre.

— Pour quelle autre raison on nous l'aurait pris ? demanda

Gyalo dans l'ombre. Nyma m'a expliqué, dit-il en aparté à Shan avant de se tourner vers les autres. Shan est en train de nous expliquer que nous devons comprendre le pourquoi de ce vol.

— Pour détruire l'œil, suggéra Nyma. Pour que la vallée ne puisse être sauvée. Ou alors pour le cacher.

— Ce qui signifierait qu'il pourrait être entre les mains de ceux qui veulent asservir notre vallée.

— Les ouvriers, proposa Lhandro. Ou les géologues qui travaillent pour la compagnie pétrolière.

— Et s'il ne voulait ni le détruire ni le cacher ? interrogea Shan. Peut-être que le voleur veut le retourner à Yapchi, lui aussi, mais à sa façon.

— Le retourner ? s'étonna Nyma, le front plissé. Quelqu'un d'autre... quelqu'un qui ne pouvait pas croire que nous parviendrions à rejoindre Yapchi. Quelqu'un qui n'aurait pas compris l'oracle. Ou qui croit ainsi se gagner du mérite.

— Cette chèvre qui est descendue en courant des hauteurs, elle a peut-être eu peur de celui qui grimpait tout là-haut parce qu'il voulait passer la montagne avec l'œil, fit remarquer Winslow.

— L'armée ne passerait jamais par là, dit doucement Lhandro. Elle emporterait l'œil à Lhassa.

— Si ce n'est pas l'armée qui s'en est emparée, déclara Shan, alors nous devons rejoindre la vallée au plus vite. Si quelqu'un cherche à rendre son œil à la divinité, il ne passera pas inaperçu. Peut-être pouvons-nous le retrouver avant les soldats.

C'était leur seule chance, aussi infime fût-elle.

— L'oracle, dit alors Nyma avec espoir. Il n'a pas précisé comment l'œil regagnerait la vallée, il a simplement dit qu'il retournerait à sa juste place.

— Il existe une piste secrète qui franchit la montagne de Yapchi, déclara Chemi dans l'ombre, à côté du grand yack. Une piste d'altitude, très étroite par endroits, et très dangereuse. Je l'ai empruntée un jour quand j'étais petite. J'y ai vu des vieux boucs. Elle n'est pas faite pour les chevaux, ni pour les moutons porteurs. La caravane devra contourner la base de la montagne pour rejoindre la vallée. Mais, à pied, quelques-uns d'entre nous peuvent franchir la montagne et atteindre le village avant la tombée de la nuit demain, si nous partons au lever du jour. Je suis au courant pour l'œil, expliqua-t-elle à Shan. Mon grand-père était originaire de Yapchi et il se trouvait en pèlerinage quand les soldats Lujun sont arrivés. Il n'y est jamais retourné.

— J'irai, proposa Winslow, puis, devant le regard inquiet de

Shan, il montra son sac à dos : je prendrai mes cachets. L'Américaine pourrait se trouver là-bas.

À genoux, Lokesh nouait ses grosses chaussures en piteux état. Shan posa la main sur son épaule, mais le vieux Tibétain feignit de ne rien remarquer.

— Des vieux boucs, lança-t-il. Tu l'as entendue. C'est pour les vieux boucs.

Les villageois de Yapchi éclatèrent de rire.

— Nous serons quatre, en ce cas, acquiesça Shan. À l'aube.

— Il faudrait que quelqu'un du village vienne, déclara Lhandro en passant les caravaniers en revue. Shan risque d'avoir besoin d'aide pour comprendre la vallée avant que nous arrivions avec les moutons. Une seule personne, pas plus. Il nous faut du monde pour conduire les bêtes.

Nyma se préparait à faire un pas en avant quand une petite silhouette sortit de l'ombre derrière elle.

— Il faut que ce soit moi, dit Anya solennellement.

Sa voix était frêle, prête à se briser. C'était la première fois qu'elle ouvrait la bouche depuis la visite de l'oracle. Lhandro redressa les épaules, sur le point de lui rétorquer qu'avec sa jambe déformée, le voyage risquait d'être trop dangereux, mais il se contenta de soupirer en la fixant des yeux en silence.

On entendit un cri de chouette au loin.

Dans la succession d'événements récents, Shan en avait presque oublié les étranges paroles sorties de la bouche d'Anya. L'oracle les aurait-il prévenus que l'œil risquait de disparaître ? Anya se sentirait-elle responsable ?

Gyalo, accroupi auprès du feu, porta son poignet à la bouche comme s'il voulait le mordre, puis, se levant, il tendit à Anya un ruban gris qu'il avait dans la main.

— C'est un bracelet en poil de yack. Des poils de Jampa. Ma mère m'obligeait toujours à en porter un quand j'allais en altitude. Elle disait qu'un bracelet en poil de yack vous donnait un pied aussi sûr que l'animal dont il était issu. Excellent pour les hauteurs.

Anya examina avec une certaine réticence le bracelet de poil tissé.

— Nous allons vous aider avec les moutons, Jampa et moi, poursuivit le moine. Parce que nous voulons voir la vallée de Yapchi. Vous pourrez me le rendre là-bas.

Ils partirent alors que le ciel à l'est avait la couleur d'une fumée de genévrier, les hauts pics au-dessus de leurs têtes encore perdus dans les ombres mauves et grises. L'écho d'un cri d'oiseau leur arriva depuis les hauteurs et Winslow pencha la tête, tout ouïe. L'instant d'après, un mouton bêla comme pour répondre à l'oiseau. Puis un autre, et encore un autre, une douzaine au total : eux aussi pleuraient la perte de l'œil de pierre.

Chemi ouvrit la marche, remontant une série de saillies et de pentes pierreuses abruptes qui leur permettraient de rejoindre la piste dans une heure, leur promit-elle. Quelques minutes plus tard, elle se retournait en pointant le doigt vers un cavalier qui pressait sa monture sur le chemin emprunté par la caravane. Dremu avançait en éclaireur des rongpas. Il disparut derrière un affleurement rocheux, et Shan ne put s'empêcher de penser qu'il se trouvait désormais sur la montagne de Yapchi, cette montagne qu'il haïssait.

La montée était difficile. Lokesh glissait et trébuchait sur les pierres instables de la pente. L'Américain s'arrêta à plusieurs reprises en se tenant la tête, mais reprit malgré tout chaque fois le rythme vif de Chemi. À les voir ainsi en colonne pressée, on aurait cru qu'ils fuyaient, songea Shan. Winslow, qui avait failli mourir le jour précédent à cause du mal des montagnes. Anya, dont l'oracle s'était emparé. Chemi, qui leur était apparue plus morte que vive la semaine précédente. Certains vieux bouddhistes auraient soutenu que les roues de leurs karmas tournaient bien vite.

Une heure plus tard, au détour d'un virage, Shan aperçut Tenzin qui grimpait derrière eux. Il n'en fut pas surpris. Entre tous, c'était peut-être le grand Tibétain qui avait le plus de raisons de fuir.

Ils atteignirent la piste principale et montèrent encore pendant une heure avant que Chemi ordonne la pause, sur une corniche qui surplombait plusieurs lignes d'arêtes conduisant vers la plaine des Fleurs, au loin. Elle indiqua entre deux pics au nord un andain de terre brune.

— La province d'Amdo. Notre peuple ne l'a jamais appelée Qinghai, on ne trouve ce nom que sur les cartes chinoises. De l'autre côté de la montagne – elle regardait l'impressionnant sommet de la montagne de Yapchi qui culminait devant eux –, il existe un long sentier tortueux qui descend dans une gorge à l'embouchure de laquelle vit ma famille. Encore une heure après, au-delà de la crête suivante, c'est la vallée de Yapchi.

Shan leva les yeux sur le monolithe maudit par Dremu. Le massif tout entier, avec ses séries de chaînes en éventail dirigées vers les monts Kunlun, mesurait pratiquement trente kilomètres de long. Côté nord, il touchait Amdo et abritait la vallée des rongpas.

Winslow sortit ses jumelles et balaya les lignes de crête en contrebas. Anya se tenait à ses côtés, en jouant avec son bracelet en poil de yack.

— Il y a un sentier de chèvres sur cette face rocheuse, expliqua Chemi en montrant la paroi apparemment infranchissable. Il est difficile à trouver...

Elle fut interrompue par un bruit au loin. La détonation d'un gros fusil, pensa immédiatement Shan, quand il entendit un deuxième bruit identique au premier, puis un troisième. Ce n'était pas un fusil, mais des explosions – un tir d'artillerie ou des grenades. L'écho résonnait toujours lorsque Winslow désigna trois panaches de fumée sur une ligne de crête en contrebas, à deux kilomètres. Shan et les Tibétains se plaquèrent aussitôt au sol, craignant d'être vus. Artillerie ou grenades, les explosions étaient synonymes de soldats. L'armée. Winslow ajustait sa mise au point, balayant les arêtes, là où il avait aperçu la fumée.

— Trois personnes, peut-être quatre, dit-il, tandis que Shan se redressait pour sortir ses propres jumelles de son sac.

Il trouva vite les silhouettes qui couraient vers le couvert d'un surplomb rocheux. Il ne vit ni véhicule, ni hélicoptère, ni transporteur de troupes. Plus bizarre encore, il n'aperçut aucun bâtiment en flammes, pas de vieux chorten, pas de mausolée susceptibles d'attirer l'attention d'une équipe de démolition. Il se retourna vers Anya, qui s'était rapprochée pour voir ce qui se passait.

— Il arrive encore que l'armée trouve des résistants, déclara Chemi. Parfois, ils refusent d'être pris vivants. Et il y a aussi des bandits.

Avait-elle reconnu Dremu ? Shan n'avait pas osé faire part de ses soupçons après son agression. Était-ce le Golok, chevauchant à plus basse altitude, qui avait déclenché l'alerte chez les troupes, lui qui avait un intérêt personnel à la possession de cet œil et menait son étrange guerre contre la montagne ?

À côté de Shan, Tenzin grimaça. Il recevait l'aide des purbas, ce qui impliquait qu'à un endroit donné de l'itinéraire ces derniers l'attendraient – à moins qu'ils ne soient déjà en route pour le retrouver. Devant l'expression soudain perplexe de Tenzin, Shan se retourna. Lokesh, un doigt en l'air, semblait tracer une ligne imaginaire sur le paysage. Il commença par l'horizon, où la longue ligne grise des massifs définissait la frontière de la province, ensuite il descendit en direction de Rapjung et de l'escarpement d'altitude élargi à son sommet qui en flanquait le côté nord-est, enfin il termina par la série de lignes de crête qui plongeaient dans la profonde gorge à leurs pieds.

Il sortit de sa poche un morceau de papier, une des brochures de la campagne de Sérénité. Sous le regard silencieux des autres, il entama une série de pliages. Une minute plus tard, il levait sa feuille, non vers ses compagnons, mais vers la montagne, plus précisément son sommet. Un cheval, un cheval de papier, que Shan avait aidé son vieil ami à fabriquer à maintes reprises au cours de leurs pérégrinations passées. Chemi et Anya hochaient la tête d'un air approbateur quand Lokesh murmura quelque chose à son cheval et le lâcha dans le vent.

Le morceau de papier plié plongea dans l'abîme avant de remonter lentement vers les crêtes. Shan expliqua à Winslow, qui ne comprenait pas :

— Un cheval des esprits. La tradition veut que ces chevaux, quand on les relâche accompagnés d'une prière, atteignent un voyageur dans le besoin et se transforment en véritables montures en touchant terre.

Shan devina ce que son vieil ami avait en tête et une nouvelle bouffée d'inquiétude l'assaillit. Y avait-il des purbas plus bas sur les contreforts, rien n'était moins sûr. Mais Lokesh et lui savaient tous deux avec certitude qu'il s'y trouvait au moins quelqu'un : le vieux lama médecin. Chemi n'avait pas vu un spectre, mais un véritable guérisseur. Elle n'avait offert aucune explication quant à ce qui lui était arrivé, mais, l'espace d'un instant, Shan lut sur ses traits la même fragilité que ce jour-là sur la piste. Soudain, Tenzin pointa le doigt sur les hauteurs : un *bharal*, un de ces rares moutons bleus qui erraient par les montagnes, apparemment suspendu aux deux tiers de la face rocheuse qui se dressait devant eux.

Un calme étrange s'empara de Chemi.

— Il nous montre le chemin, déclara-t-elle avec respect, avant de reprendre la piste sans se retourner.

Un long moment après qu'il eut perdu les autres de vue, Shan examina les lignes de crête en contrebas à la jumelle. Un corbeau franchit la gorge d'un coup d'aile. Un gros animal sombre, probablement un yack sauvage, passa en courant sur une crête. Mais pas le moindre signe du lama médecin ni de soldats.

Ils continuèrent à monter, enveloppés de temps à autre de rafales de neige alors même que le ciel était d'un bleu éblouissant. Par deux fois Anya glissa, et des cailloux dégringolèrent dans le vide pendant un temps qui leur parut infini.

La piste changeait constamment de largeur et de direction. Elle se rétrécit jusqu'à une simple fissure entre deux parois, juste assez grande pour qu'un mouton sauvage s'y faufile, elle disparut complètement devant un mur de granit presque vertical. Chemi n'en continua pas moins, se tractant à de petites prises, sautant d'un affleurement à un autre, guidée dans son avancée par des traces d'usure à peine visibles sur la pierre, comme celles laissées par des moutons sautant au même endroit depuis des siècles. Winslow s'arrêtait fréquemment pour boire, et à deux reprises il avala ses cachets. Ils franchirent des névés et, à une occasion, un oiseau d'un blanc étincelant jaillit d'une crevasse.

— Seigneur ! Cinq mille mètres, bon Dieu ! répétait Winslow, incrédule, quand il pressait les paumes sur ses tempes ou s'arrêtait pour consulter sa carte, mais sans se plaindre néanmoins lorsque Chemi les emmena plus haut encore.

L'Américain devait faire une pause toutes les cinq minutes, haletant, à bout de souffle, pour reprendre sa respiration. Il répondait aux regards inquiets que lui lançait Shan par de grands sourires en secouant la tête, et repartait d'un pied ferme comme pour prouver sa vigueur. Ils se trouvaient sur la longue piste non protégée où ils avaient vu le bharal, à peine trente centimètres de large au-dessus d'un vide de trois cents mètres, quand l'Américain s'arrêta et s'appuya contre la paroi. Anya, qui le précédait, revint sur ses pas et lui prit la main alors que Shan se rapprochait.

— Tout va bien, l'entendit-il dire doucement, de cette même voix qu'elle utilisait quand elle parlait aux moutons. Tenez ma main et le bracelet de yack nous protégera tous les deux.

Winslow avait la tête qui ballait, ses yeux roulaient au ciel sous l'effet du vertige. Anya lui serra la main, et il bomba le torse en la laissant le guider.

Ils avaient parcouru les deux tiers du chemin chevrier quand Chemi gémit en levant le bras. Ils se figèrent sur place en la voyant tendre l'oreille vers le nord avant de reculer tout doucement : un grondement de métal barattant les airs se rapprochait.

— Un hélicoptère ! s'écria Winslow.

Anya le tira aussitôt vers une ombre dans la paroi. Une étroite fissure dans la face de la muraille, comprit Shan, en les voyant se glisser à l'intérieur. Elle serait peut-être assez large pour leur permettre à tous de s'y abriter, hors de vue de l'hélicoptère. Chemi fit demi-tour et se mit à courir quand le grondement de l'appareil se rapprocha. Tenzin s'arrêta lui aussi devant la fissure, aidant Lokesh à se cacher.

Shan attendit que Chemi ne soit plus qu'à une trentaine de mètres avant de s'y glisser à son tour, quand le bruit de l'appareil devint insoutenable. Il ne voyait pas ses compagnons, alors qu'ils étaient entrés quelques secondes avant lui. Ses yeux s'accoutumant à la pénombre, il s'aperçut que la faille n'était pas une simple fissure dans la paroi rocheuse – c'était un étroit passage qui remontait en lacet serré, au sol usé par les sabots d'animaux. Au bout de cinq mètres, il comprit qu'il se trouvait dans une étroite cheminée dont les parois tombaient en à-pic depuis le sommet de la chaîne, des centaines de mètres au-dessus de sa tête.

— Ce n'étaient pas des soldats, dit Chemi dans son dos. Et l'appareil volait bas, sous la piste, comme s'il cherchait les crêtes où se sont produites les explosions.

Shan avança encore ; il ne voyait toujours pas ses amis.

— Ils sont tombés ? demanda Chemi. Ils ne peuvent pas avoir disparu, quand même !

Un rai de soleil éclairait le sol à dix mètres devant eux. Shan s'y dirigea d'un pas hésitant tandis que Chemi appelait Anya. Pas de réponse. Pas un bruit. Pas un souffle de vent dans l'anfractuosité entre les dalles de pierre. Pas d'oiseaux. Pas d'eau qui suintait. Chemi le tira par la manche et lui montra la flaque de lumière qui éclairait une large fissure dans le sol. En s'en approchant, ils eurent l'impression qu'elle n'avait pas de fond. Shan chassa une pierre du pied et n'entendit rien.

— L'un d'eux a pu glisser et les autres sont tombés en essayant de l'aider, dit Chemi, la gorge nouée.

Shan recula sans réfléchir, comme si l'idée de ce trou sans fond le remplissait d'effroi.

— Ils ont disparu, gémit Chemi au désespoir, en relevant la tête vers le carré de ciel tout en haut de la cheminée.

S'appuyant contre la paroi pour se stabiliser, Shan sentit des striures dans la roche sous ses doigts. Il se pencha et souffla dans les minuscules échancrures pleines de poussière, puis il sortit sa bouteille et versa un peu d'eau dessus. Immédiatement, les échancrures devinrent plus nettes, lignes sombres sur la pierre grise. C'étaient des mots en tibétain sculptés dans la pierre. *Souvenez-vous de ceci, nous ne sommes faits que de lumière* – une version d'un très ancien enseignement signifiant que l'essence de la vie est la lumière, donc la conscience claire.

Au-delà de la flaque de soleil, l'étroit passage s'incurvait en direction d'une zone d'ombre plus soutenue. Shan entendit un petit bruit, le murmure d'un animal, et s'aventura vers les ténèbres. Le passage montait vers une petite banquette de roche à côté de laquelle était disposée une rangée de cailloux sur le sol. Shan s'agenouilla. Ce n'étaient pas des cailloux, mais de la terre, une terre couleur de pierre. Il en ramassa un peu. Il s'agissait d'un carré de tissu encroûté de poussière. Un *lungta*, un drapeau à prières en soie, autrefois rouge, sur lequel avaient été peints le mantra mani et un petit cheval. La poussière s'effrita en flocons sous ses doigts, telle une couche de givre, et il se demanda avec émerveillement combien de décennies il avait fallu pour qu'une telle couche pût s'accumuler dans cette cheminée sans le moindre courant d'air. Bien plus que des décennies, vraisemblablement des siècles. Le drapeau avait été tissé d'une main experte à partir de poils de yack qui avaient pourri aux deux extrémités. Il observa la ligne des petits monticules, chacun correspondant à un lungta dirigé vers la pierre gravée. Ils avaient été fixés à la paroi là où l'ombre était la plus épaisse. Ils n'avaient pas été destinés à battre au vent ni à la lumière du jour, mais peut-être pour guider les visiteurs d'un autre âge. Shan avançait jusqu'au point où les deux parois se rejoignaient, quand retentit à nouveau ce bruit d'animal.

Ombre au cœur de l'ombre, le point de jonction des deux parois était l'entrée étroite d'une caverne. Il y pénétra, Chemi sur les talons. Il avança à tâtons sur deux mètres cinquante, les mains en appui sur la roche. Le passage s'incurvait brusquement, laissant entrevoir une faible lumière. Il trébucha : Anya était assise sur le sol, murmurant de cette voix douce qu'elle utilisait quand elle s'adressait aux moutons. Derrière elle, Winslow, debout, une lampe électrique à la main, avait les yeux rivés au mur de pierre qui lui faisait face. Lokesh, lui, tournait en cercle dans la salle en marmonnant des paroles d'émerveillement. Sur un rebord de pierre qui courait au fond de la caverne, à sept ou huit mètres de distance, étaient posés deux douzaines d'objets, en quatre piles distinctes. D'un format allongé, chacune des piles était maintenue entre deux plaques de bois et liée par du tissu et des bandelettes de soie. Les plaques du dessus étaient en bois de rose, sculptées de motifs complexes et raffinés – fleurs, feuilles et animaux sauvages.

Lokesh se saisit d'un des boîtiers et, de ses mains tremblantes, en défit les bandelettes et l'enveloppe de tissu. C'était un peche, un livre tibétain traditionnel constitué de longs feuillets non reliés imprimés à l'aide de blocs de bois gravés.

— Le Gyuzhi, murmura-t-il.

Se tournant vers ses compagnons, il expliqua que le Gyuzhi, ou Les Quatre Tantras, était le plus célèbre des anciens textes médicaux, rédigés mille ans auparavant. Il prit le premier feuillet et lut en silence, avant de pointer le doigt vers le milieu de la page.

— *La cause de la Possession par des Esprits premiers est la répétition des péchés, l'opposition à des pensées dignes d'honneur, et l'échec à maîtri-*

ser la douleur du chagrin, lut-il avec un sourire. Ce sont les causes de la folie, indiqua-t-il.

L'excitation qui se lisait sur son visage céda lentement la place à une déférence solennelle quand il reposa le feuillet et la couverture, et répéta le processus avec le peche suivant, puis avec deux autres encore. Winslow s'avança et leva sa torche au niveau de l'épaule du vieux Tibétain, qui continuait à décrire ce qu'il avait découvert.

— Un enseignement sur les pierres médicinales, dit-il du premier, avant d'expliquer que le deuxième concernait les médecines élaborées à partir des éléments du feu, le troisième l'utilisation des étoiles afin de déterminer les dates les plus judicieuses pour le mélange des préparations ; il avait été rédigé la première année de la construction de Rapjung.

Finalement, Lokesh releva les yeux, la gorge nouée par l'émotion.

— Ils croyaient... nous n'avions pas...

Il était tellement ému que sa main se serra autour de son gau, et il leva un regard plein de reconnaissance vers le thangka suspendu au-dessus des peche. Celui-ci représentait un bouddha peint en bleu, tenant un bol à aumônes, la main droite tendue en signe d'offrande. Vaidurya, le Bouddha de la Médecine.

— Nous pensions que tous ces livres étaient morts.

Les purbas conservaient une chronique des atrocités chinoises, connue sous le nom de *Livre du Lotus*. À plus d'une occasion, Shan avait pu en lire des pages. Il contenait les listes des gompas disparus, des lamas disparus, des trésors disparus, ainsi que les noms des Chinois responsables des actes qui avaient conduit à l'annihilation d'une si grande partie du Tibet. On y trouvait également les listes des peche tibétains, dont les textes, imprimés à la main, n'avaient jamais connu une grande diffusion. Certains étaient spécifiques aux gompas qui les avaient créés, et ils représentaient, avec les blocs d'impression en bois sculpté, les trésors les plus vénérés de ces monastères. Lorsque l'Armée populaire de libération et les gardes rouges avaient détruit les gompas du Tibet, ils avaient par la même occasion détruit les peche qu'ils abritaient, éliminant les textes mais aussi ceux qui en connaissaient le contenu. On trouvait dans le *Livre du Lotus* les comptes rendus des grands feux de joie alimentés par les seules matrices d'impression de textes anciens, et la manière dont les pages des livres avaient souvent servi aux latrines de la soldatesque. On disait des peche disparus répertoriés dans le *Livre du Lotus* qu'ils étaient « morts », à côté de leur résumé semblable à une notice nécrologique où l'on citait pour la dernière fois le dernier ouvrage d'un lettré qui avait parfois vécu des siècles auparavant.

Quatre autres thangkas étaient accrochés à côté du premier à une planche en bois coincée dans une fissure. Lokesh en donna l'explication à Winslow à voix basse.

— Le roi de Lapis, dit-il du premier, en ajoutant qu'il s'agissait d'une autre des émanations du Bouddha de la Médecine, souvent appelé le roi de Lapis-lazuli, une pierre réputée dans le Tibet traditionnel pour ses vertus curatives.

Tsepame était le suivant : le Bouddha de la Vie immortelle. Le thangka montrait une carte astrologique, de celles qu'on utilisait pour diagnostiquer et traiter une maladie ; un schéma anatomique du dos humain, avec la dénomination de chaque vertèbre ; un diagramme en arbre dont on se servait pour décrire les interactions entre les maladies.

Le dernier thangka était une représentation simplifiée d'un mandala, avec des griffes qui en sortaient, une tête enflammée à son sommet et, en bas, une queue lovée composée de grains de rosaire. Shan avait déjà vu de ces images, dessinées par les lamas en prison, où les médicaments pour les malades n'existaient pas. Là, il s'agissait du charme du scorpion, destiné à chasser les démons responsables du mal. Ou peut-être, songea-t-il en voyant l'espace libre où l'on inscrivait le nom du malade, d'un diagramme pour enseigner l'usage des charmes du scorpion.

Lokesh toujours perdu dans sa contemplation des peintures vénérées, Winslow s'approcha de chacun des murs de la caverne. Un autre thangka suspendu, plus grand que les précédents, touchait le sol : une autre représentation du roi de Lapis. Tout à côté, sur un rebord rocheux, se trouvait une rangée de petits dorje, les objets du rituel en forme de sceptre symbolisant l'indestructible réalité de la bouddhéité. Il y en avait au total plus d'une douzaine, la plupart encroûtés de poussière, mais tous différents. Certains étaient en bois, d'autres en fer, l'un d'eux brillait comme de l'or. Un semblait sculpté dans un lapis-lazuli.

Shan sentit un mouvement derrière lui : Anya accompagnait Chemi, qui paraissait s'appuyer sur elle, comme si elle avait les jambes flageolantes. Lokesh et Winslow avaient eux aussi remarqué l'entrée des deux femmes. Winslow baissa sa lampe, qui éclaira le sol d'une flaque blanche brillante. Ils étaient là, sans bouger, incapables de parler, quand une voix féminine rompit le silence.

— Ce n'était pas le jour quand il est arrivé, mais ce n'était pas non plus la nuit.

Il fallut à Shan, surpris, quelques secondes pour comprendre que c'était Chemi qui venait de parler.

— C'était juste entre les deux, quand le soleil est couché mais que la nuit n'est pas encore tombée. Je voulais absolument me convaincre qu'il allait venir. Il fallait que je m'en convainque. J'étais tellement malade que c'était tout ce qui me restait. Mais cela me paraissait aussi tellement impossible.

« J'avais un oncle. Avant qu'il parte en Inde, je lui ai promis que je ferais toujours confiance aux façons anciennes, que je n'irais pas dans un hôpital chinois si je tombais malade. Il arrive que les Tibétaines s'endorment dans les hôpitaux chinois, et, quand elles se réveillent, on leur a fait des choses abominables.

Chemi releva la tête vers Shan, avant de baisser les yeux au sol.

— Une part de mon être ne s'attendait pas à ce qu'il vienne. Puis il est apparu devant moi. J'avais fermé les yeux tellement j'avais mal au ventre. Tout ce que j'ai vu, ç'a été son sourire. Il était si vieux et si frêle, j'ai cru que je rêvais. Ça ne peut pas être le grand guérisseur, ai-je pensé, il a l'air trop fragile. Il m'a touché la tête et j'ai senti une décharge d'énergie. Le vent n'était plus froid, et j'ai souri, c'est tout, et il m'a pris les pouls. Quand il me posait ses drôles de questions, je lui répondais en souriant, mais ce n'était pas ma voix qui parlait, c'était la voix d'une petite fille.

Chemi avança d'un pas vers les thangkas, tordant la tête comme pour mieux essayer de les voir.

— Quelles drôles de questions ? interrogea doucement Shan.

— Elles n'avaient rien à voir avec ma maladie. Pas au début. À quelle époque de l'année j'étais née. Est-ce que j'avais fait un pèlerinage au mont Kailas. Il m'a aussi demandé si j'avais fait voler des cerfs-volants quand j'étais enfant, et si je savais fabriquer un sifflet avec un morceau de branche. Comment ma famille avait survécu pendant les grandes luttes contre les Chinois. Est-ce que je sentais toujours le Bouddha à l'intérieur de moi. Il m'a donné des petites pilules marron, toutes rondes, et m'a dit de boire à sa bouteille d'eau drup-chu. Ensuite il a allumé des bâtonnets d'encens, en bois d'aloès m'a-t-il dit, et nous avons longuement parlé.

Elle leva le bras comme pour toucher le thangka bleu du Bouddha guérisseur, mais sa main s'immobilisa en l'air pour saluer l'antique image.

— Il voulait avoir des renseignements sur des lieux, sur Rapjung et la plaine, même sur Yapchi.

Elle se retourna lentement vers Shan et Lokesh, comme si elle s'attendait à ce qu'ils lui posent une question.

— Nous avons discuté de la manière dont on sent les fleurs de printemps à cette époque-ci, la nuit, et il m'a demandé pourquoi je portais une part d'ombre dans mon esprit.

Sa voix ne fut plus qu'un murmure.

— Je lui ai alors parlé d'une vieille femme qui vivait dans notre village et qui criait toujours contre moi à cause de mes chiens qui aboyaient trop fort. Quand les soldats sont arrivés, je leur ai dit qu'elle gardait une photographie du dalaï-lama et qu'elle priait pour son retour.

« Ils l'ont emmenée et on ne l'a plus jamais revue. J'ai dit au lama guérisseur que je n'arrivais pas à dormir, qu'elle m'apparaissait toutes les nuits, que je la revoyais entraînée par les soldats. Il a répondu que les soldats auraient de toutes les façons trouvé la photo et que je ne devais plus me sentir responsable. Il a dit qu'il était temps que je lâche ma culpabilité, qu'une femme qui aimait le dalaï-lama ne m'en voudrait pas. Ensuite il a posé la main sur mon ventre. La peau m'a brûlé, mon ventre s'est contracté, et j'ai cru qu'il sortait une chose de mon abdomen. Ça a changé à l'intérieur de moi. Je me suis endormie et, à mon réveil, le soleil commençait à poindre. Il n'y avait plus personne, sauf un petit lièvre des rochers, un pika, qui ne me quittait pas des yeux. Je ne me sentais plus la même. J'avais le cœur léger, j'étais pleine de force. Pourtant il n'y avait pas le moindre signe du passage de quiconque, et j'ai d'abord cru que j'avais rêvé. Mais je me souvenais de la moindre de ses paroles et ma faiblesse m'avait quittée. Je me suis levée, et j'ai sauté en l'air. Le pika aurait dû se sauver, mais il n'a pas bougé, pas avant que je me remette en route. Alors il a couru sur un rocher et s'est mis à couiner, comme pour prévenir le monde que j'étais vivante. Que peut-être j'étais une miraculée.

Fixant la main tendue du Bouddha bleu, Chemi plaça les doigts presque au contact des doigts du thangka, à la surface du vieux pan de tissu.

— Même encore, il m'arrive de me demander si, après tout, ça n'avait pas été un rêve. Parce que je croyais que les lamas guérisseurs venaient de l'un des autres mondes.

Chemi parlait de l'un des *bayals*, ces mondes cachés auxquels on accédait sur cette terre par des portails secrets.

— Ils ne peuvent pas exister ici, pensais-je, ils n'existent pas. Ils sont comme certaines des créatures-esprits d'un autre âge qui ont été pourchassées et tuées par les démons. J'ai dû être transportée jusqu'à un bayal – mais regardez autour de vous...

Elle embrassa du geste les thangkas au mur. Ils avaient bien découvert un lieu de lamas guérisseurs. En ce monde.

L'un après l'autre, y compris l'Américain, ils tournèrent autour de la salle, muets, emplis de déférence. Lokesh revenait sans cesse aux dorje posés sur le rebord de pierre. Presque tous étaient doubles, avec deux sceptres symétriques à chaque extrémité ; deux d'entre eux disposaient d'un sceptre à un bout et, à l'autre, d'un purba, le couteau rituel qui donnait son nom à la résistance tibétaine.

— Il y a si longtemps, dit Lokesh en touchant un dorje exceptionnellement long en bois de santal. Pourtant, celui-ci, j'ai vraiment l'impression de le connaître.

Il laissa filer les doigts le long de la tête du dorje, usée, polie par le temps, mais il parut réticent à le prendre en main.

— Mon professeur, Chigu Rinpoché, en possédait un semblable, déclara-t-il, perplexe. Je n'en ai jamais revu de pareil.

— Parfois, ils cachaient les trésors, expliqua Chemi, quand ils savaient que les casseurs arrivaient.

Les casseurs. Certains villages, certains clans, avaient leur propre vocabulaire pour expliquer ce qui s'était passé au cours de ces cinquante dernières années.

— Ils les mettaient bien à l'abri, confirma Shan.

Tenzin se plia en deux jusqu'à la base de la paroi où se trouvait un long monticule de poussière. Il le sonda du bout des doigts et dégagea l'extrémité d'un morceau d'étoffe tissée de fils de couleur vive. Au-dessus de leurs têtes, il aperçut alors une branche rabougrie avec deux fragments de fil en poil de yack à un bout. Un thangka avait été accroché là, et il était tombé. Il se tourna vers Shan, avant de reposer le carré d'étoffe avec solennité. Lui aussi avait compris. Ce lieu n'était pas simplement la cache d'un trésor mis en sûreté à la hâte quand l'armée était arrivée pour détruire Rapjung. Cette caverne était un antique lieu de retraite, peut-être réservé tout particulièrement à un rituel secret dont la finalité s'était perdue au fil des âges.

Chemi finit par leur rappeler le but de leur périple, et ils la suivirent au sortir de l'anfractuosité de la paroi rocheuse. Shan s'attarda un instant devant un pilier de pierre pour contempler l'ombre qui marquait l'entrée de la caverne.

— Comment ont-ils pu survivre ? Comment un lama aurait-il pu endurer ça ? L'armée a dû fouiller ces montagnes centimètre par centimètre.

— Survivre ? s'écria amèrement Chemi. Ces montagnes ont été stérilisées. Pendant une période, les Chinois avaient même des patrouilles équipées de fusils à lunette. Ils tuaient tout ce qui bougeait. Ils avaient placardé des affiches nous prévenant de ne pas aller dans les montagnes pendant trois mois. Toutes les chèvres, tous les yacks sauvages ont été abattus, parce que, sur son lit de mort, un lama avait déclaré que tous les Tibétains tués par les Chinois allaient revenir sous la forme terrestre d'animaux des montagnes jusqu'à ce qu'ils puissent revivre comme des humains. Rien n'a survécu.

— Alors comment se fait-il qu'un des anciens lamas guérisseurs puisse se trouver ici ? demanda l'Américain par-dessus l'épaule de Shan.

— Les choses repoussent parfois, répondit Chemi avec un haussement d'épaules, exactement comme si quelqu'un avait semé des graines qui auraient produit une récolte de vieux lamas. Parfois elles trouvent le chemin d'entre les mondes.

Shan était surpris par cette femme robuste. Elle n'avait rien expliqué des raisons pour lesquelles elle se dirigeait vers le sud, à des journées de marche de chez elle, afin d'aller à la rencontre du vieux lama guérisseur, ni pourquoi elle avait attendu sur cette piste. Comment avait-elle su où le trouver, comment les dropkas avaient-ils su eux aussi qu'il fallait surveiller la plaine aux Fleurs ? Un lama guérisseur se trouvait dans les montagnes, mais il n'était pas le seul : il y avait aussi le dobdob, qui attaquait les Tibétains, même les moines.

Au-dehors, sur le flanc de la montagne, il n'y avait plus signe de l'hélicoptère, aucune trace d'activité sur les lignes d'arêtes en contrebas. Ils pressèrent le pas sur la piste exposée qui menait à une série de profondes gorges, franchissant parfois des fissures tellement étroites qu'ils pataugeaient dans quelques centimètres d'eau de fonte en provenance des hauteurs. Ils longèrent une rangée d'aiguilles dressées comme autant de sentinelles le long du Qinghai jusqu'à atteindre un escarpement dégagé offrant une vue imprenable sur des kilomètres vers l'est et le nord.

Chemi leur indiqua la haute montagne voisine, à l'est, au milieu d'une longue ligne de pics enneigés qui délimitaient la frontière.

— Geladaintong. Là où commence le fleuve Yang-tseu-kiang. Et là-bas, ajouta-t-elle en se tournant plein ouest pour indiquer une longue crête plate, à cinq kilomètres, se trouve mon village. Nous aurons du thé et du tsampa chauds. Et de la soupe aux nouilles. Ma sœur a toujours une marmite de soupe aux nouilles.

Shan s'attarda un moment sur le pic que Chemi avait montré. Il avait oublié que la source du Yang-tseu-Kiang se trouvait en Amdo. Il se représenta le puissant fleuve traversant villes et campagnes chinoises, alimentant un si grand nombre de commerces et nourrissant tant de Chinois, avant de se déverser dans la mer de Chine près de Shanghai. Tout avait commencé dans une montagne tibétaine...

Ils contournèrent une excroissance massive de la montagne, pareille à une énorme côte de granit, pour se retrouver au bord d'une falaise qui surplombait un carré de grisaille : un nuage semblable à un morceau de ciel tombé et pris au piège des rochers.

— C'est toujours comme ça, expliqua Chemi face au regard émerveillé de Lokesh devant cet étrange nuage qui avait dégringolé. On raconte qu'un démon y habite ; quand il n'y a pas de vent, on l'entend rugir. Autrefois, les ermites venaient méditer sur cette corniche, parce que c'est un lieu de connexion.

— De connexion ? interrogea Winslow.

— Un lieu pour que les humains se connectent aux profondeurs de la terre. Là où les divinités du ciel sont connectées aux divinités de la terre.

Chemi se pencha dans le vide, tellement loin que Shan avança, craignant qu'elle ne tombe.

— Mes oncles empruntaient ce sentier quand ils nous rendaient visite. Ils disaient que c'était le lieu où se faisaient les nuages, ajouta-t-elle, avant de reculer avec un sourire de triomphe devant un petit panache gris qui remontait de la gorge pour s'en aller flotter vers les crêtes plus au sud.

Ils descendirent par une étroite piste en lacet serré et, une heure plus tard, entamaient la traversée du vaste replat sous un ciel d'après-midi si brillant que l'air frissonnait. Quand le vent se calmait, on entendait des oiseaux au loin. Pour la première fois depuis bien longtemps, Lokesh attaqua un de ses chants de voyage, de ceux que chantaient les pèlerins quand ils se reposaient la nuit.

La descente depuis la haute montagne sur le replat accentuait encore leur sentiment d'atteindre au but : ils approchaient des terres des villageois de Yapchi. Des rochers couverts de lichens encadraient de longues saignées abruptes couvertes de pierraille et de profondes gorges qui entaillaient le flanc de la montagne. Le paysage était d'une beauté à couper le souffle, cette beauté que Shan avait rencontrée partout depuis son arrivée au Tibet. Il se trouvait au Qinghai, un nouveau pays. Il se souvint d'avoir entendu un prisonnier déclarer que le Qinghai était plus tolérant et que les destructions des institutions tibétaines traditionnelles n'avaient pas été aussi impitoyables dans ce qui était jadis le pays d'Amdo, parce qu'il n'existait pas de véritables centres urbains, donc pas de cibles évidentes pour l'armée.

Ils arrivaient dans un vaste champ ouvert de pierrailles et de bruyère lorsque Lokesh poussa un cri en montrant un groupe de volatiles, peut-être des coqs de bruyère, avec encore les restes blanchâtres de leur plumage hivernal, qui picoraient à deux cents mètres au-devant d'eux.

— *Lha gyal lo !* dit-il doucement.

Et tout à coup les oiseaux explosèrent.

Gravillons, plantes et volatiles éclatèrent en gerbe avec un bruit assourdissant. Chemi hurla et plongea au sol. Tenzin agrippa Anya et la tira à l'abri d'un gros rocher, suivi par Shan et Lokesh. L'Américain ne bougea pas. Planté sur ses pieds, il jurait à haute voix en anglais sous le grondement qui retombait. Il sortait ses jumelles quand un autre carré d'herbe, cinquante mètres au-delà du premier, explosa lui aussi avec la même violence, expédiant des pierres haut dans le ciel. Toujours jurant, Winslow s'abrita derrière le rocher à côté de Shan, et une troisième éruption déchira le silence.

Puis plus rien. Plus un bruit. De minuscules particules de terre retombaient en pluie sur leurs têtes, et trois petites colonnes de fumée s'élevèrent au sortir des trois cratères de la prairie. Trois explosions, en ligne, à intervalles réguliers. Comme celles dont ils avaient été les témoins depuis les hauteurs de la montagne ce même matin.

Chemi se releva, terrorisée. Tenzin la rejoignit, les yeux vers le ciel, contemplant une petite chose blanche qui dérivait doucement vers eux. Une plume, dont ils suivirent la course en silence jusqu'à ce qu'elle touche terre devant eux. Lokesh murmura un mantra d'une voix triste.

— Pourquoi l'armée irait-elle..., commença Chemi en se frottant les yeux.

Shan se rendit compte que ses oreilles bourdonnaient encore.

— Ce n'est pas l'armée, entendit-il de la bouche de Winslow, qui désignait l'extrémité de la plaine.

Plusieurs silhouettes apparurent derrière un affleurement rocheux. Elles portaient des casques, mais ce n'étaient pas des casques de soldat. Ils étaient rouge et argent, comme ceux des ouvriers du bâtiment. Shan fit signe aux autres de retourner à l'abri du rocher, s'avança et attendit.

L'homme de tête était visiblement furieux. Il était encore loin, mais on le voyait qui criait en montrant les cratères et en pointant le doigt dans leur direction, allant même jusqu'à montrer le poing à ceux qui le suivaient. En arrivant au premier cratère, il s'arrêta pour examiner Shan des pieds à la tête avant d'ôter son casque et de s'avancer d'un pas martial, poings serrés, bouche pincée, au point que Shan crut un instant qu'il allait lui balancer son casque à la figure.

— Le simple fait de marcher sur le sol aurait pu complètement fausser les résultats du test ! s'écria-t-il.

Il remit son casque, comme pour lui signifier qu'il était prêt à en venir aux mains. C'était un Han, légèrement plus grand que Shan, les épaules larges, avec des mains aux jointures couvertes de cicatrices, preuves qu'elles avaient maintes fois été blessées. Il était vêtu d'un blouson en nylon vert arborant l'emblème d'un derrick doré sur le côté gauche de la poitrine.

— Nous aurions pu être tués, déclara doucement Shan.

— Vous auriez pu faire échouer notre test *et aussi* être tués, rétorqua aussi sec l'inconnu en lui lançant un regard incendiaire.

— Vous avez effectivement tué quelques oiseaux, dit Anya, qui venait d'apparaître.

Ses paroles, ou peut-être la douceur et la déception dans sa voix parurent désamorcer la colère du bonhomme, qui plissa le front d'un air frustré.

— Marcher sur le terrain dans la zone de test et si près des charges explosives peut induire des erreurs, grommela-t-il.

— Comment pouvions-nous le savoir ? demanda Shan.

— Savoir ? Tout ce que vous aviez besoin de savoir, c'est que la zone tout entière est interdite d'accès. Vous ne savez donc pas lire ? Il y a des affiches au village, avec les dates de test pour chaque secteur. Seul un imbécile irait...

Un deuxième homme, court sur pattes et portant des lunettes de soleil, les joues lourdes et les traits massifs typiques des Mongols, s'approcha à son tour. Un certain nombre d'instruments pendaient à son cou : un appareil photo de prix ; des jumelles ; une boussole et un petit instrument sous un boîtier noir, peut-être un altimètre. Il portait un gilet en nylon rouge et, plutôt qu'un casque, une casquette rouge à l'américaine avec large visière, arborant également l'emblème au derrick doré. Ses cheveux étaient longs, mais proprement coupés et gominés. Il avait l'air étonnamment soigné pour un randonneur d'altitude.

— Nous ne sommes pas venus par là, annonça Anya.

Ses paroles, une fois encore, parurent prendre les deux inconnus par surprise. L'homme aux lunettes de soleil examina Anya, puis Shan, et regarda derrière eux : Chemi était là et Tenzin sortait à son tour de l'abri. Il se tourna vers le Chinois au casque, qui inclina la tête, tout à coup bien curieux, et sortit une carte de sa poche pour l'étudier avec attention.

— Par quel chemin, alors ?

— Parfois, les moutons s'égarent dans les collines, intervint Shan en s'avançant.

— Vous n'avez pas de moutons, objecta le Han.

— J'ai dit qu'ils s'étaient égarés.

On entendit un déclic métallique incongru. Le bonhomme aux lunettes était en train de les prendre en photo, l'un après l'autre, accumulant cliché sur cliché. Quelques secondes plus tard, un bruit similaire leur arriva aux oreilles : Winslow photographiait l'équipe d'ouvriers du pétrole, répondant à chaque déclic par un autre. L'homme aux lunettes abaissa son appareil en lui lançant un regard noir. Winslow laissa retomber le sien, et l'homme vit l'Américain. Il se raidit et s'approcha, avant de se retourner vers l'équipe pour lui ordonner de repartir. Ne restait plus à ses côtés que l'homme au casque et au blouson vert.

— Je suis le contremaître, annonça ce dernier d'un ton hésitant, en cherchant l'autre des yeux. Le chef d'équipe de cette étude de terrain. Pour le projet pétrolier de Qinghai.

Son regard allait et venait de Shan à Winslow, comme s'il ignorait auquel s'adresser.

— Il y a dû y avoir un malentendu.

Il examina les pauvres vêtements dépenaillés de Shan et décida de parler à Winslow.

— Vous auriez dû être prévenus de la zone de tirs.

— Pourquoi cherchez-vous du pétrole si haut dans les montagnes ? demanda Winslow comme par simple politesse, en ôtant son chapeau pour plaquer ses cheveux en arrière.

— Pas du pétrole, pas ici. Les explosions sont gérées par des sismographes positionnés dans les montagnes et dans la vallée où les forages doivent être entrepris. Il existe ici des formations géologiques très complexes. Il nous faut enregistrer la manière dont les vibrations circulent dans la roche pour définir la structure géologique, afin de pouvoir comprendre l'étendue du gisement, et savoir si l'extraction sera rentable.

— Et alors ? s'enquit Winslow d'un ton toujours aussi dépourvu d'intérêt.

— Jusqu'à présent, les résultats ne sont guère concluants. Tout dépendra des analyses des forages dans la vallée. Nos modèles informatiques suggèrent un gisement suffisamment important pour justifier une exploitation d'au moins une dizaine d'années.

— C'est vous qui avez déclenché des explosions il y a trois

jours, sur le flanc sud de la montagne ? Ou ce matin ? Êtes-vous montés jusqu'à la ligne de crêtes à l'autre bout de cette grande plaine ?

Le contremaître han chercha à nouveau son compagnon du regard avant de répondre.

— Non. Nous n'opérons pas en dehors de la zone de notre concession.

— Les Pétroles de Qinghai ont des partenaires américains, remarqua Winslow.

— Italiens, répondit le Han. Français, britanniques. Et aussi américains. Nous travaillons avec des Américains sur ce projet.

— Vous devez donc connaître Melissa Larkin.

Le visage du contremaître se figea, et il lança un regard suppliant à l'homme aux lunettes de soleil.

— Une chose affreuse, déclara celui-ci avec conviction. Tragique, si loin de sa terre natale.

Il ôta ses lunettes et fixa Winslow droit dans les yeux : la sympathie affichée de ses paroles était contredite par son expression sans aménité.

— Vous la connaissiez ? insista l'Américain. Je suis allé à Yapchi, mais je ne vous y ai pas vu.

— Zhu Ji est le directeur des projets spéciaux pour toute la compagnie, expliqua le contremaître. Il travaille avec les experts étrangers.

Le dénommé Zhu hocha la tête pour confirmer ces propos.

— Moi non plus, je ne vous ai jamais rencontré, déclara-t-il d'un ton lourd de sous-entendus. Vous n'appartenez pas au projet. Je le saurais, sinon.

Winslow soupira et sortit de son portefeuille une carte de visite. Celle-ci était imprimée en chinois au recto, en anglais au verso. Shan vit l'emblème de l'aigle américaine, en bleu, et des étoiles dorées. Zhu l'examina un long moment avant de la tendre au contremaître, qui la retourna dans un sens puis dans l'autre, à plusieurs reprises, en donnant l'impression de la lire de bout en bout comme si le texte en changeait chaque fois.

— J'ai entendu dire qu'un représentant de votre gouvernement était venu, déclara sèchement Zhu.

— Seriez-vous en train de suggérer que Mlle Larkin a eu un accident ?

— Mlle Larkin est morte. Elle est tombée de la montagne dans une rivière. J'ai vu l'accident de mes yeux.

— Vous étiez là ? demanda Winslow, choqué.

— Je l'ai vue tomber, mais de loin. Vous savez qu'elle était partie pour une mission de trois jours sur le terrain, sans véritable autorisation. Elle n'est jamais revenue. Nous étions à sa recherche, ses supérieurs étaient furieux. Elle avait emporté un équipement de prix et rassemblait des données importantes. Seuls deux membres de son équipe sont rentrés, deux Chinois, qui ont déclaré qu'ils s'étaient perdus. Ses autres accompagnateurs étaient tibétains, précisa-t-il d'un ton accusateur. J'ai dit qu'elle aussi s'était peut-être égarée. Il est tellement facile de perdre ses repères dans ces chaînes d'altitude. Nous avons ouvert l'œil dans les montagnes, et nous l'avons vue à la jumelle sur une saillie au-dessus de nous. Je crois qu'elle délirait à cause du manque de nourriture. Ou peut-être de l'altitude. Les étrangers ont souvent des problèmes avec l'altitude.

— Pourquoi ne m'a-t-on pas informé de tout cela quand je suis passé au camp ?

— Je me trouvais dans les montagnes. À mon retour, j'ai signalé ce que j'avais vu. Des formulaires ont été adressés à ce sujet à Pékin. Et à son employeur américain.

Winslow ne sut que répondre. Il s'assit sur un rocher et observa le paysage dénudé.

— Est-ce que le corps de Melissa se trouve au camp ? Il faut que j'emporte sa dépouille.

— Il n'y a pas de corps, répondit Zhu. Il est dans la rivière, il a été emporté par le courant. Ça arrive. Des corps ont été retrouvés à des centaines de kilomètres de leur lieu d'accident.

— Vous voulez parler du Yang-tseu-kiang ?

— Non. Nous nous trouvions sur la crête de la longue arête, côté province. Mlle Larkin est tombée côté sud. Côté tibétain.

— Il me faut un corps, déclara Winslow doucement, en s'adressant à un nuage sur l'horizon nord. C'est mon boulot. Le gouvernement américain est responsable du moindre de ses contribuables. Montrez-moi l'endroit, finit-il par dire en dépliant sa carte.

Zhu sortit un crayon de sa poche, étudia longuement la carte de Winslow, puis indiqua une zone au terrain difficile à une vingtaine de kilomètres à l'ouest, là où la carte dessinait clairement les courbes de niveau d'une pente abrupte. En dessous, une mince ligne bleue s'orientait vers le sud en direction du Tibet. Zhu la suivit de son crayon jusqu'à une tache bleue plus importante, à près de deux cents kilomètres.

— C'est un lac ! s'écria-t-il d'un ton triomphant. Probablement un de leurs lieux sacrés.

— J'aurai besoin de ces formulaires que vous avez remplis, dit Winslow d'une voix glacée, en prenant la mesure du bonhomme.

— À Yapchi. Demandez le directeur.

— Jenkins. Je l'ai rencontré.

— C'est bien lui, concéda lentement Zhu d'une voix onctueuse. M. Jenkins a été lui aussi bouleversé. Nous aimions tous Mlle Larkin. Très jolie femme. Elle plaisantait toujours. Elle parlait le tibétain. Pas le chinois, précisa-t-il avec insistance, le tibétain.

Le contremaître tourna les talons, comme si les paroles de Zhu étaient un signal de départ.

— Restez sur les pistes principales, leur conseilla Zhu. C'est plus sûr pour tout le monde.

Il examina le versant abrupt derrière eux, s'interrogeant probablement sur la manière dont ils avaient bien pu descendre.

— Sinon, nous ne pouvons garantir votre sécurité.

Sur quoi il se dirigea vers les rochers derrière Shan, avançant prudemment en bordure de la prairie comme s'il soupçonnait que quelqu'un pût s'y cacher. Il revint en effectuant un grand arc de cercle et se posta derrière le contremaître.

— Vous n'avez pas de chiens, remarqua Zhu. Les bergers ont toujours des chiens.

Shan soutint son regard soupçonneux.

— Parfois les chiens doivent faire des choix lorsque les moutons s'égarent. Retourner auprès du berger ou rester auprès des moutons. Cette fois, ils ont dû rester auprès des moutons.

Zhu lui répondit par un filet de sourire en lame de couteau.

— Un berger han en compagnie de moutons tibétains. Difficile.

Sur ces mots, les deux hommes s'en furent d'un pas martial rejoindre les autres membres de l'équipe, à l'extrémité d'une clairière au sol jonché de pierres qui ressemblait à un champ de bataille. Shan se rappela le cratère de Rapjung. La terre mettait longtemps à guérir de telles blessures.

Il suivit des yeux le directeur des projets spéciaux jusqu'à ce qu'il disparaisse, essayant de se persuader que Zhu n'était rien de plus que ce qu'il avait déclaré être. Mais il en avait trop connu, des hommes comme lui. Ils avaient été ses collègues à Pékin, puis, plus tard, au pénitencier, ses gardes-chiourmes, et il lui était difficile d'éliminer Zhu du tableau. C'était très certainement un membre du Parti, le commissaire politique du projet pétrolier, vraisemblablement. Peut-être même une oreille spéciale de la Sécurité publique.

Il réfléchit aux paroles de Zhu, essayant de les ajuster à ce qu'ils avaient vu plus tôt dans la journée. Aucune équipe de géologues n'avait été autorisée à travailler de l'autre côté de la montagne, mais les explosions qu'ils avaient entendues dans la matinée avaient été des charges sismiques identiques à celles dont ils venaient de faire l'expérience. L'hélicoptère que Chemi avait vu était un hélicoptère civil, et les seuls appareils de ce type dans la région appartenaient probablement au consortium d'exploitation pétrolière. Zhu avait déclaré qu'un hélicoptère avait été envoyé à la recherche de Larkin. Mais pour quelles raisons serait-il allé fouiller le versant opposé du massif ? Et si Zhu avait signalé la mort de Larkin, que cherchait donc l'hélico ?

Winslow était toujours plongé dans l'examen de la carte.

— Seigneur ! murmura-t-il. Du haut d'une falaise.

Peut-être se rappelait-il que la veille il avait failli lui-même dégringoler dans le vide.

— Je retrouve toujours les corps, reprit-il d'un air absent, les yeux sur sa carte.

— Peut-être pourrions-nous rechercher la rivière un peu plus tard, proposa Shan. Pour y prononcer quelques paroles.

— Je ne connaissais pas Larkin, objecta Winslow.

— Une Américaine rebelle, fit remarquer Shan, qui abandonne ses devoirs habituels, sa vie normale, et qui s'en va errer dans les montagnes tibétaines, peut-être pour y découvrir quelque chose de plus grand.

Winslow poussa un grognement. Le petit sourire qui se dessinait sur ses lèvres se changea lentement en une expression renfrognée.

— À vous entendre, elle et moi cherchons la même chose.

Shan ne répondit pas, mais ne quitta pas l'Américain des yeux. Winslow croisa son regard un moment, grimaça et se détourna.

Le paysage devenait plus verdoyant à mesure qu'ils descendaient vers la province de Qinghai. Les collines étaient toujours aussi rocailleuses que sur le côté sud du massif, mais les goulets où coulait la fonte de printemps étaient plus riches en végétation. Genévriers et peupliers poussaient sur les buttes. Il semblait même y avoir plus de lièvres courant entre les éboulis sur les pentes.

Lokesh paraissait fasciné par les rus et ruisseaux qu'ils croisaient en chemin et s'arrêtait pour goûter l'eau des plus proches. Quand ils étaient trop loin, il rabattait son chapeau sur ses yeux et étudiait l'eau. Il ne donnait aucune explication, mais Shan devinait que son vieil ami pensait à la tache rouge sang qui avait souillé la rivière la veille. Les guérisseurs auprès desquels Lokesh avait reçu sa formation possédaient la conviction intime que la santé de la terre et la santé des êtres qui la peuplaient étaient inextricablement liées. Pour Lokesh comme pour ses professeurs, il était impossible de traiter une maladie humaine sans remettre en question l'harmonie de l'esprit humain, ce qui était impossible si on ne considérait pas dans le même temps la partie de la terre où l'humain vivait. Aux yeux du vieux Tibétain, la tache écarlate pouvait indiquer une déchirure dans le tissu qui les liait les uns aux autres.

Ils suivirent Chemi le long d'une ravine pentue pendant une demi-heure avant que Winslow s'arrête, la carte à la main, et l'appelle. Elle lui indiqua leur position, puis l'étroite gorge dans laquelle ils allaient s'engager. La gorge s'élargissait ensuite pour s'ouvrir vers le bas de la pente, et c'est là que se trouvait son village, lui expliqua-t-elle en souriant. Winslow se pencha pour qu'Anya grimpe sur son dos, et Chemi accéléra le pas. Bien qu'elle gardât une quinzaine de mètres d'avance sur leur petite colonne, Shan crut l'entendre chanter.

Le goulet s'interrompit brutalement et Chemi leur apparut dans une flaque de soleil brillante. Le bruit qu'elle lâcha ressembla d'abord à un salut, puis elle tomba à genoux en se tenant le ventre à deux mains, et le son qu'elle émettait se changea en un long geignement douloureux. Shan courut vers elle.

Une maison s'était élevée là, à moins de cent mètres d'un ruisselet qui sortait de la montagne près de l'embouchure du goulet. Entre le ruisseau et le site du minuscule hameau, il y avait eu des arbres ; à présent il ne restait plus que des souches tordues et fumantes. Avec, derrière elles, les vestiges de quatre maisons qui se consumaient encore.

11.

Un bruit de moteur et de cliquetis métallique rompit leur silence stupéfait. Chemi n'hésita pas : elle se précipita derrière les lignes de rochers qui barraient le versant au-delà du hameau en ruine. Shan agrippa Lokesh et le tira à l'abri tandis que Winslow faisait monter Anya sur son dos pour les suivre. Au bout d'une centaine de mètres, Chemi s'arrêta, incapable de parler, tant l'émotion qui lui tordait le visage était intense. Elle se plia en deux et vomit. Quand elle se retourna, Shan reconnut la femme malade et frêle qu'il avait rencontrée sur la piste.

Ce n'étaient pas des tanks, mais deux bulldozers qui apparurent au détour de la haute falaise rocheuse sur les côtés sud et est du hameau. Un des engins abaissa sa lame et tailla un andain au travers des vestiges des bâtiments. Une chaise vola dans les airs, puis les restes d'une fenêtre et d'un lit, suivis par une chose blanche et molle, peut-être un cadavre de chien.

Le second bulldozer tractait une remorque sur deux essieux d'où descendirent au moins une douzaine d'hommes. Ils détachèrent l'attelage et se mirent à décharger des matériaux de construction.

— Le consortium pétrolier, murmura Anya d'une voix douloureuse. Il n'y a qu'eux pour disposer d'un tel équipement.

Que pouvaient-ils ajouter d'autre ? Anya prit la main de Chemi et les guida entre les rochers : le village de Yapchi n'était plus qu'à une heure de marche.

Avant d'arriver au Tibet, Shan n'avait jamais réellement compris les subtilités des voyages pédestres, les innombrables manières dont on pouvait marcher, les messages qu'émettaient les pas des humains. Lokesh lui avait un jour rappelé que si le Tibet connaissait la roue depuis des siècles, tout comme la Chine et l'Inde, il s'était servi de cette invention non pas pour les transports, mais presque uniquement pour les moulins à prières. Les Tibétains aimaient marcher, lui avait-il expliqué, car la marche les gardait reliés à la terre et leur accordait le temps de la contemplation.

Cependant il existait bien des façons de marcher : le pas du pèlerin, au rythme lent et déférent de celui qui veut rejoindre les lieux saints ; le pas du caravanier, avançant d'un pied ferme, droit vers son but, les yeux fixés sur l'horizon ou sur ses bêtes ; le pas traînant, étriqué et resserré, du prisonnier qui se déplace tête penchée, parfois bien longtemps encore après sa libération, par simple habitude. Chemi, elle, avait choisi un rythme encore différent, inégal, bredouillant, entrecoupé de nombreux arrêts durant lesquels elle observait nerveusement les épaulements rocheux ou, tout simplement, soupirait en laissant libre cours à une vague d'émotion trop lourde à porter. C'était le pas d'une réfugiée, et elle en avait pris la cadence avec une telle facilité que Shan en eut le cœur serré.

Ils marchèrent en silence, jusqu'à ce qu'Anya les mène vers une corniche étroite qui ouvrait sur le nord et l'ouest. Ils se tenaient sur un épaulement de terrain surélevé qui séparait les vallonnements gris des collines à l'est d'une petite vallée fertile, délimitée sur trois côtés par une longue excroissance courbe de la montagne de Yapchi. Les parois rocheuses s'infléchissaient en arcs de cercle symétriques de sorte que la vallée, à la végétation verdoyante de printemps, apparaissait comme une vaste cuvette ovale de couleur verte. À l'exception du talus herbeux sur lequel ils se tenaient, les côtés de la cuvette étaient bordés par une bande de conifères large de quatre cents mètres. Au-dessus des arbres se dressaient falaises et aiguilles rocheuses. En dessous s'étalaient prairies, pâturages et champs, certains d'un vert tendre de saules pleureurs en pousse, d'autres couleur d'orge en bourgeon, d'autres encore vert plus foncé là où paissaient les moutons.

Anya pointa le doigt d'un air excité vers un petit groupe de bâtisses à l'extrémité sud de la cuvette en pressant son rosaire contre son menton en une prière silencieuse. Son village était intact. Elle leva les yeux vers Chemi comme pour s'en excuser et lui prit la main. Chemi paraissait trop choquée pour distinguer clairement la vallée en contrebas.

— Vous allez rester avec nous, déclara la jeune fille. Vous allez aimer Yapchi. Nous allons bientôt avoir le sel de Lamtso pour le thé.

Ils reprirent la piste. Winslow s'attarda sur leurs arrières, l'air soucieux, en balayant l'autre bout de la vallée de ses jumelles. Shan sortit les siennes et aperçut un autre village, à plus de trois kilomètres. Y descendait un chemin de terre au départ d'une trouée à l'extrémité d'un épaulement haut perché. Une file de gros camions était garée à côté de deux rangées de constructions carrées pareilles à des boîtes.

— Ils font venir les bureaux et les quartiers des ouvriers par camions. Sur de longues remorques, expliqua Winslow.

Shan avait déjà vu des convois d'exploitation pétrolière dans le Xinjiang, la vaste province aride au nord-ouest. Un jour, il était tombé sur l'un d'eux ; long de près de deux kilomètres, il attendait au bord de la grand-route, camions de toutes tailles, autocars, derricks et camionnettes-laboratoires, véritable cité sur roues.

Sur le versant au-dessus du camp pétrolier, des équipes d'ouvriers rasaient les bois. Une coupe claire de quatre cents mètres de large, dont les billes avaient été roulées jusqu'au camp. L'andain de souches ressemblait à une plaie ouverte au flanc de la forêt.

Sur un signe de Winslow, Shan dirigea ses jumelles vers un point au centre de la vallée, où se dressait un énorme derrick auprès duquel étaient garés deux camions.

— Le travail n'est pas trop difficile, dit Winslow. C'est ce que m'a expliqué le directeur du projet. Très sec. Ils aiment quand c'est sec. L'eau complique souvent les choses, et ça coûte plus cher. La vallée de Yapchi est tellement sèche qu'ils doivent faire venir l'eau par camions-citernes. Pas d'eau signifie qu'ils peuvent travailler en fond de vallée sans problèmes, au point le plus bas, là où la distance d'avec leur cible est la plus faible.

Leur cible. Shan se souvint des paroles de Lhandro : la compagnie voulait prendre le sang de la terre de Yapchi.

Winslow se préparait à rejoindre les autres quand il se rendit compte que Shan continuait à examiner les pentes.

— Le morceau de pierre n'était pas bien grand, expliqua ce dernier. Ce n'est pas que je veuille voir à quoi ressemble l'œil, j'essaie juste de comprendre comment on peut retrouver une divinité aveugle.

Shan abaissa ses jumelles, un sourire aux lèvres. L'Américain lui lança un regard indécis, comme s'il craignait qu'on ne se moque de lui, avant de se tourner vers le derrick avec désespoir.

— Là d'où je viens, on nous enseigne que si on commet une mauvaise action, Dieu sort des cieux et nous retrouve.

— Vous pensez que je devrais me mettre en quête d'une divinité courroucée ? s'enquit Shan.

Winslow répondit en tournant les talons pour rejoindre les autres. La piste descendait en lacet serré et franchissait plusieurs défilés, empruntant les sentes à gibier parmi les genévriers. Shan gardait à l'esprit l'image de cette vallée telle qu'il l'avait découverte et comprenait mieux l'amour farouche que les villageois lui portaient. C'était une parcelle infime de cette planète, tellement isolée qu'elle n'avait pas l'électricité, pas même un semblant de route, un lieu paisible, en parfaite autarcie, que le reste du monde avait laissé à l'écart et où l'on pouvait oublier son existence des semaines durant. Jusqu'à l'arrivée du projet pétrolier de Qinghai.

Une demi-heure plus tard, ils sortirent d'un étroit défilé sous plusieurs genévriers de belle taille, et le village de Yapchi leur apparut, à moins de quatre cents mètres. Il était plus petit que ce qu'espérait Shan, à peine plus grand que la bourgade rongpa où il avait rencontré Winslow la première fois. Sur la droite, à l'endroit où quelques bosquets cédaient le terrain à une pente herbeuse, se dressait un antique chorten de près de trois mètres de haut. Shan en fit le tour en frôlant la pierre. Les prières qu'on avait inscrites autour de sa base étaient pratiquement effacées par le temps.

Il aperçut Winslow qui s'attardait à l'ombre du dernier arbre, et ne vit pas ses autres compagnons. Il avança d'un pas peu rassuré vers le village quand une pierre vola et atterrit à ses pieds. Il se tourna : Winslow, Tenzin et un Tibétain à l'air sombre vêtu d'un chandail vert sale se tenaient à côté de ce qui était jadis un long mur mani, dont les pierres portaient gravés des mantras aux divinités. Tenzin salua Shan, puis s'enfonça avec l'inconnu sous le couvert des arbres avant de disparaître derrière un des affleurements rocheux qui parsemaient la forêt clairsemée. Shan les suivit à pas hésitants, mais il s'agenouilla devant le mur mani dont il ramassa une des pierres couvertes de lichen. Elle était vieille de plusieurs siècles, et ses gravures tellement marquées de mousses sombres que les prières paraissaient en lichen. Une prière qui n'avait besoin de personne pour se réciter, aurait dit Lokesh.

Il inclina la pierre contre un tronc d'arbre – la prière au vent – et suivit Winslow, Tenzin ainsi que l'inconnu sur la piste en lacet, attiré par un bruit de voix. L'air sentait la fumée de genévrier. Après avoir longé une haute falaise, ils tombèrent sur un campement bruissant d'activité. Un Tibétain maigre au visage grêlé se précipita et, saisissant Tenzin par le bras, le tira vers le fond d'un canyon en cul de sac, suivi immédiatement par l'homme au chandail vert.

Shan resta à l'embouchure de l'étroit canyon et contempla le chaos qui régnait à l'intérieur. Au moins quarante individus étaient allongés sur des couvertures ou assis autour des feux, certains le visage tuméfié, d'autres le bras en écharpe. Un jeune homme gisait sur une paillasse, prostré, veillé par une femme aux cheveux gris.

Chemi parlait d'une voix pressée avec une femme plus âgée tout en frottant la main d'un homme imposant étendu au pied de la paroi rocheuse, le visage boursouflé, les yeux vitreux, le sang suintant encore au travers de l'écharpe qui soutenait son bras gauche, un bandage ensanglanté autour du front.

— C'est notre village le plus proche, alors la famille de Chemi est venue se réfugier ici, expliqua Anya en s'approchant de Shan. Les gens de la compagnie ont dit qu'ils devaient construire un système d'approvisionnement en eau dans la maison de Chemi et installer des réservoirs alimentés par le ruisseau pour le chantier. Ils ne pouvaient pas laisser les maisons parce que alors l'eau serait impropre à la consommation. Ils ont ajouté que le consortium les dédommagerait. La sœur de Chemi a répondu aux gens du consortium qu'ils devaient avoir l'accord du conseil de la municipalité pour pouvoir les expulser de leurs domiciles. Mais la compagnie avait des soldats avec elle.

— Un représentant du gouvernement aussi était là, intervint la vieille femme, pas seulement l'armée. Il nous a montré sa carte de visite. Il venait d'un ministère de Pékin. Jamais on n'aurait cru que Pékin s'intéresserait à nous. Mon fils avait toujours voulu rencontrer quelqu'un de Pékin, parce que, dans son école, on raconte qu'il y a beaucoup de héros qui vivent là-bas. Mais celui qui est venu, c'était qu'un Mongol avec des lunettes sombres.

— Les projets spéciaux, marmonna Winslow avec amertume par-dessus l'épaule de Shan.

Zhu, le directeur des projets spéciaux, était présent quand le hameau avait été détruit.

Plusieurs villageois de Yapchi venus s'occuper des blessés discutaient avec Anya, très excités, du retour de la caravane. La conversation terminée, quelques-uns parmi eux se tournèrent d'un air solennel vers Shan, puis vers Winslow. Il était difficile d'ignorer l'Américain, qui s'arrêtait auprès des paillasses et parlait à voix basse aux blessés. Il finit par retourner son sac à dos et en vida le contenu. Un sachet de raisins secs, un sachet de noisettes et un autre de sucre candi. Il n'y avait que quatre enfants dans le camp en plus d'Anya, et tous entourèrent Winslow pour se partager ses trésors, les yeux brillants. Anya observa la scène d'un air étrangement détaché, paraissant avoir oublié qu'elle-même était encore presque une enfant.

L'homme au côté de Chemi gémit, ferma les yeux et sombra dans l'inconscience. Chemi lui ôta sa veste, qu'elle roula en guise de traversin sous sa tête.

— C'est mon oncle Dzopa, murmura-t-elle. Il était resté absent dix ans. Il vivait en Inde.

— Pourquoi est-il revenu maintenant ? demanda Shan, perplexe.

— Je n'arrive pas à comprendre ce qu'il dit, répondit Chemi, les yeux mouillés de larmes, en saluant de la tête une femme très triste, non loin, qui barattait le thé. Mon cousin m'a expliqué qu'il essayait de fuir le hameau quand le tank a tiré. Tout a explosé et il a été frappé à la tête. Il était rentré la veille et cherchait à me voir parce qu'il avait entendu dire que j'étais malade. Il n'a pas d'autre famille. Quand il était jeune, il était dans un gompa et ne s'est jamais marié.

Le grand Tibétain avait la cinquantaine, des bras comme des rondins et un cou de taureau.

— Il est fermier aujourd'hui ?

Chemi confirma d'un signe de tête.

— Un jour, il nous a écrit une lettre. Il était installé à Dharamsala – elle se référait au siège du gouvernement tibétain en exil.

— À votre avis, pourquoi est-il revenu ?

— Au cours d'un de ses discours, le dalaï-lama a déclaré que la plus grosse contribution qu'un réfugié puisse apporter au Tibet, c'est de rentrer au pays. Parce que ceux qui sont passés en Inde ont prouvé leur foi et leur force, et ce sont les deux qualités nécessaires pour garder le Tibet en vie.

L'homme avait l'air grièvement blessé. Les doigts de sa main gauche tremblaient, signe d'un possible traumatisme.

— A-t-il rapporté quelque chose d'Inde ? insista Shan. Un message, peut-être ? Ou est-il revenu pour emmener d'autres personnes en Inde avec lui ?

Mais Chemi était déjà repartie vers le fond du canyon rejoindre Lokesh et Anya, assis, un bol de thé à la main, derrière un groupe installé en cercle en train de réciter des mantras.

— Ils ne vont pas arrêter leurs mantras tant que ces gens ne seront pas partis, expliqua Lokesh.

Derrière eux, sur une pierre plate, étaient posés plusieurs bols d'offrande en bois et un disque en métal calciné où brûlait de l'encens. Anya et Nyma avaient bâti une petite chapelle dans les rochers derrière le village, avait dit Lhandro.

— Vous voulez parler des bulldozers dans le hameau de Chemi ? demanda Shan.

— Non, lui répondit Anya très excitée. Tant que les Chinois et les étrangers n'auront pas quitté notre vallée. Nuit et jour, ils vont les réciter, ils ont fait un vœu à Tara. C'est une chaîne de mantras, et elle durera aussi longtemps qu'il le faudra. Nous y participons tous, quand nous le pouvons.

Shan reconnut la lueur farouche qui brillait dans les yeux d'Anya. Dans son baraquement du pénitencier se trouvait un vieux guerrier khampa, condamné à perpétuité pour avoir tendu des embuscades contre des soldats, qui s'émerveillait toujours de la manière dont les moines résistaient en ayant recours à la seule prière, alors même qu'on les battait ou qu'ils subissaient des électrochocs.

— Tout ce que moi, je savais faire, c'était tirer au fusil, répétait-il souvent, d'une voix emplie de déférence à l'égard des hommes saints. Ce n'est rien comparé à eux.

Shan fut tenté de s'asseoir dans le cercle. Peut-être était-ce là tout ce qu'ils pouvaient faire désormais, prier.

— Pour quelle raison l'oncle de Chemi voulait-il que les habitants quittent le village ? Pourquoi les prévenir seulement maintenant ? demanda-t-il à la jeune fille.

— Probablement parce qu'il avait rencontré des personnes qui avaient vécu près des chantiers d'aménagement chinois. Il pensait que les responsables du projet allaient les obliger à partir.

— Partir ? Où ça ?

— Travailler pour le chantier. Ou être déplacés ailleurs. Tout le temps de notre absence, les gens du chantier ont torturé notre village, ils ont harcelé les habitants, en essayant de les contraindre à quitter leur terre. Ils ont emmené tous les jeunes gens de Yapchi pour qu'ils coupent les arbres. Et les ouvriers sont forcés de rester au camp, dans des boîtes métalliques qu'on verrouille la nuit. Les autres ont peur d'aller là-bas pour prendre de leurs nouvelles, ils craignent qu'eux aussi on ne les garde.

Sa voix était chargée d'une colère que Shan ne lui avait jamais entendue, mais son regard était empli d'effroi quand elle se tourna vers lui.

— Verrouillés à double tour dans une boîte en métal, répéta-t-elle, avant d'aller rejoindre le cercle de prière.

À dix mètres de là, dans un coin du petit canyon, Tenzin était assis en compagnie des deux Tibétains qui l'avaient amené au camp et d'un troisième personnage plus âgé dont les traits creusés affichaient la même colère froide que les deux premiers. Le plus jeune se leva, avança vers Shan et bomba le torse en prenant la pose d'une sentinelle. Ceux-là ne résistaient pas aux Chinois en se contentant de psalmodier des mantras. Tenzin écoutait avec attention le plus âgé. Derrière lui, Shan aperçut un tas d'équipement : des cordes de cuir tressé, des bouteilles d'eau, une boussole accrochée à un cordon, une pelle pliante, des sacs de couchage en nylon.

Un gémissement en provenance de l'entrée du canyon déchira l'air. Shan bondit, les trois purbas sur les talons, et vit Chemi qui essayait de tirer son oncle en arrière, les mains sur ses épaules. L'homme s'était redressé et tenait le manche en bois d'une baratte à thé, dont il assenait des coups violents sur une souche. Le bois du manche vola en éclats. Shan essaya de saisir le bras de Dzopa. L'homme l'envoya bouler comme un rien. Chemi lui prit le visage entre les mains.

— Mon oncle ! s'écria-t-elle. Tu dois arrêter !

Les yeux de Dzopa, tout vides qu'ils étaient, semblèrent la reconnaître.

— Arrêtez-les ! lança-t-il avec un gémissement qui les glaça. Ils sont en train de brûler tous les lamas.

Il retomba sur sa paillasse, le bout du manche de baratte encore à la main.

— Sa tête, murmura Chemi à Shan, toujours au sol.

Elle tendait le bras vers un linge pour lui éponger le front quand elle se figea en voyant ceux qui l'entouraient. Les personnes les plus proches contemplaient l'homme inconscient et plusieurs sortirent leur rosaire pour entamer un mantra.

Anya ne refusa pas quand Shan lui demanda de l'emmener jusqu'au village, malgré les protestations des femmes plus âgées. Il devait la comprendre, cette vallée, insista la jeune fille, car c'est à lui que l'œil allait revenir et il lui faudrait agir sans perdre de temps quand cela se produirait. Une des femmes qui écoutaient, solide et peu avenante, en longue robe de feutre et tablier rouge, hochait la tête d'un air sinistre.

— Si le pétrole commence à jaillir, déclara-t-elle avec défi aux autres villageois, ces Chinois ne s'en iront plus jamais.

Shan sortit ses jumelles et suivit Anya et la femme jusqu'au village.

La divinité avait habité sur un tertre peu élevé près du centre de la vallée, expliqua la femme. Près de trois siècles auparavant, un lama l'avait découverte qui vivait dans un rocher du tertre, et les villageois avaient bâti un mur mani tout autour. Des lamas du célèbre gompa de Rapjung descendaient tous les ans pour bénir le rocher et ceux qui le protégeaient.

Un chien marron jaillit de la première maison. Ses aboiements frénétiques se changèrent vite en jappements excités quand il reconnut Anya. Un homme au visage noir de suie, pratiquement édenté, apparut sur le seuil de la deuxième maison et s'adressa affectueusement à la jeune fille, qui lui promit du sel tout frais de Lamtso dès le lendemain. Un homme entre deux âges, au chapeau rond dépenaillé, demanda des nouvelles de Lhandro. Shan poursuivit sa route le long du large chemin qui constituait l'unique rue du village tandis qu'Anya allait saluer les quelques habitants sortis à leur passage. Une maison, à l'écart des autres, était bâtie en poutres de bois solides et disposait d'un grenier à foin. C'était une vieille bâtisse élégante, construite selon les traditions du Kham, la région est où, autrefois, le bois ne manquait pas. À son mur était suspendu un gros tambour de bois, de soixante centimètres de diamètre sur trente d'épaisseur, qu'on utilisait pour attirer l'attention des divinités. Shan examina la demeure, se rappelant la description qu'avait faite Nyma de l'attaque par les soldats de Lujun : une seule maison avait survécu. Un chorten miniature, de soixante centimètres de haut, le genre de mausolée bâti pour abriter une relique sacrée, gardait la porte. Juste en face, dans un enclos en torchis, se dressait une étable, apparemment plus solide que plusieurs des maisons environnantes ; une demi-douzaine de moutons et autant d'agneaux prenaient le soleil de cette fin d'après-midi.

Quittant le village, Shan se dirigea vers un long monticule situé à près de deux kilomètres. Bâti de main d'homme, il se dressait à un jet de pierre d'un tertre plus petit. Quelques moutons qui paissaient là relevèrent la tête à son passage sur le chemin qui reliait le village au fond de la vallée, sous le grondement des machines qui gagnait en intensité à chaque pas. Le puits de forage du chantier se trouvait à moins de cent mètres du monticule.

Il étudia le terrain. Le sentier courait à la base d'une corniche herbeuse, puis quittait la vallée par une étroite gorge à son extrémité nord, près du camp des ouvriers. Il avait été éventré au bulldozer depuis le derrick jusqu'à la gorge qui ouvrait sur le monde extérieur. Une armée avait jadis remonté ce même sentier, se rappela Shan, une armée chinoise vengeresse, qui avait effectué un détour lors de sa retraite vers Pékin pour ravager cette belle vallée. Il se repassa le récit en esprit en gravissant la petite colline. L'événement s'était produit par un jour de printemps identique à celuici, peut-être le même mois, Nyma ayant expliqué que la caravane de sel n'était pas encore rentrée. L'armée avait écrasé le village sous les obus, et les habitants avaient fui, non pas vers la montagne, mais vers la protection de leur divinité sur son petit tertre. L'officier chinois avait alors envoyé des soldats armés de sabres pour éliminer jusqu'au dernier survivant.

Shan contempla les versants qui encerclaient la vallée. Il aperçut les ruines des bâtiments et les contours de champs qui n'avaient pas été travaillés depuis des années : autrefois, la communauté avait été plus importante. Des familles entières avaient été effacées de la surface de la terre le jour où la divinité avait été démolie par les soldats.

Un mur mani peu élevé entourait le monticule, et deux drapeaux à prières flottaient à chacune de ses extrémités sur des poteaux au bois patiné par les ans. Sur le sommet du tertre, plus de vingt *khatas,* des foulards de prières, pratiquement en lambeaux, étaient maintenus en place par des pierres. Shan ramassa une pierre mani, sans trop savoir pourquoi, et la présenta face au tertre, puis face au camp des ouvriers. Au même instant, une rafale de vent fit claquer les deux drapeaux, et un des khatas en lambeaux se libéra, soufflé vers le versant ouest de la vallée.

Lokesh aurait soutenu qu'il ne s'agissait pas d'une coïncidence, que de tout temps Shan devait se trouver en ce lieu à cette heure, à cette minute, et que le foulard, après tant d'années passées sur ce tertre, était destiné de tout temps à s'envoler en ce même instant. La conjonction des événements était tissée dans la tapisserie particulière de Shan, aurait dit Lokesh. C'était la raison pour laquelle son vieil ami, ainsi que nombre de Tibétains s'arrêtaient et suivaient l'envol d'un faucon, la danse d'une feuille morte dans l'air au-devant d'eux, le passage d'un nuage singulier sur la face de la lune quand ils levaient la tête. Les actes de la nature pouvaient leur paraître inattendus, jamais aléatoires.

Shan reposa la pierre mani et contempla avec déférence le tertre, la fosse commune où dormaient les villageois de Yapchi, avant de faire ce qu'aurait fait Lokesh : suivre le morceau de tissu.

Le foulard virevoltait au-dessus de la vallée à une centaine de mètres de lui, tombant au sol un instant, remontant l'instant suivant, comme ramassé par une main invisible. Shan marcha derrière lui en examinant les crêtes du paysage rocheux déchiqueté où les cavernes ne devaient pas manquer – à en croire Nyma, il y en avait des tas – et où les hommes, comme les divinités, étaient susceptibles de se cacher. Il progressait lentement, absorbant la terre de Yapchi, s'attendant à voir le foulard atterrir ou s'accrocher dans les buissons qui marquaient la fin du pâturage, là où commençait le versant abrupt. Mais, quand il atteignit l'endroit, le foulard grimpa droit vers le ciel, en virevoltant telle une colombe restée trop longtemps en cage qui ferait tout à coup l'expérience d'une liberté fraîchement recouvrée, avant de planer vers le bord de la forêt plus au nord.

Le voyant ainsi gagner de la vitesse, Shan envisagea de revenir sur ses pas. Mais il restait plus d'une heure de jour, et même dans l'obscurité il retrouverait le chemin de retour. Cette vallée, il lui fallait la comprendre. Il lui fallait apprendre à quel endroit une divinité pouvait se nicher. Ou, à tout le moins, jusqu'où un foulard à prières évadé pouvait fuir. Plusieurs fois, alors qu'il gravissait le versant vers la ligne d'arbres, là où il avait vu le khata pour la dernière fois, il s'arrêta pour étudier l'emplacement du forage, le derrick et le camp. Dix minutes plus tard, il aperçut un carré blanc suspendu aux branches basses d'un pin, là où le versant s'incurvait vers l'est.

Le vent lui apporta le grondement des chaînes de tronçonneuses et il fit une pause pour examiner à la jumelle le bout de la vallée que la compagnie pétrolière voulait civiliser. Il y avait deux rangées de cinq caravanes, plus qu'il ne l'avait cru au départ. Des boîtes métalliques, les appelaient les villageois, parce que à leurs yeux ces blocs ne méritaient pas le nom de maisons. Au-delà étaient montées plusieurs tentes, à côté de gros camions de toutes formes et de toutes tailles, depuis des transporteurs de matériel léger jusqu'à d'énormes camions bennes, et d'une tente ouverte plus vaste que les autres qui servait de garage. Au-dessus du camp, le large andain de souches d'arbres remontait jusqu'à la falaise rocheuse qui délimitait le rebord supérieur de la vallée. Au moins deux douzaines d'ouvriers travaillaient là, coupant les arbres à une vitesse effrayante.

Shan récupéra le khata, le plia et le mit dans sa poche, puis il se rapprocha avec prudence, en étudiant tous les arbres et tous les rochers susceptibles de lui offrir un abri. Il arrivait à deux cents mètres du bord du camp quand il trouva un épais rondin, abattu par l'âge et non par une tronçonneuse, sur lequel il s'assit pour détailler les lieux. Une douzaine d'individus tapaient dans un ballon de football au milieu d'une prairie où paissaient les moutons. Ils ne se faisaient pas de cadeau et poussaient des hurlements qui n'avaient rien de joyeux. Au-delà, tout près des tentes, s'élevait la fumée de plusieurs marmites sur le feu. La scène avait quelque chose de familier. Un tentacule, c'est le nom que Drakte avait donné à l'un de ces camps de bûcherons. Un des tentacules qui s'étiraient depuis Pékin, avait râlé le Tibétain. Pékin s'étendait ainsi pour affirmer son pouvoir et sa puissance jusqu'aux recoins les plus éloignés du pays, et en extraire les richesses.

Examinant l'équipe de bûcherons d'un peu plus près, Shan remarqua des hommes postés à intervalles réguliers le long de la zone de défrichage. En protection, apparemment. Mais contre quoi ? Il ne devait plus rester suffisamment de prédateurs pour inquiéter les ouvriers. Il se souvint alors des villageois de Yapchi recrutés de force : ces hommes ne protégeaient pas les ouvriers, ils étaient là pour les empêcher de s'enfuir. Quelle cruauté, songea Shan. Non seulement ces jeunes gens étaient prisonniers dans leur propre vallée, mais ils étaient forcés de détruire la richesse de leur terre.

Lorsque le soleil commença à descendre derrière la cime de la falaise, il s'aventura plus près, dans l'espoir de surprendre quelques bribes de dialogue, un accent, quelque chose qui l'aiderait à comprendre un peu mieux le consortium des pétroles du Qinghai. Mais, en s'approchant, il sentit un frisson lui glacer l'échine. Les joueurs sur le terrain improvisé étaient en T-shirts ou en maillots de corps, mais ils portaient tous le même genre de pantalon, solide, résistant – un camp avait des pantalons verts, l'autre, des pantalons gris –, et les mêmes lourdes bottes noires. Tous, musclés et minces, sortaient du même moule. À l'autre bout de la petite prairie se trouvait un gros camion gris dont la portière s'ornait d'un motif. Shan leva ses jumelles, s'attendant à découvrir le logo au derrick du consortium. Il distingua un léopard des neiges. Plus loin, au-delà du camion, étaient garés des quatre-quatre gris métallisé aux lignes effilées. Son ventre se noua. Les joueurs n'étaient pas des ouvriers du pétrole, mais deux groupes de soldats rivaux. Les troupes de montagne de Lin se trouvaient au camp, et elles jouaient au football avec les nœuds.

À l'aube, le lendemain, un petit groupe de Tibétains arriva au camp de réfugiés. Au bruit de leurs pas, Anya accourut, pensant que la caravane venait d'arriver, mais elle s'immobilisa à l'embouchure du canyon. Une femme s'avançait, appuyée sur des béquilles, suivie par un petit garçon à la démarche bizarre, les pieds en dedans, un filet de bave aux lèvres. Quatre autres personnes les suivaient, une femme aux yeux voilés par la cataracte guidée par un adolescent et un homme costaud en chuba élimé qui portait une femme frêle endormie dans ses bras comme une enfant.

Ils s'arrêtèrent, sans prononcer une parole, observant les formes endormies sur les paillasses.

— Il n'est pas ici, leur dit doucement Chemi d'un ton d'excuse.

Les malades arrivaient à Yapchi. Ces gens avaient dû marcher toute la nuit pour trouver le lama guérisseur. Le berger posa la femme endormie sur une couverture et se frotta les yeux. Shan crut y voir des larmes.

— Mais je l'ai vu, ajouta Chemi, pleine d'espoir. Et il m'a guérie.

La femme aux béquilles releva les yeux, incrédule.

— Celui que nous cherchons vient de l'ancien temps, dit-elle. Il y a des histoires qui ont couru depuis les montagnes. Mais tous ceux-là... il sont morts depuis bien longtemps. Alors, parfois, tout ce que nous pouvons faire, c'est suivre les histoires..., ajouta-t-elle en baissant la tête. Certains disent qu'il est venu reprendre la chaise de Siddhi. D'autres, qu'il est sorti d'un bayal uniquement pour soulager nos souffrances.

— Je l'ai vu, répété Chemi d'un ton plus pressant. Et il m'a guérie.

La femme aux béquilles la fixa de tous ses yeux, bouche bée, comme si elle venait seulement de l'entendre.

— *Lha gyal lo,* chuchota-t-elle d'une voix sèche et cassée.

Elle vacilla sur ses jambes et Chemi bondit juste à temps pour la rattraper dans ses bras.

Shan alla jusqu'au petit feu au fond du canyon et en rapporta un bol de thé.

— Qu'est-ce qu'elle a voulu dire en parlant de la chaise de Siddhi ? demanda-t-il.

— Oh, c'est quelque chose de très vieux, répondit Chemi sans le regarder.

— La résistance, murmura Lokesh, qui apparut soudain et s'agenouilla à côté de la malade. J'ai entendu des purbas l'évoquer avec excitation. Dans cette région, il y a des siècles, un lama du nom de Siddhi a organisé la résistance contre les envahisseurs mongols. Il est parvenu à rallier les gens comme personne avant lui et il a fait en sorte que les Mongols ne reviennent jamais sur leurs terres.

— Il existe dans les montagnes un lieu où il résidait, poursuivit Chemi, une petite prairie en altitude, tout en haut du versant. Avec un gros rocher en forme de chaise où il s'asseyait et s'adressait aux foules. Les gens s'y rendent depuis des années pour prier. Certains disent que Siddhi était un combattant, d'autres qu'il n'était qu'un guérisseur qui a simplement redonné confiance et espoir au peuple.

Devant l'incrédulité qu'il lisait sur les traits de Shan, Lokesh expliqua :

— Ils veulent croire en ces choses. Ils disent que tout le monde parle de Yapchi, à des kilomètres à la ronde. Ils racontent que si un vrai lama prenait la chaise de Siddhi ils pourraient obliger tous les Chinois à quitter Yapchi et la région.

Shan revint seul au village, lourd d'un étrange sentiment de culpabilité qui l'avait assailli durant la nuit, au point qu'il était incapable de regarder en face les figures hâves qui sondaient la sienne en quête d'une explication. Les visages des Tibétains malades le hantaient. Il avait eu tort de venir, car sa venue signifiait qu'il apportait de l'espoir aux habitants de Yapchi, alors que, de l'espoir, il n'y en avait pas. Pékin avait découvert leur belle vallée et l'avait donnée à la compagnie pétrolière et à ses associés américains. Elle aurait tout aussi bien pu être prise par l'armée pour l'installation d'une nouvelle base de missiles, car un consortium comme celui-là ne serait jamais dissous, pas plus qu'il ne partirait. En Chine, il n'existait qu'une seule et unique chose plus inexorable que la marche de l'armée : celle du développement économique. Lorsque le consortium aurait trouvé le pétrole, il s'emparerait de la vallée, il la viderait de sa force de vie jusqu'à la dernière goutte et lui arracherait tout ce qu'elle contenait de valeur avant de l'abandonner à son triste sort, des années plus tard, souillée et stérile. Shan avait passé ses quatre années de pénitencier à construire des routes pour les forces économiques déployées par Pékin, qui cherchait à pénétrer au cœur des vallées éloignées ayant échappé aux premières vagues de l'immigration chinoise. Une des pires cruautés infligées aux prisonniers n'était pas de les obliger à fracasser les rochers des cols d'altitude pour en faire du caillou afin de permettre aux camions de franchir les versants, mais de les forcer à regarder, depuis le site d'une nouvelle route, tandis que l'on abattait jusqu'au dernier arbre et qu'on éventrait à l'explosif jusqu'à la plus petite veine de charbon.

Le village de Yapchi était encore plus vide que la veille. Le seul signe de vie venait des agneaux qui gambadaient dans leur enclos en torchis, excités par le soleil qui se levait. Shan remarqua alors aux fenêtres des visages qui le suivaient des yeux en surveillant le chemin de la vallée. Le grondement du derrick de forage revenait en échos répercutés par les falaises dans l'air immobile, accompagné par les couinements des tronçonneuses dans le lointain. À la porte de la dernière maison, tout en bois, qu'il avait admirée la veille, apparut une vieille femme. Elle le salua d'un bref signe, puis, lentement, timidement, toujours sur le seuil, elle lui tendit un bol de thé. Il franchit le portail ouvert dans le muret qui clôturait la maison et hocha la tête en acceptant le bol. La vieille battit en retraite dans la pénombre en lui signifiant d'entrer à son tour.

La maison se composait d'une vaste pièce avec une estrade côté nord pour le coin nuit et, côté opposé, une alcôve où l'on préparait et prenait les repas. Les planches délicatement ouvragées qui couvraient les murs et le sol montraient la belle patine du temps. Un autel en bois se dressait contre le mur du fond, près de l'estrade, avec ses sept bols d'offrandes traditionnelles et une photographie encadrée du dalaï-lama à côté de laquelle se consumait un bâtonnet d'encens. Le tapis au centre de la pièce, usé jusqu'à la trame près de l'autel, portait le motif du nœud sans fin, symbole de l'unité de toutes choses, et des huit autres emblèmes sacrés en brun et rouge. Tout ce qui se trouvait dans la pièce semblait être en bois, en argile ou en laine. L'on s'y sentait comme dans la clairière d'une antique forêt, irradiant une tranquillité naturelle, apaisante et sereine.

La femme sourit maladroitement et s'installa avec un air triste sur un tabouret bas près de l'estrade. Shan entraperçut une silhouette dans la pénombre, appuyée contre le mur, sur l'une des deux paillasses déroulées sur l'estrade. La silhouette se retourna, en relevant, lentement, très lentement, la main pour s'appuyer au mur. Le vieil homme s'avança avec effort vers Shan, la main toujours en appui, et s'assit à côté de la femme. Il soumit Shan à un examen de détail en claquant ses lèvres sèches et gercées. Le silence devait être l'élément essentiel de cette pièce, songea Shan, aussi réel que le petit autel et les simples bancs qui s'alignaient contre le mur. Dans cette immobilité sans bruit, il prit conscience d'une respiration courte : une forme était étendue sur une couverture au coin de l'estrade. Un agneau.

— Nous voulions juste vous remercier, chuchota l'homme, d'une voix rauque, comme si elle n'avait pas servi depuis bien longtemps. On m'appelle Lepka.

Shan se mit à genoux devant lui, le bol de thé en équilibre sur ses cuisses.

— Je n'ai rien fait. J'ai perdu l'œil.

— Mais vous êtes venu, répondit le vieux d'une voix de lama. Déjà des choses se produisent. Grâce à vous, l'œil est désormais plus proche de nous qu'il ne l'a jamais été depuis cent ans.

Des choses se produisent... Quelles choses ? La destruction du hameau de Chemi ? Le rassemblement de nœuds et de soldats dans la vallée, probablement pour la première fois depuis le jour terrible où l'œil avait été volé ? Le grondement lointain du derrick, raclant et meulant dans les profondeurs de la terre ? Le discours incessant de ceux qui voulaient s'opposer aux Chinois dans la vallée ?

Avec un sourire triste, Shan reporta son attention sur Lepka. Il avait appris à considérer ces Tibétains très âgés comme des trésors offerts par les coins reculés du Tibet – des hommes et des femmes qui défiaient le temps ou, tout au moins, résistaient à l'avance des ans, qui pouvaient vivre centenaires et plus encore, et dont les souvenirs les plus vibrants remontaient à bien avant l'arrivée des Chinois. La peau du vieillard ressemblait à un parchemin. Il était très vieux, peut-être assez âgé pour avoir vécu à l'époque où l'œil avait été enlevé à Yapchi. Ses doigts rabougris et noueux formaient un mudra, pouces pressés l'un contre l'autre, les jointures des premières phalanges en appui, les majeurs étirés se touchant. Le rouge de la honte au front, Shan reconnut le mudra d'offrande, l'offrande de l'eau pour les pieds, qu'on utilisait dans l'initiation des moines ou pour honorer un visiteur.

— Je me suis rendu jusque là-bas, déclara Lepka. Je me suis appuyé sur mon bâton et je suis allé voir la machine chinoise.

Il claqua des lèvres à nouveau et la femme lui tendit un bol d'eau, auquel il but une gorgée avant de poursuivre :

— Je lui ai lancé une pierre, un filet d'eau glissant de sa bouche pendant qu'il parlait. Parfois, il arrive que les démons fassent en sorte que les gens aient des visions, ils leur font voir des choses malfaisantes qui ne sont pas vraiment là. Mais ma pierre a frappé le métal, et elle a rebondi. Les ouvriers ont ri en disant : « Voyez ce vieux cinglé ! »

Lepka regarda Shan avec un grand sourire ; il lui manquait pratiquement toutes les dents.

— Mais je sais lancer les pierres. Quand j'étais jeune, je gardais les loups bien à l'écart de mes troupeaux avec les cailloux de mon lance-pierres. J'en ai lancé une deuxième, et puis une autre, à différents endroits de la machine. Et les hommes ont ri. Mais vous savez quoi ? J'ai trouvé un endroit qui était une cloche. Ça n'y ressemblait pas parce que la cloche avait été cachée sous une forme différente. Mais ça a sonné comme une cloche. L'essence d'une cloche était cachée là, conclut-il avec un grand sourire.

Dans le Tibet traditionnel, on utilisait parfois les cloches pour chasser les démons.

— Et eux ne le savaient pas, poursuivit Lepka, avant de lâcher le long sifflement asthmatique qu'était son rire.

Shan répondit par un hochement de tête solennel et but une gorgée de thé.

— Votre maison est tellement paisible, dit-il. On croirait un temple.

La vieille femme sourit à son tour, et le vieillard contempla la pièce alentour comme s'il la voyait pour la première fois.

— C'est le grand-père de mon grand-père qui a bâti cette maison. La première année du Huitième.

Elle remontait donc au XVIIIe siècle, songea Shan.

— Elle a entendu beaucoup de prières, ajouta la femme doucement. Notre fils aime convier le village ici pour les réunions quand il y a une décision importante à prendre. Il dit que dans cette pièce personne ne s'emporte ni ne lance de gros mots, parce que toutes les prières vivent dans le bois.

Shan examina à nouveau l'estrade de nuit où se trouvait une autre paillasse roulée contre le mur du fond ; il comprit à qui cette maison appartenait.

— La route est longue jusqu'à Lamtso.

— Quand il avait trois ans, sourit le vieillard, j'y ai emmené mon garçon pour la première fois. Il s'asseyait sur mes épaules et nous chantions en marchant. Nous chantions pendant des heures. Et il y avait aussi un chien, un énorme mastiff, qui le laissait monter sur son dos. Parfois, il lui arrivait de s'allonger et de s'endormir sur le dos large du chien, qui continuait à avancer comme si de rien n'était. J'ai dit que c'était trop dangereux...

La voix n'était plus rauque ni cassée, les souvenirs avaient ravivé la flamme du vieil homme.

— Mais tu as fait travailler les autres chiens, déclara doucement une voix derrière Shan. Tu as mis des sacs sur tous les autres chiens quand nous avons quitté le lac. Tous sauf un, pour que je puisse rentrer à la maison sur son dos.

— Mon fils ! s'écria la vieille femme en bondissant pour serrer Lhandro dans ses bras.

Le chef du village releva la tête avec un sourire fatigué.

— *Lha gyal lo, lha gyal lo*, entonna Lepka, les yeux mouillés. Le sel a retrouvé son chemin une fois encore.

Lhandro s'agenouilla devant son père en ouvrant sa paume pleine de cristaux blancs brillants. Il leva la main du vieillard et versa solennellement le sel dans la paume sèche et ridée avant de refermer sur elle les doigts noueux. Lepka lâcha le sifflement qui lui servait de rire et pressa le sel contre son cœur.

Devant la maison commencèrent à défiler les moutons arrivant du nord, les pochettes de sel sur le dos. Des acclamations excitées retentirent sur le chemin de terre. Des acclamations, mais aussi des avertissements. Shan sortit de la maison : sur la pente au-dessus du village, près des arbres, plusieurs membres du camp de sel attendaient, certains agitant le bras, d'autres montrant la caravane. Une silhouette quitta le groupe et courut dans la direction opposée, comme pour se cacher.

Nyma apparut au milieu des moutons, le visage fermé.

— Ils ont fouillé nos sacs et nous ont obligés à leur laisser cinq moutons, lâcha-t-elle brutalement sans même le saluer, avant de se retourner vers l'arrière de la caravane.

Deux camions de l'armée remontaient la piste sinueuse, quelques centaines de mètres derrière les derniers moutons.

Lhandro apparut sur le seuil de la maison, leva la main pour signifier à ses parents de rester à l'intérieur, et sortit en repoussant Shan dans l'ombre. Celui-ci se posta juste contre le chambranle, et le chef du village s'avança au milieu du chemin de terre pour attendre les camions. Une douzaine de soldats sautèrent au sol. L'un d'eux ouvrit la portière du premier véhicule arborant le blason du léopard des neiges, et un homme en tunique d'officier descendit.

— Bonjour, colonel Lin ! s'écria avec une chaleur feinte une voix derrière Lhandro.

Winslow avança au côté du chef d'un pas désinvolte. L'Américain s'était lavé et avait enfilé une chemise propre.

— Encore un jour de gloire pour vos manœuvres de camp de jeunesse.

Une commissure des lèvres de Lin se retroussa quand il reconnut l'Américain. Il adressa quelques mots à quelqu'un derrière lui, hors de la vue de Shan. La seconde suivante, un soldat apparut, un bloc-notes à la main, en passant le village en revue d'un regard de rapace.

— L'ambassade américaine n'a aucune autorité pour venir se mêler des affaires intérieures de la Chine, grogna Lin en marchant sur Winslow, d'une voix forte, comme pour un large public.

— Bien sûr que non, concéda l'Américain d'un ton très officiel. Le consortium des pétroles de Qinghai a un associé américain dont l'une des employées est portée disparue. C'est une question de relations internationales, ajouta-t-il d'une voix aussi forte que celle de Lin.

— Elle n'est pas portée disparue, répliqua aussitôt Lin, sa réponse toute prête, comme s'il s'était intéressé aux raisons de la présence de Winslow dans les montagnes. Elle est morte. La malchance.

Shan vit deux soldats contourner le village par les enclos à animaux, du côté opposé du chemin. Ils semblaient chercher quelque chose.

— Notre village est honoré par la présence des glorieux soldats de l'Armée populaire de libération, déclara Lhandro d'une voix terne avec un regard gêné à Winslow.

— Naturellement que vous êtes honorés ! s'exclama Lin d'un ton amusé en allumant une cigarette dont il expédia la première bouffée vers Lhandro. Et votre honneur ne peut que grandir.

Le ventre de Shan se noua si fort qu'il en eut mal. Lin fixait Winslow de tous ses yeux, comme s'il cherchait par un simple effet de sa volonté à le faire battre en retraite.

— Il y en avait d'autres avec vous, la première fois. Des Tibétains. Deux hommes de haute taille.

Il se tourna vers Lhandro, dans l'expectative, avant de baisser les yeux vers les pieds du fermier, pour lui rappeler peut-être qu'il avait déjà vu ces chevilles-là entravées de chaînes.

— J'avais un chauffeur..., commença Winslow.

Lin leva brusquement la main, comme s'il allait gifler l'Américain. Mais il s'arrêta à mi-course et serra le poing. Le colonel jeta un coup d'œil aux soldats qui se déployaient dans le village et revint sur Winslow.

— Un peu plus tard, ce jour-là, vous avez insisté pour que votre chauffeur vous abandonne sur le bord de la route. Qu'il vous dépose et continue son chemin. Il a eu tort. Son rapport a fait du bruit à la Sécurité publique. Il a été puni pour son irresponsabilité.

— J'avais envie de marcher. L'air pur des montagnes, etc. On appelle ça de la rando.

— Mais comment êtes-vous arrivé jusqu'ici ? Les montagnes sont infranchissables.

— Pratiquement.

— Le consortium pétrolier va apporter la prospérité à cette vallée, poursuivit Lin de sa voix d'orateur. Camarade Lhandro, ajouta-t-il avec insistance, lui rappelant ainsi qu'il connaissait bien son nom et détenait toujours ses papiers.

— Peut-être qu'il n'y a pas de pétrole, dit Lhandro d'une voix angoissée.

Lin tira longuement sur sa cigarette, de nouveau amusé.

— Du pétrole, il y en a. Les géologues doivent simplement démontrer en quelle quantité. Nous manquons déjà de place pour tous les ouvriers du camp, et d'autres arriveront quand le pétrole commencera à couler. Il faudra construire un pipe-line. Et il y aura ici des travailleurs en résidence permanente pour faire fonctionner les pompes.

— Nous disposons d'une étable inoccupée, supplia Lhandro d'une voix vide en regardant les bottes du colonel. Nous pourrions la transformer, fabriquer des paillasses.

Les yeux de Lin lancèrent des éclairs, plus de plaisir que de colère.

— Je vous en prie, colonel. Nous sommes de simples fermiers. Nous cultivons cette vallée depuis des siècles. Nous payons des impôts. Nous pourrions fournir de la nourriture aux travailleurs, ajouta Lhandro avec désespoir, les yeux toujours fixés sur les bottes de Lin. Nous n'avons rien fait de mal.

— Vous n'avez jamais expliqué ce que vous faisiez à près de deux cents kilomètres au sud ce jour-là.

Lhandro tendit le bras vers les moutons, que les hommes rameutaient à l'autre bout du village.

— Le sel. Nous partons toujours chercher le sel au printemps.

— C'est le XXIe siècle, camarade, répliqua Lin avec mépris. Vous devez avoir des autorisations du monopole du sel.

Lhandro haussa les épaules d'un air morose et avança vers le portillon de sa maison. Un sac était posé sur le muret. Il y glissa la main et la ressortit pleine de sel brillant.

— Nous avons de l'argent. Nous pourrions payer le monopole.

Le colonel poussa un soupir d'impatience et fit signe à un soldat d'approcher. L'homme s'empara du sac et le balança au sol, en aplatissant du pied ses deux compartiments. Sortant une courte baïonnette de son ceinturon, il sonda le contenu de la poche ouverte. Il leva les yeux vers Lin, qui acquiesça. Il poignarda alors la seconde poche encore cousue, déchirant le tissu et renversant le précieux sel par terre.

— C'est un sel spécial, intervint Nyma en se plaçant à côté de Lhandro. Il pourrait vous soigner, déclara-t-elle en regardant Lin droit dans les yeux.

— Je ne suis pas malade.

Elle ne cilla pas, silencieuse.

— Vous devriez être plus prudente, lui dit Lin froidement. On pourrait vous prendre pour une nonne. Hier, la Sécurité publique a arrêté quelqu'un à quelques kilomètres d'ici. Sous son manteau, il portait un brassard bordeaux et il avait un carré de tissu jaune dans sa poche.

Même à cette distance, Shan vit Nyma déglutir. Lin expliquait qu'un moine illégal, assez négligent pour porter sur lui un drapeau tibétain, avait été capturé non loin de là.

La tension devint tangible, pareille à un nuage glacé suspendu dans l'air, et Lin adressa un sourire conquérant à l'Américain.

— Même en Amérique, monsieur Winslow, les individus coupables de trahison sont envoyés en prison. Ce Lhandro sait ce qu'il en est. Il y avait un vieillard avec lui, un ancien criminel qui portait un matricule lao gai tatoué. Où se trouve cet homme ? aboya-t-il soudain, les yeux comme deux fentes. Et aussi le dénommé Shan, celui qui n'avait pas de papiers. Ils n'étaient pas avec vous quand vous êtes arrivés. Si vous les cachez, ce sera pire lorsque nous les aurons rattrapés. Et si l'un d'entre vous détient une chose qui m'appartient, ajouta-t-il d'une voix lourde de menaces, nous considérerons le village tout entier coupable du crime.

S'ensuivit un long silence tandis que Lin inspectait les bâtisses d'un regard brûlant de colère. Il finit par baisser les yeux et repoussa le sac de sel du bout de sa botte cirée.

— Je suis un homme simple, dit-il d'un ton étrangement frustré. Et dans mon univers les choses sont simples. Il y a ceux qui appartiennent à l'ordre nouveau et ceux qui essaient de le rejoindre. Tous les autres n'ont pas leur place, et on ne leur doit rien.

Winslow ôta le capuchon qui couvrait l'objectif de son appareil photo, et le visage de Lin se ferma.

— Le consortium des pétroles de Qinghai, déclara le colonel d'une voix forte comme pour une proclamation à tout le village, est prêt à offrir de belles compensations à ceux qui aideront à bâtir la nouvelle économie et la nouvelle vallée. Que nous allons honorer en lui offrant un nouveau nom. Nous avons décidé de l'appeler dorénavant la vallée Lujun. Je vais donner des ordres pour que les cartes soient modifiées.

Lhandro releva brutalement la tête et parut sur le point de bondir en avant, comme pour attaquer le colonel, mais Winslow l'arrêta en lui prenant le bras. Lin rebaptisait la vallée en l'honneur des soldats qui avaient massacré les ancêtres de Lhandro un siècle auparavant.

Lin se taisait, invitant silencieusement le berger à aller jusqu'au bout de son geste, quand tout à coup retentit un bruit sourd, lointain, sonnant creux, dont les échos résonnèrent dans toute la vallée. Lin se tourna d'abord vers le derrick, puis vers le camp, comme si c'était là qu'il fallait chercher l'origine de ce son étrange. Cependant le bruit n'était pas mécanique, il ressemblait à un battement de cœur, lent et régulier. Shan passa doucement la tête au-dehors et examina le mur extérieur : le tambour avait disparu.

Les lèvres en lame de couteau du colonel se retroussèrent. Il fit signe au soldat qui avait poignardé le sac de sel, lequel siffla immédiatement en direction des maisons. Lorsque les militaires qui fouillaient le village tournèrent la tête, il leva le bras gauche en l'air et serra la main droite sur l'avant-bras en montrant le côté ouest de la vallée, les doigts animés d'un mouvement en spirale. Les hommes devaient se déployer vers l'ouest et monter vers l'origine du bruit.

— Je vais avoir besoin de renseignements sur les hommes qui vous accompagnaient, dit Lin à Lhandro à voix basse. Et il existe bien des manières de poser les questions, ajouta-t-il avant de grimper dans le camion le plus proche.

Le battement de tambour ne s'arrêta pas. Shan aperçut au loin les ouvriers du derrick, immobiles, qui levaient la tête vers les hauteurs. Les quelques Tibétains restant au village étaient eux aussi sortis de chez eux et balayaient les pentes du regard, certains pleins d'espoir, d'autres de crainte.

Shan observa deux véhicules qui s'éloignaient directement vers l'ouest, à travers les champs d'orge en pousse. Il entendit un gémissement tout proche et vit une petite silhouette blottie derrière le muret devant lequel Lin s'était posté. Anya se cachait, elle avait tout entendu.

Elle dévisagea Shan de ses grands yeux effrayés et partit en courant pour disparaître parmi les rochers et les arbres du versant.

— Votre tambour, Où est-il passé ? demanda Shan à Lepka quand le vieillard sortit à la lumière.

— Parti. Il a disparu cette nuit.

Lepka haussa les épaules, la main sur la poitrine, les yeux fermés, cherchant peut-être un lien entre le rythme du tambour et le battement de son propre cœur.

— Vous croyez que quelqu'un du village se trouve là-haut ?

— Non ! s'exclama Lepka joyeusement, les yeux écarquillés, comme si c'était justement là l'important.

Après un regard inquiet à Winslow, Shan partit au pas de course dans la direction empruntée par Anya, l'Américain sur ses talons. Ils trouvèrent la jeune fille seule au milieu du canyon, en compagnie de Lokesh et d'une poignée de villageois de Yapchi. Tenzin et les purbas n'étaient plus là. Tout comme les malades venus de si loin.

— Ils ont pris les pistes vers les hauteurs, dit Anya, l'air perplexe. Mais ces pistes-là sont pour les boucs et les chèvres, ajouta-t-elle en montrant la paroi presque verticale au fond du petit canyon. Ils fuient. Ils ont vu les soldats. Ils ont entendu raconter qu'il y avait des nœuds au camp. On ne peut plus guérir, dans cette vallée.

Sa voix mourut, et elle se mit à fixer intensément un petit trou à la base d'un gros rocher. Elle claudiqua jusque-là, se mit à genoux et colla l'œil au trou, comme si elle s'attendait à voir quelque chose à l'intérieur.

— Pourquoi s'intéresse-t-il tellement à Lokesh ? interrogea Winslow.

— Lorsqu'il a trouvé des voyageurs venant de Yapchi par le sud, il se trouvait parmi eux un prisonnier lao gai, expliqua Shan, très inquiet. Je crois que pour Lin cela signifie que Lokesh pourrait être un suspect bien pratique, et qu'il pourrait l'arrêter s'il n'obtient pas ce qu'il cherche.

— Vous voulez parler de l'œil ?

— Je ne pense pas que ce soit l'œil le problème, maintenant. Lin ne se donnerait pas tout ce mal pour un morceau de pierre. Je crois que ce qu'il veut, c'est celui qui l'a volé. Parce que le voleur, quel qu'il soit, a enfreint toutes les règles de sécurité.

— Dremu allait le voler, mais les purbas l'en ont empêché, rappela Winslow.

— Ils avaient d'autres plans. Peut-être avaient-ils infiltré quelqu'un. Et Lin ne peut se permettre de laisser échapper cette personne. Il devait y avoir des choses bien plus importantes que la pierre chenyi dans son bureau.

— Selon vous, Lin pense que le voleur a aussi dérobé des secrets. Il chercherait une sorte d'espion, dans ce cas, c'est ça ?

Espion. Si le mot n'était pas venu à l'esprit de Shan, il avait bien dû traverser celui de Lin. Ce serait logique. Et cela expliquerait pourquoi les commandos de la montagne avaient parcouru tout ce chemin depuis Lhassa, sur les traces d'un fragment de divinité.

Quelqu'un passa à côté d'eux en courant et se pencha sur Anya. C'était Lhandro, qui remit délicatement la jeune fille debout en leur jetant un regard d'excuse.

— Elle a ses moments d'oubli, dit-il, comme si elle ne pouvait l'entendre.

Anya se redressa, les yeux à demi fermés, fouillant le paysage, sans donner signe qu'elle les avait vus.

— Parfois, tout ce qu'elle peut faire, c'est chercher les divinités. C'est peut-être aussi sa façon à elle de leur parler. Il arrive qu'on doive partir à sa recherche, avec les chiens, comme pour les vieux moines.

Il se référait à cette façon qu'avaient certains moines âgés de s'égarer, pris par leur rêverie spirituelle, ou de se perdre en méditant pendant qu'ils marchaient.

Lhandro parut un instant soulagé quand Lokesh passa le bras autour de la petite et la guida vers une paillasse. Puis son regard durcit devant le canyon.

— Où est-il ? Il y a des traces de sabots qui descendent dans la vallée.

— Dremu ? demanda Shan, qui n'avait pas repensé au Golok depuis qu'il l'avait vu repartir sur son cheval la veille.

— Pas le moindre signe de ce salaud ! En ce moment, il est peut-être en train de négocier pour le revendre aux soldats.

— L'œil ?

— Naturellement, l'œil ! Il savait exactement où il se trouvait. Il s'est enfui le lendemain du vol. Il connaît les pistes de la montagne. Et il n'est pas seul, il a des complices. Nous avons repéré les traces de trois chevaux. Il nous vendra tous si le prix est correct.

Une heure plus tard, Shan et Winslow marchaient vers le camp pétrolier. L'Américain avait protesté quand Shan lui avait déclaré qu'il l'accompagnait pour rencontrer le directeur du camp, en insistant sur le fait qu'il irait seul si Winslow refusait.

— Lin va vous tomber dessus à bras raccourcis ! s'exclama Winslow. Il veut vous voir enchaîné.

— Lin est dans le campement de l'armée, dans ces tentes, là-bas, un peu plus loin. Il ne s'attend pas à ce que je me rende au camp. Et personne d'autre ne me soupçonnera si on croit que j'ai des liens étroits avec vous.

Winslow avait accepté à contrecœur, à la condition que Shan reste avec lui et ne parle qu'anglais, en jouant le rôle de son assistant. Ils avaient travaillé une demi-heure à rendre Shan présentable ; une chemise propre trouvée au village et l'anorak en nylon rouge de l'Américain par-dessus avaient fait l'affaire. Et, comme touche finale, les jumelles personnelles de l'Américain autour du cou.

Jouant au parfait touriste, Winslow se mit à siffler en approchant du derrick et prit plusieurs photographies sous les saluts des ouvriers. Les hommes étaient lourds et larges d'épaules, chinois et tibétains, et souriaient avec fierté en prenant la pose, leurs énormes clés à molette et leurs marteaux levés au-dessus de leurs têtes.

Deux cents mètres avant le camp se trouvait un carré de terre dégagé de la taille d'un jardin potager, où deux silhouettes étaient agenouillées. Elles portaient des tabliers et l'une examinait le sol à l'aide d'une énorme loupe.

— Ces gens n'étaient pas là la dernière fois, observa Winslow d'un ton curieux quand ils passèrent à côté des silhouettes penchées. Le colonel a dû perdre un bouton.

Au camp, personne ne parut surpris de voir l'Américain. Les ouvriers qui s'affairaient au milieu des tentes et des caravanes les saluaient d'un bref signe de tête ou détournaient les yeux à leur passage. De grands tas de rondins occupaient le bas de la pente ; une lourde scie à moteur thermique sur cadre métallique geignait et grinçait en les débitant en planches.

Shan observait un énorme camion diesel qui grondait bruyamment au ralenti pendant qu'on le déchargeait de ses lourds tuyaux quand Winslow le tira à l'écart. Une jeune Han, qui détonnait dans son chemisier d'un blanc éclatant et sa jupe bleue parfaitement repassée, était apparue à la porte de l'une des caravanes. Elle les salua respectueusement de la tête en leur faisant signe d'entrer dans l'univers méticuleux des gestionnaires du projet. Après un petit couloir où s'alignaient vestes et brodequins encroûtés de boue, ils pénétrèrent dans une pièce au sol proprement carrelé équipé de deux bureaux métalliques et d'un long canapé. Ils auraient pu oublier qu'ils se trouvaient dans une des boîtes métalliques, n'était le fait que le mobilier était boulonné à demeure. Dans leurs cadres noirs, des photographies en couleur de paysages chinois célèbres – la Grande Muraille, les tours calcaires de Guilin, le bord de mer de Shanghai – étaient vissées au mur au-dessus du canapé. La femme ouvrit la porte d'une petite salle de conférences.

— J'apporte du thé, dit-elle.

La table était en plastique marron, imitation bois, tout comme les chaises. Au mur étaient suspendues des cartes de toutes sortes. Shan tira une chaise mais se trouva irrésistiblement attiré par ce qu'il voyait au mur. L'exploitation d'un gisement pétrolier exigeait une grande précision géographique. Trois cartes détaillaient Yapchi, à des échelles très différentes. L'une d'elles, la plus grande, était marquée d'un trait surligné en jaune qui courait le long de la base des montagnes voisines et reliait Yapchi à un cercle rouge juste à l'ouest de Golmud, la grande ville à plus de trois cents kilomètres au nord, où se trouvaient l'aéroport et le terminus ferroviaire les plus proches. Sur une petite table métallique s'empilaient des feuillets non reliés portant une carte réduite qui précisait l'itinéraire de Golmud à Yapchi, avec des repères surlignés eux aussi. Shan en prit une et la plia discrètement avant de la glisser dans sa poche.

— Elle est morte, Winslow, annonça soudain une voix bourrue. Je suis foutrement désolé, mais elle est morte.

L'Occidental qui venait de parler occupait tout l'encadrement de la porte. Ses cheveux, coupés ras, se mouchetaient de brun et de gris, tout comme le chaume de barbe sur ses joues qui n'avaient pas connu le rasoir depuis plusieurs jours. Son jean était tenu par des bretelles rouge vif et un cigare sous son emballage en plastique ressortait de la pochette de sa chemise bleu ciel. Le liquide fumant dans la chope qu'il posa sur la table était du café noir.

— Je m'appelle Jenkins, dit l'homme à Shan en lui tendant le battoir qui lui servait de main.

— On m'appelle Shan.

— Shan m'aide dans mes recherches, intervint aussitôt Winslow, comme si Shan avait déjà trop parlé. Est-ce que vous en êtes sûr et certain, Jenkins ? Quelqu'un dans les montagnes nous a dit qu'elle était tombée. Il a dit qu'il avait assisté à sa chute.

Jenkins leur indiqua sur la carte le même point que Zhu.

— Elle a dégringolé du bord de cette falaise. Elle a pu faire une chute de quatre cents mètres. Mais vous avez vu Zhu ? demanda-t-il avec surprise. Ici ?

Au tour de Shan d'être surpris : le directeur des projets spéciaux n'aurait donc pas informé Jenkins de sa présence ?

— A-t-on retrouvé le corps ? interrogea Winslow d'une voix glacée en scrutant la carte.

— Est-ce que vous avez une idée de notre boulot ? soupira Jenkins. J'ai des délais impératifs. Ces foutues banques débarquent pour une inspection. Des voleurs m'ont tiré la moitié de mon outillage d'atelier la nuit dernière. Et j'ai une horde de bureaucrates prêts à se pointer ici dans moins de deux semaines pour célébrer le premier jet de pétrole, même si je n'ai pas encore trouvé le gisement.

— Avez-vous essayé de retrouver Melissa Larkin ? répéta Winslow.

Jenkins soupira à nouveau et s'assit lourdement lorsque la jeune femme apparut avec deux grandes chopes de thé noir.

— L'hélicoptère de livraison de Golmud. J'ai demandé au pilote de faire un survol dès que j'ai eu les détails par Zhu. On n'a rien trouvé et l'appareil a été rappelé à sa base. Je vais envoyer une équipe à pied. C'est promis. Mais pas avant deux semaines. Si elle est en vie, Larkin ne peut pas aller bien loin. Et si elle est tombée dans la rivière, alors, la question est réglée.

« Je suis désolé, Winslow, mais je ne sais pas faire de cachotteries. Je dis ce que je pense. Je connaissais Larkin. C'était notre second projet ensemble. Elle était brillante. Une étoile, dans son genre. Ma mère disait toujours que les étoiles qui brillent le plus fort sont les premières à se consumer. J'ai passé des nuits entières d'insomnie à me demander si j'avais fait quelque chose de travers. J'ai écrit trois lettres à sa famille et je les ai déchirées. Qu'est-ce que je peux écrire ? Votre fille, une géologue de terrain aguerrie, qui a conduit ses équipes en Sibérie, dans les Andes et en Afrique, a fait une chute après un faux pas ? Un de mes contremaîtres tibétains prétend qu'elle a peut-être été rappelée par les divinités de la montagne, ajouta-t-il d'un air exaspéré en regardant le mur.

— Mais même avant sa chute elle était portée disparue, intervint Shan, qui examinait toujours la pièce en détail : sur une étagère métallique, sous la table, il aperçut une pile de journaux, un hebdomadaire publié à Lhassa.

— En quelque sorte, répondit Jenkins à sa chope après avoir bu une longue gorgée de café. J'ai appris très vite à lui lâcher la bride. Elle sautait sur la moindre excuse pour sortir des villes et retourner sur le terrain. C'était pareil une fois au camp : dès qu'elle le pouvait, elle partait en exploration. Elle était très proche des Tibétains, elle a commencé à leur donner des leçons d'anglais. Un jour, au cours d'une réunion, elle a déclaré que l'Amérique avait besoin du Tibet. Je ne sais toujours pas ce qu'elle voulait dire, bon Dieu ! Elle adorait son métier, elle disait qu'elle avait l'impression d'être une exploratrice d'autrefois. Elle adorait cet endroit tout particulièrement, elle refusait même des jours de congé pour repartir dans les montagnes. Pour établir de nouvelles cartes. Les cartes chinoises sont pourries. Avec des emplacements de lieux et de sites délibérément incorrects, pour des raisons de sécurité, soutiennent-ils. Il y a des régions entières dont il n'existe pas de relevé. Qui diable peut savoir ce qu'on peut y trouver ?

« Il y a un autre camp du même consortium, britannique, à quatre-vingts kilomètres d'ici. Deux chaînes de montagnes nous séparent. J'ai pensé que la radio de Larkin était tombée en panne et qu'elle était allée rejoindre cet autre camp. Ou alors qu'un membre de son équipe s'était blessé et qu'il était plus facile de l'emmener de l'autre côté des montagnes. Je ne cesse de me répéter qu'il peut y avoir mille raisons expliquant qu'on ait perdu le contact. Ils sont peut-être coincés dans un canyon en cul de sac après une avalanche. La dernière fois qu'elle est partie d'ici, elle a laissé derrière elle tout un stock de nourriture, la moitié de ses rations. Peut-être qu'elle a rejoint un village parce qu'elle se trouvait à court de vivres.

« Mais il n'y a plus eu aucun doute après le rapport du témoin oculaire. Zhu a pris le relais, il a appelé le quartier général d'ici. C'est lui qui a fait le rapport, en triple exemplaire. Le consortium dispose de formulaires de décès tout prêts. Quand on travaille avec dix mille ouvriers, les accidents, ça arrive. Mais jamais encore ça ne s'était produit pour un expatrié sous mes ordres.

« Zhu m'a adressé le formulaire. Que je le contresigne avant qu'il l'envoie. Pour eux, c'est qu'un foutu exercice bureaucratique, grommela-t-il. Tout ce que j'ai reçu en retour de la compagnie, c'est qu'elle allait payer une pierre tombale à Larkin quand son corps serait rapatrié au pays.

— Est-ce que vous avez discuté avec Zhu des détails, par exemple de la distance exacte à laquelle il se trouvait quand il l'a vue tomber ? Ce qu'il a fait pour tenter de récupérer le corps ?

— Par radiotéléphone. Je me trouvais à Golmud quand il a débarqué ici. Il m'a faxé son rapport. Encore heureux qu'il y ait eu des témoins oculaires. Sinon, la famille de Larkin aurait attendu dans l'angoisse pendant des années. Ils peuvent continuer à vivre, maintenant.

— Il n'y a donc eu que Zhu ? demanda Winslow. Personne d'autre dans l'équipe n'a vu quoi que ce soit ? Personne n'a été enregistré comme témoin ?

Un sourd grondement remonta de la gorge de Jenkins.

— Pour l'amour du ciel ! Cet homme est le directeur des projets spéciaux.

— Depuis combien de temps travaille-t-il pour le consortium ? intervint Shan.

— Pas très longtemps, répondit Jenkins, le front soucieux, les yeux fixés sur Winslow. Avant ce projet, je ne l'avais jamais rencontré.

— Et en quoi exactement consistent les projets spéciaux ? demanda Winslow.

— Faut interroger la compagnie. Zhu se situe à deux ou trois échelons au-dessus de moi. C'est quelqu'un du ministère, je crois. Peut-être que son boulot, c'est les relations avec les investisseurs.

— Les relations avec les investisseurs ? C'est quoi, ça ? persifla Winslow.

— C'est lui qui surveille les étrangers associés au projet. Probable qu'il porte du gris sous sa tenue.

Sous-entendu, comprit Shan, Zhu travaillait pour la Sécurité publique.

— C'est Zhu qui a fait venir les troupes de la Sécurité publique ? interrogea brutalement Shan en anglais. Pour rechercher Larkin ?

Jenkins étudia attentivement Shan avant de répondre, avec un regard irrité à Winslow :

— Ces troupes viennent de Golmud. Bien sûr que c'est Zhu qui les a appelées. Il arrive que la Sécurité publique aide les consortiums d'exploitation en faisant respecter la discipline chez les ouvriers chinois. Mais jamais elle ne nous a aidés à chercher Larkin.

— À cet autre camp, dit Winslow, combien y a-t-il d'étrangers ? Est-ce qu'il y a là-bas des Américains ?

— Que des Britanniques. Tout est très compartimenté. Mon employeur américain détient une participation de dix pour cent dans l'affaire, et le consortium dispose de dix camps d'exploitation. Donc, nous ne dirigeons qu'un seul camp. Même chose pour les autres investisseurs étrangers.

— Pourquoi ici ? demanda Shan. Qu'est-ce que la montagne de Yapchi a de si particulier qui intéressait tellement Larkin ?

— Elle était simplement perfectionniste, et les cartes de cette région sont inutilisables. Il y a des tas de blancs à remplir. Quand elle travaillait sur un site, elle établissait un catalogue exhaustif de tout, elle voulait connaître la géologie du terrain à quinze kilomètres à la ronde et sur trois kilomètres de profondeur. Pour les géologues des pétroles, c'est une véritable compulsion. Dans notre compagnie, on enregistre tout pour l'insérer au pays dans un gros ordinateur qui modélise les données. La géologie se répète d'étranges façons. Des informations sur un site au Pakistan peuvent expliquer un site situé en Alaska.

— Que sont devenus les autres membres de l'équipe de Larkin ? demanda Shan.

— On change d'équipes de terrain tout le temps. Ceux qui se trouvaient avec elle ce jour-là ont été réexpédiés à la base principale près de Golmud, notre centre d'opérations. Notre enfer sur roues.

— Désolé, dit Shan, qui ne comprenait pas.

— C'est une vieille expression des chemins de fer. Des villes champignons naissent autour des gros projets de chantier. Ils attirent tous les niveaux de la chaîne alimentaire. C'est le grand boom pendant quelques mois, un an, ensuite, tout le monde remballe et rejoint le site du grand projet suivant. On se trouve pris dans une véritable frénésie d'exploration. Quelqu'un est descendu de Pékin et a prononcé, à Golmud, un discours à tous les directeurs de projet. Nous ouvrons l'ouest de la Chine, nous apportons la prospérité. Des héros du prolétariat et tout ça, dit Jenkins d'une voix creuse.

« D'abord les équipes d'exploration, ensuite les camps de forage. Une fois que nous avons terminé arrivent les poseurs de pipelines, et le camp part ailleurs. Ça vous dérange ? s'enquit-il en sortant le cigare de sa pochette.

Winslow et Shan secouant la tête, Jenkins défit l'emballage et fit passer son cigare sous le nez avec un grognement de satisfaction.

— Mais l'équipe de Mlle Larkin, suggéra Shan. Vous pourriez la retrouver à Golmud, et lui toucher un mot de tout ça.

— Moi ? Bon Dieu, non ! Une aiguille dans une botte de foin. Il y a perpétuellement deux ou trois cents ouvriers qui tournent dans la base. Les hommes de son équipe pourraient se trouver en quatre endroits différents, à des centaines de kilomètres, on a même pu les envoyer dans d'autres provinces. Notre partenaire chinois a des opérations en cours dans toute la Chine.

— Vous avez leurs noms ? insista Shan.

Jenkins alluma son cigare et souffla la fumée par-dessus son épaule, vers la porte. Il examina Winslow avec une attention particulière, l'air incrédule.

— Vous êtes sûr que vous ne la connaissiez pas ? On pourrait croire que vous et elle...

— Je vous l'ai déjà dit, intervint Winslow d'un ton revêche. Je ne fais que mon boulot.

Jenkins tira une profonde bouffée de son cigare.

— Okay. Il y a bien un foutu disque d'ordinateur qui garde leurs noms quelque part.

Il se leva, alla à la porte et appela en chinois la jeune femme qui avait apporté le thé. Ils discutèrent un moment, et il revint auprès d'eux, l'air soucieux, le nez plongé dans sa chope de café.

— Des tas de conneries se passent ici. Des trucs de dingues. Ici, c'est l'Ouest sauvage. C'est le bout du monde. Tout le monde est loin de la maison. Nous sommes payés pour nous rendre dans des endroits oubliés des dieux et pour pomper de l'argent du sol, et nous faisons en sorte que ça se produise. Il y a des choses que je ne comprends pas totalement. Mais c'est pas mes oignons. Des soldats débarquent et repartent. J'entends raconter des trucs sur des gens de Pékin qui arrivent pour participer à des réunions de minuit. Ils me conseillent de ne pas me mêler de politique. Alors je ne me mêle pas de politique. Il n'y a rien de criminel dans tout ça, c'est juste de la politique.

Ce fut au tour de Winslow de plonger le nez dans son bol.

— Pourquoi le mot « criminel » vous est-il venu à l'esprit, Jenkins ?

Le directeur de projet fit la grimace, comme s'il avait mordu dans un fruit amer.

— Rien qu'à cause de votre façon de parler, c'est tout.

— Mais comment pouvez-vous infliger une chose pareille à la terre alors que vous n'avez aucun lien avec elle ? s'entendit demander Shan.

Les mots avaient jailli de sa bouche avant de lui traverser l'esprit, à croire qu'une divinité s'exprimait par sa voix. Ce n'est pas votre terre, diraient les Tibétains, et donc vous n'avez pas le droit d'exiger quoi que ce soit d'elle.

— Un lien avec la terre ? répéta Jenkins, interloqué.

Il tiqua et baissa les yeux.

— C'est mon boulot, bougonna-t-il d'une voix lasse, et Shan sut qu'il avait parfaitement compris sa question. J'ai entendu ce bruit étrange. On aurait cru un cœur qui battait. Vous l'avez entendu, vous aussi ? demanda-t-il à Winslow.

Les trois hommes restèrent silencieux un long moment.

— J'ai vu deux personnes à l'extérieur de votre camp, dit Shan. Elles travaillaient à genoux dans la terre.

Jenkins ricana et sourit à Shan comme s'il était heureux du changement de sujet.

— Une des banques qui soutiennent le projet a engagé plein de dollars dans l'opération. Ce qui implique des tonnes de réglementations, un vrai rêve de bureaucrate. L'une d'elles veut que nous fassions une évaluation archéologique. Quelqu'un a déniché un objet d'art ancien et a commis l'erreur d'en parler à Golmud. Résultat des courses : deux experts débarquent aussitôt en nous informant que nous devons coopérer. Ils vont établir un catalogue du site, rédiger un rapport, et ils s'en iront. Encore de la paperasse, voilà tout.

— Quel genre d'objet ?

— Un vieux fragment de bronze portant des inscriptions. Le genre de truc qu'un fermier tibétain découvre deux fois par jour.

Sa secrétaire apparut, une feuille de papier à la main portant une courte liste de noms. Elle dévisagea les trois hommes tour à tour, et tendit le papier à Winslow avant de se tourner vers Jenkins.

— Ne le dites pas à ce Zhu, chuchota-t-elle en repartant aussitôt.

Jenkins tira sur son cigare et suivit la femme d'un regard inquiet.

— Si la Sécurité publique est ici, quel besoin de l'armée en plus ? demanda Winslow d'un ton désinvolte.

— L'APL nous aide souvent pour les réimplantations, grogna Jenkins. Les militaires disent que c'est un bon entraînement pour les troupes.

Un frisson glacé parcourut l'échine de Shan. Un entraînement pour les troupes. C'était une des choses que l'armée faisait mieux que personne au Tibet. Réimplanter les Tibétains. Arracher toutes les racines que les gens avaient avec leur terre, et les uns avec les autres. Les proclamer réfugiés et les déplacer afin de laisser la place aux soldats ou aux immigrants han. Les Tibétains se plaignaient rarement. L'armée les avait jadis réimplantés à l'aide de canons et de bombardements aériens.

— Vous voulez parler des villes qu'on déplace ?

— Parfois. J'ai entendu l'histoire d'un village dans la montagne. Une honte, nom de Dieu ! Personne n'avait parlé de le détruire. Une tête brûlée dans son tank s'est mise à tirer à huit cents mètres. Le mec a prétendu qu'il croyait le village abandonné, il a dit que c'est de cette manière que ses équipes s'entraînaient.

— S'entraîner ? s'exclama sèchement Winslow. Ils trouvent un vieux bâtiment tibétain et ils le font sauter ?

Jenkins tira sur son cigare et examina attentivement Winslow sans répondre.

Un téléphone sonna avec un bruit de vibreur – le directeur de projet avait parlé de radiotéléphones. Jenkins se leva, haussant les épaules, quand sa secrétaire l'appela.

— Le consortium offre des compensations en argent, déclara-t-il en quittant la pièce.

Shan se précipita vers la table métallique et prit la moitié supérieure de la pile de journaux.

— Il faut qu'on y aille, lança Winslow.

Shan acquiesça, sortit le journal daté de la semaine qui suivait le vol de l'œil, le plia et le glissa sous sa chemise, avant de remettre la pile en place.

Cinq minutes plus tard, à leur approche du carré de terre nue, les deux silhouettes n'interrompirent pas leur tâche. L'une souleva un seau en plastique pour remplir de terre un plateau rond que la seconde agita doucement. La terre tamisée coulait finement en formant un petit tas. L'homme au seau retourna remplir son récipient. Il en avait pratiquement terminé quand il salua Shan et Winslow. C'était un Chinois d'une soixantaine d'années, avec d'épaisses lunettes à monture noire et une longue crinière de cheveux blancs comme neige sous un chapeau à large bord. Son tablier, apparemment adapté à la fonction, offrait quatre rangées de petites poches. À sa ceinture pendaient une sacoche ainsi qu'un étui avec un marteau et deux gros pinceaux. Il leur fit un semblant de grimace avant de retourner à son seau.

Shan alla jusqu'au côté opposé du carré de terrain où une jeune femme attendait avec le tamis, à côté, apparemment, d'un tas de vêtements. Elle était chinoise elle aussi, beaucoup plus jeune, les cheveux très courts, vêtue d'un T-shirt qui proclamait en anglais : *Bones Are Us.*

— Certains Tibétains pensent qu'il existe des objets enterrés qui, une fois découverts, ont le pouvoir de changer le monde, fit doucement remarquer Shan.

La jeune femme releva la tête et l'examina un moment.

— Pour l'essentiel, répliqua-t-elle, les objets que nous trouvons ont le pouvoir de nous faire mal au dos et de nous flanquer des ampoules aux mains.

Elle accepta un nouveau seau, dont elle se mit à tamiser la terre. Apparut un éclat de poterie de couleur bleue, que l'homme plaça dans une de ses poches.

— Le directeur nous a raconté que vous aviez trouvé un objet portant une inscription, dit Winslow.

L'homme releva les yeux sur lui avec surprise.

— Votre mandarin est excellent. La plupart des étrangers n'essaient même jamais de le parler.

— Si vous le leur demandiez, certains villageois se feraient un plaisir de vous aider, suggéra Shan. Cela représente beaucoup de travail pour deux personnes.

L'homme se tourna vers lui avec la même curiosité que la jeune femme.

— Ils n'aiment pas que nous creusions le sol de leur vallée. La première journée des fouilles, ils ont fait passer leurs troupeaux sur notre site.

— Certainement pas délibérément, répondit Shan, car il lui semblait impossible que les paisibles habitants de Yapchi essaient de détruire le travail de ces gens.

— Personne n'est le bienvenu ici, dit l'homme avec un haussement d'épaules en reposant son seau. Je suis désolé. Je vous prenais pour des employés de la compagnie pétrolière. Ils viennent parfois se moquer de nous, en s'étonnant du temps que nous prenons pour planter notre jardin. Ou qu'il leur faudrait cinq minutes pour sortir cette terre du trou là où il nous faut cinq jours.

— Vous ne travaillez pas pour le consortium ?

Le vieux Han secoua la tête.

— Notre université a un contrat avec la banque qui soutient le projet. Le coût des fouilles sera déduit des fonds avancés au consortium. Les banques sont ainsi assurées que le site sera correctement fouillé avant que la production détruise tout. Je suis le professeur Ma, de Chengdu, ajouta-t-il en ôtant son chapeau pour s'essuyer le front. Et voici mon assistante, Mlle Ming.

Shan et Winslow se présentèrent à leur tour, et le professeur se dirigea vers le tas de vêtements, qu'il souleva, révélant une boîte en bois qui ressemblait à un vieux coffre à outils. Il ouvrit le cadenas et tendit à Shan un objet enveloppé de feutre noir : un lourd fragment de bronze, large de cinq centimètres, légèrement incurvé, portant deux lignes d'inscriptions. La ligne supérieure était en tibétain, celle du bas en idéogrammes chinois. Les deux écritures étaient surchargées de motifs, la ligne en tibétain ornée des arabesques utilisées traditionnellement pour la rédaction des écrits anciens et des sutras. Le message original était difficilement déchiffrable. Jusqu'à ce que le gouvernement communiste en abandonne le style cinquante ans auparavant, les idéogrammes se rédigeaient verticalement, de haut en bas, de sorte que les quelques caractères chinois visibles sur l'éclat de bronze n'avaient aucun sens. Le premier idéogramme était *lao*, un mot signifiant « vieux ». Le deuxième disait *yu*. Le « jade ». Le troisième, brisé en son milieu, était impossible à identifier. Et Shan était incapable de déchiffrer l'écriture tibétaine tarabiscotée. Il crut reconnaître le mot « trésor », sans en être certain.

— Un samkang, suggéra-t-il, un fragment de ces gros brûleurs d'encens en bronze en usage dans les temples.

— Une hypothèse comme une autre, acquiesça Ma

Shan tenta de visualiser, à l'entrée de la vallée, un petit temple tibétain essayant de traduire ses enseignements en chinois. Les leçons n'étaient apparemment pas restées, songea-t-il avec tristesse. Il regarda le professeur emplir un nouveau seau que Winslow porta jusqu'au tamis.

— Avez-vous daté le site ?

— Deux ou trois siècles au plus. Il y a une couche de cendres à moins de dix centimètres de la surface. Un temple en bois, une fois qu'il a brûlé, il n'en reste pas grand-chose.

— De quelle importance étaient les bâtiments ? demanda Shan en songeant que ceux qui avaient habité ce temple auraient su sans l'ombre d'un doute comment trouver la divinité de la vallée.

Le professeur indiqua une série de trous qui rayonnaient au

départ du rectangle de terre nue qu'on avait dégagé afin d'estimer l'étendue de la couche de cendres.

— Il n'était pas bien grand. Un bâtiment central, avec une petite cour entourée de murs.

— Que deviennent vos trouvailles ?

Ma soupira.

— Nous disposons encore d'une semaine. Ensuite, nous rédigeons un rapport que nous envoyons à la banque. Ils ont un formulaire à compléter, certifiant qu'un examen approfondi a été fait et qu'aucun objet ancien d'importance n'a été découvert. Ensuite, quelqu'un classe le rapport dans un dossier et l'oublie.

— Vous avez déjà fait ça par le passé ? interrogea Shan en voyant le professeur serrer les mâchoires.

— Dans toutes les régions du Tibet. Amdo. Kham. Tsang.

Ma citait les anciens noms tibétains, pas les noms chinois donnés par Pékin.

— Ça fait de bons projets de fouilles d'été pour mes étudiants diplômés.

Un bruit de gros camions l'interrompit. Les transporteurs de troupes de Lin roulaient rapidement sur le flanc ouest de la vallée, côte à côte, détruisant délibérément l'orge de printemps.

Winslow poussa un juron.

— Je pourrais trouver un téléphone et prévenir l'ambassade que l'armée interfère avec un projet d'investissement américain.

— Non, objecta Shan, pas si M. Jenkins n'a pas donné son accord.

Le professeur Ma contempla les camions d'un air farouche, repoussa son chapeau en arrière et reprit son ouvrage, comme si l'apparition des soldats signifiait qu'ils ne pouvaient plus parler.

Soudain, Shan eut conscience que le bruit de tambour avait repris depuis les hauteurs des montagnes, plus au sud et plus haut que la fois précédente. Ma s'interrompit, sans relever la tête, et fixa la terre d'un air inquiet. Shan se rappela l'étrange réaction de Jenkins au bruit du tambour. De la même manière, ce son semblait toucher Ma au plus profond de son être.

— Retour au village, lança Winslow. Immédiatement.

Shan hésita. Lui aussi avait vu deux nouveaux véhicules au camp. Un quatre-quatre blanc au côté duquel se tenaient deux hommes en costume cravate, et un autre, pratiquement identique au premier, mais noir, garé juste derrière.

— Des dirigeants du consortium, suggéra Shan. Vous pourriez rédiger une requête officielle leur demandant de vous aider à retrouver l'équipe de Larkin.

— C'est trop risqué s'ils ne..., commença Winslow.

Mais Shan était déjà en route pour le camp. Avec un juron, Winslow le rattrapa au pas de course.

Deux minutes plus tard, ils avaient rejoint les caravanes en métal aseptisées, Winslow cherchant les nouveaux arrivants tandis que Shan arpentait le camp en essayant de déterminer où étaient logés les ouvriers de Yapchi. Il se faufila doucement le long d'un énorme camion benne pour se poster à quarante mètres du quatre-quatre blanc et des hommes en costume. C'étaient des Chinois, et ce n'est pas avec Jenkins ni avec des employés du consortium qu'ils discutaient, mais avec les nœuds dont le camp se situait près des tentes de l'armée. Shan eut froid dans le dos en reconnaissant l'un d'eux : le directeur Tuan, des Affaires religieuses, qu'ils avaient laissé devant l'étable au gompa de Nordu. Il était penché et examinait avec soin les petits caractères élégants qui ornaient la portière du véhicule – BUREAU DES AFFAIRES RELIGIEUSES, en chinois uniquement. Avec lui se trouvaient quatre hommes en chemise blanche qui ressemblaient à des gardes.

Sortant de l'ombre des camions apparut soudain le colonel Lin, se dirigeant d'un pas décidé vers les nouveaux arrivants. La seconde suivante, le moteur du camion benne qui masquait Shan à leur vue se mit à rugir et le poids lourd s'éloigna, le laissant en pleine lumière, au vu et au su des hurleurs de Norbu. Il effectua un demi-tour mais distingua du coin de l'œil Tuan, qui se précipitait vers le colonel Lin. Les deux hommes se mirent à discuter comme des conspirateurs. Shan marchait juste assez vite pour ne pas donner l'éveil, cherchant désespérément Winslow ou une cachette possible. Il se préparait à tourner au coin de la première caravane quand le directeur Tuan s'exclama d'une voix criarde :

— Là-bas ! C'est lui ! C'est lui qui est au courant pour les deux ! Arrêtez cet homme !

Un des gardes en chemise blanche commença à jouer du sifflet. C'était Shan que Tuan désignait du doigt.

Troisième partie

PIERRE

12.

Quand la roue de la vie tourne au double de sa vitesse, lui disait parfois Lokesh, et que les lignes prédestinées de nombreux individus convergent avec des événements importants pour chacun d'eux, il arrive que la vie elle-même donne l'impression d'exploser en un mélange confus d'actions et de sensations. Lokesh appelait ces moments-là des tempêtes du karma.

Shan se trouvait au cœur d'une de ces tempêtes. Le hurleur continuait à siffler. Le colonel Lin aboyait des ordres furieux. Les ouvriers aux deux extrémités du camp poussaient des cris d'alarme, certains prévenant qu'un accident s'était produit, d'autres que des saboteurs s'étaient infiltrés parmi eux. Shan tourna au coin de la caravane-bureau à toutes jambes, cherchant désespérément Winslow. Un avertisseur corna, bien plus fort que les coups de sifflet, un coup de klaxon pneumatique aussi violent que celui d'une locomotive. Les ouvriers alentour arrêtèrent le travail et convergèrent vers le camp. Le chargement de tuyaux du grand semi-remorque commença à se déverser au fur et à mesure que le véhicule prenait de la vitesse. Le bruit du tambour se mêlait au tintamarre, sur un rythme plus rapide que précédemment. Et sur le versant de la montagne, là où travaillaient les bûcherons, un arbre énorme se fracassa au sol.

Shan prit ses jambes à son cou, se faufilant entre les caravanes, ne sachant pas s'il devait rejoindre le village. Non, il se retrouverait à découvert, facilement repérable, et serait vite gagné de vitesse par un camion.

Les ouvriers criaient à tue-tête, prévenant leurs compagnons de s'éloigner du semi-remorque, évitant les tuyaux roulant au sol ou essayant de les arrêter. Shan trébucha et mit un genou en terre, les autres continuant à courir derrière le véhicule en mouvement comme s'ils étaient convaincus que c'était lui la cause de l'alarme.

Puis, aussi brutalement qu'il avait retenti, le klaxon s'interrompit. Le sifflet bredouilla pour finir par se taire. Un homme s'exclama d'une voix étrange, peu rassurée, en tibétain, puis un autre en mandarin, et la plupart des ouvriers se figèrent sur place en pointant le doigt. Sur le versant au-dessus du camp, au sommet de l'arête est, là où la route venait la recouper, deux silhouettes se détachaient sur fond de soleil brillant et contemplaient le camp : un moine solitaire, avec, à son côté, un énorme yack. Les Tibétains murmuraient entre eux, excités. Shan entendit des mantras chuchotés très vite. De nombreux ouvriers chinois s'étaient également immobilisés et regardaient de tous leurs yeux, certains d'un air effaré, d'autres respectueux et déférents, car, dans la tradition chinoise, il est peu d'images plus révérées que celle du vieux moine taoïste Lao-tseu marchant avec son bœuf.

On n'entendit bientôt plus rien. Tous semblaient sidérés par cette vision inattendue et inexplicable. Seul le roulement distant du tambour brisait le silence, plus que jamais pareil au battement du cœur de la divinité veillant sur la vallée.

Shan hésita trop longtemps. Des mains l'agrippèrent soudain par-derrière, le collant contre une cloison métallique dans le passage étroit séparant deux caravanes.

— Tenez ! ordonna une femme en lui fourrant quelque chose sur la tête.

Une jeune Tibétaine à l'expression peu amène tira son bras pour lui enfiler la manche d'une veste verte. Il essayait de savoir où il l'avait vue quand Winslow apparut à côté de lui. L'air toujours aussi revêche, la jeune femme lui fourra à lui aussi une veste entre les mains, avant de balancer aux deux hommes un casque de chantier.

— Fichez le camp ! Vous allez tout bousiller ! s'écria-t-elle en leur désignant la pente boisée derrière le camp, avant de repartir à toutes jambes en criant aux hurleurs furieux qu'elle avait aperçu l'homme qui courait sur la route à côté du camion.

Winslow aida Shan à enfiler la veste et le tira sans ménagement. La foule des ouvriers parut s'entrouvrir à leur passage quand ils s'engagèrent à découvert et longèrent les camions de troupes. Cependant, il ne restait plus que deux soldats qui s'occupaient d'une grosse marmite sur le feu. Winslow marchait devant lui et Shan put lire l'inscription dans son dos, en anglais et en chinois. *Directeur.* Son casque portait un grand chiffre 1 tracé au pochoir ;

celui de Shan était identique à ceux des ouvriers. Ils passèrent à côté des soldats, qui les saluèrent d'un bref signe de tête, et commencèrent à remonter la pente.

Winslow finit par s'arrêter au bout d'un quart d'heure. Il ôta son casque, l'examina un instant, jura et finalement éclata de rire.

— C'était qui, le cavalier masqué ? s'enquit-il en anglais.

— Je vous demande pardon ? dit Shan, qui scrutait le côté opposé de la vallée : Gyalo et Jampa, car il savait que ce ne pouvait être qu'eux, avaient disparu.

— Une plaisanterie. Qui était cette femme qui nous a aidés ?

— Des tas de Tibétains n'aiment pas les nœuds.

Mais il savait de qui il s'agissait. Il avait réussi à retrouver son visage dans sa mémoire alors qu'ils trottinaient vers les hauteurs. La dernière fois qu'il l'avait vue, c'était à l'ermitage, le jour où il avait quitté Gendun en train d'exécuter le rituel mortuaire pour Drakte. La coureuse purba, Somo.

Ce n'était peut-être pas seulement Somo qui les avait sauvés, comprirent les deux hommes en remontant vers le village de Yapchi. Peut-être avait-elle relâché les freins du poids lourd, mais c'était le klaxon pneumatique, signal d'alarme pour tout le camp, indiquant une urgence ou une annonce importante par le directeur, qui avait suffisamment jeté le trouble dans les esprits pour leur permettre de s'échapper. Winslow était présent quand Jenkins s'en était servi pour rassembler les ouvriers et leur annoncer que le forage continuerait jour et nuit, avec doublement de salaire s'ils atteignaient le gisement avant le 1er mai.

— Il y a une petite boîte qui ferme à clé, expliqua Winslow avec un grand sourire. J'ai vu Jenkins l'ouvrir ce jour-là. Je croyais qu'il n'y avait que lui à posséder la clé.

Ils s'arrêtèrent à une trouée entre les arbres et s'assirent sur un rocher pour permettre à Winslow d'inspecter le camp à la jumelle.

— Les soldats ont fait aligner les ouvriers. Probablement pour vérifier leurs papiers d'identité.

— L'armée va rendre les hurleurs responsables, et les hurleurs rejetteront la responsabilité sur les soldats et les nœuds, estima Shan.

— C'est-y pas beau ! s'écria Winslow. Les nœuds tout particulièrement. La Sécurité publique s'en va, ajouta-t-il, avant de tendre les jumelles à son compagnon.

Le désordre le plus complet régnait dans le camp. Les nœuds venus de Golmud, au nord, s'en allaient en effet. Ils étaient pressés, défaisant leurs tentes qu'ils jetaient dans les camions et chargeant leur équipement sous l'œil attentif du directeur Tuan. Chose étrange, voire impossible, les Affaires religieuses expulsaient les nœuds du camp. Exactement comme si Tuan prenait le relais et avait une quelconque autorité sur eux. Quelque chose ne collait pas. Comme à Norbu, on ne savait plus qui dirigeait effectivement le camp – la confusion était totale. Peut-être pas. Peut-être que la seule véritable confusion se limitait à savoir qui avait autorité sur Shan et sur Tenzin, et aux mystères qui rendaient cette vallée si énigmatique.

— Vous allez être dénoncé, dit Shan d'une voix de plomb en abaissant ses jumelles.

— Qui sait ? Ce n'est même pas sûr. J'ai réfléchi au problème. Quand le directeur Tuan vous a aperçu, vous étiez seul. Et, au gompa, il ne m'a pas vu en votre compagnie.

— Mais il parlait avec Lin. C'est pour cette raison qu'il a crié que j'étais au courant pour tous les deux.

— Les deux quoi ?

— Tuan s'intéresse à Tenzin. Ou à quelqu'un qui ressemble à Tenzin. Lin cherche la pierre chenyi et son voleur. Le meilleur indice dont il dispose, c'est ce groupe de fermiers rongpas de Yapchi qu'il a trouvés à deux cents kilomètres au sud d'ici. Tuan m'a vu en compagnie de Tenzin. Lin m'a vu avec la caravane de Yapchi. Il parlait à la fois de ce que lui recherche et de ce que les commandos de Lin veulent retrouver. Comme si les deux groupes ne désiraient pas la même chose. Il y a un lien entre eux, mais leurs objectifs sont différents.

— Et le lien, c'est vous, conclut Winslow avec une grimace en reprenant sa surveillance aux jumelles. Et même s'ils voulaient se plaindre de moi, que pourraient-ils dire ? Qu'un diplomate américain a dérangé la production de pétrole ? Que j'interfère dans une campagne qu'ils mènent contre les Tibétains ?

Ce fut au tour de Shan de grimacer.

— Seigneur, au bout du compte, c'est toujours bien de ça qu'il s'agit, n'est-ce pas ? soupira Winslow, comme s'il saisissait enfin pleinement le sens de ses propres paroles. Ça ne s'arrêtera jamais, n'est-ce pas ? Comme une énorme machine chinoise qui a été mise en route il y a des décennies, et qu'ils ne savent plus arrêter. Elle continue à dévorer le Tibet et les Tibétains.

Le bruit de tambour reprit. Winslow se figea une seconde avant de se tourner vers l'origine du son, la mâchoire serrée.

— Nom de Dieu, c'est quoi, ça ? Une sorte de guerre psychologique ?

Shan sourit.

— Un tambour de divinité. Je crois que quelqu'un est en train d'essayer d'appeler la divinité qui jadis habitait cette terre.

Il expliqua qu'il s'agissait du tambour de Lepka, en précisant que ce n'était pas un membre du village qui l'utilisait.

Winslow changea de position pour mieux voir le sommet du versant.

— Vous pensez qu'il s'agit de celui qui a volé l'œil ?

— C'est possible. Mais beaucoup de Tibétains pourraient faire une chose pareille, afin d'appeler au retour de leur divinité.

Shan se rappela l'étrange façon dont Jenkins avait incliné la tête en direction de ce même bruit. Il écouta le rythme puissant asséné d'un bras puissant. Il frissonna quand l'image d'un démon aux muscles solides traversa son esprit. Peut-être cet homme n'en voulait-il pas à la compagnie pétrolière. Peut-être était-ce lui, le prédateur qui suivait Shan et ses amis. Peut-être que le dobdob s'était emparé de l'œil et appelait maintenant Shan pour le punir, de la même manière que Drakte avait été puni.

— Lokesh m'a raconté que vous aviez été enquêteur, dit l'Américain, qui avait repris son examen du chaos régnant dans le camp.

— Il y a bien longtemps.

— Alors vous pouvez m'expliquer ce qui se passe ici, nom d'un chien ? Je suis venu à la recherche d'une femme qui a disparu. Et maintenant tout ça... Qu'en conclurait un enquêteur ?

— L'enquêteur en question interrogerait les uns et les autres afin de découvrir des faits et de les faire cadrer tous ensemble pour aboutir à une conclusion, répondit tranquillement Shan. Ici, ça ne marche jamais de cette manière. Au Tibet, les faits vous égarent, ils sont difficiles à relier ensemble. Les Tibétains ne croient pas qu'une chose se produise à cause d'une autre, ils croient que tout arrive, tout bonnement parce que cela était prédestiné.

Devant le visage perplexe de Winslow, il désigna un oiseau volant entre les rochers, un peu plus bas.

— Cette alouette n'est pas dans les airs parce qu'elle a bondi d'une branche et étendu ses ailes, ou parce qu'elle a eu peur de quelque chose. Elle est juste dans les airs, en cet instant, là, maintenant. Et dans le maintenant qui existait il y a cinq minutes, elle était dans un arbre. Les Tibétains n'établissent pas de liens de cause à effet, aussi, il peut être parfaitement inutile de demander à quelqu'un pourquoi telle chose s'est produite. Il n'existe pas de pourquoi pour expliquer une action, il n'y a que l'action.

Winslow resta silencieux un moment, avant de soupirer.

— Mais pour vous et moi, et pour un mec comme Lin, c'est

plus compliqué. Nous croyons dans la cause et dans l'effet. À Pékin, il y avait une femme, qui adorait les orphelins..., commença-t-il en regardant ses mains.

— Lokesh dit que j'apprends les choses de manière contraire, que les choses devraient d'abord s'apprendre par le cœur, avant d'atteindre l'esprit. Moi, je dois comprendre d'abord les événements dans mon esprit, en m'interrogeant sur leur raison d'être. Par exemple, pourquoi quelqu'un se cache-t-il sur le versant de la montagne avec un tambour ? Pourquoi des outils ont-ils été dérobés dans le garage de Jenkins la nuit qui a suivi le vol de l'œil ? Pour quelle raison Lin se trouve-t-il réellement dans la vallée de Yapchi ? Pourquoi ce lama fantôme erre-t-il dans les montagnes ? Pourquoi Melissa Larkin a-t-elle voulu se perdre ici ? Si nous connaissions les mobiles et la séquence, peut-être saurions-nous tout ce qu'il y a à savoir.

— La séquence ?

Shan sortit le journal de sous sa chemise, l'hebdomadaire de la semaine qui avait suivi le vol de l'œil à Lhassa. Il était rempli d'articles sur la campagne de Sérénité. Mais en bas d'une page se trouvait un entrefilet sur un accident de sécurité dans un bureau de l'armée à Lhassa. Une zone entière autour du quartier général de la 54e brigade de Combat des Montagnes avait été interdite d'accès et de nouvelles consignes de sécurité affichées à l'intention de tous les citoyens. La plupart des travailleurs civils du QG avaient été renvoyés. Quatre pages plus loin, au dos du journal, se trouvait un autre article que Shan lut attentivement. Le révérend abbé de Sangchi, le créateur de la campagne Sérénité, n'était pas venu prononcer le discours qu'on attendait de lui. Quiconque aurait aperçu l'abbé devait contacter immédiatement la Sécurité publique. Le journal qu'il avait lu à Norbu, signalant la fuite de l'abbé vers l'Inde, était plus vieux de plusieurs semaines. Tenzin avait raconté qu'il se trouvait là quand l'abbé avait pris la fuite.

— La séquence, répéta Shan. Chercher les liens dans la séquence des événements, ajouta-t-il en montrant le second article. Comme la raison pour laquelle la pierre chenyi et l'abbé de Sangchi ont disparu la même nuit. Et le mobile, comme ce que nous avons appris de Tuan aujourd'hui.

— Il n'a pas...

— Il nous a dit qu'il savait que nous étions liés à la vallée, comme celui qu'il recherche, parce que ses investigations l'ont conduit ici. Mais s'il s'intéressait à l'œil de pierre il aurait débarqué ici bien avant, ou alors il aurait envoyé ses sbires en chemise blanche. Je pense que Lin et Tuan recherchent le même individu, mais la différence est que Lin le veut pour ce qu'il a fait, tandis que Tuan le veut pour celui qu'il est.

Ils contemplèrent la vallée plusieurs minutes durant.

— Et cette femme, au camp, pourquoi a-t-elle crié que nous allions tout bousiller ? demanda Winslow.

Shan ne s'était pas rendu compte que l'Américain avait entendu les paroles de Somo.

— Je ne sais pas.

— Rien ne pourra arrêter le pétrole, dit Winslow d'un ton sinistre, comme s'il avait commencé à haïr le consortium autant que les Tibétains. Il faudrait au moins une divinité pour y parvenir.

Ils écoutèrent le bruit du tambour pendant presque une minute avant que Shan se tourne vers son compagnon.

— Ça ne devrait pas vous concerner. Vous devriez partir. Ce qui se passe ici, ce qui va encore se passer ici, vous n'y pouvez rien à rien.

L'énorme machine dont Pékin avait libéré la laisse des décennies auparavant avait échappé à tout contrôle. Pas exactement à tout contrôle : elle se trouvait aujourd'hui intégrée au plus profond du monde que Pékin avait créé au point qu'elle était impossible à arrêter.

Winslow ne répliqua pas. Il se contenta d'examiner le derrick, leva ses jumelles et les pointa dans cette direction. Plusieurs silhouettes en chuba s'y trouvaient, assises en cercle. Le cercle de prière. Les Tibétains avaient apporté leurs prières avec eux jusqu'au derrick. Peut-être Lepka leur avait-il parlé de la cloche qui s'y trouvait cachée.

Winslow indiqua un second groupe, une escouade de soldats qui couraient au pas de gymnastique vers la pente où avaient été aperçus Gyalo et Jampa.

— J'ai bien aimé ce yack, déclara-t-il d'une voix lointaine, pensant peu probable qu'il revît jamais l'animal et son maître. Si je suis au courant de tout cela, et que je n'agis pas, qu'est-ce que cela fait de moi ? ajouta-t-il en tournant vers Shan un visage plein d'une étrange angoisse.

— Quelqu'un qui a de la jugeote, suggéra Shan. Quelqu'un de pragmatique. Un survivant. Un étranger qui n'a pas à se soucier de ces choses.

Winslow ôta son casque et examina le chiffre qui s'y trouvait inscrit, devant et derrière.

— Ce cheval-là a quitté l'écurie, collègue.

Il jeta un regard absent vers l'arête opposée où étaient apparus Gyalo et le yack. Ils écoutèrent le battement du tambour qui faiblissait pour mieux leur revenir au rythme des bourrasques de vent.

— J'étais chez moi, au ranch de mon père, il y a bien des années, quand mon oncle a été tué par la ruade d'un cheval. Je venais d'arriver quand il a reçu le coup de sabot. Ma mère courait appeler une ambulance, et, moi, je me suis agenouillé à côté de lui. Un filet de sang commençait à couler de sa bouche. Il savait qu'il allait mourir. Il a dit que ça n'avait aucune importance et qu'il interdisait à quiconque de faire du mal à ce cheval. Il a dit que s'il devait choisir entre être un bon cow-boy et se contenter simplement de devenir très vieux, il choisirait toujours d'être cow-boy.

Winslow remit lentement son casque sur sa tête, se leva, et, sans un regard derrière lui, reprit sa marche d'un pas décidé le long du versant. Ils étaient à moins de deux kilomètres du village.

Shan le suivit des yeux et contempla le hameau paisible au loin. Tout ce que les villageois avaient voulu, c'était le retour de leur divinité. Il se sentit envahi par une grande tristesse. Plus qu'une simple prémonition, c'était la certitude de la tragédie à venir. Personne ne pourrait sauver la vallée, et Shan avait appris à ne plus faire semblant. Lokesh et Gendun soutenaient qu'il avait souffert bien plus que les Tibétains de la part d'hommes comme le colonel Lin, parce que les Tibétains pouvaient accepter leur sort comme faisant partie de la grande roue de la destinée, alors que Shan était convaincu qu'il devait agir pour changer l'état des choses – en conséquence, il vivrait toujours dans la défaite.

Winslow n'était plus là quand il se remit en marche sous le grondement du derrick et les bruits d'autres machines portés par le vent. Un nouveau véhicule arriva près du site de forage dans un nuage de poussière. Quand il s'arrêta, Shan frissonna des pieds à la tête. Un tank. Celui-ci aligna sa tourelle sur le cercle de prière et coupa son moteur.

Une part de son être lui disait de courir, mais il ne pouvait pas, il contemplait l'image totalement tibétaine qu'il avait devant les yeux : un tank de combat contre un cercle de prière. Il avait les jambes aussi lourdes que le cœur, et c'est par un effort de volonté qu'il ordonna aux unes et à l'autre de se remettre en marche. Un quart d'heure plus tard, il se trouvait à l'extrémité nord de la vallée, où le vent noyait les bruits des machines. Il s'arrêta un instant, pour s'éclaircir les idées, puis s'assit par terre dans la position du lotus, le dos contre un arbre. Il existait un exercice pour recouvrer le calme, une pratique méditative que Gendun appelait « courir avec le vent ». Se laisser flotter avec le vent, étirer sa conscience lucide au cœur du monde de la nature afin d'atteindre à son monde intérieur. Il avait bien besoin d'être nettoyé par le vent, et, plus que tout, il avait besoin d'atteindre au vide qui apportait le calme, calme qui apportait la clarté de jugement. Il se laissa absorber par le chant des oiseaux, inhala le parfum des genévriers, observa une petite abeille flotter parmi des fleurs jaunes, et vit une fleur bleue incliner la tête au-dessus d'un lichen au reflet orangé. Quelques minutes plus tard, une nouvelle sensation l'envahit ; il l'explora un moment avant d'y reconnaître l'odeur de la peinture fraîche.

Cinq minutes plus tard, il découvrait son origine : un gros rocher, haut de deux mètres et presque aussi large, dont une partie avait été recouverte de peinture rouge. Il en fit plusieurs fois le tour. La surface peinte faisait face à la vallée, ou plus exactement à son extrémité la plus éloignée, avec, au-delà, le derrick et le camp pétrolier. À en juger par les nombreuses taches au sol, la peinture avait été appliquée à la hâte, en quantité juste suffisante pour ne couvrir qu'une partie de la pierre. La veille, et même ce matin, il était sûr d'avoir vu ce rocher vierge. Sinon, la couleur lui serait restée en mémoire, non parce qu'elle était éclatante, mais parce qu'il avait déjà vu par le passé des pierres aux teintes passées dont la peinture était envahie par les lichens. Dans le Tibet traditionnel, de tels rochers peints indiquaient la demeure d'une divinité protectrice.

Il toucha la surface qu'il trouva collante, pas encore tout à fait sèche. Il examina la base du rocher à quatre pattes. Pas de terre meuble où un morceau de pierre aurait pu être enterré. Au sommet, il ne discerna qu'un petit tas de boulettes de déjection laissées là par des chouettes. On avait pu peindre ce rocher pour se railler des Chinois ; pour inviter une divinité à prêter attention à ce qui se passait dans la vallée ; enfin, pour tenter de faire revenir une divinité auprès de son œil.

L'herbe devant le rocher était écrasée et lisse. Shan réfléchit à la position qu'il occupait, à cette vue ouverte en éventail sur le camp pétrolier et à la manière dont les rochers alentour étaient disposés en V, pour se terminer sur le gros bloc de granit peint. Avant de peindre la roche, c'était ici que le tambour s'était assis, se servant des rochers comme amplificateur pour diriger le son vers le camp.

Il se mit à tourner autour du gros rocher en cercles de plus en plus larges. Il ne vit aucune trace de cheval, juste des empreintes de pas. Un seul individu probablement, à pied. Un seul individu chargé d'un pot de peinture et d'un tambour.

Une main en appui au dos du rocher, il s'arrêta et ferma les yeux. Il lui semblait entendre un autre bruit ou, en tout cas, les bribes qui en restaient, un souffle précipité, étrange, telle une bourrasque de vent. Un gémissement ou un grondement lointain, un rugissement étouffé et proche. Puis le battement du tambour reprit sur la pente au-dessus de lui. Il rouvrit les yeux et se mit à courir, cherchant désespérément à en localiser l'origine, jusqu'à ce qu'il atteigne le pied d'une haute falaise et comprenne que le son venait de plus haut encore, totalement inaccessible si on ne contournait pas la barrière rocheuse en face de lui.

Il contempla la pierre peinte avec appréhension. Peut-être que personne au camp pétrolier ne comprendrait. Les soldats ne connaîtraient probablement pas la signification d'un rocher rouge. Mais les hurleurs, eux, sauraient. Et n'éprouveraient que mépris pour cette pierre peinte.

Le petit canyon derrière Yapchi était désert. Quand il arriva au village, il découvrit Winslow, assis sur un banc contre un des murs en torchis, qui écrivait dans un bloc, devant un groupe de villageois.

— Noms et numéros de cartes d'identité, annonça-t-il devant l'expression perplexe de Shan. Si quiconque disparaît, ceci partira à la Commission des droits de l'homme aux Nations unies. Le consortium doit au moins être tenu pour responsable de ceux qu'il dépossède.

Shan contempla la file qui ressortait de la vieille maison en bois, Lhandro offrant à chacun une poignée de main. Il avança jusqu'au portillon et attendit que Lhandro le rejoigne. Le chef ne savait pas qui avait peint la roche et doutait qu'il y eût de la peinture rouge dans son village.

— Nos gens soutiennent que c'est un signe, annonça-t-il avec un soupçon d'espoir malgré ses incertitudes.

— Un signe, au moins, que le voleur a peut-être rapporté l'œil à la vallée, fit remarquer Shan.

Lhandro hocha la tête, le visage rayonnant.

— Là-haut, il y avait un bruit, mais ce n'était pas le tambour, dit Shan. Pas le battement du tambour. Un bruissement comme le vent, mais ce n'était pas le vent.

— On raconte qu'il existe sur la montagne de Yapchi des portails qui ouvrent sur le bayal. C'est peut-être ce qui est arrivé à Gyalo et à Jampa, ajouta le berger d'un air entendu, comme si l'homme et la bête avaient pu disparaître dans un des mondes cachés.

Quelques minutes plus tard, il invitait Shan à entrer dans la maison paisible, où ils burent du thé en dégustant des chaussons froids en compagnie des parents. Shan en profita pour leur expliquer le projet du professeur Ma. Aucun villageois n'avait connaissance d'un ancien temple, pas même dans les légendes.

— Creusez où vous voulez au Tibet, et vous finirez bien par trouver quelque chose, soupira Lepka en caressant le petit agneau niché dans son giron.

— Serait-il possible, demanda Shan, que la divinité ait habité là jadis ? Dans un petit gompa ?

— Il n'y a jamais eu de gompa, répéta le vieillard d'un ton sévère avant de se détourner vers la photographie sur l'autel.

Ce vieil homme avait-il été informé des paroles de l'oracle, *Dans mes montagnes, dans mon cœur, dans mon sang,* avait dit l'étrange voix creuse qui avait parlé par la bouche d'Anya. *Pansez-les, pansez-les, pansez-les,* avait-elle ajouté, comme si elle parlait de personnes blessées. *Tant de morts déjà. Et tant de morts à venir.* Quel sens auraient ces mots pour Lepka ?

Cependant, le vieillard n'était plus partie prenante de la conversation. Il avait rejoint sa femme devant l'autel, où ils commencèrent à réciter leur rosaire.

Shan ressortit et tomba sur un petit groupe à l'autre bout du village. Certains étaient assis par terre à côté d'une couverture dépliée en feutre de yack, sur laquelle des villageois déversaient des paniers de grains d'orge. Certains y joignirent des khatas, d'autres des marmites et des bouilloires. Remarquant la présence de Shan, ils le saluèrent, pleins d'espoir, en s'écartant de la couverture. Lokesh était là lui aussi et aidait Nyma à attacher les poignées des marmites toutes ensemble. Shan remarqua sur les genoux de son vieil ami un moignon de crayon et une longue feuille de papier qui portait plusieurs lignes de sa main.

Lokesh sourit et lui fit signe de s'installer à son côté.

— Je l'ai commencé, annonça-t-il avec satisfaction en voyant Shan s'intéresser à sa feuille de papier. Mon message au Président à Pékin.

Shan serra les mâchoires. Il croyait que Lokesh avait abandonné l'idée de son étrange pèlerinage jusqu'à la capitale.

— Je vais la lui lire, ma lettre, à ce Président suprême, poursuivit le vieil homme d'un ton obstiné dont il n'était guère coutumier. Nous boirons du thé et je lui expliquerai les façons du Tibet. Je suis sûr qu'il ne les comprend pas.

Shan découvrait là une nouvelle facette de la personnalité du vieux Tibétain, ce regard de défi, cette résistance dans la voix. À sa façon, il prévenait Shan, craignant que celui-ci ne conteste son projet. Shan se détourna pour étudier le paysage, prêtant l'oreille au grondement du derrick et au lointain roulement du tambour qui résonnait comme une provocation.

— Je suis sûr qu'il ne les comprend pas, confirma-t-il.

Shan se joignit à ceux qui préparaient les vivres et les fournitures, destinées sans nul doute à ceux qui avaient fui dans les montagnes. Une des femmes de Yapchi se mit à chanter de tout son être. Une autre s'agenouilla derrière une petite fille dont elle commença à tresser les cheveux. De l'endroit où ils étaient assis, sur le versant inférieur, le village apparaissait serein et le bruit du derrick était étouffé par la chanson. On aurait cru une sortie de fête, un pique-nique.

Une explosion sonore, pareille à un coup de tonnerre, suivie par un étrange sifflement dans le ciel, brisa la sérénité. La femme arrêta de chanter, levant la tête, le visage perplexe mais encore souriant, comme si on leur jouait une farce ou que quelqu'un faisait sauter des pétards. Tout à coup, à plusieurs centaines de mètres, le versant de la montagne explosa.

— Anya ! s'écria Nyma en courant vers le village.

Quelques instants plus tard, Shan rejoignait Lhandro à l'entrée nord. Le chef contemplait d'un œil désespéré le véhicule arrêté à mi-chemin entre le derrick et le village. Le tank cracha le feu, le tonnerre gronda à nouveau, le sifflement reprit, et le versant explosa une seconde fois. Le tank attaquait le rocher de la divinité.

— Ils nous ont parlé d'un jeune officier qui entraînait ses hommes, dit Shan comme pour le réconforter.

Deux nouveaux obus explosèrent, et, quand la fumée se fut dissipée sur la pente de la montagne, le rocher de la divinité avait disparu. Pas simplement le rocher, mais toute une partie du versant, dont les arbres et l'herbe avaient été remplacés par un carré de pierraille sous un nuage de poussière. Le tank fit demi-tour et repartit lentement vers le camp pétrolier.

Personne ne souffla mot de l'incident, même si certains parmi les anciens paraissaient incapables de bouger et contemplaient le carré de terre fumante. Le cœur lourd, Shan comprit qu'ils en avaient peut-être conclu qu'une nouvelle divinité avait essayé de les rejoindre et qu'elle avait été tuée par les Chinois. Lentement, le village reprit le travail. Shan observa la mère de Lhandro et Nyma qui suspendaient des morceaux de tissu depuis les rebords des fenêtres jusqu'aux murets ou jusqu'à terre, en les ancrant avec des pierres. Certains étaient des khatas, d'autres de petits drapeaux de prières. Plusieurs villageois balayaient les entrées de leurs demeures, quelques-uns lavaient même les murs. Un homme, un pot de peinture noire à la main, peignait en gros caractères le mantra mani sur tout l'avant de sa maison. Plus loin, une douzaine de personnes étaient assises en cercle et récitaient des mantras. C'était une scène familière, à la fois triste et pleine d'élévation spirituelle, digne des batailles que se livraient Chinois et Tibétains. Drapeaux de prières et mantras contre tanks.

Comme pour mettre la touche finale à cette atmosphère festive, Lhandro ordonna qu'on allume un grand feu au centre du chemin, près de l'entrée du village. Sa mère et son épouse apportèrent une grande marmite et une urne de beurre et se préparèrent à faire le thé pour tout le village. Elles allaient utiliser le sel nouveau, proclama Lhandro, et sa mère sortit un vieux dongma qui avait servi à baratter le thé quand son fils n'était encore qu'un enfant.

Ils burent le thé et le père du chef de village raconta une histoire, transmise et retransmise depuis maintes générations, sur la manière dont leur maison avait été construite – un long récit riche en détails de toutes sortes : comment avaient été sélectionnés les arbres les plus forts, les prières qu'on leur récitait avant de les couper, comment les membres du clan s'étaient rendus dans les montagnes, au-dessus de la forêt, là où vivaient les glaciers, pour en rapporter les rochers qui avaient servi de fondations, parce qu'ils avaient toujours vécu très proches des divinités du ciel, qu'ils connaissaient le langage du vent et savaient lui dire de souffler avec douceur sur la vallée.

Une sorte de bonheur d'un autre temps s'installa dans le village, une satisfaction mêlée d'espoir anticipé. Shan en vit plus d'un qui essuyait furtivement une larme, et plusieurs habitants se joignirent à ceux qui nettoyaient leurs maisons. Le groupe qui s'attardait auprès du feu entama un nouveau chant, à voix basse d'abord, puis de plus en plus vigoureuse, presque tonitruante. Lokesh se tourna vers Shan, étonné : c'était un des chants de voyage du vieux Tibétain, un chant de pèlerin, un chant d'errant solitaire.

Lorsque les camions de l'armée réapparurent, remontant lentement le chemin de la vallée, personne n'en fut surpris. Lhandro soupira et aida son père à rentrer chez lui.

— Ils vont tout fouiller en détail, cette fois, dit-il à Shan et à Lokesh, en tendant à Shan son sac-polochon. Partez vers les hauteurs. Vous avez fait tout ce que vous pouviez ici. Prenez la piste qu'Anya a empruntée pour vous amener ici jusqu'au hameau de Chemi. On vous retrouvera là-bas.

Au-dessus d'eux, déjà sur la piste, Winslow les salua du geste et repartit au pas de gymnastique. Mais Shan et Lokesh ne le suivirent pas. Ils s'arrêtèrent à l'ombre du premier grand arbre au-dessus du village et assistèrent à l'arrivée des camions. Le premier véhicule s'arrêta après un demi-tour. Un homme remonta la bâche sur une demi-douzaine de soldats en tenue de combat. Shan fit un pas en avant, glacé par l'effroi. Le colonel Lin sortit de la cabine, passa sur le plateau arrière, au milieu des soldats toujours assis attendant ses ordres, et porta un mégaphone à sa bouche.

— Citoyens de la vallée de Lujun, commença-t-il – Shan comprit avec désespoir qu'il lisait un texte déjà rédigé –, vous avez l'honneur d'avoir été choisis par le gouvernement du peuple pour participer à la grande ouverture économique de ces terres. Un nouveau soleil se lève, et tous les peuples de la Chine vous ouvrent aujourd'hui les bras.

Shan sortit ses jumelles. Les gens du village avaient interrompu leur ouvrage, leurs chants et leurs mantras pour se regrouper sur le chemin. Plusieurs d'entre eux rejoignirent Lhandro, posté entre les camions et le village proprement dit. Une silhouette se détacha sur le seuil de la première maison, appuyée à son bâton, un sac en toile à l'épaule. C'était Lepka, qui s'avança droit comme un I, affichant une force et une conviction que Shan ne lui avait jamais vues. Il vint se placer au côté de son fils alors que les soldats du second camion sortaient une table pliante et une chaise qu'ils disposèrent à l'entrée du village, à quinze mètres de Lhandro et des autres. Un homme en vareuse de nylon vert apparut, un bloc-notes à la main, et s'installa sur la chaise. Deux hommes en chemise blanche déployèrent une petite bannière fixée à deux piquets. PROSPÉRITÉ SEREINE, proclamait-elle en lettres rouges.

— Il existe de nouvelles communautés, avec adduction d'eau et d'électricité, qui vous attendent. Vous pouvez vous libérer des dernières chaînes de la féodalité, aboya Lin en baissant sa feuille de papier d'un air agacé.

« Vous allez tous être réimplantés. Ce village est réquisitionné par la 54e brigade de combat des Montagnes au nom du consortium pétrolier. Certains parmi vous pourront obtenir des emplois ici même et vivre dans les logements de la compagnie. Les autres partiront pour une des nouvelles villes.

Il voulait parler de ces complexes sans âme de maisons en parpaings et aux toits de tôle que Pékin bâtissait à l'entour de ses usines. Plus de champs d'orge, plus de bétail, plus de caravanes pour Lamtso, plus de belles maisons aux boiseries infusées de prières.

— Vous ne nous avez rien demandé ! s'écria Lhandro.

Bizarrement, son père se pencha vers le feu et se saisit d'une grosse branche qui flambait et qu'il tint comme une arme.

— Bien sûr que si, répliqua Lin. Le consortium a posé la question au conseil de district. Qui a donné son approbation de votre part. Ce sont vos représentants politiques.

Le vent avait cessé. Les mots qui sortirent de la bouche de Lhandro résonnèrent haut et clair, aussi clair que les paroles de Lin.

— Le conseil de district n'est composé que de Chinois. Ils ne sont jamais venus dans la vallée de Yapchi. Nous exigeons de parler au conseil.

— Réfléchissez bien à ce que vous demandez, camarade, rétorqua Lin avec un sourire glacé.

— Personne n'a posé la question à la terre ! lança une frêle voix avec force. Personne n'a demandé à la terre si elle voulait donner son sang pour que les Chinois puissent conduire leurs voitures à Pékin.

C'était Lepka. D'autres villageois s'approchèrent du feu et en tirèrent des brandons enflammés. Ils n'avaient pas d'armes. Ils ne croyaient tout de même pas se débarrasser de l'armée ainsi, simplement en brûlant deux camions ! S'ils essayaient, les soldats les tailleraient en pièces. Shan baissa ses jumelles et s'avança, l'angoisse au ventre.

Lin jeta à Lepka un regard furieux et lâcha un ordre. Les soldats sur leur banc sautèrent au sol pour former instantanément un rang serré devant leur colonel.

— Rassemblez-vous en ligne le long de ce mur, ordonna ce dernier aux villageois. Tenez vos cartes d'identité prêtes. Vous vous présenterez un à un devant la table.

Les villageois ne bougèrent pas.

— Vous allez vous mettre en ligne !

Lin jeta son mégaphone pour ouvrir l'abattant de son étui à revolver et posa la main sur la crosse de son pistolet automatique.

Lepka s'avança lentement, non pas vers la table, mais vers sa maison. Il se remit à chanter, d'une voix forte et nasillarde qui portait loin. Le chant du pèlerin solitaire. Shan ne comprenait plus. Qu'avait-il dans le sac qu'il portait à l'épaule ? On y distinguait une forme mince aux angles vifs. D'autres villageois se mirent à chanter à leur tour en revenant vers les habitations. Une femme courut essuyer une vitre. Une autre sortit sur le seuil, suspendit un long morceau de tissu marron à une cheville de bois près de la porte, et fila aussitôt derrière la maison.

Deux soldats se dirigèrent le long du muret comme pour se saisir d'un des villageois.

Lhandro leva une main, l'autre serrée sur son gau, et leur bloqua le passage en proclamant avec force, d'une voix calme :

— Le village de Yapchi vous ouvre les bras en retour.

Et son père lança sa torche à l'intérieur de leur belle maison en bois.

— Non ! gémit Shan, en voyant les autres villageois qui jetaient à leur tour leurs torches dans les habitations restantes. Il faut que nous arrêtions...

La main de Lokesh serra son bras si fort qu'il en eut mal.

— Parce que toi et moi, nous n'avons pas de foyer, lui dit son vieil ami d'une voix douloureuse, nous aspirons peut-être trop à ce que les autres gardent le leur.

Lokesh avait compris avant que les torches soient lancées.

— C'est la seule manière dont ils peuvent parler à ces Chinois, ajouta-t-il d'une voix amère.

— Mais cette maison est si ancienne ! C'est leur temple.

Il tira pour se dégager, mais Lokesh tira en retour, de ses deux mains. Il était déjà trop tard. Les antiques poutres, très sèches, s'étaient embrasées comme du petit bois et les flammes sortaient par la porte. Lepka remontait le sentier en clopinant, sans regarder derrière lui, son sac à l'épaule. Shan savait maintenant ce qu'il contenait. Il existait une seule chose, de tous les trésors de la maison, que ce vieil homme n'aurait jamais abandonnée. La photographie du dalaï-lama.

Les soldats se précipitèrent tandis que Lin aboyait des ordres furieux. L'homme en vareuse verte sortit une radio de sa poche et hurla dans l'émetteur. Quelques instants plus tard l'air résonnait du signal d'alarme du camp.

Un soldat enfonça sa matraque dans le ventre de Lhandro, qui s'affaissa sur le muret en se tenant l'abdomen à deux mains.

Lokesh s'avança pour aider Lepka à remonter la pente raide. D'autres villageois apparurent à leur tour, et Shan les suivit des yeux, le désespoir au cœur. Il ne leur restait plus d'espoir. Les soldats allaient aisément les rattraper sur la piste et les remettre entre les mains des nœuds. Ils venaient de détruire ce qui était devenu propriété d'État. Ils avaient interféré avec un projet économique prioritaire.

La grosse femme qui avait emmené Shan dans le village le premier jour s'arrêta.

— Merci, murmura-t-elle doucement. Il va falloir que nous trouvions notre divinité ailleurs.

Shan était déchiré. Ces gens venaient d'abandonner leur village, leur vallée, et défiaient ouvertement l'armée. Pourtant, cette femme venait de s'arrêter pour le remercier. Ses yeux s'emplirent de larmes.

— Votre divinité est toujours ici, dit-il d'une voix rauque, mais personne ne l'entendit.

L'espace d'un instant, une idée folle s'empara de lui : il escaladerait la falaise et il resterait là, il fouillerait jusqu'au plus petit rocher et il trouverait le moyen de faire tomber le courroux de la divinité sur la soldatesque. Il releva les yeux vers les hauteurs : Lokesh et les autres gravissaient péniblement la pente. Ils avaient besoin de lui.

De nouveaux camions remontaient de la vallée à toute vitesse. La plupart des villageois avaient déjà abandonné leur village, comprit Shan en se remémorant le cercle formé autour du feu. Les seules personnes âgées à être restées étaient les parents de Lhandro, qui avaient dû insister. Tous savaient. Tous étaient d'accord. Ils avaient nettoyé leurs demeures avec amour, comme un corps qu'on lave avant les rites funéraires. La discussion autour du feu, les chants avaient été une façon de dire adieu à leur beau village. Quelqu'un se précipita pour aider Lokesh et le vieillard : Nyma, en robe de femme rongpa, un foulard dépenaillé sur les épaules. Un sourd beuglement retentit, tout proche. Gyalo et Jampa. Lepka éclata de rire tandis que Nyma l'aidait à chevaucher le large dos du gros animal. Le moine et la bête remontèrent la pente d'un pas étonnamment rapide, leur cavalier levant la main en signe d'allégresse.

— *Lha gyal lo !* s'exclama-t-il, et Lokesh, sur ses talons, lui répondit en écho.

Plus la moindre chance, songea Shan avec amertume. Mais Nyma attendait et lui fit presser le pas pour franchir la trouée dans l'escarpement, juste assez large pour un des quatre-quatre utilisés par les troupes. Une fois qu'ils furent passés, elle fit un signe de la main et deux silhouettes se dressèrent en surplomb. Shan entrevit l'éclair d'une lame ; soudain, une corde se libéra et un amas de pierres et de rondins s'abattit sur le passage, le bloquant sur près de deux mètres de hauteur. Nyma y ajouta un caillou d'un air satisfait, rassembla sa robe et repartit en trottinant. À deux reprises encore, sur les huit cents mètres suivants, là où la piste se rétrécissait en défilés, des silhouettes apparurent au-dessus d'eux, balançant rochers et rondins pour bloquer le passage. Au dernier barrage, Winslow, debout sur l'escarpement, empilait troncs et pierres que lui tendaient un groupe de villageois faisant la chaîne.

En dessous d'eux, à quelques centaines de mètres, ils entendaient coups de sifflet et cris furieux. Winslow hésita, tourné vers les soldats qui approchaient, puis reprit son travail de barrage, en lâchant les grands cris que Shan lui avait entendu pousser quand il chevauchait le yack sauvage.

— S'ils savent que nous sommes sur la piste, ils savent aussi qu'ils peuvent nous intercepter au hameau de Chemi, indiqua Shan.

Tout cela n'avait aucun sens. Ils n'avaient nulle part où aller, aucun espoir d'un quelconque sanctuaire où ils seraient en sûreté.

— Les purbas ont dit qu'il n'y aurait probablement que Lin et ses hommes. Ils pensent que les hurleurs et les ouvriers du pétrole ne leur viendront pas en aide, précisa Nyma. Gyalo et Jampa sont déjà loin devant. Les anciens seront en sécurité une fois qu'ils auront franchi la gorge au-dessus du hameau de Chemi. Là-bas, c'est un véritable labyrinthe, plein de cavernes. Les gens vont se séparer. Les purbas assurent que l'armée ne les poursuivra pas, sa priorité est que les équipes de forage n'arrêtent pas le travail.

Mais les purbas n'avaient pas vu la fureur glacée de Lin. Ils n'avaient pas vu la manière dont il avait regardé Lokesh et Lhandro lors de leur première rencontre ni été les témoins de sa fureur quand les maisons avaient commencé à brûler.

Shan attendit que Winslow descende de son promontoire.

— Vous devriez y aller. Courez. Aidez Lokesh si vous le pouvez.

— *Adios*, partenaire, répondit Winslow en jurant, avec un signe de tête.

Il s'en fut d'un pas rapide, le laissant en compagnie de Nyma. Shan contempla l'étrange Américain. Non seulement il n'avait pas compris ses dernières paroles, mais il n'était même plus sûr des raisons pour lesquelles Winslow restait là. Melissa Larkin était décédée, et il devait logiquement rejoindre son ambassade.

Quelqu'un cria depuis les rochers en contrebas. À sa grande stupéfaction, Lhandro apparut, vêtu d'une des vestes vertes de la compagnie, un casque de chantier sur la tête. C'était la veste que Somo avait obligé Shan à enfiler, lui expliqua rapidement Lhandro en inspectant ses arrières d'un air inquiet. Il l'avait cachée derrière le muret, avec le casque. Dans la confusion qui avait suivi l'incendie, il était tombé du muret sur la veste qui avait amorti sa chute, mais il était resté inconscient. Quand les premiers camions du chantier étaient arrivés pour tenter d'éteindre les feux, il avait enfilé la veste et s'était mêlé aux ouvriers.

Ils remontèrent la piste en trottinant, bons derniers. Lhandro prit la tête de la troupe de fuyards en leur recommandant de rester dans la gorge, puis il repartit à la recherche des autres villageois. Une demi-heure plus tard, Shan et Nyma s'arrêtaient à la clairière qui ouvrait sur les ruines du hameau. Rien n'y bougeait. Cependant, porté par le vent, leur arriva un cliquetis métallique. Prenant leurs jambes à leur cou, ils franchirent la clairière et s'engagèrent dans le défilé. Le cliquetis se changea en grondement sourd et ils entendirent des voix dans une radio. Une balle ricocha au-dessus d'eux. L'armée ne voulait pas les voir morts, elle voulait les faire prisonniers. Quelques silhouettes disparaissaient dans le défilé, au-delà d'un virage, lorsque le haut rocher qui veillait telle une sentinelle explosa, trente mètres plus haut. Le tank tirait sur la gorge.

Shan regarda derrière lui. Lin était là, à l'entrée du défilé, le pistolet à la main, quatre soldats sur ses talons. Quatre, pas un de plus. Quatre soldats armés de mitraillettes suffisaient amplement. Une détonation éclata au-dessus de leurs têtes, puis une autre. Trente mètres devant lui, Shan vit Lokesh et l'Américain, et, entre les deux hommes, Anya, terrorisée, qui ne cessait de se retourner.

La gorge se rétrécissait après un virage. Ils n'étaient plus dans la ligne de mire de Lin, néanmoins il leur était impossible de se cacher, impossible de gravir les parois presque verticales pour échapper au colonel. Shan et Nyma arrivèrent près de Lokesh et de Winslow, épuisés. Shan passa le bras du vieux Tibétain autour de son cou et, le portant à moitié, poursuivit sa route. Nyma prit la petite Anya sur son dos. Ils atteignirent un long pierrier rectiligne et grimpèrent tant bien que mal pour en rejoindre le sommet. À mi-chemin, une nouvelle détonation retentit, puis une autre, et encore une autre. Shan discerna les impacts sur la roche, de plus en plus bas. La dernière balle frappa le rocher à quelques mètres devant Nyma. Avec un geignement de défaite, elle s'arrêta et fit demi-tour.

— Trahison ! hurla Lin en se précipitant sur eux. Destruction d'une propriété de l'État ! Sabotage ! Vous ne pourrez jamais...

Ses mots furent noyés par une explosion violente, suivie de deux autres très rapprochées. Trente mètres au-dessus de leurs têtes la paroi explosa, tremblant à chaque impact. D'énormes dalles de pierre commencèrent à glisser depuis le haut de la paroi à laquelle les soldats faisaient face, confiants, armes pointées, sûrs de leur fait, ne daignant pas relever le nez.

Lin tendit le cou au dernier moment.

— Imbécile ! s'écria-t-il en plongeant vers l'avant, la main sur sa radio à la ceinture.

Mais il était trop tard. L'éboulement était déjà sur lui. Les plus grosses dalles écrasèrent les quatre soldats, qui n'eurent pas le temps de fuir, à peine celui de crier. On entendit des hurlements vite étouffés, du sang jaillit, et les quatre hommes furent ensevelis. Les rochers continuaient à dégringoler, grondant, geignant et gémissant, roulant les uns sur les autres avant de se stabiliser en soulevant d'énormes nuages de poussière pour se fracasser au fond de la gorge. De petits fragments effilés comme des éclats d'obus tombèrent aux pieds de Shan.

Il n'y eut plus que silence. La poussière se déposa. Les soldats avaient disparu, enterrés sous trois mètres de roche. Seul un bras ressortait des débris, la main serrant toujours le pistolet. Finalement le pistolet tomba à son tour, et les doigts restèrent en l'air, agités de tremblements.

13.

Un nuage les enveloppait, sec, étouffant, tourbillonnant alentour comme pour les avertir que leur monde changeait. Personne ne parlait. Puis le vent se mit à chasser la poussière jusqu'à n'en laisser qu'un brouillard irréel, suffisamment léger pour que Shan pût voir la main. Les doigts qui ressortaient des décombres bougeaient encore, donnant l'illusion de vouloir atteindre quelque chose en l'air, puis ils s'immobilisèrent petit à petit.

Anya hésita, fit un pas en avant, puis un autre, avançant lentement vers l'éboulement, sous les regards de Shan et des autres, statufiés.

— Courir ! s'écria Winslow. Il faut courir.

Mais il ne bougea pas.

La jeune fille toucha la main et en ouvrit délicatement les doigts pour les resserrer sur sa propre main. Au début mous et sans force, ils finirent par serrer en retour, comme s'ils percevaient le contact de la jeune fille. Anya tomba à genoux et entama un mantra.

Shan, toujours étourdi, se vit avancer et s'agenouiller à côté d'Anya. L'instant d'après, il sentit une présence au-dessus de lui et releva la tête vers le visage sinistre de l'Américain, hypnotisé par la main d'Anya serrant les doigts de Lin qui s'y accrochaient désespérément. Shan et Lokesh commencèrent à dégager l'éboulement.

Il leur fallut un quart d'heure pour sortir le corps. Anya n'avait pas interrompu son mantra, elle avait même entrelacé ses doigts et ceux de Lin aux grains de son rosaire. Le visage du colonel était couvert du sang qui coulait d'une longue plaie, depuis le sommet de son crâne jusqu'à sa tempe gauche. Hormis cette blessure, il paraissait indemne, à l'exception de son bras droit, coincé sous une longue dalle de pierre. Shan et Winslow essayèrent en vain de la soulever, et Nyma commença à gratter la terre sous le membre écrasé. Quelques minutes plus tard, ils tiraient le corps de Lin de sous la dalle, son bras tordu en un angle impossible, sa main violacée.

Nyma se redressa avec un soupir.

— Un peu plus haut sur la piste, il y a des petits arbres. Je vais fabriquer des attelles.

Elle partit en courant. Winslow ramassa le pistolet de Lin. Sans regarder Shan, il sortit les chargeurs de rechange du petit étui en cuir que le colonel portait à son ceinturon et rangea le tout dans son sac à dos. Shan ne le quittait pas des yeux. L'Américain releva un instant la tête pour resserrer les cordons de son sac, puis il se détourna, mâchoires crispées, et déchiqueta son bandana en lanières.

De sa main libre, Anya essuya le sang du visage de Lin avec le bas de sa jupe tandis que Lokesh fouillait en vain les éboulis, à la recherche des autres soldats. Dix minutes plus tard, Nyma était de retour, et ils placèrent une attelle au poignet de Lin.

— Il ne doit pas être déplacé, les prévint Nyma. Il a reçu un choc terrible.

— Tout ce que nous pouvons faire, objecta Winslow d'une voix neutre, c'est justement le déplacer.

Personne ne pourrait rester à veiller le colonel, et, avec le sentier bloqué, il était peu probable que ses soldats le retrouvent avant la nuit. L'Américain tendit son sac à Shan et se pencha, les mains sur les genoux.

Nyma acquiesça à contrecœur et aida Shan à placer Lin sur le dos de Winslow.

L'Américain et Shan le portèrent tour à tour, jusqu'à ce que, finalement, au détour d'un énorme rocher, Lhandro apparaisse en compagnie de deux hommes du village. Nyma se dépêcha de leur expliquer la situation. Les hommes de Yapchi éloignèrent leur chef hors de portée d'oreille, en montrant avec de grands gestes furieux Lin et les montagnes. Nyma leur parla d'une voix paisible. Baissant la tête, les villageois parurent s'excuser. Ils fabriquèrent une litière improvisée, leurs deux chubas noués ensemble, et commencèrent à remonter le corps de Lin en coupant le versant en direction d'une trouée ouvrant sur le sud. Après une heure de marche pénible, conduits par Nyma, ils avaient franchi la trouée et surplombaient la longue plaine des Fleurs et les ruines de Rapjung.

Lhandro se retourna un bref instant vers sa vallée, désespéré, sans même saluer Shan quand celui-ci s'arrêta à son côté.

— Notre divinité est réellement aveugle. Nous en avons eu la preuve aujourd'hui, chuchota-t-il, et il franchit la crête.

Nyma et les hommes de Yapchi, les yeux voilés, un masque de chagrin sur le visage, la peur au ventre, descendirent par un sentier de chèvres vers un minuscule plateau, trois cents mètres plus bas. Ils avaient perdu leur village serein, ils avaient perdu leur vallée. Plusieurs des soldats responsables étaient morts, et l'armée ne croirait jamais que ses hommes étaient décédés dans un accident. Pourtant, Nyma en tête, ils transportaient au milieu de leur colonne le démon responsable de leur malheur.

Le plateau avait autrefois été un ermitage, mais un éboulement avait détruit le petit lieu de retraite. Restaient le mur de façade d'une cabane en pierre et les cadres vides de la porte et d'une fenêtre qui donnait sur un abîme – le vide de trois cents mètres qui menait au labyrinthe de gorges à la base sud de la montagne de Yapchi. Les vestiges de la bâtisse étaient ensevelis sous un amas de roches qui montait jusqu'à mi-hauteur du mur et se poursuivait en un long éboulis rejoignant la paroi verticale sur son arrière. Du côté opposé du plateau, pareil à un coin de force, se dressait un unique genévrier rabougri, au tronc massif, d'à peine deux mètres de hauteur. Toutes ses branches pointaient vers le sud, vers Rapjung.

— Je crois qu'ils voulaient qu'on vienne ici, dit Nyma d'un ton las. Ils disaient que ces ruines étaient autrefois habitées par des lamas. Je ne suis jamais venue mais...

Sa voix s'étrangla dans sa gorge. Un homme se matérialisa devant elle au sortir des ombres, un des purbas du canyon de Yapchi, vêtu de son chandail vert en lambeaux. Il leur fit signe de se dépêcher, craignant apparemment qu'ils ne traînent à découvert, avant de se fondre dans les rochers aussi soudainement qu'il en était sorti.

À l'arrière du plateau, à son point le plus étroit, le glissement de terrain atteignait presque la paroi de la montagne. Mais la catastrophe qui avait détruit la cabane n'avait pas enseveli le reste des bâtiments. Une huisserie de porte solide se dressait au milieu des débris, telle une entrée de tunnel. Tout à côté, face au plateau, un mur de rochers avait été habilement monté pour donner l'impression d'une continuation de l'avalanche, masquant l'entrée aux regards des curieux : il fallait approcher le nez sur la paroi pour découvrir son existence. Les porteurs de la litière s'engagèrent dans l'embouchure sombre. Shan pénétra à son tour dans une salle obscure au plafond d'épais rondins placés serrés qui soutenaient des planches solides. De gros poteaux de bois servaient d'étais, à croire que les bâtisseurs avaient anticipé le glissement de terrain.

Une demi-douzaine de paillasses étaient déroulées contre le mur du fond à côté d'un tas de bouilloires et de marmites. Nyma franchit une embrasure de porte qui menait à une pièce chichement éclairée par des lampes à beurre, et fit signe aux porteurs de la litière d'avancer. La pièce en question était plus vaste que la première, cinq mètres sur sept, avec un trou d'aération dans le plafond. Deux ouvertures sans porte donnaient sur de petites salles de méditation. Un vieux thangka aux couleurs passées à l'effigie du Bouddha de la Médecine était suspendu entre les cellules. Lorsque ses yeux se furent accoutumés à l'obscurité, Shan vit plusieurs formes se lever des ombres où elles étaient assises, près du mur du fond. Les parents de Lhandro étaient là, ainsi que Tenzin, et les trois purbas qui l'attendaient à Yapchi. Dans un coin, derrière les purbas, était posé l'équipement qu'il avait aperçu dans le canyon. Lepka examinait plusieurs grandes jarres de terre, très anciennes, qui paraissaient contenir des herbes séchées.

Lokesh et Tenzin n'hésitèrent pas quand Lin fut étendu sur une des paillasses. Le vieil ami de Shan se pencha aussitôt au-dessus du colonel inconscient tandis que Tenzin rassemblait toutes les lampes à beurre pour les placer autour de la couche. Winslow apparut à son tour et sortit sa torche électrique alors que Lokesh plaçait trois doigts le long d'un poignet du blessé, puis de l'autre, et enfin sur son cou.

— Pourquoi amener ici un otage ? s'écria un des purbas sans cacher sa colère. Il ne nous sert à rien. Tout ce qu'il fera, c'est trahir nos secrets.

— Je ne comprends pas, dit Lokesh en se tournant vers le Tibétain farouche. Où y a-t-il un otage ?

— Ce foutu officier, grogna le purba.

— Ah, soupira Lokesh, le front barré par un pli de réflexion. Personne n'a amené d'otage. Nous avons amené un homme qui a besoin de notre compassion.

Le purba au chandail vert qui discutait avec Winslow se retourna comme s'il n'en croyait pas ses oreilles.

— Vous l'avez dégagé de l'éboulement ? Vous l'avez sorti de sa propre tombe ?

Le père de Lhandro clopina jusqu'à la paillasse, s'assit par terre et, essorant le linge ensanglanté dans un bol d'eau, aida Lokesh à laver le visage de Lin.

— Vous devriez être reconnaissant à cet homme, déclara le vieillard.

— Reconnaissant ? s'exclama le purba.

— C'est grâce à lui que nous avons couru aussi vite. Sinon, quelques-uns d'entre nous se trouveraient sous l'éboulement à la place de ces malheureux soldats.

Le purba grogna, exaspéré, tourna les talons et quitta la pièce.

Lokesh s'affairait à laver Lin sans cesser de prendre et de reprendre son pouls. Nyma sortit pour aller fabriquer une attelle plus solide. Lokesh examina l'intérieur des oreilles et de la bouche du blessé, puis écouta de nouveau, les yeux fermés, le pouls dans le cou et, finalement, après avoir ôté les bottes du colonel, à chacune de ses chevilles. Les blessures au crâne étaient particulièrement malheureuses, car c'est à cet endroit que l'esprit, s'il devait migrer des chairs meurtries, quitterait le corps.

— Je vais préparer du thé pour quand il se réveillera, proposa la mère de Lhandro.

— Cet homme ne se réveillera pas avant longtemps, dit Lokesh, la mine étrangement fermée, avant de quitter la pièce lui aussi.

Shan le retrouva assis près du rebord du petit plateau, contemplant le coucher du soleil sur la plaine des Fleurs. Il ne saisissait pas bien la mélancolie du vieux Tibétain.

— Les meilleurs guérisseurs de Rapjung étaient ceux qui ne commençaient à étudier la médecine qu'après avoir passé des années d'apprentissage comme moines, pour se familiariser avec leur Bouddha intérieur. Pour eux, aucun guérisseur n'était capable de rétablir l'équilibre de la santé chez un patient s'il n'avait pas lui-même l'esprit en équilibre.

Lokesh ne se plaignait pratiquement jamais, mais, lorsque cela arrivait, c'était toujours à cause de ses propres manquements. Shan eut le cœur serré de penser que son vieil ami se sentait responsable de son incapacité à soigner les blessures de Lin.

— Je me rappelle, déclara-t-il, que les lamas de notre baraquement au pénitencier ont dit un jour que, si on la laissait mûrir jusqu'à sa vraie nature, une âme habiterait un corps pendant de longues décennies, avant de se détacher le moment venu comme un fruit arrivé à maturité. Mais ils ont dit aussi que si on le laissait grandir au mauvais endroit l'esprit pourrissait si vite qu'il dégringolait de l'arbre prématurément.

Lokesh lui répondit par un hochement de tête. Ils regardèrent le soleil disparaître derrière l'horizon, flamboyant de rose et d'or sous une ligne de nuages dans le lointain.

— Ce qui me dérange, ce n'est pas de savoir que son heure est peut-être arrivée, dit doucement Lokesh. C'est juste qu'il est en train de mourir et que je n'ai aucun médicament. Je n'ai pas les mots, je ne sais même pas quels espoirs exprimer pour un homme comme lui, ni la manière de toucher son esprit s'il meurt. Il doit exister des millions de Lin dans le monde et cela me peine de les comprendre si peu. Je ne parviens pas à établir de contact avec eux. Pas tel que je suis, pas avec la terre et le monde que je connais. Comment puis-je atteindre à l'essence intérieure de son être ? J'ai le sentiment d'être tellement incomplet, Xiao Shan. Il ne peut exister de guérison quand il y a de tels vides en moi.

Shan, lui non plus, n'avait pas de mots. Il avait mal de voir ce vieux Tibétain si sage et si gentil se sentir incomplet à cause d'un individu tel que Lin.

Ils restèrent là en silence pendant que la nuit tombait. Ce petit plateau était un lieu unique en son genre, abrité au nord par l'immense tour rocheuse derrière lui, ouvert au sud, avec une vue s'étendant sur des dizaines de kilomètres par-dessus les chaînes basses, et, au-delà, sur le changtang d'une beauté à couper le souffle. Dans la tradition tibétaine, il serait considéré comme un lieu de grand pouvoir.

— Les ermites qui venaient ici, finit par dire Shan, est-ce qu'ils étaient de Rapjung ?

— Ce n'était pas exactement un ermitage. Je connaissais cet endroit. En tout cas, je savais qu'il existait. Il y a deux lieux de ce côté-ci de la montagne, dans les hautes terres au-dessus de Rapjung. Pendant des siècles, chaque été, les lamas guérisseurs s'y rendaient, à cause du pouvoir qui s'en dégageait, afin d'y mélanger leurs herbes. L'un s'appelait la vire aux mélanges, en bordure d'une énorme falaise, et un autre, tout proche, la corniche aux herbes.

— Des endroits pour les mélanges ?

— Il existe des médicaments qui demandent des heures pour être mélangés correctement, parce qu'il faut réciter des prières spéciales pendant tout le processus, utiliser des instruments particuliers et sanctifiés, et respecter des proportions, dans un ordre et un agencement très précis, afin que le pouvoir de la terre à l'intérieur de chaque ingrédient ne s'en échappe pas. Une fois qu'une fournée avait commencé, le mélange ne pouvait plus être arrêté. Et, pour certains médicaments, le lama devait se trouver dans le bon état d'esprit, ce qui impliquait qu'il s'installe dans une cellule de méditation ou qu'il vienne s'asseoir sous le ciel de nuit jusqu'à atteindre au bon niveau de conscience. L'été, je pense qu'avec cette paroi rocheuse derrière nous la lune doit briller sur ce lieu comme nulle part ailleurs. On racontait que la corniche aux mélanges disposait du pouvoir de guérir.

Ils contemplèrent l'infini du ciel et de la terre qui s'abandonnait aux ténèbres. Bien plus tard, une douce voix de femme les appela.

— Il y a de quoi manger.

C'était Nyma, qui vint s'asseoir sur un rocher, comme si manger ne l'intéressait pas.

— Où irons-nous ? demanda-t-elle après un long silence.

Ses deux compagnons restèrent silencieux et elle répondit à sa propre question, d'une voix qui se brisait.

— La brigade de Combat des Montagnes se trouve de l'autre côté. Ses hommes vont croire que nous avons tué les soldats. Le dobdob nous traque, il attend probablement quelque part, bien caché. Là-dessous se trouve le gompa de Norbu, avec ses hurleurs. Certains d'entre nous sont emplis de peur devant une telle haine. D'autres veulent retourner et saboter le camp pétrolier. Ils n'ont plus d'espoir. Il ne leur reste que la colère.

— Vous savez où cela mènerait, la prévint Shan. S'il y a le moindre soupçon de résistance armée, les soldats débarqueront, et ils resteront. La loi martiale sera déclarée et un homme comme Lin dirigera le district pour des années.

— Moi aussi, j'ai éprouvé de la colère aujourd'hui, avoua-t-elle. Notre village. Notre précieux village...

Au cours de leur fuite éperdue, Shan n'avait pas réfléchi aux raisons qui avaient poussé Nyma à enlever sa robe de nonne. Pour mieux se fondre avec les autres, avait-il d'abord présumé, mais il se souvenait à présent de la femme qui était sortie en courant de sa maison à la dernière minute et s'était arrêtée pour suspendre un morceau de tissu à une cheville en bois au mur.

— Votre robe. Vous l'avez laissée brûler.

— Elle n'était pas à moi, répondit Nyma d'une voix vide. J'en ai terminé avec ce mensonge. Je ne suis pas nonne. Peut-être que si mon peuple avait eu une vraie nonne dans ses rangs rien de tout cela ne serait arrivé.

Un petit geignement triste s'échappa de la gorge de Lokesh.

— Vous ne pouvez pas..., commença Shan. Ils ont besoin de vous...

Mais ses mots s'étranglèrent dans sa gorge, tant il se sentait impuissant. Il vit Nyma tourner la tête vers la chaîne d'aiguilles à l'ouest. Le cri sonore d'une chouette leur arriva depuis les hauteurs.

— Nous pourrions suivre cette ligne de pics pour rejoindre la chaîne des Kunlun. Nous pourrions la suivre sur deux mille kilomètres, sans peut-être jamais rencontrer âme qui vive en chemin, dit Nyma avec espoir et envie.

Le paysage qu'il avait devant les yeux obligea Shan à remettre en place le puzzle épars de la carte qu'il élaborait en esprit. Il comprit soudain où ils se trouvaient, et sut que Winslow était arrivé à la même conclusion : ils n'étaient qu'à quelques kilomètres de l'endroit où Melissa Larkin avait fait une chute mortelle.

Le lendemain matin, Shan et Winslow trouvèrent Lokesh endormi au côté de Lin. L'Américain étudiait la carte quand Shan était rentré la veille pour manger un morceau. Les deux hommes n'avaient pas échangé une parole, mais Shan n'était qu'à quelques pas derrière lui quand l'Américain était parti à l'aube pour gravir l'arête ouest de la montagne.

— Vous auriez dû rester vous reposer avec les autres, lui dit Winslow quand Shan le rejoignit.

— Il faut que je voie de mes propres yeux.

— Larkin, c'est mes oignons.

— Cette montagne détient encore bien des secrets. Qui ne concernent pas tous Larkin.

— Je croyais que tout s'était terminé aujourd'hui.

— Certaines choses se sont effectivement terminées, concéda Shan d'un air tourmenté. Mais je crois qu'il en est d'autres qui viennent seulement de commencer.

La seule réaction de l'Américain fut de pointer le doigt vers un gros mouton bleu, un bharal, se dressant majestueusement sur une saillie au-dessus d'eux, penché dans le vide au point qu'il semblait flotter dans les airs. Winslow le fixa de tous ses yeux et Shan se remémora le récit de l'Américain lui expliquant que quelque chose l'avait appelé : il devait escalader une montagne et récupérer une petite pierre. Winslow remonta la pente au trot, comme s'il craignait de rater quelque chose.

Shan le rattrapa devant une étrange niche creusée dans la haute face rocheuse. Quinze mètres au-dessus d'eux, l'eau suintait au sortir de la montagne en surplomb, s'écoulait en nappe luisante, large d'une dizaine de mètres, sur la paroi quasi verticale, couverte de mousses et de petites fougères, puis retombait sur une corniche de pierre qui paraissait avoir glissé des hauteurs de toute éternité pour former une alcôve. Non, l'eau ne retombait pas sur la roche proprement dite, comprit Shan en se rapprochant. Elle tombait derrière la dalle et ressortait sous elle. La corniche était parfaitement sèche, encadrée par un mur de plantes vertes éclatant de santé, protégé du vent mais ouvert au soleil. D'autres pousses croissaient dans des poches de terre sur la corniche elle-même, des plantes qu'il n'avait vues nulle part ailleurs dans la montagne.

— Regardez ça, chuchota Winslow, émerveillé.

Shan le rejoignit de l'autre côté d'un gros rocher carré en bordure de la dalle. Une demi-douzaine de pierres plates, de quarante centimètres de haut sur trente de large, étaient disposées en demi-cercle devant trois indentations creusées dans la roche à intervalles réguliers, trois demi-sphères de trente centimètres de large sur vingt de profondeur.

— Qui est-ce qui... qu'est-ce que... comment ç'a été fait ? demanda Winslow, toujours aussi émerveillé.

Shan s'agenouilla devant une des sphères et en toucha la surface. Les pierres et les creux n'étaient pas de forme parfaite. Elles ne semblaient pas avoir été faites de main d'homme, néanmoins il n'y avait pas d'autre explication : elles étaient destinées au mélange des préparations médicinales. L'Américain frôla du bout des doigts le dos plat du gros rocher qui protégeait le demi-cercle de pierres. La surface, partiellement encroûtée de lichens, était couverte d'un texte tibétain sculpté dans le roc.

— La corniche aux herbes, murmura Shan, en expliquant à Winslow ce que lui avait raconté Lokesh et la manière dont les lamas, jadis, utilisaient la montagne.

Winslow paraissait terriblement ému et ne cessait de laisser courir ses doigts à la surface du texte antique.

— Ils en savaient tellement, murmura-t-il, tellement plus que nous. Et que nous ne connaîtrons jamais.

Shan s'assit avec précaution sur l'une des pierres-tabourets, ainsi que les lamas des temps passés. Une douce brise soufflait sur la corniche, chargée d'odeurs inconnues. Shan perçut un parfum de menthe, un autre ressemblant au fenouil, mêlés à d'autres senteurs plus âcres. Le pouvoir qui s'en dégageait couvrait ce lieu telle une brume, sans faire naître le moindre effroi. Shan se sentait étrangement décontracté, la conscience pleinement éveillée. C'était un lieu où commençait la guérison.

Winslow l'appela pour lui montrer sous la corniche un carré de mousse écrasée tout récemment par des empreintes de pas et par des corps qui s'y étaient étendus.

— Deux personnes, déclara l'Américain en s'accroupissant. Pas la nuit dernière, mais récemment.

Il se retourna et scruta le paysage. Au-dessus de Rapjung, dans une pâture à moins de huit kilomètres d'eux, ils avaient aperçu deux personnes qui cherchaient des herbes : le lama fantôme et son assistant. L'Américain se remit debout et avança d'un pas vif, courant presque, sur la piste.

Vingt minutes plus tard, il s'arrêtait pour examiner un carré de neige sur les hauteurs de la pente au-dessus d'eux.

— Pourquoi Zhu se cachait-il ? demanda-t-il brusquement. Pourquoi serait-il allé dans les montagnes en cachette de Jenkins ?

Il repartit sans attendre de réponse du même pas pressé jusqu'à ce qu'ils atteignent la crête de la longue arête qu'ils gravissaient, où il étala sa carte sur un rocher. Une falaise élevée se dressait côté ouest, un mur vertical qui s'étendait sur plusieurs centaines de mètres avant de descendre en escaliers de géant vers les gorges en contrebas.

— Nous n'avons jamais demandé où était l'équipe de Zhu, dit Shan, l'endroit exact où ses hommes se trouvaient quand lui a vu son cadavre.

Selon Zhu, cette falaise correspondait à l'emplacement de la chute de Larkin. Quelqu'un aurait pu assister à sa chute s'il était lui-même sur la pente qu'ils venaient de gravir, ou sur la vire plate parallèle à la falaise où ils se tenaient à présent. Cependant, cet individu ne pouvait se trouver là officiellement, dans le cadre des activités du consortium, car la corniche était située hors des limites de la concession telle que Jenkins l'avait définie sur la carte de Winslow. Ni Larkin ni Zhu ne se seraient donc trouvés à l'intérieur de la zone d'exploitation accordée à la compagnie.

Une demi-heure plus tard, ils avaient rejoint le sommet de la falaise, marchant en silence, le cœur sombre, s'arrêtant à quelques minutes d'intervalle pour contempler les ombres en contrebas. Plein d'appréhension, Shan vit Winslow se pencher dans le vide. Par endroits le terrain était en granit, à d'autres, de pierrailles et de cailloux. Glisser par inadvertance et dégringoler paraissaient tout à fait plausibles, en particulier pour une personne prise de vertige à cause de l'altitude. Winslow porta soudainement la main à son front, et Shan se précipita.

— Ça va, ça va, dit Winslow d'une voix crispée en le repoussant. J'ai pris une pilule.

— Est-ce qu'elle, elle avait des pilules ?

— Je ne sais pas, répondit Winslow avec désespoir, en fixant un étroit ruban d'eau qui sortait du bas de la falaise avant de disparaître vers le sud dans les ténèbres d'une gorge tortueuse.

Tout à coup, sur une petite saillie, à trente mètres, sept mètres en contrebas, le regard de Shan accrocha un carré de couleur, un carré gris clair et bleu dans une flaque de soleil qui ressortait d'un éboulis de roches emplissant une étroite fissure. Il pointa le doigt et Winslow s'élança. Lorsqu'il le rejoignit, l'Américain avait déjà disparu à l'intérieur de la fissure.

— C'est trop dangereux ! s'écria Shan.

La vire s'était formée lorsqu'une énorme écaille de pierre avait glissé de la falaise pour se coincer dans la fissure. Peut-être était-elle en équilibre instable, près de se détacher à tout instant sous quelques kilos supplémentaires.

Mais Winslow s'y trouvait déjà quand Shan se faufila dans la faille. L'Américain était livide : un cadavre gisait dans les rochers, un bharal. Un mouton bleu, aujourd'hui en voie d'extinction. Il était mort depuis une semaine, même si la chose était difficile à juger à cause de l'air froid et sec.

Winslow tendit la main pour caresser les énormes cornes.

— Je croyais..., commença-t-il. Je croyais qu'ils ne tombaient jamais, ces animaux-là, je croyais que leurs sabots collaient au rocher.

Shan montra une tache marron dans le cou de la bête, où les poils étaient restés collés.

— Il ne s'est pas tué parce qu'il a fait une chute. Il a été abattu par une balle.

— On l'abattu et on l'a laissé là ? Qui irait...

Après un long silence, Winslow caressa à nouveau les cornes de la bête avant de poser un doigt hésitant sur l'épaisse fourrure entre les deux oreilles.

— J'étais assis à l'aéroport en compagnie d'un bureaucrate tibétain, et j'attendais que la dépouille dont j'avais en charge le rapatriement soit embarquée. Le Tibétain trouvait mon boulot très drôle. D'après lui, la seule chose à connaître sur le Tibet, ce qu'il est et ce qu'il a toujours été, c'est la non-permanence, et les gens devraient le savoir avant d'y venir.

Apparemment, Winslow essayait d'apporter à sa façon une explication à ce qui était arrivé au mouton.

— Au bout d'un moment, j'ai compris qu'il était amusé par le fait que les gens soient surpris par la non-permanence.

Winslow reprit sa caresse, comme si l'animal avait besoin de réconfort. On aurait cru qu'il lui était devenu impossible d'abandonner ce beau mouton mort en solitaire, arraché à la vie sans en soupçonner rien, en l'espace d'une seconde cruelle, comme s'il était convaincu qu'il méritait plus. Shan examina la position de la dépouille et la falaise au-dessus de lui. Le bharal se trouvait à son sommet, tout au bord, il contemplait son domaine, inconscient, ignorant tout des façons des hommes, jusqu'à cette toute dernière seconde, lorsqu'elles étaient venues le rattraper.

— Ce n'est pas Larkin qui a fait ça, dit Winslow, comme s'il la connaissait.

— Non, reconnut Shan. Quelqu'un d'autre est venu ici.

Le coup avait été net et précis, probablement tiré par un puissant fusil à lunette. Il ne s'agissait pas d'un chasseur, car la dépouille aurait facilement pu être récupérée. Cette splendide créature avait été tuée par caprice ; c'était l'acte de celui qui tue parce qu'il peut tuer, l'acte banal d'un tireur qui avait lâché une balle, très vite, avant d'éclater de rire et de poursuivre son chemin.

Les deux hommes échangèrent un regard défait, et quand Winslow se releva son sac à dos avait l'air de peser bien lourd. Il s'accrocha au flanc de la fissure comme s'il avait du mal à tenir debout.

— Il faudrait faire quelque chose, murmura-t-il avec désespoir.

Shan, sans répondre, se mit en devoir de bâtir un cairn au-dessus de la tête du mouton, sur une pierre plate exposée au vent et au soleil. Ils travaillèrent en silence, et, dix minutes plus tard, se dressait une étroite colonne de cailloux large de cinquante centimètres. Shan se souvint du vieux khata toujours dans sa poche, celui qu'il avait récupéré au-dessus du camp pétrolier, et il l'ancra sous la pierre de faîte.

Winslow hocha solennellement la tête et ferma les yeux en un semblant de prière avant de remonter au sommet de la falaise. Il se retourna vers la corniche aux mélanges et, quand ils atteignirent l'arête centrale de la montagne, il reprit sa carte.

— Yapchi. D'ici, si nous pouvions franchir ces deux lignes de crête, dit-il en montrant deux longs massifs orientés vers le nord, ce n'est qu'à sept kilomètres. Je veux savoir où se trouve l'équipe de Zhu, où sont les autres témoins.

Son compagnon proposait de traverser cette zone de terrain difficile jusqu'à la vallée, qui serait envahie de soldats furieux partis à la recherche de Lin. Une sourde prémonition envahit Shan : les réponses aux mystères qu'ils avaient à résoudre se trouvaient dans la vallée et sur les versants qui l'entouraient. Il acquiesça malgré sa réticence et fit signe à Winslow de prendre la tête. Dix minutes plus tard, l'Américain lui faisait signe d'arrêter en levant la main. Ils étaient séparés de la première ligne de crête par une gorge infranchissable qui n'apparaissait pas sur la carte. Ils n'atteindraient pas Yapchi aujourd'hui. Winslow se préparait à faire demi-tour quand il s'arrêta en pointant le doigt avec un grand sourire. Sur la seconde ligne de crête, au-delà de portée de voix humaine, marchaient un moine et un yack : la bête ouvrait le chemin, comme si elle savait où conduire l'homme qui la suivait. Lepka avait expliqué que Gyalo et

Jampa avaient disparu après l'avoir laissé sur l'étroite piste qui conduisait à la corniche aux mélanges.

Se souvenant du bharal, Shan eut peur pour le moine. Cet homme aidait les gens, il transportait les malades, ou les vivres, ou il cherchait peut-être simplement un beau rocher pour méditer. Peut-être même laissait-il Jampa trouver le rocher.

— Il va venir me rendre visite, votre ami, déclara Winslow en observant l'homme et l'animal qui remontaient vers les hauteurs.

— Gyalo ?

— Lokesh. Il m'a parlé, hier, sur la piste. Il voulait tout savoir sur Pékin. Il avait entendu raconter qu'il y avait des lumières dans les rues qui vous disaient quand vous pouviez avancer, et il voulait apprendre comment les comprendre. Il m'a expliqué qu'il arriverait dans la capitale dans quelques mois et m'a demandé s'il pouvait dormir par terre chez moi. Il m'a aussi demandé si je voulais bien lui dessiner une carte pour lui montrer où habite le Président.

— Lokesh ne comprend pas, soupira Shan avec une grimace.

— Non. Mais il a dit qu'il suit la voie sur laquelle l'emmène sa divinité. Je ferai de mon mieux pour veiller sur lui quand il arrivera, conclut Winslow avec un haussement d'épaules, en se dirigeant vers la piste qui les ramènerait à la corniche aux mélanges.

À leur retour, Anya et Tenzin étaient avec Lin. La jeune fille tenait toujours la main du colonel, Tenzin lui essuyait le front d'un linge mouillé. À la grande surprise de Shan, Lin bougea la tête et battit des paupières.

— C'est tout ce qu'il fait, murmura Anya. Il ne parle pas. Il ne voit pas. Je ne suis pas sûre qu'il sache où il se trouve. Il est possible qu'il ne retrouve jamais la conscience.

Tenzin lui essuyait le front quand, tout à coup, Lin ouvrit les yeux.

— Vous ! gémit-il.

Il arracha sa main de celle d'Anya, attrapa Tenzin par le cou et serra en le tirant vers lui. Bizarrement, Tenzin ne résistait pas, alors que Lin était visiblement en train de l'étrangler. Brutalement, aussi vite qu'ils s'étaient ouverts, les yeux du Chinois roulèrent dans leurs orbites, et sa main, retombant sur sa poitrine, se fit toute molle.

— Il a fait de mauvais rêves, dit Anya à Tenzin d'un ton d'excuse très étrange.

Tenzin se tourna vers elle, impassible, et recommença à essuyer le front de Lin. Anya se leva pour chercher de l'eau fraîche. Shan s'agenouilla près de la paillasse et glissa les doigts dans la tunique de Lin. Aucune trace des papiers d'identité de Lhandro. Dans sa pochette de poitrine, il découvrit une vieille photographie, qu'il emporta jusqu'à l'entrée de la caverne pour l'examiner au jour.

Elle était en noir en blanc, pleine de grain, pas très nette, probablement prise par une caméra de sécurité dans un couloir de bureau. Elle montrait deux hommes vêtus des longs tabliers de travail des employés de ménage et chargés de seaux et de balais. Ils tournaient le dos à l'objectif, mais le plus grand et le plus âgé des deux regardait par-dessus son épaule. Le premier pouvait être Drakte, et il n'y avait pas à se méprendre sur l'identité du second : c'était Tenzin. Dans un des seaux devait se trouver l'œil de Yapchi.

— Il faut que vous sachiez quelque chose, dit Winslow derrière lui.

L'Américain sortait ses jumelles de leur étui quand Nyma apparut.

— Lokesh ! lâcha-t-elle tout de go. Il a disparu.

Le vieux Tibétain était parti peu de temps après eux, expliqua Nyma. Il était descendu par l'étroit sentier de chèvres, emportant un peu de tsampa froid et une bouteille d'eau, et il parlait tout seul comme à un interlocuteur invisible au reste du monde. Shan se précipita au bord de l'escarpement et sortit à son tour ses jumelles. Il aperçut une demi-douzaine de pistes ainsi que de longues pentes peu marquées qu'un homme pouvait recouper pour monter plus vite. Une heure durant, Winslow et lui balayèrent jusqu'à la plus petite piste ou sente, jusqu'au dernier rocher où quelqu'un pouvait s'installer pour méditer. Shan descendit en courant sur le chemin où Lokesh avait été aperçu pour la dernière fois, en s'arrêtant souvent pour l'appeler. Aucun signe de son ami. Les soldats de Lin connaissaient le visage de Lokesh. S'ils le croisaient, ils n'auraient guère de patience à l'égard du vieil homme, ni la moindre intention de le remettre aux mains des nœuds. Ils le travailleraient au corps, littéralement, sans perdre une seconde, avec tous les instruments à leur disposition et aussi longtemps qu'il le faudrait, afin de découvrir ce qu'il était advenu de leur colonel.

Shan s'effondra sur un rocher en haut de la falaise, luttant contre la grande masse noire qui lui serrait le cœur. Le soleil disparut au-dessus du changtang, au loin, et il se laissa emporter par les sombres tourbillons menaçants des ombres sur l'horizon.

Quelqu'un le toucha à l'épaule et il releva la tête ; il s'était endormi. Les couleurs avaient disparu à l'horizon. La nuit était presque tombée. Nyma était à genoux à côté de lui, elle pleurait.

— Lokesh ? interrogea-t-il avec angoisse.

Elle acquiesça en frottant ses larmes du dos de la main.

— Il l'a trouvé. Il est parti dans les montagnes et il l'a trouvé. Lepka les a vus revenir, et il a dit que nous devions nous trouver tout près d'un portail ouvrant sur les mondes cachés. Nous n'avons pas compris, quand Winslow les a vus tous les deux sur un sentier au-dessus de nous. Lokesh ouvrait la marche en se retournant tout le temps, comme s'il l'encourageait à faire quelques pas de plus, tel un animal sauvage que l'on essaie d'apprivoiser.

« C'est une créature des esprits, ajouta-t-elle en se tournant vers leur abri sous la montagne. Ça ne peut être qu'une créature des esprits venue nous sauver.

Shan partit au pas de course, trébucha, mit un genou à terre, se releva, et se remit à courir. La grande pièce ressemblait à un temple au silence solennel, l'air lavé par les fumées d'encens. La mère de Lhandro se balançait d'avant en arrière, les yeux en billes de loto, excitée comme une petite fille. Son mari et leur fils égrenaient leur chapelet, seules leurs lèvres bougeaient. Winslow s'était assis dans un coin, le visage illuminé par une joie étrange pleine de perplexité.

Au pied de la paillasse était assis Lokesh, et, sur un côté, Anya, qui tenait toujours la main de Lin. Face à elle, une main caressant le front du colonel, l'autre déchiffrant le pouls de son poignet, se tenait un Tibétain plus âgé encore que Lepka. Il paraissait à la fois terriblement frêle et plein de force, aussi maigre qu'un roseau et cependant vibrant et serein. Il portait une vareuse d'ouvrier capitonnée, en lambeaux, sur une robe bordeaux elle aussi en haillons, et il avait aux pieds des tennis noires sur le point de se désintégrer. Un solide bâton était appuyé au mur à côté de lui.

Lokesh poussa un petit coassement en voyant Shan, puis il tendit les bras et lui prit la main entre ses deux paumes, en serrant, fort, encore plus fort, à plusieurs reprises. Le vieux Tibétain semblait sous l'emprise d'une extase étrange.

— C'est Jokar Rinpoché ! finit-il par chuchoter quand la voix lui revint. De Rapjung, ajouta-t-il, comme si le monastère détruit continuait toujours à envoyer de par le Tibet ses vieux guérisseurs. Celui d'avant. Le vieux Jokar.

C'était bien le lama guérisseur, l'apparition de la prairie aux herbes, le lama qui avait guéri Chemi. Shan s'était convaincu que cet homme devait être en vie et que, contre toute attente, il arpentait les montagnes, vestige en chair et en os d'un autre monde, et non pas démon, divinité ou créature des esprits. Mais en cet instant, devant le vieillard d'un autre âge qui se tournait vers lui et lui tendait la main, pour une raison qui dépassait son entendement, c'est son propre père que Shan crut voir. Quand le lama lui prit la main, Shan en eut le souffle coupé et sentit l'air de ses poumons jaillir d'entre ses lèvres.

— *Lha gyal lo !* dit doucement le lama avec un petit sourire familier, avant de se retourner vers son patient.

Ils restèrent là, en silence, devant le vieux lama œuvrant, dans cette pièce enfumée d'encens, avec le vent qui jouait sa musique dans les rochers au-dessus de leurs têtes. Lepka entama un chant à voix basse. Les purbas étaient dans l'ombre, l'air circonspect, n'en croyant pas leurs yeux.

Shan alla rejoindre Winslow, installé dans son coin, les traits barrés par un grand sourire. Dans la cellule la plus proche, Tenzin était assis seul, en pleine méditation. Shan s'accroupit entre ombre et lumière et examina le lama, ainsi que Lokesh, dont le visage rayonnait d'une expression déférente et émerveillée à laquelle se mêlait l'impatience curieuse et fascinée d'un jeune étudiant.

Shan perçut clairement à quel point les personnes présentes dans la pièce ressentaient au fond de leur être la nature irréelle de l'instant, comme si celui-ci n'appartenait pas au temps de cette journée ni à ce monde-ci. Tout laissait à penser que Jokar était venu d'un autre monde, que les esprits l'avaient posé là parce qu'on avait besoin de lui, pour une simple visite, avant qu'il reprît son ascension vers les divinités. Ancien, antique, et cependant sans âge, le lama ne ressemblait à aucun homme qu'il eût jamais vu. Lorsqu'il l'avait touché, à cette seconde où il avait senti son père tout près, quelque chose comme une décharge électrique avait remonté le bras de Shan. Parfois, avait dit Anya, les divinités passent en visite et changent la vie des êtres pour toujours.

Il manquait au vieux lama l'auriculaire de la main gauche. Ne restait qu'un tout petit moignon de chair. Shan se rappela Lokesh lui expliquant que les fabricants de médecines de Rapjung utilisaient d'énormes tranchoirs pour hacher les herbes, et que les jeunes étudiants, avant qu'ils aient bien compris le rythme des instruments, y perdaient parfois un doigt. L'accident avait dû se produire des décennies auparavant.

Shan laissa sa conscience partir à la dérive. Dans son for intérieur, il se vit, près de soixante ans auparavant, sur la plaine de Rapjung, où se trouvaient le jeune Lokesh en compagnie de son vieux professeur Chigu, et Jokar, jeune moine guérisseur à l'époque, peut-être toujours en formation. Derrière eux, au loin, les beaux bâtiments de Rapjung se dressaient sur le versant. Des oies volaient dans le ciel, et Jokar s'exclamait devant une herbe rare qu'il venait de découvrir. Une alouette s'envola et se posa tout près avant de se changer en botte. Tout à coup Shan vit quatre doigts courts que lui poussait à la figure un homme avec des lunettes noires. Il comprit, envahi par la nausée, et se réveilla, le souffle court, le corps glacé. Il se leva en chancelant et sortit.

Quelques instants plus tard, Nyma le rejoignait. Il était assis le dos à la falaise et contemplait le ciel.

— Que se passe-t-il ? Vous êtes malade ?

— Pas malade, marmonna-t-il.

Elle le fixa des yeux, puis recula d'un pas hésitant.

— Vous vous souvenez, Nyma, ce matin-là, à Norbu, quand nous pensions que les nœuds allaient s'emparer de nous ?

— Je n'oublierai jamais ce terrible matin, répondit-elle en s'asseyant à côté de lui.

— Le docteur des nœuds était impatient, il en voulait à Khodrak et au Comité, comme s'ils lui faisaient perdre son temps. Il était venu là dans un but précis, de bien loin, mais pas de la Sécurité publique.

— Une brigade spéciale de médecins, probablement de Lhassa.

— Mais ce n'est pas de Lhassa qu'elle venait. Gyalo a dit qu'ils avaient voyagé dur, et longtemps, depuis la frontière avec l'Inde. Le docteur a regardé l'officier et il a levé quatre doigts, souvenez-vous. Quatre. J'ai d'abord cru qu'il se raillait de Khodrak, parce que nous n'étions que quatre alors qu'il devait y avoir cinq prisonniers.

— C'est Tenzin qu'ils voulaient.

— Quelqu'un voulait effectivement Tenzin, concéda Shan en opinant du chef. Khodrak, je crois, et aussi Tuan. Mais l'officier des nœuds se trouvait là pour une autre raison. Si cette équipe spéciale de médecins avait voyagé en compagnie des nœuds, c'est pour une raison très particulière. Ils avaient mis des semaines, depuis la frontière indienne. À Norbu, Tuan a déclaré que les docteurs se trouvaient au monastère à cause d'un agitateur venu d'Inde. J'ai cru qu'il parlait de la résistance, et même du Tigre. Mais c'est de Jokar qu'il parlait.

— Je ne comprends pas.

— Ses doigts. Il a replié son auriculaire contre la paume et a levé les quatre autres.

— Exactement comme Jokar, murmura Nyma.

— Il recherchait un guérisseur à quatre doigts, il le pourchassait avec une équipe capable de tromper ses malades en leur offrant de se rendre dans des cliniques et des hôpitaux chinois. Il tentait de dénicher des preuves par l'intermédiaire de ceux qui se faisaient soigner par des guérisseurs traditionnels. Le gouvernement pense que Jokar a réactivé toute une série de pratiques réactionnaires en chemin, depuis l'Inde.

— Si c'est vrai, déclara une voix dans l'obscurité, cela expliquerait pourquoi on brûle les champs d'herbes médicinales.

Winslow s'installa à leur côté.

— Pourquoi ? protesta Nyma. Les rumeurs, les rapports. Ils font croire que le gouvernement recherche un abominable criminel. C'est un guérisseur. Il est tellement important pour les Tibétains.

Elle venait de répondre à sa propre question.

Shan eut une nouvelle vision : Jokar dans un camp lao gai, fouetté par les gardes, tandis qu'il essayait de faire gravir une colline à une brouette chargée de pierres.

— Tout ce qu'il veut, c'est reprendre l'enseignement, faire revenir la guérison au pays, chuchota Nyma, le cœur lourd de chagrin.

Au matin, Lin était assis, le dos au mur. Il paraissait incapable de parler, ou, en tout cas, il ne le voulait pas. Cependant il ne quittait pas les Tibétains des yeux et sa main valide ne cessait de fouiller ses poches. Il fit un petit tas du contenu : cigarettes, allumettes, un sifflet, une clé de menottes et un petit sachet de tissu ocre noué par un fil. Chaque fois que Tenzin apparaissait dans le cercle de lumière que jetaient les lampes à beurre, le colonel le désignait du doigt, allant parfois jusqu'à vouloir le saisir comme un crabe en colère, et à d'autres moments se frottant les yeux comme pour mieux le voir. Anya ne le quittait pas ; elle tenait un bol de thé dont il buvait une gorgée de temps à autre, en grimaçant de douleur chaque fois qu'il relevait la tête pour déglutir.

Jokar n'était plus là. Personne ne l'avait vu partir. La mère de Lhandro expliqua que c'était la façon de ces créatures, qu'elles disparaissaient comme les esprits. Winslow croyait avoir vu quelqu'un marcher vers l'ouest, sur la piste, aux premières lueurs de l'aube. Lokesh avait l'air épuisé. Il était resté debout pratiquement toute la nuit au côté de Jokar, longtemps après que Shan se fut écroulé de fatigue sur une couverture. Il resserra les bandelettes de tissu autour du poignet de Lin, puis, totalement concentré, inconscient des autres présences dans la pièce, il sortit de l'ombre un bol de sel brillant. Il plaça la main blessée du colonel au-dessus du bol et commença à la frotter avec du sel. Du sel de Lamtso, le sel chargé de pouvoir du lac sacré.

Lin ne réagit pas. Il se contentait d'assister au rituel avec la même concentration absolue que le vieux Tibétain pendant que ce dernier appliquait le sel telle une pâte qu'il aurait pétrie, avant d'essuyer la peau à l'aide d'un carré de tissu. Quand il en eut terminé, Lokesh plia ce qui ressemblait à un foulard à prières autour du poignet de son patient, lui passa le bras dans une écharpe nouée à son cou, se redressa et se leva. Lin le regarda avec espoir et haussa les sourcils, paraissant le prier de rester, mais le vieil homme s'éloigna sous ses yeux perplexes. Shan le suivit au-dehors, où la mère de Lhandro barattait du thé au beurre. Les deux amis prirent leur bol de thé et s'avancèrent jusqu'en bordure du plateau. Ils semblaient incapables, l'un comme l'autre, d'évoquer ce qui s'était passé la nuit précédente.

— Nous avons si souvent escaladé des montagnes parce que tu croyais avoir vu une tortue géante ou une divinité à dix bras, finit par dire Shan.

Cette situation s'était souvent produite, mais jamais il n'avait dit non à Lokesh quand celui-ci avait insisté pour grimper plus haut.

— La nuit dernière, c'est comme si la tortue avait été là, finalement.

Avec son sourire de guingois, Lokesh hocha la tête en signe d'assentiment.

— Ce sont les bonnes paroles, celles que tu viens de prononcer.

— Est-ce vrai que tu l'as connu ? À Rapjung ?

— Je n'étais qu'un novice tout en bas de l'échelle. Mais il se souvient. Nous avons parlé pendant quatre heures la nuit dernière, de Rapjung et de la vallée de Yapchi, jusqu'à ce qu'il aille s'asseoir avec Tenzin près de ce vieil arbre. Il se souvient que j'étais toujours avec Chigu Rinpoché, et que Rinpoché avait eu l'espoir que je resterais vivre à Rapjung pour ma formation.

Ceux qui étaient restés à Rapjung pour y vivre avaient été éliminés de la surface de cette terre, songea amèrement Shan.

— Mais il s'est échappé avant que l'armée vienne. Il avait été appelé par le médecin personnel du dalaï-lama. Par un message secret, quand le dalaï-lama a fui en Inde. Jokar était l'un des plus jeunes instructeurs, et il voulait qu'il aide à fonder une nouvelle académie de médecine tibétaine en Inde. Toutes ces années, c'est là-bas qu'il les a passées, à construire un nouvel avenir en Inde.

— Ça fait tellement loin ! Des centaines de kilomètres. Et apparemment il n'a pas d'argent, dit Shan en se rappelant la robe en haillons et les tennis trouées. Les nœuds le pourchassent.

Cependant, il savait que ces choses étaient de peu d'importance pour Jokar. Une fois sur le chemin qui devait être le sien, il accepterait d'en sortir à peu près aussi facilement que Gendun et Lokesh. Le Shan de Pékin aurait bien ri si on lui avait assuré que les divinités protégeaient ces hommes-là. Mais, par moments, c'était la seule explication possible.

— Il a dit qu'il s'agissait d'une sorte de pèlerinage, poursuivit Lokesh. Il a ajouté que s'il avait eu de l'argent il aurait pu être tenté de prendre le bus et d'aller dans les villes. Il a voyagé à pied, toujours à pied, au plus près de la terre. Cela fait huit mois, restant chez les rongpas ici et là, parfois voyageant avec les dropkas et leurs troupeaux. Soignant où il le pouvait. À découvrir les anciennes racines, a-t-il dit, à croire que les façons d'antan sont encore dans la terre et dans le cœur des gens, et qu'elles devaient simplement être redécouvertes. Il fabrique les anciens médicaments quand il le peut. Parfois, des villages entiers restent assis à ses côtés une nuit durant, pour l'entendre parler du dalaï-lama et de l'ancien temps du Tibet, et il rappelle aux gens des façons de se soigner et de guérir qu'ils croyaient avoir oubliées.

— Mais pourquoi venir ici ?

— C'est ici qu'il a passé pratiquement cinquante années de sa vie, à Rapjung. Il a été envoyé au monastère quand il était enfant, à l'époque du Treizième dalaï-lama. En Inde, il est resté lama supérieur de la nouvelle école de nombreuses années. Il était temps d'en finir là-bas, a-t-il dit. Je crois qu'il veut maintenant que l'ancienne école renaisse.

— Rapjung ?

— Il a rencontré d'autres guérisseurs en chemin, en revenant d'Inde, et tous avaient entendu parler de Rapjung. Ils ont été nombreux à lui demander si les herbes médicinales y poussaient toujours. Il m'a dit qu'il avait vu les ruines, mais aussi de nouveaux bâtiments.

Ils échangèrent un regard entendu : Jokar n'était pas au courant de l'incendie de Rapjung.

— Il a dit que les Tibétains doivent apprendre à rester les mêmes en pratiquant le changement.

Lokesh s'interrompit et hocha à nouveau la tête, comme s'il réfléchissait à ses propres paroles.

— Les rumeurs doivent être vraies. Jokar a dû revenir pour reprendre la chaise de Siddhi, le grand chef des récits anciens.

— Les nœuds ont des espions en Inde, objecta Shan. Ils doivent savoir qu'un lama aussi éminent a décidé de revenir au pays pour rassembler les Tibétains et rétablir une institution de l'ordre ancien. À leurs yeux, ce serait le plus grave des péchés contre le gouvernement. C'est tellement dangereux pour lui.

— Les devoirs, acquiesça tristement Lokesh.

Il était inutile d'expliquer plus avant. Shan avait déjà eu cette même conversation avec Lokesh, et avec d'autres Tibétains. Les soldats feraient ce qu'ils avaient à faire, et les Tibétains feraient ce qu'ils avaient à faire.

— Il aurait été en sécurité ici, s'il était resté quelques jours.

— Qui pourrait avoir l'outrecuidance de lui demander de changer ses projets ? Il visite tous les lieux anciens. Les prairies aux herbes. Les lieux de mélange. Et, en chemin, il cherchera des médecines pour le colonel malade.

— Qu'est-ce qu'il dit de Lin ? demanda Shan.

— L'os du dessus de la tête a été fracturé. Mais il y avait autre chose, bien pis, avant que les pierres dégringolent.

— Il était réellement malade ?

— Le vent du cœur, confirma Lokesh.

Le système médical tantrique que pratiquaient Lokesh et Jokar supposait que le cœur-centre était l'intersection des êtres physique et spirituel. Non pas à proprement parler le cœur physique, celui qui bat, mais le centre de la conscience lucide et de l'énergie vitale. Le vent du cœur implique une tension forte exercée sur le cœur-centre et due à une peur ou à une colère intenses, ou encore à d'autres déséquilibres mentaux. Jokar ne s'attaquerait pas à une des maladies de Lin sans s'attaquer à toutes.

— Certaines médecines pourraient peut-être aider, mais dans ces cas-là tous les déséquilibres sont liés, reprit Lokesh en contemplant les pistes, comme si lui aussi cherchait Jokar.

« Jokar dit que le vent du cœur semble être le mal le plus courant dans le Tibet d'aujourd'hui. Il a ajouté que d'avoir sorti Lin de sous les rochers et de l'avoir amené ici, ça aussi, ça faisait partie de la guérison. Pour tout le monde.

Shan soupesa les paroles de son ami. Jokar entendait par là que ce n'était pas seulement Lin qui souffrait de déséquilibre, mais que tous, ici, partageaient avec lui le même mal. Le fait que des Tibétains aient sorti un colonel haï de ce qui aurait été son tombeau pouvait avoir démarré un autre processus de guérison.

— Jokar dit qu'il existe une petite plante aux feuilles en forme de cœur qui pousse sur les pentes autour de Yapchi et qui pourrait être utile. Il m'a demandé si je me souvenais des manières de cueillir et de mélanger.

— Je pense que tu devrais aller le trouver, dit Shan après qu'ils eurent contemplé un envol d'oiseaux depuis les montagnes vers la plaine des Fleurs. Tu devrais le conduire dans une cachette, l'empêcher de se déplacer partout tant qu'il y a des soldats dans les montagnes. Emmène-le se cacher. Pendant des semaines. Discute avec lui des façons d'antan. Note-les par écrit. Pendant des mois, si nécessaire. Jusqu'à ce que les soldats quittent Yapchi. Les purbas t'aideront.

Le vieux Tibétain réfléchit longuement.

— Je ne saurais pas comment faire une chose pareille, finit-il par admettre.

Lokesh ne signifiait pas seulement par ces mots qu'il ne saurait retrouver Jokar : jamais il ne saurait demander quoi que ce fût à un homme aussi saint. Shan repensa à la nuit précédente. Personne n'avait interrogé le vieux lama, personne ne lui avait demandé d'où il venait, ni pourquoi il se trouvait là. Parce que, dans la langue des enseignants de Shan, sa divinité était devenue son être. Elle était lui. Comme si, effectivement, Jokar était une créature des esprits, un véritable bodhisattva, un Bouddha resté sur terre pour aider les autres à trouver la lumière.

— Il faut que je retourne dans cette vallée, dit Shan. Il faut que je trouve la voie de cet œil si elle est là. Je suis lié.

Lokesh fixa sur lui un regard inquisiteur.

— Parfois, les divinités se créent dans la quête. Et la quête en soi peut créer la voie.

— À t'entendre, on croirait qu'il suffit que je suive des actes de compassion et ils finiront bien par me mettre en contact avec une divinité.

Lokesh lui répondit par son sourire de guingois.

— Tu seras en sûreté si tu restes dans la montagne, soupira Shan. Il faut quelqu'un pour aider Tenzin.

Ce serait une façon de garder Lokesh auprès de Tenzin, qui était peut-être son gardien le plus sûr si Shan ne pouvait être là.

— Tu oublies, Xiao Shan : moi aussi, je suis lié. Et il faut que tu saches autre chose, ajouta-t-il avec une lueur étrange dans les yeux, excitée mais solennelle. Tenzin a parlé. J'ai vu Jokar le toucher, et la langue de Tenzin lui est revenue. Ils ont discuté longtemps tous les deux près de cet arbre, et quand la lune a brillé Jokar et Tenzin se sont mis au travail, comme deux lamas mélangeant des herbes au clair de lune. Au bout d'un moment, je suis allé voir. Ils avaient un sac de sel de Lamtso, et Jokar avait arraché le bas de sa robe pour le déchirer en petits carrés. Je les ai aidés, j'ai fabriqué de petites poches avec les carrés de tissu, je les ai remplies de sel et je les ai nouées. La terre vraie, c'est ainsi que Jokar appelait le sel. Tenzin a répété ces mots, encore et encore, en souriant comme un petit garçon.

Lokesh leva la tête vers un nuage haut dans le ciel.

— Tenzin a une voix forte, une voix faite pour les temples. Sa nouvelle langue connaissait des prières. Jokar lui a parlé d'un enseignement du premier lama de Rapjung, le fondateur, celui qui s'appelait Siddhi. Il disait que toute guérison ne concernait qu'une seule et même chose : renouer le lien entre la terre et la terre que nous portons en nous. Nous avons emporté les petits sacs de sel dans une des cellules de méditation. Lin dormait quand Jokar lui en a placé une dans la poche. Il a ajouté que tout le monde devait partir de cet endroit avec une pochette de sel.

Lokesh mit la main à la poche et en sortit un des sachets, qu'il tendit à Shan.

— Lin examinait la pièce en détail ce matin, fit remarquer Shan en acceptant le sachet. Comme s'il préparait quelque chose.

— Je ne connais pas son état de conscience, répondit Lokesh d'un ton mélancolique, comme s'il terminait la phrase de Shan à sa place : Lin était un homme très dangereux, qui pourrait leur infliger à tous de grandes souffrances. Néanmoins, les pierres qui lui sont dégringolées dessus ont peut-être modifié le soldat qu'il porte en lui.

Lokesh aimait à faire à Shan les récits d'individus cruels qui, après l'expérience d'une mort toute proche, avaient changé du tout au tout pour devenir différents. Meilleurs. Comme à un signal, une voix cassée mais toujours farouche, résonna du fond du plateau.

— Rendez-vous ! Vous êtes mes prisonniers ! Si vous ne vous rendez pas, nous n'aurons aucune pitié !

Lin s'était levé et vacillait, une main en appui sur le rocher, les genoux flageolants. Il semblait hurler contre Shan et Lokesh, mais ce n'étaient pas des hurlements : la paroi rocheuse amplifiait sa voix. Il essayait seulement de crier.

— Une petite pierre de plus, peut-être, dit sèchement Shan.

Lokesh gémit et se releva d'un bond. Lin tomba à genoux avant que Lokesh ne parvienne jusqu'à lui. Un mince filet de sang coulait de sa blessure au crâne. Shan arrivait sur les deux hommes quand une petite silhouette jaillit des ombres pour se précipiter entre Lokesh et Lin.

— Tout le monde dormait, dit Anya d'une voix angoissée.

— Le vieux thankga, dit Nyma, qui venait d'apparaître, les larmes aux yeux. Le colonel l'a déchiré en morceaux.

— Rendez-vous ! Vous êtes mes prisonniers ! s'écria furieusement Lin, une fois encore, mais ses forces lui manquaient, au point que ses cris n'étaient qu'un murmure.

— Personne ne va se rendre, rétorqua Anya du ton d'une sage-femme perdant patience. Et personne ne va attaquer.

Lin regarda la jeune fille d'un air étrange, comme s'il ne

comprenait plus rien, et tomba en avant, son bras valide autour d'Anya, la prenant au piège, de sorte qu'elle se trouva sous lui quand il s'affaissa, amortissant sa chute.

Quand ils transportèrent Lin inconscient sur sa paillasse, Anya releva la tête d'un air plein de détermination.

— Il va falloir que vous alliez dire aux soldats que nous avons leur colonel, déclara-t-elle. Je crois qu'il a de l'importance pour eux. Il doit leur manquer.

Une voix s'éleva derrière eux – le plus jeune des purbas venu avec Tenzin s'était réveillé.

— Petite fille, dis-leur une chose pareille et ils vont aussitôt penser que leur colonel est notre otage. Dis-leur quoi que ce soit sur lui, et ils vont penser que tu veux les tromper, et qu'il est bien otage. Ce sera la guerre dans ces montagnes. Ils disposent de tellement de soldats que ce serait une véritable fourmilière, ici. C'est un acte de trahison que de kidnapper un colonel.

— Nous n'avons kidnappé personne. Ce que nous avons fait, c'est par compassion, c'est notre manière, répondit l'adolescente avec douceur.

Le purba sortit de l'ombre et regarda Anya avec colère.

— Tu es assez vieille pour savoir que ce n'est pas aussi simple. Assez vieille pour te retrouver dans une de leurs mines de charbon, lança le jeune Tibétain d'un ton féroce. Je vais te dire ce qu'on va faire de ton colonel. On va le transporter jusqu'au bord du plateau et on le balancera dans le vide, comme eux ont fait avec tellement de Tibétains par le passé. Des funérailles de plein ciel.

Une main jaillit des ténèbres derrière lui et lui agrippa l'épaule. Le purba furieux parut se dégonfler sur place. Il fronça les sourcils, se débarrassa de la prise, et se retourna. C'était Tenzin. L'homme que Lin cherchait à tout prix à mettre en prison s'agenouilla à côté de lui, en face d'Anya, et aida la jeune fille à tirer la couverture sur le colonel inconscient.

Le soleil était levé depuis deux heures le lendemain matin quand Winslow et Shan parvinrent aux abords de l'étroite trouée qui permettait de franchir le massif bordant la province de Qinghai. Le grand Américain s'arrêta, leva la main et montra une silhouette solitaire avançant le long de la crête, un Tibétain de petite taille coiffé d'un chapeau rond, un sac-polochon à l'épaule, qui marcha vers eux avec un grand sourire.

— C'est vous qui aidez Yapchi, remarqua-t-il. Les lointains qui sont venus aider.

Les lointains. L'homme voulait dire les étrangers.

— Dans toutes les montagnes, on parle de vous, on raconte que vous allez rétablir l'équilibre, précisa-t-il avec confiance et conviction. Mon grand-père a connu des lointains qui l'ont aidé à voir des choses.

Des étrangers ? Le grand-père d'un homme vivant dans les montagnes connaissait des étrangers ?

— Il pourrait y avoir des soldats, le prévint Shan.

— Je ne descends pas, répondit l'homme. J'apporte juste de l'eau.

— Juste assez pour emplir une bouilloire, apparemment, pas plus, dit Shan en examinant le sac.

Dans sa poche, la main de Shan serrait un autre sac beaucoup plus petit, le sachet ocre de terre vraie que Jokar avait préparé.

— Même pas, lui répondit l'homme.

Il ouvrit son sac-polochon et en sortit une bouteille d'un litre en plastique. L'étiquette en avait été arrachée. Sur le côté il y avait une inscription en tibétain, au feutre noir : *Sum*, le chiffre trois, et, en dessous, *Chu*, « rivière ».

— Ça va à la mise au monde du ciel, pour Tara la Verte, dit le petit voyageur, toujours avec la même allégresse, avant de remettre la bouteille dans son sac et de poursuivre son chemin.

— Qu'est-ce qu'il a raconté ? demanda Winslow en suivant le bonhomme d'un air songeur.

— Des offrandes. Peut-être ont-ils décidé d'invoquer la divinité protectrice appelée Tara la Verte. Elle est censée être très puissante.

— Une divinité protectrice ! soupira Winslow. Où est-ce que je signe ?

Les équipes de bûcherons avançaient sur toute la largeur de la vallée, taillant un andain de près de trois cents mètres au-dessus du camp pétrolier. À la jumelle, Winslow et Shan voyaient de minuscules silhouettes, au sommet du derrick, qui continuaient à trancher la terre. À l'extrémité sud, près des ruines du village de Yapchi, on déchargeait une semi-remorque pleine de billes fraîchement abattues.

Chaque fois que l'Américain s'était arrêté pour consulter sa carte, malgré ses hésitations, Shan n'avait pu s'empêcher de regarder en arrière. Quand il s'était rendu au camp pétrolier, les hurleurs avaient essayé de s'emparer de lui. Est-ce que Somo y était encore ? L'intrépide jeune femme avait-elle été découverte et emprisonnée pour lui avoir porté assistance ? De plus en plus, il avait le sentiment qu'en aidant Winslow à découvrir ce qu'il était advenu de Larkin, sans trop savoir pourquoi, il se rapprochait de la demeure de la divinité.

Ils gravirent la pente près du petit canyon, maintenant désert, où les habitants du village s'étaient cachés, avec l'intention d'explorer l'intérieur de la vallée en longeant la ligne des arbres. Ils se trouvaient au-dessus du derrick quand Winslow s'arrêta.

— Restez ici, dit-il à Shan. Je vais aller dans le camp, j'interrogerai Jenkins sur l'équipe de Zhu, peut-être que sa secrétaire pourra m'aider à localiser ses hommes. Je les trouverai et je leur parlerai sans que Zhu en soit informé...

Il fut interrompu par le battement sourd et régulier du tambour. Le bruit semblait venir des hauteurs, sur le même versant, à une centaine de mètres de là. Shan s'engagea sur la pente. Winslow lui fit un signe d'au revoir avec un grand sourire.

Shan se mit à courir. Celui qui battait tambour n'entendrait probablement pas un bruit de branche cassée ni un éboulis de cailloux. Le son augmenta d'intensité, deux battements rapides et une pause, pareil à un grand cœur. Shan était sûr d'être tout près, à moins d'une centaine de pas, et il fouillait tous les amas de rochers qui parsemaient le versant.

Tout à coup, quelque chose bondit sur ses épaules. Il tomba à terre, le dos labouré par des griffes, la tête enfoncée dans l'herbe, les mains cherchant vainement à se dégager. Un léopard, pensa-t-il avec effroi, le souffle coupé, les bras battant l'air pour retomber au sol aussi vite. Son agresseur lui épingla alors les deux mains au creux des reins et le retourna sur le dos.

Un homme, comprit Shan dans un brouillard de douleur. Était-ce le tambour qu'il continuait à entendre, ou son propre cœur cognant dans sa poitrine ? Un homme qu'il lui sembla reconnaître, et qui l'avait reconnu, lui, car il le relâcha très vite avec un tressaillement.

Non, ce n'est pas un homme, c'est un ours, lui souffla une petite voix. Le voile qui lui brouillait les yeux se dissipa et il vit l'ours golok, Dremu. Mais ce n'était plus le Dremu qu'il avait connu : la personne qu'il avait devant lui était décharnée, les vêtements en lambeaux – l'ombre du Golok fier et arrogant qu'il avait vu pour la dernière fois la nuit où l'œil lui avait été volé.

Dremu aida Shan à s'asseoir, et ses mains restèrent un instant accrochées à ses épaules comme pour une accolade maladroite.

— Tout le monde pensait que vous aviez fui, dit Shan.

— Ces foutus soldats m'ont capturé, répondit le Golok, un doigt sur les lèvres. J'étais sur mon cheval, pas très loin du camp, je ne savais pas qu'il y avait des soldats planqués.

Il portait des traces de coups, les deux yeux au beurre noir.

— Ils m'ont passé à tabac et collé dans l'équipe d'ouvriers, ils m'ont même pris mon cheval, pour tirer les billes de bois.

Il tourna la tête vers le battement de tambour, qui continuait, avec plus de force encore, tout proche.

— Mais ils ne savaient pas à qui ils avaient affaire ! Ils croyaient que je n'étais qu'un rongpa comme les autres, qui obéit sagement aux ordres. Je me suis enfui. Mais pas avant d'avoir prévenu les rongpas que leur œil était revenu dans la vallée, et qu'il veillait à nouveau.

— Pourquoi dire une chose pareille ?

Devant la tristesse du Golok, Shan se demanda si ce n'était pas lui qui avait volé l'œil. Comme le pensait Lhandro.

— Parce que le cœur de la vallée a recommencé à battre. Je vais vous la trouver, cette pierre, Chinois. Pour que vous fassiez renaître les temps anciens.

Dremu pointa le bras dans la direction du cœur qui battait et s'avança, tel un prédateur guettant sa proie, Shan sur ses talons. À l'instant où, au détour d'un affleurement rocheux, il s'apprêtait à fondre sur le batteur de tambour, Dremu recula brusquement en grimaçant de douleur, la main sur l'épaule. Le roulement s'interrompit et ils entendirent un bruit de pas qui couraient. Le Golok examina son épaule et releva lentement les doigts.

— Par le souffle de Bouddha ! J'ai cru qu'on m'avait tiré dessus !

Il se pencha pour ramasser un galet rond à ses pieds, un galet qui n'avait pas sa place au milieu des éclats de granit couvrant le sol.

— Un lance-pierres, dit-il avec respect en examinant les alentours avec prudence.

On n'entendait plus un bruit. Dremu se frotta l'épaule, guère enclin apparemment à poursuivre. Entre les mains d'un expert, un lance-pierres pouvait être une arme mortelle. Il se plia en deux et contourna le rocher.

Le carré de terre à l'autre bout de l'affleurement portait des empreintes de pieds : des bottes à semelles plates comme celles des Tibétains, avec des jambières en laine. Elles étaient toutes petites.

— Des enfants, dit Dremu. Deux ou trois. Peut-être un adulte avec eux. Ils étaient assis, et se sont agenouillés, expliqua-t-il en montrant plusieurs emplacements où la terre était lisse et tassée.

Le site avait été bien choisi, avec ses deux larges dalles sur l'arrière qui amplifiaient le son vers la vallée. Shan ramassa plusieurs brins d'herbe marqués de petits nœuds. Sur un petit rocher qui faisait face à la vallée, quelqu'un avait commencé à tailler la pierre à l'aide d'un burin en essayant d'y creuser un trou oblong sur le devant.

— Pour l'œil, grogna Dremu par-dessus son épaule.

Le Golok avait raison. L'œil était bien de retour dans la vallée, et quelqu'un avait tenté de lui fabriquer une nouvelle niche. Shan laissa courir les doigts sur le pourtour irrégulier du trou et contempla un long moment le logement grossier qu'on destinait à l'œil. Dremu ne bougeait pas, attendant les ordres.

— Des villageois ont cru que c'était vous qui aviez pris l'œil, dit Shan. Je peux leur certifier que non, maintenant.

— Vous aussi, vous le pensiez, grommela le Golok d'un air maussade. Sinon, vous leur auriez déjà dit.

Shan ne répondit pas.

— Je n'aurais jamais fait une chose pareille. En tout cas pas avant que vous ayez rendu l'œil à la vallée.

— Ce qui signifie que vous aviez bien l'intention de vous en emparer.

— Je ne planifie pas les choses aussi longtemps à l'avance, objecta le Golok bien en face, avec un demi-sourire sans chaleur. C'est juste que... Je crois que mon père et mon grand-père veulent que je fasse quelque chose. Vous pouvez comprendre ça ?

Shan acquiesça sans un mot et Dremu reprit bonne figure en montrant le bas du versant.

— Des malades sont venus dans la vallée. Certains avec des enfants. Quelques-uns des enfants du village ont fui.

Shan s'aperçut alors que le gau de Dremu ainsi que le petit sachet qu'il portait également au cou avaient disparu.

— Vous devriez manger quelque chose, dit-il. Et vous reposer.

Mais il ignorait où se trouvaient les Tibétains et s'ils accepteraient d'aider le Golok. Il ne pouvait pas envoyer Dremu rejoindre la corniche aux mélanges où se trouvait Lhandro, Lhandro qui l'avait accueilli la première fois en lui jetant des pierres.

— Le moine, Gyalo, et son yack sont dans les montagnes, sur les hauteurs. Si vous parvenez à les retrouver, ils vous aideront à trouver de quoi manger. Tous les autres se sont enfuis. Vous aussi, vous devriez filer, jusqu'à ce que les soldats s'en aillent.

— Ils ne sont pas tous partis, répondit le Golok.

— Vous voulez parler du tambour.

— J'ai vu du monde sur le versant ce matin. Dans les rochers, près des hauteurs. Ils se déplaçaient très discrètement. Je crois qu'ils vont tenter de saboter le derrick.

— Des purbas ?

— Je les ai vus de loin. Ils avançaient lentement, mais sans crainte, comme s'ils se fichaient des soldats. Ils doivent probablement avoir des charmes qui les protègent.

Shan ne savait plus que comprendre, mais il pria à nouveau Dremu de remonter en altitude, avant de faire demi-tour et de repartir au pas de course. Il trouva une piste parallèle au fond de la vallée et il courait depuis plusieurs minutes, à l'affût du moindre mouvement sur le haut du versant et dans l'ombre des embouchures de cavernes, quand il aperçut au loin deux silhouettes – elles marchaient moins qu'elles ne se baguenaudaient, surveillant le sol comme si elles cherchaient quelque chose. Shan se fondit dans les ombres entre deux rochers. Il se recula au maximum dans la faille et observa, d'abord inquiet, puis perplexe, les deux silhouettes qui passaient à côté de lui. L'une d'elles psalmodiait un chant de pèlerin en tibétain.

— Lokesh ! s'exclama-t-il en jaillissant de sa cachette.

À dix mètres de là, son vieil ami se retourna, son sourire de guingois aux lèvres.

— La chance est avec nous, annonça-t-il. Tu vas pouvoir nous aider, Xiao Shan.

Son compagnon souriait lui aussi d'un air amusé et leva maladroitement la main en guise de salut. C'était Tenzin.

— Vous aider à quoi faire ? interrogea Shan d'un ton exaspéré, en cherchant vainement une cachette pour abriter les deux Tibétains.

— Je te l'ai dit, répondit Lokesh d'un air penaud. Nous cherchons des herbes médicinales. Tenzin veut apprendre, lui aussi.

— Dans les montagnes, tu avais dit.

Lokesh embrassa le paysage du geste.

— Les montagnes qui entourent Yapchi. Tu dois bien t'en souvenir. Jokar pense que ça pourrait aider cet officier. Le vent de son cœur est dans une détresse telle qu'il pourrait en mourir.

— Explique-moi simplement où, supplia Shan, et j'irai chercher les herbes. Mais vous, il vous faut rentrer. Maintenant que...

Ses mots s'étranglèrent dans sa gorge. Deux soldats en uniforme vert apparurent derrière un gros arbre à moins de cent mètres d'eux, suivis par une silhouette en chemise blanche et une demi-douzaine de Tibétains. Shan reconnut l'homme en blanc. Le directeur Tuan. Quatre ouvriers du chantier pétrolier l'encadraient, vêtus de blousons à l'emblème du consortium. Ils étaient accompagnés par deux moines en robe.

Tenzin sursauta en apercevant Tuan. Il agrippa Lokesh et lui montra les arbres au-dessus d'eux, en le poussant à l'écart de la piste. Mais un autre soldat apparut sur le versant, à dix mètres, et se mit à parler d'une voix excitée dans son émetteur radio.

Quelques instants plus tard retentissait le sifflet du camp. D'autres gardes en chemise blanche remontèrent la pente à toute vitesse. Il n'y avait plus d'espoir. Toute fuite était impossible. Les soldats et les hurleurs avaient gagné.

Ils étaient encerclés. Lokesh se laissa tomber au sol et commença à égrener son rosaire. Tenzin semblait changé en statue, son regard allant de Shan à Lokesh comme s'il s'excusait.

Mais les soldats ne s'avancèrent pas pour revendiquer la capture. Tuan sortit un appareil photo d'un étui à sa ceinture et commença à prendre des clichés. De Tenzin, de Lokesh, des deux moines postés aux côtés de Tenzin.

L'un d'eux prit la main de Tenzin entre les deux siennes.

— Réjouissez-vous avec nous, Rinpoché, déclara-t-il avec enthousiasme. Notre professeur nous a été rendu.

Shan comprenait de moins en moins : le moine avait appelé le fugitif Rinpoché.

— Je ne suis plus votre professeur, soupira Tenzin. Je suis redevenu novice, et j'ai trouvé de nouveaux professeurs, ajouta-t-il en indiquant Lokesh et Shan.

Le moine parut blessé par ses paroles. Lokesh arborait une expression interrogative. Tuan grimaça un sourire de victoire.

— Un jour, l'abbé de Sangchi réapprendra à enseigner.

Puis il hocha la tête à l'adresse des gardes hurleurs en voyant arriver de nouveaux soldats, arme au poing. L'un d'eux passa une entrave autour du poignet de Tenzin, puis, se penchant vers Lokesh, referma l'autre menotte au bras du vieux Tibétain.

— Nous avons besoin de vous, Rinpoché, dit l'un des moines, un sanglot dans la voix.

À un geste de Tuan, à bout de patience, les soldats remirent Lokesh debout, interrompant son mantra.

Shan ne pouvait que regarder, paralysé, incapable de comprendre, tandis que Lokesh et l'abbé de Sangchi étaient emmenés en direction du camp pétrolier.

14.

Shan avait appris des lamas la manière de se confronter aux mensonges qui avaient jadis gouverné sa vie, et la manière d'abandonner à la fois ces mensonges et le confort qu'ils lui procuraient. Le mensonge qui voulait que ses vingt années comme enquêteur à Pékin aient fait une différence. Le mensonge qui voulait que son épouse et lui ou, en tout cas, son fils et lui, se réconcilieraient un jour et seraient à nouveau réunis. Et le mensonge qui voulait qu'après sa libération du goulag il pourrait vivre le restant de son existence en homme libre. Il en était aujourd'hui arrivé à accepter l'idée qu'il finirait par retourner un jour dans un camp de travaux forcés. Pour Shan, étant donné la vie qu'il s'était choisie, c'était inévitable, aussi prévisible que sa propre mort. Mais, par-dessus tout, les Tibétains lui avaient enseigné à cesser d'avoir peur et à ouvrir les bras devant l'inévitable.

Pourtant, d'une certaine manière, il s'accrochait toujours à l'illusion que Lokesh, lui, devait rester intouchable, que les trente années de sa vie qu'il avait été obligé de donner à Pékin suffisaient amplement. Cette illusion nourrissait la vision tordue que Shan avait du monde, aux termes de laquelle tout le reste valait la peine d'être subi ou vécu, toutes les souffrances pouvaient être endurées, parce que quelques créatures joyeuses et pleines de sagesse comme Lokesh survivaient et arpentaient les coins perdus du Tibet.

Il se laissa emporter par la foule qui s'était amassée autour des nouveaux prisonniers que l'on amenait dans le camp. Personne ne lui posa la moindre question, personne ne lui plaça d'entraves aux chevilles et aux poignets. Tuan ne paraissait même pas avoir remarqué sa présence. L'excitation était générale : on avait retrouvé le célèbre abbé de Sangchi.

Il avait été aveugle. Gendun savait, et Shopo également. Quelqu'un est mort, avait dit Gendun. D'une certaine manière, en effet, l'abbé de Sangchi était mort, et Tenzin essayait de se trouver une nouvelle existence. Shan se souvint des premières paroles du grand Tibétain, le jour où la rivière était devenue rouge : il était possible de redémarrer une nouvelle incarnation dans le même corps, parce que Shan l'avait fait. Il revit l'angoisse du grand Tibétain devant la mort de Drakte, son amertume désespérée quand il avait soulevé un gros rocher pour le jeter dans le lac après qu'il lui eut suggéré que la pierre saurait se charger de sa culpabilité, il se souvint des jours et des semaines au fil desquels il avait pu voir cet homme charrier ses bouses de yack. Il l'avait même soupçonné d'être l'infâme Tigre, essayant de se réformer après une vie de violences. Mais un autre fardeau ténébreux s'accrochait à l'âme de l'abbé de Sangchi, qui avait décidé de recommencer de zéro. Et il était là, devant lui, enchaîné, tandis qu'on le ramenait à la prison dont il s'était évadé.

Les hommes chargés des prisonniers longeaient les tentes de l'armée quand éclata une violente dispute. Un soldat gras que Shan reconnut comme le sergent de Lin s'écria que les nouveaux détenus appartenaient à la 54e brigade de Combat des Montagnes. Cependant, les hurleurs se contentèrent de pousser les deux Tibétains vers le quatre-quatre blanc. Accompagné par quatre de ses hommes, Tuan ne quittait pas Tenzin d'une semelle, sous les protestations du sergent. Un des gardes en chemise blanche s'approcha du soldat, lui parla tranquillement et lui tendit une carte de visite. Shan se faufilait plus avant pour essayer d'entendre les paroles qui s'échangeaient quand une main s'abattit sur son épaule.

— Vous devez être suicidaire, c'est pas possible, grommela Winslow en le tirant en arrière. Jenkins m'a appris ce qu'il savait. Vous êtes numéro un sur les listes de la 54e brigade de combat. Ils ont votre nom. Ils pensent que vous êtes un criminel échappé, et que vous avez enlevé Lin. Ils envoient de nouvelles troupes. Pour rechercher Lin, et vous rechercher, vous.

Shan se laissa entraîner. Lokesh et Tenzin se faisaient à nouveau photographier, debout près du camion blanc, les chevilles entravées, les mains libres. Pour l'apparence, pour la photo, car les hurleurs ne voulaient pas montrer l'abbé enchaîné. Shan n'en perdait pas une miette, même s'il ne comprenait pas bien, mais il ne résista pas quand Winslow le poussa à l'arrière d'un camion à plateau. C'est tout juste s'il remarqua que le camion démarrait. Il ouvrit la bouche pour appeler Lokesh ; sa bouche était trop sèche, sa langue, un buvard. Le camion franchit la trouée dans l'épaulement de terrain, laissant le camp derrière lui.

Shan regarda longtemps par le hayon, comme s'il s'attendait à voir surgir les véhicules de ses poursuivants. Lokesh et Tenzin allaient être placés en détention dans une prison de la Sécurité publique, vraisemblablement dans la ville la plus proche. Il sortit la carte qu'il avait prise dans la salle de conférences de Jenkins. Wenquan, ou peut-être Yanshiping. Il descendrait à la prochaine ville sur leur route. Mais peut-être les soldats emmenaient-ils leurs prisonniers vers le sud, directement à Lhassa. Auquel cas il lui faudrait sauter au premier croisement. Et pour faire quoi ? Balancer des pierres aux soldats quand ils passeraient devant lui à toute vitesse ?

— Vous feriez mieux de dormir, lança Winslow quand le camion entama une longue descente dans l'étroit défilé qui permettait de sortir des montagnes.

— Dormir ? s'étonna Shan.

Winslow montra la carte qu'il avait sur les genoux.

— Il sera tard quand nous arriverons à destination. Au moins sept heures de route, s'il n'y a pas d'obstacle en chemin.

Le plateau du camion était pratiquement vide, seuls quelques cartons étaient entassés contre la cabine et attachés par une ficelle aux ridelles, ainsi que des cordes, une pile de salopettes sales et plusieurs palettes vides au nom de la compagnie pétrolière.

— Golmud ? demanda un Shan incrédule.

— Le quartier général du consortium. Le centre des opérations. C'est là que nous pourrons obtenir des renseignements sur l'équipe de Zhu. Là où quelqu'un s'est infiltré dans la boîte de courrier électronique de Larkin, m'a dit Jenkins.

— Quand ça ?

— Il y a deux semaines.

— Avant sa mort !

— Exact. Sauf qu'elle était censée se trouver dans les montagnes à ce moment-là, sur le terrain. Quelqu'un s'est servi de son numéro de passe à Golmud il y a deux semaines.

— C'est impossible, déclara Shan en posant la main sur les ridelles pour se mettre debout. Lokesh...

— Vous ne serez guère utile à Lokesh si vous êtes arrêté, intervint une voix de femme.

Shan et Winslow tournèrent la tête de conserve. Une forme

émergeait du tas de salopettes sales : la jeune femme musclée qui apparut était la seule de tout le camp à avoir vu Lokesh.

— Voici Somo, s'entendit-il dire à l'Américain.

— Vous la connaissez ? demanda Winslow d'un air sceptique.

— Nous nous sommes rencontrés une fois. Nous avons des amis communs. Vous aussi, vous l'avez vue, quand elle nous a donné des blousons et des casques.

— Nous sommes en dette avec vous, déclara Winslow à la purba en souriant. Ainsi vous m'affirmez que c'est une...

— Une amie.

Winslow se contenta d'acquiescer en silence. Somo s'installa à côté de Shan.

— Nous découvrirons où il sera emmené. Je sais qu'il est resté longtemps au lao gai. Il saura comment survivre.

— Sauf s'ils considèrent qu'il a aidé Tenzin à se cacher. L'abbé de Sangchi, précisa-t-il, en essayant de s'habituer à l'idée que le grand homme maigre et silencieux, le collecteur de bouses, était l'un des abbés les plus célèbres du Tibet.

— Pourquoi allez-vous à Golmud ? demanda Shan à Somo.

— Je suis inscrite sur les listes du consortium comme adjointe administrative. J'ai été mutée, précisa-t-elle avec un filet de sourire, mal à l'aise devant l'Américain.

— Winslow nous a aidés.

Shan lui raconta comment l'Américain avait empêché le colonel Lin de les arrêter au début de leur aventure. Somo hocha lentement la tête, comme si l'explication de Shan était une invite à partager ses secrets avec eux.

— C'est moi qui ai demandé à être mutée. Ça faisait partie du plan. Je suis censée... j'étais censée pouvoir accéder à l'ordinateur central du camp de base afin de créer un dossier au service du personnel. Au nom de Tenzin, ouvrier du consortium. Ensuite je devais me débrouiller pour qu'il soit affecté à un camp tout au nord, près de la Mongolie. De là, il aurait été facile de le faire sortir du pays. Ensuite la Russie, puis l'Europe et l'Amérique. À l'ouest, il devait rencontrer des personnalités importantes qui peuvent aider le Tibet.

— Mais le gouvernement cherchait près de la frontière de l'Inde, dit Shan en fixant la jeune femme d'un air entendu. C'est là que s'était rendu Drakte, n'est-ce pas, après nous avoir conduits à l'ermitage ? Il a disparu. Il est parti vers le sud pour laisser une fausse piste.

Somo étudia un instant la paume de sa main, en se mordant la lèvre comme si les paroles de Shan la peinaient.

— Celui qui a mis tout cela sur pied, notre chef, était convaincu que Drakte était le meilleur pour un tel travail. Drakte est passé dans des villes du sud en racontant qu'il avait vu l'abbé sur la route, la nuit, encore plus au sud. Il avait avec lui des objets lui appartenant et prétendait que Tenzin les lui avait troqués contre de la nourriture. Pour que les nœuds trouvent des pièces à conviction.

— Quel genre d'objets ?

— Des objets personnels, que tout enquêteur reconnaîtrait aussitôt. Un étui à stylos. Un vieux livre que sa mère lui avait donné. Une amulette de prières qu'on voyait sur ses photos. Les purbas avaient expliqué à Tenzin qu'il ne pouvait rien garder de sa vie antérieure, car, même s'il se déguisait, ses objets personnels risquaient de le trahir.

Shan toucha le rosaire en ivoire dans sa poche. Drakte en avait-il gardé un malgré tout, peut-être le plus précieux, pour le rendre à Tenzin quand celui-ci quitterait la Chine ?

— Ensuite, nous avons transformé Tenzin, poursuivit Somo. Sa façon de marcher. Ses cheveux qu'il a laissés pousser. Nous lui avons appris les tics et les attitudes des dropkas.

— Et tout le monde aurait dû n'y voir que du feu, intervint Winslow.

— En toute logique, oui, confirma Somo. Mais quelqu'un a découvert le pot aux roses. Peut-être Tenzin a-t-il été reconnu par une personne dont on ignorait qu'elle le connaissait. Nous pensions qu'on le chercherait bien plus au sud. Et qu'il serait en sûreté à l'ermitage, et dans la caravane.

— Qui l'aurait vu à Lhassa ? demanda Shan. Et ensuite, alors qu'il fuyait dans le changtang ? Quand a-t-il quitté Lhassa ? Y a-t-il eu une réunion, une conférence au cours de laquelle un homme du Nord l'aurait reconnu ?

— Cette campagne de Sérénité. Il y a eu un grand rassemblement pour la lancer. L'abbé de Sangchi a fait un discours, et deux jours après il a disparu, alors que la conférence n'était même pas terminée.

— Le colonel Lin, suggéra Winslow. Il est arrivé à Yapchi, venant de Lhassa.

— La plus grosse partie de ses troupes se trouvent encore dans le Sud, elles cherchent des purbas qui voudraient faire passer la frontière à Tenzin. À croire que Lin tient absolument à poursuivre lui aussi notre mascarade. Il a dû remonter vers le nord à cause de la pierre, parce qu'il savait qu'elle allait revenir dans cette vallée. Peut-être parce qu'il en est obsédé.

— Non, objecta Shan, certainement pas à cause de la pierre. Quoi que pensent les Tibétains de la divinité chenyi, pour Lin, ce n'est qu'une pierre. Drakte l'a prise, et il n'était pas seul. Il y avait quelqu'un avec lui, dit Shan en dépliant la photo qu'il avait sortie de la poche de Lin. C'est pour cette raison que le colonel s'intéresse à l'œil – parce que l'œil va le conduire à Tenzin.

Somo l'observa sans ciller, le jaugeant afin de décider combien d'autres secrets elle pouvait lui divulguer.

— Très bien. Tenzin a pris quelque chose, un dossier confidentiel concernant les soldats de la 54e brigade de Combat des Montagnes. Un secret militaire.

— Tenzin ? Mais ce n'est pas un espion.

— Non. J'ignore de quoi il s'agit. Je ne pense pas qu'ils aient planifié ça par avance, vu la façon dont Drakte en parlait. Il était furieux contre Tenzin à cause du danger supplémentaire qu'il leur avait collé sur le dos. Il est probable que Tenzin a simplement voulu aider les purbas en leur offrant quelque chose, parce qu'ils avaient rendu sa fuite possible.

Shan savait qu'aux yeux de Lin cela signifiait tout bonnement que Tenzin était un espion. Tenzin avait blessé son orgueil, ou, pis encore, il disposait peut-être de renseignements capables de nuire à l'armée tout entière.

— Lin essaie de couvrir quelque chose, dit Shan, alors que l'idée venait juste de se former dans son esprit. Il n'en a pas informé ses supérieurs. Il essaie de récupérer le dossier manquant avant que le mal soit fait. Si le commandement de l'armée soupçonnait que l'abbé s'est enfui avec des secrets militaires, le pays tout entier serait quadrillé, avec des barrages partout.

— Mais pourquoi croyait-il qu'il pouvait venir à Yapchi aujourd'hui sans danger ? s'enquit Winslow.

— Ce n'est peut-être pas ça, pas nécessairement. Jokar a déclaré que les herbes médicinales devaient être cueillies dans la vallée de Yapchi. J'aurais dû le deviner. Ce genre d'acte correspond parfaitement à l'homme que Tenzin veut devenir ; Lokesh, lui, l'accomplirait tout naturellement.

L'abbé fugitif avait été capturé parce qu'un antique lama guérisseur avait demandé des herbes pour soigner un colonel chinois souffrant. Cette idée lui rappela quelqu'un.

— Vous vous êtes rendus à ce durtro, avec Gendun et Drakte ? demanda-t-il à Somo.

Elle se crispa et hocha lentement la tête.

— Des bergers sont venus, beaucoup de bergers et d'éleveurs. Ils ont récité des prières, et ils ont raconté combien Drakte était brave. Gendun est resté. Il a dit que Drakte passait un mauvais moment et qu'il continuerait les rites en compagnie de Shopo. Je pense qu'il pensait au rituel complet.

Elle se tourna vers une chaîne de montagnes qui disparaissaient dans le lointain – la période de rituel funéraire était de quarante-neuf jours.

— Je ne crois pas que ça ait beaucoup de sens, poursuivit-elle à l'adresse de Shan, mais, alors que je partais, Gendun est venu me chercher. Il a dit que nous devions tous apprendre à mieux connaître les morts. Il avait appris des choses sur Drakte, et il voulait que je vous donne ceci.

Elle sortit de sa poche un chakpa, un des entonnoirs à sable en bronze. Shan fixa l'objet, muet, tandis que le submergeait le souvenir de Gendun lui enseignant la manière de s'en servir, avant de le prendre lentement dans la paume de Somo. Il l'examina soigneusement, perplexe, puis regarda l'intérieur. Il y découvrit une petite bandelette de papier. « Drakte a porté la divinité dans une couverture, lut Shan à ses deux compagnons, mais il apprenait la manière de l'en défaire. »

Somo leva vers Shan un regard d'excuse, comme si elle craignait de l'avoir ennuyé avec un message sans queue ni tête.

— L'œil était conservé dans une petite couverture en feutre, suggéra Winslow.

Shan relut le bref message, encore et encore. Somo hocha la tête à l'adresse de Winslow, ne sachant que dire, et finit par se tourner une fois encore vers les montagnes.

— Alors, que faisons-nous, maintenant ? demanda Shan à la jeune femme.

— Lorsque j'ai quitté Lhassa il y a trois semaines, répondit Somo, les yeux toujours au loin, Drakte m'a expliqué que nous faisions tout cela pour assister un Chinois qui remontait vers le nord afin d'aider les Tibétains. À ce moment-là, je n'étais pas au courant pour l'abbé, uniquement pour la pierre.

Elle finit par se tourner vers Shan, le visage interrogateur.

— En un certain sens, l'abbé et l'œil de la divinité, c'était la même chose.

— La participation des purbas à la récupération de l'œil n'était qu'une couverture, une manière de faire remonter Tenzin vers le nord en secret. Qui serait allé le chercher dans une caravane de sel ?

Devant l'expression de la jeune Tibétaine, Shan comprit qu'ils avaient la même pensée : Drakte avait trouvé la mort en venant les prévenir, pour s'assurer que Tenzin resterait en liberté. Et Somo n'avait pas renoncé à son idée.

— Dès que nous serons à Golmud, j'irai jusqu'à l'ordinateur, même au milieu de la nuit. Je ferai de Tenzin un employé, sous le faux nom que nous lui avons trouvé.

— Mais il est prisonnier, objecta Winslow.

— C'est toujours ma mission, malgré tout. Et quand ce sera terminé, quoi qu'il arrive, je trouverai l'identité du tueur de Drakte.

— Vous pouvez avoir accès aux archives électroniques ? interrogea Winslow au bout d'un long silence.

— À l'université, ils se sont assurés que je possédais bien une formation d'informaticienne de haut niveau avant que je retourne au pays enseigner aux enfants tibétains. Avec une ardoise et de la craie.

Winslow lui narra ce qu'il savait de Melissa Larkin, et ils parlèrent une bonne heure des mystères qui enveloppaient Yapchi.

— Drakte connaissait-il ce Chao qui a été assassiné ? demanda Shan, alors même qu'il connaissait la réponse à sa question.

— Oui, répondit immédiatement Somo. Il était tibétain. Beaucoup de gens ne sont pas au courant de ce détail, à cause du nom qu'il avait pris.

— Vous le connaissiez, vous aussi ?

— Il y a un mois, nous formions le projet, Drakte et moi, de passer deux jours à Lamtso. Nous parlions de fonder une famille, ajouta-t-elle d'une voix tellement neutre que Shan se détourna, gêné. Au lieu de quoi il m'a demandé d'aller avec lui à Amdo-ville, parce que nous devions y rencontrer un vieil ami qu'il avait retrouvé. Nous aurons bien le temps d'aller à Lamtso, m'a-t-il dit. Nous nous sommes retrouvés dans une ancienne écurie transformée en garage, nous nous sommes assis sur un banc et nous avons mangé des chaussons froids avec son ami, qui portait un autre nom quand il était enfant. Ils m'avaient fait asseoir entre eux deux, comme une arbitre.

— Qu'a fait Chao ? Comment s'est-il comporté ? demanda Shan, qui pensait à un piège pour capturer Drakte.

— Il avait la trouille. Il a demandé si Drakte connaissait le directeur Tuan, comme pour le prévenir. En entendant le nom de Tuan, Drakte a éclaté de rire. Ils n'ont pas discuté de sujets dangereux, seulement de la vie sur le changtang et de souvenirs de jeunesse. Comme des retrouvailles entre deux vieux amis, c'est tout. Et ce Chao, il a serré Drakte dans ses bras quand nous nous sommes séparés en disant qu'il était désolé.

— À quel sujet ?

— Juste qu'il était désolé. Pour tout, je crois.

— Est-ce que Drakte avait emporté son livre comptable ?

— Non. Mais ensuite il a travaillé dessus toute la nuit, en me disant qu'il allait revoir Chao. J'ai d'abord pensé qu'il faisait ça pour le *Livre du Lotus*, qu'il notait par écrit combien le district était pauvre. Avec le nom de chaque village, de chaque ferme, de chaque famille de bergers du district de Norbu. Et la signature du chef de chaque famille.

— Le district, dit Shan. Pas la municipalité.

— Le district des Affaires religieuses. Le district de Norbu que dirige Tuan pour les Affaires religieuses.

Somo sortit d'une poche une bandelette de papier jaune qu'elle tendit à Shan.

— J'ai failli oublier. Drakte avait ça dans sa botte. J'essaie toujours de le comprendre. Je crois que c'est Chao qui le lui a donné, mais pas quand j'étais avec eux.

Apparemment, c'était un double de fiche de paie, avec un mot manuscrit en en-tête, *Dorje*, suivi par un tiret, comme s'il s'agissait d'une adresse ou d'une personne. Le dorje était un objet rituel bouddhiste, en forme de sceptre, parfois appelé éclair de tonnerre, qui symbolisait les enseignements du Bouddha. Sous le nom il y avait deux colonnes de nombres rédigés à la main ; la première, douze nombres d'identification, la seconde, vingt. *Bureau des Affaires religieuses, Amdo,* était-il écrit sous la première colonne, avec une coche de vérification face à chaque entrée. À côté des deux premiers nombres de la première colonne, on lisait *Directeur Tuan* et, dessous, le simple mot chinois *wo.* « Moi », ou « Je ». Mais qui pouvait aussi signifier « directeur adjoint Chao ». Sous la seconde colonne était écrit *Sécurité publique.*

— Ce n'est pas l'écriture de Drakte. Ça doit être celle de Chao. J'ai posé quelques questions, dit Somo d'un ton entendu. Le chef de la Sécurité publique d'Amdo a été réaffecté il y a des mois. Sans qu'on nomme de remplaçant. Dans la mesure où le directeur Tuan avait été jadis le chef de la Sécurité publique, ici, il a proposé d'assurer l'intérim. Il s'est mis à consolider les choses. Y compris les salaires.

— Les nœuds, ici, sont payés par le directeur Tuan, des Affaires religieuses !

Somo se mordit la lèvre en hochant la tête.

Gyalo les avait prévenus contre les nœuds qui n'avaient pas l'air de nœuds. Cela expliquait pourquoi les hurleurs en chemise blanche modèle militaire ressemblaient tous à des membres de la Sécurité publique.

— Encore une chose : ça ressemble aux fiches de salaire des nœuds du district. Mais il n'y en a que quinze dont on connaisse les noms.

— Qu'est-ce que vous voulez dire ?

— Les purbas surveillent les nœuds à Amdo-ville. Quinze sont en poste là depuis des années. Nous avons vérifié auprès des employés qui font le ménage dans les casernements. Quinze basés à Amdo, voyageant parfois avec Tuan. Donc, il en reste cinq dans la nature, quelque part. Qui travaillent en secret.

En secret. Ces cinq-là pouvaient être n'importe où. Ils pouvaient même porter des robes à Norbu. Shan se rappela le camp que Dremu avait découvert au-dessus de la plaine des Fleurs, après que la pâture eut été brûlée. S'agissait-il de nœuds ? Shan rendit le bout de papier à Somo, qui lui fit signe de le garder.

Le camion sauta et dérapa sur la piste pleine d'ornières jusqu'à ce qu'ils atteignent finalement la grand-route nord-sud, où il prit de la vitesse, avant de monter, puis de descendre, et de remonter encore, dans un paysage dénudé peu engageant, sur cette route d'altitude qui était l'une des plus élevées du monde. Shan s'endormit ; à son réveil, ils traversaient une région enneigée. Après la neige, le camion s'arrêta prendre du carburant devant un groupe de bâtisses en briques de terre. Le chauffeur remplit une Thermos d'eau chaude, y jeta une poignée de thé et la laissa à l'arrière du camion avec deux chopes en fer-blanc et un sac de pommes.

Shan dormit par à-coups, s'éveillant chaque fois qu'un véhicule plus rapide les dépassait. La route était fréquentée par des poids lourds et des autocars. Par deux fois, ils longèrent un convoi de l'armée arrêté sur le bas-côté.

Plusieurs heures après le coucher du soleil, l'air devint plus épais et âcre. Apparurent des lampadaires à la lumière jaune soufre et le camion se mit à slalomer, avertisseur enclenché, entre les cyclistes. Ils longèrent des blocs entiers d'immeubles minables et d'usines gris sinistre crachant leurs épaisses fumées. Debout, Shan regardait le panorama en s'accrochant aux ridelles. C'était la Chine, ou tout au moins la Chine telle que des centaines de millions de Chinois la connaissaient.

— Golmud a été oublié des dieux, remarqua Winslow.

Oublié des dieux, peut-être, mais, depuis cinq ans, jamais Shan ne s'était approché d'aussi près de la vraie Chine. D'autres odeurs se mêlaient à la fumée des usines. Huile de sésame, piments, coriandre, porc frit, gingembre. Une femme à bicyclette tenait une tige de bambou sur laquelle étaient empalés quatre canards rôtis. Un homme passa dans la direction opposée, un long tapis roulé en équilibre sur son guidon. Sur un banc, une femme âgée s'occupait d'un brasero et de ses brochettes de petites pommes sauvages rôties. Un bref instant Shan lutta contre l'envie d'aller s'asseoir avec elle, et de respirer fumées de gazole et parfums d'épices – l'odeur de la Chine moderne.

Trente minutes après avoir quitté la ville, sous un projecteur puissant fixé sur un haut poteau métallique, ils s'engagèrent sur une route de graviers assez large pour quatre camions de front. Des dizaines de véhicules au repos étaient arrêtés sur le côté droit : bennes à ordures, bulldozers, tracteurs de remorques, semi-remorques, toupies à béton. Un parc pour véhicules lourds. D'autres projecteurs sur poteaux apparurent tous les trente mètres, et ils pénétrèrent dans un parc de stationnement pour des caravanes identiques à celles de Yapchi. Plus d'une centaine au total, estima Shan, proprement alignées. Une ville de caravanes. Lorsque le camion ralentit, il sortit la tête : devant lui, quatre énormes bâtiments en parpaings délimitaient un immense carré gravillonné de deux cents mètres de côté.

Le camion s'arrêta en bordure du carré vide et le chauffeur, après avoir cogné à la vitre arrière de la cabine, s'éloigna en étirant les bras au-dessus de la tête, sans prononcer une parole. Ils descendirent à leur tour, prudemment, scrutant les alentours déserts. Shan avança de quelques pas vers le seul bâtiment encore éclairé. Le gravier crissait sous ses semelles. Il était une heure du matin.

À la lueur orangée des lampes, avec une lune à son deuxième quartier, l'énorme cour ressemblait à un temple solide et sévère au repos. L'air vibrait de manière étrange, comme sous le battement d'un tambour lointain. Soudain, une porte s'ouvrit et une musique de rock'n'roll bruyante se déversa dans la cour. Deux hommes s'enfoncèrent dans la nuit en vacillant sur leurs jambes, s'accrochant l'un à l'autre pour tenir debout, et saluant énergiquement du geste les nouveaux arrivés avant de se diriger vers les caravanes.

Shan resta sur place, à explorer le sentiment étrange et inattendu qui montait en lui. Il venait d'entrer dans un monde différent ou, tout au moins, un monde qu'il n'avait pas connu depuis des années. La dernière fois qu'il avait vu des hommes ivres, la dernière fois qu'il avait entendu une semblable musique, la dernière fois qu'il avait marché dans la nuit sous ce type de projecteurs, c'était à Pékin, dans son incarnation précédente.

Winslow lui tapota l'épaule comme s'il soupçonnait Shan de dormir debout, puis le tira vers la porte par laquelle les deux ivrognes étaient sortis. Ils pénétrèrent dans un couloir aux cloisons doublées de contreplaqué brut éclairé par une puissante ampoule nue. Sur les murs s'alignaient de longs tableaux d'affichage débordant de papiers de formes, de tailles et de couleurs variées, en plusieurs langues. *Lundi Soir*, lisait-on sur l'un en anglais, *African Queen, Apportez Vos Sangsues.* Sur un autre on lisait, en chinois : *Il Sera Fait Don de Tous les Chiens Trouvés dans les Caravanes aux Cuisines.* Sur un autre encore, il était écrit en en-tête, en anglais et en français : *Perdu, un Singe.* Une affiche pour la branche des Affaires étrangères du bureau de la Sécurité publique sommait les étrangers de respecter scrupuleusement les clauses de leur visa. Une annonce sous forme de bannière déclarait qu'il était attendu de la part de tous les ouvriers non affectés qu'ils apportent leur aide au montage des estrades pour la fête du 1er Mai. Il y avait même un bulletin du bureau des Affaires religieuses rappelant aux ouvriers du consortium que tout objet religieux découvert sur le terrain devait être remis au gouvernement du peuple.

Le couloir conduisait à une salle obscure qui courait sur toute la longueur du bâtiment, avec de nombreuses portes de chaque côté. La porte du fond était marquée *Infirmerie*, en chinois et en anglais. À l'opposé, une autre, à deux battants, rougeoyait de lumières dont l'intensité variait au rythme de la musique. Le son était tellement fort que Shan en eut mal aux oreilles, mais c'était apparemment le seul endroit de tout l'ensemble de bâtiments où l'on ne dormait pas. Avec un semblant de courbette, Winslow leur fit franchir la double porte. Somo déglutit, regarda ses pieds d'un air intimidé en serrant dans sa main un morceau de turquoise, petit souvenir de Drakte, et suivit Winslow jusqu'au bar.

La salle, vingt mètres sur huit, était bourrée de monde. On ne leur accorda qu'un regard distrait tandis qu'ils se frayaient un chemin jusqu'à une table vide dans le fond. À une extrémité se trouvait un comptoir en bois brut derrière lequel officiaient deux hommes, face à des étagères chargées de bouteilles de bière et d'alcool – pas simplement les marques standard chinoises, mais des whiskies occidentaux, de la vodka russe, du cognac français, du gin britannique, et, bien en évidence sous un petit projecteur, une bouteille de *hejie jiu*, le vin de lézard de Guangxi, avec son lézard mort flottant dans le liquide. Des hommes et des femmes, la plupart en blouson vert, commandaient bruyamment leurs consommations au comptoir. Sur une scène en coin, une énorme machine avec écran de télévision diffusait des images de femmes au milieu de champs de fleurs tandis qu'un texte en anglais défilait au bas de l'écran, avec une petite balle qui sautait de mot en mot. Un Chinois han corpulent en chemise de soie mauve chantait dans un microphone près de l'écran, en ondulant sur place, les yeux pleins d'espoir rivés aux images, à croire qu'il allait sauter dans le champ en fleurs pour rejoindre les femmes. Une petite foule traînait autour de la scène, certains ricanant, d'autres lançant des paroles d'encouragement.

Deux murs étaient placardés d'affiches : hommes et femmes, beaux et minces, images d'arts martiaux, belles montagnes, voitures effilées et individus toujours beaux en minuscules maillots de bain derrière elles. Chacune des affiches portait un en-tête en anglais, en chinois ou en français. Des affiches de films, probablement. Shan les regarda un moment, se rappelant vaguement avoir jadis été au cinéma, sans pouvoir se rappeler ni où ni quand.

À l'autre extrémité de la salle, là où les lumières étaient plus tamisées, étaient installés deux canapés en piteux état et une douzaine de tabourets. Plusieurs jeunes femmes s'y tenaient perchées, comme dans une vitrine, lourdement maquillées, en robes moulantes décolletées, coiffées avec recherche et chaussées de hautes bottes en vinyle aux couleurs criardes. Une demi-douzaine d'Occidentaux étaient assis à une table près de la scène, tous costauds avec de grosses mains ; quatre d'entre eux fumaient le cigare, un cinquième avait la tête dans les mains, les coudes sur la table, comme s'il dormait. Les accompagnait un Han entre deux âges, bien propre avec sa belle chemise de soirée bleue, qui contemplait avec un sourire contrit le chanteur sur la scène.

— *Mai xiao nu*, annonça Winslow avec surprise quand ils s'assirent, en se retournant sur les femmes trop fardées, des vendeuses de sourires. *Mai xiao nu*, répéta-t-il, comme s'il trouvait les mots amusants.

Somo rougit. Il haussa les épaules en guise d'excuse en les prévenant qu'il partait chercher des boissons sans alcool au bar. Somo regarda Shan en se mordillant la lèvre inférieure, se leva et s'avança d'un pas décidé vers le Chinois assis avec les Occidentaux. Quand elle se pencha, il releva la tête d'un air soulagé, salua ses compagnons et l'accompagna jusqu'à la porte. Ils discutèrent moins d'une minute jusqu'à ce que Somo le suive dans le couloir après un coup d'œil inquiet à Shan.

Shan examina l'étrange collection d'individus dans la salle. Ses yeux commençaient à piquer à cause de la fumée de tabac. Un homme non loin se mit à roter à répétition sous les applaudissements de ses camarades. Shan ne pouvait se défaire de l'idée qu'on le surveillait. Comment Jenkins avait-il donc appelé le camp du quartier général ? L'enfer sur roues.

Winslow réapparut quelques instants plus tard avec trois boîtes de soda américain sous étiquette chinoise, et les deux hommes restèrent dix minutes à leur table, mal à l'aise. Somo revint en compagnie de l'homme à la belle chemise bleue qui tendit à Shan et Somo deux anneaux à clé avec étiquettes en plastique, semblables à des clés d'hôtel. Chaque étiquette portait une lettre de l'alphabet latin et un numéro. L'homme se présenta à Winslow comme étant directeur administratif et lui expliqua qu'il serait logé dans le quartier spécial réservé aux visiteurs de marque. Shan et Winslow échangèrent un regard inquiet : on les séparait. L'Américain fronça les sourcils mais se leva néanmoins pour le suivre quand le directeur lui fit signe de le rejoindre à la porte.

— À demain matin, se força-t-il à dire avant de franchir le seuil.

— Il y a des quartiers spéciaux pour les ouvrières, dit tristement Somo en finissant son verre pour empocher sa clé.

— Je vais dormir dans le camion, suggéra Shan.

— Non. On pourrait le déplacer, on pourrait même le conduire dans un autre camp. Et j'ai vu une patrouille de sécurité dans le couloir. Pas la police ni des soldats, des hommes en blouson marron. Si on vous arrête sans carte de travail, vous serez conduit à Golmud, ou pis encore. Ils ont des problèmes avec les voleurs qui infiltrent le camp.

Cinq minutes plus tard, il avançait le long des alignements sombres. En bout de chaque rangée de caravanes se trouvait un petit panneau lumineux chichement éclairé portant une lettre. Chaque caravane était marquée par un énorme nombre peint sur sa porte centrale. Il trouva celle qu'on lui avait affectée, déverrouilla la porte, entra, et se retrouva entre deux séries de couchettes basses en métal, dont la moitié était occupée. Deux hommes assis sur leur lit à un bout de la pièce jouaient au mahjong à la lueur d'une torche électrique. Shan se dirigea à l'opposé et trouva une couchette vide. Sa tête avait à peine touché l'oreiller qu'il dormait déjà.

Il eut l'impression qu'il ne s'était écoulé que quelques secondes quand il sentit qu'on lui poussait le pied. Il se réveilla en sursaut en se rappelant l'avertissement de Somo sur les patrouilles de sécurité. Le soleil entrait à flots par les petites fenêtres métalliques.

— Le petit déjeuner s'arrête dans dix minutes, mon pote, lui annonça un jeune Chinois han à côté de son lit. Désolé, ajouta-t-il devant le sursaut de Shan. Si tu te retrouves à faire la queue la majeure partie de la journée pour obtenir une affectation à un poste, tu ne pourras pas manger avant ce soir.

Il examina Shan d'un air hésitant en essuyant sa moustache en trait de crayon avant de hausser les épaules. Shan marmonna un merci et le suivit dehors, inspectant avec attention la longue allée entre les caravanes.

— J'ai vu un camion près du centre des opérations. Tu as dû arriver tard. De Tsaidam ? demanda le jeune Han, se référant à l'énorme champ pétrolifère à l'ouest du Qinghai, l'un des plus célèbres de la Chine.

— De Yapchi.

— Tu as demandé à partir de Yapchi ? s'étonna le jeune Chinois. T'es cinglé ? J'ai entendu qu'il va y avoir de grosses primes là-bas. Les Américains. J'adore les Américains. Les hamburgers. Las Vegas.

Ils arrivèrent au bâtiment où Shan et ses amis étaient allés la nuit précédente, mais ils passèrent par l'autre extrémité pour arriver directement dans un énorme réfectoire. Quand la porte se referma, une rafale d'air humide leur tomba dessus, chargée d'un mélange d'odeurs variées : chou au vinaigre, bacon, fromage, poivre noir, fumée de cigarette, œufs, thé noir amer, riz frit, café, poisson mariné.

Shan se promena dans la salle jusqu'à ce qu'il repère Winslow, assis à une longue table en compagnie d'une douzaine d'Occidentaux, hommes et femmes, la plupart plus jeunes que lui. Une boîte noire sur la table beuglait sa musique. Un jeune blond à queue-de-cheval battait le rythme à l'aide de deux cuillères sur son assiette en plastique. À côté de lui, une femme au corps lourd, les mâchoires carrées, les cheveux noirs coupés court, jouait au solitaire. Les deux hommes que Shan avait aperçus près de la scène la veille étudiaient une carte déroulée sur la table. L'un bichonnait une chope de café, l'autre jouait avec un gros cigare.

Shan s'assit à côté de Winslow, qui lui apprit tranquillement que Somo n'était pas encore là. L'Américain désigna une file d'ouvriers sur un côté du réfectoire, où des serveurs en tablier blanc s'affairaient au-dessus de plateaux fumants. Shan secoua la tête, et Winslow lui tendit un morceau de toast froid qui restait sur son assiette. Shan accepta le toast et prit le journal chinois posé à un bout de la table. Il était publié à Golmud et datait de la veille. Il parcourut rapidement les grands titres. Les autorités resserraient le filet autour de l'infâme Tigre, le réactionnaire recherché pour avoir assassiné un représentant officiel du bureau des Affaires religieuses dans la ville d'Amdo. De grosses récompenses étaient offertes aux citoyens qui aideraient à sa capture. Un article de complément expliquait que les efforts mis en œuvre pour arrêter le Tigre faisaient partie d'une campagne contre les réactionnaires, avec deux objectifs distincts : le second était une enquête séparée, visant à retrouver l'abbé de Sangchi, que des réactionnaires travaillant pour le Tigre avaient kidnappé pour lui faire rejoindre les rangs du Culte du dalaï-lama.

— Essentiellement des Européens, déclara Winslow à voix basse, en tibétain. Aucun d'eux n'est là depuis plus d'une semaine. Ils viennent tous d'autres affectations. La plupart vont être réaffectés par la base mère.

Shan étudia les hommes et les femmes à la table. Ils semblaient tous se donner beaucoup de mal pour ignorer Winslow.

— Ils ont fait remarquer que, de tous les pays représentés dans le consortium, la seule autorité à avoir défié le consortium sur quoi que ce soit était l'ambassade américaine.

— Vous voulez parler de vos questions sur Melissa Larkin ?

— Non. Des problèmes d'environnement. Un autre membre de l'ambassade est venu il y a un mois, en répétant que le consortium n'évaluait pas correctement l'impact sur l'environnement. Ces ingénieurs disent qu'à l'avenir, si nous ne faisons pas attention, le consortium pourrait bloquer tout investissement de la part de ses partenaires américains. Il y a des tas de capitaux disponibles ailleurs, et beaucoup moins exigeants.

Le voisin de Winslow repoussa sa chaise et prit son plateau.

— Je ferai en sorte de bien brosser mon smoking pour notre prochain dîner, monsieur l'ambassadeur, dit-il en anglais, avec une courbette exagérée.

Il étudia Shan un instant et se retourna vers Winslow.

— Ne vous laissez pas emmerder pas ces gens-là, ajouta-t-il d'un ton d'excuse. Prêtez-leur une oreille et vous en aurez cent qui vous harcèleront. Nom de Dieu, tout ce qu'ils attendent de nous, c'est qu'on les aide à obtenir un visa pour les États-Unis.

— Je n'ai jamais pensé quitter le paradis du travailleur, lui rétorqua Shan lentement, en anglais, en le fixant dans les yeux.

L'homme hésita un instant puis lui offrit un large sourire. Son regard passa à une table dans un coin éloigné, puis il se tourna vers Winslow, l'air rigolard.

— Heureux de savoir que le camarade Zhu a son équipe sur l'affaire ! s'écria-t-il avant de repartir d'un pas pressé.

Shan balaya lentement le réfectoire du regard. Les ouvriers se dépêchaient de sortir. Plusieurs des membres du personnel de service en tablier blanc poussaient les chariots de nourriture vers une porte à double battant tandis que les autres commençaient à essuyer les tables à l'aide de chiffons sortis de seaux puant l'ammoniaque. Cependant, près d'une porte donnant accès au centre des opérations, un homme mince aux paupières en berne, vêtu d'un blouson en nylon marron très classe, ne cessait de tourner la tête vers eux en parlant dans un émetteur radio. Shan se redressa lentement, sans se lever tout à fait, et inspecta le coin vers lequel s'était tourné l'Américain. Tous les occupants de la table portaient des blousons marron. Il reconnut avec effroi l'homme aux manières doucereuses qui en occupait le bout et gesticulait en pérorant devant sa petite cour. Zhu, le directeur des projets spéciaux.

Shan se recula à toute vitesse en expliquant ce qu'il venait de voir à Winslow, qui jura entre ses dents.

— Je me demandais, dit Shan, se calmant, pour quelle raison Larkin serait venue ici. Juste pour accéder à son ordinateur ? Pourquoi ne pas le faire depuis Yapchi ?

— Pour garder le secret, je suppose, répondit Winslow en haussant les épaules, tourné vers la table de Zhu. Ou pour avoir une meilleure connexion Internet. Là-bas, ils ne disposent que d'un petit téléphone satellite. Elle n'est peut-être pas venue pour ça, d'ailleurs. Elle a peut-être simplement profité de son passage pour vérifier ses mails.

— Mais elle est venue ici secrètement, alors qu'elle était censée se trouver sur le terrain. Ça fait deux jours de voyage, aller-retour. C'était donc important. Qu'y a-t-il d'autre, ici ? Qu'est-ce qu'on y fabrique, dans cette base ?

Comme en réponse à sa question, un gros camion chargé de fournitures sous bâche passa devant les fenêtres du réfectoire.

Un quart d'heure plus tard, ils se trouvaient derrière le long bâtiment face au centre des opérations. L'arrière offrait un entrepôt et une dizaine de garages ouverts, de taille démesurée, où l'on réparait de gros poids lourds. Ils montèrent sur le quai de chargement. Shan retint Winslow par le bras au moment où il se dirigeait vers l'entrepôt.

— Nous ferions peut-être bien d'étudier les lieux un moment, suggéra-t-il.

— Pour quoi faire ?

— Trouver le détail qui tue.

— Quel détail ?

— Quand j'ai commencé ma carrière à Pékin, j'ai travaillé avec un vieil enquêteur qui répétait que, en dépit de tout ce qu'on m'avait appris à l'université, la part la plus facile de mon travail était de savoir à qui poser les questions, et où. D'après lui, ce qu'il y avait de plus difficile, c'était d'inviter ceux qu'on interrogeait à en révéler plus que ce qu'on leur demandait, car, lorsqu'on sait à qui il faut poser les questions, on connaît déjà la majeure part de la réponse. Il ajoutait qu'il existait toujours, dans toute situation, un détail qui en était l'essence. Non pas la seule et unique vérité, mais le seul et unique levier pour atteindre à la vérité.

— Une sorte d'interrogatoire zen, si je comprends bien, plaisanta Winslow en observant les ouvriers d'un œil peu rassuré.

Shan lui demanda de patienter près de la porte et se glissa dans les ombres derrière une des hautes piles de caisses qui s'alignaient dans l'entrepôt. Quelques minutes plus tard, ils y pénétraient. Shan tenait à la main un épais bloc-notes, Winslow s'était coiffé d'une casquette verte usagée à l'effigie d'un derrick. Ils s'arrêtèrent au centre de l'énorme entrepôt, Winslow les mains aux hanches, l'air agacé, un cigare éteint pendant à ses lèvres, Shan l'air affligé. Moins d'une minute plus tard, un Chinois han presque chauve en chemise bleue – apparemment l'uniforme des cadres de l'entreprise – se hâtait à leur rencontre. Shan l'avait observé discrètement, il avait vu la manière obséquieuse dont il s'était précipité un peu plus tôt auprès de trois Occidentaux entrés dans l'entrepôt, ignorant les autres, même le directeur administratif chinois qui avait aidé Somo la nuit précédente.

— Les rapports pour les équipes de terrain ne sont pas à jour, soupira Shan en jetant à Winslow un long regard exaspéré.

Il avait conseillé à son compagnon de ne pas ouvrir la bouche, d'arborer un air agacé et de ne donner aucun signe qu'il comprenait le mandarin.

— Bien sûr que si, contesta le bonhomme avec un regard inquiet à l'Américain.

Il était coiffé d'une casquette de base-ball ornée d'un oiseau orange sur le devant. Shan se sentait coupable de jouer délibérément d'une faiblesse aussi évidente, sinon triste : la seule véritable obsession des ouvriers du consortium, apparemment, était de prendre contact avec des étrangers, afin qu'ils les aident à émigrer.

— Je l'ai prévenu que les choses n'étaient pas simples, reprit Shan. Il y a de multiples livraisons. Du matériel sensible qui peut être livré directement au camp. Et il y a parfois des erreurs, des caisses de vivres à la place de matériel de terrain.

Le directeur de l'entrepôt examina Winslow avec attention. L'Américain lui offrit un sourire forcé, toujours agacé, en jetant à Shan un coup d'œil noir.

Shan recula d'un pas, comme s'il craignait de recevoir un coup.

— Je vous en prie, geignit-il. Il est déjà allé à Yapchi. Il a leurs dossiers pour effectuer les vérifications. C'est un Américain.

L'homme leur fit signe de s'approcher d'un terminal d'ordinateur sur une table dans un coin de la salle. Quelques instants plus tard, l'écran affichait : *Yapchi. Registre des Fournitures.* Shan contempla l'écran d'un air satisfait. La gestion du consortium était aussi bureaucratique et désorganisée que la direction de l'armée. L'homme tapa sur quelques touches et un sous-titre apparut : *Équipes de Terrain.* Puis il indiqua une colonne à gauche intitulée *Équipe Un.*

— Elles disposent toutes du même équipement.

Bidons d'eau métalliques, douze. Tente quatre places, une. Sacs de couchage, quatre. Réchauds à butane, un. Cartouches de gaz, huit. Rations, soixante repas. Shan parcourut rapidement le reste de la liste. Cordes, haches, marteaux-piolets, charges d'explosifs. Les équipes de quatre hommes disposaient d'un équipement pour cinq jours sur le terrain.

— Dites-lui que je connais le base-ball, insista avec espoir le directeur auprès de Shan. Ils passent des cassettes de base-ball un soir par semaine. Les Baltimore Orioles.

Shan lui répondit par un hochement de tête agacé

— Mais une de ces équipes n'a pas emporté tout l'équipement prévu.

— Quel est le numéro de l'équipe ?

Shan montra Winslow.

— À votre avis ? Celle que dirige l'Américaine.

— Ah, murmura le bonhomme, toute arrogance envolée, les yeux au sol. Melissa.

— Vous connaissiez Mlle Larkin ?

— Bien sûr.

Il observa les deux hommes pour essayer de décider s'il s'aventurait ou non en terrain glissant.

— Elle nous apporte des cadeaux quand elle vient ici. Des fossiles. Des quartz roses. Une fois des biscuits américains sucrés. On ne l'oublie pas facilement.

Il se tourna vers l'écran, mais, quand il sentit peser sur lui le regard de Shan, il soupira et poursuivit d'une voix plus distante :

— Un jour, elle se trouvait ici quand il y a eu une grosse tempête avec coupure de courant. Impossible de travailler. La plupart des employés sont partis au centre des opérations et ils ont bu toute la journée. Mais Mlle Larkin, elle, a fait un feu ici, dans un grand seau en fer. On s'est tous assis autour et on a raconté des histoires. Elle nous a appris des chansons américaines ce jour-là. *Row, row, row your boat,* dit-il en anglais, en prononçant difficilement les « r ». *Jingle Bells. Oh Suzannah.*

— Mais la dernière fois qu'elle est passée ici, elle voulait des choses spéciales, n'est-ce pas ? demanda Shan. Elle a laissé des vivres parce qu'elle voulait emporter autre chose.

L'homme pianota sur le clavier avant de s'asseoir lourdement sur un tabouret voisin. Un nouvel écran apparut, spécifiant les réassortiments en matériel exigés par le camp de Yapchi. Le chauve observa les alentours, craignant apparemment qu'on ne le surveille, caché dans l'ombre.

— Elle a dit que ça ne manquerait à personne, qu'il se passerait des mois avant que quiconque en réclame. D'ici là, je pourrais en recommander. J'ai dit six, pas plus, mais elle a insisté pour prendre les douze.

— Les douze quoi ?

— Ça n'avait pas de sens. Il m'arrive encore d'y repenser. Et je ne comprends toujours pas. J'aurai le réassortiment le mois prochain.

— Les douze quoi ? répéta Shan.

— Des colorants de repérage, murmura le Chinois. On les utilise pour marquer les courants ou pour mesurer le débit d'un cours d'eau. Les nouveaux champs d'exploitation où on opère habituellement sont pratiquement des déserts. Les bidons de colorants sont couverts de poussière. J'ai signalé que la date de péremption avait expiré, ajouta-t-il comme s'il venait de décider de se confier à Shan – un compatriote han qui partageait avec lui le devoir de supporter les Américains. Mais je n'ai pas vérifié, en réalité. C'était probablement vrai.

— Vous n'avez fait que votre travail. Elle était chef d'équipe, après tout.

Au bas de l'écran clignotait une ligne, la dernière entrée au nom de Larkin : *À réassortir,* avec la date du lendemain.

— Nouvelle commande, expliqua l'homme d'un air hésitant.

Shan déplaça le curseur sur la ligne clignotante et cliqua. Une nouvelle liste apparut, avec la même date, ainsi que les coordonnées d'une carte. Bouteilles de gaz butane. Couvertures. Deux cents mètres de corde. Charges sismiques. Quatre caisses de charges sismiques.

— Pourquoi conservez-vous ces données ? s'enquit Shan, soudain glacé.

Le bonhomme pâlit, livide, et resta un long moment silencieux devant l'écran.

— Je n'enregistre pas les affectations de matériel, je me contente de regrouper les fournitures demandées qui apparaissent sur l'écran. Cette équipe est peut-être encore sur le terrain. Le corps de Larkin n'a pas été retrouvé, ajouta-t-il d'un ton soucieux avant de se planter devant l'ordinateur pour le masquer à Shan, un peu trop intéressé.

— Elle vous a demandé de conserver la demande de réassortiment sur le disque quand elle est passée, déclara Shan.

Le bonhomme s'était mélangé les pinceaux dans les temps qu'il avait employés en parlant de Larkin, se servant du présent alors même qu'il avait entendu dire qu'elle était morte.

— Non, c'est une erreur, gémit-il, c'est juste une erreur de garder ces données. Ça ne signifie rien.

— Elle a demandé un réassortiment spécial de fournitures, et, ensuite, quelqu'un a exigé que vous effaciez la commande ?

Le chauve supplia Winslow du regard.

— C'est quelqu'un de bien, dit-il en mauvais anglais. *Row, row, row your boat.* Baltimore Orioles.

— Il s'agit du bureau des projets spéciaux, dit Shan.

— Il a ordonné d'effacer les listings de Larkin des écrans, acquiesça le Chinois d'un air renfrogné. J'ai dû oublier cette page.

— Zhu, le directeur des projets spéciaux, a ordonné de supprimer la demande de réassortiment ? interrogea Shan. Il a exigé que vous l'annuliez ?

L'homme en chemise bleue courba les épaules, se recroquevillant sur lui-même.

— Pas de l'annuler, murmura-t-il à ses pieds, de plus en plus effrayé. Seulement de l'enlever de nos écrans.

— Zhu a découvert que la demande de réassortiment se trouvait toujours dans votre système informatique, dit Shan en se tournant vers Winslow, qui notait fébrilement les coordonnées de la carte. Et il a exigé que vous l'honoriez. Mais c'est lui qui prend en charge la livraison des fournitures ?

— Il espère qu'elle est toujours en vie, répondit le Chinois d'une voix rauque. Comme nous tous.

Non, songea Shan, en se dépêchant de guider Winslow hors de l'entrepôt. Zhu espère faire en sorte qu'elle soit rayée de la carte définitivement.

— Comment..., commença Winslow quand Shan lui eut fait part de ses soupçons.

— Les colorants de marquage, expliqua Shan. Nous avons vu

utiliser ces colorants la veille du jour où nous avons croisé Zhu dans les montagnes. Il nous a déclaré que Larkin avait été tuée une semaine auparavant. Il a rempli ses formulaires en conséquence. Mais il mentait. La veille, Larkin se trouvait dans les montagnes, tout près de nous. Personne d'autre ne dispose de colorants de marquage. Zhu l'a fait passer pour morte afin de s'assurer que personne ne viendrait se mêler de ses oignons.

— Se mêler de quoi ?

— Je l'ignore. Je crois que Zhu va livrer ces fournitures. Il a officiellement déclaré dans son rapport que Larkin était décédée. Et s'il voulait simplement que tout le monde abandonne les recherches pour lui permettre de la retrouver, lui, et lui seul ? Zhu et, peut-être, la Sécurité publique ont décidé que cette femme était dangereuse. Et maintenant que tout le monde la croit morte, s'il voulait vraiment la tuer ? Ou l'interroger personnellement ? Elle n'est plus qu'un fantôme. Zhu peut faire ce qu'il veut, personne n'en saura rien.

— Impossible, dit Winslow, mais, à voir son expression, l'hypothèse lui paraissait plus que plausible – une expression de colère froide, de peur et d'impuissance.

Shan examina les alentours, s'arrêtant près des véhicules qu'ils longeaient pour étudier les reflets dans les vitres.

— Nous ne pouvons pas laisser Somo, dit-il.

L'homme en blouson marron qu'il avait vu au réfectoire, les yeux à présent masqués par des lunettes noires, se trouvait à deux cents mètres d'eux, près d'un camion, et parlait dans sa radio. De l'autre côté du grand carré de la cour, deux autres individus en marron, la radio à l'oreille, marchaient dans leur direction quand une Jeep sans capote s'arrêta à côté d'eux. Zhu était installé sur le siège passager, lunettes noires sur le nez ; il faisait claquer une matraque dans sa paume.

— Les purbas s'occuperont d'elle, rétorqua Winslow.

— Mais c'est avec nous qu'elle est venue. On nous surveille. Ses amis la récupéreront ensuite. Maintenant que Tenzin a été arrêté, elle ne peut plus rien faire ici.

Shan se trompait. Cinq minutes plus tard, un énorme camion benne démarra lentement dans la cour en soulevant un épais nuage de poussière et changea de trajectoire pour les masquer tous les deux à leurs poursuivants. Somo était debout sur le marchepied.

Shan et Winslow se précipitèrent aussitôt et sautèrent à leur tour sur le marchepied. Shan s'accrocha au rétroviseur, Winslow à la poignée de la cabine. Ils arrivèrent bientôt au gigantesque parc d'équipement lourd qu'ils avaient longé la veille au soir. Le camion benne ralentit et Somo leur fit signe de sauter avant de les imiter.

— Pourquoi ne pas s'installer à l'arrière ? s'étonna Winslow, en brossant la poussière sur ses vêtements.

Somo lui montra la grille principale, où le camion benne venait de s'arrêter. Deux camions de l'armée y étaient garés, et deux escouades de soldats étaient déployées de part et d'autre de l'entrée, à côté de plusieurs hommes en blouson marron.

— Point de contrôle. Depuis ce matin. Tous ceux qui entrent ou sortent doivent avoir l'autorisation de la 54e brigade de Combat des Montagnes.

Elle les guida dans le labyrinthe de véhicules, et ils trouvèrent une cachette derrière la lame d'un gros bulldozer. Elle leur expliqua rapidement que Larkin était effectivement passée à la base le mois précédent, alors qu'elle était censée se trouver dans les montagnes au-dessus de Yapchi. Elle ne s'était pas contentée d'utiliser l'ordinateur pour envoyer quelques messages à son bureau aux États-Unis. La géologue s'était servie du seul terminal de tout le consortium à disposer d'une liaison avec l'ordinateur central de sa compagnie, et, pendant deux heures, soit au beau milieu de la nuit en Amérique, elle avait entré des données géologiques dans la machine.

— Pour quelle raison ? interrogea Winslow. Elle ne peut pas avoir découvert un gisement secret. Tout le pétrole est propriété du consortium. Elle le sait. Qu'est-ce qui pourrait être aussi secret ? Aussi urgent ?

— Détail plus important encore, dit Shan, que pouvait donc fabriquer une géologue américaine perdue dans les montagnes pour que Zhu veuille à tout prix la voir morte ?

— Des modélisations informatiques, répondit Somo. C'est tout ce qu'on sait. C'est à ça que sert le gros ordinateur américain : à modéliser des données géologiques.

— Mais bon Dieu, pourquoi est-ce tellement secret ? insista Winslow. Elle travaille pour une compagnie pétrolière. Et pourquoi l'ordinateur au pays ?

— Je me suis renseignée. Une fois les données sismologiques entrées, l'ordinateur extrapole les dépôts de minéraux en utilisant des milliers de calculs et de données archivées sur les champs pétrolifères connus. Il prédit les structures géologiques souterraines. Il identifie les modèles de minéraux permettant de repérer des minerais ou du pétrole. Certains géologues se servent des ordinateurs plus que d'autres. Larkin a beaucoup utilisé le sien par le passé. Et les compagnies pétrolières sont très cachottières. Elles ne veulent pas qu'on sache ce qu'elles ont trouvé.

Shan se rappela la description que Jenkins avait faite de Larkin : une perfectionniste.

— Mais il aurait fallu qu'elle ait la permission, dit-il. Quelqu'un a dû lui fournir cette autorisation.

— Oui et non, soupira Somo. Il existe des codes d'accès qui doivent être entrés dans l'ordinateur pour démarrer le programme. Le fait d'entrer les codes implique que vous avez la permission.

— Et Larkin disposait des codes.

— Larkin s'est servie des codes affectés à Jenkins. Mais lui se trouvait à Yapchi à ce moment-là.

— Peut-être qu'il avait donné son autorisation, suggéra Winslow.

— Ou peut-être pas, objecta Shan. Pourquoi vous a-t-on répondu aussi librement quand vous vous êtes renseignée sur l'ordinateur ? Vous êtes une étrangère, ici.

— Pas pour tout le monde, répondit Somo.

— Pas pour les purbas ?

Cette fois, elle ne répondit pas.

Soudain, un grondement de moteur déchira le silence. Un quatre-quatre gris passa à toute vitesse.

— Ils nous cherchent, dit Shan.

— Nous partons ! lança Winslow. Retour à Yapchi.

— Rien n'a été prévu pour vous, objecta Somo en fouillant d'un regard inquiet le parking. Pas de camion pour Yapchi avant deux jours. Et l'armée sera toujours à la grille.

— Il le faut, insista Winslow. Nous devons empêcher que Melissa Larkin ne meure une seconde fois.

Ils restèrent derrière la lame de bulldozer plus d'une heure encore, à tendre l'oreille au bruit du quatre-quatre qui quadrillait le parc de stationnement et la route d'accès. Winslow contemplait le sol à ses pieds. Shan avait sorti le rosaire en ivoire de sa poche et en roulait les grains entre ses doigts.

Le quatre-quatre repassa une fois encore.

— J'ai aussi posé des questions sur Tenzin, se rappela tout à coup Somo. Rien n'a transpiré d'une éventuelle capture de l'abbé de Sangchi ou de son retour à Lhassa. Le bureau des Affaires religieuses a dû beaucoup espérer d'un lama aussi important. En signe de protestation, le directeur de mon école a démissionné l'année dernière et a essayé de s'enfuir en Inde. Ils l'ont rattrapé, mais il n'a pas été conduit en prison. Il a été expédié ailleurs, dans un autre endroit. Deux mois plus tard, il était de retour et prononçait de grands discours sur les dangers des réactionnaires et c'est lui qui dirigeait les séances de critique publique contre d'autres professeurs.

— Vous pensez que des officiers politiques pourraient travailler sur Tenzin, dit Shan après un temps de réflexion.

— Le gouvernement a déjà beaucoup investi sur lui. Je crois qu'ils vont tenter de le réhabiliter. Le reprogrammer. Avec des médecins, peut-être. Ou des formateurs spéciaux des hurleurs.

Le ton banal avec lequel elle expliquait ça fit froid dans le dos à Shan. Il se remémora les paroles de Gendun à l'ermitage, lorsque le lama lui avait fait part de ses inquiétudes concernant Tenzin. Tenzin allait vers le nord parce que quelqu'un était mort. C'était l'abbé de Sangchi qui était mort, il le comprenait à présent. Cependant, peu importait le mal que se donnerait l'abbé pour tenter de trouver en lui un nouveau Tenzin, le gouvernement exigerait le retour de l'ancien lama : l'abbé apprivoisé, toujours aux ordres, qui avait tant œuvré pour ses campagnes politiques.

Il se tourna vers Somo. Il restait un espoir, bien faible au demeurant. S'ils n'avaient pas été emprisonnés, il était possible de retrouver Tenzin et Lokesh et de les sauver. Shan se remit debout et inspecta les environs.

— S'il n'y a pas de camion prévu, il va falloir en trouver un qui n'était pas prévu au programme, déclara-t-il avec détermination.

Winslow se leva à son tour en soupirant.

— D'abord, il faut que j'aille dans cette zone de largage d'équipement, dit-il en indiquant un point sur la carte.

— Dans les montagnes au-dessus de Yapchi ? D'ici demain ? C'est impossible, c'est à plus de trois cents kilomètres ! s'exclama Shan.

Mais Winslow était déjà parti au pas de gymnastique vers le camp.

Quelques minutes plus tard, ils marchaient de conserve dans une longue allée séparant les caravanes, s'abritant dans l'ombre à deux reprises en entendant le bruit du quatre-quatre tout proche, puis une fois encore quand un hélicoptère passa en rase-mottes. C'était le début de l'après-midi et les caravanes semblaient vides, les ouvriers étant partis sur leurs chantiers respectifs ou attendant une affectation dans un des bâtiments du grand carré.

Quand Shan ouvrit la porte de celle qu'on lui avait attribuée, la pièce était éclairée par le soleil qui entrait par les petites fenêtres. Une silhouette bondit d'une des couchettes du fond en boutonnant sa chemise à la hâte : le jeune Han mielleux qui l'avait conduit au réfectoire. Quelque chose bougea à côté de lui et un visage ensommeillé apparut au-dessus du drap, une jeune femme, nue, au visage barbouillé de fards, une de ses bottes rouges à côté du lit. Une des mai xiao nu du bar. Elle s'assit en les observant d'un air guilleret, tout en remontant lentement le drap pour couvrir ses seins.

Le jeune gars regardait Shan avec inquiétude, puis il se décontracta quand il vit apparaître Somo.

— Y a de la place pour tout le monde, mon frère, lança-t-il avec un sourire salace.

Mais quand Winslow apparut à son tour, son visage se crispa à nouveau. Il se tourna vers Shan, hésita, haussa les épaules et examina l'Américain.

— Je viens chercher des vêtements, dit Shan.

— Personne n'a touché à tes affaires, rétorqua le jeune gars en lui montrant sa couchette.

— Je n'avais rien, répondit Shan.

Il remarqua que le jeune homme avait un trousseau de clés à sa ceinture. Peut-être était-ce lui le gardien de la caravane.

— Alors va voir le responsable des fournitures, proposa-t-il. Va au...

Il fut interrompu par le cri strident d'une sirène.

— Ambulance pour Golmud, expliqua-t-il.

— Quelqu'un a été blessé ?

— Le directeur de l'entrepôt. Une mauvaise chute. Il a les deux bras cassés, précisa-t-il avec un regard soupçonneux aux nouveaux arrivants. Il y a des types qui n'ont pas de bol. Ils disent quelque chose de travers et il leur arrive des pépins. Je leur répète toujours, ne modifiez pas votre comportement à cause de tous les étrangers qu'il y a ici. Rien n'a changé.

Shan réfléchit un instant et se tourna vers Winslow avec inquiétude. Un homme en blouson marron avait trouvé le responsable de l'approvisionnement, et il l'avait interrogé. Sans ménagement. Probablement Zhu en personne.

— Il y a des vêtements ici, reprit le jeune gars en montrant les couchettes et les casiers qui les séparaient, de la voix un peu hésitante d'une personne habituée au marchandage. Mais c'est moi le gardien et si des voleurs pénètrent ici et que je ne suis pas là, je serai critiqué.

Ç'avait tout l'air d'une proposition malhonnête.

Shan n'avait pas d'argent, et ses maigres biens étaient restés dans les montagnes au-dessus de Yapchi. Winslow reposa son petit sac à dos et le fouilla. Il releva la tête, fronça les sourcils, et reprit sa fouille. Il avait donné son réchaud et la cartouche de gaz à Dremu, sa nourriture aux enfants à Yapchi. Il sortit sa belle paire de jumelles et la tendit au jeune gars qui, les yeux ronds comme des billes, les suspendit à son cou. Avec l'air d'un boutiquier aux petits soins pour ses clients, il commença à ouvrir les casiers.

À leur départ, dix minutes plus tard, ils portaient tous trois des casques de chantier. Shan avait revêtu une salopette marron couverte de taches d'huile. Somo et Winslow avaient sur le dos les blousons verts du consortium, et Somo avait enfilé dessous un gros chandail qui lui faisait des épaules d'homme.

— Nous n'avons toujours pas de plan, rappela la jeune purba. Je devrais retourner au bureau. Je pourrais peut-être créer une confusion quelconque avec les ordinateurs.

— Non, intervint Winslow avec un air de conspirateur. Nous allons faire ça à la cow-boy, cette fois.

L'Américain les guida dans le labyrinthe de caravanes jusqu'à l'autre bout de la base, où deux hélicoptères attendaient devant un petit hangar. On était en train d'en charger un de caisses de fournitures. Il ne fallut que cinq minutes pour que la cargaison soit placée à bord. Une silhouette mince apparut alors, blouson collant en nylon rouge, casquette américaine et lunettes de soleil sur le nez, et balança un mégot de cigarette par-dessus son épaule en approchant de l'appareil. Winslow montra une pile de petits cartons ; ils en prirent chacun un en se dirigeant vers l'hélicoptère quand l'homme ouvrit la porte du cockpit.

— Ils m'ont dit que le chargement était complet, protesta l'homme d'un air agacé en les voyant poser leurs cartons sur le tarmac.

— Ils avaient raison, rétorqua Winslow.

Il ouvrit la porte de la soute derrière le cockpit, monta à bord et fit grimper Shan et Somo à côté de lui avant de refermer. La manière cow-boy, grimaça Shan.

Le pilote soupira, comme s'il avait l'habitude de ce genre de chose.

— Désolé, pas de passagers prévus pour le vol d'aujourd'hui. Le service du personnel me fiche la migraine chaque fois que je prends du monde sans autorisation écrite.

Il ferma la porte du cockpit et commença à mettre les contacts sur le tableau de commandes au-dessus de sa tête.

— Vous allez où ? demanda Winslow.

— Camp 9. Au sud-ouest. L'équipe britannique.

— Parfait, dit Winslow avec bonhomie. Nous allons aussi au sud-ouest. Près de Yapchi.

— Pas Yapchi. Pas aujourd'hui. La dépose à Yapchi, c'est demain.

Le pilote ne semblait guère s'offusquer de la présence de ces inconnus dans son appareil, mais il gardait la main tout près de son micro. Sur le côté du hangar se trouvaient à présent deux hommes en blouson marron, le dos tourné à l'appareil – la sécurité du consortium. Le moteur commença à gémir.

— Changement de programme, annonça Winslow.

Le pilote se retourna avec un soupir en se saisissant du micro.

— Désolé. Faut que je décolle. Vous voulez Yapchi, vérifiez auprès du personnel pour obtenir les autorisations en règle. Je pars après le petit déjeuner.

Il enclencha le micro, qui répondit par des crachotements de parasites.

— Mais il s'agit d'une urgence, insista Winslow, toujours souriant.

— Je ne pense pas, rétorqua le pilote, impatient, en portant le micro à ses lèvres.

— Au nom du gouvernement américain, je réquisitionne cet appareil, annonça Winslow d'une voix sévère en sortant son passeport de son sac.

— Jolie plaisanterie ! lui renvoya le pilote en reposant son micro avec un haussement d'épaules. Les Américains, je les aime bien. Sortez, et personne ne saura rien. Si j'appelle la sécurité, ça va mal se passer. Il y aura des rapports à remplir. La sécurité, ajouta-t-il lentement en les passant en revue l'un après l'autre, est déjà assez énervée.

Winslow indiqua les coordonnées sur sa carte, qu'il maintenait à un coin avec son passeport, tenu entre deux doigts.

— Un hélico rapide comme celui-ci, ça ne vous rallongerait pas beaucoup de changer légèrement de cap.

Le pilote jeta un œil au passeport, fronça les sourcils et reprit son micro. Winslow lui saisit le bras pour l'obliger à le reposer.

— Écoutez-moi, dit-il en anglais. Quelqu'un va se faire tuer.

— C'est ça, oui ! répliqua le pilote en se dégageant, une main sur la poignée de la porte.

Winslow soupira et regarda son sac posé à ses pieds. Shan se rappela avec effroi qu'il avait toujours le pistolet de Lin, mais Winslow tendit son passeport au pilote.

— Je suis un diplomate américain. Regardez, dit-il en ouvrant son passeport à la bonne page. À Pékin, à l'ambassade, nous recevons des mémos de la sécurité nous recommandant d'être prudents et d'ouvrir l'œil à cause des pickpockets, parce que les passeports diplomatiques américains sont précieux sur le marché noir chinois. Les trafiquants paient des fortunes pour les avoir. Un bon passeport diplomatique, encore valide cinq ou six ans, ça peut valoir jusqu'à dix mille dollars.

La main du pilote abandonna la poignée de la porte, et il accepta le passeport pour l'examiner de plus près.

— Le mien est encore valable sept ans. Je rentre à mon bureau, je le déclare volé, et ils m'en donnent un nouveau.

— Et ensuite ils annulent celui-ci, conclut le pilote.

— Aucune incidence sur la valeur. Les acheteurs du marché noir savent qu'ils peuvent continuer à l'utiliser partout où il n'y a pas de système de contrôle automatique, à n'importe quel poste frontière sans ordinateur relié au fichier central. C'est-à-dire quatre-vingts pour cent de la planète.

Le pilote les dévisagea l'un après l'autre, puis, avec un grand sourire, glissa le passeport dans sa poche et enclencha le rotor.

Tu sentiras un grand souffle comme un vent puissant quand tu mourras, tu te sentiras flotter, et le monde prendra son essor autour de toi. Les paroles du rituel funéraire résonnèrent dans l'esprit de Shan tandis qu'ils filaient droit au-dessus du paysage sec et sauvage. Il avait sur les oreilles les écouteurs qui étaient accrochés au dossier du siège devant lui, et, appuyé contre la petite vitre, il se trouva un lieu distant à l'intérieur de son être et se concentra sur la terre qui défilait à toute vitesse sous le ventre de l'appareil. Voler en hélicoptère pouvait être un exercice de méditation, songea-t-il, afin de comprendre combien le monde était vaste, et transitoire.

Le pilote ne discuta pas quand Winslow lui demanda de contourner le camp de Yapchi en volant bas par l'ouest, de manière à ne pas être vu. De toutes les façons, l'Anglais ne voudrait pas que l'on apprenne qu'il avait dévié du trajet prévu pour son vol à l'ouest de Yapchi. À leur approche du site que Winslow avait marqué sur la carte, le pilote passa en rase-mottes au-dessus de la montagne, en collant aux flancs de la crête, jusqu'à ce que Shan saisisse qu'ils étaient en vol stationnaire. Winslow et le pilote indiquaient une clairière près du sommet. Soudain, l'appareil piqua de l'avant sur une centaine de mètres, se redressa et se laissa tomber. Ils touchèrent terre brutalement, Winslow ouvrit la porte et ils sautèrent au sol. Le pilote leur offrit une parodie de salut, hésita, inspectant le terrain dénudé alentour, puis les trois individus qu'il venait de larguer. Il déboucla son harnais et fouilla dans la soute avant de se mettre à balancer divers objets : deux couvertures, une trousse de première urgence, un gilet en duvet et, finalement, un sachet de chips américaines.

Quelques secondes plus tard, l'appareil avait disparu et ils se retrouvèrent seuls dans la petite clairière au sommet de l'arête balayée par le vent. Winslow tendit le gilet à Somo, tandis que Shan ramassait le reste dans une couverture qu'il passa à l'épaule avant de trottiner vers les rochers les plus proches. Il se sentait mal à l'aise à découvert.

— Vous voulez retrouver Mlle Larkin, dit Shan à Winslow. Somo et moi voulons trouver les purbas. Je pense qu'ils pourraient tous être au même endroit.

— Vous n'en savez rien, dit Winslow. Seigneur, avec vous, tout est conspiration !

— Dans l'hélicoptère, j'ai compris une chose. Quand Somo m'a expliqué ce que Larkin avait fait avec l'ordinateur, j'ai demandé pourquoi quelqu'un le lui avait raconté. C'était la mauvaise question. J'aurais dû demander pourquoi le contact de Somo savait ce que Larkin avait fait, puisque l'Américaine s'était donné tant de mal pour préserver le secret. Il n'existe qu'une seule réponse : parce que Larkin se trouvait avec les purbas, parce que les purbas travaillent avec elle. Ce qui explique pourquoi Zhu s'intéresse tant à elle. Une étrangère qui aide la résistance, le gouvernement...

Shan s'arrêta au milieu de sa phrase : Winslow souriait à belles dents. Somo haussa les épaules à contrecœur, mais hocha néanmoins la tête devant leurs regards.

— Je ne connais pas les détails, dit-elle, c'est un projet différent, une équipe différente. C'est mauvais pour la sécurité, quand tout le monde sait ce que les autres font.

Shan confirma d'un hochement de tête.

— Nous savons qu'elle marque les rivières. Nous savons que des Tibétains prélèvent l'eau des rivières.

Il demanda la carte à Winslow et suivit du doigt chacune des lignes bleues qui sortaient en éventail des montagnes. Il grimpa au sommet des rochers et vit deux des petites rivières en question qui ressortaient de canyons étroits pour filer ensuite vers l'ouest et le sud.

— Elle est attendue ici demain, déclara Winslow. Et elle n'est pas là. Elle ne voyagerait pas de nuit dans les montagnes. Par conséquent elle ne peut se trouver à plus d'une demi-journée de marche d'ici. Mais plein ouest, elle serait hors des limites de la concession de Yapchi... La mise au monde du ciel. Vous vous souvenez ? L'homme qui apportait une bouteille à Tara la Verte. Il a dit qu'il se rendait à la mise au monde du ciel.

Soudain, Shan pointa le doigt vers le pic le plus élevé de la montagne de Yapchi.

— Nous savons où le ciel vient au monde, déclara-t-il.

Ils marchaient depuis trois heures, de moins en moins sûrs de trouver l'endroit qu'ils cherchaient, quand apparut un jeune Tibétain trottinant sur une piste parallèle à la leur en contrebas de la pente. Il n'avait pas de sac à dos, pas même de veste fourrée, mais serrait quelque chose entre ses mains. Shan regarda Winslow, qui se frottait les tempes en grimaçant, puis Somo. Elle sourit, resserra les lacets de ses chaussures, attrapa le sachet de chips et sauta dans la pente.

Winslow avala deux cachets. Ils virent la coureuse purba se rapprocher du jeune garçon quand, à deux cents mètres, celui-ci disparut à leur vue derrière une vire. Lorsque Winslow et Shan passèrent à leur tour le sommet de la corniche, l'Américain poussa un de ses grands cris de cow-boy : Somo était assise à côté du garçon, à trois cents mètres d'eux. Le gamin enfournait les chips à pleines poignées en discutant paisiblement avec Somo. À leur arrivée, il se leva, les salua d'un geste naturel et repartit en courant.

— Il avait une bouteille d'eau, dit Somo d'un air entendu. Rien qu'une petite bouteille, pour Tara la Verte.

Ils suivirent le garçon jusqu'à la tombée de la nuit. Il restait une heure de jour quand Somo leva la main. La montagne juste au-devant d'eux renvoyait l'écho d'un grondement de tonnerre. Cinq minutes plus tard, en arrivant sur une corniche ouverte, ils comprirent l'origine du grondement, loin au-dessous d'eux. Shan indiqua une minuscule ligne d'ombre sur le monolithe qui culminait au-dessus de leurs têtes.

— C'est ce foutu sentier de chèvres, grommela Winslow. Celui que nous a fait prendre Chemi jusqu'à Yapchi.

Ils étaient au bord d'une large trouée en forme de fer à cheval emplie de brume, l'endroit que Chemi leur avait montré la semaine précédente depuis une altitude bien plus élevée : l'endroit où naissaient les nuages.

Du côté opposé, dans les profondeurs de la gorge, ils revirent le gamin qui descendait un sentier en spirale dans la brume. Une demi-heure plus tard, presque à la nuit, ils rejoignaient à leur tour le sentier, tout au bord des brumes. Se tenant prudemment à la paroi rocheuse, cherchant des appuis sur le sol spongieux, ils entamèrent la descente vers le grondement de tonnerre. Qu'avait ajouté Chemi ? Certains croyaient que ce lieu était habité par un démon.

— Nous ne pourrons pas remonter dans l'obscurité, les prévint Winslow en se frottant à nouveau les tempes.

Shan étudia le chemin plein de dangers, puis s'enfonça dans les brumes en expliquant :

— Le garçon n'a pas réapparu.

Quelques minutes plus tard, la brume commença à se faire moins dense, et ils virent devant eux un bouillonnement d'eaux en furie, une étroite et puissante rivière qui dégringolait dans la faille pour, apparemment, s'évaporer en un tourbillon tumultueux. Les eaux ne ressortaient nulle part. L'eau ne pouvait plus quitter la gorge, excepté sous la forme de nuages qui dérivaient vers le ciel.

Somo contempla l'étrange et fascinant spectacle de ses grands yeux ébahis et effrayés.

— Ça pourrait bien être ce qu'on raconte, murmura-t-elle.

Pour elle, ce lieu était vraiment parfait pour un démon, songea Shan, qui résista à la tentation de remonter dans la brume et de se cacher dans les nuages.

Soudain, un claquement sec se joignit au tonnerre, et un morceau de rocher à côté de lui éclata en fragments. La seconde suivante, un carré de la paroi opposée, près de Winslow, se fendit en deux, et il entendit le couinement brutal d'un ricochet. On leur tirait dessus.

15.

Winslow tomba à genoux et désigna, sur le flanc de la gorge en dessous d'eux, un trou d'où ressortait le canon d'un fusil. Il se mit à farfouiller dans son sac, en jurant dans ses moustaches. Shan, se souvenant soudain de ce que l'Américain transportait, l'obligea à baisser le bras. Somo ôta son blouson vert et cria, une main en l'air, l'autre serrée sur son gau :

— *Lha gyal lo !*

Un Tibétain jaillit des ombres, armé d'un long fusil. Il reconnut Somo et la salua d'un air mécontent, avant de leur faire signe du bout de son canon d'avancer. Le trou dans la paroi était en réalité une corniche d'une dizaine de mètres, jadis creusée par les eaux, et protégée par un surplomb de trois mètres. L'homme les attendit, chuchota quelques mots à Somo, et les conduisit vers une zone d'ombre plus profonde qui se révéla être une lourde couverture suspendue à une poutre coincée dans le rocher.

Ils empruntèrent un court tunnel, passèrent sous une autre couverture suspendue et entrèrent dans une caverne au plafond haut voûté, large d'une quinzaine de mètres, et éclairée par plusieurs lanternes à gaz.

Le garçon qu'ils avaient rencontré était assis près de l'entrée et contemplait le va-et-vient. Deux jeunes hommes, dont le purba que Shan avait vu avec Tenzin, étaient penchés au-dessus d'une carte étalée sur un rocher plat. Sur une table, fabriquée à partir de longues planches en appui sur des dalles de pierre, était posé un ordinateur portable ouvert, dont l'écran affichait ce qui ressemblait à une coupe en trois dimensions d'une montagne, en différentes couches colorées. Plusieurs fusils étaient appuyés contre le mur du fond. Au-delà de l'ordinateur, deux Tibétains entre deux âges étaient courbés sur des microscopes. Une troisième silhouette, en blouson vert, se penchait sur un ensemble de tubes à essai en gribouillant dans un carnet à spirale.

Winslow se figea sur place avec un petit bruit de gorge étranglé. La silhouette en vert se redressa et se retourna lentement : une femme, aux cheveux blond-roux en broussaille noués en courte tresse sur sa nuque. Elle ouvrit la bouche comme pour parler, mais se contenta de fixer Winslow de ses yeux verts au regard indécis.

— Docteur Larkin, je présume, dit doucement Winslow en anglais.

Pour la première fois depuis leur rencontre, l'Américain semblait ne plus trouver ses mots. Il dévorait la femme du regard, un sourire timide aux lèvres. Elle était plus petite que lui, mais guère, et peut-être de dix ans plus jeune. Ses hautes pommettes étaient semées de taches de rousseur.

— Vous êtes l'homme de l'ambassade, déclara-t-elle en anglais.

Elle observait Winslow d'un air étrange, sans colère ni frustration. Mais quelque chose chez cet homme la surprenait au plus haut point.

— Celui que les Tibétains appellent le cow-boy. Ils pensaient que vous étiez parti.

— Je l'étais, répondit Winslow, toujours souriant. Mais je suis revenu. Pour vous prévenir.

— Nous ne courons aucun danger. Le camarade Zhu m'a rendu l'insigne service de me signaler morte.

— Uniquement pour nettoyer le terrain, déclara Winslow. Le camarade Zhu veut vous voir morte une seconde fois.

En tibétain, il expliqua ce qu'ils avaient appris à Golmud. La géologue ne prononça pas une parole, elle se contenta de servir trois chopes de thé noir, sans quitter Winslow des yeux. Un des hommes qui étudiait la carte fonça vers le mur du fond, revint avec un fusil automatique de l'armée, et disparut derrière la couverture à l'entrée.

— Un piège ! s'étonna Larkin. Ça me paraît un peu mélodramatique.

— Il y a cinq ans que je travaille en Chine, insista Winslow. Et vous connaissez la Chine et le Tibet depuis presque aussi longtemps. Qu'est-ce que vous ne comprenez pas ? Que les Chinois ne veulent plus vous voir travailler avec certains Tibétains ? Que le camarade Zhu se donnerait la peine de revenir dans les montagnes en personne au lieu de se contenter d'y envoyer l'armée ?

Les autres peuvent croire que vous êtes morte. Mais Zhu sait qu'il n'en est rien, parce que c'est lui qui a tout planifié, parce qu'il m'a menti ; il a menti à Jenkins, il a menti à tout le monde.

Larkin sourit, apparemment amusée par ce que lui racontait Winslow. Son sourire lui creusait les joues à chaque commissure de lèvres. Shan chercha le mot en anglais. *Dimples*, des fossettes. Elle fit signe à Somo d'aller vers l'homme qui restait devant la carte et, rejoignant les purbas, elle chuchota avec eux comme s'il y avait urgence.

Shan regardait l'ordinateur et les tubes à essai. Sur la table il vit une autre carte de la région, avec d'épaisses lignes en différentes couleurs bien distinctes. Il s'approcha pour l'étudier. Chaque ligne était numérotée à son extrémité. Une, deux, trois, jusqu'à six. Il releva la tête ; Melissa le fixait.

— C'est vous, Tara la Verte, celle à laquelle ils apportent de l'eau.

— Je ne l'ai pas choisi, ce nom. C'est très gênant.

— Une divinité protectrice ! s'exclama Winslow, hilare.

Il semblait incapable de cesser de sourire : venu au Tibet chercher un corps, il découvrait une femme bien vivante, rebaptisée du nom d'une divinité.

Sur la carte, une ligne très courte numérotée sept, d'à peine trois centimètres, continuait en pointillé rouge sur cinq autres centimètres. Contre le mur étaient appuyés plusieurs longs tubes en plastique pleins de couleurs en poudre.

— Vous relevez le cours des rivières, dit Shan. Vous lâchez des marqueurs dans l'eau. Mais les rivières sont déjà cartographiées. Pourquoi ?

— Pas toutes, expliqua Larkin. Pas celle-ci. Pas la Yapchi.

— La Yapchi ?

— C'est ainsi que nous l'appelons.

— Qu'est-ce qu'une rivière de montagne a à voir avec le pétrole ?

— Savez-vous combien il reste de mystères géologiques à la surface de cette planète ? soupira l'Américaine. De mystères majeurs ? Il y a un siècle et demi, les sources des principaux fleuves n'avaient pas encore été découvertes. La tectonique des plaques n'avait pas été définie, elle n'existait même pas à l'état de théorie. Nombre des grands sommets attendaient encore d'être découverts. La topographie de vastes régions n'était pas connue. Aujourd'hui, hormis le fond des océans, que reste-t-il ? Dans toute ma carrière, jamais je n'avais espéré partager l'excitation de telles découvertes. Jusqu'au matin où je suis arrivée au camp de Yapchi. Après quatre jours passés dans cette montagne, j'ai compris qu'un truc ne collait pas : l'eau qui descendait des montagnes était en quantité insuffisante, vu l'importance du couvert neigeux et les dimensions du bassin de collecte.

— Vous avez découvert cette rivière ? Mais ce n'est pas une rivière...

— C'en est une et ce n'en est pas une. C'est une rivière cachée. Une rivière enterrée. Elle dégringole de la montagne sur cinq kilomètres et vient se fracasser dans cette gorge. Ce n'est pas le bon endroit, ai-je d'abord pensé. Une bizarrerie du terrain, peut-être rien qu'un état temporaire, pour cette année uniquement, à cause d'un éboulement de rochers en altitude qui bloquerait le cours normal des eaux. La nature n'envoie pas ses rivières dans les canyons en cul de sac.

— Cela signifie que les eaux pénètrent à l'intérieur de la terre et que, à partir d'ici, elles s'écoulent en souterrain ? Une nouvelle caractéristique à ajouter sur les cartes de la région.

— Comme le cours supérieur du Tsangpo, dit Winslow en sifflotant. Vous allez être célèbre ! s'écria-t-il, impressionné.

Surprise par les paroles de Winslow, Larkin hocha la tête avec respect. Quelques années auparavant, au Tibet, une équipe d'explorateurs américains s'était gagné une réputation internationale en établissant les relevés d'une gorge traîtresse non répertoriée, confirmant ainsi l'existence d'une belle cascade évoquée par les mythes tibétains.

— Mais pour quelle raison Zhu vous haïrait-il ?

— Il n'aime pas ceux qui m'aident, répondit Melissa Larkin.

Elle se tourna vers les deux hommes déjà âgés penchés sur leurs microscopes et qui prélevaient de temps à autre à la pipette de l'eau des tubes à essai. Ils ne ressemblaient guère aux purbas que Shan avait connus. Ils avaient l'air de professeurs.

— Ce sont des amis, dit Somo d'un ton tranchant en se rapprochant. Personne ne livrerait leurs noms.

— Pékin sera furieux ! dit Larkin, les yeux brillants d'excitation. La découverte sera annoncée dans le monde entier, et le crédit en reviendra aux Tibétains. Et si nous découvrons que les eaux ressortent au nord des montagnes, ce sera la nouvelle source.

Les Tibétains dévisageaient Shan avec de grands sourires. Larkin entendait par là que la petite rivière deviendrait la nouvelle source du Yang-tseu-kiang, le plus grand fleuve de Chine, et que la découverte en serait attribuée à des Tibétains. En effet, Pékin serait furieux. Pékin en aurait une attaque d'apoplexie. Ce fut au tour de Shan de sourire.

Une heure après l'aube, le lendemain matin, ils arrivèrent à la petite clairière sur la crête où Shan, Winslow et Somo avaient été déposés par l'hélicoptère la veille. De longs rayons de soleil tranchaient horizontalement l'arête balayée par les vents et l'hélicoptère de livraison des fournitures n'était pas encore arrivé. Les deux purbas qui avaient passé la soirée précédente devant la carte étaient partis dans deux directions opposées pour inspecter la zone de largage. Larkin niait toujours l'idée que Zhu lui voulait du mal, mais elle avait accepté de partir de bon matin en écoutant avec un petit sourire amusé Winslow, qui se proposait de prendre Zhu à son propre piège. S'il était vraiment dans ses intentions d'éliminer Larkin, il ne serait pas dans l'hélicoptère : elle pourrait s'enfuir en le voyant et le pilote serait témoin. Logiquement, il se ferait déposer à un ou deux kilomètres de là et attendrait que le déchargement soit terminé. Les purbas surveilleraient la piste pendant que Winslow installerait un leurre.

— Soyez prudents. Regardez partout, recommanda Somo aux deux sentinelles avant qu'elles partent rejoindre leur poste. Nous ne savons pas où se trouve la patrouille cachée.

À ces mots, Shan se surprit à examiner le paysage ingrat d'un autre œil : Somo voulait parler des cinq nœuds de Tuan qui n'étaient pas inscrits au rôle.

Depuis son poste dans les rochers, Larkin surveillait le déroulement des opérations de son air ironique. Les efforts déployés par Winslow pour la retrouver l'avaient émue, mais, même si elle n'en avait pas touché mot, il semblait évident qu'elle pensait n'avoir besoin de personne. Cependant, les deux Américains s'étaient visiblement pris d'affection l'un pour l'autre : ils avaient préparé ensemble le dîner de la veille, ils marchaient côte à côte sur la piste ce matin, partageant des histoires du pays, de bureaucrates stupides et d'expériences vécues au Tibet, des rires, même, en s'arrêtant de temps à autre pour suivre le vol d'un faucon flottant dans les courants ascendants.

Après une heure de surveillance, Larkin bâilla outrageusement en jetant à Winslow un regard impatient, et se plongea dans son carnet de notes. Somo paraissait soucieuse. Elle se tourna d'un air inquiet vers les deux purbas qui montaient la garde avant de dire à Shan :

— Ils ne voulaient pas que je vous en parle. Ils ne vous connaissent pas, vous et moi ne faisons pas partie de ce projet. Mais il faut que vous sachiez. Les bouteilles d'eau qui parviennent à Tara la Verte, elles contiennent parfois des messages.

— Des secrets, intervint Larkin.

— Sur les mouvements de troupes, les nœuds, les soldats et les hommes des Affaires religieuses. Lokesh et Tenzin ne se trouvent pas à Yapchi. Mais on ne les a pas non plus transférés à Amdo-ville ou plus au nord, à Wenquan. Et aucun hélicoptère n'a atterri à Yapchi ni à trente kilomètres à la ronde.

Winslow ouvrit sa carte d'un air sombre. Shan le rejoignit. Wenquan était la première ville du Qinghai, vers le nord, Amdo la plus proche au sud, direction Lhassa.

— On ne les a pas conduits là où on pouvait le prévoir, murmura Somo d'un ton angoissé. Pas en prison. Pas à Lhassa. Pas à l'aéroport pour être emmenés dans un pénitencier quelconque. Ni dans aucun établissement de rééducation connu.

Rien, sur la carte, à la section de la grand-route qui reliait les grandes villes, ne retint leur attention, à l'exception d'une mince et courte ligne grise qui la recoupait en provenance de l'ouest.

— Il n'y a qu'un endroit possible, déclara Somo en montrant le bout de la petite ligne. Le gompa de Norbu.

Ce n'était pas logique. Mais il aurait été encore moins logique que les deux hommes soient détenus à Yapchi, par les Affaires religieuses *et* les soldats. L'armée connaissait Norbu. La gorge sèche, Shan repensa aux panneaux politiques de Norbu, à l'allure de brutes qu'affichaient les hommes en chemise blanche, au regard de prédateur du président Khodrak.

— Et ce n'est pas tout. Un détail que les purbas ne comprennent pas. À Yapchi, il y a eu une violente prise de bec entre les hurleurs et les soldats de l'armée. Tuan et un des officiers de Lin se disputaient violemment le soir qui a suivi l'arrestation de Lokesh et de Tenzin. Et le lendemain matin Tuan et ses hommes n'étaient plus là.

Retentit soudain un coup de sifflet depuis les hauteurs. Un hélicoptère apparut, le même appareil aux lignes effilées qui les avait déposés là la veille. Il atterrit, et deux hommes déchargèrent des cartons et des sacs en nylon. En moins de cinq minutes, ils avaient terminé. Ils plantèrent dans le sol un grand pieu surmonté d'un fanion orange, et l'appareil décolla aussitôt.

Winslow se redressa d'un bond, Somo sur les talons.

— J'ai besoin de ces fournitures ! s'écria Larkin, avant de pousser un soupir et de se replonger dans ses notes.

Dix minutes plus tard, Winslow et Somo étaient de retour, et les deux sentinelles se faufilaient vers le périmètre de la clairière en signalant que quelqu'un approchait. Les cartons étaient toujours au milieu de la zone de dépose, mais on les avait disposés différemment, autour de deux silhouettes en salopettes et casques verts – la tenue de Somo et de Shan à leur départ de Golmud. Winslow avait glissé un tortillon d'herbe marron à l'arrière de l'un des casques – un semblant de tresse. Les deux mannequins, l'un tenu par le pieu, l'autre appuyé contre les cartons, étaient penchés en avant, le dos tourné au sentier que surveillaient les purbas.

— Une demi-heure, annonça Larkin à bout de patience au retour des purbas. Je vous accorde une demi-heure, ensuite je vais récupérer mon équipement.

Il ne s'était pas écoulé cinq minutes qu'un des purbas claquait des doigts en désignant le nord. Shan, derrière son rocher, risqua un œil. Trois silhouettes venaient d'apparaître en haut de la piste, pliées en deux, courant pour se mettre à couvert.

— Cet imbécile de Zhu cherche probablement à me piquer une partie de mes fournitures ! grommela Larkin. Ce petit salopard doit les revendre au...

Elle fut interrompue par le bruit infâme d'un fusil à longue portée. Deux autres détonations suivirent, et les purbas, le visage blanc comme un linge, poussèrent Larkin à l'abri de l'autre côté de l'arête.

Les deux mannequins étaient à présent vautrés sur les cartons, et un des casques avait volé en éclats. Le directeur des projets spéciaux descendait vers la clairière, un fusil de chasse à l'épaule, fier comme Artaban.

Ils n'osaient pas reprendre le sentier vers la gorge, où ils seraient exposés à découvert sur la pente, autant de cibles faciles pour un tireur avec fusil à lunette. Shan les conduisit plus bas, sur un sentier à l'arrière de la montagne, et, une heure plus tard, ils atteignaient la corniche aux mélanges.

Nyma, assise sur un rocher près de l'entrée cachée, courut vers eux en poussant des cris joyeux. Elle s'arrêta devant les nouveaux compagnons de Shan et observa Melissa Larkin en détail, avant de se tourner vers Winslow en hochant la tête d'un air entendu.

— Vous étiez persuadé qu'elle n'était pas morte, déclara-t-elle solennellement. Je le savais, mais parler de ces choses-là peut porter malchance

Larkin sourit gauchement, encore secouée. Jusque-là, elle avait présumé qu'elle reprendrait son travail auprès du consortium une fois sa tâche avec les purbas accomplie. Elle savait maintenant que le directeur des projets spéciaux, le camarade Zhu, préférerait la voir morte.

Shan présenta Lhandro et ses parents, les seuls occupants de la caverne. Ils n'avaient pas revu le lama guérisseur. Lhandro et sa mère servirent le thé pendant que Shan expliquait ce qui était arrivé à Tenzin et à Lokesh, en leur révélant la véritable identité de l'abbé de Sangchi. Quand il sortit, Lin et Anya étaient assis derrière le genévrier rabougri, sur une couverture où était posé un bol de boulettes de tsampa. Ils bavardaient et regardaient les nuages. Un vrai pique-nique. Shan s'arrêta à quinze mètres sans qu'ils le voient. Le colonel avait les mains jointes et l'adolescente nouait une ficelle en un motif complexe autour de ses doigts. Un bruit étrange, presque douloureux, s'échappait des lèvres de Lin. Shan se rapprocha. Lin riait.

Anya termina son tissage improvisé. Elle se tourna vers Lin et tira sur une extrémité de la ficelle, qui se défit entièrement comme par magie. Lin éclata de rire. Shan s'avança. Le colonel et la jeune fille relevèrent la tête, surpris. Lin se renfrogna en jurant dans ses moustaches. Anya tapota la couverture à côté d'elle et Shan s'assit.

Ils ne se parlèrent pas ; Anya offrit le bol de boulettes de tsampa en montrant un grand gypaète qui planait au-dessus des longues arêtes en contrebas. Shan observa le sud, où se trouvait Norbu, quelque part dans les brumes à l'horizon. Lin pointa le doigt vers un envol d'oies qui se dirigeaient vers Lamtso. Il n'y avait pas si longtemps, c'était un fusil automatique qu'il pointait sur ces mêmes volatiles avant de faire un carnage.

Une rafale de vent emporta soudain la ficelle posée sur la couverture, à dix mètres de là, sur un rocher. Anya bondit pour se lancer à sa poursuite.

— Ils ont pris mes amis, déclara doucement Shan.

— Le vieux et le grand qui se fait appeler Tenzin, dit Lin.

Ce n'était pas une question. Comme s'il savait que les deux Tibétains seraient capturés.

— Tenzin était l'abbé de Sangchi, celui qui a disparu.

— Qui s'est enfui, rectifia sèchement Lin. C'est ce que font les voleurs. Je me fiche bien du nom qu'on lui donne. C'est un voleur. Mon voleur. Jamais ils n'accepteront un échange d'otages, conclut-il, le front barré d'un pli soucieux.

— Vous n'êtes pas un otage, colonel. Vous n'êtes pas prisonnier.

Quand il tourna la tête, Lin grimaça de douleur.

— Je ne peux pas partir, de toute façon, vous le savez. J'ai des vertiges dès que je fais quelques pas. La fille m'aide.

— Elle vous a sauvé la vie. Personne ne vous aurait déterré de sous ces rochers si elle n'avait pas été là. Le moins que vous puissiez faire, c'est de l'appeler par son nom.

— Anya, prononça Lin avec ressentiment, d'une voix crispée.

— Mes amis ont été capturés parce qu'ils étaient partis chercher des herbes pour vous.

Lin lâcha une sorte de ricanement, les lèvres retroussées en un sourire froid, comme si la nouvelle lui faisait plaisir. Anya continuait à pourchasser son morceau de ficelle en trébuchant fréquemment à cause de son handicap.

— Si vous leur aviez demandé de vous rapporter ces herbes médicinales, de retourner dans la vallée où attendaient vos soldats, ils y seraient allés.

Quand il se tourna vers Shan, Lin plissait les paupières, les lèvres tordues comme s'il venait de mordre dans un fruit amer. Il ne dit rien, se contentant de regarder Anya, qui jouait maintenant comme la toute jeune adolescente qu'elle était. Elle semblait avoir oublié la présence des deux hommes et admirait des fleurs.

— Cette petite me montre des choses, murmura Lin. Anya, rectifia-t-il, les yeux dans le vide. Quand mes soldats viendront, je ferai en sorte qu'il ne lui soit pas fait de mal. Elle pourra rentrer chez elle.

— Elle n'a pas de chez elle, dit Shan, ignorant la menace dans la voix du colonel.

— Je lui ferai donner de la nourriture, des chaussures, peut-être. Il faut de bonnes chaussures en montagne.

— Là où elle vivait a été brûlé. Yapchi.

— Foutus imbéciles ! rétorqua Lin aussi sec. Ce n'est pas moi qui les y ai obligés !

— Bien sûr que si, répliqua Shan aussi vite.

Les deux hommes se défièrent du regard, avant que Lin détourne les yeux quand Anya appela. Elle revenait en claudiquant avec son morceau de ficelle, et une pierre qu'elle voulait leur montrer à cause du motif de fleur de lotus qu'y dessinaient les lichens.

En remontant vers l'arrière du plateau, Shan se figea sur place : à cent mètres, au-delà du talus accoté à la falaise, une silhouette était assise au milieu des rochers. Jokar. Le vieux lama guérisseur méditait. Depuis combien de temps ? Personne ne l'avait revu depuis trois jours. Avait-il passé toutes ces heures au même endroit, à contempler la corniche aux mélanges et la plaine des Fleurs ? Mais où était passé son gardien ? Sur la corniche aux herbes, Shan avait vu les traces de deux hommes qui avaient dormi là.

Dans la caverne, Lhandro et son père se disputaient. Lepka, ayant appris la nouvelle concernant Tenzin et Lokesh, voulait retourner immédiatement à Yapchi. Son fils ne cessait de lui répéter qu'on ne pouvait rien faire à Yapchi pour aider les deux Tibétains. Lepka aperçut Shan et s'interrompit pour s'avancer vers une cellule de méditation.

— Ce sont les hommes-baguettes, marmonna le vieillard aux ténèbres d'une voix à peine perceptible. Les hommes-baguettes n'abandonnent jamais.

Nyma regarda Shan d'un air triste en voyant Lepka entrer dans la cellule.

— Parfois, il est comme ça. Son esprit s'égare.

— Qu'est-ce qu'il veut dire ? s'enquit Shan.

— Ça remonte à son enfance, dit Nyma. Un jouet, je crois.

— Ce sont les monstres de ses cauchemars, expliqua la mère de Lhandro d'une voix inquiète. Depuis des années, il a des cauchemars à quelques semaines d'intervalle, et il pleure à propos des hommes-baguettes. Mais ce mois-ci ses mauvais rêves le prennent presque toutes les nuits.

Dans la grande salle, Winslow et Larkin bavardaient avec animation. Les deux purbas qui avaient accompagné la géologue discutaient de Lin avec Somo d'un ton d'urgence. En observant les deux hommes, Shan songea qu'il s'était peut-être trompé en affirmant à Lin qu'il n'était pas prisonnier.

Combien de crimes, combien de bonnes ou de mauvaises raisons ? se demanda-t-il en observant Lin et les purbas. Tout était compartimenté, ainsi que l'avait fait remarquer Somo. Exactement comme les opérations de Pékin. Les nœuds cherchaient le lama guérisseur. Les troupes de montagne cherchaient Tenzin. Tuan et sa brigade de la Sécurité publique qui œuvrait dans l'ombre cherchaient l'assassin du directeur adjoint Chao. Khodrak voulait retrouver un homme avec un poisson. Zhu, directeur des projets spéciaux, avait rédigé un faux rapport sur la mort de Larkin pour pouvoir la traquer et la tuer. Pourquoi ? Parce qu'elle avait été prise sous l'aile des purbas, prétendait-elle. Shan n'y croyait plus. Chacun avait son plan personnel, sa propre mission, et personne ne semblait savoir ce que faisaient les autres, ni pourquoi ils le faisaient. Shan ne comprenait pas les raisons de la présence de Jokar, par exemple. Le lama guérisseur avait-il vraiment fait tout ce chemin depuis l'Inde pour se promener à sa guise dans la montagne au-dessus de la plaine des Fleurs ?

— Il y a combien de temps que Jokar est revenu ? demanda-t-il à Nyma.

— Revenu ? Il est parti le jour de votre départ et n'a pas réapparu.

— Mais je l'ai vu. Sur les rochers, au-dessus.

Nyma se précipita, Shan sur ses talons. Jokar avait disparu. Shan avait-il été le jouet de son imagination ?

Ils contournèrent le talus en examinant chaque rocher. Le vieillard aurait facilement pu tomber. En fait, il semblait presque impossible qu'il eût grimpé là où Shan l'avait aperçu.

À leur retour, la caverne palpitait d'excitation. Les purbas s'étaient tus. Lhandro et son père étaient sidérés. La mère de Lhandro était sur une paillasse, et Jokar était penché au-dessus d'elle.

— À un moment donné, il a été là, c'est tout, expliqua Lhandro. Debout près de mon père dans la cellule de méditation, comme si un esprit était venu le déposer. Personne ne l'a vu entrer. Il a dit que ma mère devait s'allonger et lui a demandé si elle avait toujours les genoux raides. C'est vrai qu'elle avait eu mal, jusqu'à ce qu'on revienne avec le sel de Lamtso.

Jokar rejoignit Lepka, assis près des lampes à beurre. À la lumière, Shan vit que Jokar avait au cou un gros hématome sombre, comme s'il avait reçu un coup.

Jokar prit le pouls de Lepka et les deux vieillards se mirent à bavarder, d'abord à voix basse, puis plus fort, comme s'ils se décontractaient. Ils évoquèrent Rapjung et la venue, chaque automne à Yapchi, des collecteurs d'herbes ou d'un lama et d'un étudiant qui restaient parfois un mois afin de mélanger les herbes pour les remèdes.

— Je me souviens qu'il y avait là-bas une belle maison, dit Jokar, comme un ancien temple tout en bois.

Sa voix ressemblait à du sable mouvant et, tout en parlant, il tenait le poignet de Lepka.

— Cette maison a apporté la sérénité à beaucoup de monde, dit Lepka en souriant.

Lorsque le lama en eut terminé, il regarda le vieux rongpa, puis son épouse.

— Parfois, dit-il doucement, ne te sers pas uniquement de ton bâton. Appuie-toi sur ton épouse. Elle aussi est un bâton solide.

Nyma était assise dans un coin et dévisageait Lokar avec un mélange d'admiration, de culpabilité et de crainte. Elle portait toujours ses vêtements de rongpa et Shan ne l'avait pas vue égrener son rosaire depuis le jour où le village avait brûlé. Dans le coin opposé, les purbas regardaient de tous leurs yeux, sans vraiment comprendre.

— Est-ce qu'ils ont peur de Jokar ? demanda Shan à Somo.

— Non. C'est moi qui ai peur. Ils semblent absolument convaincus que c'est lui, celui qu'ils attendaient, ils disent qu'il faudrait faire venir plus de purbas pour le protéger.

— Celui qu'ils attendaient ?

— Le moine qui est venu reprendre la chaise de Siddhi.

Shan n'en crut pas ses oreilles. Jamais le frêle vieillard ne proposerait d'agresser les Chinois. Mais il connaissait peut-être la chaise de Siddhi et désirait s'y rendre pour y parler du Bouddha de la Compassion. Finalement, peu importait aux purbas ce qu'il dirait, pourvu qu'il accepte la chaise : une prophétie accomplie exercerait son pouvoir parmi les habitants des montagnes, et la légende pourrait ainsi être détournée au profit de la résistance. Celle-ci prédisait que le lama qui allait s'asseoir sur la chaise serait le chef de la révolution. Soudain, un des jeunes Tibétains de l'équipe de Larkin se précipita et tomba à genoux à côté de Lokar.

— Rinpoché, lâcha-t-il tout de go, viendrez-vous, viendrez-vous faire cela, pour nous tous ?

Jokar se tourna avec lenteur, en inclinant la tête.

— Prendrez-vous la chaise de Siddhi ?

Jokar se contentant de le regarder, le purba répéta sa question, d'une voix tremblante d'excitation. Avec un demi-sourire, le lama hocha lentement la tête. Les yeux du purba s'écarquillèrent tout grands, et il se tourna vers Somo d'un air triomphant. Il se remit debout d'un bond, sangla un sac dans son dos et sortit en courant.

Jokar se releva pour se diriger droit sur Winslow et s'installer à son côté. L'Américain lui sourit avant de tourner vers Shan, assis tout près, un regard interrogateur lui demandant comment se comporter. La main du lama se leva et se plaça au-dessus du crâne de Winslow, sans le toucher. Elle se déplaça lentement le long de la tête et du cou, à deux centimètres de la peau. Quand il en eut terminé, le lama soupira et souleva le poignet de Winslow.

— Les montagnes ont du mal avec vous, déclara-t-il doucement.

Winslow releva la tête sans comprendre.

— Je vais mieux, dit-il avec un sourire gauche, comme si le lama parlait de son mal des hauteurs.

— Vous avez fait bien du chemin, reprit le vieillard, en l'examinant à nouveau de ses yeux profonds et mouillés qui s'arrêtèrent au sommet du crâne de son patient. Il y a cette chose noire. Vous devez vous débarrasser de cette chose noire.

Il s'interrompit et dévisagea l'Américain bien en face. Il ouvrit la bouche pour ajouter quelque chose mais se contenta de soupirer en inclinant la tête, comme pour mieux saisir ce qu'il voyait chez l'Américain.

— Vous avez fait bien du chemin, répéta-t-il, avant de se relever lentement.

Winslow fixait le sol. Il paraissait secoué. Il déglutit et, toujours souriant, croisa le regard de Larkin, qui ne cilla pas.

— C'est l'impression que j'ai, dit-il en plaisantant, avant de sortir lui aussi.

Cinq minutes plus tard, Shan le retrouvait près du genévrier rabougri.

— Vous l'avez retrouvée, dit-il d'une voix hésitante. Vous pouvez rentrer chez vous.

— Je suis une voie, murmura l'Américain d'un ton chargé d'une curiosité étrange – celle d'un homme surpris par ses propres actions ou émotions.

Ils contemplèrent l'arbre de conserve. Un petit oiseau brun se posa sur une branche et les observa.

— C'est la voie sur laquelle il est écrit que je dois être. Simplement, parfois, elle est difficile à voir.

Un autre mystère auquel Shan n'avait pas eu le temps de réfléchir concernait l'Américain : qui était-il ? Ou qui devenait-il ?

— Vous êtes venu chercher la dépouille de Mlle Larkin. Vous l'avez retrouvée en vie. Vous lui avez sauvé la vie. Tout le reste... À partir de maintenant, tout le reste devient très dangereux.

— Zhu est encore là. Si je partais et qu'il arrivait quelque chose à Melissa ?

— Les purbas la protègent. Ils ont compris le danger, grâce à vous.

Winslow soupira et se mit à genoux pour se rapprocher de l'oiseau.

— Dans mon cœur, j'ai cessé de travailler pour le gouvernement, avoua-t-il d'une voix pleine d'une sérénité toute nouvelle à cette petite créature qui paraissait l'écouter avec attention. Le fait d'avoir donné mon passeport m'a débarrassé d'un grand poids. Cela faisait partie de la voie que je suis, c'était écrit. Et ce qu'a dit Jokar, que j'ai fait bien du chemin... Je ne pense pas qu'il voulait parler de la distance qui me sépare des États-Unis. Mais qu'entendait-il par « les montagnes ont du mal avec moi » ?

— Je ne sais pas, répondit Shan avec une tristesse soudaine. Quelque chose entre les divinités et vous.

— C'est juste que je n'en ai pas fini avec le Tibet, dit Winslow à l'oiseau qui le fixait droit dans les yeux.

Il pivota soudain vers Shan.

— J'ai fait un rêve la nuit dernière. Je flottais au-dessus des montagnes, jamais je ne m'étais senti aussi apaisé. Je tenais la main de Jokar et nous flottions au-dessus des montagnes pendant qu'il riait en me montrant différents endroits. Nous volions avec les oies au-dessus d'un lac bleu très profond. À la fin, j'ai regardé Jokar et je lui ai dit : « Rinpoché, tous les lamas ont besoin d'un cow-boy », et il s'est contenté de hocher la tête d'un geste solennel.

Il se tourna vers l'oiseau, qui lui prêtait toujours toute son attention.

— Ce n'était qu'un rêve, suggéra Shan.

Si Lokesh avait entendu un tel récit, il aurait demandé à Winslow s'il était bien sûr d'avoir été endormi. Il aurait soutenu qu'il ne s'agissait peut-être pas d'un rêve, mais d'un moment de conscience éveillée.

— Je crois qu'il signifie que je suis censé aider Melissa Larkin et les Tibétains. Aider Lokesh et Tenzin.

— Je croyais que vous étiez censé retourner à Pékin.

— Pour dire aux bureaucrates que Larkin n'est pas morte, mais, ne vous en faites pas, ça ne va pas tarder. Ils doivent probablement avoir un formulaire pour ça. Rapport sur Meurtre à Venir. Je sais que vous, vous n'abandonnerez pas Lokesh.

— Non. L'abandonner n'est pas ce que je fais.

Ils entendirent soudain Nyma qui les appelait.

— Il s'est arrêté, s'écria-t-elle quand ils arrivèrent près d'elle. Il s'est appuyé contre le mur et il a soupiré, avant de glisser au sol. Jokar... Jokar est mort.

Ses yeux brillaient de larmes dans son visage couleur de cendre.

Le lama s'était affaissé contre la paroi, une jambe étendue, l'autre coincée sous lui. Une de ses mains serrait un vieux dorje en bronze. Son visage ne donnait aucun signe de vie. Lhandro et ses parents récitaient des mantras à un rythme frénétique. Les purbas qui restaient s'étaient agenouillés autour de lui en demi-cercle, impuissants, le visage grimaçant.

Shan se faufila entre eux. Jokar ne respirait plus.

— Il était tellement âgé, dit Nyma avec angoisse. Mais il n'y a personne pour réciter les Bardos.

Lokesh aurait su comment agir. Shan souleva la main du vieillard de ses doigts tremblants, qu'il plaça comme il avait vu faire son vieil ami tant de fois. Il ne put détecter aucune pulsation au début. Puis il perçut comme un battement d'ailes dans le lointain. Un petit coup, et, après un temps interminable, un autre.

— Il arrive qu'un tel homme soit rappelé pour parler aux divinités, murmura Anya contre son épaule.

Les autres regardèrent la jeune fille d'un air solennel, sans réfuter ses paroles. Si une divinité venait parler à Anya, une autre pouvait aisément convoquer Jokar pour aller parler ailleurs.

— Une partie de lui a pu être rappelée vers le bayal d'où il est sorti.

Jokar venait d'un des pays cachés, entendait-elle par là – une vérité qui en valait bien d'autres, aurait pensé Lokesh.

Avec l'aide de Nyma, Shan dégagea doucement la jambe repliée sous le corps. La peau de Jokar était fraîche ; pas froide, mais loin d'être aussi chaude que celle de Shan.

— Il est parti, gémit Lhandro. Ça arrive, les organes s'arrêtent l'un après l'autre.

— Il est dans le savoir, il lui a ouvert les bras, rétorqua Lepka d'une voix douce, tentant de s'expliquer en voyant que Shan ne comprenait pas : c'était un enseignement de Rapjung, que j'ai souvent entendu quand j'étais jeune. Lorsqu'on est humain, le plus grand cadeau est le savoir, et le plus grand savoir est la mort.

Il regarda Jokar tout en parlant, puis se tourna vers Shan pour une explication supplémentaire.

— C'est un grand cadeau, diraient les moines, de savoir sa propre non-permanence.

Personne ne dit mot. Même les mantras s'arrêtèrent. Lekpa inspecta les alentours d'un air curieux, apparemment surpris par la réaction à ses paroles.

— Il faudrait quelqu'un de part et d'autre, pour qu'il ne tombe pas, conseilla la mère de Lhandro.

Elle se glissa sur un côté, Nyma de l'autre. Shan se recula et aperçut le visage inquiet de Winslow.

— Il me reste bien quelques pilules, proposa l'Américain en signe d'impuissance.

Il s'approcha de Jokar en se tordant les doigts.

— Cet endroit avec les herbes. Je pourrais y retourner, si on me précise ce que je dois rapporter.

Quel étrange lien était en train de se tisser entre l'Américain désespéré et le vieux guérisseur ?

— Il a parlé d'une chose noire, déclara Shan à Winslow. Il vous a prié de vous en débarrasser. C'est ce que vous pouvez faire.

— Je n'ai pas compris.

— Cette chose noire que vous transportez dans votre sac.

Winslow se détourna, poussa un soupir, ramassa son sac et sortit. Shan le rejoignit à quelques pas du bord du plateau, face au vide.

L'Américain s'était tourné vers Lin, assis sur un rocher près du genévrier. Ils longèrent les ruines de l'ancienne cabane, hors de vue du colonel, et Winslow ouvrit son sac à dos.

— Je pensais que Melissa risquait d'en avoir besoin, avec Zhu encore dans les montagnes, dit-il en manière d'excuse.

Shan se contenta de désigner un point en contrebas, où une ombre indiquait la présence d'une petite faille. Winslow glissa la main dans son sac, sortit le pistolet de Lin, et le balança dans le vide. L'arme monta en arc dans le ciel avant de dégringoler un long moment et de disparaître finalement dans l'ombre. Les chargeurs empruntèrent le même chemin.

Un grand gypaète prit son essor et plongea vers les chargeurs en chute libre pour virer de l'aile à toute vitesse en lâchant un cri strident.

Ils retournèrent dans la salle en silence et s'installèrent avec les autres pour veiller le vieux lama. Les rongpas récitaient le mantra mani. Larkin et Winslow s'étaient assis aux pieds de Jokar. Somo tenait une de ses mains entre les siennes et la caressait doucement. Anya entama une de ses mélopées murmurées. Bizarrement, au bout d'un moment, Melissa Larkin se mit à fredonner en accompagnement, comme si elle la connaissait elle aussi. Une demi-heure s'était écoulée quand, tout à coup, les doigts d'une main de Jokar se levèrent, et le corps du vieillard se redressa légèrement avant de retomber.

Shan avait déjà assisté à des méditations profondes, il en avait lui-même connu, mais ceci n'en était pas une. Jokar était ailleurs. Ses yeux s'ouvrirent, même s'ils paraissaient sans vie. Ils étincelèrent d'énergie pendant une seconde, puis s'éteignirent. Shan avait peur. Les yeux du vieil homme étaient devenus vitreux. Ses doigts s'étiraient et se contractaient, comme s'il escaladait une paroi. Dans le fond de la salle, les mantras gagnèrent en intensité : les purbas s'étaient joints à la prière. Melissa Larkin s'avança avec un bol de thé chaud qu'elle pressa contre le bras du lama. Il battit à nouveau des paupières et tendit la main comme pour attraper quelque chose dans l'air. Sa bouche s'ouvrait et se fermait et sa tête se tendait en arrière, mâchoires serrées, à croire qu'il luttait contre un ennemi invisible.

De nouveau, tout le monde fit silence.

— On croirait qu'il essaie de se réveiller d'un profond sommeil, murmura Lhandro.

Shan devinait que Jokar n'était pas mort ; il s'était rendu aux confins de la mort, ou bien la mort lui avait rendu visite et il la renvoyait. Ce corps d'un autre âge s'était un instant abandonné, mais l'essence de ce qu'était Jokar avait lutté, car il lui restait une tâche à accomplir. Lepka entama un mantra que Shan n'avait encore jamais entendu, un mantra de supplication, où revenait sans cesse le nom de Yamantaka, le seigneur de la Mort.

Le gypaète lâcha à nouveau son cri, tellement proche qu'on l'eût cru installé sur les rochers au-dessus de leurs têtes. La seconde suivante, les yeux du lama s'illuminèrent. Jokar leur était revenu.

Winslow poussa un de ses hurlements de cow-boy et les yeux de Jokar s'écarquillèrent. Pleinement éveillé à présent, il sourit d'un air appréciateur, à croire que c'était le cri de l'Américain qui l'avait fait revenir. Personne ne prononça plus la moindre parole jusqu'à ce que Lin bouge dans l'ombre à l'entrée de la pièce. Depuis combien de temps était-il là ? songea Shan. Avait-il compris ce à quoi il avait assisté ? En réalité, quel était celui parmi eux tous à avoir compris quoi que ce fût ?

Jokar respirait profondément. Nyma lui offrit du thé.

Shan se leva, mais Lin avait battu en retraite. Il était dehors, face au genévrier, comme s'il attendait de l'arbre que celui-ci lui révélât quelque important secret, ou lui fournît un oiseau pour venir l'écouter. La colère qui consumait en permanence ses traits avait disparu. À certains égards, ce n'était plus le Lin que Shan avait croisé deux semaines auparavant. Néanmoins, il savait que le prédateur, toujours prêt à fondre sur sa proie, n'avait pas disparu ; il était là, et bien là, juste sous l'épiderme de cet homme troublé assis à l'ombre de son arbre. Shan alla s'asseoir auprès de lui.

— Ce que ce vieillard a fait..., commença Lin d'une voix grave. Dans le village où j'ai grandi, ils l'auraient traité de sorcier.

Shan posa la main sur une des branches tordues.

— Ça ne marche jamais d'essayer d'expliquer les Tibétains selon les critères que nous avons appris en grandissant en Chine.

Le colonel lâcha un grognement de gorge, comme s'il avertissait Shan de ne pas poursuivre plus avant.

— Ce sont les Affaires religieuses qui se sont emparées de Tenzin, déclara tout à coup Shan. Le directeur Tuan.

— Tuan ? Ce n'est pas de son..., cracha Lin, mâchoires verrouillées. Simplement parce que je n'étais pas là.

— Parce que Tenzin, c'était votre mission, n'est-ce pas ? Pas celle de Tuan.

— Nous travaillons tous pour le gouvernement du peuple.

— Tuan n'a pas remis Tenzin entre les mains du gouvernement du peuple.

— Cela, vous n'en savez rien.

— Il n'est pas parti vers le nord par la grand-route, il n'est pas parti vers le sud. Il ne s'est servi d'aucun hélicoptère.

— Des espions ! siffla Lin. Ceux qui cherchent à percer les secrets du gouvernement sont des espions.

Shan ignora l'accusation.

— Le gouvernement aurait des projets très spéciaux pour l'abbé de Sangchi, poursuivit-il. Il existe un institut pour les Études tibétaines avancées à Pékin.

Shan faisait référence à l'un des établissements de choix dont la fonction était la rééducation des chefs tibétains égarés, une école spéciale créée par Mao Tsé-toung et destinée à enseigner aux responsables tibétains l'application rigoureuse de ses doctrines.

— Il existe une demi-douzaine d'instituts médicaux où un lama souffrant pourrait passer une année ou deux à récupérer d'une rechute. Mais ce n'est pas là qu'on l'a expédié, ni en prison. Il n'a pas quitté la région.

— Il est d'abord responsable devant l'armée, grogna Lin.

— Selon vous, il est responsable devant la 54e brigade de Combat des Montagnes. Ce qui était jadis la division Lujun.

Lin le fusilla du regard, comme si c'était un acte de trahison que de parler de ces choses. Le vieux Lin était de retour. Peut-être, songea Shan en repensant au colonel avec l'adolescente, existait-il désormais un Lin pour Anya et un autre pour le reste du monde.

— Il nous a volés.

— Un morceau de pierre.

— Et des secrets militaires, ajouta Lin à voix basse en s'adressant à l'arbre.

Il venait finalement d'avouer la vérité quant à l'intérêt qu'il portait à Tenzin et à la pierre. Confirmant ce que Shan et Winslow soupçonnaient.

— Tenzin ne s'intéresse pas aux secrets militaires.

— Qu'en savez-vous ? Les traîtres qui l'aident s'y intéressent, eux. C'était peut-être le prix exigé par les purbas pour l'aider. Me voler des renseignements, pour eux, qu'ils utiliseront contre le gouvernement.

— Tenzin ne passerait pas ce genre de marché.

— Le mobile n'a aucune importance. Il a pris des secrets. C'est une trahison ! Vous savez comment on juge une trahison. Un bref procès, une balle rapide. Je peux le convoquer devant un tribunal militaire. En secret. Les autres continueront à le chercher le long de la frontière indienne longtemps après que je l'aurai collé dans une tombe cachée dans les montagnes.

Shan contempla le lichen qui recouvrait l'extrémité de la branche.

— Lorsque vous repartirez, colonel, finit-il par dire, voulez-vous essayer de le retrouver ?

— Naturellement que je vais le retrouver. Je l'arracherai aux mains de ceux qui le détiennent, s'il le faut. Il est à moi. À l'instant où il m'a volé, il a renoncé à la vie. Les hurleurs ne peuvent pas le cacher bien longtemps. Les hurleurs jouent dans un monde qu'ils ne connaissent pas. Il va falloir qu'ils se dénichent un nouvel abbé apprivoisé.

Shan soupesa ses paroles. Lin avait peut-être raison, comprit-il soudain. Cela expliquerait les bizarres réactions de Khodrak et de Tuan, ainsi que l'empoignade verbale entre les hurleurs et les nœuds, puis entre les hurleurs et les soldats, à Yapchi. Ils s'engageaient dans l'univers de la Sécurité publique et des secrets d'État, des royaumes normalement fermés au bureau des Affaires religieuses. La Chine moderne avait, elle aussi, ses mondes cachés.

— Quand vous pourrez marcher de nouveau sans dégringoler des montagnes, vous serez libre de partir, annonça Shan d'un ton las. Mais cela peut demander encore quelques jours, peut-être même une semaine.

Lin se frotta la tempe et cilla. Pareil à Jokar luttant pour reprendre le contrôle de son corps, Lin bataillait pour conserver le contrôle du colonel malfaisant, songea Shan

— Vous devriez donc écrire une lettre, suggéra-t-il.

— Pas de marché. Je vous ai prévenu. Kidnapper un officier, c'est le lao gai. Ou le peloton d'exécution. Pas de pardon.

Qui nous pardonnera jamais de vous avoir gardé en vie ? voulut lui demander Shan.

— Peut-être aimeriez-vous avertir certaines personnes que vous êtes toujours vivant.

— Je n'ai pas de famille.

— Les soldats de votre unité fouillent la région, ils vous croient mort. Peut-être aimeriez-vous donner des instructions au directeur Tuan et aux hurleurs qui détiennent Tenzin.

La suggestion de Shan fit réfléchir Lin, dont le visage se glaça de nouveau.

— Quel est votre intérêt dans tout cela ?

— Ce serait un acte de compassion, pour soulager l'angoisse de vos soldats. En outre, leur réaction à une telle lettre m'indiquerait peut-être où se trouve mon ami, celui qui a été arrêté en même temps que Tenzin.

J'ai besoin de les retrouver avant l'armée, pensa Shan, et une telle lettre pourrait dissuader Tuan de les expédier Dieu sait où.

Le filet de sourire que lui offrit Lin n'était pas dénué de respect.

— Vous n'avez pas toujours vécu au Tibet, déclara-t-il.

— J'ai travaillé pour le gouvernement du peuple pendant vingt ans, à Pékin. Pour les membres du Parti qui dirigeaient le gouvernement.

— Mais vous avez fait un pèlerinage au Tibet, persifla Lin.

Shan déboutonna lentement sa manche et montra son tatouage de lao gai.

— Je suis parti vivre parmi des personnes d'une bien meilleure classe.

Lin plissa les yeux en étudiant le tatouage de Shan. Il fixa longuement la ligne de chiffres en changeant successivement d'expression, passant de la colère au soupçon puis au mépris et à l'incompréhension. Ses yeux ne bougèrent pas, il se contenta de regarder dans le vide.

— Je vais vous faire donner du papier, conclut Shan en se levant. Vous savez que nous lirons la lettre avant de la remettre. Racontez ce que vous voulez. Simplement rien sur Jokar et rien sur cet endroit.

Il avait fait cinq pas quand il se retourna. Lin regardait toujours dans le vague.

— Cette petite fille, Anya, elle non plus n'a pas de famille, dit-il à son dos.

Lin releva la tête, sans reconnaître qu'il avait entendu.

Chose inattendue, on riait quand Shan pénétra dans les salles cachées. Winslow montrait à Anya et à Nyma des tours qu'il exécutait avec une des cordes en cuir tressé des purbas. Ayant fait une boucle à une extrémité, il faisait tourner la corde au-dessus de sa tête et la relâchait pour attraper divers objets. Un rocher étroit posé à sept ou huit mètres. Un petit rocher rond sur la pente. Anya, les bras collés au corps, gloussa quand la boucle glissa autour de sa tête pour venir l'enserrer à la taille. Shan sourit et alla chercher la feuille de papier, que Lhandro se proposa d'apporter au colonel quand il en apprit la raison. Le jeune purba contesta l'idée de Shan, mais Somo leva la main pour le faire taire.

— Lin exigera des hurleurs qu'ils lui abandonnent Tenzin et Lokesh, dit-elle.

Un autre personnage avait rejoint Winslow. Jokar, l'air très enjoué, se tenait droit comme un I pendant que l'Américain le prenait au lasso, une fois, deux fois, trois fois. À chaque coup, le lama hocha la tête avec approbation, avant de finir par demander à se servir de la corde. Sous les regards amusés de Shan, d'Anya et de Nyma, il s'emmêla avec le lasso en le faisant lentement tournoyer au-dessus de sa tête. Il rata sa cible les trois premières fois, avant de faire mouche à tous les coups. Il pria finalement Winslow de lui servir de cible, et rit quand la corde entoura l'Américain aux épaules.

— C'est comme le tir à l'arc. Sans l'arc.

Puis il enjoignit gentiment à Anya et à Nyma d'essayer de le prendre à leur tour au lasso. Elles s'y essayèrent de bon cœur pendant un bon quart d'heure, jusqu'à ce que Jokar leur désigne dans l'amas pierreux un rocher marqué de lichens, qui, insista-t-il, dessinaient la tête de cheval de Tamdin, le démon protecteur.

Shan et Winslow s'attardaient près de la paroi rocheuse après que les autres furent repartis quand Lepka leur annonça que du thé frais venait d'être baratté.

— Je vous accompagne, dit l'Américain. Je viens à Norbu.

— C'est votre passeport qui vous protégeait, soupira Shan. Maintenant que vous l'avez donné, vous n'avez...

— Pour quoi faire ? demanda alors Melissa Larkin sur le seuil de la grotte. Pourquoi avez-vous donné votre passeport du département d'État ?

— Je l'ai perdu, voilà tout, répondit Winslow en souriant. À l'école, je perdais toujours mes devoirs.

Larkin l'observa d'un air incertain, le visage empourpré, en se mordant la lèvre.

— Nous allons retrouver nos amis qui ont été arrêtés, lui apprit tranquillement Winslow.

— À Norbu, acquiesça Larkin. J'ai entendu les purbas dire qu'ils se trouvaient dans la Seconde Maison.

— Vous connaissez le gompa ? s'enquit Shan.

— Certains purbas en parlent. Ils racontent que les hurleurs y emmènent les moines malades pour les soigner.

Shan en eut froid dans le dos.

— Nous étions quelques-uns dans les montagnes, le mois dernier, quand nous avons vu un moine de Norbu. Un moine et un médecin en uniforme bleu. Avec des hommes qui ressemblaient à des soldats, en chemise blanche. Ils transportaient de petits bidons de kérosène sur le dos. Je me suis moquée d'eux en leur suggérant qu'ils s'épargneraient beaucoup de tracas s'ils utilisaient la bouse de yack. Mais ils n'avaient pas envie de plaisanter.

Shan était sur le point de lui demander ce que ces hommes pouvaient bien faire avec autant de kérosène quand une autre silhouette apparut dans l'embrasure de la porte.

— On ne peut tout de même pas entrer dans ce gompa au pas de parade, dit Somo d'un air peiné, comme si elle venait de se disputer avec eux sur ce sujet.

Shan voulut protester. Il ne voulait être accompagné par personne, personne susceptible d'être exposé à une arrestation quasi certaine par les nœuds. Cependant, Somo était venue de Lhassa pour aider le lama fugitif, et elle avait perdu Drakte dans la lutte pour garantir la sécurité de Tenzin.

— Vous aurez besoin de personnes qui connaissent les lieux, insista Nyma par-dessus l'épaule de Somo.

Elle apportait deux bols de thé, qu'elle tendit à Shan et à Winslow.

Shan soupira. Il ne pouvait refuser cela à Nyma.

— Il va falloir que nous énervions le directeur Tuan en lui posant quelques petits problèmes, dit Shan. Pour le faire réagir d'une manière ou d'une autre.

Lorsque Lepka apparut, sirotant son thé, Shan lui expliqua la lettre qu'il espérait voir Lin rédiger.

— C'est un début, dit Winslow, mais qu'y a-t-il d'autre dans ce gompa ?

Nyma parla des équipes médicales de la Sécurité publique qu'ils avaient aperçues là-bas, et Lhandro évoqua à son tour les moines inquiets et le comportement effrayant de l'impitoyable président.

— Qu'est-ce que le président Khodrak désire le plus ? demanda Somo.

— Il est ambitieux, dit Nyma. Il veut que la campagne de Sérénité soit un succès. Il veut rejoindre les rangs du bureau, il veut se faire remarquer de manière à être promu au bureau des Affaires religieuses.

Une promotion. Nyma avait raison, même si Shan n'avait encore jamais entendu décrire un moine en ces termes.

— Je pense que ce qu'il veut dans l'immédiat, intervint Lhandro, c'est une belle fête de 1er Mai. Mais personne n'ira. C'est une fête chinoise.

Toutes ces informations étaient inutiles. Ils se dévisagèrent puis levèrent les yeux au ciel. Winslow suivait le motif du lichen du bout du doigt.

— Votre ami Lokesh, intervint une voix râpeuse dans l'ombre, il m'a raconté que vous lui enseigniez parfois le Tao-tö-king.

Shan fut surpris par Lepka. Le vieux fermier évoquait l'antique texte du tao, l'enseignement que Shan avait mémorisé quand il était enfant. Il acquiesça d'un signe de tête. Dans le sol sableux, Lepka dessina du doigt quatre lignes simples, une ligne en deux parties au-dessus d'une ligne pleine, au-dessus de deux lignes divisées en trois parties égales. Un tétragramme qui servait à désigner les chapitres de l'antique livre. Ces lignes-ci correspondaient au chapitre trente-six, appelé Masquer l'Avantage. Les mots défilaient dans l'esprit de Shan quand il s'aperçut qu'il les murmurait à ses compagnons.

Afin de l'affaiblir,
Il doit être pleinement renforcé,
Afin de le rejeter,
Il doit être pleinement promu,
Afin d'en prendre une part,
Il doit être pleinement doté,
Cela s'appelle sagesse subtile,
C'est ainsi que le faible triomphe du fort.

— Un homme comme Tuan doit posséder les pleins pouvoirs pour pouvoir être détruit, conclut Shan en saluant Lepka.

— Attention aux Grecs, attention aux Grecs chargés de cadeaux ! déclama Winslow avec une petite lueur sournoise dans le regard.

— Un cheval de Troie, approuva Larkin avec la même expression. C'est une légende, dit-elle avant de la leur raconter.

Ils restèrent assis en silence, se laissant pénétrer par les paroles du Tao-tö-king et la légende grecque.

— Peut-être que ceux qui dirigent devraient faire attention à leurs attentes, suggéra Shan.

— Et ce que les rongpas et les dropkas des vallées environnantes attendent par-dessus tout, déclara Lhandro, c'est une fête de printemps comme dans l'ancien temps.

Ils discutèrent une heure durant tandis que la bouilloire fumait et que Nyma barattait le thé. Somo alla chercher les autres purbas, qui écoutèrent en hochant la tête avec enthousiasme. Somo disparut derrière la porte pour ressortir quelques instants plus tard, sanglant sa sacoche de ceinture. Elle remonta au pas de course la piste qui conduisait vers les hauteurs de la montagne.

— Il y a un beau gonkang dans la Seconde Maison, chuchota un filet de voix derrière eux quand Somo eut disparu.

Jokar venait de se matérialiser au milieu des rochers, à trois mètres d'eux.

— Et aussi l'étable. Nous stockions les herbes dans cette vieille étable, autrefois.

Lhandro et ses parents arrivèrent, suivis de tous les autres Tibétains. Ils s'assirent auprès de Jokar et écoutèrent le vieux lama leur parler de la vie à Norbu soixante ans auparavant – conclusion parfaite à la mise au point de leurs plans, presque une bénédiction. Chacun pensait que Jokar en avait terminé quand son regard se porta au-delà du plateau et des nuages. Il se pencha en avant, comme pour examiner quelque chose, comme s'il voyait l'ancien Norbu dans les nuages. Il eut un petit hochement de tête, à croire qu'il arpentait en esprit les salles de l'antique gompa, avant de reprendre :

— Il y a un endroit, dans les cellules près de l'étable, dans le fond. Une cachette secrète qui remonte à l'époque où ils sont venus chercher le Sixième.

Il semblait à nouveau avoir perdu tout contact avec la réalité. Mais Shan observa lui aussi les nuages pendant que les autres se rassemblaient autour de la baratte à thé. Si Jokar parvenait à voir Norbu dans les nuages, peut-être pourrait-il y voir Lokesh. Il les observait avec une intensité telle qu'il n'eut pas conscience de la personne qui s'approchait de lui, jusqu'à ce qu'un morceau de papier plié en quatre tombe sur sa chaussure. Il cligna des paupières : Lin toisait les Tibétains d'un œil soupçonneux.

— Vous ne pouvez pas toucher à ces prisonniers, grogna-t-il, en se frottant la tempe. Si vous y touchez, ou si vous essayez de les emmener, la Sécurité publique vous abattra.

Sa voix était encore faible mais son ton revanchard. Il leva la main et donna brièvement l'impression qu'il allait serrer le poing. Son bras retomba et il parut vaciller, comme pris de vertige.

— Et si ces foutus nœuds ne le font pas, c'est moi qui le ferai, cracha-t-il. Et j'arrêterai tout le monde ici. Je vous arrêterai et je vous exécuterai.

Quatrième partie

OS

16.

Une fois son esprit purgé de ses peurs, étendu sur le dos, les yeux fermés, Shan sentit l'air alentour vibrer de petites vaguelettes de contentement. Lui-même ne serait pleinement serein qu'une fois Lokesh et Tenzin libérés, mais la joie des Tibétains rassemblés sur la plaine devant Norbu était palpable. Les enfants riaient, les chevaux hennissaient, les hommes s'interpellaient d'un ton émerveillé, sur fond des grognements rauques des yacks. De temps à autre, pareils aux épices qui apportent la touche finale à l'assaisonnement d'un plat exotique, il entendait le sifflement mélodieux des flèches.

Ce matin-là, derrière les tentes, près du terrain de tir à l'arc improvisé par un groupe de dropkas, il avait passé une heure à affûter sa conscience en se concentrant sur les pointes de flèches. Il y avait bien longtemps que les Tibétains lui avaient enseigné les exercices de méditation centrés sur les arcs et les flèches, parfois réels, parfois imaginaires, et il avait découvert ce que Gendun entendait quand il lui avait expliqué que le tir à l'arc n'était pas un sport, mais un enseignement. C'était l'instrument parfait pour atteindre à la concentration, et, quand il avait l'esprit suffisamment vide, il entendait, ainsi que Gendun le lui avait appris, non pas simplement la corde qu'on libérait, le vol de la flèche et son impact sur la cible, mais aussi cet instant parfait de paix et de silence absolus précédant le lâcher de corde, lorsque l'archer et ses instruments ne faisaient plus qu'un. Dans son existence, rien n'atteignait jamais à cette rectitude, à cette vérité, à cette vitesse.

Les habitants des terres avoisinantes avaient apporté à Khodrak et à Padme leur fête du 1er Mai. Il avait fallu trois jours, grâce aux messagers qui étaient passés de village en campement de dropkas, pour aboutir au résultat qu'il avait devant les yeux : une petite ville de tentes dressées sur la plaine adjacente à Norbu. Quelques rongpas étaient arrivés dans de vieux camions, auxquels ils avaient attaché des toiles en guise d'auvent pour la nuit. Des familles de dropkas avaient érigé leurs tentes de feutre épais. D'autres rongpas s'étaient installés dans leurs tentes de voyage, frangées de blanc avec des motifs bleus. Autrefois, avait expliqué Lhandro, les Tibétains des villes emmenaient traditionnellement leurs familles à la campagne dans ce genre de tente afin de célébrer les fêtes religieuses en se reconnectant à la terre, ou en accomplissant le kora d'un gompa ou d'une montagne sacrée. Nombre des Tibétains présents ne s'étaient pas revus depuis des années, et l'air résonnait des salutations accompagnant leurs retrouvailles. Loin du gompa, loin du garde solitaire en chemise blanche posté à sa grille, les Tibétains jetaient en l'air de la farine d'orge. C'était là une forme traditionnelle de réjouissance, traditionnelle au point que les hurleurs les en empêcheraient s'ils les voyaient faire.

Dans le camion qu'ils avaient retrouvé dans la montagne, Shan avait écouté une étrange discussion entre Lhandro et les purbas. Que devaient-ils apporter aux gens du pays venus assister au festival ? avait demandé Somo au rongpa. Des yacks, avait répondu le chef du village de Yapchi, ainsi que tout l'équipement nécessaire au tir à l'arc. Il ne pouvait y avoir de vraie fête sans yacks ni arcs. À sa grande surprise, il avait été bien plus facile de rassembler des yacks que de trouver des archers. Car le tir à l'arc avait été une autre des traditions interdites par le gouvernement.

Le deuxième jour, depuis le poste d'observation caché établi par les purbas sur l'escarpement au-dessus de Norbu, il avait vu arriver un petit troupeau de yacks, dont certains avaient déjà été décorés de rubans de couleur et de fils tissés. Le terrain de tir à l'arc, délimité par des pierres alignées vers une série de cibles en boue séchée, ne s'était monté qu'ensuite : il avait fallu attendre l'arrivée des dropkas vivant dans les confins, le plus loin possible des routes, des chemins et du gouvernement.

Il sortit de son rêve éveillé quand on lui toucha le bras. Ouvrant les yeux, il vit Anya qui lui souriait. Elle avait pris sa main dans la sienne, et, en silence, il se laissa tirer et se remit debout avant de se diriger vers le pâturage improvisé.

— Presque une centaine, déjà ! s'écria-t-elle avec enthousiasme.

Elle parlait des yacks. Devant les visages réjouis des Tibétains qui contemplaient le troupeau, il comprit qu'un tel rassemblement était rare dans ce district si pauvre : ces animaux représentaient une part significative des richesses des habitants de la région.

Anya le mena au centre du troupeau, tapotant affectueusement chaque animal à son passage. Elle partagea avec lui une poignée de fromage sec, en lui expliquant en détail les noms traditionnels donnés aux variétés de robes et de fourrures.

— Un yack *thabo,* dit-elle d'un air rêveur en lui montant une bête noire mouchetée de blanc, qu'elle caressa entre les oreilles. Un yack *dongba,* poursuivit-elle devant un yack arborant une étoile blanche sur le front.

Un *kawa* avait la tête blanche, un yack *tsen* était doré, et ceux qui avaient des cornes asymétriques étaient appelés *ralden.* Elle arriva à une bête imposante à la fourrure toute noire qui les accueillit par un profond grondement de gorge.

— J'ai vu arriver Gyalo hier soir, murmura-t-elle. Il avait revêtu une tenue de berger.

Anya se mit à nouer des tresses dans la fourrure de Jampa, en montrant à Shan la manière de replier et d'entortiller les poils, en lui expliquant que c'était un spécimen des plus rares, un yack *lha,* incarnation de la perfection, protégé par les divinités, et qui ne devait jamais porter une charge impure.

Soudain, elle regarda par-dessus son épaule avec effroi, en direction de la grille du gompa, à deux cents mètres de là.

— C'est l'heure, annonça-t-elle.

À leur retour à l'ombre du camion, Nyma leur désigna l'escarpement rocheux en surplomb. Une silhouette courait sur la crête, vêtue de l'uniforme vert des soldats. Shan la suivit des yeux jusqu'à mi-pente, puis il grimpa sous la bâche du plateau, à côté de Nyma, qui s'empara des jumelles. Les purbas avaient placé l'arrière du véhicule face à l'entrée du gompa – il embrassait ainsi la cour intérieure du monastère et le premier des deux bâtiments, l'unité administrative où Nyma et Shan avaient rencontré le Comité démocratique de direction.

Shan distingua clairement les traits du soldat qui arrivait à la grille. Les rongpas et les dropkas, instinctivement, battirent en retraite à son approche, comme toujours : voir l'Armée populaire de libération de trop près n'était jamais de bon augure. Seuls les passagers à l'arrière du camion savaient que ce n'était pas un soldat, mais, même aux jumelles, il était impossible de reconnaître Somo. Elle avait remonté ses cheveux sous la grande cagoule en laine que les troupes de montagne portaient sous leurs casques. Il ne manquait rien à son uniforme sale – jusqu'à la tunique légèrement déchirée à l'épaule – et elle incarnait à la perfection l'image d'un soldat aguerri faisant campagne dans les hautes chaînes d'altitude.

Les Han, l'allure sévère dans leurs chemises blanches, qui avaient patrouillé dans le campement des participants à la fête, n'avaient guère mis de cœur à l'ouvrage. Le premier jour, un jeune responsable avait paradé tel un coq dans les rangs des Tibétains avec un air soupçonneux, pareil à un juge rendant son verdict. Il avait ordonné de sa voix de roquet à quelques dropkas d'ouvrir leurs gaus, et ceux-ci avaient hésité. Alors les purbas avaient diffusé *L'Est est rouge*, un des hymnes favoris de Pékin, sur un magnétophone à cassettes portable, et quelques enfants étaient apparus en agitant de petits drapeaux de la République de Chine, également fournis pas les purbas. Le hurleur avait affiché un sourire glacial en signe d'approbation avant de signifier du geste aux dropkas de s'éloigner et de s'en repartir fier comme un paon arrogant. Shan s'était inquiété devant son indifférence méprisante : logiquement, des prisonniers importants auraient dû éveiller la vigilance de leurs gardiens. Pourtant, en deux jours, il n'avait vu qu'une seule et unique sentinelle en faction à la grille depuis son poste d'observation sur l'escarpement rocheux. La présence du garde le confortait dans son hypothèse, ainsi que le réfectoire fermé, mais il n'avait toujours pas aperçu le moindre signe de Lokesh et de Tenzin derrière ces murs.

Somo courut jusqu'au garde le plus proche. Elle lui remit la lettre de Lin en s'expliquant à voix basse puis repartit immédiatement au pas de course, laissant ainsi penser que sa présence était indispensable dans les montagnes. Elle ne pouvait s'attarder de crainte qu'on ne lui posât trop de questions ; elle devait parler à mi-voix, dans l'espoir qu'on la prendrait pour un homme, sans regarder le garde en face, pour diminuer les risques qu'il l'identifie par la suite. Le garde la suivit des yeux d'un air surpris avant de se diriger à toute vitesse vers le bâtiment administratif, la lettre à la main. Shan surveilla les lieux avec une attention accrue. Il perçut un mouvement à la fenêtre du bureau au premier étage, et, moins d'une minute plus tard, cinq silhouettes se dépêchaient vers la grille : le directeur Tuan, le président Khodrak, la sentinelle et deux soldats de Tuan. À leur arrivée à l'entrée du gompa, la sentinelle leur montra la silhouette de Somo qui disparaissait sur les hauteurs. S'ils la suivaient, les purbas étaient prêts. Lorsque les poursuivants atteindraient le sommet de l'escarpement, ils apercevraient quatre silhouettes en tunique de l'armée avançant sur la crête adjacente, hors de toute portée.

Un instant, Shan crut que Tuan allait donner l'ordre à ses hommes de filer sur les traces de Somo, mais celui-ci se contenta d'examiner le campement des Tibétains comme s'il y réfléchissait à deux fois. Il parla à l'un des gardes et l'homme courut vers le bâtiment derrière l'administration.

— *Lha gyal Lo !* murmura Nyma à son côté.

Peut-être était-ce là la preuve qu'ils cherchaient.

Néanmoins les Tibétains du camp se montraient réticents à pénétrer dans l'enceinte du gompa. Si le plan devait se dérouler comme ils l'avaient prévu, ils auraient besoin de l'aide des dropkas et des rongpas pour mieux comprendre qui se trouvait à l'intérieur des murs et éviter une attention trop soutenue de la part des hurleurs. Mais c'était un lieu où vivaient des moines, un lieu sacré, malgré les drapeaux chinois suspendus entre les bâtiments. Lhandro lui lança un regard découragé quand les chefs de clan allèrent parlementer avec les purbas.

Un nouveau groupe de visiteurs avait fait son apparition dans le campement : deux photographes accompagnés de moines et menés par Padme, qui offrait des bonbons aux enfants accourus main tendue. Shan les suivit de loin, observant le petit groupe qui mitraillait à tout va : des moines avec des enfants tout sourire sur les genoux ; des moines qui aidaient à décorer les yacks. Padme donnait des blousons en nylon flambant neuf aux adolescents et distribuait des bouteilles d'orangeade tout en désignant aux photographes les clichés à prendre de ces visages joyeux sur fond de ciel bleu brillant, avec le gompa en arrière-plan. Il trouva ensuite quelques outils et fit poser les moines en train de réparer avec des marteaux les bâtisses décrépites devant les murs d'enceinte.

Padme ramena sa petite troupe vers le monastère. Shan s'attarda un moment à côté du camion, le chapeau rabattu bas sur le front. Un vieil homme examinait le véhicule avec attention, un Tibétain âgé aux cheveux blancs, le visage tanné couturé des cicatrices et des rides d'une longue vie difficile. Il était assis à quinze mètres, le dos appuyé à un tas de couvertures de feutre, à côté d'une yourte dropka. Il était là depuis des heures ; Shan l'avait déjà vu ailleurs, devant sa machine à coudre, la première fois qu'il était passé à Norbu. Le vieillard agita deux doigts qu'il étendit et replia alternativement à côté de son genou. Peut-être un geste de nervosité, songea Shan. Ou alors une invitation à s'approcher par quelqu'un qui ne savait faire autrement. Shan renfonça son chapeau et avança à pas hésitants.

Le Tibétain le salua d'un hochement de tête et Shan s'installa à son côté avec prudence. Il y avait des espions partout, l'avait prévenu Somo. Il arrivait que des moines travaillent pour la Sécurité publique. Même de vieux Tibétains, avec la promesse que des membres chéris de leur famille emprisonnés se verraient traités avec clémence, avaient été forcés de servir d'indicateurs.

— On raconte que vous êtes sorti d'un bayal chinois pour nous aider, déclara le vieil homme d'une voix forte mais cassée.

Une terre chinoise cachée – cela sous-entendait qu'il ne fallait espérer aucune aide des Chinois de ce bas monde. Peut-être était-ce vrai. Son bayal portait le nom de goulag.

— Je voudrais trouver la manière de vous aider, confirma Shan.

Le vieil homme surveilla les alentours et sortit un morceau de papier plié de sous son chuba encroûté de saleté.

— Je travaillais jadis à la Première Maison, annonça-t-il fièrement en exhibant la moitié de ses dents. Pas comme moine, mais comme menuisier. Dans le temps, il y avait des arbres magnifiques sur ces pentes. Parfois on vient me voir et on me demande de fabriquer des choses. Des choses simples. Une table, une chaise, un tabouret. Mais le papier pour dessiner les croquis est toujours difficile à trouver. Un homme des cuisines voulait que je lui construise un autel pour sa mère, et il m'a demandé de le lui dessiner, pour qu'il puisse acheter le bois. Voilà ce qu'il m'a apporté comme papier, Padme l'avait laissé sur une table un soir.

La feuille était très grande : il s'agissait d'une carte, dessinée d'une main experte, ou peut-être recopiée à partir d'un modèle officiel. Le vieil homme pointa un doigt noueux vers plusieurs annotations.

— La Seconde Maison, expliqua-t-il en montrant Norbu, au bas de la page. La Première Maison et Metoktang, ajouta-t-il en désignant la plaine des Fleurs et Rapjung. Sous leurs appellations chinoises uniquement. Je parle et je lis le chinois. Les hommes du gompa aiment bien se moquer de moi, et je joue le jeu. Il faut toujours avoir pitié des imbéciles. Même l'homme des cuisines ignore que je connais le chinois. Personne ne sait que j'ai étudié à l'école du gompa, avec des professeurs qui nous conseillaient d'apprendre à vivre avec les Chinois.

Il éclata d'un rire d'asthmatique et désigna à nouveau la carte.

— Si vous voulez comprendre la Seconde Maison, cela devrait amplement suffire.

Shan le regarda d'un œil hésitant avant de se tourner vers la cahute aux journaux où des mots de défi se trouvaient placardés en secret, puis il revint à la carte pour tenter de comprendre ce qu'il y voyait. *Stérilisé*, y était-il écrit, avec une croix à l'intérieur d'un cercle. Une croix de ce type occupait le coin nord-ouest de la plaine des Fleurs, avec une date remontant à dix jours auparavant. Il y en avait une quinzaine d'autres sur les terres adjacentes, avec des dates, toutes remontant aux deux mois précédents. Le gompa de Rapjung en portait une également, le mot *Stérilisé* étant suivi d'une date vieille de neuf jours. Larkin avait parlé d'un moine et d'un médecin dans les montagnes, chargés de kérosène. Tout à coup Shan comprit, et ses jambes faillirent céder sous lui.

— Puissent les dieux être victorieux, murmura le vieux menuisier.

Shan emporta la carte jusqu'au groupe rassemblé près du camion, où il se dépêcha d'expliquer sa signification aux purbas, aux fermiers et aux bergers.

— Mais il n'y a rien, là-bas ! s'étonna un dropka entre deux âges. Rien que du vide. Rien qui pourrait être utilisé contre nous.

— Les hurleurs appelleraient ça les anciens, précisa Shan, et il vit plusieurs des Tibétains se hérisser immédiatement. Les parterres d'herbes médicinales et les sites sacrés dont se servaient jadis les lamas de Rapjung, voilà ce que Padme est en train de détruire. C'est nous qui l'avons conduit à Rapjung, et c'est lui qui a incendié les bâtiments reconstruits.

Lhandro expliqua alors ce qui s'était passé cette terrible nuit à Rapjung, quand les nouvelles bâtisses avaient été réduites en cendres. Ils s'étaient tous trompés sur le dobdob : ce dernier avait arrêté Padme et l'avait battu comme plâtre quand il avait trouvé le moine en train d'essayer d'incendier les herbes. Il se souvenait de la réaction de Padme devant les mausolées reconstruits de l'antique gompa. Padme avait déclaré qu'il avait lu des rapports. Des rapports de la Sécurité publique et des hurleurs, voulait-il dire. Le dobdob essayait donc d'arrêter les hurleurs, il tentait de mettre un terme à la destruction des précieuses herbes. Le dobdob, protecteur des vertueux, devait être le compagnon de Jokar, celui qu'ils avaient aperçu dans la prairie en compagnie du vieux lama et qui avait disparu.

Gyalo s'avança pour narrer ce qu'il avait vu à l'intérieur des murs de Norbu. Finalement, Nyma se leva et demanda d'une voix douce combien parmi eux connaissaient Drakte. Pratiquement toutes les mains se levèrent. Lorsqu'elle eut fini de raconter que Drakte avait été tué en essayant de les aider, les fermiers et les dropkas n'émirent plus la moindre objection. Le visage farouche et déterminé, ils se séparèrent en petits groupes tandis que les purbas détaillaient le plan à suivre.

L'équipe médicale spéciale se trouvait toujours à Norbu et ses techniciens avaient l'air fatigués en se promenant parmi les Tibétains. Ce qui signifiait que la chasse à l'homme pour retrouver le lama guérisseur n'était pas terminée, que son quartier général restait le monastère. Pour quelle raison ? songea Shan. Quelle preuve détenaient-ils de la présence de Jokar dans la région ? S'ils avaient connu sa destination, ils n'auraient pas gaspillé tant de semaines à le traquer dans les montagnes depuis la frontière indienne...

Moins d'une heure après la remise de la lettre de Lin à ses destinataires, des Tibétains s'alignèrent en colonne devant la grille, certains se tenant le ventre à deux mains, d'autres le bras en écharpe. Le garde refusait de les laisser entrer. Ils patientèrent pendant près d'une heure avant qu'un homme en uniforme bleu ciel les remarque et ordonne à la sentinelle de les laisser pénétrer dans l'enceinte du monastère – il ne nota pas la présence dans leurs rangs d'un Chinois han, la main pansée d'un bandage sale et un chapeau à large bord tout neuf tiré bas sur le front.

Lorsqu'il atteignit le fond de la cour, Shan fut soulagé de ne plus rien constater de la discipline qui régnait lors de sa première visite en ce lieu. Devant la clinique improvisée, on avait tendu une corde entre des piquets afin de contenir les malades en file. L'équipe médicale passa rapidement en revue les premiers patients, d'un air absent, en leur donnant à tous un médicament ou un autre. Les hommes que les docteurs avaient libérés traînaient au fond du monastère, bavardaient avec ceux qui faisaient toujours la queue, s'extasiaient devant l'énorme moulin à prières, admiraient même le gros tas de bouses de yack, apparemment intact depuis que Gyalo avait fui.

Nyma et Shan s'écartèrent de la file et se dirigèrent vers l'étable où ils s'étaient retrouvés pris au piège la première fois. Ils s'y arrêtèrent, et, après avoir vérifié que personne ne les surveillait, entrèrent dans le bâtiment voisin. Shan défit son pansement. La bâtisse en bois, presque une ruine, était peut-être plus vieille encore que l'étable. Ses cellules de méditation, trois de chaque côté et deux dans le fond, sentaient le moisi et le renfermé – Gyalo leur avait rappelé que le gompa ne recevait qu'un tiers du nombre de moines qu'il pouvait accueillir.

De tous les lieux bâtis de main d'homme que Shan avait découverts dans ce pays extraordinaire qu'était le Tibet, rien ne l'émouvait plus que les simples cellules en bois qu'il lui arrivait parfois, rarement, de découvrir dans les coins les plus reculés, dans l'enceinte des quelques constructions vieilles de plusieurs centaines d'années qui existaient encore. C'était là que des hommes et des femmes s'étaient assis, au fil des siècles, engagés dans la même quête, avec les mêmes sentiments et les mêmes aspirations à une meilleure conscience d'eux-mêmes que Shan et ses amis tibétains. Un jour, devant Gendun, Shan avait comparé maladroitement une de ses premières rencontres avec une cellule de méditation à la visite d'une machine à remonter le temps : il avait en quelque sorte perçu la présence des moines qui étaient passés là avant lui, trois ou quatre cents ans auparavant. Ce n'était pas une machine à remonter le temps, avait rectifié Gendun, car cela impliquait une trop grande différence entre eux et nous, comme si les siècles changeaient ceux qui cherchaient plus de conscience. C'était un pont, avait-il déclaré, une manière d'avancer au-delà du temps, une manière de l'annihiler et d'atteindre à ce même niveau de conscience lucide qu'habitaient les êtres éveillés, sans que le temps intervînt jamais. Shan s'arrêta et, un instant, ne désira rien plus que de s'asseoir et de méditer dans une de ces cellules.

— D'après Jokar Rinpoché, ça remonterait à l'époque du Sixième, quand ils sont venus le prendre, dit Shan en s'avançant vers les cellules du fond.

Il s'efforçait encore de distinguer au travers des paroles du vieux lama guérisseur celles qui relevaient de ce monde-ci et celles destinées à un autre monde.

Nyma pénétra dans une des cellules du fond, et toucha le bois de résineux d'un doigt hésitant, comme si elle craignait qu'il ne tombât en poussière.

— Lhabzang Khan, Lhabzang Khan, venu de Mongolie, avait envahi le Tibet et s'était emparé du Sixième dalaï-lama. Son armée est passée par Amdo sur la route du nord.

Trois siècles auparavant, le jeune Sixième avait été enlevé par les Mongols, qui désiraient l'offrir en cadeau à l'empereur mandchou qui trônait à Pékin. Mais les Mongols et les Chinois avaient été privés de leur victoire quand le petit Sixième était décédé sur la route de Pékin.

— Un endroit comme Norbu, près de la route du nord, a très certainement été pillé, dit Shan en entrant dans la deuxième cellule.

Il poussa le mur du fond à ses deux extrémités. Rien ne bougea. Il appuya le doigt le long de chaque jointure de planche. Rien. Pas de jours dans cet ouvrage d'artiste. Il ressortit ; Nyma effectuait la même opération dans la première cellule.

— Quelqu'un pourrait venir, déclara-t-elle avec des regards nerveux par-dessus l'épaule.

Il pénétra à son tour dans la cellule.

— Jokar a pu parler de quelque chose qu'il avait vu quand il méditait, dans une vision, soupira la nonne.

Shan acquiesça, déçu. Un des murs latéraux portait une petite étagère composée de deux étroites planches scellées dans son épaisseur, où un moine aurait placé une lampe à beurre et un brûleur à encens. Il laissa glisser ses mains le long des planches et sur le dessous. Pas de levier, pas de commande cachée, aucune cachette possible. Finalement, il passa le doigt sur le dessus de l'étagère, légèrement d'abord, puis plus fermement. Sa main atteignait le coin quand l'extrémité de la planche du fond s'abaissa de deux centimètres. Le mur arrière s'ouvrit comme une porte.

L'ouverture était étroite, à peine un mètre. Ils entrèrent et Nyma craqua une allumette. Ils n'avaient pas de lampe à beurre, pas de bougie, pas de torche électrique. Mais ils ne pouvaient pas s'offrir le luxe de traîner. Nyma éclaira dans une direction puis dans l'autre. Le réduit moisi courait sur sept mètres de long. À une extrémité, il y avait un banc sur lequel s'empilaient des coussins, à l'autre, des étagères.

Ils n'avaient pas le temps d'inspecter les lieux plus avant. Nyma souffla son allumette et revint dans la cellule avec Shan. Celui-ci poussa sur le bord relevé de la planche et le mur reprit sa place en gémissant tandis que la planche revenait à sa position initiale avec un claquement.

Au-dehors, plusieurs dropkas tournaient l'énorme moulin à prières. L'un d'eux, tout excité, demanda à un moine qui passait s'ils pouvaient continuer à tourner au-delà des heures officielles, en l'honneur du jour de fête. Le moine répondit d'un air inquiet qu'il soumettrait la requête au Comité.

Shan n'aperçut aucun signe dudit Comité, de Khodrak ou de Padme. Aucun signe de Tuan non plus. Malgré la lueur d'espoir qu'il avait entrevue lors de la remise de la lettre de Lin, il lui paraissait maintenant impossible que Tenzin et Lokesh puissent se trouver là : la présence d'un prisonnier aussi important que l'abbé de Sagchi aurait certainement laissé des signes plus tangibles dans le gompa. Il pouvait exister d'autres endroits, songea-t-il avec désespoir, des lieux secrets inconnus des purbas. La sentinelle à la grille était postée là simplement à cause de la présence des Tibétains qui avaient planté leurs tentes devant le monastère.

Il s'appuya au mur d'un des anciens dortoirs en bois et se laissa glisser au sol. D'autres Tibétains étaient éparpillés dans la grande cour, certains récitant leur rosaire, d'autres lézardant au soleil, se reposant peut-être après un passage au lhakang pour y réciter leurs prières. Il observa les fenêtres des deux grands bâtiments. Au centre de l'étage au-dessus du réfectoire, un homme en chemise blanche apparaissait à intervalles réguliers et jetait quelquefois un regard à l'extérieur. Mais la plupart du temps il restait là, le dos à la vitre. Deux duos de chemises blanches arpentaient la cour, en discutant avec acharnement, tels des moines débattant d'un point de religion. Un homme en tablier était assis sur les marches conduisant à la cuisine, appuyé sur son balai. Il était plus jeune et plus athlétique que les autres employés des cuisines. Son tablier était propre et il ne semblait guère enclin à aider ceux qui s'affairaient aux marmites.

Une file de moines sortit de l'arrière du premier bâtiment, chacun avec un petit calepin à la main. Un feuillet libre coincé entre deux pages de l'un d'eux fut emporté par un coup de vent et roula sur le sol. Sans réfléchir, Shan se leva pour le ramasser. Un feuille de papier à lignes, portant imprimé en en-tête le slogan *La Féodalité est la Régression*, avec, dessous, des notes manuscrites en chinois. Il la tendit au moine, qui le remercia d'un sourire gauche.

Du coin de l'œil, Shan repéra un autre morceau de papier similaire, écrasé, piétiné, à moitié recouvert de terre. Il fut attiré par la manière étrange dont il était plié, et, quand il se pencha pour s'en emparer, son cœur bondit dans sa poitrine. Un cheval des esprits.

Il le fourra sous sa chemise et s'approcha de la cuisine. Un ouvrier apparut à la porte, une chope de thé à la main, qu'il destinait à l'homme assis sur les marches ; celui-ci se redressa en mettant son balai à l'épaule comme s'il s'agissait d'un fusil. Le Tibétain avec son thé se recroquevilla et se hâta de battre en retraite sous les rires de l'autre.

Shan se promena en essayant de garder à l'œil le bâtiment central sans éveiller l'attention. Devant lui, une dropka entre deux âges poussa un cri de joie en ramassant un autre cheval des esprits que le vent avait soufflé contre le mur. Elle le tint en l'air et se mit à rire en le voyant voleter comme une bannière minuscule.

À la fenêtre centrale du premier, le hurleur regarda dans la cour. Craignant qu'on ne le repère, Shan baissa la tête et rejoignit un groupe de dropkas qu'il obligea à ralentir quand ils longèrent le bâtiment. Il risqua un nouveau coup d'œil au premier en examinant la distance qui le séparait du sol. Un homme jeune pourrait peut-être se risquer à une chute depuis une fenêtre à l'étage, mais Lokesh se romprait probablement les os.

Dans la cour centrale du gompa, les préparatifs de la fête du lendemain battaient leur plein. Un énorme drapeau de la République du Peuple avait été accroché en façade du bâtiment de l'administration à deux cordes fixées aux fenêtres de l'étage, non pas aux huisseries, mais à une série de crochets métalliques alignés sous leurs rebords. Les jours de fêtes traditionnelles tibétaines, c'étaient des thangkas spéciaux qui y auraient été suspendus. Dans certains gompas importants, des tours avaient été érigées dans le seul but de montrer des peintures saintes lors de ces grandes occasions. Mais le président Khodrak avait choisi un autre genre de bannière.

— Des invités spéciaux ! lui apprit un Gyalo tout excité quand Shan s'approcha du camion des purbas. Un des ouvriers de la cuisine était sur le terrain de tir à l'arc. Un vieux menuisier le connaissait et lui a appris qu'ils préparaient des repas pour deux invités spéciaux qui sont confinés dans une des pièces du premier.

Shan montra le cheval des esprits, et expliqua que les militaires en chemise blanche surveillaient le second bâtiment.

— Qui apporte les repas ? demanda-t-il.

— Les gardes, répondit le moine d'un ton déçu. Mais ils refusent de sortir les déjections de la nuit. Ils exigent que ce soit des Tibétains.

Dans l'après-midi, ils se joignirent aux préparatifs. Shan, le chapeau sur les yeux, aida à tirer des cordes garnies de fanions de papier entre le bâtiment administratif et le mur, puis il transporta du bois de genévrier jusqu'au grand samkang qui flanquait la grille à l'intérieur de l'enceinte. Un haut-parleur annonça que le président avait gracieusement suspendu les règles régissant l'utilisation du moulin à prières et avait en outre autorisé les familles en visite à emporter autant de bouses de yack qu'elles le pourraient. Shan accueillit les deux nouvelles avec le sourire et passa la majeure partie de l'après-midi à charrier des paniers de bouse avec les Tibétains, le visage noir au point que les gardes s'écartaient de son passage à son approche. Il longea le bâtiment des cuisines une demi-douzaine de fois avant de tomber sur le garde endormi sur les marches. Il s'arrêta, cherchant en vain le moindre signe d'activité à la fenêtre en coin du premier. Quand il signala que le garde somnolait, Gyalo, qui n'avait pas encore osé remettre les pieds dans le gompa depuis son départ, ramassa une poignée de bouse de yack et s'en barbouilla le visage, avant de se saisir d'un panier vide et d'accompagner Shan. Il portait un gilet reprisé de partout, un collier de grains bleus comme beaucoup des dropkas, et un large chapeau qui gardait son visage dans l'ombre.

À leur arrivée à la volée de marches où le garde dormait toujours, le vieux menuisier apparut et leur fit signe de le suivre dans la cuisine. Il leur indiqua deux seaux d'eau fraîche près de la porte intérieure, puis chuchota quelque chose à l'oreille d'un Tibétain entre deux âges en tablier, qui prit une chope de thé et disposa rapidement une demi-douzaine de biscuits sucrés sur une assiette. Chargés de leur seau d'eau, ils suivirent le serveur, traversèrent le réfectoire désert, et gravirent l'escalier central. Le serveur salua le garde d'un air affable, lui tendit les biscuits, et montra de la tête à Shan et à Gyalo la porte en bout de couloir au-delà de la cuisine, la seule à être fermée.

Il n'y avait pas de verrou à la porte. Ils se dépêchèrent d'entrer et Gyalo referma derrière eux. Au centre de la pièce, ils virent une petite table, avec un bloc de papier et deux crayons. Deux silhouettes étaient allongées sur des paillasses appuyées contre le mur sous les fenêtres.

— *Lha gyal lo !* murmura Gyalo.

Tenzin était en position de lotus, le visage fatigué, vidé de sa force et de sa couleur, les yeux fermés. Lokesh était assis tout près, paupières closes, les jambes étendues devant lui sous une couverture. Tenzin fixa sur eux un œil étonné et hésitant, détaillant Shan des pieds à la tête, très lentement, à croire qu'il avait du mal à avoir une vision claire. Lorsqu'il les reconnut, son visage s'emplit d'angoisse.

— Ils ne comprennent pas, gémit-il. Ils refusent de croire que j'ai laissé cette vie-là derrière moi. Ils...

— Je sais, dit Shan en lui faisant signe de se taire. Je sais, cet homme-là s'est éteint, il ne pouvait plus respirer, et un nouvel homme est né.

— Mais j'ai été la cause de tant de chagrin, murmura Tenzin, au bord des larmes. Vous ne pouvez pas être capturé ici... Pas vous aussi. Il y a des gardes. Vous serez...

Shan l'interrompit en montrant Lokesh.

— Que lui est-il arrivé ?

Son vieil ami était affaissé sur sa paillasse, les mains égrenant son chapelet, apparemment endormi, la respiration rauque. Tenzin désigna timidement le pied gauche de Lokesh.

— Ils avaient un gros serre-joint. Un serre-joint de menuisier. Mais ce Tuan n'a rien d'un menuisier. Je ne savais pas que des hommes pouvaient être capables d'une chose pareille, gémit-il avec désespoir, d'une voix de grand vieillard. Ils m'ont obligé à regarder.

Shan souleva la couverture. La cheville de Lokesh était enflée et violacée. Un os avait été cassé.

— Lokesh s'est contenté de réciter ses mantras quand ils ont resserré le serre-joint. Il m'avait prévenu de ce qu'ils lui feraient subir et que je ne devais pas m'en faire. Je devais juste comprendre que ce n'était qu'une mise à l'épreuve de sa foi, rien de plus, et que ces mises à l'épreuve, il en avait l'habitude. Il a ajouté qu'elle nous était destinée à tous les deux.

Pendant un instant, un brasier brûlant fit rage dans son être.

Ils avaient torturé son ami, ils avaient lentement vissé le serre-joint jusqu'à ce qu'un os cède. Dans un gompa. Et pourquoi ? Pour savoir où était Shan ? Non. Tout cela ne concernait que Tenzin. Pour obtenir des renseignements sur les purbas qui l'aidaient. Pour persuader l'abbé de Sangchi de reprendre le chemin prescrit.

Cela expliquait la présence d'un seul et unique garde. Lokesh ne pouvait pas marcher. Et, pour les hurleurs, jamais des Tibétains ne tenteraient de s'évader.

— J'aurais pu sortir par la fenêtre, reprit Tenzin. Mais je ne voulais pas le laisser.

— Les docteurs, dit Shan. Il y a ici une équipe médicale qui pourrait soigner sa jambe.

— J'ai posé la question. Ce Khodrak et le directeur Tuan m'ont répondu qu'ils y réfléchiraient. D'abord, ils veulent que je signe des papiers, que je prononce un discours, que je dise que j'étais parti en retraite pour parfaire la campagne de Sérénité, que je déclare que les autorités de Lhassa se trompaient en suggérant que j'avais pris la fuite. J'étais en retraite afin d'étudier l'intégration de la pensée bouddhiste aux caractéristiques du socialisme chinois.

C'était une expression des officiers politiques. Construisez une industrie aux caractéristiques du socialisme chinois. Renforcez l'enseignement par les caractéristiques du socialisme chinois.

— Je leur ai soutenu que j'avais effectivement envisagé la question, poursuivit Tenzin d'un air entendu, avec un regard de désespoir à Lokesh. Il ne se plaint pas. Il se contente de réciter son chapelet quand il est conscient, ou il chante un de ses chants de pèlerin. Pourtant, une fracture pareille, ça doit être très douloureux. Il ne cesse d'écrire et de réécrire une lettre sur le papier qu'ils nous ont apporté pour notre autocritique. Une lettre au Président à Pékin. Il dit qu'il va la déposer en mains propres. Parfois il plie des feuillets et me demande de les laisser tomber par la fenêtre. Il dit que des chevaux solides viendront et que nous pourrons sauter sur leur dos et nous enfuir.

La douleur au cœur, Shan se tourna vers son vieil ami.

— Mais s'ils vous gardent ici, c'est qu'ils ont l'espoir de vous voir coopérer.

— Khodrak se comporte comme si j'étais son trophée personnel, soupira Tenzin. Magnifique pour leurs carrières, l'ai-je entendu se vanter à Tuan, la meilleure chose qui pouvait leur arriver. Ils ont invité une délégation de responsables des Affaires religieuses à la fête.

Shan ne pouvait détacher son regard de Lokesh. Il souleva

une de ses mains et la serra. Le vieux Tibétain battit des paupières et ouvrit les yeux en contemplant Shan d'un air rêveur. Son autre main se leva et lui toucha la joue, comme pour se prouver qu'il était bien réel.

Gyalo le tira soudain en arrière.

— Le garde en a presque fini. S'il nous repère, mon ami, nous allons avoir de gros ennuis.

Lokesh avait refermé les yeux.

— Vous devez comprendre ! s'exclama Tenzin en lui empoignant le bras d'un air désespéré. Ils pourraient arriver d'une seconde à l'autre. Il faut que quelqu'un sache, au cas où nous disparaîtrions. Il est allé là-bas pour moi. Il est mort à cause de moi.

Shan et Gyalo se changèrent en statues. L'abbé de Sangchi leur apparut soudain très vieux.

— Certaines nuits, je ne peux pas dormir parce que je le revois, debout, en train de mourir, au-dessus de ce mandala.

— Vous voulez parler de Drakte, murmura Shan, la gorge serrée. C'est vous qui avez envoyé Drakte à Amdo-ville ?

— Il y allait de toutes les façons, mais je lui ai demandé de se procurer un exemplaire du *Livre du Lotus* et de me l'apporter. Les nœuds l'ont tué pour ça. Il a perdu la vie à cause de moi, conclut-il, le cœur déchiré.

Gyalo tira une nouvelle fois Shan par l'épaule, mais Shan refusait de bouger. Son regard allait du visage torturé de Tenzin à Lokesh, puis au papier sur la table. Il sortit lentement le rosaire en ivoire, toujours dans sa poche.

— Drakte était censé se servir de tous vos objets personnels pour marquer votre passage dans le Sud. Mais il en a conservé un.

Il tendit le petit sac à Tenzin, qui l'ouvrit et regarda à l'intérieur. Le souffle coupé, il parut s'affaisser sur lui-même.

— C'est mon grand-père qui me l'a donné, murmura le Tibétain. Pour lui, c'était la seule chose de valeur qu'un moine devait posséder, parce que ces grains le relient à son dieu.

Shan le regarda entortiller le rosaire autour de ses doigts et dit :

— Prévenez-les que ce discours, vous allez le donner. Demain. Vous devez jouer votre rôle d'abbé encore une fois. Juste pendant quelques minutes.

Puis il se pencha à l'oreille de Tenzin pour lui expliquer.

La nuit était tombée quand Shan se dirigea vers l'arrière du campement pour marcher parmi les étoiles. Cependant, en passant à côté des tentes de dropkas, non loin du troupeau de yacks, il entendit un son étrange.

— *Humm, humm en da rengg*, psalmodiait un jeune dropka d'une voix mélodieuse.

Ce mantra chanté était différent de tous ceux que Shan avait pu entendre. Il contourna la tente : un groupe de bergers, jeunes et vieux, était assis près d'un grand feu de bouses de yack ; Winslow se tenait debout en bordure du cercle. Shan s'approcha, inquiet que l'Américain se montre assez imprudent pour quitter sa cachette sur la crête malgré le danger. Puis il aperçut deux hommes maigres, debout eux aussi, en bordure du groupe face au gompa. L'un était suffisamment près pour qu'il le reconnût : le purba au visage de pierre qui était avec Tenzin à Yapchi.

Winslow l'accueillit par un grand sourire. Un instant, Shan crut qu'il lui faisait signe, avant de comprendre que l'Américain faisait chanter le jeune dropka.

— *Whur da deaar end nat'lope ply—yy*, poursuivit le gamin.

C'était une chanson américaine, dans un anglais plus qu'approximatif, une des chansons country autorisées dans les trains chinois : *Home, Home on the Range.*

Shan s'installa près du feu en essayant de se mettre au diapason, mais son inquiétude ne fit que grandir. C'était trop dangereux pour l'Américain de venir dans ce campement, malgré la protection des purbas. Il était en situation illégale, sans la protection de son passeport, sans identité aux yeux des autorités. Comme lui-même, Winslow n'existait plus : s'il était capturé, il pouvait tout bonnement disparaître.

Dans la faible lumière, à son opposé, Shan distingua une autre silhouette assise à l'arrière d'une charrette à cheval : un Tibétain austère, de son âge, flanqué de deux purbas. Il se leva et se rapprocha, mais, à son arrivée tout près de la charrette, le purba le plus proche lui barra le chemin. L'homme sur la charrette le fixa de ses yeux mi-clos, sans le saluer, sans afficher une quelconque émotion. À la lueur des flammes, Shan distingua deux profondes cicatrices sur ses joues, ainsi que la lueur qui embrasait son regard. Il la reconnaissait intimement : c'étaient des yeux de prisonnier, à l'intelligence triste et circonspecte, qui flamboyaient de manière extraordinaire, illuminés autant par la rage que par la vertu et la conviction de leur bon droit. Il avait vu de tels yeux sur les thangkas des démons protecteurs furieux.

Shan fit un nouveau pas en avant, mais la main du purba se resserra comme un étau glacé sur son bras, qu'elle pressa contre sa poitrine. Une crosse de pistolet, dans un étui d'aisselle. Shan se figea, puis recula en examinant les cicatrices qui barraient les joues de l'homme sur sa charrette. Le Tigre, comprit-il, le légendaire chef purba au visage zébré. Les deux hommes les plus recherchés de tout le Tibet étaient réunis au gompa de Khodrak.

Shan repartit vers la plaine, dans le réconfort de la nuit, essayant de lutter contre la nouvelle peur que la présence du Tigre avait fait naître. Une chouette hulula. Les montagnes à l'horizon brillaient sous le clair de lune. L'apparition du chef purba l'avait dérangé autant que des nœuds qui auraient jailli d'un cercle de flammes. Le Tigre n'était pas là pour l'aider, c'était un homme d'action. On racontait que sa mère était musulmane, et les musulmans croyaient au châtiment. Le Tigre était tellement pourchassé, c'était une cible au destin tellement inévitable qu'il pouvait avoir une armée de nœuds à ses trousses. Les mots qu'Anya avait prononcés lors de cette première nuit sur la montagne de Yapchi lui revinrent à l'esprit : « Tant de morts déjà, avait déclaré l'oracle. Et tant de morts à venir. »

Shan se retrouva assis, fixant le ciel, suppliant les étoiles. Si seulement il pouvait emmener Lokesh et s'en aller. Il n'avait plus d'espoir à offrir aux Tibétains, il n'avait aucun moyen de percer les mystères qui enveloppaient le gompa et la vallée de Yapchi. Tout ce qu'il percevait, c'était le danger.

Le temps passa. Une heure peut-être. Quelque chose bougea dans l'obscurité, devant lui. Un homme, assis sur un rocher à trente mètres, tenait entre les mains un objet luisant au clair de lune et contemplait la plaine.

— Les lamas n'ont aucune patience à mon égard, dit soudain une voix très grave dans son dos. Ils prétendent que je ne devrais pas espérer accomplir autant en l'espace d'une seule vie.

La voix était extraordinaire, rauque et puissante à la fois, presque un grognement sans l'être tout à fait. Comment Lhandro l'avait-il décrite ? Quelqu'un qui rugirait dans un murmure, parce que les nœuds lui avaient fracassé le larynx.

En se tournant vers le Tigre, Shan aperçut un deuxième garde assis sur un rocher, à quinze mètres de là.

— Je leur ai répondu que, dans ma jeunesse, j'ai eu des professeurs des écoles tantriques qui affirmaient qu'avec la bonne pratique on pouvait arriver à la bouddhéité en l'espace d'une seule vie.

Bizarrement, Shan n'avait jamais entendu d'autre nom que Tigre pour désigner cet homme. Il se sentait mal à l'aise, ignorant combien d'autres gardes armés se trouvaient tapis dans l'ombre. Et aussi si le Tigre acceptait souvent de parler à des Chinois au beau milieu de la nuit.

— Je leur ai dit que, comparé à cela, ce que j'essaie d'accomplir est bien peu.

Le Tigre s'assit à côté de Shan et observa le ciel un instant.

— Quand vous êtes sans cesse en cavale, à changer de lieu dès le soleil couché, le ciel de nuit devient votre maison, reprit-il avec une grande lassitude. Un homme a écrit une lettre pour vous. Le colonel Lin n'est pas un ami du Tibet. Il a souvent été noté, plus d'une fois.

Noté. Le Tigre signifiait ainsi qu'on avait noté le nom de Lin dans le *Livre du Lotus*, le registre exhaustif, tenu par les purbas, de toutes les atrocités commises contre le Tibet.

— J'aimerais passer un moment avec ce colonel, déclara le chef purba comme s'il s'agissait d'une proposition d'affaires. L'emmener quelque part. Nous pourrions en tirer des informations précieuses.

Shan sentit son ventre se serrer.

— Lin est blessé, objecta-t-il faiblement, puis, plus fermement, il ajouta : Pourquoi prenez-vous la peine de m'en parler ? Les purbas savent où se trouve Lin.

L'homme ne répondit pas. Quelque chose bougea au loin, et un des gardes armés bondit. Quelques instants plus tard on entendit des claquements dc petits sabots, et l'homme reprit son poste. Le Tigre avait lui aussi l'allure d'un roc dans la nuit, une autre de ces statues solitaires dont le visage se gravait chaque jour un peu plus sous la morsure des vents. Shan comprit que cet homme détenait peut-être la réponse à beaucoup des questions qui continuaient à l'obséder.

— Pourquoi n'y a-t-il pas de nœuds ici ? Pourquoi n'ont-ils pas emmené l'abbé de Sangchi ?

— Ccux qui le détiennent sont à la fois des nœuds et pas des nœuds. Tout part à vau-l'eau dans ce district. Même les médecins des nœuds ne sont pas sûrs de savoir à qui faire leur rapport. Nous avons intercepté une requête adressée à Lhassa dans laquelle ils réclamaient des instructions. Ils veulent partir pour la plaine des Fleurs afin de retrouver le lama guérisseur. Mais Tuan et cet abbé Khodrak les veulent ici.

— Si des moines se chargent désormais de faire respecter les lignes politiques, qu'est-ce que les gens peuvent faire pour...

— C'est bien là le problème, l'interrompit le Tigre d'un ton sinistre.

— D'après Somo, d'autres nœuds travaillent pour Tuan, ailleurs. Cinq.

— Nous ne parvenons pas à les découvrir. Personne ne sait

où ils sont. Les nouveaux visages sont désormais interdits dans nos réunions. Nous avons fait passer le mot dans tout le district. Mais ces cinq-là, impossible de mettre la main dessus. Tout le monde est très prudent, et très inquiet. Ça devient de plus en plus dangereux.

Ils restèrent silencieux. Des criquets se mirent à chanter.

— Je suis allé à cet ermitage d'où vous avez démarré, mais vous l'aviez déjà quitté, dit soudain le Tigre. Là-bas, les dropkas nous ont déclaré que le vieux lama avait emporté la dépouille de Drakte. Nous l'avons suivi, et nous sommes restés au durtro jusqu'à ce que les vautours en aient eu terminé, en essayant de comprendre ce qui lui était arrivé. Nous avons parlé longuement dans la nuit et, à notre réveil, le lama avait disparu. Il était parti dans les montagnes.

Se serait-il trompé sur le compte du Tigre ? Était-il ici pour venger Drakte ?

— Je sais que Drakte se trouvait à Amdo-ville ce soir-là, dit Shan. Il récupérait un exemplaire du *Livre du Lotus*. Mais pourquoi là-bas ? Pourquoi n'a-t-il pu rencontrer son contact loin des dangers de la ville ?

— Cette foutue campagne de Sérénité. Les hurleurs tiennent des registres de performances économiques. Au début, nous en avons rigolé. Mais ce Khodrak a décidé qu'il devait avoir les meilleures performances de tout le Tibet. Et il y est parvenu.

— Ça ne peut être que des mensonges.

— Naturellement. Drakte s'en est aperçu. Il avait d'autres devoirs, mais il était originaire de cette partie du pays et il était pour lui hors de question que Khodrak fasse passer ses mensonges pour la vérité. C'est devenu pour lui une quête personnelle, même si je m'y suis opposé. Quand il a eu terminé sa mission pour nous dans le Sud, il s'est mis à quadriller ce district pour recueillir les vraies données. Lorsqu'il s'est aperçu qu'un de ses amis d'enfance était l'adjoint de Tuan, il a dit que c'était un signe du destin, qu'il était écrit qu'il devait transmettre l'information à ce Chao. Chao a accepté immédiatement, il a même promis qu'il révélerait en échange à Drakte des renseignements au moins aussi importants.

— Mais ils ont été attaqués.

— C'était un piège, il ne peut pas en être autrement. Aux yeux d'un homme comme Tuan, Chao n'aurait été qu'un traître. Chao est mort, et Drakte a été mortellement blessé. Le *Livre du Lotus* que transportait Drakte a disparu.

— Comment Chao est-il mort, exactement ?

— Une blessure par lame dans le dos, large, comme faite par un couteau de boucher. Ils se trouvaient dans un garage. Peut-être était-ce une hache. Chao est mort sur le coup. Si Drakte était venu nous rejoindre, nous aurions probablement pu le sauver. Mais c'est vous qu'il est allé voir.

— Vous semblez convaincu qu'ils ne se sont pas entre-tués.

— Ce salopard de Tuan a dû les découvrir. Il devait être furieux contre Chao. Parce que Chao pouvait le détruire. Pour Tuan, la solution la plus simple aurait été de les tuer tous les deux. Il se trouvait à Amdo ce soir-là, pour des meetings sur la campagne de Sérénité. Il pouvait tuer Chao, déclarer que c'était l'œuvre des réactionnaires et en faire un martyr.

Ils écoutèrent les criquets, et le Tigre lui montra une étoile filante.

— Pourquoi venir me parler, à moi ? demanda à nouveau Shan.

— Je vous le répète. À cause de ce colonel. Il y a une femme là-bas, originaire de ce village qui a brûlé, qui s'exprime comme une nonne. Elle dit que nous ne pouvons prendre Lin que si vous êtes d'accord.

Ils restèrent à nouveau silencieux un long moment.

— Tout ce qu'ils désiraient, c'était rendre à leur divinité ce qui lui manquait, déclara Shan d'une voix triste.

— Tout ce que j'aie jamais voulu, c'était cultiver de l'orge avec mon père, rétorqua le farouche chef des purbas, d'une voix semblable à celle de Shan.

— La divinité doit être ravaudée à la lumière, pas dans l'ombre, ajouta Shan après un nouveau silence, en regardant le ciel, interloqué par les mots qui s'étaient échappés de sa bouche.

Il entendit le général des purbas soupirer, et attendit une réponse, qui ne vint pas. Quand il se retourna, le Tigre avait disparu.

À son retour au campement, les dropkas s'étaient retirés sous leurs tentes et Winslow se blottissait contre Nyma, Somo et Lhandro. Somo demanda à Shan de répéter en détail ce qu'il avait vu à l'intérieur du gompa, et ils reprirent leur plan point par point une dernière fois. Tout était prêt, mais personne n'avait prévu que Lokesh serait dans l'incapacité de marcher.

— Ça, dit Winslow avec une ébauche de sourire, ça doit être la raison de ma présence ici.

Le son de la petite cloche arriva de loin jusqu'à lui, son premier coup résonnant tel un signal d'alarme dans sa conscience. Shan s'assit sur sa couverture. L'aube n'était pas encore levée. Il avait dormi par à-coups, tenu éveillé par Winslow, auquel Lhandro et Nyma enseignaient un étrange pas de danse à l'ombre du camion. La cloche retentit à nouveau. Quelque chose à l'intérieur de son être écoutait, le Shan du lao gai qui avait appris à distinguer les tonalités de tous les types de cloches, sirènes et sifflets qu'utilisaient les nœuds et les matons – la cloche qui appelait les gardes armés de fusils, celle qui annonçait la fouille des casernements ou le transport d'un détenu à l'infirmerie, par exemple. Lentement, il prit conscience que cette cloche convoquait les moines pour la prière d'avant le lever du jour.

Il se leva, enjamba les Tibétains encore endormis, et traversa la lumière grise vers les grilles. Une sentinelle solitaire était appuyée contre un des piliers. Des lumières électriques illuminaient la salle de réunion. Les moines sortaient un à un des dortoirs qui s'alignaient le long des deux murs latéraux du gompa pour entrer dans le lhakang.

— Deux longues voitures sont arrivées dans la nuit, murmura Somo près de son épaule. Des Red Flag, je crois, précisa-t-elle en se référant aux limousines utilisées par nombre de personnalités officielles du Tibet.

— Le bureau des Affaires religieuses, acquiesça Shan. Ceux qui devaient venir du quartier général de région, d'après Tenzin.

Une heure plus tard, depuis le camion où ils s'étaient postés, ils virent les moines transporter des bancs et des tapis depuis le lhakang jusque dans la cour devant le bâtiment administratif. Une table fut sortie du réfectoire et déposée à l'entrée dudit bâtiment, et plusieurs moines y fixèrent des planches afin de la convertir en estrade improvisée avec un cageot en bois en guise de marche d'accès. Un homme en chemise cravate apparut à la porte avec un autre drapeau chinois, qu'il attacha au-devant de l'estrade. Shan suivit le premier groupe de dropkas dans le gompa, la sentinelle ne surveillant pas les Tibétains mais les personnalités à l'entrée.

La fenêtre du bureau à l'étage s'ouvrit sur un énorme haut-parleur. Des hymnes retentirent, jusqu'à ce que, brutalement, une voix s'adresse à eux.

— Citoyens de Chine, déclama une voix maigrelette, nous vous saluons. C'est vous, les enfants de l'industrie, qui avez fait de nous une grande nation et nous ferez plus grands encore.

On avait branché la radio sur les discours du 1er Mai à Pékin. Un murmure parcourut la cour. Le Président suprême en personne s'adressait à la nation.

Padme, vêtu de sa robe de moine passée sur un jean, apparut à la porte, l'air ahuri devant cette foule en désordre. Il leva les yeux vers le haut-parleur, comme s'il hésitait à éteindre la radio, puis ordonna à tout le monde de s'asseoir sur les bancs et les tapis et d'écouter. Cela pourrait paraître non patriotique de ne pas s'arrêter pour écouter le Président, et plus encore de couper le son alors que le discours avait commencé. Padme envoya le garde ordonner aux Tibétains devant la grille d'y accorder toute leur attention, se précipita à l'intérieur, et revint quelques instants plus tard, sans son pantalon, pour aller s'installer sur une des chaises du podium. Shan se rappela le jean abandonné près du carré d'herbes brûlées et Winslow faisant cadeau au moine blessé du gilet en nylon jaune qu'ils y avaient trouvé. Lorsqu'ils étaient arrivés au gompa en compagnie de leur blessé, Padme avait été reconnu de loin. Parce que le gilet comme le jean lui appartenaient.

Se présentèrent un Tibétain de haute taille à l'allure distinguée, les cheveux gris, vêtu d'un costume gris, suivi de près par un Han replet habillé pratiquement à l'identique qui rectifiait sa cravate : des émissaires du bureau des Affaires religieuses. Ils montèrent sur l'estrade et se placèrent au côté de Padme. Dropkas et rongpas commencèrent à arriver en famille et se disposèrent sur les tapis près du mur.

Tandis que la foule se faisait un devoir de regarder le haut-parleur à la fenêtre, Shan remarqua deux individus en uniforme bleu ciel, chargés d'un vieil homme sur une civière, qui sortaient à l'arrière du bâtiment central et se dirigeaient vers le poste médical. Il poussa un soupir de soulagement : Tenzin avait bien compris le marché qu'il devait conclure avec Khodrak. Shan fit signe à Gyalo, et tous deux longèrent précautionneusement le mur.

Dix minutes plus tard, très proprement accoutrés, en tunique blanche comme les travailleurs des cuisines, Shan ouvrant la marche, Gyalo tête baissée essayant de passer inaperçu, ils se présentaient au poste médical. Shan annonça à un infirmier assis près de la porte qu'on les avait envoyés prendre le vieil homme blessé au pied. Ils attendirent dix nouvelles minutes, puis la porte s'ouvrit sur un homme en bleu, un stéthoscope autour du cou, qui leur fit signe d'entrer.

— Il est sous sédatif. La chute a été très mauvaise. J'ai été obligé de lui mettre un plâtre de marche pour stabiliser l'os. Il lui faudra des béquilles pendant au moins un mois.

Il étudiait une feuille de soins sur son bloc-notes quand on l'appela pour qu'il se joigne à la fête : le président Khodrak patientait avec ses visiteurs. Avec un soupir, il balança son bloc-notes sur la table et se dirigeait vers la porte quand l'infirmier réapparut. Cette fois, il s'immobilisa devant Gyalo et l'examina avec attention.

— C'est lui ! s'écria-t-il. Le banni ! Il faut prévenir le président !

Le docteur, surpris, resta bouche bée une seconde, puis tendit le bras. À l'instant où il allait se saisir du micro de la radio sur la table, une corde se matérialisa dans l'air et enserra les deux bras de l'infirmier contre ses flancs. Avant qu'il ait pu pousser un cri, un pieu en bois s'abattait sur son crâne – un des poteaux délimitant la file d'attente devant le poste. L'homme s'affala telle une chiffe sur le médecin prêt à s'emparer du micro. Une forme longue et maigre bondit, et le docteur se trouva pris sous Winslow, à califourchon sur lui. Il essaya bien de lutter, mais l'Américain lui allongea un magnifique crochet à la mâchoire et l'expédia dans les pommes.

Winslow, tout sourire devant ses deux victimes évanouies, se tourna vers Shan et Gyalo, et déclara :

— Je le répète depuis le début : ce qu'il faut à ce pays, c'est quelques bons cow-boys.

Il avait revêtu un chuba ainsi qu'un bonnet de soldat pour masquer ses cheveux clairs, et ses joues étaient noircies de poussière. À l'aube, Nyma et lui avaient grimpé à un arbre près du mur arrière et s'étaient laissés tomber à l'intérieur du gompa.

Ils s'empressèrent d'attacher et de bâillonner les deux hommes au sparadrap, et les transportèrent à l'arrière de la clinique.

Le fond du monastère était vide. Ils se hâtèrent de sortir Lokesh et le conduisirent dans une des cellules de méditation, où des mains se tendirent pour l'aider à se faufiler dans la cache secrète. Shan rapporta la civière au poste médical et revint aussitôt à la cachette, que Winslow éclairait avec sa torche électrique. Lokesh dormait, allongé sur les coussins que Shan avait aperçus la veille. Winslow et Nyma, à l'autre bout de la pièce étroite, examinaient les piles sur les étagères. À la lumière de la lampe, il n'y avait pas à se tromper sur leur nature : des peche, plus d'une douzaine de ces livres tibétains en feuillets non reliés, chacun enveloppé d'un tissu rouge poussiéreux. Shan résista à l'envie d'ouvrir les vieux textes, jeta un coup d'œil à Lokesh et ressortit.

Il s'attarda un moment devant les cellules de méditation, se demandant s'il devait courir le risque de rejoindre la foule, où son arrivée ne passerait pas inaperçue maintenant que le discours du Président était bien entamé. Il ressortit vers le fond du gompa et, après un détour prudent, parvint à l'arrière du bâtiment des bureaux. Le Président parlait toujours, il en était à présent à l'importance de la production électronique, citant des noms d'usines et d'ouvriers héros du peuple. Shan avait assisté en personne à une douzaine de discours du 1er Mai sur la place Tian'anmen à Pékin, et il savait qu'ils pouvaient durer au moins une heure. Il pénétra dans le bâtiment. Une petite table dans le vestibule était jonchée de plats de nourriture. Quelqu'un y avait également jeté à la hâte un journal du Parti. Shan enfila une veste bleue suspendue à une patère et monta discrètement vers la salle de réunion du premier. Dans le couloir, une sixième robe était accrochée, une de plus qu'à son précédent passage, avec une pancarte arborant en gros caractères : Gyalo, qui a déserté Bouddha.

Il fouilla la salle de conférences méthodiquement. Le placard en coin était plein de boîtes de dorje et autres gadgets en plastique, et d'une pile de petits livres rouges familiers. Une serviette en cuir noir était posée sur une chaise à côté d'un stock de cartes qui marquaient la progression de la campagne de Norbu contre l'ordre ancien, identiques à celle que lui avait donnée le menuisier. La carte du dessus était sous étui plastique, attachée par un trombone à une grande enveloppe à l'adresse du quartier général des Affaires religieuses à Lhassa.

À côté des cartes, il vit des feuillets d'antiques peche. À partir des quelques mots qu'il réussit à déchiffrer et des diagrammes de plantes, il comprit qu'il avait devant les yeux un ensemble d'emplacements et d'itinéraires à suivre pour trouver et utiliser des herbes. Un peu plus loin sur la longue table était déployée une série d'écrits anciens, apparemment des archives d'un ancien gompa, plus larges que des feuillets de peche et disposés autour d'une tablette. En en-tête s'étalait la classique référence à la féodalité au-dessus d'une liste d'une trentaine de noms, retranscrits en chinois : des noms de moines et de lamas. Les hurleurs répertoriaient les noms des anciens habitants de Rapjung et de Norbu pour tenter d'en retrouver des survivants ou des descendants. Pendant son séjour au goulag, Shan avait été réquisitionné pour accomplir des tâches similaires. Un officier politique avait appelé cela « raffiner le contexte socialiste », quand on l'avait obligé à faire des recherches dans les annuaires téléphoniques et des recoupements avec les listes d'anciens membres des gompas. Les familles survivantes pouvaient n'être jamais punies, ni même savoir qu'on les avait identifiées. Mais le Parti veillait jalousement sur ces données pour une éventuelle utilisation ultérieure : moyens de pression ou d'intimidation afin d'obtenir des informations. Une feuille blanche portant une traduction en chinois était agrafée à une feuille de peche : *Jokar Rinpoché, enseignant de Rapjung et aujourd'hui membre dirigeant du Culte du dalaï.* En haut de la feuille, quelqu'un avait noté d'un écriture fébrile : *Guru Dorje, c'est celui-là,* avec, soulignée deux fois, la phrase : *il venait de Rapjung.* Ce qui expliquait pourquoi les équipes médicales restaient : elles avaient découvert la destination de Jokar.

En bout de table, un tableau noir placé sur un chevalet était couvert d'un ensemble de règles avec rayures et corrections, comme s'il s'agissait d'un premier jet qu'on mettait au point : « Aucune contribution directe aux moines et aux nonnes ne sera autorisée ; le Comité directeur du gompa devra recevoir et enregistrer toutes les contributions ; tous ceux dont la contribution excédera deux pour cent de leurs revenus paieront un impôt équivalent à cent pour cent de la donation ; la contribution en main d'œuvre dans le cadre d'une reconstruction à fins religieuses, mausolée, cairn, ou gompa, sera déclarée, évaluée et imposée proportionnellement ; les Affaires religieuses veilleront strictement au respect des règles voulant que tout objet religieux soit la propriété du gouvernement du peuple ; les propriétaires de mausolées individuels devront en payer la location au gouvernement ; afin de pouvoir conserver leurs licences d'exercice, les gompas seront encouragés à démarrer des entreprises économiques dont la finalité à long terme sera d'être bénéficiaire. »

À la lecture, le manifeste paraissait des plus bizarres, comme la plate-forme d'une campagne qui signifierait réellement la fin de toute activité religieuse au Tibet.

Shan relut, mal à l'aise, la note faisant référence à Jokar. *Guru Dorje.* Le surnom était irrespectueux. Guru signifiait « lama » en sanskrit, et le dorje, le sceptre en forme d'éclair de tonnerre, était l'un des instruments les plus importants du rituel bouddhiste.

Sous le tableau noir en bout de table s'empilaient des livrets épais de deux bons centimètres aux couvertures en papier glacé. *La Prospérité Fleurit dans le District de Norbu,* lisait-on en titre. Shan en feuilleta un exemplaire : on avait largement utilisé la mise en pages par ordinateur, avec graphiques, diagrammes, tableaux, camemberts, dont la plupart comparaient la production économique d'aujourd'hui aux résultats passés. Le district était une incarnation du dynamisme et de la rentabilité, expliquait le rapport. La production d'orge avait augmenté de quatre cents pour cent. Le nombre de têtes de moutons avait été multiplié par trois, celui des chèvres par cinq. Les graves problèmes sanitaires qui sévissaient jadis parmi la population avaient disparu. Les frictions entre les diverses populations du district avaient été éradiquées.

À côté des rapports se trouvait le fac-similé d'une brève lettre du quartier général des Affaires religieuses félicitant Khodrak et Tuan pour le succès de leur campagne de Sérénité et signalant au passage que leur proposition avait recueilli un soutien enthousiaste à Lhassa et à Pékin. Lhassa était impatient d'annoncer l'ouverture du nouvel Institut pour enfants tibétains à Norbu. Un institut. Voilà pourquoi Tuan avait déclaré avoir besoin d'enseignants supplémentaires, pourquoi Drakte avait été tellement choqué devant les falsifications de données par Khodrak. Signez le registre, avait dit Drakte à la femme au Lamtso Gar, sinon, tous vos enfants grandiront pour vous haïr.

Shan s'attarda un moment sur le seuil de la salle de conférences en contemplant le tableau noir, avant de ressortir dans le couloir encore vide. Il prit une profonde inspiration et entra dans le bureau. Il resta dans la pénombre, loin de la fenêtre. Plus d'une centaine de personnes assises dans la cour regardaient le haut-parleur à la fenêtre du bureau. Ainsi qu'il l'avait espéré, personne n'avait osé continuer à travailler pendant que l'on rendait hommage au Président. Il passa rapidement la pièce en revue. Deux photographies de Tenzin étaient scotchées sur un meuble de classement : la première avait été prise dans la salle de conférences où Khodrak l'avait affronté moins de deux semaines auparavant ; le seconde, tirée d'un journal, le montrait en robe, le crâne rasé, accueillant des personnalités han importantes, avec une légende proclamant que le peuple tibétain était heureux de recevoir le vice-Président. Au-dessus de la porte, invisible depuis le couloir, était suspendue une petite bannière, en chinois seulement. *Frappez Fort.* C'était le nom d'une des campagnes récentes les plus agressives lancées par Pékin contre les Tibétains, au cours de laquelle nœuds et hurleurs avaient temporairement joint leurs forces pour une nouvelle tentative forcenée visant à arracher les doigts du Tibet de son rosaire.

Il regarda l'horloge. Somo et un autre purba devaient en ce moment se laisser glisser à l'intérieur du gompa depuis le mur arrière, vêtus de l'uniforme des soldats de la 54e brigade de Combat des Montagnes. Retentirent alors des applaudissements, à la fois à la radio et devant le bâtiment administratif. Shan sortit et se dirigea au pas de course vers un vaste bureau occupant tout l'espace à l'opposé de la salle de conférences, avec fenêtres ouvrant sur la cour, juste à temps pour voir Tenzin emmené par un des nœuds. On éteignit la radio. Khodrak se leva et présenta les importants visiteurs de Lhassa, avant de déclarer que lui incombait le grand honneur de faire une annonce dont les échos seraient entendus dans le monde entier. Le célèbre abbé de Sangchi, perdu depuis tant de semaines, était revenu vers Khodrak, et il avait choisi d'honorer Norbu par sa déclaration : il ne s'était pas enfui, il n'avait pas été enlevé, il s'était simplement retiré du monde, en retraite, afin de mieux comprendre l'impératif socialiste. L'assemblée ouvrit des yeux ronds avant d'exploser en applaudissements frénétiques. Les officiels des Affaires religieuses conférèrent un instant d'un air excité, avant de se lever et d'aller serrer vigoureusement la main de Khodrak, puis celle de Tenzin. L'abbé de Sangchi portait une des robes frangées d'or de Norbu.

Shan, le cœur battant, écouta Tenzin, qui remerciait chaleureusement tous les résidents du gompa de Norbu.

— Si j'ai embrouillé l'esprit des habitants du Tibet, qu'ils m'en excusent. Peut-être moi-même suis-je resté longtemps l'esprit embrouillé. Mais aujourd'hui, en ce lieu, ici même, au gompa de Norbu, grâce au président Khodrak, je suis parvenu à clairement comprendre le chemin qui est le mien.

D'une voix mélodieuse, il poursuivit, tourné vers le nord :

— Je suis un ermite qui erre dans les campagnes, un mendiant qui voyage seul. J'ai laissé derrière moi la terre de ma naissance et abandonné mes champs fertiles.

Khodrak et Tuan échangèrent des regards nerveux : Tenzin récitait un des antiques chants de Milarepa que Lokesh fredonnait parfois. La *Chanson de Clôture,* l'appelait-on, parce qu'elle avait été écrite quand le célèbre professeur agonisait. Un dropka s'aventura vers le podium et tendit un khata à Tenzin. Khodrak sourit d'un air glacé avant de s'avancer doucement lorsqu'un deuxième, puis un troisième Tibétain présentèrent à leur tour à l'abbé de Sangchi d'autres foulards de prières. Khodrak, qui paraissait gêné devant les représentants officiels du bureau, se leva et s'approcha de Tenzin. Un moine s'empressa de les prendre en photo.

Sur le mur près de la fenêtre, Shan vit punaisée une carte de la campagne de stérilisation. Près de la porte, une rangée de classeurs de bureau sous un drapeau de la République du Peuple. Dans le coin, un carton au contenu poussiéreux, des photographies sous cadres noirs tous identiques, prises à des banquets ou sur les marches de bâtiments gouvernementaux, avec un seul et unique personnage central : Tuan. Tuan en uniforme de nœud, Tuan en costume gris de businessman, Tuan avec Khodrak, portant un toast en compagnie d'autres officiers de l'armée, Tuan sur la Grande Muraille. Shan releva les yeux : dans tous les autres bureaux s'étaleraient des trophées, bien mis en évidence, des photos personnelles. Cependant Tuan n'en avait pas, pas plus qu'il ne conservait de souvenirs de sa carrière.

Un autre genre de photographie était punaisée au mur derrière un grand bureau, en couleur, sur papier brillant, arrachée à une revue : le cliché d'un chalet au bord d'un lac bordé d'arbres, avec une petite barque sur la grève. Sous la photographie se trouvait une petite table avec un tiroir que Shan ouvrit : il y découvrit un grand couteau de boucher et plus d'une dizaine de paquets de cigarettes. Il se retourna à nouveau vers la maison au bord du lac. Elle ressemblait à un rêve de retraité ; quant au couteau, il avait pu servir à tuer Drakte.

Une page de fax était posée sur le sous-main du bureau, par ailleurs vide. On y confirmait le transport de la délégation de Norbu jusqu'au camp pétrolier de la vallée de Yapchi pour la fête qui y était prévue deux jours plus tard. Lhassa avait décidé que l'événement serait l'occasion parfaite pour l'attribution tellement attendue des récompenses de la campagne de Sérénité. On annoncerait la fondation du nouvel institut de Norbu. Un photographe accompagnerait la délégation, ainsi qu'un contingent de la sécurité.

Un fil noir courait du mur jusqu'à l'intérieur d'un des tiroirs du bureau : un téléphone à cadran circulaire avec, scotchée sur le côté, une fiche portant une série de numéros. Shan décrocha pour vérifier la tonalité et reposa le combiné doucement. Dans le tiroir du dessous, il aperçut plus de deux douzaines de flacons de médicaments. Il hésita, fit les cent pas, puis revint au bureau, dont il décrocha le téléphone. Il composa le premier numéro, celui du quartier général des Affaires religieuses à Amdo-ville.

— *Wei*, fit une femme après la cinquième sonnerie.

Shan, ne sachant que répondre, faillit raccrocher, mais il dicta les cinq chiffres inscrits sur l'appareil.

— Je suis désolée, dit la femme. Tout le monde est sorti pour célébrer le 1er Mai. Si je peux être utile en quoi que ce soit au bureau du directeur...

— C'est le jour où l'on honore les héros, déclara Shan.

— Oui, répondit la femme avec méfiance.

— Le voyage à Yapchi. Les dispositions pour le transport. Le directeur voulait que je confirme que nous les avions bien reçues et que je m'assure qu'il n'y a pas eu de modifications de dernière minute.

— Pas de changements.

— Le directeur nous a rappelé que les héros marchaient parmi nous, récita Shan en regardant le chalet au bord du lac. C'est la raison pour laquelle il veut les noms et adresses détaillés des cinq, afin qu'ils soient reconnus dans les formes.

— Je vous demande pardon ?

— Le directeur a eu un entretien privé avec ceux de Lhassa.

Il a décidé qu'en un jour comme celui-ci tous les héros du peuple devaient être honorés. On oublie trop souvent ceux qui œuvrent en secret.

— Mais vous devez avoir...

— Tous les autres sont partis à la fête du Travail. Si la sécurité vous pose un problème, je vais vous donner les numéros d'identification afin que vous puissiez vérifier.

Il sortit le papier que lui avait remis Somo et, lentement, lut les numéros correspondant aux cinq entrées inexpliquées.

— Très bien, soupira la femme. Je faxe la liste immédiatement.

Il raccrocha. Des applaudissements retentirent dans la cour et il vit Khodrak qui tapotait Tenzin dans le dos. Il se dirigeait vers la sortie en déboutonnant sa veste quand il se figea sur place : le directeur Tuan se tenait dans l'embrasure de la porte et le fixait d'un œil de rapace.

— Je pourrais vous faire fusiller ! Je pourrais vous faire coller une balle dans le crâne d'ici à la nuit tombée. J'ai vérifié votre nom dans les registres du ministère de l'Éducation. Usurpation d'identité et de fonction : vous vous êtes fait passer pour un travailleur du gouvernement. Infraction à la sécurité de l'État.

— Peut-être oubliez-vous que vous n'êtes plus à la Sécurité publique, fit remarquer Shan sans s'émouvoir.

Le directeur des Affaires religieuses ouvrait la bouche pour répliquer quand retentirent de nouveaux applaudissements.

— Nous n'avons pas le temps de nous préoccuper de ces détails, ricana-t-il en entrant dans la pièce. Qui que vous soyez – fugitif, parasite, déserteur de l'armée, peut-être ? –, nous découvrirons votre véritable identité. Ensuite, nous aurons tout le temps de décider de ce qu'il faut faire d'un homme qui se fait passer pour un enseignant. Quelle chose méprisable ! Il existe des lieux où nous pouvons vous garder aux fers jusqu'à ce que nous décidions de la meilleure façon de disposer de vous.

— Je n'ai jamais prétendu être enseignant, rétorqua Shan. C'est vous qui avez sauté aux conclusions. Vous avez également dit que je pourrais être utile. Vous m'avez donné votre carte.

Tout ce qu'il pouvait espérer était de maintenir Tuan dans l'expectative de manière à gagner du temps pour Somo et les autres.

Tuan voulut lui répondre quand il se plia en deux sous une quinte de toux. Il recula contre le mur près de la porte, en pressant un mouchoir sur ses lèvres. Quand la quinte fut terminée, il ferma les paupières comme s'il allait s'évanouir. Il ôta son mouchoir, et Shan y discerna des taches roses.

— Qu'est-ce que vous faisiez ici ? aboya Tuan en montrant les dents, encore plein de colère, mais le feu qui embrasait son regard s'était éteint.

— Je contemplais la cérémonie, comme tout le monde. Ç'aurait été très incorrect de rejoindre le public alors que le discours d'un invité aussi prestigieux était commencé.

— Vous étiez au courant, pour cet homme, accusa Tuan. Vous étiez avec l'abbé. Il se cachait probablement derrière la colline ce fameux premier jour où nous vous avons rencontrés.

— Il ne nous a jamais dit qu'il était l'abbé.

Le directeur alla jusqu'à la fenêtre et observa Tenzin, toujours sur l'estrade, avant de revenir vers Shan.

— Nous allions rédiger des papiers aujourd'hui, afin de décider de celui qu'il deviendrait s'il refusait de coopérer. Un réactionnaire illégal. Ou peut-être l'assassin de notre bien-aimé Chao.

La menace était à peine voilée dans sa voix glacée. Il lui fallait mettre un terme à la chasse à l'homme lancée pour retrouver le tueur de Chao, et sa victoire finale verrait son couronnement lors de la remise des récompenses à Yapchi. Tenzin aurait été un bouc émissaire bien pratique. Il allait devoir se trouver un autre coupable.

— Mais ça, c'était un problème relevant du bureau de la Sécurité publique, répliqua Shan, avec la porte ouverte en ligne de mire. Votre problème à vous, c'est de gagner la campagne de Sérénité.

Tuan alla fermer la porte par précaution, comme un vieillard fatigué, plus amer que furieux.

— Ça, c'est déjà fait, se réjouit-il, il ne nous reste plus qu'à aller chercher notre récompense.

Finalement, c'était le seul mystère auquel il fallait accorder le maximum d'attention, songea Shan. Peut-être avait-il sous-estimé les enjeux de l'étrange partie que disputaient Khodrak et Tuan.

— Votre photo dans le journal de Lhassa ? Une lettre de félicitations de Pékin ?

C'était là de peu d'importance pour un homme qui conservait ce genre de trophée dans un carton poussiéreux. Shan se souvint du tableau noir dans la salle de conférences, avec sa liste qui avait des allures de manifeste.

— L'institut ? Une statue à Amdo-ville ?

Une étrange lueur brilla dans les yeux de Tuan.

— La sérénité, déclara-t-il d'une voix lasse. La sérénité, c'est tout ce que je désire.

Il sortit un paquet de cigarettes de sa poche et le porta à ses narines, ainsi qu'il l'avait déjà fait lorsqu'il avait retrouvé Shan dans la salle de réunion du rez-de-chaussée. Sa maladie était à un stade avancé.

— Le problème des Tibétains, c'est qu'ils ont été tous conditionnés pour se satisfaire de peu. Il y a ici des richesses, des richesses dans le sol. Une fois que nous serons devenus le modèle à suivre, tout sera possible.

Nous. Khodrak et lui. Leur district comme modèle de développement. C'était un cliché bien poussiéreux que l'utilisation d'une entreprise comme modèle de développement. Les subventions de Pékin couleraient à flots pour assurer la réussite d'un tel exemple, qui servirait alors de modèle de propagande démontrant avec éclat la justesse de la politique gouvernementale. Les modèles les plus ostentatoires de Pékin qui s'étaient finalement révélés être des faux et des escroqueries n'avaient pas été rares, avec une corruption à tous les échelons et des rapports de production forgés de toutes pièces. Shan se rappela les photographies des moines posant avec leurs marteaux, de Padme et des novices en compagnie des jeunes Tibétains aux vêtements flambant neufs, des médecins en compagnie de jeunes mères tibétaines. Tuan et Khodrak connaissaient parfaitement les règles du jeu : en se servant de celles que Tuan avait apprises au cours de sa longue carrière au sein du Parti et du gouvernement, ils avaient tout présenté sous un emballage soigné, dédaignant la vérité, dédaignant même les critères de la campagne de Sérénité. Leur institut pourrait rapidement devenir une société privée, et, grâce au contrôle de la première entreprise économique de la région, ils gouverneraient un petit royaume.

— Mon associé a pris toutes les dispositions utiles pour que la Sécurité publique apprenne que le tueur de Chao s'était réfugié au Qinghai. C'était risqué. Mes anciens collègues peuvent se montrer trop zélés.

Shan essayait de saisir cet homme qui lui faisait face : ancien officier des nœuds, plein de zèle justement, il avait pris sa retraite et démarré une nouvelle carrière, en devenant encore plus dur, plus insensible, plus amer. Plus malade encore.

— Votre associé est un homme très occupé.

— Quand on est un éclair, ricana doucement Tuan en énonçant cette plaisanterie éculée, on peut se déplacer vite et frapper fort.

Shan serra les dents. *Guru Dorje, Guru l'Éclair* – c'était le surnom de Khodrak. Shan avait vu ce même nom sur un autre morceau de papier, gribouillé en en-tête de la bandelette jaune que

Somo avait trouvée dans la chaussure de Drakte – les données qu'on avait rassemblées sur les membres de la Sécurité publique.

— Votre associé voulait obtenir de Chao des renseignements sur vos fiches de paie, dit Shan en surveillant Tuan avec attention.

Ce petit morceau de papier jaune n'avait pas été destiné à Drakte. Peut-être Chao le tenait-il à la main quand le tueur était arrivé, mais le destinataire en était Khodrak.

Le directeur jeta à Shan un coup d'œil noir, sans paraître remarquer que le fax bourdonnait près du bureau, puis il contempla le podium avec un sourire forcé pour revenir ensuite sur la photo du chalet au bord du lac.

— Je l'aimais bien, ce Chao, déclara-t-il d'un ton désinvolte. De tout mon personnel, c'était le seul à raconter des histoires drôles. Il savait arranger les choses quand les bergers n'étaient plus très coopératifs. Je l'ai trouvé dans la vieille étable, mort depuis quelques minutes, le dos ouvert en deux comme un porc à l'abattoir. J'ai vu des traces de sang, et j'ai d'abord pensé que c'était le sien, mais j'ai compris très vite qu'il n'aurait jamais eu la force de se relever avec une telle blessure. J'ai envoyé mes hommes suivre les traces de sang, mais ils ont perdu la piste dans les montagnes.

Tuan était en train de lui expliquer, ou tout au moins de lui laisser croire qu'il n'était pas l'assassin de Chao.

— Celui qui s'est enfui n'était peut-être pas le tueur, c'était peut-être lui aussi une victime.

Tuan secoua la tête.

— Nous avons quadrillé toute la ville. La circulation a été arrêtée pendant vingt-quatre heures. Si le meurtrier était resté en ville, nous l'aurions appréhendé.

— Vous prenez pour acquis que l'assassin n'est pas une personne que vous connaissez.

Tuan haussa les épaules, comme si la chose n'avait aucune importance.

— Je vais mettre un terme à tout ça, je refermerai ce dossier en personne. Chao était un des miens. C'est à moi de décider, conclut-il, avec, étrangement, un soupçon d'excuse.

— Mais il faut rédiger des rapports en cas d'exécution publique. À Lhassa, on vérifiera et on exigera des preuves à l'appui.

Tuan parut déçu et il balaya cette suggestion d'un revers de main.

— Après avoir vécu si longtemps au Tibet, vous devriez être mieux informé ! ironisa-t-il. Quand on vous choisit pour recevoir une balle gouvernementale dans le crâne, ce n'est pas obligatoirement parce que vous la méritez. C'est parce que vous étiez censé mourir de cette façon. De toute éternité.

Un petit sourire suffisant se dessina sur son visage ; il était apparemment très content de son trait d'humour.

— Cela facilite tellement la tâche de la Sécurité publique ici.

— Les Tibétains prétendent également qu'il ne se passe rien dans la vie qui n'affecte tout le reste.

Tuan retroussa une babine en un ricanement silencieux et jeta un crayon sur la table.

— Les quelques minutes qui vont suivre seront les plus importantes de votre existence. Je sortirai et je laisserai un garde en faction devant la porte. Si vous essayez de fuir, il vous rattrapera et nous infligerons juste ce qu'il faut à vos pieds pour que vous ne puissiez plus jamais courir. Quand les festivités seront terminées, nous pourrons tout reprendre sur des bases nouvelles, mais je ferai venir d'autres personnes pour nous aider. Vous n'êtes pas stupide. Si vous rédigez les bons aveux avant mon retour, je pourrai décider de les garder et de vous laisser en vie, en vous attribuant un travail, qui plus est.

Il sortit une feuille blanche du tiroir du haut qu'il posa sur la table.

Lorsqu'il fut sorti en refermant la porte derrière lui, Shan essaya de comprendre cet étrange personnage. Rien dans les paroles de Tuan ne lui avait donné de motif suffisant pour l'innocenter du meurtre de Chao. Mais Shan avait néanmoins changé d'opinion à son égard. À cause du ton, de la voix, des gestes de cet homme, de son absence de colère ou de passion. Il était trop distrait, trop désinvolte, trop faible pour avoir poignardé Chao et Drakte. Mais, comme l'avait suggéré le Tigre, Tuan avait pu dresser un piège et contemplé le spectacle en ordonnant à l'un de ses hommes d'exécuter les basses œuvres.

À la fenêtre, il vit Khodrak et Tenzin échanger à nouveau une poignée de main pour les photographes. Il courut à la fenêtre opposée qui donnait sur la petite cour entre les bâtiments et remonta la vitre à guillotine. Rien ne bougeait, seuls voletaient les petits drapeaux. La corde à laquelle ils étaient suspendus était fixée à un crochet en fer sous la fenêtre. Il tira, encore, et encore, violemment. Il se pencha, et tira à nouveau à deux mains. La corde s'arracha de son point d'attache sur le bâtiment en face.

Un bruit de bottes résonna dans le couloir. Shan courut derrière le bureau, arracha le feuillet du fax, s'empara de la photographie du chalet serein, fourra les papiers dans sa chemise, attrapa la corde garnie de petits drapeaux et se laissa glisser jusqu'au sol.

Presque aussitôt, Tenzin surgit avec son garde, se dirigeant vers le bâtiment voisin. Shan leur emboîta le pas. Deux soldats de l'Armée populaire de libération se présentèrent tout à coup devant eux et encadrèrent Tenzin en le saisissant par le bras.

— C'est du ressort des Affaires religieuses, grommela le garde.

— Plus maintenant, objecta l'un des soldats d'une voix cassante. Cet homme est recherché pour mise en danger de la sécurité militaire. Ordres du colonel Lin.

Le garde se retourna vers la porte, espérant voir débarquer des renforts.

— C'est le directeur Tuan qui en a la garde. Les Affaires religieuses...

— J'ai dit : le colonel Lin, l'interrompit le soldat avec un haussement d'épaules de sympathie. Nous obéissons tous aux ordres, camarade. Voyez ça avec votre directeur.

Il poussa Tenzin vers l'escalier tandis que le garde battait en retraite sans comprendre, en examinant Shan d'un œil soupçonneux.

— Regardez-moi ça ! s'exclama celui-ci d'un ton agacé en montrant la corde chargée de drapeaux tombée par terre. Et un 1er Mai !

Le garde marmonna entre ses dents, regarda Shan puis les drapeaux, et s'éloigna.

Shan se dépêcha de rejoindre Tenzin et les deux purbas en uniforme à la porte des cuisines et les dirigea vers les cellules de méditation. Shan aida Tenzin à échanger sa robe contre une tenue de dropka, puis ils s'engouffrèrent dans la chambre secrète, tandis que les deux purbas franchissaient dans l'autre sens le mur arrière du gompa.

Winslow somnolait, mais Lokesh était bien réveillé. Tout en examinant un des antiques manuscrits, il serrait affectueusement la main de Nyma, tel un vieil oncle qui aurait retrouvé sa famille. Il adressa son grand sourire de guingois à Shan, qui mit un doigt sur les lèvres de crainte que son vieil ami ne s'exclame trop bruyamment.

Tenzin s'assit, et Shan lui expliqua que, dans un instant, Khodrak et ses hommes allaient découvrir que la cellule de détention était vide. Lorsque les nœuds commenceraient à fouiller la cour et les bâtiments, quelqu'un attirerait leur attention vers une scène étrange sur la crête : quatre soldats en uniforme de l'armée faisant avancer un homme en robe bordeaux le long de l'arête.

Tuan et Khodrak ne pourraient se permettre de trop vitupérer, de crainte de se voir discrédités aux yeux des officiels du bureau venus de Lhassa. Même si Tuan se lançait à la poursuite des fuyards avec ses chemises blanches, il arriverait trop tard pour en retrouver la moindre trace, des chevaux attendant en effet les purbas déguisés derrière la crête. Il ne pourrait pas lancer l'alarme à grande échelle, parce que Tenzin se trouvait là où il devait être : sous la garde de l'armée.

Alors qu'ils seraient tous deux dans la confusion la plus extrême, Lhandro annoncerait que les habitants de la région allaient rendre hommage au gompa et à ses importants visiteurs en démarrant leur propre fête. Et le festival de printemps des Tibétains, retardé tant et tant de fois, pourrait commencer.

On entendit un coup de sifflet et des bruits de bottes firent vibrer le sol devant les cellules. Shan s'appuya contre l'antique mur. Autrefois, des moines s'étaient cachés là pour se protéger des envahisseurs mongols, en y emportant leurs thangkas les plus importants et leurs plus précieux manuscrits. L'idée des peche toujours sur leurs étagères, là où on les avait déposés cinquante années auparavant, le réconfortait. Les trésors pouvaient se cacher, et l'arrogance de ceux qui cherchaient à les usurper pouvait toujours se retourner contre eux.

Shan se repassa le déroulement du festival de printemps tel que Lhandro le lui avait décrit. Arriveraient en premier les yacks décorés, tous les yacks du campement que les dropkas avaient fini de préparer la nuit précédente. Ils seraient menés par Jampa et Gyalo – le moine que Khodrak avait déclaré mort aux yeux de Bouddha –, le visage recouvert d'un masque de fête. Suivraient les dropkas dans leurs atours traditionnels, dont certains se transmettaient depuis des générations ; quelques-uns parmi eux auraient leur tambour à main et leur *damyen*, l'instrument à cordes traditionnel du changtang. Ensuite viendraient les danseurs aux coiffures élaborées, jadis utilisées dans les danses *cham*, qu'on exécutait lors des représentations des événements historiques ou symboliques. Finalement, pour faire bonne mesure, les enfants conduiraient leurs chiens et leurs moutons préférés en procession. Il y aurait du bruit et du mouvement, tout ce qu'espéraient Shan et ses amis.

Ils restaient silencieux. Les bruits de bottes résonnèrent à nouveau et s'éloignèrent. La voix ronronnant dans le haut-parleur fut remplacée par la voix de Lhandro, forte mais non amplifiée. La procession s'engageait dans la cour, le long du réfectoire et du lhakang, devant le poste médical et le moulin à prières. Shan se pencha en avant en tendant l'oreille. Il entendit un battement semblable à celui d'un tambour, puis un autre coup plus fort, et

Tenzin lui toucha le bras : quelqu'un tapait sur le mur extérieur de leur cachette. La porte pivota sur ses gonds, et il vit le visage crispé d'angoisse de Somo, qui les aida à sortir un à un.

Au-dehors, tandis que défilaient les yacks en tenue de parade, Lhandro, accompagné de plusieurs hommes, s'avança dans l'embrasure de la porte pour les masquer aux regards indiscrets en interpellant comme si de rien n'était ses amis du défilé.

— *Lha gyal lo ! Lha gyal lo !* entendit-on dans toute la cour.

— *Lha gyal lo !* résonna une voix cassée derrière eux.

C'était Lokesh, que Nyma bâillonnait d'une main.

Ils transportèrent le vieux Tibétain dans le couloir où attendait Winslow, courbé en deux, les coudes sur les genoux. Somo et Nyma arrimèrent Lokesh sur le dos de l'Américain à l'aide d'une grosse ficelle nouée autour de leur poitrine et de leur taille.

— Mon cheval des esprits est arrivé, gloussa Lokesh de sa voix rauque.

Winslow se redressa, et Somo l'enveloppa d'une couverture attachée par des épingles qui le masqua jusqu'à la poitrine. Tout à coup apparurent six danseurs. Deux en costumes de squelettes, les autres arborant les coiffures des démons protecteurs. Deux des costumes étaient conçus pour deux hommes, habituellement sur les épaules l'un de l'autre, avec quatre bras aux mains terminées par de longues griffes. Les danseurs se pressèrent à l'entrée et s'arrêtèrent comme pour prendre quelques secondes de repos, avant de continuer lentement. Une des créatures doubles s'arrêta devant la porte. Lhandro et Somo lui enlevèrent sa coiffure : c'étaient les deux dropkas que Shan avait vus près du camion des purbas la veille. Moins d'une minute plus tard, Lokesh et Winslow avaient enfilé les manches du costume, et la coiffure avait été posée sur la tête de Lokesh. Winslow sortit d'un pas mal ajusté, trouva son équilibre et commença à danser avec les autres. Tenzin avait revêtu un costume de squelette et quelqu'un lui plaçait sur la tête un masque de yack furieux. Nyma s'empara d'un long paquet étroit enveloppé dans la veste qu'elle portait – l'un des peche qu'elle étudiait en compagnie de Lokesh. Les autres resteraient dans la cachette, bien à l'abri.

Shan voyait à peine où il se dirigeait jusqu'à ce qu'il comprenne qu'on le guidait à l'extérieur, vers les autres danseurs, dont il se mit bientôt à imiter la démarche sautillante, trois pas en avant, un en arrière, un de côté, en progressant lentement vers la grille.

Les moutons bêlaient derrière lui, et les moines de Norbu, exhibant d'ordinaire des allures de moribonds, poussèrent des cris d'encouragement à l'intention des enfants. Quand ils arrivèrent aux bancs près de la grille, Shan vit que Winslow ralentissait. S'il tombait et que son masque glissait, tout était perdu.

Mais ils étaient pratiquement dehors, presque à la grille. Shan s'approcha pour le soutenir le cas échéant.

— Encore une fois ! entendit-on Padme demander au haut-parleur. Nos distingués visiteurs voudraient revoir les danseurs encore une fois.

Devant les acclamations du public, Shan se sentit sombrer.

Winslow se retourna, et son visage-crâne sembla fixer Shan droit dans les yeux. Il suivit cependant le chef de la procession, tandis que plusieurs moines prenaient des photographies. Shan, Winslow et l'abbé de Sangchi dansaient pour le bureau des Affaires religieuses.

Trente minutes plus tard, ils retiraient leurs masques à l'abri de la tente près du camion des purbas. Winslow, le visage dégoulinant de sueur, paraissait épuisé et incapable de bouger, tandis que Lokesh baignait dans l'allégresse. Il ne cessait d'agiter les bras comme s'il était encore en costume, et riait, tandis que Somo et Nyma l'aidaient à descendre de sa monture.

En se redressant, Winslow remarqua que ses vêtements avaient été déchirés lors de l'échauffourée avec le médecin. Il examina d'un œil perplexe sa pochette de chemise qui pendouillait, arrachée des deux côtés.

— Est-ce que j'avais une carte de visite dans cette poche ? interrogea-t-il d'une voix vide.

Shan lui répondit en haussant lentement les épaules.

— Qu'ils aillent au diable ! On leur a montré, à ces salopards ! s'écria Winslow en faisant le geste de balancer son lasso par-dessus l'épaule.

Les purbas s'affairaient en silence à apporter la touche finale au plan. Les yacks décorés traînaient devant les grilles. Les enfants jouaient avec les chiens autour des bancs. Les dropkas aux tambours et aux damyens étaient assis près du podium et continuaient à jouer pendant que les purbas enveloppaient Lokesh dans une couverture et le transportaient dans le camion, suivis par Tenzin et par Shan. Cinq minutes plus tard, ils étaient sur la route qui quittait Norbu.

Tout à coup, derrière eux, ils entendirent corner un avertisseur de camion dans l'enceinte du monastère. Le véhicule était pressé et se frayait un chemin dans la foule à coups de klaxon pour quitter le gompa. Leur chauffeur accéléra.

— Ils n'iraient pas pourchasser l'armée en camion, pas sur

les crêtes ! s'inquiéta Lhandro d'une voix désespérée en entendant le klaxon qui se rapprochait. C'est à nous qu'ils doivent en vouloir.

— Somo ! Où est Somo ? s'exclama l'un des purbas.

Un quatre-quatre blanc des hurleurs sortit de l'enceinte à toute vitesse. Shan couvrit Lokesh et Tenzin d'une couverture quand le véhicule les doubla.

Néanmoins le camion blanc ne s'arrêta pas. Cinq des hurleurs de Tuan se trouvaient à l'intérieur et leur signifiaient du geste de dégager la voie.

Quand leur vieux véhicule reprit la route, une main apparut sur le hayon et Somo monta, avec, sur le visage, un mélange de peur et de fierté.

— Je n'ai pas compris pourquoi ils abandonnaient aussi facilement, pourquoi ils n'ont pas au moins donné la chasse aux soldats sur la crête, déclara-t-elle avec angoisse. Alors je suis restée près de l'estrade. Padme est arrivé en courant avec un fax à la main, et il est resté là pendant que Khodrak et les officiels le lisaient. Au début, Khodrak n'a rien fait, il n'a même pas bougé, il a dit des mots qu'aucun homme porteur de robe ne devrait jamais prononcer. Puis son attitude a changé et il a souri. Il a dit que l'armée allait comprendre qu'il lui avait, certes, volé l'abbé de Sangchi, mais que l'armée, en retour, détenait à présent quelqu'un qui lui appartenait de plein droit. La preuve en était dans les vieux livres tibétains. Ce serait une victoire encore plus grandiose que la découverte de l'abbé fugitif, a-t-il ajouté. Personne, au Tibet, n'incarnait mieux que cet homme toutes les anciennes valeurs d'oppression. Quelle leçon nous pourrons transmettre à Yapchi ! a dit Khodrak. Quelle victoire que la nôtre !

Cela ne pouvait signifier qu'une chose : ils avaient laissé l'ancien lama guérisseur dans les montagnes avec Lin, et les soldats avaient fini par retrouver leur colonel. Lequel s'était montré fidèle à sa promesse : il avait arrêté Jokar.

17.

La corniche aux mélanges était déserte à leur arrivée, le lendemain matin.

— Les soldats, dit tristement Somo qui fouillait les salles vides en s'éclairant d'une lampe à beurre. Ils avaient des hélicoptères pour les aider dans leurs recherches. Lin a dû leur faire un signal. C'est comme ça qu'ils ont dû trouver Jokar Rinpoché.

Ainsi que les parents de Lhandro et Anya, songea Shan avec amertume. Ils avaient tous disparu.

— Cela signifie que nous ne pouvons pas rester, déclara-t-il. Nous devons retourner à la caverne des eaux.

Winslow, Tenzin et les autres purbas avaient transporté Lokesh sur une civière jusqu'à la caverne de Larkin. Shan, Somo et Nyma avaient poursuivi la route vers le petit plateau en compagnie de Lhandro.

Les maigres biens de ceux qui se cachaient sur la corniche aux mélanges se distribuaient entre les diverses salles : on n'y avait pas touché, comme si on avait obligé les fugitifs à partir sans rien emporter. Le chef du village de Yapchi, le cœur lourd, s'agenouilla près de la paillasse vide de son père. Ses parents ne survivraient pas longtemps à un emprisonnement. Il les avait quittés joyeux, communiant avec le lama guérisseur, mais on les avait arrachés à cette paix pour les entraîner dans un monde violent et sans âme, un monde qu'ils ne comprendraient jamais. D'une main tremblante, Lhandro toucha le coin de la photographie encadrée posée à la tête de la paillasse, en lâchant un petit cri étranglé.

— Certains dropkas appellent les hélicoptères les « démons du ciel », murmura-t-il.

Un démon du ciel avait atterri et englouti ses parents. Les hélicoptères arrivaient sans prévenir et enlevaient quelqu'un qu'on ne revoyait plus jamais. Dans les temps anciens, avait un jour expliqué un dropka à Shan, les démons du ciel faisaient la même chose, mais avec des éclairs.

Lhandro fixa la photographie et ouvrit la bouche en une interrogation muette. Ce n'est pas l'idée que ses parents puissent être morts qui était la plus douloureuse, mais l'incertitude absolue. Il ne saurait jamais s'il devait leur offrir les rites funéraires, il ne saurait pas quand et où se recueillir, ni même s'il devait les chercher dans une quelconque prison.

— Tout ce que nous voulions, c'était notre divinité, murmura Lhandro à la photographie.

Il tomba à genoux à côté de la paillasse, devant le dalaï-lama, et entama un mantra au Bouddha de la Compassion.

— Pourquoi les soldats auraient-ils laissé cette photo intacte ? demanda Shan en examinant la pièce et la paillasse.

Les soldats haïssaient ces images, qu'ils auraient jetées contre un mur ou enfoncées dans le sol d'un coup de talon de leur botte.

Lhandro resta interloqué, Somo s'agenouilla, étudiant le contenu de la chambre d'un œil circonspect, et se redressa d'un bond quand Nyma poussa un cri d'alarme depuis l'entrée.

Deux silhouettes remontaient le versant ouest, à pas lents, s'arrêtant de temps à autre pour admirer le paysage en contrebas. Somo fit signe aux autres de demeurer cachés derrière les rochers jusqu'à ce qu'on distingue clairement qu'il s'agissait de Tibétains vêtus de chubas de dropkas, le plus grand des deux coiffé d'un chapeau rond. À travers ses jumelles, Shan s'aperçut qu'ils se donnaient la main, puis ils s'assirent sur un rocher à deux cents mètres de là.

— Nous pouvons demander à ces bergers s'ils ont vu quelque chose, soupira Somo. Mais il faut maintenant remballer tout ce qui a été abandonné ici. Il ne faut rien laisser. Rien du tout. S'ils reviennent et décident qu'il s'agit d'une cachette de purbas, ils la détruiront à l'explosif.

Elle rentra dans la caverne, suivie par Shan et les autres.

Cinq minutes plus tard, ils entendirent un rire au-dehors. Ils abandonnèrent les couvertures qu'ils nouaient et ressortirent prudemment.

Anya, vêtue d'un chuba beaucoup trop grand pour elle, donnait des coups de pied dans une pomme comme s'il s'agissait d'un ballon de football, tandis que l'homme en chuba et chapeau rond, de dos, essayait de la bloquer. Anya shoota dans la pomme, et sourit pendant que Shan s'avançait. L'homme se retourna : c'était Lin.

Le colonel se figea sur place, la pomme roulant devant lui. Aussi impossible que cela pût paraître, Shan crut un instant lire une lueur espiègle sur son visage, qui se durcit aussitôt, et le soupçon de sourire qui restait sur des lèvres se glaça en moue renfrognée.

— Toujours en cavale ! s'exclama Lin d'un ton bourru, tandis qu'Anya courait serrer Nyma dans ses bras. Je savais que vous n'iriez pas bien loin.

— L'un de mes professeurs prétend que l'un de mes problèmes est précisément que je ne prends jamais la poudre d'escampette, répliqua Shan d'une voix égale.

Lin était vêtu du lourd chuba appartenant au père de Lhandro. Il portait toujours son pantalon de l'armée, mais sa chemise réglementaire avait été remplacée par une chemise rouge, identique à celles de nombreux dropkas. Il avait l'œil clair et le pied ferme.

— Mais parfois, au Tibet, il peut être difficile de comprendre ce que fuir signifie.

— J'ai montré à *Aku* Lin l'endroit où fleurissaient les fleurs roses appelées nez d'agneau, dit Anya en se plaçant devant Lin comme pour le protéger. Nous avons trouvé des légumes verts bons à manger.

Aku Lin. Elle l'avait appelé Oncle Lin. Et leur présence à tous les deux signifiait qu'aucun hélicoptère n'était venu.

— Depuis combien de temps êtes-vous ici ? demanda Shan à Anya. Vous êtes seuls ?

— Trois jours. Le lama guérisseur m'a priée de rester avec Lin. Il a ajouté que nous avions besoin d'être l'un avec l'autre, ajouta-t-elle à voix basse.

Elle s'attarda un instant sur les visages de Shan et de Somo comme pour obtenir une explication, puis se tourna vers le sommet brillant de la montagne d'un air incrédule. Elle ne comprenait pas les paroles du vieux lama. Shan revit son air réjoui et heureux quand elle jouait avec Lin, entendit de nouveau le rire grave du colonel. C'était bien ainsi qu'ils devaient être tous les deux, avait dit Jokar.

— Jokar et les autres ont été arrêtés. Où les a-t-on emmenés ?

— Arrêtés ? s'écria Anya. Non. Ils ont dit qu'ils seraient bientôt de retour. Ils sont partis pour Yapchi. D'abord, ils ont discuté toute la nuit. À un moment, je me suis réveillée, et Lepka...

— Quoi ? voulut savoir Lhandro, qui venait d'apparaître. Que faisait mon père ?

— Il pleurait.

Le regard que Lhandro adressa à Lin était lourd de reproches, mais le colonel ne fut pas en reste et serra les poings, prêt à se défendre.

— Cela concernait la guérison de la vallée. Je n'ai pas tout compris. Il était question d'événements très anciens, quand Jokar et lui étaient enfants.

— La guérison de la vallée ? s'étonna Somo. La guérison des gens de Yapchi ?

— Ce sont leurs paroles, répondit Anya en secouant la tête. La vallée. Je crois qu'ils voulaient parler de notre divinité. Quand ils ont fini de discuter, ils semblaient avoir une idée de l'endroit où s'était réfugiée la divinité. Et le lendemain ils sont partis à l'aube.

Elle sonda le regard de Lhandro comme pour y chercher une réponse.

— Jokar a dit que les hommes-baguettes auraient besoin d'une bénédiction.

— Les remèdes pour le blessé ! grommela Lhandro sans masquer sa colère. Ils ont dû se mettre en quête d'herbes à guérir. Celles que Lokesh cherchait.

Mais Lin n'avait apparemment plus besoin d'herbes ni de remède : il avait récupéré de son traumatisme crânien, l'attelle avait disparu et son poignet était simplement bandé. Il fit un pas jusqu'à la pomme et, d'un coup de pied violent, l'expédia dans le vide.

— Ils ont votre lettre, dit Shan au colonel. Ils savent que vous êtes encore en vie.

— Je vais rejoindre mes hommes, rétorqua Lin, comme si on lui contestait ce droit, puis il alla s'asseoir bien à l'écart sur un rocher près du genévrier rabougri.

Anya le suivit du regard d'un air soucieux et se retourna vers Shan et Nyma.

— Il avait une sœur, beaucoup plus jeune, et elle est morte. Les gardes rouges. Ensuite, toutes ces années dans l'armée. Il a même passé un an à l'intérieur d'une montagne près de la frontière de l'Inde. Il n'a jamais appris à honorer sa divinité intérieure. Je crois qu'il n'a même jamais appris la manière de la trouver.

La voix de l'adolescente était triste, mais emplie de conviction, comme si elle leur expliquait la raison pour laquelle il avait été frappé par une pierre.

— Vous devez le faire redescendre, dit Somo d'une voix crispée. Il est trop dangereux. Il nous fera beaucoup de mal s'il reste là.

Anya regardait au loin, aux confins de la plaine, et il n'était pas certain qu'elle eût entendu quand elle parla d'une voix lointaine, pratiquement inaudible dans les rafales de vent.

— Avant de mourir mon grand-père m'emmenait toujours au petit verger qu'il avait sur les pentes de la montagne. Il m'a montré que les arbres poussaient malingres et rabougris et qu'ils ne donnaient pas de fruits quand ils n'étaient pas protégés du froid. Il bâtissait toujours de petits abris en pierre pour ses arbres, sauf un ou deux qu'il laissait complètement exposés. Afin de ne jamais oublier : les arbres contraints d'utiliser toutes leurs forces pour survivre au froid ne donnent jamais de fruits.

— Faites-le redescendre, insista Nyma.

Elle serra Anya contre elle quand elle vit que la petite avait les larmes aux yeux.

— Il y a le vieux chorten sur le versant en dessous du village de Chemi. Nous vous retrouverons là-bas demain à midi. Comme ça, nous aurons le temps d'aller ensemble à Yapchi ensuite. Il est possible que des villageois se soient réfugiés dans le petit canyon, et nous saurons peut-être ce qui est arrivé à Lepka et à Jokar. Si nous parlons à ces Chinois du fond de nos cœurs, peut-être qu'ils comprendront, ajouta-t-elle, sans la moindre conviction.

Anya se mordit la lèvre devant la détermination de Nyma, qui ajouta brutalement :

— Ils se sont emparés de Jokar Rinpoché.

Anya baissa les yeux au sol et acquiesça d'un air absent.

Pendant que les autres rangeaient les affaires dans les salles de la caverne, Shan alla s'asseoir près de Lin et contempla en silence, impuissant, vidé et triste, l'envol d'un faucon au-dessus de leurs têtes.

— Quand j'étais très jeune, finit-il par dire, chaque fois qu'il neigeait, une longue ligne de femmes armées de balais en jonc descendait la rue et balayait les flocons dans le ruisseau. Il n'y avait jamais beaucoup de neige, juste un peu de poudreuse, et en général elles passaient avant l'aube, alors que j'étais encore dans le lit entre mon père et ma mère. Nous nous réveillions toujours pour écouter ce bruit magnifique. Le bruissement des balais ressemblait au son d'une chute d'eau et lui rappelait les montagnes, disait ma mère. Mon père, lui, l'appelait le passage de la chenille : c'est exactement à ça que ressemblait la ligne de balayeuses, une longue créature grise pleine de pattes, qui soulevait la neige poudreuse à mesure qu'elle avançait. Parfois, ces femmes chantaient – pas des chants politiques, de simples chansons d'enfant sur les flocons de neige et le vent. Il arrivait que ma mère fredonne avec elles dans le noir, sans bruit. Aujourd'hui, j'en rêve encore, et il n'y a que les sons, pas d'images, parce que ça se passait toujours la nuit. J'entends juste la chenille et je me sens apaisé. Parfois, il peut s'écouler des semaines durant lesquelles le seul moment de paix dont je me souvienne, c'est celui que je retrouve dans ces rêves.

Lin tourna vers lui de grands yeux ronds et hocha la tête, comme si la conversation sur les balayeuses durait depuis bien longtemps. Shan indiqua une ligne d'oiseaux blancs volant dans le lointain et Lin les suivit du regard jusqu'à ce qu'ils aient disparu.

— Elle m'a demandé de ne plus tirer sur des oiseaux, murmura-t-il d'un filet de voix.

Shan se contenta d'acquiescer, et Lin se retourna vers le nuage comme s'il pouvait toujours suivre le vol des oiseaux.

— On voit loin au Tibet, dit-il.

— On voit loin, et on revoit tout, m'a un jour expliqué un lama, répondit Shan, avant de préciser, devant le visage perplexe du colonel : Parfois, on se voit soi-même, et son propre passé, de manière différente après un séjour au Tibet.

— Elle n'est jamais allée à l'école, reprit Lin en serrant les mâchoires. Pas même une journée. Elle pourrait passer des tests. Je pourrais la faire entrer dans une bonne école. Une fille comme elle pourrait avoir un avenir. Quel genre de vie aurait-elle ici ? Ces gens ont été déplacés, ajouta-t-il d'une voix hésitante en regardant dans ses mains, comme s'il ignorait tout de la manière dont la chose s'était produite. Je pourrais faire examiner sa jambe par de vrais médecins.

— Vos soldats. Ils se sont emparés de Jokar. Le lama guérisseur.

— Non, uniquement un vieillard. Il n'a fait de mal à personne, ajouta Lin, comme s'il cherchait à défendre le lama.

— Je pense que c'est uniquement parce que les hurleurs se sont emparés de l'abbé de Sangchi.

— Tout ça, dit Lin en contemplant l'horizon, ce n'est pas du travail de soldat. Notre boulot, c'est de garder les frontières. Cet abbé, il n'aurait pas dû prendre le dossier. Moi, tout ce que je voulais, c'était le dossier.

— Est-ce vraiment aussi important ?

— Des secrets militaires, marmonna Lin en détournant la tête.

— Alors pourquoi n'est-ce pas la Sécurité publique qui est à ses trousses ? À mon avis, la Sécurité publique n'est pas au courant du vol du dossier. Et je pense que le dossier concerne la 54e brigade. Peut-être même l'honneur de la 54e brigade.

— Classé secret défense. Quatre de mes soldats sont morts pour ce secret.

— C'est le bureau des Affaires religieuses qui s'est emparé de Tenzin, déclara Shan, en guettant la moindre réaction de Lin. Un moine du nom de Khodrak. Khodrak a vu Tenzin à Lhassa, avant que la pierre soit volée. Il l'a vu en compagnie d'un ancien moine du nom de Drakte. Et je pense qu'il a revu Drakte le mois dernier, près d'ici, et c'est alors qu'il s'est lancé à la recherche de Tenzin.

— Mensonge, rétorqua Lin d'une voix plus forte, cette fois. Cela n'a été signalé nulle part. Sinon, les recherches se seraient effectuées ici au lieu de commencer le long de la frontière indienne.

— Ce n'est pas un mensonge. Khodrak et les hurleurs, certains hurleurs, ne voulaient pas que cela se sache. De la même manière que vous n'avez voulu révéler à quiconque les raisons véritables de votre venue à Yapchi. Apparemment, beaucoup de représentants de l'autorité officielle travaillent de manière non officielle.

Lin fit grise mine et baissa les paupières, de douleur ou de fatigue, ou par simple stratagème pour mettre fin à la conversation.

— Les hurleurs veulent reprendre Jokar à vos hommes. Jokar a œuvré à votre guérison. Et vous, vous le remettriez entre les mains des Affaires religieuses ?

Voyant que Lin ne répondait pas, Shan se leva.

— Il faut que vous repartiez, dit-il. Demain.

— Je ne retrouve pas ma tunique, objecta Lin en ouvrant son vieux chuba pour montrer sa chemise rouge.

Sa tunique était pourtant à l'intérieur, soigneusement pliée. Shan et Somo échangèrent un regard entendu : c'était celle que Somo avait revêtue pour aller à Norbu.

— Il va nous falloir de l'aide pour l'emmener hors d'ici, déclara Somo.

De l'aide. Des purbas, comprit Shan. Des purbas allaient venir et embarquer Lin de force.

— Non, objecta-t-il. Ce serait la pire des choses. Nous devons...

Il chercha ses mots.

— Lui faire confiance ? s'exclama Somo. Vous voulez que nous fassions confiance à Lin ?

— Pas à Lin, répondit Shan en se tournant vers le sommet de la montagne de Yapchi. Lokesh soutient que cet endroit possède de puissantes propriétés de guérison. Je crois qu'il nous faut avoir confiance dans la guérison.

Somo plissa les sourcils et tourna les talons.

Un quart d'heure plus tard, ils disaient au revoir au petit plateau, laissant Lin et Anya avec juste assez de nourriture pour deux repas. Shan salua de la tête le colonel assis à côté de l'arbre rabougri. Lin lui renvoya sa mine renfrognée. Anya se tenait à l'écart : elle avait entonné un chant qui ressemblait à une mélopée de deuil, et, l'espace d'un instant, il essaya de déchiffrer son visage pour tenter de comprendre quelle vérité elle avait cette fois entrevue ; en vain. Lorsqu'il se retourna vers elle, elle était debout tout au bord du précipice, le regard plongé dans les profondeurs de l'abîme.

Tara la Verte donnait l'impression de diriger un dortoir. Il y avait là Chemi, son oncle Dzopa, toujours aussi comateux, et plus d'une douzaine des Tibétains que Shan avait vus la première fois au campement improvisé derrière le village de Yapchi. Les rongpas parlaient avec entrain du festival de printemps et de l'évasion miraculeuse de l'abbé de Sangchi, dont ils demandaient la bénédiction. Les gens arrivaient de loin et se rassemblaient sur la montagne en disant que ce qui s'était passé à Norbu n'était que le présage de ce qu'il adviendrait une fois que la chaise de Siddhi serait occupée.

Shan écoutait avec appréhension, et son inquiétude ne fit que croître lorsqu'il vit Lokesh et Winslow conspirer avec plusieurs purbas qui venaient d'arriver, chargés de sacs de fournitures. Jokar était toujours à Yapchi, lui apprirent-ils, il était même autorisé à se promener, mais un soldat de Lin ne le quittait pas d'une semelle. Le directeur du camp avait demandé à un médecin d'examiner le vieux lama si frêle, mais Jokar avait refusé. Les parents de Lhandro étaient avec lui, ou tout près de lui – ils n'étaient pas prisonniers, simplement, ils refusaient de le quitter.

— Ils se sont installés sur le site des fouilles du professeur chinois, signala Larkin.

— Vous êtes allée là-bas ? demanda Shan.

Il inspecta à nouveau la caverne. L'équipement de laboratoire et les Tibétains à l'allure de professeurs avaient disparu.

— Sur l'escarpement qui surplombe la vallée, hier. Pour prendre des mesures. Nous avions des jumelles. Le nombre de soldats a considérablement augmenté dans le camp. Un point de contrôle a été installé à l'entrée de la vallée. Ils veulent arrêter tous ceux qui arrivent par la route. Et il y a des patrouilles sur les versants alentour.

— Des mesures ? s'étonna Shan. Vous cherchez encore du pétrole !

Larkin se tut, et Winslow leva les mains en signe d'ignorance absolue. Cependant, Shan aperçut sur une dalle de pierre une nouvelle carte du consortium pétrolier qui détaillait le relief de la vallée de Yapchi et l'itinéraire permettant de rejoindre la grand-route. Il s'approcha et vit le long du versant sud plusieurs nouveaux tracés en pointillé, tous de couleurs différentes. Larkin se dépêcha de la recouvrir d'une carte à grande échelle de la province de Qinghai.

— Au camp, déclara Nyma d'un air résigné, on prétend que le gisement de pétrole sera atteint demain, ou dans deux jours au plus.

À l'entendre, on aurait cru une épitaphe. Tout serait terminé quand le pétrole jaillirait, et le destin de la vallée serait scellé. Tous les arbres des versants seraient coupés. Les engins détruiraient les champs d'orge, les chants des alouettes seraient remplacés par le grondement des moteurs, et les parfums des fleurs de printemps par les fumées âcres des machines.

— Moins de vingt-quatre heures, confirma Larkin en hochant la tête. Il y a un convoi qui débarque, des officiels, très haut placés. Des gens de Lhassa, et de Golmud, pour la grande liesse.

— Qui a extrait la balle ? demanda Nyma devant le purba blessé sur sa paillasse.

— Moi, répondit Larkin. Il n'y avait personne d'autre. Il a mordu dans une corde en cuir tressé pendant que je le charcutais. La balle était dans le muscle, et Lokesh a dit que son sang est encore fort.

Le fusil automatique de l'armée était posé sur le rebord au-dessus de la paillasse. Shan se tourna vers Larkin, se remémorant combien elle avait été frustrée lorsqu'ils avaient dû abandonner les explosifs.

— Vous ne pouvez pas, s'entendit-il déclarer, complètement désespéré. Toutes ces personnes. Elles ont suffisamment souffert.

— Cow-boy a pris leurs noms et leurs numéros d'immatriculation, répliqua Larkin sans ciller. Il va s'assurer qu'ils retrouvent tous un foyer digne de ce nom. À son prochain passage au Tibet, c'est à moi qu'il fera son rapport.

Winslow releva la tête, le visage barré d'un grand sourire. Cow-boy.

On entendit un murmure de surprise : entrèrent six Tibétains imposants, deux par deux, chargés de lourdes caisses suspendues à un pieu solide qu'ils portaient à l'épaule. Ils les entassèrent au fond de la caverne sous les directives de Larkin.

— Il y a eu un accident, dit Somo à son côté d'un ton peu rassuré. Ils rigolaient parce qu'un camion de la compagnie s'était prétendument renversé dans le fossé.

Shan s'approcha des caisses portant des inscriptions en chinois. *Consortium des Pétroles de Qinghai. Explosifs.* Il ressortit de la caverne en luttant contre le sentiment de défaite inéluctable qui semblait s'être emparé de Nyma et de Lhandro. Winslow était dehors et contemplait les eaux bouillonnantes de la rivière souterraine.

— Quelques-uns parmi les Tibétains sont très superstitieux en ce qui concerne cet endroit. Pour eux, il s'agit d'un lieu de connexion.

— De connexion ?

— Je ne comprends pas tous les mots qui ont été utilisés. Selon l'un d'eux, ce serait une sorte de porte qui ouvrirait sur un autre univers, une des terres cachées. Le bayal. Melissa m'a raconté que, pour les Tibétains, il existe de nombreux mondes habités par des humains, dont certains ne sont pas visibles pour la plupart d'entre nous, et de nombreux types de paradis et d'enfers. Nyma a déclaré qu'il y a bien longtemps, avant sa naissance, une vieille nonne qui ne vivait pas loin a fait venir ses étudiants ici pour leur annoncer qu'elle avait été appelée afin de parler à une divinité qui vivait dans la terre cachée au-delà de la porte. Et elle a sauté dans le vide.

Shan suivit le regard de Winslow rivé au gouffre en contrebas. La rivière secrète de Larkin. Ce serait différent une fois que les géologues l'auraient baptisée et que son nom apparaîtrait sur toutes les cartes. Dans ce pays sauvage encore mal connu, elle était peut-être l'un de ses éléments les plus sauvages et les plus mystérieux. Tel un maelström ténébreux qui aurait jailli des profondeurs dans une terre aride. Il imagina les eaux qui se précipitaient, barattant et bouillonnant au fil de leur cours secret. Peut-être contemplaient-ils en réalité le sommet d'une cascade démesurée qui tombait par une caverne souterraine dans un lac secret où vivaient les nagas. Peut-être existait-il vraiment une terre cachée au-delà, où un ermite se tenait assis sur un rocher, les yeux levés vers la cascade, en s'interrogeant sur le monde qui pouvait s'étendre au-dessus d'elle. Peut-être était-ce là la demeure de la pierre chenyi, sa juste place. Peut-être que, sur cette terre-là, les divinités étaient plus faciles à trouver.

— Larkin sera en grand danger si elle laisse son camp devenir une base de saboteurs, dit soudain Shan en s'arrachant à sa contemplation hypnotique.

— Elle n'est pas simplement géologue, répondit Winslow, l'air absent.

— Ils ne peuvent faire que deux choses avec ces explosifs. Essayer d'attaquer le camp pétrolier, peut-être le détruire en déclenchant une avalanche. Ou les placer sur la route qui mène au camp quand arrivera le convoi de dignitaires. D'une façon comme de l'autre, ça ne résoudra rien.

— C'est la route. Pas possible autrement. Mais ils ne tueraient pas délibérément tous ces gens. Ils se contenteront de bloquer l'accès.

— Avec pour seul résultat de faire venir encore plus de soldats. Ce qui suppose plus d'arrestations. Zhu n'a pas abandonné l'idée de retrouver Larkin. Lorsqu'il aura les soldats en renfort, il découvrira cet endroit. Et quand les soldats débarqueront, ceux de cette caverne ne seront plus des réfugiés, ils seront traités comme ennemis de l'État. L'armée viendra pour procéder à des arrestations et pour attaquer.

Winslow fit la grimace et se retourna vers la caverne.

— D'après certaines personnes, lorsqu'on sauve la vie de quelqu'un, on devient son gardien pour le restant de ses jours, fit tranquillement remarquer Shan, alors même qu'il savait que la relation qui s'était tissée entre Winslow et Larkin était plus complexe.

— Si mon épouse avait été géologue, soupira Winslow à l'adresse de la caverne, c'est cette femme qu'elle serait.

Il se tourna vers Shan, surpris par ses propres paroles, échappées de sa bouche sans qu'il le voulût. Il fixa les eaux sauvages qui bouillonnaient dans le gouffre, avec espoir, comme s'il envisageait lui aussi de sauter pour aller explorer les terres cachées.

— Je ne veux pas dire... Je veux dire...

— Ne craignez rien, dit doucement Shan.

Il rentra dans la caverne et s'approcha de la paillasse de Lokesh. Son vieil ami bavardait à voix basse avec Somo, qui dessinait sur une feuille de papier. À l'arrivée de Shan, il se hâta de reprendre la feuille et de la replier.

— Lokesh désirait une carte de Pékin, expliqua Somo. Je suis allée dans la capitale pour des compétitions. Et il écrit une lettre au Président ! ajouta-t-elle avec enthousiasme.

Elle s'interrompit devant l'expression crispée des deux amis.

— Shan ne veut pas que j'y aille, fit remarquer Lokesh. Mais il n'a pas de raison valable. Il s'y oppose uniquement parce que c'est dangereux.

Il glissa la lettre dans sa poche, qu'il boutonna soigneusement. Ensuite, apparemment rasséréné, il annonça à Shan, comme si de rien n'était :

— Nous avons vu beaucoup de troupeaux d'oies sur notre route.

Puis il bâilla de manière exagérée en se grattant la peau au-dessus de son plâtre. Shan poussa un soupir et se laissa glisser sur la paillasse, dos au mur.

Il somnola par bribes, replongeant dans le désespoir chaque fois qu'il devinait l'activité des Tibétains autour de lui. Des inconnus arrivaient et s'en repartaient très vite après avoir échangé des messages avec les purbas. Somo et Winslow, assis en compagnie d'un groupe de fermiers de Yapchi, examinaient le livre comptable de Drakte. Un des villageois rit quand Somo expliqua ce que Tuan et Khodrak avaient fait, en ajoutant qu'ils avaient dû rassembler leurs renseignements dans un bayal.

Shan se réveilla à minuit. Lokesh le regardait avec son sourire de guingois.

— Qui est censé veiller sur qui ? demanda son vieil ami.

Shan lui apporta une assiette de tsampa froid et un bol de thé, et Lokesh parla avec conviction de mille petites choses, par exemple d'un oiseau gris qu'il avait vu à l'entrée de la caverne, en train de faire trempette dans une flaque d'eau, ou d'un nuage qui ressemblait à un chameau.

Hormis le crachotement des lampes à beurre, la caverne était silencieuse. Larkin s'était endormie à sa table, la tête posée sur ses bras croisés. La plupart des purbas somnolaient, les autres montaient la garde.

— Elle a du thé vert, l'Américaine, dit Lokesh.

Malgré son faible pour ce thé-là, Shan avait le sentiment que Lokesh se donnait beaucoup de mal pour ne pas aborder un sujet précis.

— Que font-ils, Lokesh ? Larkin et les purbas. J'ai peur pour eux.

— J'ai vu de vieilles images peintes sur la paroi du fond. Je crois que des ermites ont vécu ici autrefois.

— Que font-ils ? répéta Shan.

— Ils essaient d'aligner les divinités de la terre et les divinités de l'eau, murmura Lokesh avec un haussement d'épaules.

Shan soupira de frustration.

— Je crois qu'ils essaient d'apprendre la manière dont se réalisent les miracles, avoua le vieux Tibétain, excité.

— Ils ont des explosifs, dit Shan en montrant les caisses empilées près des purbas endormis.

— Je ne sais pas, reconnut Lokesh après avoir contemplé longuement les explosifs. Somo et Nyma ne serviraient pas des dérobeurs.

Les dérobeurs. Le mot, qui faisait partie de leur vocabulaire particulier au goulag, venait d'un enseignement qu'ils avaient reçu dans leur casernement de la bouche d'un vieux moine, emprisonné depuis vingt-cinq ans, juste avant qu'il ne meure. Les armes étaient des dérobeurs, disait-il, comme les bombes, les tanks, les canons. Les dérobeurs autorisaient ceux qui s'en servaient à se dérober à toute discussion avec l'ennemi, et à se convaincre qu'ils avaient raison uniquement parce qu'ils disposaient d'une meilleure technologie pour tuer. Mais ceux qui étaient incapables de parler à leurs ennemis finissaient toujours par perdre, parce qu'ils perdaient non seulement leur capacité à communiquer avec leurs adversaires, mais aussi avec leur divinité intérieure. Et perdre sa divinité intérieure était le plus grand de tous les péchés, car, sans divinité intérieure, un homme n'était qu'une coquille vide, rien de plus qu'une forme de vie inférieure.

Devant le spectacle de Somo et de Nyma endormies sur le sol de la caverne, Shan comprit qu'il ne pourrait jamais considérer ces deux femmes comme des formes de vie inférieures.

— Demain matin, il va falloir discuter avec ces purbas, reprit Lokesh avec tristesse. Si une bombe explose, Jokar est perdu à jamais.

Il se blottit dans sa couverture, l'air désespéré, et Shan souffla la lampe la plus proche.

Mais, au matin, les purbas, la géologue américaine et les explosifs n'étaient plus là.

— Ils ont filé il y a trois heures, expliqua Lhandro à l'entrée de la caverne, perplexe. Ils ne m'ont pas adressé la parole, mais plusieurs des purbas m'ont confié des lettres pour leurs familles. Avant de partir, ils se sont installés en cercle et ils ont prié, même l'Américaine, ensuite ils ont pris les caisses. Ils ont fait un feu dehors, ajouta-t-il en montrant l'entrée.

Contre le mur, ils aperçurent un tas de cendres, des fragments de papiers calcinés. Les cartes. Ils avaient brûlé leurs cartes et toutes les notes relatives à leur recherche, signe manifeste d'une décision irrévocable sur laquelle ils ne voulaient plus revenir. Comme s'ils avaient définitivement abandonné l'idée d'annoncer publiquement leur découverte de la rivière. Ils avaient emporté les explosifs et brûlé leurs archives. Alors que le convoi de personnalités officielles arrivait.

— Elle a laissé un petit mot, dit Winslow d'une voix mélancolique en montrant un feuillet arraché au calepin de Larkin. Son adresse aux États-Unis, où je suis censé écrire à ses parents au cas où ça tournerait mal. Un numéro de téléphone spécial à Lhassa où on pourrait obtenir des renseignements sur elle. Elle m'écrit que personne ne connaît ce numéro, à part moi. Et qu'à mon retour, l'été prochain, nous pourrons monter nos tentes près du lac sacré.

Il contempla le sentier pentu qui traversait les brumes, vers le carré de gris où les premières lueurs du jour commençaient à poindre.

— Si elle est toujours en vie. Elle a ajouté qu'un camion du consortium partira pour Golmud avant midi. Je devais faire en sorte de le prendre, parce qu'elle est américaine, qu'elle paie des impôts et qu'elle tient à ce que je me remette au travail.

Avant midi. Avant l'heure prévue pour l'arrivée des officiels.

— Il y a urgence. Tout le monde doit descendre dans la vallée, s'exclama Shan. Et rejoindre la route. Il faut fuir.

Lokesh le dévisagea d'un air plein de sous-entendus : Shan les exhortait tous à partir, exactement comme Drakte quand il était arrivé à l'ermitage. Et, tout comme Drakte, Shan avait apparemment perdu tout espoir.

L'oncle de Chemi reprenait conscience. S'il devait abandonner la montagne et demeurer sain et sauf, il aurait besoin d'aide pour redescendre dans la vallée.

— Avant demain, les soldats vont grouiller sur ces pentes, expliqua Shan.

Les réfugiés l'observèrent avec étonnement, comme s'il s'était mépris à leur sujet, néanmoins, ils quittèrent la caverne par petits groupes, inquiets.

— La chaise de Siddhi ! s'écria fièrement un des jeunes fermiers d'un ton de défi.

Shan comprit avec désespoir qu'ils se rendraient tous dans la prairie d'altitude où se rassemblaient les fermiers et les bergers, car ils avaient la foi, car ils croyaient que le vieux lama allait parvenir à s'échapper et à les retrouver pour les mener vers une ère nouvelle.

Bientôt ne resta plus qu'une poignée de villageois qui devaient accompagner Lokesh et Dzopa. Mais, quand ils voulurent placer le grand gaillard sur une couverture pour le porter, celui-ci protesta et repoussa sa nièce.

— Rinpoché ! s'exclama-t-il d'une voix tourmentée.

Shan s'avança vers lui d'un pas hésitant. Dzopa cligna des paupières à plusieurs reprises, puis étira la peau de son front comme pour obliger ses yeux à s'ouvrir. Son bras avait été méchamment entaillé et il avait reçu un coup violent à la tête quand le village avait été bombardé. Sa plaie s'était infectée, avait dit Chemi, et la fièvre l'avait fait délirer. Shan fut envahi de tristesse pour cet homme qui avait abandonné sa liberté en Inde pour retourner dans son village au moment où celui-ci était détruit. Dzopa délirait de nouveau et appelait un professeur qu'il avait laissé en Inde.

Chemi essaya de le réconforter et lui offrit un bol de thé. Dzopa fixa sa nièce comme s'il s'agissait d'une inconnue et vida son bol. De ses mains tremblantes, il attrapa une casserole de tsampa posée au sol et se mit à avaler la nourriture avec les doigts.

— Je dois trouver Rinpoché, déclara-t-il entre deux bouchées, le regard maintenant plus clair.

— Nous te conduirons jusqu'à la route aujourd'hui, lui promit Chemi.

— Ma nièce, il m'a remis d'aplomb, complètement. Il sait la manière d'accomplir des miracles.

Il observa la caverne alentour.

— Où est Rinpoché ?

— Jokar est en bas, répondit timidement Shan en s'approchant de lui. À Yapchi.

— Jokar ? interrogea Nyma. Mais cet homme...

Le regard de Dzopa n'avait plus rien d'embrumé quand celui-ci le tourna vers Shan.

— Jokar Rinpoché est dans la vallée de Yapchi ?

La question jaillit de ses lèvres avec force et colère, puis il soupira quand Shan acquiesça de la tête.

— Il répétait sans cesse que rien n'était terminé à Yapchi et qu'un jour il y aurait là-bas de grandes destructions, une nouvelle fois, avant que les événements reprennent leur cours paisible.

Il contempla d'un air absent les énormes bottes posées près de sa paillasse, tendit le bras et se mit en devoir de les enfiler.

— Combien de temps suis-je resté inconscient ? demanda-t-il à Chemi quand il en eut terminé.

— Une semaine.

Dzopa parut s'affaisser sur lui-même, comme si ses forces venaient de l'abandonner.

— Les petites fleurs bleues aux feuilles grises qui poussent le long des falaises sud. Est-ce qu'elles sont sorties de terre ? interrogea-t-il d'une voix chargée d'angoisse.

Chemi prit un air désolé, mais Lokesh sortit de sa poche une minuscule tige grise surmontée d'une fleur bleue. Dzopa fixa la fleur d'un air douloureux, les yeux embués de larmes, puis il soupira en regardant ceux qui l'entouraient.

— Il sera certainement parti avec quelqu'un du village de Yapchi. C'est vous, le fils de Lepka ? demanda-t-il à Lhandro. Est-ce qu'il est parti avec Lepka ? Il sera effectivement parti avec Lepka, conclut-il aussi vite en hochant la tête, en réponse à sa propre question.

Chemi s'agenouilla et posa la main sur son épaule.

— Tu ne peux pas rejoindre Rinpoché. Il a été arrêté par les soldats.

Le visage de Dzopa se changea en masque de glace. Un instant, ses traits parurent se voiler, avant que ses yeux se mettent à briller telles deux braises menaçantes. Il observa les alentours d'un air de défi, puis fixa des yeux la paroi de la caverne comme s'il voyait au-delà et cherchait Jokar dans le lointain. Il prit le brasero et y plongea les doigts avant de se barbouiller les joues de cendres.

Il n'avait plus toute sa tête, il délirait et son étrange comportement était un peu effrayant. Shan voulait l'aider à regagner sa paillasse quand le rongpa à l'entrée poussa un cri d'alarme : deux hommes armés de fusils venaient d'apparaître. Le premier assena un coup de crosse dans le ventre de la sentinelle, qui s'effondra au sol en se tordant de douleur. Dzopa gémit et rampa vers l'ombre dans le fond de la caverne. Somo se ramassa sur elle-même, prête à attaquer, mais le second inconnu l'aligna de son fusil et la salua ironiquement en touchant sa toque de fourrure. Son acolyte, vêtu d'une ample tunique de cuir et coiffé d'un chapeau de feutre noir, posa son fusil et examina ce qui s'étalait sur la table.

Ce n'étaient ni des soldats ni des purbas. Zhu, songea Shan. Le directeur des projets spéciaux pouvait toujours avoir des hommes à lui dans les montagnes. Les deux hommes les contraignirent à s'aligner contre le mur, obligeant Lokesh à se mettre debout, et vidèrent dans un sac tout ce qui se trouvait sur la table : un paquet de cigarettes, une chope en fer-blanc, des sachets de thé, une règle, des crayons.

— C'est des Goloks ! cracha un des rongpas.

L'homme à la toque répondit à cette interjection par un large rictus qui dévoila des dents marron et inégales.

Des voleurs. L'homme à la table examina ses captifs en ôtant le chapeau qui garnissait son crâne chauve. Il les contempla sans aménité en lissant d'un doigt sa fine et longue moustache. Il vit le réchaud à gaz qu'avait laissé Larkin et farfouilla dans son sac à dos, dont il sortit un appareil identique, plus petit, équipé d'une bon-

bonne bleue. Il la dévissa, l'adapta au réchaud de Larkin avec un sourire satisfait, et replaça le tout dans son sac. Shan et Winslow avaient reconnu le petit réchaud.

L'homme à la moustache leur ordonna de s'aligner contre le mur et les passa à la fouille, l'un après l'autre, arrachant colliers, bracelets et même amulettes de prières, qu'il fourra dans une bourse qu'il portait à la ceinture. Nyma enserrait son gau à deux mains en refusant de le lâcher ; un des Goloks s'avança, la main sur la garde de son couteau.

— Allez au diable ! grommela Winslow en s'interposant.

— Non ! gronda une voix de stentor derrière les deux individus quand la lame jaillit de sa gaine.

Les deux Goloks se retournèrent comme un seul homme en essayant de percer la pénombre. Ce ne pouvait être que le pauvre Dzopa en plein délire. Les voleurs n'en seraient que plus furieux et s'en prendraient à lui. Et, dans son état, une nouvelle blessure pouvait lui être fatale. Le Golok au fusil leva son arme, prêt à tirer.

— Ce n'est que mon..., commença Chemi.

Ses mots s'étranglèrent dans sa gorge quand une créature effrayante jaillit des ténèbres, un homme gigantesque, aux épaules aussi larges qu'un joug de bœuf, les joues noircies, les yeux lançant des éclairs. Il tenait un solide bâton, comme ceux que les purbas avaient utilisés pour transporter les caisses d'explosifs.

— *Ay yi !* s'exclama Lokesh en se collant contre la paroi en compagnie de plusieurs rongpas.

Shan lui aussi battit en retraite, la gorge sèche comme un parchemin. Cet homme, il l'avait déjà vu, la nuit de la mort de Drakte. Le dobdob était revenu.

Les Goloks se figèrent. Ce moment d'hésitation suffit au dobdob, qui bondit. Son bâton tournoya dans l'air et retomba sur le crâne du chauve, puis sur la tête de son compagnon. Les deux voleurs s'effondrèrent telles deux chiffes.

— Rinpoché, dit le dobdob à sa nièce d'une voix de tonnerre tranquille, parfois, il oublie qu'il est mortel.

— C'est vous qui étiez avec lui en Inde, s'étonna Shan d'une voix tremblante.

L'oncle de Chemi était le dobdob, le gardien et le compagnon du lama guérisseur.

— Vous êtes revenu avec lui depuis l'Inde.

L'homme ne réagit pas, il ne parut même pas l'avoir entendu. Il souleva le bâton, comme pour en éprouver l'équilibre, ramassa son sac à dos dépenaillé et quitta la caverne. On aurait cru un animal féroce partant en chasse.

— Mon oncle..., murmura Chemi d'une voix où se mêlaient la peur, l'appréhension et l'affection. Je ne savais pas qu'il pouvait se transformer en... Je ne pensais même pas qu'il pouvait tenir debout.

Peut-être ne le pouvait-il pas jusqu'à ce qu'il entende que Jokar était retenu prisonnier, songea Shan. Depuis son arrivée sur la montagne de Yapchi, Shan avait découvert qu'il existait bien des manières de guérir.

— Je croyais qu'il ne s'agissait que de vieilles histoires, reprit Chemi, ébahie. Dans mon village, on racontait que les hommes de notre famille devenaient des dobdobs. Mais ça remontait à tellement loin, avant que Rapjung soit détruit. Dzopa parlait souvent de Rapjung, mais jamais de... Je n'ai jamais su. Dzopa n'était pas là quand c'est arrivé, quand le monastère a été détruit. Il était venu dans notre village parce que mon père était malade et il n'est jamais reparti.

— Il a retrouvé Rinpoché, dit Lokesh, tout aussi abasourdi. Il a retrouvé en Inde le dernier des lamas de Rapjung.

— Ils ont parcouru tout ce long chemin ensemble, ajouta Shan. Et Dzopa a veillé sur Jokar.

Dzopa les avait prévenus, affolé, qu'on brûlait les lamas : il avait surpris Padme en train d'incendier la plaine aux Fleurs, et il avait probablement vu les restes fumants de Rapjung.

— Qu'a-t-il voulu dire quand il a demandé depuis combien de temps Jokar était descendu de la montagne ? Pourquoi cette montagne-ci ?

— Toutes ces vieilles histoires racontaient que, dans les villages autour de Yapchi, l'aîné de chaque famille devait partir pour devenir policier des moines. Des régulateurs de la vertu, c'est ainsi que mon père les appelait. C'était une promesse solennelle que nous avions faite à Rapjung il y a un siècle.

À l'entendre, songea Shan, on aurait pu penser que les lamas de Rapjung avaient en quelque sorte ordonné aux familles de faire pénitence. Pourtant, ces familles avaient été les victimes du massacre de Yapchi un siècle auparavant.

— Drakte, murmura Lokesh.

Cette nuit-là, ce n'était pas pour tuer Drakte que le dobdob était arrivé, mais pour faire ce qu'il avait toujours fait : protéger le seul lama de Rapjung encore en vie. Dzopa avait dû voir en Drakte une menace, pensa Shan en se remémorant l'hématome sur le cou de Jokar et le lance-pierres que portait le purba. Drakte n'aurait jamais agressé le vieux lama, pourtant, le dropka qui accompagnait Jokar ce soir-là avait dit que le vieux guérisseur avait été attaqué.

— Une terrible erreur a dû être commise, déclara Somo d'une voix tremblante, confirmant ainsi les pensées de Shan. Les gens suivaient Jokar et Dzopa, et les nœuds traitaient le vieux lama comme un criminel. Ce n'est pas Dzopa qui l'a tué, conclut-elle pour réconforter Chemi, qui se mordait la lèvre.

— Il va aller combattre les soldats, murmura Chemi, au désespoir. Et c'est le dernier survivant de ma famille.

Shan s'agenouilla auprès des voleurs toujours inconscients et vida leur bourse au sol. Les Tibétains récupérèrent leurs biens ; Shan examina ce qui restait : un assortiment de chaînettes en argent et autres bijoux. Un minuscule étui en cuir avec un long cordon lui parut familier. Puis il trouva un bracelet en lapis-lazuli et un joli canif avec une cuillère repliable. Il regarda Somo, agenouillée au côté de Lokesh, et se releva, le couteau, le bracelet et l'étui dans la main, en ramassant ses propres affaires.

— Lokesh marche lentement à cause de son plâtre, dit-il à Chemi. Faites en sorte qu'il n'emprunte pas de pentes trop raides. Et ne s'arrête pas pour chercher des tonde. Veillez sur lui.

Je vais retrouver Jokar, faillit-il ajouter, mais il savait qu'il ne quitterait probablement la vallée qu'avec des fers aux pieds et des menottes aux poignets.

— Vous ne pouvez pas partir ! protesta Somo.

— Il y a toujours une divinité à ravauder, répliqua Shan en souriant tristement à son vieil ami.

Chemi s'assit auprès de Lokesh, confirmant par ce geste qu'elle respecterait les vœux de Shan.

Après un signe de tête à Lhandro, qui l'attendait à l'entrée, Shan rejoignit un instant le vieux Tibétain.

— Les rongpas ont des camions. Ils trouveront les purbas, et les purbas te ramèneront à Lhadrung.

— Nous avons commencé ce grand voyage ensemble, répondit Lokesh d'une voix torturée en écrasant la main de Shan avec force.

— Et je ne serais jamais arrivé au bout sans ton aide, mon ami, murmura Shan d'une voix brisée par l'émotion en serrant la main de Lokesh à son tour.

— Les choses iront beaucoup mieux quand je serai revenu de Pékin, tu verras ! s'écria Lokesh dans son dos.

— Je ne te reverrai jamais si tu vas dans la capitale, dit Shan, luttant contre l'émotion qui lui serrait le cœur.

S'il voulait empêcher Lokesh de se sacrifier à Pékin, il fallait qu'il l'accompagne. Mais il n'aurait aucune chance de sauver Jokar s'il ne descendait pas dans la vallée.

Lokesh serra son gau et lui fit au revoir de la main.

Somo et Nyma l'accompagnèrent jusqu'au bord de la vire ouvrant sur le gouffre.

— *Lha gyal lo !* leur lança-t-il. Vous pouvez encore conduire Tenzin vers le nord, expliqua-t-il à Somo. Évitez le camp pétrolier. Partez sans prévenir qui que ce soit. Faites en sorte que le plan prévu aille à son terme. Il faut bien qu'une chose au moins aille jusqu'à son terme, conclut-il en tentant de masquer le sentiment de défaite qui l'avait envahi.

Il marcha vers la piste. Les deux femmes ne le quittèrent pas d'une semelle. Il leva les bras vers le ciel.

— Il faut absolument que j'y aille ! C'est terminé. Drakte serait heureux de savoir que vous avez sauvé Tenzin.

Elles continuèrent néanmoins à le suivre. Une silhouette apparut dans la brume au-devant d'eux : Tenzin, qui contemplait les graines des nuages naissants. Et, quelques mètres plus loin, Lhandro et Winslow, son sac à la main.

— Allez vers le nord, supplia Shan. On vous y attend. Loin d'ici, en Amérique.

— Il n'y a pas de sentier vers le nord aujourd'hui, soupira le lama en fixant la brume.

— En quoi serait-ce préférable que Jokar et vous soyez perdus à jamais ?

— Si je partais vers le nord en abandonnant Jokar aux mains des soldats, sans rien faire pour les en empêcher, il est certain que je serais effectivement perdu, répondit Tenzin avec un sourire.

Devant les eaux tourbillonnant dans le gouffre, Shan songea un instant que n'importe quel monde caché serait plus beau et meilleur, tant ce monde-ci était plein de douleur. Ils n'avaient aucune chance contre les soldats et les hurleurs. Mais, pour les Tibétains, il serait malgré tout préférable, pour le bien-être de leur âme, de mourir ou de finir prisonniers dans un goulag que de partir en abandonnant Jokar.

— Pourquoi tenez-vous tant à descendre dans la vallée alors que vous nous refusez ce même droit ? insista Tenzin.

Parce que je suis le seul qui n'aie rien à perdre, voulut répondre Shan, le seul qui ne manquera à personne, le seul à avoir une dette aussi immense à l'égard des lamas. Mais Somo lui arracha la bourse qu'il avait passée à l'épaule et remonta la piste en courant.

Shan et Nyma la rejoignirent au bout de deux kilomètres. Elle était debout sur une corniche ouvrant vers le nord et l'ouest, sur les lignes d'arêtes d'une beauté à couper le souffle qui menaient à la vallée de Yapchi. Elle serrait dans une main la turquoise que lui avait donnée Drakte, avec une expression farouche digne d'une guerrière ou d'un démon protecteur. Shan frissonna. La jeune femme semblait faire ses adieux à quelque chose. Était-ce aux montagnes qui seraient changées à jamais quand le pétrole se mettrait à couler ? Ou à la vie elle-même ? Elle se préparait à descendre dans la vallée pour affronter les soldats chinois. Regardant la pierre qu'elle tenait à la main, Shan se rappela qu'elle avait voulu être enseignante, et Pékin l'en avait empêchée. De la même manière, Drakte avait voulu être moine et les Chinois s'y étaient opposés. Devenus des parias à cause de Pékin, ils étaient tombés amoureux l'un de l'autre lors de leur première rencontre. Mais ils n'avaient pu rester ensemble, pas dans cette vie, car, là encore, Pékin les en avait empêchés.

Somo se retourna avec un sourire contraint. Sur la piste, on distinguait au loin les silhouettes de Lhandro, de Winslow et de Tenzin.

Une heure plus tard, Shan et Nyma franchissaient les ruines du village de Chemi, le désespoir au cœur, et se dirigeaient vers le chorten où ils avaient promis de retrouver Anya. Nyma pointa le doigt, l'air soulagée, vers une petite silhouette qui tournait autour du chorten, et accéléra le pas quand Shan leva la main en s'arrêtant.

— C'est elle, je sais que c'est elle, dit Nyma en agitant le bras pour attirer l'attention de l'adolescente.

Elle s'interrompit en voyant Lin à une vingtaine de mètres, assis sur un chuba en guise de couverture. Le colonel contemplait Anya avec un sourire mélancolique. Il avait revêtu son uniforme, mais un brin de bruyère ressortait de sa poche de poitrine. À l'approche de Shan, son sourire disparut.

— Le pétrole pourrait jaillir aujourd'hui ou demain, annonça Shan en s'accroupissant au côté de Lin. Une délégation officielle de membres du consortium est en route.

Lin acquiesça lentement d'un signe de tête.

— Je me souviens de ces chenilles de neige, dit-il soudain, d'une voix creuse, avec réticence, comme s'il se sentait obligé de poursuivre la conversation entamée par Shan la veille. Brutalement, la nuit dernière, je m'en suis souvenu. Je me suis rappelé ces femmes qui balayaient la neige, exactement comme vous l'avez décrit. Il arrivait que de petits moineaux engourdis par le froid se fassent balayer en même temps que la neige. Mon père descendait parfois dans la rue quand la chenille passait, et il cherchait les petits moineaux. Quand il en trouvait un, il le mettait dans sa poche et le rapportait à la maison pour le relâcher dans l'après-midi, quand l'oiseau était suffisamment réchauffé.

« Un jour, la capitaine de quartier nous a convoqués pour une réunion – Lin se référait aux surveillants qui veillaient au respect de l'ordre politique dans les lieux de résidence. Elle a vidé un sac en toile de jute sur la table. Des moineaux morts, peut-être une vingtaine au total. Elle a déclaré qu'à dater de ce jour ce serait notre devoir de patriote que de ramasser les moineaux morts dans les ruisseaux après le passage des balayeuses et de les manger. Parce que le Président avait insisté sur le fait que toutes les ressources devaient être utilisées pour la cause du socialisme. Ensuite, elle nous a fait un cours sur les méthodes à employer pour tuer les moineaux.

Shan observa Lin d'un air triste. Il se rappela sa propre jeunesse et tous ces enfants emplis d'un grand zèle révolutionnaire abattant à coups de pierre pigeons et mouettes, paradant avec des dépouilles de souris. C'était de cette façon que le Président formait ses bons petits soldats, avait déclaré son père d'un ton amer.

— Alors nous avons tué les moineaux, poursuivit Lin. Nous allions bien plus loin que les limites de notre quartier, juste pour dénicher et tuer des moineaux. Un jour, j'ai surpris mon père avec un moineau vivant dans la poche et je l'ai dénoncé à la capitaine du quartier. Pour moi, ce n'était qu'une plaisanterie. Mais ce même après-midi, je suis rentré chez moi et il y avait une réunion. Un tamzing. Une session de critique publique. Mon père se trouvait au milieu de la salle, le visage meurtri, avec une pancarte punaisée à sa chemise : *porc réactionnaire.* Ils n'ont eu de cesse que mon père tue le moineau, devant tout le monde. Il a pleuré en s'exécutant. C'est la seule fois où j'ai vu mon père pleurer.

Les deux hommes restèrent un long moment silencieux.

— Pourquoi ? Pourquoi avais-je oublié tout ça jusqu'à hier ? demanda Lin, profondément troublé.

Le regard qu'il jeta à Shan était timide et maladroit, comme s'il n'avait pas eu l'intention d'exprimer cette question à haute voix, puis il se tourna vers Anya au loin.

— Elle veut trouver un tonde de plus. D'après elle, parfois, les vieux chortens attirent les bons tonde. Elle a ajouté qu'il m'en fallait un pour protéger ma tête des chutes de pierre.

Il paraissait convaincu du bien-fondé de l'usage des tonde.

— J'ai des ordres, dit Lin, le front soucieux, voulant rectifier son aveu au plus vite. On ne peut pas autoriser les gens à agir contre le gouvernement.

— Des devoirs, acquiesça Shan avec un petit hochement de tête en regardant lui aussi Anya.

Des bruits de gros engins remontèrent de la vallée qui conduisait à la route de Yapchi.

— Elle a fait une chose étonnante, aujourd'hui, reprit Lin, sur le chemin pour venir ici. Nous avons vu un lièvre des rochers, un pika, c'est le nom qu'elle lui a donné. Il s'est enfui pour s'arrêter à une quinzaine de mètres. Alors elle s'est assise et elle a chanté une chanson en me disant : « Assieds-toi, Aku Lin. »

Il s'interrompit d'un air maussade, semblant trouver déplaisant d'avouer ces choses.

— Elle a chanté comme je n'ai jamais entendu chanter. En tibétain. Je ne comprenais pas les paroles. Mais les paroles n'avaient pas d'importance. C'était comme... Je ne sais pas. Comme si un animal pouvait chanter. Et le pika s'est approché et s'est assis sur ses genoux. Elle m'a alors pris la main et l'a posée sur le dos du pika. Je l'ai senti respirer, ce petit animal, comme les moineaux quand j'étais enfant. Un truc de gosse. Un truc un peu bêta, conclut-il d'une grosse voix un peu brusque.

— Un chant à la divinité, expliqua Shan. Anya appelle ça des chants à la divinité.

Le grondement des engins s'amplifia.

— Un tank, dit Lin d'une voix lasse. Et deux ou trois camions. Qui viennent dans cette direction.

Essayait-il de le prévenir, pour qu'Anya et lui puissent s'enfuir ? Anya se redressa de l'endroit où elle creusait le sol et les salua du geste. Les deux hommes répondirent à son salut.

— Vous et moi, soupira Lin, nous avons à peu près le même âge. J'ai reçu une lettre de ma mère avant qu'elle meure. Elle m'écrivait que deux générations avaient été perdues, mais que la suivante serait prête : la suivante aurait l'occasion de laisser au passé ce qui appartenait au passé et de trouver une nouvelle voie.

Shan fut surpris : ce n'étaient pas là des paroles d'un colonel de l'armée. La tourmente qu'avaient déclenchée le Parti et les politiciens avait entraîné sa part de ravages, en détruisant des hommes comme lui, comme Shan, comme leurs parents. Mais Anya appartenait à la nouvelle génération.

— Un bon médecin pourrait lui réparer la jambe. Je lui ai promis de la retrouver dans ce camp de transit pour personnes déplacées dans une semaine ou deux. Il me reste des congés à prendre. Je vais l'emmener dans un bon hôpital.

Ses paroles se bousculaient dans sa bouche avec urgence, sinon, jamais elles ne sortiraient. Shan prit conscience que Lin n'avait personne à qui parler et qu'il était devenu en quelque sorte son confesseur.

— Si elle le désire, je l'inscrirai dans une vraie école. Il existe des écoles privées, maintenant. Je pourrais payer...

Il se retourna brusquement : trois silhouettes se tenaient derrière lui, à peine à trois mètres. Nyma, Winslow et Tenzin, son sac à bouses à l'épaule. Lin jeta un coup d'œil noir à Shan, comme si ce dernier lui avait tendu un piège.

— Je vous en prie, leur lança Shan. Restez en arrière. Des soldats pourraient arriver...

— Tenzin a une proposition à vous faire, annonça Winslow tandis que Nyma s'approchait pour s'agenouiller dans l'herbe. Les papiers que le colonel désire récupérer. Tenzin veut les lui rendre.

Tenzin posa son sac à bouses par terre, s'accroupit et saisit le canif que lui proposait l'Américain. Il sectionna la couture qui tenait les deux épaisseurs de cuir épais, glissa la main dans l'ouverture et en sortit une maigre liasse de papiers, d'une dizaine de pages au total. À leur vue, un grognement sourd s'éleva de la gorge du colonel.

— Il s'agit d'un rapport sur un désastre, dit Tenzin au colonel, comme s'il voulait lui remettre la chose en mémoire. Une unité de la 54e brigade de Combat des Montagnes se trouvait à l'intérieur d'une montagne sur la frontière de l'Inde. Un centre de commandement secret, toujours en construction. La montagne s'est effondrée. Tous les hommes qui se trouvaient à l'intérieur ont péri, et plusieurs millions de dollars d'équipement sophistiqué, ordinateurs et appareils de surveillance, se sont envolés en fumée. Quarante soldats ont trouvé la mort. Ainsi que tous les ouvriers tibétains que l'on obligeait à excaver la montagne. La dernière partie du rapport soulève un problème délicat. Selon elle, tous les ouvriers ont trouvé la mort, mais un vieux moine a survécu pendant quelques heures. Il riait beaucoup. Au début, on a cru qu'il délirait. Il racontait que les prisonniers avaient peu à peu évidé les piliers de soutènement et qu'ils avaient ainsi détruit une des unités d'élite de l'armée. Et qu'aucun d'entre eux n'avait hésité à en prendre quatre, parce que c'était la chose juste à faire.

En prendre quatre. C'était une expression du goulag, relative à ceux qui choisissaient de se suicider – et donc de se réincarner en une forme de vie inférieure, une vie à quatre pattes – au lieu de continuer à endurer les souffrances du camp de travaux forcés.

— De vieux moines ont détruit le poste d'écoute le plus avancé de l'armée, ajouta Winslow. C'est cela, le secret que le colonel ne pouvait supporter de faire connaître au monde. Prenez-le, ce rapport, colonel, et rendez-nous le lama.

Lin ne faisait pas mine d'avoir entendu. Il chercha Anya du regard, comme s'il voulait lui demander conseil.

— Le rapport contre le lama, insista Winslow.

Lin ne répondant toujours pas, Tenzin se redressa.

— Pas uniquement le rapport, dit-il. Vous pouvez également avoir l'abbé de Sangchi, si vous le désirez. Simplement, relâchez Jokar.

Winslow jura à mi-voix et posa la main sur le bras de Tenzin pour le tirer en arrière. Nyma gémit et tenta de s'accrocher à la jambe du grand Tibétain.

Lentement, les yeux de Lin revinrent se poser sur Tenzin, et il ouvrait la bouche quand Anya poussa un cri. Elle tenait quelque chose à la main et lui faisait de grands signes en grimpant sur l'antique chorten, pour mieux voir, semblait-il, les machines qui approchaient.

Au-delà du chorten, à peut-être huit cents mètres, Shan aperçut des soldats qui remontaient la pente en colonne serrée.

Soudain, un sifflement sourd, presque un geignement, déchira l'air, et le versant en surplomb, à cent mètres de là, explosa. Shan se retourna, inquiet pour Somo. S'était-elle postée là ou avait-elle franchi la crête ? Peut-être l'armée envoyait-elle un coup de semonce pour prévenir d'éventuels Tibétains traînant encore dans les collines, afin de faire dégager les lieux à l'approche du convoi de personnalités. Mais les soldats pouvaient également avoir été informés du rassemblement, dans la prairie d'altitude, de tous ces gens qui attendaient que le vieux lama les guide sur la voie de la résistance.

Anya était debout, face aux débris fumants de terre et de roches.

— Foutu imbécile, marmonna Lin.

Il se remettait lentement debout quand un second obus déchira les airs, un obus qui n'était plus dirigé vers la crête. Il toucha le vieux chorten et explosa dans un fracas de tonnerre. Le chorten avait disparu.

Nyma hurla et se précipita.

— Non-ooon, gémit Lin, en serrant sa poitrine comme s'il avait reçu une balle. No-ooon, répéta-t-il d'une voix emplie de souffrance.

Il se leva, fit un pas en avant et tomba à genoux.

Shan, devant les ruines fumantes, aida Lin à se remettre

debout. Le colonel, le visage livide, descendit la pente d'un pas vacillant.

— Anya ! s'écria-t-il. Anya, viens ici ! Xiao Anya, est-ce qu'ils t'ont fait du mal ?

Shan le suivit, les jambes comme du plomb, le cœur comme un bloc de glace.

Nyma fut la première à atteindre le petit corps inerte gisant au milieu des fleurs de printemps. Le colonel la repoussa pour s'agenouiller au côté de l'adolescente. Anya ne saignait guère, mais Shan aperçut l'éclat de pierre qui s'était fiché à la base de son cou. Les yeux de la jeune fille étaient restés ouverts, encore surpris, mais toute lumière en avait disparu. Elle était morte instantanément.

— Xiao Anya, murmura Lin d'une toute petite voix en caressant la joue de la jeune fille. Ma petite Anya, répéta-t-il, encore et encore.

Au creux de sa main, elle tenait serré un fragment de pierre verte : un tonde pour oncle Lin.

Les soldats s'arrêtèrent à trente mètres en apercevant leur colonel. L'un d'eux poussa un cri excité et repartit en courant vers le tank, à présent visible en contrebas. Lin paraissait ne pas avoir remarqué ses hommes. La blessure d'Anya saignait doucement. Il prit l'adolescente par les épaules et la souleva, pressant sa joue sans vie contre la sienne. Les yeux rivés à la pierre verte dans sa paume, il referma sa main sur la sienne et serra. Un instant, il donna l'impression de ne plus pouvoir respirer, puis il s'effondra, la tête au creux de l'épaule du petit cadavre, le dos déchiré par un long sanglot qui le fit trembler tout entier.

Personne ne bougea. Personne ne parla. Lentement, très lentement, Lin se redressa de toute sa hauteur, raide comme un cierge, le visage défait et, soulevant l'adolescente dans ses bras, il s'avança vers ses troupes.

18.

Quelle voix résonnera pour moi quand l'oiseau chanteur ne sera plus ? Qui chantera ? Les paroles de l'oracle résonnèrent longtemps en Shan, telle une litanie, jusqu'à ce que, engourdi par la douleur, il comprenne que Nyma leur parlait.

— Est-ce qu'elle savait ? demanda-t-elle, encore et encore, avant de s'accrocher au bras de Shan et d'éclater en sanglots. Que le Bouddha soit béni, elle savait. Notre petite Anya savait que cela arriverait.

Elle refusa de quitter les ruines du vieux chorten, se planta au milieu du carré de fleurs où Anya avait été projetée, et, se frottant les yeux pour en sécher les larmes, commença à psalmodier un mantra, indifférente aux soldats alentour, le regard rivé sur la tache de sang qui avait terni les pétales épanouis.

Shan, paralysé par le chagrin, observa les soldats qui fouillaient les décombres à la recherche d'autres corps. Certains hésitaient devant le désespoir de Nyma ou de leur colonel refusant de reposer le corps de la jeune fille, dont le sang dégoulinait maintenant sur ses bras et ses jambes. Un soldat parut reconnaître Shan et resta à proximité, comme s'il n'attendait que l'ordre de le traîner jusqu'aux camions.

Quelle voix résonnera pour moi quand l'oiseau chanteur ne sera plus ? entendit Shan une nouvelle fois.

Retentit un coup de sifflet strident. Les soldats disparurent comme par enchantement, descendant la pente au pas de gymnastique pour rejoindre le tank et les camions qui s'éloignèrent dans un nuage de poussière.

— Ça risque d'être dangereux si vous restez ici, Nyma, supplia Shan. Laissez-moi au moins vous conduire dans une des cavernes.

Mais elle ne sembla pas l'avoir entendu. Les larmes coulaient sur ses joues et son invocation au Bouddha de la Compassion gagna en intensité.

— Ça n'a pas d'importance, finit-elle par murmurer d'une voix brisée. Vous ne voyez donc pas ? Les Tibétains n'ont aucune raison d'espérer. Voilà ce qui arrive à ceux qui espèrent. On nous a abandonnés.

— Il faut que j'aille à Yapchi, dit Shan. Il faut que j'aille à Yapchi.

Voyant que Nyma ne réagissait pas, il se dirigea vers la vallée, désespérément seul, plein de regrets d'avoir abandonné Lokesh. Tenzin et Winslow étaient partis. Peut-être parviendraient-ils à rejoindre Lokesh et à veiller sur sa sécurité, ne cessait-il de se répéter en gravissant le sentier, jusqu'à ce qu'il sente ses jambes se dérober sous lui et se laisse tomber sur un rocher. Personne n'était en sécurité. L'armée était dans les montagnes, elle tirait sur les Tibétains. La douce Anya, la jeune fille qui parlait aux agneaux, n'était plus qu'un corps sans vie, parce qu'elle avait voulu trouver un charme destiné à attirer l'attention d'une divinité sur le chef des soldats qui l'avaient tuée.

Il finit par atteindre le sommet de la crête. Entre, d'un côté, le derrick et, de l'autre, le village, il découvrit une sente à gibier qui menait à la vallée. Cinq minutes plus tard, il entendit une voix forte et s'accroupit derrière un rocher.

Gyalo parlait à Jampa en descendant lui aussi d'un pas alerte sur une piste voisine, ouvrant la marche à une file de Tibétains au visage sinistre. Une vraie colonne de soldats, se surprit à penser Shan, quand il vit ce qu'ils transportaient : des pelles, des pioches, des haches. Ils étaient au moins quarante, hommes et femmes, dont quelques réfugiés qu'il reconnut pour les avoir vus dans la caverne. Certains chantaient. Il aperçut quelques casques de couleur verte : Gyalo serait-il parvenu à débaucher des ouvriers du consortium ? Difficile à croire, dans la mesure où ils redescendaient tous dans la vallée.

Shan se sentit sombrer quand il comprit finalement que ces gens étaient eux aussi, à leur manière, des soldats. Il sortit de sa cachette et le moine l'accueillit avec un large sourire.

— L'armée est toujours là-bas, le prévint Shan.

Le moine continua à sourire, mais, comme Shan bloquait le passage avec son yack, il fit signe aux Tibétains de poursuivre leur chemin.

— Je vous en prie, il y a eu suffisamment de souffrances, insista Shan en lui apprenant ce qui était arrivé à Anya.

Le moine hors la loi ferma les yeux, puis hocha la tête d'un air grave.

— L'oracle en avait parlé.

Le grand yack, qui ne quittait pas Shan des yeux, poussa un énorme soupir et détourna la tête vers le lointain. Gyalo jouait du bout des doigts avec une des tresses ornées par Anya de perles colorées.

— Même si vous pouviez saper les fondations du derrick, dit Shan, on ne vous laissera jamais approcher d'assez près.

Gyalo le dévisagea longuement en silence, puis, quittant la piste, se dirigea vers une saillie qui surplombait l'extrémité sud de la vallée. Il pointa le doigt à une centaine de mètres de l'emplacement où se trouvait jadis le rocher peint. Shan mit une main en visière puis sortit ses vieilles jumelles : quelque chose bougeait dans l'ombre sous les arbres.

— Nous devons libérer une divinité du piège où elle a été enfermée, expliqua Gyalo avec force, les yeux pleins de conviction. Ils ont dit que vous aviez trouvé la solution, que vous aviez résolu l'énigme, ajouta-t-il avec ferveur et reconnaissance.

Il tourna alors les talons et, sans un mot de plus, reprit sa descente, en montrant à Jampa un oiseau au passage.

Shan suivit l'homme et la bête du regard, les idées confuses. Il n'avait rien résolu, mais le temps manquait pour s'interroger sur les étranges paroles du moine. Il songea qu'au moins les Tibétains seraient hors de portée s'ils restaient sur les hauteurs des versants. Les soldats risquaient de se désintéresser de quelques indigènes en instance de déplacement qui passaient leur temps à dégager de terre de gros rochers ronds au flanc de la montagne.

Il traversa le champ de ruines silencieuses de Yapchi. Rien n'y bougeait, hormis quelques hommes qui exhumaient les poutres calcinées des maisons et les entassaient dans l'avant-cour d'une étable. Les moutons qui avaient fait le voyage en leur compagnie depuis Lamtso étaient regroupés dans un petit enclos ; plusieurs d'entre eux contemplaient un de leurs congénères suspendu tête en bas à un échafaudage de chevrons, éventré et dépiauté. On passait les moutons de la caravane à la boucherie pour nourrir les ouvriers du pétrole.

Shan poursuivit son chemin vers le derrick au rythme obsédant des paroles prononcées par Nyma à Lamtso : vous et la divinité de Yapchi allez nous réparer notre terre, vous allez obliger les Chinois à partir. Il fut submergé par une vague d'émotion tellement forte qu'il dut s'asseoir à nouveau en cherchant son souffle. Anya était morte. Le village de Yapchi était détruit. Lokesh avait été torturé et partait, amoindri, pour Pékin. Le vieux lama était prisonnier. Drakte avait été tué. Lin, le seul à avoir le pouvoir de rappeler ses soldats, restait tel qu'en lui-même : il n'avait pas changé, il s'était simplement évidé pour se transformer en coquille amère. Les Tibétains persistaient, envers et contre tout, à résister ; ils perdraient inévitablement la bataille et nombre d'entre eux allaient trouver la mort ou être emprisonnés. Des soldats seraient tués. La vallée serait lentement vouée à la destruction. Et, en dépit de tout, le pétrole coulerait. Ils n'étaient pas même parvenus à mettre cette issue ultime en danger, et jamais il n'y avait eu le moindre doute que les vainqueurs seraient les profiteurs qui voulaient voir jaillir le sang de la terre. Et la divinité resterait à jamais aveugle.

Shan ne pouvait supporter l'idée de regarder le derrick, pareil à un monstre de métal près de fondre sur ses proies. Les ouvriers grouillaient sur ses membrures, il geignait, grondait et gémissait, frappant la terre avec une force telle qu'il donnait l'impression de lui livrer bataille.

Au-delà du derrick, tout près du camp, on avait bâti une estrade, soutenue par des billes de bois fraîchement coupées sur le versant. Elle s'ornait d'une grande bannière peinte de frais, clamant en grandes lettres rouge vif : PROSPÉRITÉ SEREINE. À l'autre extrémité de l'estrade, des ouvriers pliés en deux sur leurs pots de peinture s'affairaient à en terminer une seconde, destinée à être suspendue par une corde entre deux de ses poteaux. VICTOIRE À LA VALLÉE LUJUN, lut Shan, avec, en frise, sur le bas du long rectangle de tissu, de petits derricks pareils aux symboles religieux qu'on trouvait parfois en bordure des thangkas. On avait disposé des bancs et des chaises sur le podium pour une vingtaine de personnes, et c'était Jenkins qui, depuis l'escalier, commandait les opérations. Le directeur du chantier s'arrêta en voyant apparaître un quatre-quatre, suivi de deux limousines noires : le convoi de dignitaires. Shan se retourna vers les versants nord en se demandant bien pourquoi, une fois encore, Larkin avait conduit ses hommes là-bas et non vers la route ; elle avait donc décidé de ne pas déclencher d'avalanche pour bloquer l'arrivée des dignitaires. Elle ne les avait pas non plus conduits vers les Tibétains furieux qui se rassemblaient sur la montagne, attendant le vieux lama pour les guider.

En rejoignant le camp pétrolier, Shan n'aperçut aucun signe de Somo ni de Winslow. L'Américain avait peut-être tenté de contacter Jenkins à son bureau dans la caravane. Tout paraissait normal. Les tentes de l'armée étaient toujours là, dans le fond du camp, et grouillaient d'activité. Des soldats couraient en tous sens en poussant force cris : leur colonel égaré était revenu ! Le professeur Ma poursuivait ses fouilles en se battant contre la montre, entouré cette fois par un bien plus grand nombre d'aides, même si tous travaillaient à présent sous le regard sévère d'une sentinelle armée d'un lourd gourdin. Shan longeait le champ de fouilles, à une soixantaine de mètres de la piste, quand il s'arrêta brusquement. Ce n'était pas un soldat qui gardait l'équipe du professeur Ma, mais le dobdob. Il observa les tentes de l'armée : personne ne semblait avoir remarqué la présence de Dzopa. D'un pas hésitant, Shan se dirigea vers le groupe qui creusait la terre, et reconnut les ouvriers à mesure qu'il s'en approchait. Il y avait là Lhandro, ses parents, et Jokar, tous à genoux, fouillant avec conviction le carré de terre nue bien plus vaste qu'auparavant. Dzopa se tenait raide comme un I, le gourdin au côté, une pile de couvertures à ses pieds, son sac à dos et le bâton de Jokar posés derrière lui.

Le professeur Ma et son assistante étaient tous deux assis à côté de la zone de fouille, maniant le tamis, exactement comme si rien n'avait dérangé leur routine quotidienne : les ouvriers sous ses ordres venaient apporter leurs seaux pleins au vieux Chinois, et le banc voisin était garni d'objets déterrés. Shan ne comprenait pas pourquoi Jokar était autorisé à aller et venir à sa guise, librement, quand il s'aperçut que ce n'était pas un tas de couvertures aux pieds de Dzopa, mais le corps affalé d'un soldat. Dzopa ne se trouvait guère à plus de quinze mètres d'un gros affleurement rocheux qui barrait le bas du versant. Il avait dû contourner la sentinelle par-derrière et l'avait assommée, avant de prendre la garde comme si de rien n'était, car il était visible que ni lui ni Jokar n'avaient l'intention de fuir.

Shan ramassa une truelle sur le sol près du carré de fouilles et descendit dans la fosse pour aider Lepka à remplir son seau. Le vieillard le salua d'un signe de tête, comme s'il s'attendait à le voir arriver là, et poursuivit sa tâche. Shan le regarda qui enfonçait sa truelle dans la terre meuble ; contrairement à la peur ou à l'épuisement attendus, le visage du vieux Tibétain exprimait une douleur profonde.

Quand Shan vida son seau dans le tamis du professeur, il constata à quel point le vieux Han était inquiet et désemparé, malgré les nouveaux objets récupérés qui s'alignaient sur le banc.

— Vous devriez être partis depuis un moment, lui dit-il.

— Je me préparais à emballer mes affaires quand ce vieux

lama est arrivé, répondit le professeur. Je ne l'ai pas arrêté quand il s'est mis à creuser et, une heure plus tard, il m'a fait signe de le rejoindre. Il a expliqué que je ne devais pas être aussi pressé, que mon esprit était en déséquilibre et qu'il fallait que je soigne le vent de mon cœur. J'ai cessé d'emballer, conclut le vieux professeur dans un sourire confus.

Shan récupéra son seau vide et s'accroupit devant le banc. Un petit plateau en bronze destiné à brûler des cônes d'encens, des têtes de flèches. Des morceaux de jade, des fragments de statue. Bizarrement, l'un d'eux semblait provenir d'une patte d'animal à sabots. Pas un cheval, parce que le sabot était fendu. Un yack peut-être, ou une vache.

Il se tournait vers le vieux lama quand Dzopa gémit : le visage serein de Jokar semblait s'être une nouvelle fois vidé de tout son sang, comme au cours de cette heure abominable à l'ermitage. Le dobdob s'approcha de lui et, soulevant la main du vieil homme d'un geste lent et plein de respect, il la posa en coupe autour de sa bouche et souffla fort. Le vieillard battit des paupières et parut lutter un instant pour reprendre ses esprits, avant de revenir parmi eux.

— Ce voyage a été épuisant, n'est-ce pas, mon vieil ami ? dit-il à Dzopa avec un sourire d'excuse, avant de reprendre sa truelle.

Il s'arrêta quelques instants plus tard pour contempler sa main, puis, d'un mouvement qui surprit Shan autant qu'il le glaça, il la toucha de son autre main, laissant glisser ses doigts sur la peau ridée d'un air émerveillé, à croire qu'il n'avait jamais vu de main de son existence. Nyma l'avait qualifié de Bouddha vivant, de bodhisattva. Au milieu du chaos et de la peur, le Bouddha vivant s'interrompait pour – pour quoi ? S'émerveiller du miracle du corps humain ?

Lorsque le dobdob revint au bord de l'excavation, Shan aperçut une nouvelle silhouette à côté du banc : Winslow. L'Américain le fixa d'un air hésitant, un morceau de papier à la main, ignorant s'il devait le montrer ou le cacher. Shan s'approcha et le lui prit des doigts.

— Ce docteur, à Norbu, a bien trouvé ma carte de visite, quand elle est tombée de ma pochette de chemise, murmura lentement Winslow en regardant Jokar. Ça a dû offenser sa dignité.

Le papier était un fax, adressé à tous les directeurs de camps d'exploitation pétrolière. À en-tête de l'ambassade des États-Unis à Pékin, il donnait le signalement de Winslow et demandait qu'on l'informe immédiatement de la présence éventuelle du diplomate. Winslow avait perdu tout contact avec son ambassade, et le gouvernement chinois avait déposé une plainte à l'encontre de l'Américain pour activités criminelles. On avait suspendu ses lettres de créance et il était prié de contacter son ambassade et de se rendre à la Sécurité publique avec son passeport.

Shan relut le message deux fois. Apparemment, l'ambassade désavouait totalement son employé. Si Winslow ne bénéficiait plus du couvert de son immunité diplomatique, il devrait répondre de ses activités criminelles devant les nœuds. Quand il voulut lui rendre la feuille, Shan s'aperçut que Winslow s'en désintéressait complètement : il avait rejoint Jokar et tenait le seau de terre rempli par le vieux lama.

Devant le spectacle de toutes ces personnes occupées à creuser, Shan ne comprenait plus. Elles semblaient toutes voir des choses qui échappaient à son entendement. Toutes, sauf Lhandro, qui relevait régulièrement la tête, l'air aussi perdu que Shan.

Tout cela n'avait aucun sens. Jokar était-il descendu dans la vallée pour creuser ? En était-il véritablement réduit à cette tâche ? Il était pourtant revenu à Yapchi afin de rétablir l'équilibre. Lepka et lui étaient venus ensemble pour guérir la vallée, le jour même, ou presque, où le pétrole devait jaillir, au moment où les personnalités officielles allaient arriver pour assister à la cérémonie qui devait marquer la fin de cette vallée.

— Je ne vois pas votre assistante, dit Shan en s'approchant du professeur.

— Elle est au bureau, elle termine le rapport, répondit Ma, avec un signe de tête vers les caravanes.

Exactement comme si ce que faisait le vieux lama, ou ce qu'il risquait de trouver, ne devait pas figurer dans ledit rapport.

— Vous n'avez donc rien découvert pour interrompre le projet du consortium ? interrogea Shan.

Ma se tourna vers lui comme s'il venait d'entendre une bonne plaisanterie.

— Vous voulez dire, est-ce que j'ai trouvé le chaînon manquant qui expliquerait enfin l'évolution ? Ou la tombe d'un empereur chinois ? Non, avoua-t-il avec un petit rire. Tout ça n'est pas bien vieux, finalement, conclut-il en désignant le coffre qui contenait l'éclat de bronze aux inscriptions en chinois et en tibétain.

Dans le camp, un haut-parleur diffusa l'hymne martial : *L'Est est rouge.* Une file de véhicules venait d'apparaître sur l'épaulement à mi-versant et se dirigeait vers le chantier.

Lhandro poussa soudain un grognement sourd et appela le professeur Ma. Celui-ci ne parut guère enclin à répondre à sa demande, mais le regard qu'il adressa à Shan semblait chargé d'une étrange supplique. Lhandro appela à nouveau : il dégageait un cylindre long de trente centimètres.

— Un morceau de tuyau, se hasarda Lhandro. Parfois, on utilisait des bambous pour les conduites d'eau.

C'était effectivement un morceau de bambou, comprit Shan en s'agenouillant au côté du rongpa, d'environ cinq centimètres de diamètre. Il enfonça un doigt dans la terre sous une de ses extrémités, mais le retira à toute vitesse en se tournant vers Ma, qui croisa son regard sans ciller. Lhandro finit de dégager le morceau de bambou. Ce n'était pas un tuyau d'adduction d'eau. Il était fermé aux deux bouts par un couvercle et cliquetait quand on le secouait. Ma et Jokar hochèrent tous deux la tête, confirmant les soupçons de Shan. Lhandro assista à l'échange de regards, ses yeux allant et venant de l'un à l'autre pour obtenir une réponse à ce mystère, avant de se poser sur son père.

— C'est un homme bien, ce professeur, déclara Lepka. Nous lui avons raconté ce qui vous était arrivé, à toi et à Shan.

Lhandro, toujours en quête de réponse, apporta le cylindre au professeur. Ma se contenta de placer sa trouvaille à côté des autres objets posés sur le banc, sans commentaire. Shan se releva et alla jusqu'au coffre en bois. À l'intérieur, à côté du feutre qui recouvrait l'éclat de bronze, il vit un autre carré de feutre qu'il souleva : il masquait un crâne humain, la tempe percée par un trou aux bords déchiquetés.

— Je ne comprends pas, dit Winslow par-dessus son épaule.

Shan releva la tête : l'Américain s'était tourné vers Lepka, qui se redressa lentement et s'assit au sol en bordure de l'excavation, en se balançant lentement d'avant en arrière. Winslow attrapa le cylindre en bambou et le secoua tandis que Shan se saisissait de l'éclat de bronze pour en étudier une nouvelle fois les inscriptions. Il laissa filer ses doigts sur les idéogrammes chinois.

Il prit le cylindre des mains de l'Américain. Il en avait jadis possédé un identique, probablement plus ancien que celui-ci, qui lui venait de son arrière-grand-père et qu'il avait laissé à la bonne garde des lamas de Lhadrung. Il exerça une torsion, le couvercle céda, et il vida le contenu du cylindre sur le banc. Des bâtonnets laqués en bois d'achillée, jaunis par le temps.

— Soixante-quatre, dit-il d'une voix étranglée par l'émotion. Il doit y avoir soixante-quatre bâtonnets. Ce sont des bâtonnets à lancer pour les versets taoïstes, expliqua-t-il devant les visages perplexes qui l'entouraient.

Il se tourna vers Lepka. Le vieil homme avait parlé d'hommes-baguettes. Il avait des cauchemars peuplés d'hommes-baguettes.

Shan expliqua rapidement à Winslow la manière dont on utilisait les bâtonnets afin de bâtir, rituellement, un numéro de chapitre : on les lançait, on les séparait par groupes de trois, puis, en se servant du groupement restant après le décompte, on créait des lignes pleines ou brisées. Celles-ci, à leur tour, définissaient un des tétragrammes qui, dans les tables mémorisées par les étudiants du tao, se référaient à un chapitre spécifique du Tao-tö-king. À l'exemple du tétragramme que Lepka avait dessiné de manière inattendue sur la corniche aux mélanges.

— Je lançais ces bâtonnets des heures durant avec mon père lorsque j'étais enfant, dit doucement Shan, et nous récitions tour à tour les versets du tao.

Il reprit l'éclat de bronze et laissa ses doigts glisser à sa surface. Maintenant qu'il savait ce qu'il fallait chercher, le déchiffrage était simple.

— C'est le chapitre soixante-dix, en tibétain et en chinois, expliqua-t-il en montrant les inscriptions. Le verset se termine sur ces caractères, ajouta-t-il à l'intention de Lepka.

— *Les individus évolués portent une carapace grossière dont le centre est un jade précieux,* récita le vieux Tibétain en fixant les bâtonnets renversés.

La patte de jade appartenait à un bœuf. Elle provenait d'une statue de Lao-tseu, le sage taoïste, en compagnie de son animal fétiche.

— Lorsque les soldats sont arrivés, poursuivit Shan sans quitter des yeux le visage de Lepka, il n'y avait pas que des Tibétains à vivre dans cette vallée.

Le vieillard acquiesça de la tête.

— Mon père m'a révélé le secret juste avant de mourir, dit-il avec un regard d'excuse à Lhandro. Quelques Chinois étaient venus là, vingt ou trente ans avant l'arrivée des soldats de Lujun, pour y bâtir un petit temple taoïste. C'étaient des lettrés qui vivaient en ermites et essayaient d'expliquer les similitudes existant entre les enseignements du tao et ceux de Bouddha – pour combler le fossé existant entre nos peuples. Parfois, des moines descendaient de Rapjung et ils avaient ensemble de grandes discussions ou alors ils lançaient les baguettes et récitaient les versets devant tout le village réuni.

Il regarda Jokar, qui l'encouragea d'un petit signe de tête.

— Ils ne posaient aucun problème, ils étaient pacifiques et cultivaient dans leurs jardins les herbes qu'utilisaient les lamas du monastère. Ils disaient combien ce serait merveilleux si les Chinois et les Tibétains pouvaient travailler ensemble afin d'étudier les mystères de la guérison, et ils suivaient eux-mêmes les enseignements des lamas.

Lepka se tourna un moment vers les tentes de l'armée et revint vers le carré de fouilles.

— Mon père était dans l'armée tibétaine quand c'est arrivé. Il a déclaré que ces moines avaient probablement essayé d'arrêter les soldats, qu'ils n'auraient jamais voulu que le sang fût versé. Mais il ne restait plus personne du village de Yapchi au départ des militaires, personne pour défendre les moines chinois. Quand les habitants des villages avoisinants ont trouvé les cadavres, ils sont devenus fous.

Il ne regardait plus que Shan, maintenant, comme s'il se confessait à lui seul, comme si son récit ne devait se dérouler que devant un Han.

— Mon père a ajouté que ces moines chinois devaient probablement enterrer les corps des victimes qu'ils avaient essayé d'aider. Mais la colère était trop grande.

La colère contre les Chinois. Les villageois du voisinage étaient venus et ils avaient été emportés par la fureur et la soif de vengeance. Pas des soldats, non, mais des fermiers, des bergers.

Shan contempla le crâne transpercé. Le moine avait pu être tué par une houe ou une pioche.

— Ils n'en ont plus parlé à personne une fois que la chose a été faite, reprit Lepka d'un ton mélancolique, en se tordant les mains, son épouse à ses côtés lui serrant l'épaule. Si quelqu'un avait eu vent de ce qui était arrivé aux moines chinois, l'armée chinoise serait revenue. Alors nos familles ont brûlé le temple taoïste et l'ont enterré sous un champ de seigle.

Les larmes coulaient sur le visage du vieillard.

— Par la suite, les lamas de Rapjung ont appris ce qui s'était passé. Ils sont arrivés et ont dit des prières pour les Chinois, pour tous ceux qui avaient été tués. Ils ont obligé les villageois à rouvrir la fosse creusée pour les habitants de Yapchi et à y enterrer les restes des moines qu'ils ont pu retrouver. Ils ont obligé ceux qui avaient massacré les moines à promettre solennellement d'envoyer leurs fils aînés au gompa afin que ceux-ci deviennent des dobdobs, afin qu'une telle atrocité ne se reproduise jamais.

Il se tourna vers Dzopa. Des policiers monastiques. Des régulateurs de la vertu. C'est le nom que leur avait donné Chemi.

— Mon frère y est allé, poursuivit Lepka, mais il est mort à Rapjung quand les enfants de Mao sont arrivés.

Ils entendirent soudain des bruits de voix sur l'estrade, des ordres commandant aux ouvriers de quitter les lieux pour permettre aux dignitaires de prendre place. Les chaises et les bancs furent vite remplis de Chinois et de Tibétains en costume cravate. La secrétaire de Jenkins se tenait en haut de l'escalier, elle accueillait les visiteurs et leur offrait le programme de la cérémonie. Fréquemment, elle se tournait vers l'une des tentes de l'armée, gardée par un groupe serré de soldats. C'est là que devait être Lin, avec Anya. D'autres militaires allaient et venaient, arme au poing, prêts à l'action.

Le professeur Ma sortit du sac à dos de Dzopa une couverture pour en couvrir la sentinelle évanouie, mais ce n'était qu'une question de minutes avant que l'homme se réveille. Alors les ennuis reprendraient de plus belle. Un officier sous les ordres de Lin monta sur le podium et se planta à côté d'un microphone surélevé, face à l'assemblée de dignitaires, en agitant une longue règle en bois poli. Il désigna le village en ruine, les pentes déboisées, même le carré de terre brûlée où s'était dressé le rocher peint. Il expliqua le rôle victorieux de l'Armée populaire de libération dans l'ouverture de la vallée tout en montrant les soldats stationnés sur le périmètre extérieur du camp comme un filet de sécurité.

La couverture qui masquait la sentinelle était blanche, pleine de taches, zébrée de traînées de suie – la couverture de Dzopa. Dzopa, qui avait voyagé en compagnie de Jokar depuis l'Inde. Un instant, la vision de Shan se brouilla et il vit en son for intérieur Jokar, assis au milieu de la nuit, enveloppé dans la couverture de son fidèle gardien. Il vit Drakte qui courait frénétiquement, souffrant mille morts, fuyant les hurleurs de Tuan qu'il savait lancés à ses trousses, craignant de tomber dans une embuscade. Il vit Drakte s'arrêter devant l'apparition d'une silhouette blanche, se saisir de la fronde, y placer une pierre et toucher Jokar au cou. Le frisson violent qui le parcourut tout entier apprit à Shan qu'il venait d'entrevoir la vérité.

Près du podium apparut une nouvelle silhouette qui remonta l'escalier d'un pas décidé, observée par les personnalités : Jenkins, vêtu d'une chemise bleue propre et d'une cravate rouge, ouvrant la marche à une demi-douzaine de personnes, dont deux Occidentaux, en cravate et chemise bleue eux aussi. Shan repéra un autre groupe qui se rassemblait. Ou qu'on obligeait à se rassembler. Plus de cinquante Tibétains avaient été rameutés par des soldats et conduits devant le podium. Les travailleurs forcés, songea Shan alors qu'ils saluaient au passage d'un petit signe de tête Lhandro et Nyma.

Finalement arrivèrent Zhu, le directeur des projets spéciaux, et une femme plus âgée en tailleur pantalon gris foncé, coiffée d'un chapeau de paille à large bord pour se protéger du soleil. Ils se dirigèrent vers les deux derniers sièges libres au premier rang. Zhu se préparait à s'asseoir quand il plissa les yeux en direction du carré de fouilles, vers Shan, Jokar et Tenzin. Même à cette distance, Shan perçut son excitation soudaine et il le vit qui appelait un nœud de la Sécurité publique au bord du podium en pointant le bras dans leur direction. Le nœud avança de quelques pas vers eux, mais il s'arrêta à l'appel d'un officier de l'armée. L'officier remonta l'escalier du podium quatre à quatre, tourné vers l'extrémité sud de la vallée, en parlant d'un ton fébrile dans une petite radio qu'il tenait à la main. Puis il courut auprès de Jenkins en lui indiquant le sud d'un air victorieux.

Shan ne put entendre la conversation à cette distance, mais devant l'excitation du militaire, la manière dont les hommes en chemise bleue levèrent les bras au ciel, en tapant des mains à l'adresse de Jenkins, il comprit que les soldats venaient de remporter une dernière bataille. Un camion de l'armée passa à toute vitesse et une patrouille se dirigea au pas de gymnastique le long de l'extrémité sud de la vallée.

— Elle va bien, Winslow, annonça soudain une voix grave.

Jenkins les avait rejoints près du terrain de fouilles, et regardait Winslow d'un air désolé.

— Je pensais que vous aimeriez être mis au courant. Larkin est là-haut, selon les soldats, elle se cache dans les arbres en compagnie de toute une troupe de Tibétains qui sont en train de creuser. Ils la ramènent. Je suis désolé pour le fax. Si ça peut vous être utile, j'interviendrai en votre faveur. Je sais que vous vouliez seulement nous aider.

Winslow resta muet ; il contemplait le bout de la vallée et ne tourna même pas la tête. Jenkins haussa les épaules et rejoignit le podium.

Dans un recoin de son esprit, Shan entendit une voix moqueuse se gausser de lui. Treize mois de liberté. Après quatre années de goulag, treize mois de liberté. C'était pourtant ainsi que vivaient nombre de purbas, alternant de longs séjours en lao gai et de brèves périodes intenses de service à leur cause.

Cependant une autre voix, tout aussi lointaine au départ, se mit à crier dans quelque couloir sombre de son esprit. Le rocher de la divinité. S'il parvenait à créer une diversion, même petite, quelques-uns parmi les Tibétains parviendraient peut-être à s'échapper, voire à emmener Jokar avec eux. Si seulement Tenzin et Jokar réussissaient à s'enfuir, il serait capable d'endurer toutes les souffrances à venir.

Il se rapprocha lentement de l'équipe qui mettait la touche finale à la bannière de la Sérénité. Sans pleinement comprendre tout d'abord ce qu'il faisait, il se retrouva près des piles de bidons de peinture. Il se baissa pour prendre un grand pot de peinture rouge. Quand il se releva, Somo, à deux mètres de lui, contemplait d'un air désespéré la file de prisonniers qui traversait les ruines du village de Yapchi pour descendre dans la vallée. Il s'approcha et lui tendit le pot de peinture, qu'elle accepta d'un air interrogateur. Ils s'observèrent un instant du regard triste et fier de deux soldats se préparant à une bataille dont l'issue malheureuse était connue d'avance.

— Pouvez-vous courir ? lui demanda-t-il avec un petit sourire contrit.

Une énergie intense illumina les yeux de Somo. Elle regarda le pot de peinture, et lui sourit à son tour. Il lui expliqua d'une voix douce, et elle se fondit dans la foule.

Juste à ce moment, l'hymne *L'Est est rouge* explosa au sortir des haut-parleurs au milieu d'un tonnerre d'applaudissements, tandis que les dignitaires se levaient tel un seul homme pour accueillir très officiellement le dernier groupe de visiteurs qui se dirigeait d'un pas martial vers le podium : Khodrak, Padme et Tuan, escortés par une file de gardes en chemise blanche. Ils serrèrent les mains des présents à croire que c'étaient eux les invités d'honneur. Ce jour était le leur autant que celui de Jenkins. Khodrak se déplaçait avec lenteur, tenant son bâton de mendiant à la main comme un sceptre ; Padme, un pas derrière lui, portait la sacoche noire que Shan avait vue dans la salle de conférences à Norbu.

Le professeur Ma se dirigea à contrecœur vers la délégation du monastère. Il leur serra la main, échangeant quelques mots d'abord avec Padme, puis avec Khodrak, qui accueillit le vieux Han avec bienveillance.

Lhandro parut s'éveiller de la léthargie qui avait saisi tous les participants au camp de fouilles.

— C'est dangereux pour ce professeur, murmura-t-il à Shan. Il ignore quel genre de moine est ce Khodrak.

— Il sent qu'il se passe quelque chose d'important, renchérit une voix soucieuse tout près de Shan.

C'était l'assistante de Ma, la jeune étudiante diplômée qui finissait le rapport. Elle tenait à la main une grande enveloppe marron.

— Il faut qu'il parte. Je ne cesse d'insister pour qu'il rentre chez lui. Il était censé devenir le doyen de son université. Ses étudiants l'adoraient à un tel point qu'ils lui demandaient de faire des cours supplémentaires, officieusement, la nuit.

Elle s'adressait à eux en toute franchise, mais elle parlait vite, comme si elle était impatiente de mettre Shan et ses amis au courant.

— Il y a cinq ans, il devait être promu président de son université, mais un émissaire de Pékin venu en visite s'est aperçu qu'il n'utilisait pas les manuels d'histoire réglementaires.

Elle s'interrompit quand une procession quitta le campement de l'armée : Lin, vêtu d'un uniforme propre, au centre d'un petit groupe d'officiers.

— Le professeur Ma a éclaté de rire en disant que l'histoire était une tapisserie riche en couleurs, alors que les livres d'histoire du Parti la faisaient ressembler à un vieux chiffon gris. Ses étudiants ont ri également, et ils ont applaudi. Mais l'émissaire de Pékin n'a pas trouvé cela drôle. Un autre enseignant a été nommé à la tête de l'université, et on a retiré tous ses cours au professeur Ma. Aujourd'hui, il est uniquement autorisé à faire de la recherche.

Shan ne quittait pas des yeux le vieux Han, qui semblait avoir reconnu en Khodrak un individu méritant un examen plus soutenu. Que faisait-il donc ? Lepka l'avait qualifié d'homme bien. À une autre époque, il aurait pu être un moine chinois essayant à sa manière douce et gentille de combler le fossé entre les peuples.

Shan ne pouvait l'entendre mais, apparemment, le vieil universitaire conversait agréablement avec le président du gompa de Norbu. Tout en parlant, cependant, il le détaillait des pieds à la tête : son élégante robe, ses sandales de cuir finement ouvragées, le rosaire de perles qui pendait à sa ceinture. Il finit par désigner le bâton de mendiant, que Khodrak lui tendit d'une main hésitante. Le professeur laissa courir les doigts le long de la tête métallique décorée de fines volutes, puis, bizarrement, les deux hommes semblèrent lutter pour prendre chacun possession du bâton. Finalement Khodrak l'arracha des mains de Ma, le visage renfrogné, tandis que Ma le contemplait d'un air étrangement déçu. Un des gardes des hurleurs se précipita vers Khodrak et lui murmura quelque chose à l'oreille. Le président de Norbu se tourna vers le site des fouilles, et ses yeux flamboyèrent : ils avaient trouvé Jokar.

La musique perdit de son intensité, et Jenkins apparut près du microphone du podium comme pour prendre la parole, mais il se tourna vers l'excavation et le drame qui s'y préparait. Les spectateurs l'imitèrent, et il n'y eut plus que le silence.

Soudain, Ma surgit et se plaça devant Jokar pour le défendre, suivi par Lepka – les trois hommes les plus âgés se sentaient soudainement l'obligation de résister au président de Norbu. Khodrak prit la mouche et jeta un regard lourd de sous-entendus au colonel Lin, à quelques mètres de lui, comme s'il le défiait d'intervenir. Lin fit un simple pas en direction du professeur, de sorte que Khodrak se retrouva seul face aux trois vieillards. Il se préparait à signifier à ses troupes en chemise blanche de faire mouvement quand le professeur embrassa du geste le site de ses fouilles.

— Il y a un siècle, des Tibétains ont commis ici une crime abominable, déclara Ma d'une voix forte.

— Non, pas les Tibétains, répliqua aussitôt Lin avec humeur.

Il parut vouloir en dire plus, mais les mots s'étranglèrent dans sa gorge, et il se tourna vers Shan d'un air incrédule comme s'il l'appelait à l'aide. Khodrak fit un nouveau pas en avant, incapable de contenir plus longtemps et sa colère et sa soif de pouvoir, même devant ceux qui étaient venus célébrer son succès. Mais peut-être considérait-il qu'il avait déjà reçu l'onction suprême par le gouvernement, que tout se résumait pour lui dorénavant à exécuter son numéro devant les dignitaires – la démonstration de ses nouveaux pouvoirs.

— Ce vieux Tibétain est un criminel ! s'écria Khodrak à l'intention de Lin, en poignardant l'air d'un doigt accusateur sur Jokar, avant de répéter les mêmes paroles aux officiels sur le podium.

Shan s'avança devant Jokar, aux côtés de Ma et de Lepka. Khodrak émit un ricanement avant de poursuivre de sa voix d'orateur, en montrant Jokar :

— Un maître criminel du Culte du dalaï, entouré de ses acolytes criminels ! Ils sont en train de fomenter la régression !

Lançant un regard agacé à Lin et à ses soldats, il se retourna vers les officiels et lissa sa robe en se redressant de toute sa hauteur, son bâton à la main.

— Cette journée restera à jamais dans les mémoires, tonna-t-il. Il sera dit comment la nouvelle Chine a délogé de leurs tanières les derniers mauvais éléments de cette région grâce aux forces du développement économique et de la prospérité !

Il avait apparemment répété son discours et décidé que le moment était venu de l'offrir à son public. Cependant, comme il n'avait jamais escompté voir Jokar libre d'aller et venir à sa guise, il devait s'assurer que le monde sache bien que le vieux lama était à lui. À ses yeux, cette journée ne concernait en rien le pétrole près de sortir de terre : c'était celle de ses victoires personnelles.

— C'est un jour de jugement pour cette vallée, cette région, un jour qui restera dans l'histoire pour le bureau des Affaires religieuses et Norbu !

Il désigna la longue colonne de silhouettes qui descendait vers la vallée, escortée à la pointe du fusil, puis Jokar.

— Aujourd'hui, nous effaçons de la carte les éléments criminels qui ont maintenu ce district dans un âge féodal. Aujourd'hui, nous démarrons une nouvelle vie ! Un nouvel âge ! Et cela se propagera jusqu'à Pékin !

Il jeta un regard éloquent vers le microphone du podium. L'un des hommes en chemise blanche bondit sur l'estrade, défit le micro de sa perche et le tendit à Khodrak, qui pointa à nouveau le doigt sur le vieux lama guérisseur.

Ce dernier semblait ne rien remarquer. Il contemplait le sommet de la montagne de Yapchi, comme s'il était seul à y percevoir des éléments restés invisibles aux autres, fixant de tous ses yeux les pics enneigés avec, aux lèvres, un sourire las et serein.

— Un chef de l'une des institutions les plus féodales de tout le Tibet, l'un de ses plus dangereux instruments de régression !

La voix du président de Norbu résonnait à présent à travers la vallée tout entière, et il levait son bâton de mendiant pour ponctuer les points importants de son discours.

— Un conspirateur qui se trouvait au côté du dalaï criminel en personne ! Un agent envoyé ici depuis l'Inde pour subvertir l'ordre nouveau !

Une silhouette passa à côté de Shan comme dans un brouillard et se rua sur Khodrak : Dzopa, armé de son gourdin dressé. Avec un rictus méchant, Khodrak baissa son bâton de mendiant et le tint à deux mains, sa tête métallique pointée sur le dobdob tel un épieu.

Le claquement d'une détonation fendit l'air.

Dzopa tourbillonna sur place et s'effondra. Les soldats derrière Lin pivotèrent, le fusil en position de tir. Au même instant, Padme se précipita auprès de Khodrak et Winslow fendit la foule des Tibétains au pas de course. Un des gardes des hurleurs, le bras toujours tendu, tenait un pistolet au canon fumant. Lin désigna le tireur d'un doigt furieux et le soldat le plus proche frappa l'arme d'un coup de crosse. L'automatique tomba au sol et il l'écrasa sous sa botte.

Dzopa se tordait au sol en agrippant son mollet gauche, qui saignait abondamment. Lhandro se hâta vers lui et pansa la blessure d'un foulard. Jokar fit deux pas vers le blessé, mais Lepka l'arrêta en posant une main sur son épaule. Tenzin s'avança à son tour et s'agenouilla, sous le sourire victorieux de Khodrak.

— Arrêtez-les ! hurla ce dernier aux gardes. Vous avez vu l'agresseur au gourdin. Et son compagnon, l'homme au *chig*, s'est révélé au grand jour. Et le Han qui conspire avec eux ! ajouta-t-il en montrant Shan. Arrêtez-les tous ! Ce sont des traîtres ! Des meurtriers !

Chig. Shan ne comprenait plus. Chig était le chiffre un. Il se retourna vers Lhandro, toujours à côté de Tenzin et de Dzopa. En tibétain, la forme la plus ancienne et la plus simple pour représenter le chiffre un était un U inversé, légèrement incliné sur la droite. Exactement comme la tache de naissance sur le cou de Lhandro. L'homme au *chig*.

Tenzin bougea légèrement le bras. Du bout du doigt, il dessina quelque chose dans le sable et regarda Shan. Une série de courbes. Comme le chiffre trois en écriture arabe, penché vers la gauche, le bas mal fermé dessinant une sorte de queue. C'était une forme que Shan connaissait bien : celle de la cicatrice que portait Drakte au front. En tibétain, le symbole se lisait *nyasha*. Poisson... À un moment, le président de Norbu cherchait un homme avec un poisson.

Devant la forme dessinée dans le sable, Khodrak cessa de sourire et, tournant le dos à Tenzin et au dobdob, il s'écria à nouveau :

— Assassins ! Saisissez-vous d'eux !

— Des assassins ? s'exclama une voix derrière Khodrak.

Plusieurs des officiels avaient quitté leurs sièges et s'étaient avancés en bordure du podium. L'un d'eux, un homme âgé, maigre, en uniforme gris, contemplait le président de Norbu d'un air perplexe.

— C'est vous qui ordonnez une arrestation ?

— L'officier des Affaires religieuses d'Amdo-ville, rétorqua Khodrak. Il sera écrit que c'était un héros, mort pour une juste cause, tué pour la campagne de Sérénité, et son assassinat illustre de manière exemplaire la manière dont Norbu dirige l'ordre nouveau.

« Il sera écrit. » Khodrak avait écrit des mensonges pour s'approprier son ordre nouvellement fondé. Drakte, en revanche, avait écrit la vérité pour l'arrêter, et y avait laissé la vie. Les jambes de Shan se mirent en mouvement, et, soudain, il se retrouva face à Khodrak, lui bloquant l'accès au podium. Khodrak lui jeta un coup d'œil noir et pointa son bâton d'un geste menaçant. Shan fixait la tête métallique du bâton de mendiant.

— Je connais le héros qui est mort pour la vérité, déclara-t-il.

Tout à coup, le camion qui escortait Larkin et les Tibétains se mit à corner de son avertisseur comme pour participer à la fête, et les invités sur le podium tournèrent la tête vers la file de prisonniers. Shan et Khodrak livraient toujours leur duel de regards quand le président de Norbu abaissa son bâton, tête pointée sur l'abdomen de son adversaire, et piqua de l'avant. Une main jaillit quand l'acier froid toucha la peau de Shan : Ma s'était saisi de l'extrémité métallique et repoussait le bâton. L'avertisseur cessa de corner, et Khodrak se recula, un sourire satisfait aux lèvres, pour se mettre à tourner autour de ses deux prisonniers étrangement paisibles.

Shan vit Ma qui contemplait la paume de sa main : elle était ouverte par une profonde entaille, et le sang dégouttait de ses doigts.

Selon les anciens Tibétains, l'illumination s'accompagnait de sons, non pas de paroles humaines, mais de sons que l'esprit savait en quelque sorte utiliser quand il se trouvait au contact des divinités. Celui qui s'échappa des lèvres de Shan fut peut-être de ceux-là, étrange, plein du désir d'atteindre les dieux, gémissement, exclamation de surprise devant une découverte soudaine et cri de douleur tout à la fois.

Le professeur, qui avait oublié sa blessure, tourna vers lui un visage inquiet.

— Vous êtes malade ? s'enquit-il.

Oui, voulait répondre Shan. Malade de la vérité. Malade du fardeau du savoir, devant ce que les années d'occupation par Pékin avaient fait d'eux tous.

Au lieu de quoi une voix forte et ferme retentit soudain :

— Un yack, énonça-t-elle avec sévérité. Un seul et unique yack. Lamtso Gar n'avait qu'un yack.

Shan comprit que cette voix sortait de sa gorge.

— Dix-huit moutons. Cinq chèvres, poursuivit-il, se rappelant la fierté de la femme, au lac sacré, quand elle lui avait montré le catalogue de ses maigres biens dans le registre comptable de Drakte. Et deux chiens.

Khodrak s'arrêta. Son visage changea de couleur, il pâlit puis s'empourpra sous la colère. Il revint sur Shan et lui enfonça le bout en bois de son bâton dans le ventre. Shan s'effondra à genoux, se tenant l'abdomen à deux mains, cherchant à retrouver son souffle. Mais ses yeux ne quittaient pas les invités sur le podium ; il cherchait à accrocher tous les regards à la fois, dignitaires, Tibétains et soldats.

— L'année dernière, s'écria-t-il en haletant à l'adresse du podium, un enfant est mort de faim ici.

— Lâche ! gronda Khodrak, toutes dents dehors. Nous sommes les exemples de la nouvelle voie. Nous sommes venus ici pour être célébrés. Tuan !

Le directeur apparut, suivi par quatre chemises blanches impatientes de fondre sur Shan. Mais ce dernier sortit un morceau de papier de sa poche et le déplia : la photographie du chalet au bord du lac qu'il avait prise dans le bureau de Tuan. Il la tendit devant lui telle une arme. Tuan, à trois mètres de lui, s'arrêta, le visage livide.

Lin lâcha une syllabe brève, et les soldats flanquèrent les chemises blanches, leur signifiant sans ambages qu'elles ne devaient pas aller plus loin. Ce n'était rien, une toute petite chose sans conséquence pour Lin ; ce dernier permettait simplement à Shan de courir à une mort certaine en face des dignitaires.

Khodrak ne savait peut-être pas clairement à quel public il destinait son discours, mais ce n'était pas le cas de Shan. Lui savait à qui s'adresser. Il se redressa péniblement et s'approcha du podium malgré la fureur qui embrasait le regard de Khodrak.

— Les habitants de ce district ont rédigé leur propre rapport d'activité économique. Un rapport fondé sur la vérité. Parce que eux aussi doivent avoir voix au chapitre. Quand ils ont voulu le présenter à Chao, l'adjoint du directeur à Amdo-ville, Khodrak a d'abord tué Chao, puis le Tibétain qui avait apporté le rapport en question.

Aussi incroyable que cela pût paraître, Shan se rendit compte que le seul public qui accepterait de l'écouter était celui qui lui faisait face : des soldats emplis de méfiance à l'égard des nœuds, des hurleurs qui se défiaient des nœuds, et des nœuds qui n'accordaient leur confiance à personne. Un public dont les membres n'appartenant pas aux services de Lhassa et du ministère craignaient ceux qui en faisaient partie, et qui accepteraient d'entendre ses accusations jusqu'à leur terme car ils étaient passés maîtres dans l'art de l'accusation, parce qu'on leur avait enseigné que le soupçon, la peur et la faute étaient les pierres angulaires du pouvoir. Pour la plupart, il ne faisait aucun doute que Shan se trouverait enchaîné à l'issue de sa proclamation, mais, dans le même temps, ils se demandaient si ce qu'ils allaient entendre serait susceptible de leur assurer un plus grand pouvoir.

— Il a tué ces deux hommes à l'aide de ce bâton de mendiant qui ne le quitte jamais. Il suffit d'examiner cette arme, elle correspond parfaitement à la blessure qui a tué le directeur adjoint Chao.

Shan savait avec la même certitude que le bâton correspondait parfaitement à une autre terrible blessure : la plaie ouverte dans l'abdomen de Drakte que le purba avait tenté de recoudre à l'aide de poil de yack. C'était Khodrak que Drakte fuyait en quittant Amdo-ville, mais le coup que lui avait assené le président de Norbu avait fini par le tuer à son arrivée à l'ermitage. Annihilant du même coup leur mandala sacré.

La file de prisonniers se rapprochait, elle serait au camp dans cinq minutes. Melissa Larkin était parmi eux, et elle se retrouverait face à Zhu.

Shan perçut un mouvement derrière lui : le professeur Ma venait de le rejoindre. Deux Chinois affrontaient, au vu et au su du monde, le directeur tibétain du gompa de Norbu. Ma ne prononça pas une parole, mais il présenta sa main, paume ouverte, et tous les visiteurs sur le podium purent voir le sang qui dégouttait de ses doigts. Un des dignitaires, la femme en gris au chapeau de paille, eut un haut-le-cœur et chuchota à l'oreille de son voisin.

— Mensonges ! s'écria Khodrak. Vous n'avez aucune preuve !

Il se retourna vers ses gardes, pris en tenaille par les soldats, puis vers Tuan, toujours figé sur place et qui donnait l'impression d'avoir soudain baissé les bras. Shan savait que le directeur avait abandonné la partie depuis bien longtemps : il n'avait en réalité jamais véritablement partagé l'énergie, la volonté et les ambitions de Khodrak. La vision de son bureau, au gompa, avait ouvert une porte dans la mémoire de Shan, tout au fond du long couloir sombre de son incarnation pékinoise. Pour l'inspecteur Shan, spécialisé dans les enquêtes anticorruption, les pièces à conviction avaient été évidentes : les ambitions de Tuan étaient beaucoup plus modestes que celles de Khodrak. Son seul désir était de prendre sa retraite parce qu'il était très malade et se mourait à petit feu, et de retrouver son modeste chalet financé par les soldats fantômes qu'il avait inscrits sur les listes.

— Vous vous trouviez à Amdo pour empêcher que les véritables rapports sur la richesse économique du district ne parviennent au bureau des Affaires religieuses, poursuivit Shan. Pour empêcher le directeur adjoint Chao de les transmettre à Lhassa. Mais vous avez reconnu le Tibétain qui se trouvait là pour les lui remettre. Vous l'aviez vu à Lhassa en compagnie de l'abbé de Sangchi, la nuit où l'abbé a disparu. Et vous avez dû comprendre alors que l'abbé ne se trouvait nullement dans le Sud, ainsi que le bruit avait couru. Cependant, vous n'en avez rien révélé à Lhassa. Vous avez laissé les recherches se poursuivre au sud du pays parce que vous aviez échafaudé votre propre plan pour capturer Tenzin, l'abbé de Sangchi. Si vous mettiez la main sur lui, vous l'obligeriez à proclamer le succès de *votre* campagne. Pas la campagne de Sérénité. La vôtre. Pas celle de Lhassa, pas celle de Pékin. Mais un grand et tout nouveau projet visant à retirer des mains de la Sécurité publique le maintien de l'ordre dans les gompas, grâce à une nouvelle force de police que vous auriez formée au sein des Affaires religieuses. Exactement sur le modèle de celle que vous aviez constituée à Norbu, avec l'aide du directeur Tuan, sans l'autorité de Lhassa.

Au bout du compte, les représentants de l'autorité officielle se soucieraient des meurtres comme d'une guigne. Mais Khodrak avait commis, lui, un crime bien pis que le meurtre : il avait conspiré contre une campagne officielle du Parti. Il avait été déloyal.

— Mensonges ! hurla Khodrak. Vous verrez, dit-il à l'adresse du podium, je vous ai gardé le plus grand trophée.

Il appela Padme.

— La preuve de toutes leurs trahisons !

Le jeune moine s'enfonça dans la foule et réapparut avec la sacoche en cuir noir. Khodrak se dépêcha d'en sortir une grosse liasse de feuilles enveloppée de tissu, qu'il tendit d'une main triomphante à la femme en gris.

Celle-ci accepta la liasse et défit l'emballage ; deux autres dignitaires s'approchèrent pour regarder par-dessus son épaule. En voyant tomber le carré de tissu, Khodrak eut un sursaut et parut sur le point de frapper Padme d'un coup de son bâton. Padme ouvrit des yeux incrédules. C'était le registre comptable tout écorné de Drakte, celui que Shan avait aperçu pour la dernière fois dans la caverne la nuit précédente.

La femme feuilleta la liasse et fusilla Khodrak du regard. Tremblant de colère, elle ôta son grand chapeau de paille.

— Soldats de la Sécurité publique, aboya-t-elle, vous avez trente secondes pour vous montrer, et il ne vous sera rien reproché. C'est un ordre de votre général.

Les hurleurs ne prirent pas le temps de discuter. On entendit quelques jurons, des gémissements, mais très vite tous se défirent de leurs chemises blanches et s'éloignèrent au petit trot vers le camp. Deux hommes vêtus des tuniques grises officielles de la Sécurité publique s'avancèrent vers Khodrak et Padme. Khodrak fixait la femme en gris, appuyé sur son bâton, le serrant à deux mains, le visage exsangue. Un autre nœud s'approcha de Shan, le bras tendu. Shan lui remit la photographie du chalet qu'il tenait toujours à la main, le fax portant les noms fantômes qui leur permettraient d'incriminer Tuan et, finalement, le petit morceau de papier que Chao avait confié à Drakte la veille de la mort du purba. Le nœud, ne sachant trop que faire, se retourna vers la femme en gris sur le podium, qui tendit la main pour qu'on lui apporte les papiers.

Soudain, Padme pointa le doigt vers le haut du versant, là où Larkin et les Tibétains avaient travaillé.

— Les païens ! s'écria-t-il avec un mélange de colère et

d'espoir dans la voix, et il se rua vers la pente, le bras toujours tendu devant lui.

Somo avait rejoint l'endroit où Larkin avait creusé. Le gros rocher qui se trouvait là était à présent recouvert d'un rouge écarlate. La divinité s'était une nouvelle fois révélée.

Lin secoua la tête d'un air las et s'adressa à un officier à son côté, lequel partit en sprintant vers le camp de l'armée. La plupart des officiels sur la tribune regardaient de tous leurs yeux, comme si tout ce qui se passait là faisait partie des festivités prévues en leur honneur.

Dans un fracas de métal, le tank sortit des ombres du camp, son officier debout dans sa tourelle. Il s'arrêta à une centaine de mètres du camp, son canon pivota pour s'aligner sur le rocher, et il tira trois obus l'un après l'autre.

Le côté de la montagne à l'extrémité sud de la vallée explosa instantanément, de la même manière qu'à la première attaque du tank contre le rocher de la divinité, et un brouillard de poussière et de débris noya le versant. Le troisième obus, lui, déclencha une explosion beaucoup plus puissante que les deux précédentes. L'équipe menée par Larkin ne s'était pas contentée de creuser, elle avait placé les explosifs dans l'excavation. L'officier dans son tank, l'air incrédule, dirigea une paire de jumelles vers la boule de feu et le nuage de gravats qui s'en était suivi, puis il haussa les épaules à l'adresse de son colonel. Plusieurs des officiels sur le podium applaudirent, apparemment satisfaits par la manière dont l'armée avait ponctué la cérémonie par ce beau feu d'artifice.

Lin fixait la pente, où la poussière se dissipait rapidement, puis il se tourna vers Shan. Quand, bouche bée, aussi surpris que la foule, il sursauta en voyant apparaître une créature massive en bordure du champ de fouilles. Jampa renifla la terre retournée puis se dirigea vers le coffre dans lequel le professeur Ma conservait ses trouvailles. Il en renifla le contenu et y farfouilla de son museau. Tout le monde se taisait, contemplant la bête qui avança lentement entre Shan et Khodrak, passa devant Lin et s'immobilisa en regardant le versant de la montagne. Elle redressa son énorme tête, leva le museau en l'air, bien haut, et lâcha un long beuglement d'une puissance extraordinaire. Tous avaient les yeux rivés sur le yack, certains avec amusement, d'autres le visage sombre et craintif, comme s'ils sentaient que l'animal tentait de communiquer avec eux, ou avec quelque chose dans la montagne. Un coup de tonnerre étouffé retentit alors dans les profondeurs du versant, un sourd grondement jaillit des entrailles de la terre.

— Un tremblement de terre ! s'écria un des ouvriers du consortium.

Personne ne bougea, néanmoins. Tous les regards suivaient celui du puissant yack tourné vers la montagne, là où le grondement semblait gagner en intensité sous l'augmentation de pression. On entendit une petite éruption, discrète, lointaine, suivie par un gargouillis indistinct sur le versant.

Finalement, Jenkins rompit le silence crispé. Il bondit de son siège sur le podium en observant la montagne d'un œil angoissé.

— Seigneur Jésus ! s'exclama-t-il d'une voix désespérée.

Il courut vers le camion le plus proche, aboyant aux conducteurs des bulldozers l'ordre de le suivre. Il s'arrêta un instant à la portière pour contempler la scène.

— Putain d'armée de mes deux ! tonna-t-il en articulant chaque mot comme autant de projectiles, puis, devant l'expression perplexe de ses ouvriers, il désigna le versant. Allez ! allez ! allez ! hurla-t-il, et il sauta dans le camion.

Lin saisit ses jumelles d'un air indécis, mais sa perplexité ne dura qu'un bref instant. Il les laissa retomber, impressionné et triste à la fois, mais se reprit bien vite. Il échangea brièvement quelques mots avec l'officier à côté de lui, lequel tonna aussitôt dans sa radio, et les soldats convergèrent au pas de course vers le derrick. Lin lança un nouvel ordre à son second, qui le retransmit après un instant d'hésitation. À une trentaine de mètres de là, l'escorte qui encadrait Larkin et les Tibétains se dispersa au pas de gymnastique. Les prisonniers rejoignirent Larkin avec de grands cris de joie, certains agitant des khatas comme des oriflammes, en montrant le versant de la montagne.

Lin tendit ses jumelles à Shan. Cependant, ce dernier n'en avait nul besoin pour voir le résultat de l'explosion. Il fouillait désespérément les hauteurs à la recherche de Somo. Si elle avait trop traîné, peut-être n'avait-elle pas survécu. Il n'aperçut aucun signe de la jeune coureuse purba.

— Je ne comprends pas, dit le professeur Ma par-dessus son épaule.

— La divinité a parlé, lui répondit Lhandro.

Il n'était qu'à quelques mètres et soutenait son père, qui contemplait la montagne, le visage barré d'un grand sourire, les joues mouillées de larmes. À côté d'eux, Jokar était agenouillé auprès de Dzopa et lui parlait à voix basse, la main posée sur le sommet du crâne du dobdob qui, étrangement, montrait le yack.

— L'eau, déclara Shan d'une voix émerveillée. Il existait une rivière souterraine, et elle vient d'être libérée.

Les mots paraissaient si simples, et la réalité tellement impossible. Melissa Larkin n'avait jamais cherché à localiser sa rivière cachée pour la simple gloire de la géologie. Elle et les purbas tentaient de la retrouver avec l'espoir de pouvoir utiliser cette information contre le consortium, et ainsi modifier le cours et des eaux, et de l'exploitation pétrolière.

Les camions remontaient en grondant depuis la vallée, certains pleins d'ouvriers, d'autres s'arrêtant pour faire grimper d'autres hommes près du podium, d'autres encore le plateau couvert de pelles, de pioches et de seaux. Les invités commencèrent à se disperser, l'air abasourdi, en demandant quand la cérémonie allait reprendre. Les nœuds qui avaient quitté leurs chemises blanches ne se posaient, eux, aucune question : regroupés autour de la femme en gris qui désignait Khodrak en l'abreuvant de termes choisis, ils l'écoutaient avec une attention crispée. Lorsqu'elle eut terminé sa diatribe, Khodrak se trouva prisonnier au milieu de ses anciens gardes qui, désireux de prouver leur retour dans le droit chemin, lui arrachèrent son bâton et le traînèrent jusqu'à l'un des quatre-quatre blancs du bureau.

— La structure de la vallée, expliqua Shan à ceux qui l'entouraient, implique que les eaux descendront jusqu'au derrick, qui est le point le plus bas.

Le dobdob serra le bras de Jokar, puis le relâcha avec un sanglot. Avec l'aide de Gyalo, le vieux moine guérisseur monta lentement sur le large dos du yack. Lin s'approcha lentement du bord de l'excavation de fouilles et tourna délibérément le dos à Lepka et aux autres qui étaient assis là. En voyant Gyalo, Shan se rappela les étranges paroles du moine, ce même matin, lui expliquant que c'était bien lui, Shan, qui avait résolu le mystère. Pourtant, il s'était limité à signaler à Lhandro qu'il avait entendu un étrange bruissement précipité dans la terre près du premier rocher de la divinité.

Gyalo conduisit Jampa et Jokar vers la crête, sans que personne ne les remarque au milieu du chaos qui régnait en fond de vallée. Tenzin avait quitté le lieu des fouilles et disparu dans les arbres.

— Mais ce n'est tout de même pas un peu d'eau qui va faire la différence, s'étonna Ma.

— Non, répondit Shan devant le panorama de pics enneigés à l'horizon. Le cours des événements s'en trouvera un peu retardé. Mais peut-être qu'avec le temps ce sera plus qu'un peu. Tout dépendra de la montagne, conclut-il, comme s'il parlait effectivement d'une divinité.

Jenkins, en tout cas, ne minimisait pas le danger. Debout à

l'arrière d'un camion près des ruines du village, l'Américain criait ses ordres tandis que ses bulldozers se traînaient vers l'extrémité de la vallée. Le directeur du projet allait construire un barrage afin de détourner le cours des eaux de son derrick. Cependant un petit torrent dévalait déjà la pente pour venir s'étaler sur les champs de seigle en dizaines de ruisselets.

Nyma soignait la main du professeur Ma, dont l'assistante lavait la blessure. Lepka ne quittait pas des yeux les eaux qui recouvraient doucement les champs de seigle.

— Parfois, il est difficile de savoir ce que veulent les divinités, dit le vieil homme.

Une main barbouillée de rouge s'agita devant sa figure. Shan releva la tête et vit le visage radieux de Somo.

— J'ai vu Winslow, s'écria-t-elle. Il a dit que notre Drakte peut maintenant continuer son chemin. Il a dit que c'est grâce à vous.

— Où est-il ? demanda Shan.

— Là-bas, sur le versant, c'est lui qui trottine.

Gyalo et Jokar étaient à mi-chemin de la crête ; Winslow les rejoignait. Finalement, Winslow s'en repartait. Enfin, il acceptait de prendre la fuite.

— Je voulais le remercier, dit Shan. Pour avoir glissé ce registre dans la sacoche de Padme.

La dernière fois qu'il avait aperçu le livre comptable, c'était dans la caverne de Larkin, mais à son arrivée ici l'Américain, sac à dos sur l'épaule, avait fendu la foule quand Padme avait posé sa serviette par terre. Il suivit Winslow des yeux et aperçut d'autres Tibétains sur l'épaulement : ceux qui accompagnaient Larkin.

— Où vont-ils aller ? demanda-t-il à Somo.

— Sur le lieu de rassemblement. Là où les gens attendent Jokar.

Le désespoir au cœur, Shan vit disparaître toutes les silhouettes au loin. Somo parlait de la chaise de Siddhi, le moine rebelle, où, après ce qui s'était passé dans la vallée, les Tibétains seraient plus enclins que jamais à résister au gouvernement chinois.

— Jamais Jokar ne voudra se porter caution de la moindre violence, murmura-t-il avec tristesse.

Il se retourna, mais Somo avait disparu.

Rongé par l'angoisse, il avança, un pas, puis un autre, en direction de l'épaulement. Rien n'avait vraiment changé. Non seulement les autorités allaient capturer Jokar, mais elles s'empareraient en même temps d'un grand nombre de Tibétains. Il prit une profonde inspiration, et se mit en branle. C'est alors que le battement de tambour commença.

Lhandro était à côté de lui lorsque Shan partit au pas de course à l'opposé de l'épaulement, en direction de l'origine du bruit, là où il espérait retrouver la pierre de la divinité. Cependant, le rongpa ralentit quand ils atteignirent une petite vire rocheuse qui surplombait la vallée d'une trentaine de mètres. L'eau du torrent avait atteint le derrick et formait une mare alentour. Les ouvriers avaient interrompu leur travail. Un homme sauta de son échafaudage et remonta en courant le fil des eaux, pataugeant dans les éclaboussures des ruisseaux qui couraient à travers champs. Il s'arrêta, tomba au sol et, levant les bras au ciel, s'agenouilla dans la boue en serrant les poings.

Lhandro hésita, le cœur serré devant le spectacle de sa précieuse vallée livrée au chaos. Shan posa la main sur son épaule.

— L'eau cessa de couler, elle offre simplement une chance de plus à Jokar et aux autres, assura-t-il, comme s'il s'agissait là d'un projet élaboré depuis bien longtemps par une divinité.

Encore troublé par ses propres paroles, il continua à courir tandis que Lhandro obliquait vers les ruines de son village. Le bruit du tambour sur deux temps – le battement du gros cœur – lui semblait à présent tout proche, presque à l'aplomb du centre de la vallée, non loin de l'endroit où, le premier jour, il avait poursuivi le khata envolé. Il coupa en biais sur le versant, parallèlement au fond de la vallée, comme un simple ouvrier se précipitant vers l'inondation du chantier. Après quelques centaines de mètres, il arriva tout près de l'escarpement boisé à partir duquel il revint sur ses pas.

Il monta au-dessus de l'endroit où battait le tambour et redescendit. Le batteur ayant de nouveau choisi un emplacement stratégique devant un groupe de larges pierres plates face à la vallée, le bruit lui parvenait étouffé, tellement étouffé qu'il perçut de petits rires haut perchés. Il dérapa soudain sur un pierrier et tomba tête en avant, de tout son long, pour finir par atterrir entre des buissons. Il se retrouva à genoux devant deux enfants rieurs, un garçon et une fille, pratiquement du même âge. La fillette avait les mains couvertes de bandages grossiers. Il crut un instant les avoir déjà rencontrés au village de Yapchi. Mais les deux gamins l'avaient reconnu et se tournaient vers une silhouette masculine à quelques mètres d'eux, accroupie dans les rochers, qui contemplait le chaos. Le garçonnet se précipita auprès de l'homme, qui observa Shan de ses grands yeux surpris avant de surveiller d'un coup d'œil rapide le rocher plat où les enfants étaient en train de jouer. Sur le rocher était posé l'œil de Yapchi.

C'était Gang, le Chinois gardien de Rapjung. Ses vêtements

étaient en lambeaux, il paraissait épuisé, et sa main brûlée était pansée. Il ne prononça pas une parole et ne fit pas un geste quand Shan passa à côté de lui pour examiner les dalles en contrebas.

Un homme était assis devant le grand tambour et le frappait de deux baguettes munies de boules de cuir à leur extrémité, en surveillant la vallée d'un air farouche. Shan se laissa glisser sur le flanc du rocher, et il était assis quand le batteur remarqua sa présence. Le martèlement du tambour perdit son rythme avant de s'interrompre complètement.

— Voici Shan, annonça Dremu, la mâchoire béante.

— Vous les avez retrouvés, dit Shan. Le tambour et la pierre.

— Voilà ce qu'il nous aurait fallu quand j'étais dans les montagnes avec mon père, il y a si longtemps, répondit le Golok en hochant la tête.

— Vous avez menti quand vous m'avez dit que vous aviez été attaqué par des ouvriers du consortium. Ces deux Goloks ont essayé de nous voler.

Dremu parut se rétrécir dans sa coquille. Il courba les épaules et enserra le tambour à deux mains comme s'il craignait de tomber.

— Ça, c'était avant, marmonna-t-il.

— Avant quoi ?

— Ce ne sont pas mes amis, finit par murmurer Dremu sans lâcher son tambour. Ce sont des bêtes sauvages, des léopards. Au début, j'ai pensé qu'en travaillant ensemble nous allions pouvoir nous faire assez d'argent pour passer l'hiver. Ça ne me dérangeait pas de dérober du matériel à la compagnie pétrolière. Mais quand ils m'ont retrouvé ici et ont décidé de voler les fermiers de Yapchi j'ai essayé de les arrêter. Ils m'ont battu et ont pris tout ce que je possédais, même mon cheval.

Shan sortit de sa poche la bourse en cuir, le bracelet en lapis-lazuli et le couteau avec sa cuillère, et les déposa un à un sur le rocher devant Dremu. Le Golok les fixa, puis, plein de respect, avec solennité, prit la bourse.

— Il ne me restait que les loques que j'ai sur le dos. Ça, c'était avant...

Avant quoi ? faillit lui demander à nouveau Shan, mais il connaissait déjà la réponse. Avant que la divinité ne parle à Dremu par l'intermédiaire du tambour.

Gang s'approcha d'eux, soutenu par son fils. Dans sa main bandée, tendue vers Shan, se trouvait la pierre chenyi.

— Cet homme, expliqua Dremu, était presque mort. D'abord je suis tombé sur sa famille en pleurs qui le cherchait, ils croyaient tous l'avoir perdu à jamais, convaincus qu'il était parti pour vous tuer. C'est ensuite que nous l'avons trouvé, il martelait le tambour, l'air fou, incapable de dire un mot. C'était le tambour qui le battait. Je n'ai pas pu... Je n'ai pas...

— Vous avez bien fait. Vous avez gardé la divinité.

Gang repoussa son fils et se dirigea vers Shan d'un pas chancelant. Il tenait la pierre entre ses mains, suppliant Shan de ses yeux vitreux, épuisés, avant qu'un sanglot le déchire par tout le corps. Il se mit à pleurer, aveuglé par les larmes, tremblant de tous ses membres, avec juste assez de force pour laisser tomber la pierre chenyi dans les mains de Shan.

Shan fixa l'œil de la divinité, puis contempla le bouleversement dans la vallée. Il se sentait vidé, incapable de savoir où il devait aller, ni ce qu'il pouvait encore faire. Au bout d'un long moment, il saisit la main de Gang dans la sienne et lui rendit la pierre. Puis il attrapa deux mailloches, échangea un regard solennel avec Dremu, et se mit à battre le tambour de la divinité.

19.

Tournant la tête à droite et à gauche, Dremu n'en croyait pas ses yeux. Lentement, un sourire se fit jour sur son visage fatigué et il montra à Shan la manière de battre sur deux temps, à un rythme rapide, le tempo du battement de cœur. Ils contemplèrent, au son du tambour qui résonnait, les enfants qui riaient, les ouvriers qui sautaient du derrick au milieu des gerbes d'éclaboussures dans l'énorme mare qui grandissait à la base de leur machine de forage. Shan frappait la peau de son instrument sans effort apparent. Il se trouva emporté vers un lieu qu'il ne reconnut pas et observa ses mains comme si elles ne lui appartenaient plus. Dans l'ancien Tibet, certains moines se servaient de sons, pas simplement lors des rituels mais au cours des exercices de méditation. La palpitation sourde du tambour devint la palpitation de son propre cœur, et l'écho qui lui en revenait n'arrivait plus de la vallée mais d'ailleurs, de quelque endroit très éloigné où une chose énorme remuait en entendant ce bruit, roulant de côté comme pour s'éveiller, à la manière dont parfois les montagnes roulent et se retournent.

On aurait cru qu'une tempête de karma telle que la définissait Lokesh bouillonnait dans la vallée, comme si tout ce qui pouvait arriver était précisément en train de se produire, en des changements trop rapides pour être véritablement compris, trop soudains pour que la douleur qui leur était liée pût être complètement perçue. Il lui était impossible d'arrêter de battre. C'était le tambour qui le battait.

Il perdit le cours du temps. Finalement, il prit conscience de la présence de Gang debout auprès de lui. La tête inclinée de côté, le Chinois le regardait sans amertume ni colère de ses yeux vides et suppliants. Shan lui tendit les mailloches et recula. Il s'était écoulé au moins une heure. Le podium était vide, les dignitaires festoyaient à leurs tables, sans se rendre compte, apparemment, de l'eau qui continuait à inonder leur derrick. Plus vraisemblablement, ils s'en souciaient comme d'une guigne : ils savaient que les eaux ne tarderaient pas à se retirer et que le forage reprendrait.

Le derrick à proprement parler était vide, et la mare boueuse à sa base s'étirait sur une centaine de mètres. Les eaux semblaient stagner, ne coulaient plus. Une autre mare, toute récente celle-là, était apparue à l'extrémité de la vallée, où Jenkins avait bâti une digue grossière, longue et basse, en entassant au bulldozer la terre raclée par les lames des machines.

Gang semblait s'être retiré en ce lieu où le tambour les avait déjà conduits l'un et l'autre. Ses yeux étaient ouverts, mais ils ne voyaient pas. Ses mains agrippaient les baguettes en dépit de leurs plaies encore ouvertes, elles les agrippaient tellement serré que leurs jointures en étaient toutes blanches – au fond, il ne tenait pas des mailloches mais la corde qui l'empêchait de sombrer.

Gang avait attaqué Shan afin de s'emparer de l'œil de pierre. Mais pour quelle raison ? Croyait-il que Shan n'avait pas gagné le droit de remettre l'œil à sa juste place ? Ne pouvait-il tout bonnement pas croire qu'il pût exister un autre Han vertueux ? Selon toute vraisemblance, parce que cet homme, après avoir passé la majeure partie de son existence à essayer de se racheter et de faire amende honorable aux yeux des Tibétains, avait vu la preuve la plus visible de son rachat, les mausolées reconstruits, partir en flammes.

Shan descendit dans la vallée et se mêla aux ouvriers qui semblaient toujours courir en tous sens, armés de pelles et de pioches. Passa un camion chargé de rondins. Des soldats en uniformes maculés de boue trottinaient vers le camp de base pour rejoindre deux transporteurs de troupes attendant en contrebas du derrick. Shan suivit des yeux le premier des deux véhicules qui fila à toute vitesse dans le camp avant de quitter la vallée.

— Trop tard pour battre les nœuds, déclara une voix ironique.

L'homme qui venait de parler était un grand Tibétain aux larges épaules en salopette pleine de graisse ; il ne semblait s'adresser à personne en particulier.

— Les nœuds sont déjà partis ? interrogea Shan en s'approchant.

— Leur récompense, ce n'est pas le puits de pétrole, expliqua l'homme d'un ton amer. Pour eux, une centaine de résistants seront toujours préférables à un puits.

Shan ferma les yeux en luttant contre une vague d'effroi. Il existait une prairie, tout là-haut, sur les hauteurs, une petite prairie d'altitude où les Tibétains attendaient Jokar, où ils espéraient trouver une nouvelle force pour résister à Pékin – ils attendaient un chef qui serait respecté comme nul autre et deviendrait un nouveau symbole, un Siddhi des temps modernes. C'est là que devaient se rendre Somo et beaucoup de ses amis purbas en ce moment, avec l'espoir que Jokar, conduit par Gyalo, les rejoigne. Et certains des purbas étaient armés.

Lorsqu'il eut atteint les arbres en lisière de la vallée, Shan se mit à courir. Il ignorait où se trouvait la prairie. Tout ce qu'il pouvait faire, c'était monter plein est, vers les crêtes les plus hautes de l'imposante montagne, en espérant voir un signe ou rencontrer en chemin des Tibétains qui pourraient le conduire à Jokar. Il courut jusqu'à ce qu'un point de côté lui déchire le flanc, et trébucha dans un ruisseau.

À genoux dans l'eau, haletant, il regarda alentour. Le battement lointain du tambour semblait résonner en creux, comme s'il sonnait le glas de tout espoir, libérant avec lui toutes les frustrations de l'échec : aucune divinité ne lui était apparue, nulle part il n'avait vu la moindre compassion. Si les soldats ou les nœuds retrouvaient Jokar au beau milieu d'un rassemblement contre Pékin, le vieux lama ne pourrait espérer d'eux la moindre pitié. Cette pensée révulsa Shan au point qu'il dut se passer le visage à l'eau glacée.

— Lokesh ! entendit-il soudain. Lokesh !

Il comprit que c'était lui qui criait. Peu lui importait l'urgence de retrouver Jokar, toute une part de son être pensait désespérément à Lokesh, qui prendrait bientôt, clopin-clopant, la route de Pékin, où il se ferait tuer ou emprisonner.

Shan sortit de l'eau et suivit un sentier de chèvres, puis un autre, cherchant chaque fois à monter plus haut. Une heure passa, puis une autre, et il commença à reconnaître les pistes. Il avait contourné par le bas la caverne de Larkin, là où naissaient les eaux, et il gravissait la pente près de l'endroit où Chemi leur avait fait franchir la montagne à leur premier jour au Qinghai. Au détour d'un affleurement rocheux, il se figea sur place devant un énorme drong noir qui l'observait d'un œil prudent dans une clairière, à trente mètres de là. Il s'avança néanmoins et reconnut les rubans rouges qu'il avait noués en compagnie d'Anya dans la fourrure de son cou.

— Jampa, appela-t-il d'une voix douce en arrivant à côté de la bête.

Pourquoi le yack se trouvait-il ici, sans personne à ses côtés ?

En frissonnant, il aperçut une succession de petits cratères devant le yack, qui semblait les étudier de ses grands yeux noirs. Un instant, il crut que Jokar et Gyalo avaient été attaqués, puis il finit par saisir où il se trouvait : les trois cratères, espacés à intervalles réguliers, couraient en ligne droite, et, juste au-dessus d'eux, s'élevait le pic couvert de neige de la montagne de Yapchi. C'était là qu'il avait rencontré Zhu pour la première fois, lorsque les charges explosives avaient tué un groupe d'oiseaux.

Shan caressa l'encolure du yack et examina le paysage. La prairie d'altitude où les Tibétains attendaient Jokar devait être toute proche. Le yack avait déposé son cavalier et était parti à l'aventure, mais il n'y avait apparemment personne alentour. Pas de bruit de machines, pas de cris de soldats, pas de détonations de fusils. Rien, rien que le vent. Et deux oies qui volaient haut dans le ciel, vers le sud, bien au-dessus de l'échine massive de la montagne, en direction du lac sacré. Il les suivit du regard jusqu'à ce qu'elles disparaissent, puis s'avança au bord de la clairière. Une colonne de roche, effilée telle une chandelle et haute de sept à huit mètres, se dressait sur le bord nord, avec, à sa base, les ombres d'un mantra mani, vestiges des plus vagues de ce qui y avait été inscrit des décennies auparavant – un poteau indicateur, d'une certaine façon, ou un panneau de bienvenue. En touchant la pierre, Shan songea aux lamas de Rapjung qui franchissaient la montagne jusqu'à Yapchi afin d'y chercher des herbes et de discuter avec les moines chinois. La vallée de Yapchi, pour isolée qu'elle parût depuis le sud, était encore plus coupée du monde côté nord ; ainsi, elle était devenue partie prenante de Rapjung, gardienne des herbes pour les lamas. Et les Tibétains, de ce côté-ci de la montagne, avaient inscrit des mots de bienvenue aux lamas qui descendaient vers eux. Cependant, tout cela s'était terminé en un jour terrible du siècle dernier.

Shan tourna autour de la colonne rocheuse usée par les vents. À son sommet en pointe, chose incroyable, restait un lambeau de drapeau de prières, un fragment de tissu rouge. Il revint sur ses pas, vers la clairière, inspectant tout en détail, puis remonta la pente sur soixante-dix mètres pour avoir une vue plongeante sur la chandelle de pierre et sur la prairie secrète qui devait se trouver à proximité. Quand il distingua clairement le sommet de la colonne, il n'en crut pas ses yeux : ce n'était pas un drapeau de prières qui y était resté accroché.

— Gyalo ! s'écria-t-il.

Le moine était assis au sommet, dans la position du lotus, et contemplait les cieux. Shan l'appela à plusieurs reprises en rejoignant la clairière au pas de course, mais le moine ne l'entendait pas. Son yack, Jampa, à l'extrémité sud de la clairière, ne se souciait plus de son maître, même s'il semblait intrigué ou triste. Shan s'approcha, lui caressa le cou, et tenta de comprendre.

Gyalo et Jampa étaient arrivés jusqu'ici et n'étaient pas allés plus loin. Pourtant, ils devaient normalement rejoindre la prairie d'altitude, où attendaient ceux qui voulaient voir Jokar s'asseoir sur la chaise de Siddhi. Jokar, peut-être Winslow, les accompagnait, cependant, ni le vieux lama ni l'Américain n'étaient plus là. Gyalo sur son rocher et son yack ne paraissaient nullement inquiets ou mal à l'aise, simplement tristes et désemparés. L'animal posa sur Shan ses grands yeux liquides avec une lueur d'espoir, puis, face à l'arête centrale de la montagne, poussa un meuglement sonore. Un long geignement coupé court par une inspiration brève, pareille à un sanglot.

Après un dernier regard au yack puis au moine sur sa colonne rocheuse, Shan remonta en courant le sentier de chèvres semé d'embûches.

Le soleil était bas à l'ouest, délavant la vaste paroi rocheuse d'une fine couleur rosée lorsque Shan finit par retrouver l'étroite faille dans laquelle ils s'étaient réfugiés à l'apparition de l'hélicoptère, la première fois qu'ils avaient traversé la montagne de Yapchi. À l'intérieur de la faille régnaient le silence et l'immobilité d'un temple antique. Pas un souffle de vent. Pas un cri d'oiseau. La faible lumière qui y pénétrait était le seul signe qu'il existât un monde extérieur.

Il suivit la paroi sur sa gauche et s'enfonça dans les ombres, passa à côté du pilier aux drapeaux de prières encroûtés de poussière, et entendit un bruit étrange, semblable à un sifflement mouillé. Il s'immobilisa, scrutant les ténèbres, et finit par distinguer deux jambes étendues à travers le passage. C'était Winslow.

L'Américain était dans un tel état de faiblesse qu'il eut du mal à relever la tête pour accueillir Shan.

— Nom de Dieu, Shan, il va falloir... que vous appreniez... – il ponctuait ses paroles de halètements rauques, comme s'il suffoquait – à ne plus enquêter.

Shan glissa la main dans la poche de l'Américain, là où il savait trouver sa torche électrique. Il l'alluma et se sentit sombrer : une mousse rosâtre suintait au sortir des lèvres de Winslow et dégouttait sur sa chemise. L'heure n'était plus aux paroles. Il fouilla les autres poches et trouva le flacon de pilules. Vide.

— J'ai pris... la dernière il y a quatre heures, haleta Winslow. Il devait venir. Il le fallait. Et je n'allais pas le laisser tout seul. Les deux premiers kilomètres, je l'ai porté. J'ai failli craquer. Ce vieux Jokar...

Winslow se força à sourire, mais son effort se termina en grimace. Un raclement mouillé montait de sa poitrine.

— Il a été obligé de m'aider par moments, il m'a laissé m'appuyer à son bâton. Je l'ai aidé, il m'a aidé. Nous n'y serions jamais arrivés l'un sans l'autre, chuchota-t-il d'une voix d'enfant émerveillé.

Il gémit, essaya de soulever la main jusqu'à sa tête, en vain.

— Ma tête... Je ne savais pas que ça pouvait faire mal à ce point.

Il battit des paupières. Shan essuya la bave rose qui coulait sur son visage. Œdème pulmonaire – ses poumons se remplissaient de liquide. Et la douleur qui lui comprimait la tête signifiait œdème cérébral.

— Il vous faut redescendre, dit Shan d'une voix étranglée, les mots se bousculant dans sa gorge.

Il ne restait qu'une seule chose à faire : dévaler la montagne sur un sentier de chèvres minuscule, semé d'embûches et dangereux dans l'obscurité.

Winslow luttait pour garder les yeux ouverts.

— Allez... voir comment va Jokar.

— Jokar aimerait que vous redescendiez, déclara Shan face aux ténèbres marquant l'entrée de la caverne.

Quelque chose toucha sa main : les doigts de Winslow qui enserraient les siens avec une force de bébé. Le seul son à rompre le silence était son souffle râpeux qui éclatait en bulles mouillées.

— C'est quoi, ce bruit ? demanda-t-il, les doigts tremblants.

Il n'y avait pas de bruit, juste sa respiration. La bave rose coulait sur son menton.

— Je commence à comprendre, murmura-t-il. Tout ce truc sur la non-permanence. C'est un cadeau, comme disaient les vieux lamas.

Ses mots restèrent suspendus en l'air telle une prière.

— Je vais vous descendre, insista Shan en étouffant le sentiment d'impuissance qui l'avait envahi.

— Absolument impossible, objecta Winslow d'une voix étrangement sereine. Pas sur ce sentier. Ça nous tuerait tous les deux, c'est tout ce qu'on y gagnerait. Bon Dieu, je ne tiens pas debout, et je peux encore moins marcher. Si vous essayez de me porter, nous tomberons tous les deux.

Winslow regardait vers le haut de la montagne, visible au sommet de la faille. L'embouchure de la cheminée de pierre était illuminée par la belle lumière dorée des derniers rayons du soleil couchant ; un instant, Shan crut y voir la sortie d'un long tunnel conduisant au paradis.

— Jokar le savait déjà, haleta Winslow. Il savait avant de monter jusqu'ici. Il a su le jour où il m'a touché.

Shan se souvint de l'expression hantée du vieux lama quand il avait posé les mains sur l'Américain, ce fameux jour à l'ermitage.

— Je comprends, maintenant. Il faut savoir lâcher, tout revient à ça. Et tout laisser derrière soi, n'est-ce pas ?

Shan se leva et tira Winslow par le bras pour le soulever. Mais l'Américain, beaucoup trop lourd, bougea à peine. Il était vrai que cet homme avait tout lâché : son travail, son passeport, ses maigres biens, son chagrin après le décès de son épouse, tout ce qui lui venait de sa vie d'avant, l'encombrement de son existence dans le monde d'en bas. Depuis le jour où Shan l'avait rencontré, alors qu'il défiait la mort en chevauchant le yack, l'Américain laissait tout derrière lui.

— Je pense... que vous devriez aller voir comment va Jokar. Prenez la torche. Ensuite nous pourrons descendre... Pas de problème.

Shan passa avec réticence au-dessus des jambes de l'Américain.

— Ce sentier, nous allons le descendre, dit-il. Nous pouvons ramper, mètre par mètre. Vous vous sentirez mieux quand nous serons plus bas.

— Je serai mieux. Vous avez gagné, murmura Winslow, et ses doigts firent un petit geste en direction de la caverne.

L'intérieur était chargé d'une odeur d'encens moisi toute nouvelle, mais la salle était vide et aucun bâtonnet ne se consumait. Shan avança vers les thangkas guérisseurs et les examina brièvement tour à tour, pour essayer de se calmer. Devant le long thangka où était posée la collection de dorje, juste à côté du petit sceptre en bois de santal, il en aperçut un nouveau, en bronze celui-là, bruni pas des décennies de frottements. Tout près, appuyé contre la paroi, se trouvait un long bâton en bois, aussi usé et patiné que le dorje. Sur la petite corniche intégrée à la paroi, il vit deux petites formes encroûtées de poussière qu'il n'avait encore jamais remarquées. Il en prit une et la secoua : un petit os, d'une forme parfaite. Il nettoya la seconde. On aurait cru une pierre, sinon qu'elle était extrêmement légère. Shan examina les deux objets avec attention et comprit qu'il s'était trompé. La pierre était un morceau d'ossement soigneusement travaillé. Et l'os était une pierre sculptée d'une main exquise.

Shan écarta le thangka, et l'odeur d'encens se fit plus marquée. Comme il s'y attendait, le tissu peint fermait un tunnel, qu'il suivit pendant une minute, descendant une pente prononcée jusqu'à une salle basse et vaste. Un deuxième grand thangka était accroché sur un des côtés : une représentation non du Bouddha de la Médecine, mais d'un féroce démon protecteur, Rahula, divinité vengeresse à plusieurs têtes et au corps de serpent en lieu et place des jambes.

Shan serra le gau qu'il portait au cou et écarta le thangka. Sur la droite, une longue et large corniche courait à hauteur de taille sur les quinze mètres de l'étroite salle, aussi rectiligne qu'un banc aux angles vifs. Vers la gauche, au milieu du mur, se trouvait un petit autel de bois poli adroitement ajusté, offrant un bouddha en or de quarante centimètres, accompagné des sept bols d'offrandes traditionnels. Il s'approcha lentement. Les quatre bols destinés à contenir de l'eau étaient secs et couverts de poussière. Un unique bâtonnet d'encens et un reste de bougie brûlaient à côté d'eux sur un plateau en pierre polie. De chaque côté étaient posées plusieurs grandes cruches en terre cuite, certaines hautes de soixante centimètres, pleines d'herbes séchées.

Il s'arrêta devant le bouddha, serrant toujours son gau, et le fixa un instant avant de se retourner pour faire face aux lamas. Il en compta quinze, assis sur la longue corniche. Il se dirigea vers le fond de la pièce où la rangée commençait par une silhouette vêtue d'une robe en toile à sac grossière, avec, à son côté, un mortier en pierre pour le mélange des herbes, ses deux mains soigneusement croisées sur ses jambes autour d'un rosaire de perles de corail. Ce n'étaient pas ses mains, à vrai dire, mais les os de ses doigts et le parchemin de peau rabougrie qui les recouvrait. La tête de l'homme, guère plus qu'un crâne couvert de ce même parchemin, était inclinée en arrière et souriait. C'était l'un des tout premiers lamas guérisseurs, venu s'asseoir au cœur de la montagne trois ou quatre cents ans auparavant.

Shan progressa lentement le long des vieux sages alignés. Certains en robes de brocart avaient des urnes d'or à côté d'eux, mais la plupart ne portaient que les robes de simples moines. Au pied de l'un était posée une pile de blocs de bois gravé pour l'impression d'un enseignement.

La file s'arrêtait près de l'entrée, et il se trouva face à Jokar. Le vieux lama ne luttait plus : il était rentré chez lui. Il avait terminé ce qu'il avait prévu de faire en quittant l'Inde. C'était tout, et rien de plus, comprenait à présent Shan, le cœur empli d'une étrange chaleur mêlée de tristesse. Jamais il n'y avait eu de conspiration. Jamais Jokar n'avait eu l'intention de conduire les Tibétains sur la voie de la résistance contre l'occupant ou de soulever des controverses politiques. Sa seule motivation avait été d'atteindre le terme ultime d'une longue vie bien menée et bien vécue, afin de laisser ses ossements en compagnie honorable, de les offrir à la montagne qu'ils chérissaient tous.

Un sourire serein étirait son visage, tellement paisible qu'on aurait cru qu'il dormait. Shan toucha la main qui serrait son rosaire. La chaleur l'avait quittée, mais elle n'était pas encore froide. Son autre main était posée sur la jambe de son voisin à la silhouette desséchée, les cheveux blancs et courts, avec, sur les genoux, un petit mortier à mélange en bois. Jokar l'avait connu. Lokesh également. Son vieil ami avait identifié dans l'antichambre le dorje en bois de santal de son ancien professeur, Chigu.

Shan se retourna vers la salle mortuaire. Une heure avait dû s'écouler depuis que Jokar avait placé la bougie sur l'autel et allumé le bâtonnet d'encens. Puis le vieux lama était monté sur le long banc de pierre afin d'y retrouver ses collègues, avant de se laisser partir pour la toute dernière fois. À l'intérieur de la montagne de Yapchi, des trésors étaient cachés, avait dit Dremu.

Shan utilisa ce qui lui restait d'eau pour remplir respectueusement les bols d'offrande de l'autel, et se souvint alors de l'Américain. Il s'arrêta un instant devant Jokar, puis repartit à reculons jusqu'au tangka, remonta le couloir abrupt, rejoignit l'antichambre et ressortit de la faille sous le crépuscule. Aucune trace de Winslow.

Il se mit à fouiller à la torche électrique, d'abord la profonde crevasse au-delà du pilier de pierre, puis plus loin, sur le sentier. Rien. L'Américain avait disparu. Il avait dû se traîner seul sur le lacet pentu afin de s'assurer que Shan ne risquerait pas sa vie en essayant de l'aider. La piste était vide, mais la nuit assez claire pour y voir encore à trente mètres. Shan descendit de quelques pas puis inspecta l'abîme au-delà de la vire. Rien, rien que les ténèbres, sur une profondeur de trois cents mètres.

Il revint à la faille, éteignit la torche et se tourna vers le ciel. Les étoiles commençaient à apparaître, au-dessus et en dessous de lui. Le vent soufflait, et il sentit sa joue devenir froide et mouillée. Il essuya une larme et rentra dans la faille en inspectant jusqu'au moindre de ses recoins, jusqu'à la plus petite fissure dans la roche.

Cinq minutes plus tard, il apercevait la pointe d'une chaussure au-dessus de sa tête, au bord d'une longue craquelure étroite. La fissure fendait la paroi rocheuse et se terminait à quelques dizaines de centimètres du sol sur une dalle plate qui ressortait du flanc de la montagne, tel un siège de gardien face à l'entrée de la caverne. Il se hissa à mi-pente et éclaira la roche de sa lampe. Winslow s'y était assis, les épaules coincées entre les deux pans de pierre.

— Il est l'heure de partir, dit Shan d'un ton pressant.

Mais l'Américain contemplait les ombres au lointain et ne fit pas mine d'entendre. Shan grimpa plus haut et tendit le bras pour essuyer la mousse rosâtre sur le visage de l'Américain. Il retira sa main en frissonnant : la bave était froide. Les yeux de Winslow, toujours ouverts, ne voyaient plus.

Il se laissa tomber à son côté, le corps déchiré par un long sanglot qui le fit trembler des pieds à la tête. Il avait tant espéré, à maintes reprises, que l'Américain retournerait à son ambassade. Cependant, jamais Winslow n'avait voulu saisir les nombreuses occasions qui s'étaient présentées. Il aurait suffi d'un simple coup de fil, de quelques mots à la base de Golmud, d'une requête à Jenkins au camp pétrolier. Il aurait pu s'échapper. Mais, chaque fois, il avait choisi de rester.

Shan finit par remarquer sur les genoux du cadavre un paquet enveloppé d'une étoffe noire. Et sur le tissu un petit mot, qu'il serrait dans sa main. Doucement, Shan dégagea le morceau de papier d'entre les doigts sans vie. Le texte était presque illisible. Winslow l'avait rédigé dans l'obscurité, en anglais, à ses tout derniers instants, d'une main tremblante. Il se passa quelques minutes avant que Shan pût le déchiffrer.

> *Par tout ce qui est saint, laissez-moi ici, que je puisse veiller sur eux. N'en dites rien à personne, sauf à Melissa. Que le reste du monde continue à s'interroger, ce sera le tout dernier tour que je lui jouerai. Ce n'est pas si mal, Shan. Je crois que je commence à piger ce truc sur la non-permanence. Cette fois, c'est bien ici ma juste place. Chaque lama a besoin d'un cow-boy.*

Shan resta longtemps assis, luttant contre le vide noir qui s'installait au creux de son être. La mort était une vieille compagne, qu'il connaissait bien. Elle ne l'effrayait pas. Simplement, elle l'intimidait, elle lui faisait prendre conscience à quel point il n'était pas bien préparé, combien il était incomplet, combien il avait gâché de ce que ses amis tibétains appelaient la précieuse incarnation humaine.

Il resta là jusqu'à ce que se lève le fardeau du poids noir qui pesait sur son cœur et qu'il puisse à nouveau regarder Winslow droit dans les yeux, avec l'impression qu'ils n'étaient plus que deux amis venus contempler en silence la tombée de la nuit. Il regarda l'Américain une fois encore, relut le petit mot, et il sut que cet homme avait fini par trouver ce qu'il était venu chercher.

Il se leva, prit le paquet, croisa les mains de Winslow sur ses cuisses et lui ferma les paupières. Il hésita un instant puis fouilla ses poches à la recherche du petit sac de sel préparé par Jokar. Il plaça le sac dans la main du mort, referma ses doigts sur la terre vraie, et redescendit.

Winslow avait compris ce qui se trouvait derrière le grand thangka, il savait où se rendait Jokar. Il voulait veiller sur les anciens. Il voulait rester auprès de tout ce qui était saint.

Poussé par une force inconnue, guidé par une main invisible, Shan s'enfonça une nouvelle fois au cœur de la montagne, chargé du fardeau que Winslow avait gardé sur ses genoux. Ce paquet qu'il avait pris dans la serviette de Padme et échangé contre le registre comptable, preuve des mensonges de Khodrak. Il marchait vers la salle funéraire, tel un aveugle, à petits pas hésitants, au son de la voix qui lui soufflait : l'esprit de Winslow te mène, il te prie de lui montrer le chemin menant aux lamas pour leur faire une dernière offrande. Lokesh aurait parlé ainsi, et, en cet instant, Shan aurait été d'accord.

Sur l'autel, la bougie vacillait encore. Shan posa le livre au pied de la corniche et contempla les lamas endormis, dont le visage paraissait s'animer aux fluctuations de la flamme.

— Il a décidé de ne pas vous quitter, murmura Shan à Jokar. Cet Américain, il a fait bien du chemin, ajouta-t-il en se rappelant les paroles du vieux lama à Winslow sur la corniche aux mélanges.

Winslow, ébranlé, lui avait ensuite parlé de son rêve où il volait dans les airs en compagnie de Jokar. C'était peut-être là que les deux hommes se trouvaient désormais, flottant au-dessus de la montagne, riant de la surprise qu'ils avaient offerte à ceux du monde d'en bas. Shan repensa aux deux oies volant haut au-dessus de l'échine du massif.

— Ce lieu est d'une perfection tellement absolue lorsque le terme a été atteint, fit soudain remarquer une voix grave et désincarnée.

Shan, la gorge serrée, se recula, bouche bée, comme frappé par la foudre, en regardant Jokar.

Une haute silhouette émaciée apparut, tellement exténuée, les yeux tellement écarquillés, le visage tellement bouleversé, qu'il lui fallut un moment pour reconnaître Tenzin.

L'abbé de Sangchi sortit une bougie de sa poche et, en silence, s'approcha de l'autel pour l'allumer à la mèche presque éteinte de celle qui s'y trouvait déjà. Il la posa et se tourna vers les silhouettes assises sur la corniche.

— Vous avez trouvé la chaise, murmura-t-il d'une voix où se mêlaient effroi et admiration.

Il longea la file de lamas morts, s'arrêtant pour murmurer à chacun une prière silencieuse, jusqu'au dernier, les plus ancien des anciens, vêtu de sa robe en toile de sac, le crâne souriant.

— Que voulez-vous dire ? demanda Shan.

— Siddhi a été le premier enseignant de Rapjung. Lepka m'a révélé une chose sur la corniche aux mélanges, après avoir entendu les purbas proclamer Jokar chef de la rébellion : que les purbas s'étaient mépris. Siddhi était un professeur, il avait embrassé le Bouddha de la Médecine, il n'avait pas organisé le soulèvement de son peuple contre les Mongols mais constitué des groupes de missionnaires qu'il avait envoyés chez les Mongols pour prêcher la voie de la compassion. Jokar n'aurait jamais voulu que son nom fût utilisé à des fins violentes. Quand il a accepté de prendre la chaise de Siddhi, c'est cela qu'il voulait dire.

La chaise de Siddhi. Ils se trouvaient devant la chaise de Siddhi, et des successeurs de Siddhi, la chaise de tous ces doux vieillards qui avaient consacré leur existence entière à garder les humains en relation avec la terre qu'ils possédaient en eux.

Tenzin tomba à genoux, puis s'allongea de tout son long, la poitrine contre la pierre, et se mit à prier, les lèvres à deux centimètres du sol. Enfin il se releva et embrassa doucement l'ourlet de l'antique robe en toile de sac. Il effectua le même geste devant chacun des lamas, jusqu'à ce que Shan le rejoigne devant Jokar.

— Les purbas ont dit que nous remonterions vers le nord, rien de plus, murmura tranquillement Tenzin en contemplant la toile en lambeaux des tennis noires du vieux lama guérisseur. Tout était prévu. Je dois m'échapper par la Russie et aller en Amérique, où on me donnera une maison et où on me demandera de prononcer de temps à autre des discours.

Il parut révulsé par les paroles qui sortaient de sa bouche, et une larme glissa sur sa joue.

— L'œil de pierre devait me servir de couverture. Un groupe de purbas remontant vers le nord en catimini aurait fini par se faire repérer. Mais l'œil, voyageant avec des Tibétains très ordinaires... cet homme, le Tigre, a dit qu'avec eux je pourrais remonter vers le nord sans que personne ne remarque quoi que ce soit.

« Il n'avait jamais été dans mes intentions de prendre ces

papiers à Lin. C'est Drakte qui m'avait conduit là, c'est Drakte, vêtu d'une robe de moine, qui était resté à mes côtés toute la semaine qu'a durée la conférence de Sérénité, c'est lui qui m'a protégé en me tenant à l'écart des hurleurs et en s'assurant que je ne fasse rien qui aurait pu dévoiler par inadvertance mes intentions véritables. Ce Khodrak ne cessait de me harceler, me répétant qu'il était le plus fervent soutien à cette campagne, que pour lui c'était véritablement l'œuvre d'un génie. Il a dû apprendre que je me trouvais dans le district parce qu'il avait vu Drakte en compagnie de Chao cette nuit-là.

Il resta un moment silencieux et contempla les lamas.

— Le rapport se trouvait sur le bureau de Lin quand je suis entré avec Drakte pour récupérer l'œil de pierre, et je me suis mis à le lire. Le mois précédent, les Affaires religieuses m'avaient donné un discours à prononcer devant un congrès de la jeunesse à Lhassa. J'ai affirmé à ces jeunes qu'il n'y avait pas de Tibétains esclaves dans les camps de travaux forcés, que c'étaient des histoires concoctées de toutes pièces par le Culte du dalaï pour empoisonner les esprits des Tibétains. Le dossier trouvé chez Lin me prouvait noir sur blanc que je me trompais. J'étais en train de le lire quand Drakte m'a tiré par la manche : l'œil de pierre était dans le seau et nous devions sortir de là très vite. Finalement, pour que j'accepte de le suivre, il m'a permis d'emporter le rapport en disant : Qu'est-ce que je croyais, c'était pourtant bien ce que les purbas ne cessaient de me répéter.

Tenzin regarda Shan droit dans les yeux.

— Ils m'ont obligé à mentir à ces enfants. Je n'avais jamais cru tous les récits d'emprisonnement et d'esclavage, de vieux lamas toujours en prison ou de moines brûlés vifs dans leurs gompas. J'ai compris que je devais m'enfuir quand on m'a annoncé que j'allais devenir directeur des Affaires religieuses pour tout le Tibet, parce que plus jamais on ne me laisserait être abbé, ou simplement moine. Mais même à ce moment-là, alors que ma décision de tout quitter était prise, je ne pensais pas que tant de choses horribles aient pu...

Sa voix mourut d'elle-même et il se retourna vers Jokar comme pour s'excuser.

— Dans cet ermitage, en compagnie de Gendun et de Shopo, nous avons beaucoup parlé, et des purbas sont arrivés. Drakte m'a montré que les numéros au dos du rapport de Lin étaient des matricules : une série pour les soldats, une série pour les détenus, essentiellement de vieux moines emprisonnés depuis au moins vingt ans, des Tibétains qui ont excavé la montagne, en sachant qu'ils allaient tous périr.

Il baissa la tête, rongé par la honte.

Tenzin n'était pas simplement resté aveugle aux atrocités des Chinois : l'abbé de Sangchi n'avait jamais perçu la foi et le courage, aussi discrets que profonds, d'hommes comme Lokesh, Gendun et Jokar, pas plus que ceux des prisonniers qui, jour après jour, avaient entaillé l'intérieur d'une montagne dont ils savaient pertinemment qu'elle deviendrait leur tombe.

— Lorsque Drakte m'a parlé du *Livre du Lotus,* je lui ai demandé s'il pouvait m'obtenir les noms des braves Tibétains ensevelis sous la montagne. Une semaine plus tard, il me les apportait. Je lui ai alors demandé un exemplaire du *Livre,* simplement pour un emprunt, afin que je le lise et que j'y ajoute les noms de tous ces hommes et le mien. Je voulais juste faire mes preuves, poursuivit-il en regardant ses mains, déclarer au monde que j'en avais terminé avec ceux qui réduisaient les autres en esclavage. C'était un acte d'orgueil de ma part, et, à cause de moi, Drakte a été tué. Depuis cette nuit-là à l'ermitage, je le vois dans mes cauchemars. Parfois, lorsque je médite, son visage m'apparaît. Rien de tout ça ne valait qu'il perde la vie.

— Drakte n'est pas mort pour vous. Il est mort pour la vérité.

— Trouver la vérité est censé être une bataille de l'esprit, et non pas de la chair, répondit Tenzin d'une voix accablée.

Ses paroles résonnèrent dans la salle mortuaire, et, dans la lumière vacillante, Shan crut entendre soupirer un des lamas morts depuis bien longtemps

— Je me souviens des paroles de Drakte cette nuit-là. Il tue la chose qu'il est, a-t-il déclaré en parlant du tueur. Ce moine qui se prétend président, poursuivit Tenzin, refusant de prononcer le nom de Khodrak et ne parvenant toujours pas à croire ce qui était arrivé à Amdo, a détruit tout ce qu'un abbé est censé être. Et ce soir-là il les a tués tous les deux. Drakte et Chao. À cause du registre.

— Je ne pense pas que Drakte ait retrouvé Chao uniquement pour lui donner le registre. Je me souviens d'une conversation entre Gendun et Drakte. Gendun lui expliquait que, s'il voulait réellement changer les hurleurs, il lui suffisait de leur lire le *Livre du Lotus.* À mon avis, c'est exactement ce que Drakte avait l'intention de faire, avant de vous l'apporter. Je crois qu'il s'enseignait doucement à poser les armes et à atteindre sa divinité intérieure.

— Comment le savez-vous ?

— Somo m'a transmis un message de Gendun concernant Drakte. Rien de bien important, un peu mystérieux, m'a-t-elle confié. Mais pour Gendun c'était essentiel, et je comprends maintenant qu'il avait raison. Il disait que Drakte portait la divinité dans une couverture mais qu'il apprenait la manière de l'en défaire. Somo était convaincue que cela concernait l'œil de pierre. Mais c'était de Drakte que Gendun parlait, Drakte qui luttait pour utiliser les voies de la compassion. Il était en train d'ouvrir son être à sa divinité personnelle, et il avait choisi de traiter avec Chao à la manière de Gendun, et non comme un purba.

Le silence dans la caverne avait la texture d'un ciel de nuit.

Une image flotta dans l'esprit de Shan : Drakte était assis sous les étoiles en compagnie du directeur adjoint des Affaires religieuses, il lui parlait des souffrances des Tibétains, il essayait de le convertir aux voies de la compassion. Exactement comme les missionnaires que Siddhi avait jadis envoyés au-devant de l'ennemi. Mais la scène continua à se dérouler devant ses yeux, l'emmenant là où il ne voulait pas aller. Car, au fond de son cœur, il savait ce qui s'était passé dans le garage. Khodrak était apparu. Prenez donc un moment, avait-il dû dire, encourageant Drakte et Chao à s'asseoir par terre pour réciter leur rosaire, leur tournant autour ainsi qu'il l'avait fait dans l'étable de Norbu. Les deux Tibétains ne pouvaient rien refuser à un abbé. Et Khodrak avait poignardé Chao dans le dos à l'aide de son bâton de mendiant. Il tue la prière, avait dit Drakte.

— Que penseriez-vous si vous voyiez ce que nous avons fait du monde ? chuchota Tenzin aux lamas morts d'une voix chargée de désespoir.

Une chape de silence les recouvrit tous les deux, comme une force physique qui serait venue les retenir sans échappée possible. Shan sentit son esprit devenir plus clair et plus serein, et, sondant cette lucidité recouvrée, il retrouva, pour la première fois depuis le soir du mandala, la conscience nécessaire à la méditation. Le temps passa, un quart d'heure, peut-être plus. Tout à coup une odeur âcre et forte de gingembre l'enveloppa tout entier : son père se tenait là, à côté de lui, son père qui ne lui était plus apparu depuis des mois. Il parlait non à son fils, mais avec Jokar : les deux hommes, debout à l'extrémité de la salle comme deux vieux amis, saluèrent Shan du geste, juste avant de disparaître dans les ténèbres.

Lorsque Shan prit à nouveau conscience du lieu où il était, Tenzin fixait une feuille de papier qu'il tenait à la main : une longue liste de noms.

Shan se remit debout presque malgré lui et s'approcha du paquet enveloppé d'étoffe noire, qu'il ramassa et tendit à l'abbé de Sangchi après en avoir ôté le tissu.

— Vous aviez demandé à Drakte de vous permettre de les y inscrire.

C'était un gros volume relié en cuir, sur la couverture duquel était estampée une fleur de lotus. Tenzin contempla le gros livre, puis l'accepta solennellement.

— C'est Winslow qui l'a pris, expliqua Shan. C'est lui qui l'a échangé contre le registre comptable. C'était ce livre que Drakte vous destinait. Mais Khodrak l'a emporté cette nuit-là à Amdo.

Tenzin soupesa le livre et le regarda longuement avant de l'ouvrir. Il le feuilleta lentement jusqu'à la première page vierge, en fin de volume, puis sortit de sa poche un crayon et se mit à écrire. Il travailla pendant presque une heure, transcrivant d'abord les noms des prisonniers décédés sous la dictée de Shan, puis seul, en relevant la tête de temps à autre vers les lamas morts. Lorsqu'il en eut terminé, il se leva et posa le livre sur l'autel en regardant le petit bouddha d'or.

— C'est écrit, dit-il doucement en se tournant vers Shan.

— Ce serait stupide d'essayer de descendre par la piste cette nuit, déclara lentement Shan sans quitter le livre des yeux.

Tenzin l'observa un moment, puis, sortant de sa poche trois autres bougies qu'il plaça à côté de celle qui se consumait en solitaire sur l'autel, il reprit le livre.

Les deux hommes s'installèrent côte à côte face aux lamas, devant l'autel, à la lumière des bougies, et Tenzin remit le *Livre du Lotus* entre les mains de Shan.

Le *Livre du Lotus* avait été rédigé par de nombreuses mains, en différentes langues, au crayon, à l'encre, même à l'aquarelle. Shan l'ouvrit à la page du premier texte, jeta un coup d'œil à Jokar, et s'éclaircit la gorge.

— Le premier écrit a été rédigé il y a exactement quinze ans, au mois près : *Je n'ai pas toujours été frêle et vieille, sans famille, sans toit, sans moine avec lequel prier, sans enfants avec lesquels rire, sans même un chien pour me lécher la main,* disait la première phrase. *Mais voici comment les choses en sont arrivées là, en commençant par le jour où les Chinois ont tué nos moutons...*

Et c'est ainsi qu'ils lurent, des heures durant, se passant et se repassant le livre, remplaçant chaque bougie à mesure qu'elle crachotait ses dernières flammes, la voix de plus en plus brisée, en s'arrêtant parfois pour essuyer leurs larmes. Des gompas avaient été rayés de la carte par les gardes rouges. Des moines étaient morts sous la torture. Les populations de villages de montagne très anciens avaient été déplacées dans la jungle pour laisser le champ libre aux mines à ciel ouvert des Chinois. Des bouddhas vieux de cinq siècles avaient été fondus pour fabriquer des balles pour l'armée. Des parents avaient été exécutés devant leurs enfants, des Tibétains expédiés en prison pour avoir célébré l'anniversaire du dalaï-lama.

Shan perdit le sens du temps. Il dut passer le livre à Tenzin quand il en arriva aux passages relatifs à la 404e brigade de Construction du peuple, son pénitencier lao gai, avec les noms des nombreux Tibétains qui y avaient trouvé la mort. Finalement, sans trop y croire, ils atteignirent les dernières pages, où Shan reconnut l'écriture de l'abbé de Sangchi. Il reprit le livre pour la dernière lecture.

Après cinq décennies, la mise en esclavage de notre terre et de ses gens n'a rien perdu de sa virulence.

Le texte se poursuivait par une description de la forteresse sous la montagne et de la manière dont les esclaves avaient conspiré pour la détruire, et se terminait par la liste des noms de tous ceux qui étaient morts ensevelis. Les mots étaient choisis, chargés, féroces, mais pas aussi chargés ni aussi féroces que ceux de l'ultime passage.

Il y a trente ans de cela, un jeune Tibétain est sorti premier diplômé de la seule école de ce comté autorisant les Tibétains à étudier aux côtés des enfants chinois. Parce que ses parents avaient rejoint les rangs du Parti communiste, il parlait bien le chinois et a été envoyé à l'université en Chine, avec la promesse d'un emploi lucratif à son retour, au bureau des Affaires religieuses. Un jour, il a reçu une robe et on lui a appris qu'il était promu officier politique d'un important gompa. Ce qu'il a trouvé dans ce monastère lui convenait à merveille et lorsqu'il lui a été proposé, cinq années plus tard, de rejoindre un autre poste, il a demandé à poursuivre sa formation monastique.

Ce moine est devenu moi, un être différent de l'officier politique qui avait débuté dans ce gompa, mais toujours en faveur auprès du gouvernement, qui veillait à ce que je devienne le plus jeune abbé à avoir jamais été nommé au Tibet. J'ai transformé ce gompa en monastère exemplaire du bouddhisme assimilé et, de la même manière, j'ai enseigné au pays la manière dont le socialisme pouvait insuffler au bouddhisme une force nouvelle. J'ai essayé d'ouvrir les bras à Bouddha, mais d'abord, et ce pendant des années, je les ai ouverts au gouvernement chinois, *devenu mon protecteur. Lorsqu'il m'a été demandé de prêcher contre la résistance, je me suis exécuté, à haute et vive voix, parce que le gouvernement était le grand bienfaiteur du Tibet. Quand a été lancée une campagne visant à mettre l'accent sur les impératifs économiques dans les affaires religieuses, j'ai suggéré de la baptiser campagne de Sérénité, et c'est moi qui ai inauguré cette campagne par un discours solennel au gompa. Puis, un jour, j'ai vu un vieil homme auquel on avait demandé de repeindre une chapelle et je l'ai critiqué parce qu'il travaillait trop lentement. Il a souri en me répondant qu'il faisait de son mieux. Il m'a montré ses mains, qui n'avaient plus de pouces. Il m'a expliqué qu'il avait jadis été lama, mais que les soldats chinois lui avaient sectionné les pouces au sécateur pour l'empêcher de réciter son rosaire. Nous avons parlé pendant des heures ce jour-là et, le lendemain, il a fait venir une jeune femme qui m'a appris que son frère avait été emprisonné parce qu'il avait en sa possession une photographie du dalaï-lama, et, le surlendemain, cette femme a amené un homme qu'elle appelait purba.*

Le texte se poursuivait sur plusieurs pages, pleines des souvenirs et des aveux de Tenzin : les professeurs vénérés qu'il avait aidé à expédier à Pékin pour parfaire leur instruction politique parce qu'ils s'étaient déclarés en faveur du gouvernement tibétain en exil ; le soutien qu'il avait apporté à la Chine en éliminant des cartes officielles toute référence aux lieux de pèlerinage ; la manière dont il avait appris, de deux vieux lamas répondant aux noms de Gendun et Shopo, qu'on pouvait mettre la compassion en forme à l'aide de sable. Ces deux lamas lui avaient enseigné la façon de se reprendre tout entier, écrivait Tenzin, en lui apprenant à respecter d'abord la bouse de yack.

J'ai péché contre mon peuple et contre mon âme, disait le dernier paragraphe. *Mon gouvernement m'a menti et j'ai menti à ma divinité intérieure. J'ai usé d'une large part de mon incarnation humaine pour répandre le malheur dans la vie des autres. Lorsque vous parlerez des ennemis du Tibet, parlez de l'abbé de Sangchi. Lorsque vous parlerez de formes de vie inférieures essayant de se creuser un passage dans les ténèbres vers la lumière, parlez d'un pèlerin du nom de Tenzin.*

Shan contempla ces dernières lignes un long moment avant de refermer le *Livre du Lotus.* Il finit par se lever et déposa le gros volume à côté du bouddha, bien en évidence, à la vue de tous les lamas de Rapjung.

Tenzin, le visage émacié, vidé de lui-même, le suivit devant chacun des vieillards endormis et leur rendit hommage, l'un après l'autre, par une prière. Puis ils remontèrent le couloir en pente raide qui menait au-dehors, laissant Jokar dans sa montagne bien-aimée, reposant enfin sur la chaise de Siddhi.

20.

Au passage de la crête au-dessus de Yapchi, trois heures après le lever du soleil, devant le spectacle qui s'offrait à eux, Shan et Tenzin n'en crurent pas leurs yeux. La vallée était totalement transformée. Non seulement la digue de terre bâtie par Jenkins avait cédé, mais l'eau continuait à se déverser des hauteurs en une longue cascade tumultueuse. Elle avait délavé les sols jusqu'à retrouver une assise pierreuse et créé un nouveau lit dans la pente. La petite mare à l'entour du derrick était à présent un vaste lac qui s'étirait sur près de deux kilomètres.

Shan contempla longuement le paysage, appuyé au solide gourdin qu'il tenait à la main : le bâton de Jokar. Il n'avait jamais été dans ses intentions de l'emporter en quittant la caverne funéraire, mais, sans qu'il en eût conscience, il l'avait empoigné – il aurait pu croire que le bâton était venu se placer contre sa paume de son propre vouloir. Mal à l'aise, il avait examiné le cylindre de bois patiné qui avait servi tant d'années au vieux lama, puis l'avait emporté en sortant de la faille. Jokar et lui connaissaient quelqu'un qui aurait bien besoin d'un bâton.

— La vallée est en train de se remodeler, s'étonna Tenzin.

Shan s'assit sur un rocher, envahi par une sensation d'irréalité. Il ne faisait aucun doute que l'armée et le consortium allaient arrêter le cours des eaux et sceller à jamais la cascade au flanc de la montagne. Néanmoins, une guerre s'était engagée dans la vallée, et ils avaient été défaits par une montagne. Des ouvriers rentraient au camp, traînant derrière eux leurs outils, pareils à des soldats battus abandonnant le champ de bataille. Au bas du versant gisait un bulldozer couché sur le flanc, à moitié submergé par le nouveau lit de la rivière, là où la berge s'était effondrée. Le derrick se dressait encore au milieu du lac, avec un gîte de trente degrés, ses fondations en fond de vallée déstabilisées par les flots.

Seul le camp à proprement parler semblait encore en activité. Le champ où s'était tenue la grande liesse n'était plus qu'une étendue chaotique d'hommes et de matériel. La corde destinée à la grande bannière s'était arrachée à ses attaches et le slogan *Sérénité* flottait désormais haut dans le ciel, pareil à un grand cerf-volant. Les ouvriers balançaient aussi vite qu'ils le pouvaient cordages, barriques, seaux et outils à l'arrière des camions. La moitié des caravanes avaient disparu. Un énorme tracteur mit les gaz et remorqua une des caravanes restantes sur la route qui sortait de la vallée. Le consortium battait en retraite.

— Ils allaient accomplir un miracle, reprit Tenzin toujours stupéfait. C'est ce que Lokesh a dit dans la caverne de Larkin.

Shan examina le relief de la vallée. Elle était en effet en train de se remodeler. Lorsque le lac atteindrait l'extrémité nord du camp, la route deviendrait son déversoir et serait recouverte par les eaux. Transformée en rivière, elle couperait la vallée en deux, empêchant tout accès par camions, tanks ou tout autre véhicule. À l'extrémité sud, les flots parviendraient à quelques centaines de mètres des ruines du village. Ils avaient déjà transformé en îlot le petit tumulus qui surmontait la fosse commune. À la vitesse à laquelle les eaux s'accumulaient, dans quelques heures, elles auraient recouvert la fosse et rejoindraient le site du temple taoïste. La plaie qui était restée ouverte un siècle durant serait enfin refermée. *Lavez-les, pansez-les, il faudra la laver pour la panser*, avait déclaré l'oracle par la bouche de leur bien-aimée Anya.

La tête légèrement inclinée, jambes repliées sous lui, émerveillé, Tenzin était en pleine contemplation.

Ils n'étaient pas les seuls à être stupéfaits par ce spectacle. Plus bas sur la pente, Shan aperçut un groupe installé sur une corniche de pierre surplombant le lac : Jenkins, Larkin et une douzaine d'individus, apparemment des chefs de chantier pour le consortium, ainsi que deux officiels en costume cravate. Et également des Tibétains qui descendaient vers la saillie, incrédules devant leur nouvelle vallée.

Larkin se leva et s'approcha de Shan d'un pas hésitant.

— On m'a prévenu que vous étiez parti à la recherche de Winslow et de Jokar. Je me faisais du souci. Cow-boy avait une étrange lueur dans le regard la nuit dernière. Comme s'il se sentait tiraillé ou qu'une force invisible le poussait.

— Je l'ai retrouvé, dit doucement Shan. Il avait épuisé toutes ses pilules et ne reviendra pas. Il existe un endroit dans la montagne. Il ne pouvait pas laisser Jokar s'y rendre seul. Il devait l'accompagner.

Sans plus d'explications, Larkin comprit. Elle vacilla et se laissa lourdement tomber à côté de lui en se mordant une phalange. Les yeux embués de larmes, elle inclina la tête vers ses genoux.

— Il voulait que vous le sachiez, vous, et vous seule, poursuivit Shan quand elle finit par relever les yeux.

Larkin sourit à travers ses larmes.

— J'ai d'abord pensé que c'était un cinglé de bureaucrate quand j'ai entendu son nom pour la première fois. Ensuite, quand nous nous sommes rencontrés, c'était...

Elle s'interrompit et se tourna vers le lac que la montagne mettait au monde.

— Il existait un lien entre nous. Cette nuit-là, sur la corniche aux mélanges, quand il m'a expliqué que nous nous étions peut-être connus lors d'une incarnation précédente, j'ai cru qu'il plaisantait. Mais depuis quelques jours je ne sais plus ce qui est une plaisanterie et ce qui... – sa voix s'étrangla et elle essuya ses larmes d'un revers de manche. Il m'a parlé de son épouse. Je lui ai appris que mon fiancé avait trouvé la mort dans une avalanche. Je l'ai prévenu, je ne savais pas si je pourrais un jour, à nouveau...

Elle pleurait à chaudes larmes sous les yeux de Jenkins, à quelques mètres de là, qui la regardait d'un air absent.

— Il est venu récupérer mon cadavre, mais au bout du compte... à cause de moi...

— Non. Il était écrit qu'il soit là où il est.

Shan lui parla du message qu'avait laissé Winslow.

— Il a écrit que, cette fois, il se trouvait à sa juste place. Là où il devait être. Je suis sûr qu'il serait venu vous voir au lac sacré.

Larkin acquiesça avec un petit sourire contrit en se retournant vers le lac.

— Rien ne s'est déroulé comme je le prévoyais. Même ça. Nous ne nous attendions pas à une telle masse d'eau.

Soudain s'éleva la frêle voix de Lepka, dont les grands yeux tristes étaient mouillés de pleurs.

— Quand j'étais jeune, j'avais un professeur qui expliquait qu'il existe sur la terre des lieux particuliers où les âmes gagnent en plénitude. Il les appelait des mûrisseries, parce que les âmes y mûrissent plus vite. Lorsqu'un grand nombre d'humains se rassemblent en ces lieux, ils alimentent le pouvoir du mûrissement, de sorte que de grands événements peuvent se produire et que les existences de nombreux êtres se stabilisent. Cet endroit est un de ces lieux. C'est la raison pour laquelle les lamas ne parlaient jamais de la montagne de Yapchi : ils lui donnaient un autre nom, un nom qui a été perdu. Personne ne l'a plus prononcé depuis des années.

Le vieil homme se tourna vers le pic enneigé, puis il vint s'accroupir à côté d'eux en ajoutant à voix basse :

— Mais ce nom, mon père le connaissait. Il était très long, dans un ancien dialecte de lama, et signifiait l'Endroit Où l'Échine de la Montagne Ressort de Terre. Mon père l'appelait simplement la montagne de l'Os. Parfois, quand les vieux lamas en avaient terminé de leur mûrissement, c'est là qu'ils allaient s'endormir.

Shan sourit avec la même tristesse et invita le vieillard à s'asseoir confortablement à leurs côtés, devant la vallée en plein bouleversement. Lepka poursuivit, à l'intention de l'Américaine :

— Je crois que ce Winslow et Jokar se trouvent dans un bayal et qu'ils rient tous les deux.

Larkin glissa sa main dans celle du vieil homme qu'elle serra très fort.

— Qu'allez-vous faire maintenant ? lui demanda Shan.

— J'allais tenter de le retrouver. Retrouver cow-boy. À présent, je pense que je vais simplement rentrer au pays. Zhu ne veut pas vraiment ma mort, tout ce qu'il désire, c'est que je quitte le Tibet.

Elle resta un long moment à contempler le sommet de la montagne, sans lâcher la main de Lepka.

— Jamais je ne l'aurais cru si je ne l'avais pas vu de mes propres yeux, déclara une voix grave.

Jenkins s'était levé et se tenait derrière eux en examinant ce qui restait de son derrick.

— C'est terminé. J'ai perdu pratiquement tout l'équipement lourd quand la digue a cédé. Encore heureux que j'aie pu faire partir les caravanes. J'ai reçu un coup de fil furieux des États-Unis, ils voulaient savoir ce qui s'était passé.

Shan eut l'impression que Jenkins se sentait en dette et lui faisait son rapport, incapable qu'il était de répondre à toutes les questions.

— J'ai répondu que la géologie était instable, c'est tout.

— Non, intervint une voix de femme.

Somo venait de réapparaître, les pieds et les jambes maculés de boue, le visage parfaitement serein.

— Je crois que c'est exactement le contraire, justement, dit-elle.

Bizarrement, ils parurent tous la comprendre. Jenkins lâcha un semblant de ricanement étouffé et offrit à la jeune purba un sourire mélancolique. Somo suggérait que c'est ainsi que la géologie était censée être, c'est ainsi qu'on pouvait s'attendre à voir réagir une montagne qui comprenait ce que les humains essayaient de lui infliger.

— Tout ce foutu projet, tout est perdu, grommela Jenkins. Toute cette boue, toute cette eau. Bon Dieu, on n'avait même pas encore touché le gisement ! Personne ne viendra plus investir dans une exploitation sur ce site. Seigneur ! Seigneur !

Son regard allait et venait de Somo à Larkin, puis à Shan.

— Les Tibétains de ce village racontent qu'une divinité a parlé. Ils répètent qu'ils sont désolés que cela nous pose tant de problèmes, mais elle a parlé, rien de plus. Ce n'est pas mon boulot de discuter avec les divinités, expliqua-t-il en secouant la tête d'un air las. Je continue à entendre le roulement du tambour. Je suis fatigué de sortir des tas de trucs du ventre de la terre. Je rentre à la maison. Mais d'abord je dois rédiger un rapport. Je dirai qu'un dieu s'est manifesté et qu'il s'agit d'un acte divin.

— Quelqu'un vous cherchait, Shan, se rappela soudain Larkin. Tous ces Tibétains qui fuyaient, ou qui se rendaient dans cette prairie, je crois qu'ils sont tous revenus quand la nouvelle s'est propagée.

Elle désigna le versant opposé où s'érigeait un nouveau campement. Shan se releva, les jambes flageolantes, et descendit la pente au petit trot. Il trouva Lokesh, assis au bord du lac, lavant des pierres.

— Touche cette eau ! s'écria le vieux Tibétain, excité comme un gamin, son tonde à la main. Touche-la, elle est différente.

Shan se pencha et mouilla ses doigts, puis en prit un peu dans sa main en coupe pour s'en laver le visage.

Le liquide lui picota la peau, comme s'il était chargé de gaz carbonique après son séjour dans les profondeurs des roches.

— On dit déjà que ces eaux sont pleines d'un grand pouvoir, ajouta Lokesh.

Shan tendit à son vieil ami le bâton qu'il avait pris à la caverne. Le vieux Tibétain le fixa longuement, puis, avec une lenteur extrême, comme si son contact risquait d'être douloureux, il posa ses doigts sur le bois, de la même manière qu'il lui aurait pris le pouls.

— J'espère qu'ils ont eu le temps de s'installer, murmura Lokesh avec tristesse.

S'installer.

— Oui, ils se sont installés, dit Shan.

Combien de Tibétains savaient ? Lokesh et Lepka semblaient l'un et l'autre avoir compris où Jokar et Winslow s'étaient rendus, comme s'ils avaient su lire en ces deux hommes des choses restées invisibles à ses propres yeux.

Un des deux camions de l'armée qui restaient encore au camp démarra, derrière un lourd tracteur qui remorquait la dernière caravane. Le second avança à son tour, puis tourna brutalement à angle droit, le capot vers le centre de la vallée, en bordure de la berge, et s'immobilisa à trente mètres de Shan. Les deux militaires sur le siège avant paraissaient se disputer. Le moteur s'arrêta et quatre soldats descendirent du plateau arrière. Ils se mouvaient avec lenteur, sans rien de leur agressivité habituelle, et la flamme qui brûlait dans leur regard s'était éteinte. Ils se regroupèrent devant le hayon et dégagèrent quelque chose du plateau, avant de s'écarter brusquement de chaque côté du véhicule : Lin apparut derrière eux, seul, tenant dans ses bras un long ballot enveloppé d'un drap blanc étincelant. Il se tourna vers les Tibétains sur la berge du lac, qui cessèrent leur ouvrage pour le regarder en retour, et se dirigea vers Shan. Lhandro et Nyma approchèrent prudemment ; Lokesh se remit debout en s'appuyant sur son bâton.

Lin se penchait en avant pour déposer son fardeau par terre, aux pieds de Shan, quand Lhandro avança, les bras tendus, pour accueillir le corps d'Anya enveloppé dans son linceul. Lin le lui remit, sa main s'attardant longuement sur la tête de la jeune fille.

— Il est juste qu'elle soit avec son peuple, chuchota-t-il, pris de vertige, vacillant sur ses pieds, luttant pour rester debout. Mais ne la donnez pas aux oiseaux. Je vous en prie. Je ne pourrais pas supporter l'idée que les oiseaux la prennent.

Personne ne dit mot un long moment. L'eau clapotait à leurs pieds.

— La vallée saura faire de la place à notre Anya, déclara un vieil homme.

Lin hocha la tête lorsque Lepka se plaça dans leur petit cercle, levant la pelle qu'il tenait à la main.

— Il y a aussi les restes des Chinois du temple. J'ai besoin de votre aide, colonel.

Lin plissait les yeux, incapable de distinguer l'objet entre les mains du vieillard.

— J'ai besoin de votre aide, Xiao Lin, répéta doucement

Lepka en montrant le pied de la pente, où plusieurs grands arbres déversaient encore leur ombre.

Il s'y dirigea, suivi par le colonel, qui marchait à petits pas, les yeux au sol, comme un enfant en faute.

Xiao Lin. Lepka l'avait appelé Petit Lin. Les soldats suivaient leur supérieur des yeux, avec crainte pour certains, avec colère ou étonnement pour d'autres.

Les deux hommes creusèrent en silence. Nyma dégagea le linceul du visage d'Anya, laissant la longue chevelure noire voler au vent. Elle se mit à chantonner d'une voix douce, imitant l'adolescente quand celle-ci psalmodiait ses chants à la divinité, tout en nouant les cheveux en une longue tresse. De nouveaux villageois arrivèrent, mais aucun ne portait de pelle. Ils regardaient en silence, à quelques mètres, quand apparut, au bord de la tombe, le professeur Ma chargé de son coffre de reliques. Le vieux Han le posa au sol et en sortit les morceaux d'ossements déterrés des ruines du temple taoïste. Après un temps d'hésitation, les villageois s'avancèrent pour l'aider. Ils roulèrent chaque os dans un morceau de tissu, des khatas ou des foulards pris aux femmes. Chaque habitant de Yapchi accueillit un ossement enveloppé de son linceul de fortune et lui adressa un mantra mani tandis que le professeur descendait dans la fosse muni de la pelle de Lepka. Il dégagea la terre pendant plusieurs minutes sous le regard de Lin et de Lepka, puis il offrit l'outil à Shan. Qui creusa à son tour plusieurs minutes en silence. Relevant la tête, il s'apprêtait à repasser la pelle à Lhandro. Une file s'était formée au bord de la tombe : d'autres villageois de Yapchi, des hommes jeunes qui devaient appartenir à l'équipe d'ouvriers recrutés de force, Gyalo et Chemi, et finalement les Américains, Jenkins et Larkin.

Tous travaillèrent, plus d'une heure durant, Lin comme les autres. Il se tenait au bord de la tombe, le visage défait, l'air sinistre et désespéré, en malaxant un objet dans le creux de sa paume : une petite pierre verte, le tonde qu'Anya lui avait trouvé au chorten, le tonde qu'elle avait déterré pour oncle Lin. La tombe était terminée quand le colonel fit signe à ses hommes d'avancer. Les soldats n'avaient pas bougé de leur poste, près du camion, mais, quand ils arrivèrent à la tombe, les paroles furent inutiles. L'un d'eux tendit la main pour prendre la pelle et creusa pendant dix minutes. Quand il eut fini, les larmes coulaient sur son visage. Une des Tibétaines le serra contre elle et il se mit à pleurer contre son épaule.

Tous les soldats creusèrent tour à tour. Finalement, deux d'entre eux restèrent dans la fosse et acceptèrent les ossements de la main des Tibétains. Ils les disposèrent avec solennité dans la terre sur le pourtour de l'excavation. Lorsque toutes les reliques furent enfouies, un des soldats inscrivit quatre noms sur un morceau de papier qu'il glissa sous l'une d'elles. Les noms des quatre soldats tués, murmura-t-il. Finalement, Nyma embrassa la tête d'Anya et lui recouvrit le visage. Lhandro et Lepka passèrent sa dépouille aux deux soldats.

Les hommes reprirent la pelle, l'un après l'autre, pour remplir la tombe, puis entassèrent des pierres. Shan savait qu'un cairn allait être élevé, et peut-être, un jour, un chorten. Seules une brève prière ou quelques paroles à la mémoire des défunts brisèrent le silence.

Lin ne prononça pas un mot devant la tombe, il se posta à l'écart, une expression lointaine sur son visage creusé par le chagrin. Au passage, il rendit silencieusement à Lhandro les papiers d'identité qu'il lui avait confisqués deux semaines auparavant. Quand Shan se tourna vers lui, le colonel, debout à côté de son camion, semblait l'attendre.

— Je suis resté avec elle toute la nuit sous ma tente, dit-il en voyant Shan et Lhandro.

Puis, solennellement, il déplia sur le capot du camion une carte militaire et leur montra la vallée de Yapchi. Une large partie de la province en bordure de la frontière était nouvellement hachurée en rouge.

— Un ordre a été transmis ce matin, dit-il d'une voix très lasse. Tout le secteur qui part d'ici – il indiqua un point immédiatement au nord de Norbu, la ligne d'escarpements au-dessus du gompa – et remonte vers le nord jusqu'à la frontière de la province est dorénavant zone à risques majeurs. Elle est totalement interdite d'accès. À l'armée comme à la Sécurité publique. Défense d'y pénétrer. Pas même les Affaires religieuses. J'ai déclaré au commandement central qu'il ne pouvait en être autrement, à cause de ce que j'y avais découvert, ajouta-t-il d'un ton neutre, comme au cours d'un briefing militaire. Je vais faire installer des panneaux.

Shan et Lhandro le regardaient sans y croire : les hachures rouges couvraient une zone d'au moins deux cent cinquante kilomètres carrés, aussi vaste que le territoire d'une commune.

— Pour ce qui est de ces hommes, à Norbu, Tuan a été emmené par la Sécurité publique. Pour corruption. Un homme dans sa position, et avec son autorité ! s'indigna Lin en secouant la tête. Il est fini. Quant à Khodrak, il ne reviendra pas non plus, il sera conduit dans un institut spécial des nœuds.

Il s'agissait d'un des instituts médicaux de la Sécurité publique, où l'on détenait, habituellement pendant des années, les personnalités officielles qui s'étaient écartées du droit chemin ; là, les médecins du gouvernement essayaient de guérir leur tendances antisociales à l'aide de drogues.

Le colonel replia la carte et la tendit à Shan en le dévisageant avec fermeté. Shan hocha lentement la tête. Lin sortit alors une enveloppe de sa poche, qu'il lui tendit également avant de se diriger sans un mot de plus vers la cabine de son camion.

— Je ne comprends pas, dit Nyma, tout à côté de Shan.

— Le gompa de Rapjung et la plaine des Fleurs ont été libérés, dit Lhandro d'un ton incrédule tandis que les soldats remontaient à l'arrière du véhicule. Pour Anya.

À la porte de la cabine, Lin regardait Dremu, assis sur le marchepied. Shan s'approcha.

— Cet homme me raconte que nous avons tué son grand-père, déclara le colonel d'une voix fatiguée.

— Pas vous, exactement. C'est juste que... qu'un clan golok refuse son tribut, précisa Shan.

Dremu serrait les doigts sur la petite bourse de cuir qu'il portait au cou. Lin resta perplexe, mais Dremu pesa longuement les paroles de Shan, acquiesça d'un air grave, glissa les doigts dans la bourse et en sortit une lourde pièce d'or. Il se mit debout, présenta la pièce au nord-est, comme s'il la montrait à quelqu'un au loin, puis il la déposa à deux mains dans la paume du colonel, en un geste d'offrande cérémoniel. Ensuite il s'éloigna, une expression toute nouvelle sur le visage. Ce n'était pas vraiment de la sérénité, mais ça y ressemblait fort.

— Il nous paie ? interrogea Lin.

— Il vous la rend. Cette pièce appartenait aux Lujun.

— Et qu'est-ce que j'en fais ? soupira le colonel.

— Il vous faut un nouveau presse-papiers, répondit Shan en songeant à la fonction de l'œil de pierre sur le bureau de Lhassa.

Lin contempla la pièce d'or, puis la tombe. Le moteur gronda. Il grimpa dans la cabine sans un mot et le camion repartit, Lin penché à la portière qui regardait la tombe.

Shan ouvrit l'enveloppe et lut le feuillet qu'elle contenait.

— Qu'est-ce que c'est ? demanda Nyma.

Il relut la page, ne sachant trop que répondre.

— Quelqu'un est mort.

Les Tibétains restèrent silencieux et solennels le restant de la journée tandis que les derniers employés du consortium finissaient de battre en retraite. Certains contemplaient toujours les eaux du lac qui venaient laper le bord de la tombe. D'autres s'affairaient auprès des feux allumés dans les ruines de Yapchi pour le dîner.

Le repas du soir terminé, chacun retourna au lac sous le soleil couchant. De nouveaux Tibétains continuaient à arriver, ceux qui s'étaient mépris et étaient remontés vers les hauteurs pour y attendre le vieux lama. Ils touchèrent l'eau en discutant avec entrain, certains la prenant en coupe pour la boire, d'autres en remplissant des bols qu'ils se renversaient sur la tête.

Shan s'assit à côté de Lokesh auprès des dernières braises d'un feu qui se mourait sous le silence tout neuf qui recouvrait le camp. Un chien aboya. Il releva la tête et aperçut un des jeunes purbas au cœur endurci qu'il avait vu armé dans la caverne. Le purba salua de la tête d'abord Shan, puis Tenzin, et s'écarta. Dans l'ombre derrière lui se tenait l'homme au visage balafré, le Tigre.

— C'est l'heure, déclara le général purba à Tenzin d'une voix laconique. De l'autre côté des collines, un camion vous attend pour vous conduire vers le sud.

— Je suis allé suffisamment loin, répondit doucement Tenzin.

Le Tigre n'était pas venu seul, cinq ou six hommes l'accompagnaient, cachés par la nuit. Il ne cessait de crisper les mâchoires, et les ombres jouaient sur les tissus cicatriciels qui balafraient son visage. Il jeta à Shan un regard accusateur.

— Les gens ont besoin de l'abbé de Sangchi dans le monde extérieur. Nous avons de grands projets.

— L'abbé de Sangchi n'existe plus, rétorqua Tenzin, avant de passer en revue le groupe de personnes à ses côtés.

Nyma, qui n'avait cessé de pleurer depuis les funérailles ; Gyalo, qui caressait en silence le museau de Jampa ; Dremu, assis dans la pénombre, qui fixait les flammes d'un œil indécis ; Dzopa, le grand dobdob, allongé sur une couverture, son visage chevalin tourné vers la terre, encore tout à sa douleur d'avoir perdu Jokar.

— On a besoin de moi ici. Nous – Tenzin embrassa du geste ceux qui l'entouraient – allons élever un gompa. Nous allons bâtir un endroit où les Tibétains pourront apprendre à soigner et à guérir. J'ai fait un vœu solennel à quelques vieillards dans la montagne.

— Rapjung ? s'exclama le purba agacé d'un air incrédule. Ces vieilles ruines ne pourront jamais...

— S'il doit exister un nouveau Tibet, il devra être construit sur les fondations de l'ancien.

— Mais l'armée va venir ! protesta le Tigre. Les hurleurs vont venir. Quiconque essaiera de bâtir un gompa sera arrêté.

— Non, intervint Lokesh d'une voix claire. Ce colonel a transformé Rapjung en terre cachée.

— Avec des dos solides et des cœurs forts, ajouta Tenzin en souriant au vieux Tibétain, nous pouvons tout bâtir.

Jampa s'avança et meugla pour bien appuyer la décision.

— Le gompa de Rapjung n'a jamais été détruit. Seuls ses bâtiments ont été rasés. C'est une chose que nous a enseignée Jokar Rinpoché. Rapjung était un trésor qu'il suffisait de redécouvrir.

— Le gouvernement continuera malgré tout à vouloir vous retrouver. L'armée. Les hurleurs, ils vous haïssent. Et vous serez recherché comme ennemi politique.

Shan sortit le papier que lui avait donné Lin.

— Non, en aucun cas. L'oncle d'Anya a rédigé un rapport.

Il se mit à lire. Le colonel l'avait daté de la veille, lorsque lui et Tenzin se trouvaient dans la caverne du lama : au cours d'une mission dans les montagnes à la recherche de réactionnaires, le colonel Lin était tombé sur l'abbé de Sangchi et l'avait capturé. Il confirmait son identification. Mais l'abbé avait tenté de prendre la fuite. S'en était suivie une échauffourée, et, devant les yeux du colonel, l'abbé était tombé d'une falaise dans une gorge. Le colonel Lin certifiait que l'abbé avait trouvé la mort.

— Zhu a bien rédigé un rapport, lui aussi. Un faux rapport comme quoi Larkin était morte, fit remarquer le chef purba.

— Nous parlons ici d'un colonel de l'armée. Décoré, et chef d'une unité d'élite.

Le purba soupira et hocha la tête, concédant volontiers que personne ne contesterait les déclarations de Lin.

— Tous nos plans, commença-t-il d'une voix sombre. Tous les gens. Drakte, ajouta-t-il à l'adresse de Somo.

Celle-ci se plaça au côté de Tenzin.

— Drakte aurait voulu que lui et moi nous construisions un gompa.

Le chef des purbas la fixa en silence, examina les visages qui lui faisaient face, et offrit à Shan un dernier salut de la tête.

— *Lha gyal lo,* dit-il paisiblement, avant de disparaître dans les ténèbres.

Cependant, un des membres de son équipe resta en arrière et s'approcha du feu : Melissa Larkin, vêtue d'un bonnet en fourrure et d'un gilet de berger, le regard brillant d'une lumière toute neuve.

— Je reste. Il y a encore beaucoup à comprendre sur la manière dont la terre travaille au Tibet. Un jour, Pékin découvrira que le Yang-tseu kiang a une nouvelle source, conclut-elle avant de disparaître à son tour dans la nuit.

Shan resta à fixer les flammes, puis s'enfonça à son tour dans les ténèbres. Il longea les berges du lac, observant les étoiles, jusqu'à ce qu'il distingue une lumière à mi-chemin du versant. Un petit feu de camp. Il inspecta les alentours et se dépêcha de rejoindre la lumière.

Lorsqu'il se réveilla à l'aube, il trouva une douzaine de Tibétains assis en bordure des ruines du village. Dremu était là lui aussi, il faisait les cent pas, à croire qu'il craignait, à l'image des autres, de s'approcher de l'eau. Shan avança parmi les Tibétains, sondant les visages de Lhandro et de Nyma, au premier rang, qui contemplaient le lac. À la lumière du jour levant, il commença à comprendre. Pendant la nuit, les eaux étaient montées au-dessus de la trouée de la vallée, le lac avait atteint son niveau naturel, et la rivière enterrée continuait à se déverser du flanc de la montagne. Le derrick avait disparu définitivement, le tumulus funéraire était submergé et les débris du camp recouverts. Le lac était serein. Les sédiments s'étaient rapidement stabilisés et les eaux bleu foncé semblaient aussi limpides que le cristal.

Étrangement, Shan se rappela les paroles de Larkin sur ses retrouvailles avec Winslow au lac sacré. Il avait cru qu'elle parlait de Lamtso. Mais mieux que quiconque Larkin connaissait l'eau et le profil de la vallée. Elle avait su avant tout le monde que le lac brillerait pareil à une étoile bleue dans les montagnes, comme tous les lacs sacrés des Tibétains.

Ils étaient tous rassemblés autour du feu et discutaient du sens à donner aux derniers événements quand Shan apporta solennellement un petit objet enveloppé de feutre près des flammes. Lokesh étendit les paumes et Shan y déposa le petit colis qu'il dégagea de son enveloppe.

— Que les dieux soient victorieux, murmura Nyma.

Lepka et Lokesh sourirent en acquiesçant, comme s'ils avaient toujours su que Shan finirait par retourner l'œil à la place qui était la sienne.

— Qui était-ce ? demanda Lhandro. Qui vous a attaqué ?

— L'œil est revenu, fut tout ce que Shan accepta de répondre. Mais il y a bien des jours déjà qu'il veillait sur la vallée.

— Oui, approuva un des villageois. C'est ce que nous avons entendu.

Les Tibétains s'approchèrent en psalmodiant des prières pour toucher la pierre chenyi de leurs doigts hésitants. Puis Nyma s'écarta du groupe et déclara, face à Shan, ses yeux ronds ouverts tout grands :

— Mais nous voici. C'est cela le plus grand mystère.

À ces mots, les autres se turent et tous les visages se tournèrent vers Shan. Bizarrement, il souriait car il percevait l'aspect merveilleux des paroles de Nyma. Malgré les meurtres, les mensonges, les destructions, le seul véritable mystère restait pour Nyma l'endroit où installer sa divinité.

— L'endroit, je le connais, maintenant, déclara Shan. La montagne a fabriqué un lieu où les divinités aiment à vivre.

Il demanda à Lhandro s'il connaissait un endroit où couper de jeunes pousses de peuplier.

Deux heures plus tard, une petite procession se dirigeait vers le lac, où une barque s'était matérialisée, rapidement fabriquée à partir de tiges de peuplier et de peaux de cuir. Deux étroites pagaies, taillées dans des planches récupérées sur les maisons brûlées, s'y trouvaient. Shan défit pour la dernière fois le carré de feutre qui enveloppait l'œil, en songeant à tous les événements qui s'étaient produits dans la vallée de Yapchi. Peut-être que, finalement, le Chinois vertueux qui avait sauvé la vallée était le colonel Lin. Ou peut-être se trouvait-il réparti en plusieurs morceaux entre Lin et Gang, Ma et Shan.

Lorsque Shan se pencha pour se saisir d'une pagaie, la foule fit silence. Indécis devant ces visages pleins d'espoir, il comprit que ces gens ne voulaient pas le voir partir seul. Il tendit la première pagaie à Tenzin, et, levant la seconde, il contempla la petite foule amassée sur la berge. Puis il s'avança pour la tendre à un homme émacié qui restait dans l'ombre avec son épouse et ses enfants. Il avait retrouvé la petite famille la nuit précédente, blottie autour du tambour et de la pierre, et il l'avait convaincue que l'heure était venue de paraître au grand jour.

Gang accepta la pagaie et les trois hommes montèrent dans la barque devant l'assemblée silencieuse et solennelle.

— On dirait un joyau précieux, dit Tenzin devant la beauté somptueuse du lac.

Gang répéta ses paroles.

Ils pagayèrent jusqu'au centre du lac, entre le derrick et le tumulus funéraire, à présent sous des mètres d'eau. Shan fit signe à Gang, dont le visage maussade s'illumina, et c'est un homme le cœur en joie qui accepta l'œil de ses mains. Il le tendit vers les spectateurs sur la berge, puis plongea doucement la pierre chenyi dans l'eau avant de la relâcher. Shan la regarda sombrer dans l'élément liquide, aussi étincelante qu'un cristal virant au bleu sous la lumière filtrée, avant de disparaître à jamais. *Profond est l'œil,* avait dit l'oracle, *œil bleu brillant, les nagas le garderont d'un cœur sincère.*

Lepka et Lhandro les attendaient sur le rivage avec des bols de thé. Ils passèrent à côté d'un cercle d'hommes et de femmes qui psalmodiaient un mantra, assis sur une couverture dans un champ d'orge, tandis que Tenzin interrogeait Gang sur ses travaux de reconstruction à Rapjung. Shan s'allongea sous le chaud soleil matinal et s'endormit paisiblement.

Deux bonnes heures s'étaient écoulées quand il prit conscience de mouvements le long du lac et de rires d'enfants. Il s'assit et se frotta les yeux, devant une scène tellement surprenante qu'il lui fallut un moment pour reprendre ses esprits. Des lignes de drapeaux de prières s'étaient matérialisées, suspendues entre des poteaux et des cairns. Depuis la réserve amassée par le consortium, hommes et femmes, par groupes de trois ou quatre, charriaient des troncs d'arbres. Il aperçut de nouveaux visages, beaucoup de nouveaux visages. Une petite troupe apparut sur l'épaulement et se mit à courir vers le lac. Une chaîne humaine s'était constituée le long de la berge pour transporter les troncs, et, arrivée au bord de l'eau, chaque équipe s'arrêtait devant une nonne inconnue qui plongeait un bol dans l'eau et le déversait sur chaque tronc, comme pour le baptiser.

Il s'approcha de la nonne d'un pas hésitant, et s'arrêta à dix mètres. Nyma avait trouvé une robe et coupé ses longues tresses ; elle avait à présent le crâne presque rasé des nonnes des couvents. Son regard se mit à briller en voyant Shan : elle avait finalement décidé qu'elle pouvait être nonne. Il lui fit un petit signe de la main, auquel elle répondit en montrant l'extrémité sud de la vallée.

Les troncs d'arbres n'étaient pas destinés au village de Yapchi, comme il le pensait, ils allaient au-delà, vers la piste qui remontait sur les hauteurs de la montagne. Un enfant éclata de rire et Shan se retourna pour voir la petite fille de Gang chevauchant un des rondins porté par trois Tibétains solides et joyeux. Les arbres coupés par le consortium allaient tous à Rapjung. On leur faisait franchir la montagne pour bâtir le nouveau gompa.

— Nous avons tenu notre dernier cercle, dit Nyma avec enthousiasme. Le cercle de prières que nous avions commencé dans le canyon. Il ne s'est jamais interrompu. Le groupe s'est rendu dans une caverne bien au-dessus de la vallée et il a continué, jour et nuit. Quand l'œil est revenu, ses membres ont su qu'ils pouvaient s'arrêter. Je les ai rejoints au bord de l'eau et quand ils ont eu fini, je leur ai demandé de m'aider à couper mes cheveux, conclut-elle d'une voix sereine.

Shan retrouva Lokesh près du village, assis sur un rocher, en pleine discussion avec Lhandro, auquel il montrait les champs d'orge et qui l'écoutait avec attention.

— Fini l'orge, annonça Lhandro. Dorénavant, ce sera comme dans l'ancien temps : rien que des herbes médicinales pour le monastère. Et Lokesh nous a fourni des croquis pour la reconstruction à l'identique des jardins de Rapjung. On apportera de la nouvelle et bonne terre des vallées, par paniers. Nous en prendrons également ici.

— Les croquis vous seront utiles, concéda Shan, mais ce serait encore mieux si les bâtisseurs avaient à leurs côtés quelqu'un qui connaissait l'ancien gompa.

— C'est ici que tu me trouveras, dans un an, rétorqua Lokesh en le regardant bien en face. Peut-être avant.

— Nous n'avons pas beaucoup d'argent, dit Lhandro, mais nous lui avons offert de prendre des autocars jusqu'à la capitale afin qu'il revienne plus vite. Il a refusé. Il a dit qu'il devait voyager comme un pèlerin jusqu'à Pékin. Il a dit qu'autrefois les moines mendiaient, et que la mendicité est une chose honorable.

Shan se tourna vers le lac pour essayer de recouvrer un semblant de calme. Au cours de toutes ces années, depuis qu'il connaissait Lokesh, c'était la première fois qu'un obstacle s'interposait entre eux. Néanmoins, il n'y avait pas place pour la discussion, car le vieux Tibétain avait entendu la voix de sa divinité intérieure.

— Ce sera difficile, murmura Shan, avec ton pied abîmé.

Lokesh montra le long gourdin en bois patiné à côté de lui.

— J'aurai le bâton de Jokar.

— La route jusqu'à Golmud est traîtresse, insista Shan sans trop de conviction. Laisse-moi au moins t'accompagner jusque-là, mon vieil ami.

Il avait un mauvais goût dans la bouche, tant il craignait que Lokesh ne refuse sa proposition.

— Ensuite, je partirai, j'irai retrouver Gendun. Il faut que je lui trouve de nouvelles chaussures.

Le vieux Tibétain sourit.

— Naturellement. Tu pourras m'aider à améliorer mon chinois en chemin. Il faudra que je le parle un peu mieux quand j'arriverai dans la capitale. Je partirai demain matin.

— Si vite ? Mais tu dois avoir beaucoup de croquis à dessiner pour Gang et Lhandro !

— C'est bien pour ça que je ne suis pas parti ce matin.

— Demain matin, concéda Shan devant l'expression de défi de son ami. C'est entendu.

De nouveaux Tibétains arrivaient, des bergers, des fermiers, venus contempler de leurs yeux le miracle. On dressa des tentes, et Lokesh s'assit devant l'une d'elles en compagnie de Lhandro pour terminer ses croquis : des dessins de jardins, de bâtiments, des assemblages de bois particuliers utilisés pour les avant-toits, même les détails, encore dans sa mémoire, des sculptures sur les portes de l'imprimerie. Nyma apparut, portant dans les bras un long paquet qu'elle déballa sur la couverture : le peche exhumé de la chambre secrète du gompa de Norbu.

Lokesh s'interrompit et toucha le premier feuillet d'une main tremblante, en lisant ce qui s'y trouvait écrit.

— Une histoire de Rapjung, commença-t-il d'une voix chevrotante, en serrant la main de Nyma, à laquelle il montra les pages de cartes, de plans, de dessins de bâtiments.

Au milieu de toute cette frénésie, Shan perdit Tenzin de vue. Il finit par le retrouver dans le petit canyon derrière les ruines du village, assis dans un large cercle de Tibétains, entre Dzopa, la jambe bandée, et Gang. Dremu était installé sur un rocher au-dessus d'eux, telle une sentinelle. Sous lui il aperçut Somo, qui fixait deux objets qu'elle tenait en main : un couteau de poche avec cuillère repliable et un bracelet en argent et lapis-lazuli. Dremu lui avait rendu le paiement qu'elle lui avait cédé à l'ermitage.

Les Tibétains discutaient des matériaux et des ouvriers nécessaires au chantier. Shan s'installa sur une pierre derrière Tenzin, et examina le groupe d'hommes en face de lui. Les nouveaux arrivés étaient âgés, soixante ans et plus. L'un d'eux déclara qu'il avait été maçon, un autre peintre de thangkas, un troisième fabricant d'encens. Trois étaient menuisiers, deux chaudronniers, et ils avaient travaillé à plein temps pour la fabrication de moulins à prières.

— Vous allez pouvoir travailler à nouveau à plein temps, déclara Tenzin d'une voix hésitante. Mais il n'y aura pas l'argent pour vous payer.

— L'argent ? rétorqua le vieil homme comme s'il s'agissait d'une bonne plaisanterie. Nous avons entendu parler du rapport des hurleurs. Ils ont dit que nous étions tous très riches.

Un grand éclat de rire accompagna ses paroles. Il s'arrêta net à l'apparition d'un inconnu au bord de leur cercle, un Chinois han grand et maigre aux longs cheveux blancs. Shan eut droit à plusieurs regards accusateurs.

— Je ne suis pas très doué pour le travail du bois, dit le Han d'une voix crispée, en tibétain. La seule fois où j'ai bâti un mur, il était de guingois. Mais je sais faire des livres. Autrefois ce gompa faisait des livres, des livres importants.

C'était le professeur Ma, l'air épuisé.

— J'ai quitté la vallée, expliqua-t-il à Shan et à Tenzin, mais au bout de dix kilomètres je suis descendu du camion. Jokar avait dit que je devais faire quelque chose pour le vent de mon cœur.

Ses dernières paroles furent accueillies par un silence profond.

— Je viendrai si vous voulez de moi, ajouta Ma au bout d'un moment. Je n'ai plus de maison en Chine.

Une vieille Tibétaine lui fit une place dans le cercle.

— C'est juste que, quand je ferai des livres, ajouta-t-il en s'asseyant, j'aimerai bien les faire en tibétain et en chinois. Et de temps en temps, conclut-il en sortant un étui en bambou familier de sa poche, j'aimerais bien parler du tao.

Lokesh et Shan partirent avant l'aube, pendant que les autres dormaient encore. Ils quittèrent la vallée sous le scintillement des dernières étoiles de la nuit à la surface du lac, qui rougeoyait à la clarté de l'aube naissante. Sous cette faible lumière, Shan distingua deux silhouettes qui les suivaient des yeux depuis l'autre côté des eaux. Tenzin et Lhandro ; l'ancien abbé de Sangchi, qui était mort pour mieux renaître, et le fermier qui avait perdu sa vallée pour mieux la retrouver.

Les deux hommes levèrent la main en signe d'adieu et soulevèrent en guise de salut un long poteau garni d'un drapeau à prières à son extrémité.

La veille au soir, Tenzin s'était agenouillé au côté de Shan sur la couverture et l'avait longuement dévisagé, en silence, au point que Shan avait failli lui demander s'il attendait que sa langue lui repousse une nouvelle fois.

— Je ne sais si j'aurai jamais à refaire un périple pareil à celui que nous avons partagé, avait fini par déclarer le lama, en refermant les paumes sur une main de Shan, qu'il serra très fort. Mais si c'est le cas je prierai pour que vous m'accompagniez.

Lokesh et Shan s'arrêtèrent sur une vire plate éclairée par les premiers rayons du jour et mangèrent un peu de tsampa froid. Lokesh, le cœur léger, était volubile, imaginant à quoi ressemblerait Rapjung à son retour, à un an de là, puis il confia à Shan que Somo lui avait parlé d'une petite popote à Pékin qui servait des nouilles et où il pourrait trouver du tsampa.

— Il existe un endroit où je me rendais souvent jadis, dit

Shan. Un temple taoïste. Les moines te donneront à manger et t'offriront une paillasse si tu n'as pas d'argent. Il se peut qu'ils se souviennent encore de moi.

Lokesh le regarda d'un air circonspect.

— Je vais te faire un plan, soupira Shan.

Lokesh lâcha ce qui pouvait passer pour un rire et qui résonna dans les rochers, et Shan sentit que le mur dressé entre eux commençait à se démonter. Ils discutèrent avec entrain de l'ancien quartier de Shan et des dangers à se promener dans une ville où il y avait tant d'automobiles.

Finalement, ils rangèrent leur restant de nourriture, et Lokesh se remit debout en s'appuyant sur son bâton.

— Je vais à Pékin ! s'exclama-t-il, sans raison apparente.

Il fit un pas en avant, mais son bâton refusa de bouger. Il tira, avec force, pourtant le cylindre de bois, coincé dans une fissure de la roche, ne céda pas d'un pouce. Il se tourna vers Shan, les yeux comme des billes, en frottant la barbe blanche qui couvrait ses joues.

— Est-ce que cette fissure était là quand nous sommes arrivés ? murmura-t-il. Je ne l'avais pas vue.

— Je ne sais pas. Je suppose que oui.

Le vieux Tibétain tira à nouveau, en vain, puis il laissa Shan tenter sa chance à son tour, sans plus de résultat. Le bâton était bien enfoncé dans la roche et ne bougeait pas d'un millimètre. Il tordit, vrilla, poussa, tira. Toujours rien.

Le visage assombri par un voile opaque, Lokesh alla s'asseoir sur un rocher tout proche, en fixant le bâton de Jokar toujours fiché à la verticale dans la fissure.

— Je pourrais aller chercher de l'eau pour la verser sur la roche, proposa Shan.

— Il ne s'agit pas de ça, répondit Lokesh avec mélancolie.

Il entama un mantra. Cinq minutes plus tard il essayait à nouveau de dégager le gourdin. Sans effet. Il en enserra l'extrémité des deux mains, le regard tourné vers le sommet de la montagne de Yapchi.

— À Pékin, il y a des gens à guérir, annonça-t-il à haute voix. Ils ont le vent du cœur, il y a là-bas une épidémie de vent du cœur.

Il tenta sa chance à nouveau, toujours en vain.

— Je vais te trouver un autre bâton, déclara Shan. D'ici là, tu pourras t'appuyer sur moi.

Lokesh se contenta de hocher la tête. Il récita un autre mantra, sans quitter des yeux le sommet de la montagne, comme s'il conversait avec elle. Un quart d'heure s'écoula. Il réessaya une nouvelle fois, mais le bâton de Jokar ne bougea pas d'un millimètre. Finalement, avec un grand soupir, il laissa tomber la tête entre ses bras toujours accrochés au gourdin.

— Jamais je ne me serais attendu à une chose pareille, marmonna-t-il avec angoisse.

Il alla se rasseoir sur son rocher, les yeux plongés au creux de ses paumes, puis se releva, alla jusqu'au bâton et fixa la montagne bien en face.

— Je n'irai pas à Pékin voir ce Président, clama-t-il d'une voix tonitruante.

Il exerça une légère torsion, et le bâton sortit de la fissure.

— Très bien, en ce cas, dit-il après avoir examiné le cylindre de bois avec soin. Nous allons faire ça à notre manière.

Shan redressa la tête pour plus d'explications.

— Tu sais, soupira Lokesh, il va falloir apprendre à ravauder les divinités une à la fois.

Shan ramassa leurs sacs et suivit Lokesh, qui avançait clopin-clopant sur la piste, toujours tourné vers la montagne de Yapchi, avant de se baisser soudain pour ramasser une fleur qu'il étudia en silence.

Un kilomètre plus loin, Lokesh s'arrêta de nouveau.

— Si nous allons à Rapjung, cria-t-il par-dessus son épaule, il va falloir prendre la piste d'en bas à cause de mon pied. Je suis désolé.

Ils marchèrent en bordure du ruisseau nouvellement né jusqu'à une petite butte, où Lokesh fit halte pour se laisser tomber sur un gros rocher et fouiller dans sa poche. La lettre qu'il adressait au Président apparut dans sa main. Devant un Shan perplexe, le vieil homme la déplia et se mit à lire. Puis, sa lecture terminée, il aplatit la feuille contre une pierre, la lissa à plusieurs reprises, et la replia de manière différente. Il se consacra à sa tâche plusieurs minutes durant, puis clopina jusqu'en haut de la butte où il se dressa dos au vent. Shan le rejoignit, et reconnut un cheval des esprits quand Lokesh leva son papier plié au-dessus de sa tête pour le lancer dans les airs. Le cheval flottait paresseusement dans la brise quand une rafale plus forte que les autres s'en saisit. Le morceau de papier monta droit dans le ciel et fila vers l'horizon nord, en direction de Pékin.

— Ce Président à Pékin, dit Lokesh d'une voix cassée, un jour, il se pourrait bien qu'il vienne dans ces montagnes. Sa limousine pourrait tomber en panne, et il se retrouverait coincé. Quand il trouvera mon papier, la magie opérera. Alors il pourra se rendre où il le désire sur le dos d'un bon cheval tibétain.

Ils suivirent le vol du papier jusqu'à ce qu'il se réduise à un point minuscule dans le ciel. Lokesh se retourna alors vers l'ancienne route désormais inondée et entama la descente en claudiquant, suivi par Shan.

Ils marchaient depuis une heure, suivant le cours des eaux sortant de la vallée, quand Lokesh s'arrêta une fois encore, les deux mains appuyées sur son bâton, pour étudier avec attention les formations rocheuses au sommet d'une petite saillie sur la rive opposée du ruisseau, à huit cents mètres de là.

Shan reconnut l'expression de son vieil ami et posa les sacs par terre.

— Ce rocher, là-bas, dit lentement Lokesh les yeux plissés, en frottant ses mâchoires mal rasées. Il ressemble trait pour trait à une formation que ma mère m'a un jour décrite. Selon elle, il s'agit en réalité d'une divinité tortue qui se fait passer pour un rocher, de manière à pouvoir se lever au-dessus des montagnes la nuit venue. Elle disait que les paroles de Bouddha sortaient par sa bouche, ajouta-t-il avec un air d'excuse.

Shan examina le ruisseau aux eaux vives et peu profondes qui les séparait de la vire et le vaste paysage ingrat qui s'étendait au-delà.

— Ça va nous demander bien longtemps pour rejoindre Rapjung, tu ne crois pas ? demanda-t-il.

— Je pourrai toujours ramasser des herbes en chemin. Et il faut de toute façon que tu apprennes à chercher les tonde, répondit Lokesh, en équilibre sur sa jambe valide, en tendant son bâton à Shan.

Et, tout à coup, Shan se prit à sourire. Ancré dans la terre par le bâton du lama, il se ploya en avant et, laissant Lokesh grimper sur son dos, s'engagea dans le ruisseau pour partir à la recherche du Bouddha tortue.

Glossaire de termes étrangers

Les termes qui ne sont utilisés qu'une fois et définis dans le contexte ne sont pas inclus dans ce glossaire.

Amdo (tibétain) : une des provinces traditionnelles du Tibet, au nord-est du Tibet historique. Rebaptisée province de Qinghai par la République populaire de Chine.

Bardos (tibétain) : terme utilisé pour les rites mortuaires des Bardos, se référant plus précisément à l'étape intermédiaire qui sépare la mort de la renaissance.

Bayal (tibétain) : traditionnellement, « terre cachée », un lieu où résident divinités et autres objets sacrés.

Bharal (tibétain) : mouton « bleu » que l'on trouve en altitude au Tibet, aujourd'hui pratiquement disparu.

Chakpa (tibétain) : entonnoir en bronze servant à déposer le sable sur un mandala.

Chang (tibétain) : bière tibétaine, à base d'orge.

Changtang (tibétain) : vaste haut plateau qui domine le centre-ouest du Tibet.

Chenyi (tibétain) : littéralement, « œil droit ».

Chorten (tibétain) : terme tibétain correspondant au stupa, mausolée traditionnel bouddhique, en forme de dôme surmonté d'une flèche, habituellement utilisé comme reliquaire.

Chuba (tibétain) : manteau-cape lourd et épais en peau de mouton ou en laine épaisse.

Dhakang (tibétain) : salle de réunion d'un monastère.

Dobdob (tibétain) : traditionnellement, policier des moines, employé dans les grands monastères pour maintenir la discipline.

Doja (tibétain) : crème rouge, obtenue à partir du petit-lait, utilisée par les nomades pour protéger leur peau du soleil d'altitude.

Dongma (tibétain) : baratte en bois traditionnellement utilisée pour préparer le thé au beurre.

Dorje (tibétain) : du sanskrit *vayre*, instrument rituel en forme de sceptre qui symbolise le pouvoir de compassion, dit aussi pour être « aussi dur que le diamant » et « aussi puissant qu'un éclair de tonnerre ».

Drong (tibétain) : yack sauvage.

Dropka (tibétain) : nomade du changtang, littéralement « habitant de la tente noire ».

Dungchen (tibétain) : longue trompette de cérémonie.

Durtro (tibétain) : charnier, où les morts sont démembrés afin de les offrir en pâture aux vautours.

Gau (tibétain) : « mausolée portatif », petite boîte métallique avec couvercle monté sur charnières, qui se porte autour du cou et dans lequel on a placé une prière.

Golok (tibétain) : tribu tibétaine habitant la montagne d'Amnye Machen au centre-sud de la province d'Amdo.

Gompa (tibétain) : monastère, littéralement, « lieu de méditation ».

Gonkang (tibétain) : dans les monastères, mausolée d'une divinité protectrice.

Goserpa (tibétain) : littéralement, « tête jaune », un des termes utilisés pour désigner les étrangers au pays.

Khata (tibétain) : foulard de prières.

Kora (tibétain) : circuit du pèlerin autour d'un site sacré.

Lama (tibétain) : traduction tibétaine du sanskrit *guru*, utilisé traditionnellement pour un moine âgé ordonné devenu maître et professeur.

Lao gai (mandarin) : littéralement, « réforme par le travail », se référant à un camp-prison de travaux forcés.

Lha gyal lo (tibétain) : expression tibétaine traditionnelle de réjouissance, littéralement, « que les dieux soient victorieux ».

Lhakang (tibétain) : chapelle ou temple bouddhistes.

Mai xioa nu (mandarin) : littéralement, « femme qui vend des sourires », terme argotique désignant les prostituées.

Mala (tibétain) : rosaire bouddhiste, qui comprend traditionnellement cent huit grains.

Mandala : littéralement, terme sanskrit pour « cercle ». Représentation circulaire du monde d'une divinité de méditation, traditionnellement fabriqué à partir de sables colorés (en tibétain, *kyilkor*).

Mani, pierre *mani* : Pierre sur laquelle a été peinte ou gravée une prière bouddhiste, invoquant traditionnellement le mantra *Om Mani Padme Hum.*

Mani, mur *mani* (tibétain) : mur bâti de ces mêmes pierres. Traditionnellement, les pèlerins visitant un mausolée ajoutaient une pierre mani à l'un de ces murs en gage de geste méritant.

Mudra (tibétain) : geste symbolique consistant à disposer les mains et les doigts selon des modèles déterminés, et destiné à représenter une prière spécifique, une offrande ou un état d'esprit.

Naga (tibétain) : divinité censée résider dans les eaux.

Nei lou (mandarin) : secret d'État. Littéralement, « uniquement à usage gouvernemental ».

Peche (tibétain) : livre d'écritures tibétaines traditionnelles, non relié, sous forme de longs et étroits feuillets enveloppés de toile, souvent liés entre deux couvertures en bois gravé.

Purba (tibétain) : littéralement, « clou » ou « pointe », petite dague à lame triangulaire utilisée lors du rituel bouddhiste.

Rinpoché (tibétain) : terme de respect utilisé pour s'adresser à un professeur vénéré, littéralement « béni » ou « joyau ».

RMB (mandarin) : renmibi, unité de monnaie chinoise.

Rongpa (tibétain) : fermier.

Samkang (tibétain) : brasero qu'on trouve souvent dans les monastères, destiné à brûler des bois odorants.

Tamzin (mandarin) : littéralement « session de lutte », séance de critique publique d'un individu au cours de laquelle humiliation, mauvais traitement physiques et insultes sont monnaie courante afin de parfaire l'éducation politique de l'accusé.

Tangzhou (mandarin) : camarade.

Tara (tibétain) : divinité de méditation, de sexe féminin, révérée pour sa compassion et considérée comme une protectrice spécifique au peuple tibétain.

Thangka (tibétain) : peinture sur tissu, de nature religieuse, et souvent considérée comme sacrée.

Tonde (tibétain) : petite relique déterrée du sol, censée détenir des pouvoirs particuliers ou accorder sa protection.

Tsampa (tibétain) : farine d'orge rôtie, plat emblématique du Tibet.

Note de l'auteur

L'Œil du Tibet est une œuvre de fiction, mais la lutte du peuple tibétain pour maintenir son identité spirituelle et culturelle n'est que trop réelle. Il existe bien un bureau des Affaires religieuses dont la petite armée de bureaucrates pourchasse les pratiques spirituelles et les rituels de la vie quotidienne, et accorde leurs licences d'exercice aux moines dont la foi politique, et non religieuse, est dans les normes. Les terres du Tibet ont souffert tout autant que son peuple. Ce n'est pas une coïncidence si les cartes de Pékin font référence au Tibet sous le terme de Xizang, maison occidentale des Trésors. Des montagnes sacrées ont vu leurs forêts détruites avant d'être elles-mêmes nivelées pour l'exploitation de leurs minéraux, des dizaines de milliers de mineurs chinois ont chassé de leurs champs et de leurs pâturages les fermiers et les éleveurs traditionnels, et nombreux sont les Tibétains à avoir connu la prison pour avoir essayé de s'opposer aux bulldozers venus les spolier de leurs terres sacrées.

Depuis plus de mille ans, la médecine tibétaine tire ses remèdes d'une vaste pharmacopée d'herbes et des enseignements bouddhistes en intégrant de façon unique les aspects physiques et spirituels de la guérison. Des universités de médecine de premier ordre enseignaient des méthodes de diagnostic et des traitements inconnus de l'Occident. Ce riche héritage a été détruit pour une grande part par l'occupation chinoise, et beaucoup de ses textes et enseignements vénérés comme des trésors ont disparu à jamais. Cependant, une poignée de lamas médecins ont survécu en fuyant en Inde, où ils œuvrent tranquillement pour tenter de reconstituer les vestiges de ces traditions.

Remerciements

Pour une large part, les informations contenues dans ce livre aussi bien que l'inspiration qui lui a donné vie dérivent directement des paisibles conversations à cœur ouvert que j'ai pu avoir, au cours de ces vingt dernières années, avec des Tibétains et des Chinois, dont certains ont encouru d'énormes risques en acceptant simplement de me parler. J'ai contracté envers eux une dette qui ne s'effacera jamais. Pour la sagesse de leurs conseils et leur soutien inébranlable, je suis profondément reconnaissant à Natasha Kern, Michael Denenny, et Kate Parkin.

Également des mercis tout particuliers à Ed Stackler et Lesley Kellas Payne.

Table des matières

Impression réalisée sur CAMERON par

BUSSIÈRE CAMEDAN IMPRIMERIES

GROUPE CPI

à Saint-Amand-Montrond (Cher)
pour le compte des Éditions Robert Laffont
en avril 2004

Cet ouvrage a été composé par
Graphic Hainaut (Condé-sur-l'Escaut)

N° d'édition : 44970. — N° d'impression : 041875/4.
Dépôt légal : mai 2004.

Imprimé en France